SV

Peter Suhrkamp

Über das Verhalten in der Gefahr

Essays

Herausgegeben und mit einem Nachwort versehen
von Raimund Fellinger und Jonathan Landgrebe

Suhrkamp Verlag

Erste Auflage 2020

Satz: Satz-Offizin Hümmer GmbH, Waldbüttelbrunn
Druck: CPI – Ebner & Spiegel, Ulm
Printed in Germany
ISBN 978-3-518-42939-6

Über das Verhalten in der Gefahr

»Die Verkündigung« von Paul Claudel
Gedanken nach einer Aufführung in den Münchener Kammerspielen

Wir lernen wieder die Geste religiöser Inbrunst, nicht aus Religiosität – sondern aus Mangel, nicht aus Sicherheit – sondern aus Angst. Aus Angst! Denn unser Sein ist am Ende der Erde und an ihrer Oberfläche hart vergittert, hört am Rande unserer Sinne auf; unser Leben, unaufhaltsam weiter rasend nach den Gesetzen der Materie, nach den Gesetzen der Technik, im Konkurrenzkampf, im Hunger nach Brot und Sensation, eine ungeheuerliche Konstruktion, verbaut uns den Himmel: Kälte und Finsternis fallen auf die Erde. Der Bau schwankte, krachte! liegt er nicht am Boden? zerstörte die Maschine sich nicht vielleicht doch selber? ist es nicht doch möglich, daß die Welt, in der unser Leben stand, unterging und daß, was wir sehen, nur noch eine Täuschung unserer überreizten Sinne ist? – Oh, Erregung her! Rührung her! Gebräuche her! Zeremonien her! Lichter! Lichter! –

Es ist so, daß wir Gott anrufen, aber wir sind nicht von Gott angerufen. Wir haben darum auch kein ursprüngliches Wissen von ihm. Wir suchen Äußerungen aus Zeiten ursprünglicher Religiosität auf, ihre Figuren, Bilder, Kostüme, Legenden, Kathedralen; wir halten sie als Antiquitäten zwischen nervösen Händen und sind stille beschauliche Sammler davor; sie zerbröckeln zwischen unsern tastend reibenden Fingern. Das Ohr hascht nach einem Klang, der entflieht, zwischen den Wolken hin, das Auge lauscht auf Farben, die im Lichte grau zerfallen, das Herz brennt nach Wundern, die uns meiden und uns nur ihren Namen lassen. Und aus Andacht zum Altertum, aus Lauschen, aus Erinnerungen an Erinnerungen, aus Stimmungen kommen unsere Anrufungen.

Rilke baut die Zelle des Mönches um sich auf und nimmt den

Mantel eines Pilgers durch östlich weite Ebenen und Städte – streng gefaltet und tönend – aus dem Atelier eines Bildhauers, Francis Jammes geht in die Werkstatt des heiligen Franziskus, und Claudel stellt sich unter gotische Bögen am Fuße der Kathedrale.

In Paul Claudels »Verkündigung« sind alle Requisiten religiösen Kultes und kirchlicher Zeremonie zusammengerafft und zum Bild gestellt: gotische Formen, Farben und Symbole, Pilgerschaft und Wunder, Glocken, Chöre aus der Höhe und Christlegende, Aufsatz und Dombau. Doch was Feier und Dienst war, wurde Bild und Schaustück: aus gesteigerter, lauschend bangender, emporbegehrender Inbrunst wurde Rahmen, Form, Kulisse; Stadien zum Ausdruck verklärter Bewegung stehen nebeneinandergestellt als vollendete Bilder; das Wunder – ja: blieb Wunder; es ruft unsere Skepsis auf! Wir sind Skeptiker von Natur, wir leiden an unserer Skepsis, denn wir sind keine eitlen Narren, die sich damit wichtig machen, daß sie an den Dingen zweifeln, wir möchten glauben –, doch nur vor dem unmittelbaren Leben, das noch nicht durch Reflexion ging, vor dem primitiven – darum nicht minderen – Leben wird Skepsis behutsam und hat seine Lust darin, dem Glauben Halt und reicher Ausdruck zu sein. Die »Verkündigung« hat nicht Eigenleben genug, den Zuschauer sich einzubeziehen als Handelnden, wie die Messe, oder einen religiösen Keim in seiner Seele zu wecken, wie das religiöse Kunstwerk, sie vermag nicht mehr, als mit ihren Gegenständen und Ereignissen bekannte und gewohnte Stimmungen in ihm aufzurufen. Alle eigenen Gedanken, wie die Andeutung der Zusammenhänge der Religiosität des Menschen mit dem Schöpfertum des Künstlers, zwischen irdischer und himmlischer Liebe, zwischen Erde und Himmel, eigen in der Art wie sie gedacht sind, bleiben Gedankenmotive, die herausragen, für sich auf- und untertauchen, nicht eingegangen sind in das Gewebe aus Bild und Musik, nicht als eigene Melodie das Ganze überschwingen.

Um das Letzte über dieses Mysterium zu entscheiden, müßte

man eine Aufführung wagen, die auf die Musik der Sprache gestimmt wäre. Das Theater müßte seine jetzige Art der Gestaltung aus gegenständlichen, aus Inhaltsmotiven, lassen, auf Wirkungen, die aus Szenen und Gedanken- oder Gefühlsproblemen und Problemen der Wirklichkeit des Lebens kommen, verzichten, müßte die Stimmung vom Gegenständlichen und vom mimischen Ausdruck lösen und sich zu rhythmischen und musikalischen Wirkungen steigern. Es gibt dafür zwei Möglichkeiten. Die eine, schwierigste und auf dem gegenwärtigen Theater wohl nicht zu erfüllende ist die, daß die Szene voll ausgedeutet mit allem Gerät gegeben ist, aber so leicht, so ausgeglichen rhythmisch und in Harmonie, daß sie dem Zuschauer nicht an sich Gegenstand wird, absolut keinen Anteil für sich fordert, daß sie eine Stimmung schafft, die dem Zuschauer nicht als Stimmung bewußt wird, eine Stimmung, auf der er ruht, die ihn im Rhythmus auf- und abspielt. Es darf dabei keine Pausen zwischen den Szenen geben, sondern die Bilder müssen einander ablösen, das nächste muß hinter dem gegebenen auftauchen, wie eine Verzauberung; die Verwandlungen müssen auf offener Bühne geschehen. Und über allem die Musik des gesprochenen Wortes. Sie muß ihrerseits in jedem Moment so stark, selbständig, bewegt und durchgehend sein, das der Zuschauer keinen Augenblick in die Stimmung der Szene sinken kann. – Die andere, einfachere, vielleicht auch idealere Möglichkeit ist die, daß die Szene nur in Farben und ganz einfachen gotischen Formen, ohne auch nur die Andeutung von einem Milieu, skizziert ist, und mehrere Bilder in dem Rahmen eines Szenenbildes spielen. Zur Farbengebung der Szene in beiden Fällen muß wohl angemerkt werden, daß die Szene nicht durch Farben neutralisiert wird, eine solche Szene greift den Zuschauer an; dieselbe Wirkung tritt ein, wenn Farben durch andere aufgehoben werden; leuchtende Farben sollen miteinander korrespondieren. Außerdem dies: die Anlehnung der Szenenbilder, jeweils oder durchgehend, an einen bestimmten Künstler der Gotik ist ein Irrtum, weil sie an sich fesselt und Gedanken gibt, weil sie die fertige Szene zu einem Problem macht.

Die Musik der Sprache werde zum Ereignis der Aufführung. Das bedeutet für den Schauspieler, daß er sich beschränke auf die musikalische und rhythmische Ausprägung des Wortes und Satzes und auf jede lautliche Ausdeutung des Wort- und Satzinhaltes verzichte. Die mimische und darstellerische Intuition sei angeregt von dem Klang und der melodischen oder thematischen Bewegung der Sprache. Ausgeschaltet sei die Erinnerung an den Menschen der Realität, der nicht künstlerisch, sondern praktisch, nicht psychisch, sondern geistig, nicht menschlich, sondern charakterisch, nicht selbstverständlich, sondern besonders, nicht hymnisch sondern notorisch lebte. Selbst Jakobäus und Mara sind nicht Jakobäus und Mara wie sie im Leben sind, sondern ins Mysterium eingegangene Leidende und Kämpfende. Und Leiden und Kampf drücken sich weder religiös noch künstlerisch in Schreien und Weinen aus.

Vielleicht machen wir in einer solchen Aufführung plötzlich und unverlöschbar die Begegnung mit dem Erlebnis Claudels, vielleicht begegnen wir uns selber als Begnadeten, Erlösten.

Kammerspiele

Im Winter 1919/20 war die Situation für sämtliche Theater nicht ganz einfach: während des vorhergehenden Winters und Sommers waren sie ganz der Bewegung des Volkes hingegeben gewesen, nach dem Fall der Zensur hatte sich eine Flut von Werken, würdigen und unwürdigen, über die Bretter gewälzt und gestelzt, dann – die Volksbewegung, in sich zersplittert, hatte die Wucht verloren, sie trug nicht mehr, es blieb nur noch Gerümpel des Zusammenbruchs – waren sie ratlos; wenige begriffen sofort, daß nicht die Negation, sondern die Wahrung innerster Gesetze, welche ein Leben gestalten, ihre Aufgabe war. Die Lage der Kammerspiele jedoch war über diesen allgemeinen Umstand hinaus schwierig.

Die Kammerspiele sind ausgezeichnet durch die Intimität des Raumes, welche ein feiner nüanciertes Spiel ermöglicht und Darsteller und Zuschauer einander näherrückt. Sie waren einmal eine von den Dichtern, den Schauspielern und von dem Publikum geforderte Notwendigkeit. Die neueren Dichter hatten Scham vor der lauten Äußerung, wie sie die Ausmaße des üblichen Theaters forderten. Das Leben ihrer Gestalten lebte ins Innere zurückgezogen. Die Geschehnisse waren leise geworden. Den Schauspielern genügte nicht mehr die Verwandlung, welche im Wechsel der Masken und der Kostüme gegeben war, sie strebten die Seelenverwandlung darzustellen mit dem Spiel ihres Leibes und der Modulation der Stimme. Seelenverwandlung jedoch kann sich nur intim geben. Der Zuschauer war gedrängt, sich aus der müden Gesättigtheit des eigenen Lebens in die romantisch bewegte Welt des Künstlers hinüberzuschmiegen. Für die Verständigung wurden von den Bühnen besondere Programmhefte ausgegeben. Die Zeit mit ihrem schnelleren Tempo verlangte größere Gedrängtheit.

Diese Kombination der Momente enthielt schon in sich Konflikte. Der Bürger fürchtet im Grunde die Wandelbarkeit des Wesens, wie sie der neuere Schauspieler gibt. Er liebte den Mimen, der schnell Maske auf Maske überstülpte, weil er ihm gegenüber das ruhige Bewußtsein haben konnte, daß das Wesen darunter ungewandelt blieb. Die Verwandlung ist von ihm nur im Wunder – weil sie dort objektiv bleibt – geliebt. Dem kommt das Kino entgegen. Im Kammerspiel zeigte sich ihm die reale Unsicherheit des Lebens. In der notwendigen Wendung der Kammerspiele zur neuen Produktion lag eine Wendung gegen den bürgerlichen Geist und zugleich eine Wendung zum einzelnen Bürger mit dem Anspruch, seinen moralischen Gesichtskreis zu erweitern. Sie wurden außerdem oftmals Podium für Diskussionen über Gesellschaftsfragen, politische Fragen und Fragen des Lebens. Das Theater darf jedoch niemals eine moralische Anstalt oder gar eine Bildungsanstalt sein. Es darf keinen Augenblick vergessen, daß es niemals einen Standpunkt einnehmen kann, sondern Gestalter eines Kunstwerkes ist, das als solches stets durch seine Form und als Leben allem Wissen und jeder einseitigen, viel- und auch allseitigen Einstellung fremd ist. Endlich kann nur eine müde Menschheit zum Künstlertum hinflüchten: erstarkt, wird sie immer wieder ihr Ideal im harten blutvollen Leben der realen Wirklichkeit gestalten und den Künstler geringschätzen.

Nach alledem mußte eine Krisis für die Kammerspiele kommen. Sie kam, durch Umstände gedrängt, plötzlich. Die besondere Darstellungsart und das Repertoire der Kammerspiele wurden nach der Revolution von den übrigen Theatern übernommen. Das letzte Drama, das Angelegenheit der Kammerspiele hätte sein können – das Revolutionsdrama –, fordert für sich wieder die große Geste und Pathos, also große Räume. Die Volkspsyche kehrte sich in Erregung gegen die psychische Atmosphäre, wie sie im Repertoire der Kammerspiele überwiegend Platz hatte. Gestern nämlich waren Dichter bei uns groß, die ihr Eigenleben nicht nur schamvoll in sich verbargen, sondern es noch mit Spott und Ironie überschütteten. Sie hatten Geist und verbargen diesen im Witz – weil der Wortwitz zu banal war, im Witz der Figuren und Szenen. Ihr Wesen war äußerste Bewußtheit. Jede ihrer Figuren trug in einem Zug noch das Bewußtsein, wozu ihr Dichter sie geschaffen hatte, ihr Sein klaffte bei der Berührung mit einer zweiten plötzlich in einem Witz. Das Wort verlor die letzte objektive Substantialität, sein letztes Geheimes wurde enthüllt, es wurde prostituiert. Wort und Mensch wurden als gemeines Handwerk in der Absicht eines Menschen zur Ausdeutung seines Weltgefühls mißbraucht. Davor mußten die Schauspieler, wie es geschehen ist, als mit dem Sichöffnen der Volkskräfte auch ihnen Gesundheit leise aufging, zusammenbrechen. Jedes Kunstwerk muß einen Untergrund haben, der mit dem Wort nicht gegeben werden kann, den das Wort niemals umfaßt. Es ist dies ein Leben, dessen Wirklichkeit nur noch in der Stimmung gefühlt wird. Dies Leben tritt – im Verlauf eines Kunstwerkes – immer deutlicher hervor als … Geheimnis. Alles Geschehen, alles Leben der Gestalten und des Wortes ruhe in diesem Leben, in diesem Geheimnis und verhauche am Ende in diese Anonymität gehüllt. Weil das Geheimnis fehlt, ist das Leben in vielen modernen Dramen – so sehr es sich auch neuerdings überschreit – depotenziert. Dies untergründige Leben ist aber im tiefsten einzig die Brücke vom Kunstwerk zum Publikum.

In den Münchener Kammerspielen fand die Krisis Ausdruck in einem Skandal während einer Aufführung von Wedekinds »Schloß Wetterstein«. Letzter Grund zu diesem Skandal – er mag von den Radaumachern national begründet oder in seiner Absicht anders gedeutet werden – sind die oben gezeichneten Umstände.

Die Kammerspiele blieben seitdem unsicher, griffen verlegen in's alte Repertoire zurück und fügten reichlich Tanzabende ein; die Befreiung in einer sichern Tat fanden sie nicht mehr. Vermutlich werden sie sich – wie alle heute – beklagen über die Irrungen der lebenden Dichter und über die schlechte Zeit. Dennoch: sie sollen nur zugreifen. Es gibt immer noch genug Kammerspielstücke – es braucht deswegen nicht in fernste Länder und fernste Zeiten hinübergegriffen zu werden –, die großes Leben geben, leise gelöst im Spiel im Wort und in der Szene, die kein anderes Theater so vollkommen ausdeuten kann. Die Schauspieler werden, wenn das Kunstwerk sie nährt – und dies allein nimmt und gibt ihnen Kraft – wieder freudig den Verwandlungen der Seele hingegeben sein.

Hanns Johst

Nicht Urteil, nicht Kritik will ich geben, weil die persönliche Gesinnung, aus der Urteil wachsen müßte, vor dem Kunstwerk zu billig ist, weil alle Regeln und Gesetze, die Maßstab für Kritik sein könnten, durch das neue Werk zwar bestätigt und doch aufgelöst und in neuer, für den Zeitgenossen noch nicht zur Form objektivierter Gestalt, erfüllt werden; endgültig: weil Urteil und Kritik die Menschen vor dem geschaffenen Werk verführen, intellektuell anzugreifen anstatt, bei aller eigenen Haltung, Ergriffenheit Raum zu geben, zu richten anstatt, ohne liebedienerisch zu buckeln, demütig sich segnen zu lassen, Forum statt Gemeinde, eine Versammlung schwarz vermummter Beamte statt Menschheit zu sein. Wir sind derartig zerstört und sind so arm, daß wir uns nicht mehr gestatten können, nicht das ernste Werk, und sei es gleich mangelhaft, mit unserer Liebe und Kraft bis zu seiner letzten realen Möglichkeit gestalten zu helfen. Und wären wir überreich, es wäre Verrat, den Reichtum zu zersetzen, anstatt uns aus der stärkeren Liebe mit ihm zu beschenken. – Nur die Erscheinung des Hanns Johst will ich aus allem Zufälligen lösen und deutlich werden lassen und für sein Werk, in dem er, wesentlich vom Theater, zu uns spricht, hingegeben den einfachsten, eindrücklichsten und fruchtbarsten Ausdruck suchen.

Hanns Johst wurde uns zunächst sichtbar mit dem Gesicht des »Jungen Menschen«, darnach als der wilde Grabbe, jung, in ekstatischer Verzückung aufsteilend, und eben jetzt im »König« wieder als eine Jugend, diesmal närrisch. Mit diesen Bezeichnungen sind nur, für ein bequemes Publikum, einer Fassade Plakate angeheftet. Der junge Mensch: laut aufbäumende Jugend, Taumelseligkeit, Optimismus, dem Erleben einen schmerzlichen Zug ins

Gesicht wischt, bittere Flucht in Einsamkeit, Heilandsträume mit hochmütiger Güte und Sich-ans-Kreuz-schlagen, blaue Blume. Im »Einsamen« Grabbe: der eitle, heilige Phantast, der einsame, visionär ekstatische, tragische Dichter, der versinkende, süße Trunkenbold, der laute, zynische Kerl und die zarte, gläubige Seele. Der König, auch jung, doch von Anfang an, durch Geschlechter gedrängt, aus der Welt hinausgeboren, in jedem Augenblick Optimist, der hohe Verantwortung fühlt, immer bewußt, stets starke Konsequenz, steigt, niemals in ihr zu Hause, steil, wie eine Himmelfahrt, überschauend, aus der Welt hinaus. Das alles bezeichnet immer noch nur die Fassade. Doch fesselt schon diese Fassade den Blick, reißt ihn steil empor, deutet unerhörte Tiefblicke an und harte Stürze zur Erde. Sie läßt keinen Atem zu philosophischer Besinnung, läßt nirgends den beliebten Gedanken an eine Anschauung aufkommen, läßt keine Zeit zur Deutung, zwingt, nirgends mehr als Linie, in den Bann eines singenden, streng steigenden Blutes.

Damit ist bestimmt, wie wir einzutreten haben und was uns drinnen erwartet. Selbstverloren, absichtslos, alle Probleme vergessen, wie an einem ersten Frühlingstage, wenn Sonne aus erstem frei überblauten Himmel uns überstürzt und Blut töricht berauscht macht, in einen Wald, gehen wir ein und sehen, sehen, sehen ... blinzeln im Zwielicht, stoßen mit harter Stirn durch Dickicht, halten den nackten Schädel unter breit einstürzendes Licht, schürfen in Vermoderndem, pflücken die Blume, werden töricht trunken und sind doch nie ganz losgelassen, geheimnisvoll hält uns etwas, nicht mehr in uns, aber hält uns dennoch, wie die Erde, wie der Himmel auch: Schicksal und Sturm, in dieser Stille dennoch Schicksal und Sturm.

Für den »Jungen Menschen« war es kaum notwendig, dies zu sagen, obgleich die Nähe anderer Dramen, die in anderen Gärten gleichzeitig entstanden und auch den jungen Menschen zum Gegenstand hatten, in ihm nur den Protest gestalteten und nicht immer ohne Absicht waren, gefährlich werden konnte, für den Einsamen noch weniger, da ihn keine zeitliche Gegebenheit einengte, die zur Deutung verleiten konnte umsomehr für den »König«. Es besteht jetzt, da Politik eine fixe Idee ist, da alle Welt unter politischer Anschauung leidet wie unter einer Angst, ähnlich der Platzangst, die Gefahr, daß hier nur ein politisches Spiel gesehen wird. Wir nehmen heute in allem zu leicht die Wendung zur Anschauung anstatt zum Sein. Wäre im »König« alles nur Anschauung, dann wäre das Tun des Königs nur ein Experiment, das Stück ein dialektisches Spiel, mit Politik als Gegenstand. Weil solche Deutung versucht werden könnte, sei hier kurz der Erlebenskomplex des Königs umrissen.

Da ist eine Seele, in der unerbittlichen Härte und Bedrängnis dieses Daseins verfangen, in ihren Seelentraum gehüllt, über alles hingetragen, von nichts berührt, unwissend, nur alles überschauend, alles nur erfühlend. Einer unter Menschen, der sich nicht als Mensch fühlt, sondern als Gleichnis. Da ist nichts launisches Spiel einer königlichen Langeweile und nichts Hochmut aus Weisheit, sondern überall nur reinster Traum. Die Ärzte und der normale Verstand nennen diesen Traum Irrsinn, andere nennen ihn Genie … Du, finde einen Namen dafür, wenn Du Namen nötig hast. Nein, vergiß alle Namen, laß alle Deutung, lausche in Dich, in Dir geschieht es!

Die Seele, ins erdene Dasein geworfen, dennoch Seele und in der Berührung mit Erde in seltsame Erregung gelöst, in diese Erregungen wie in Träume gehüllt: dies allein ist überall Gegenstand der dramatischen Dichtung des Hanns Johst, Im »Jungen Menschen« heißt die Erregung, der Traum: Jugend, im »Einsamen«: Dichter, im »König«: königliches Königtum. Doch wird nirgends – und das ist typisch – zur Erde nein gesagt, nirgends resigniert der Mensch pessimistisch, sondern überall ist er Optimist und nimmt die hohe Verpflichtung des Optimismus auf sich, nirgends ist es Verzweiflung, die tragisch wird, überall der Glaube. Und gerade in diesem verantwortungsstarken Optimismus ist das Seelische in allen Dramen gegeben. Es ist das Wesen der Seele, daß sie unsterblich ist, daß sie ewiges Leben ist, darum ist der starke, lichte Glaube an düsterem Orte, wo Verzweiflung Boden hätte, ein Seelisches. Am Ende löst die Seele im Kampf mit der Realität, in dem sie sich harte Organe bildet, überall die Erregungen, das gedrängte Wogen der Träume um sich her, doch nicht zu unirdischer Weisheit, sondern irdisch einfach. Der junge Mensch: »Die Liebe dieser Erde heißt Mitleid!« »Ich will Leben und Tod lassen! Und nicht mehr jonglieren mit Begriffen! Ich will eine Tätigkeit beginnen!« Grabbe: »Demut ist Anfang! Und Demut ist Ende!« Der König: »Mensch zu Mensch werf ich mich in den Strom!« »Alle Gleichnisse aus den Händen und sich selbst geglichen: das ist alles!«

Die Gestaltung eines Innern ist heute Wille aller ernsten Dichtung, doch unterscheidet sich die Dichtung Johsts trotzdem wesentlich von der modernen. Die moderne Dichtung hat entweder die Seele als Gegenstand, beschreibt sie, und es gelingt ihr nicht, sie sichtbar werden zu lassen, da die Seele nicht fest ist wie die Natur, oder ihre Gestaltungsmittel zergehen im ungefaßten Seelischen, und das Ergebnis ist eine Stimmung oder eine Weisheit, bestenfalls Gewissen. Einsichtige fühlen längst, daß die Dichtung sich nach und nach verliert im wesenlosen Spiel, ernsten oder heiteren, mit Worten und Gefühlen, daß die Bindung an das Konkrete, an Erde notwendig bleibt, doch gelingt es selten einem, Gegenstand und Ausdruck wesentlich, im natürlichen Wuchs, zu verschmelzen. In Johsts Dichtungen wird die Seele mit keinem Worte erwähnt. Es geht nirgends um die Seele. Kein Wort verschwimmt im Unfaßbaren. Kein Wort wird eitel und tänzelt vor dem Rhythmus. Jedes Wort ist hart und gefaßt. Jeder Satz hat einen konkreten Inhalt, doch außer diesem Inhalt hat jeder Satz noch ein anderes, hat er eine Linie, eine Richtung, hat er eine Stärke über sich hinaus, ruht verzückter Taumel an seinem Grunde, ist er überglänzt. Jede Dichtung ist Schau in einen realen Lebenskomplex und faßt jede Erscheinung darin und ist doch mehr, ist doch hart sich schaffende Seele. Die Tragik der Dichtungen des Hanns Johst, wie ich sie oben zeichnete, ist die Tragik des Dichters. Diese Seele, ins erdene Dasein geworfen, dennoch Seele und in der Berührung mit Erde in seltsame Erregung gelöst: das ist der Dichter. Es gibt Dichter, die nur das Wort haben, nichts sonst. Sie tönen, haben vielleicht eine Melodie, aber der Klang ist nicht eigen. Er packt nicht an, er hält nichts gepackt. Sie sind Instrument, nicht Geige! Geige werden sie erst nach dem Kampf, nach dem Zerbrechen, nach der Bindung, nach der Bejahung. Am Anfang glauben alle, nicht Mensch zu sein, sondern Gleichnis, Appell, Aufruf. Sie sind alle leicht flüchtende, erfühlende Schau über das Leben hin. Doch etwas innerhalb des eigenen Seins bindet: Geburt und Tod. Und Dichter, die diese Bindung am stärksten fühlten und an diesen Pfosten der Ewigkeit am stärksten rüttelten, weil sie von ihnen am nahesten bedroht waren, waren stets die stärksten. In jedem Werke des Hanns Johst gibt es die stärksten Worte über das Geheimnis der Geburt, in jedem Werk steht eine Auseinandersetzung mit dem Mütterlichen. Außerdem gibt jedes Werk eine neue Gestaltung des Todes. In allen schattet am stärksten der Tod. Es ist fast symbolisch bezeichnend, daß Johst mit der »Stunde der Sterbenden« zuerst vor die Welt trat. Da stehen verwundete Soldaten in der letzten Einsamkeit, und nun ist die Wahrheit vor der letzten Tür und pocht. »Mir ist, als ob vor meinen Toren etwas stände, etwas Hohes und Festliches, Einlaßheischendes!« ... Hinter schwacher Tür steht jetzt das Wahre ... Sein Blut vergießen für sich selbst ... Da steht das Wahre ... Nicht Opfer sein ... sondern Wille sein ... aber die Müdigkeit ... die Müdigkeit verdunkelt die Erlösung.« In dieser letzten Einsamkeit rücken die realen Dinge näher, werden milder und brutaler zugleich, das Auge sieht sie gütiger und härter zugleich, das Wort packt sie mit übermenschlicher Sicherheit und übergießt sie mit einem Licht, in dem sie nackt und aufgerissen und zugleich mild überleuchtet erscheinen, das Herz reißt sie unendlich an sich und stößt sie unendlich zurück, doch ist kein Ding mehr für sich, der Einsame selbst ist Ding unter diesen seltsam verbundenen Dingen. Im Schatten dieser Einsamkeit entstanden Dichtwerke von außerordentlicher und fremdartiger Schönheit und Größe. Das Werk Georg Büchners ist höchstes Beispiel dafür.

Zwischen Geburt und seligem Tod, Erde und ziehendem Himmel, Schuld und Flucht in Gnade – Bekenntnis zur Geburt, doch ohne Sentimentalität, hart, zur Erde, doch ohne Hymnenseligkeit, tätig, zur Schuld, doch ohne Versprechungen, nur demütig gütig: das ist Hanns Johst. Aus dem schmerzlichen Zerbrechen am eigenen Gebundensein wächst ihm sein Leben zu höchster Bestätigung: Güte ist Demut!

Das Theater im Zeitgeist

Nur in einer bürgerlichen Welt kann man glauben, der Weg einer Zeit sei zu bestimmen und werde durch den Willen ihrer Menschen entschieden; Entscheidungen fallen nur im Geistigen, im Menschen nur, sofern das ewige Feuer durch ihn geht. Geistigkeit lebt in den Erfahrungen über Zusammenhänge, über Oberfläche und Hintergrund und wieder Hintergrund, in der Unterscheidung von Wesen und Erscheinung, in der Tradition, in der rein kreatürlichen Bescheidung, in der Ahnung von unmenschlichen Gesetzen im Kosmos, im Ergriffensein vom Kosmischen, von den Göttern bis zur Vernichtung, mit einem Wort: im Wissen vom Schicksal. Dies Wissen vom Schicksal ist allein Geistigkeit, und darin nur geht die Entwicklung, das ewige Feuer, der ewige Weg durch Menschen. Jeder Bürger fühlt seine absolute Ohnmacht in der politischen und wirtschaftlichen Entwicklung der Zeit, nur weil er ahnt, daß das noch nicht letztes, noch nicht tiefstes Schicksal sein kann, erträgt er diese Ohnmacht, die geistige Entwicklung glaubt er durch sein Wort, durch seinen Einwand entscheiden zu müssen; und er ist doch nur Kreatur und lebt nur, weil das Schicksal, weil der Gott in ihm geschieht, weil er gebraucht wird.

Dies Gefühl lebt noch im Bauern, weil seine Verbundenheit mit der Erde und mit den Tieren es ihm erhielt; es lebt im Arbeiter, die Härte seines Schicksals lehrte es ihn und die Unerbittlichkeit der Dinge. Nur den »Gebildeten« ist es verloren. Es sind das diejenigen, welche »geistige Arbeit« erfanden, um sich der Natur und der Arbeit zu entziehen, und die vor der Verantwortung in »Nervenkrankheiten« flüchten. Von ihnen stammen denn auch Kritik, die »Ideale« und die Parole zur »Richtung«, zwischen ihnen geht der politische Kampf. Sie sind der Herd der Ungläubigkeit, sie verwirren die Zeit im Gefühl, sie verschmieren das Gesicht der Zeit oder schminken Gesten hinein. Sie schaffen Bewegungen, Richtungen, Moden, den ganzen Tageslärm. Es ist klar, daß es nur Tageslärm ist, man darf nichts über die Zeit darin lesen wollen. Man könnte in unbeschwerter Lustigkeit dabei stehen: das Gesicht der Zeit ist anderswo, die Entwicklung geht allen durch die produktiven Kräfte der Zeit.

Es ist eine Erfahrungstatsache, daß sich der Angriff der Tagesgebildeten immer gegen die produktiven Kräfte richtet, sei es, weil sie den harten sachlichen Anstoß als Brutalität, weil sie die im Schicksal gehärtete Kraft als Kälte, weil sie Unbildung und Ursprünglichkeit als Geschmacklosigkeit empfinden, weil ihnen die Suggestivkraft, der Schicksalsblick unheimlich ist. Jede Zeit verleugnet sich selbst, darin ist kein Grund zur Verzweiflung: es stellt sich nur im Tageslärm so dar. Schlimmer ist, daß heutige Menschen, in der wirtschaftlichen und politischen Katastrophe verzweifelt geworden, jedes Wort als Schlag in ihren Glauben empfangen. Für sie muß die Nichtigkeit aller Worte des Tages immer wieder festgestellt werden, für sie muß immer wieder erinnert werden: es gibt eine Welt außer uns, über uns, ohne uns, und selbst gegen uns, eine Welt, in der allein das Schicksal Wirklichkeit ist, so wirklich wie Steine und Brot im Tag; und die Gesetze der Schönheit und der Wahrheit sind die stärksten Faktoren dieser Welt; sie ist die letzte Wirklichkeit des Menschen. Teil hat an ihr nur, wer sie durch seinen Glauben anerkennt. Freilich sehen diese Wahrheit und diese Schönheit anders aus, als die landläufigen Vorstellungen vom »Wahren und Schönen«, sie sind nicht Gesetze der Moral und der Ästhetik. Und auch dies muß gesagt werden: an Worten ist nur Sinn, was vom Glanz und der Härte jener Schicksalswelt an ihnen ist; alles destruktive Wort, die Negation ist im Letzten taubes Geräusch. Und: es ist ein Mangel der Menschen, die Schicksal nur als Leiden und Zerstörung empfinden.

Das Theater ist zur Zeit der lebendigste schöpferische Organismus und steht infolgedessen am meisten in dem angedeuteten

Zwiespalt. Es hat aufgehört, eine Stätte für Unterhaltung, für Bildung und zur Erholung für ein Standespublikum zu sein, es hat aufgehört, für den Geschmack zu arbeiten, und in erster Linie ästhetische Ansprüche zu erfüllen, es hat seine gebildeten und ästhetischen Ambitionen fahren gelassen, es hat seinen geistigen Stolz und den Werkstolz aufgegeben, es ist wieder ins unmittelbar lebendige Dasein getaucht. Es wirkt durch seine Atmosphäre anstatt durch Werke, wie ein Ereignis, mit dem wir in unserem Leben zusammenstoßen. Und doch wirkt es auf diese Weise durch Werke. Das ist in der Entwicklung der deutschen Kunst etwas ganz Seltenes, in der Entwicklung des Theaters gab es das nur in Griechenland. Das Theater geht im Werke auf, im Extrem sogar so, daß selbst das Werk in diesem Prozeß hinschwindet, und nur das Ereignis, der lebendige Augenblick mit dem unheimlichen Blick ins Schicksal bleibt. Da ist nichts aus Kultur, und doch ist Kultur da. Nicht zufällig und aus artistischen Absichten wird die Bühne immer weiter in den Zuschauerraum vorgetrieben, werden die Wände des Guckkastens immer wieder gesprengt, das Theater fühlt sein Entstehen mitten unter Menschen in einer Schicksalsstunde; und da können Darsteller und Werke nur selten noch genügen. Die besten Theater sind heute fanatische Gemeinschaften mit religiösem Glauben an ihre Sendung.

Die Kritik setzt hier ein. Sie nennt das Theater verächtlich »expressionistisch«, und möchte es in einem Durchgangsstadium, das überwunden ist, erledigen. Sie kämpft aus sozialen Motiven für den Darsteller und mit Bildungsargumenten für das Repertoire. Das soll sie tun; aber sie soll damit nicht eine Krise des Theaters inszenieren. Die Kritik trägt nur die Vergangenheit in ihrem Herzen und nicht in gleicher Weise die Zukunft; wohl die Sorge um die Zukunft, aber sie stemmt sich dem Schicksal entgegen.

Die Kritik hat erreicht, daß man, wollte man aus ihr vorbehaltlos lesen, den Eindruck haben kann, an jedem Theater bestehe eine Krise. Aus der Ablehnung der Theater müßte man auf das Ende des Theaters schließen. Sieht man jedoch das Theater innerhalb einer Stadt, so weiß man, daß es, wie kaum je vorher, als Lebenszentrum besteht. Und wer beachtet, mit welchem Ernst heute das Theater allerorten und in allen Kreisen, öffentlich und nicht öffentlich, umstritten ist, spürt das Leben des Theaters im Volke, die lebendige Begegnung mit dem Theater, das Theater als Ereignis im Reich.

Der unbekannte Soldat

Ein Kriegsbuch, das noch nicht geschrieben ist

Die Franzosen fanden sofort ein Symbol, das Grab unter dem Triumphbogen. Die Engländer fanden eine sinnfällige Sitte für alle, die Minute stiller Andacht durchs ganze Land hin. Wir sind kein plastisches Volk, und wir haben keine allgemeine gesellschaftliche Form. Das deutsche Denkmal für den unbekannten Soldaten wird ein literarisches sein, wenn es allgemeingültig überhaupt möglich sein wird.

Zuerst wurde Georg von der Vrings »Soldat Suhren« dafür ausgegeben. Das ist das Buch eines Poeten und Malers in Pastell. Der Dichter könnte die Kleinstadt oder die Vorstadt am Rande der Landschaft malen. Er knetet nicht im alltäglichen Stoff, aus dem Menschen gemacht sind, sondern zeichnet die zartfarbenen und die rührenden Skurrilitäten einer seelenvollen Beschaulichkeit an der Oberfläche. Seine Menschen sind Maler, Musiker, verliebte Narren. Bauern aus dem Moor oder von hinter dem Deich. Sein Buch gibt die Idylle im Kriege, die er auch enthielt. »Soldat Suhren« ist nicht der Roman einer Kameradschaft, wie gesagt wurde, sondern Bild um Bild das Leben Suhrens im Kriege; und Suhren ist Georg von der Vring, ein Poet, ein Maler; rotbraun, mit einer weißen gerundeten Stirn, braunen Augen, einem weichen sinnlichen Mund und runden abfallenden Schultern. Das ist nicht der Irgendwer.

Ein Jahr später erschien »Krieg« von Ludwig Renn. Einer, beim Auszug Gefreiter der Infanterie, als Heimkehrer Vizefeldwebel, er heißt einfach Renn, zeichnet seine Wege, die Örtlichkeiten, die er sah, seine Begegnungen mit Menschen und sein Tun im Kriege auf. Die alltäglichsten Begebenheiten, Handlungen und Gespräche sind als Alltag verzeichnet. Es ist Krieg; so war alles. Die dabei waren und sich um einen schlichten Ausdruck für die verwirrende Überfracht sinnloser Eindrücke bemühen, werden in diesem Buch lesen, lieber als in Remarques »Im Westen nichts Neues«. Für sie wird darnach von der Vrings »Soldat Suhren« eine literarische Leckerei sein.

Der oberflächliche Eindruck von »Krieg« ist der eines Stenogramms nach der Wirklichkeit. Mir will scheinen, daß auf diesen ersten Eindruck viele hereingefallen sind, und daß das Buch gedankenlos unter dieser Marke weitergegeben wird. Es ist tatsächlich mehr als ein Stenogramm oder nur Gesehenes und Erlebtes als Material zu einem Dokument redigiert. »Krieg« ist das Werk einer bewußten schriftstellerischen Methode von hohem Rang; die Sprache ist überall plastisch und hat sinnliche Atmosphäre. Die Methode besteht im Weglassen, in der Beschränkung auf den Vorgang. Das Buch hat eine Gestrafftheit, hinter der eine geistige Haltung steht. Der Gefreite und Unteroffizier Renn ist der Schriftsteller Ludwig Renn; das ist nicht der namenlose Soldat.

»Krieg« ist ein starkes Buch, von einem harten, disziplinierten Menschen geschrieben. Und ein Buch, das nur heute geschrieben werden konnte. Den unbekannten Soldaten gibt dieses Buch nicht.

Jetzt wird Erich Maria Remarques Buch »Im Westen nichts Neues« dafür angesehen. Das ist die Gestaltung des Krieges durch den jugendlichen Menschen. Krieg und Jugend: es wird immer Sympathie zwischen ihnen bestehen. »Alle jungen Leute schreiben gleich über den Krieg. Er tut all ihren Wünschen Genüge«, schreibt Kipling.

Remarques Buch ist mit einer Einstellung geschrieben. Er wollte die Wirkung des Krieges auf die Jungen zeigen. Das Resultat ist: »Der Krieg hat uns für alles verdorben.«

Verdorben – gestorben: das ist die Melodie des Buches. Man kann diese Melodie zweifach auffassen: als Klage und Anklage vom Standpunkt eines bürgerlichen Lebens, einer Anschauung, einer Moral; als Abenteuer, Vagabondage, romantisch-balladesk, aus halb versunkenen Wallungen des Blutes heraus. Diese Romantik bestimmt, trotz Klage und stellenweiser Anklage, trotz der unerbittlichen, knappen Härte in der Darstellung, den Klang von Remarques Buch. Die Stärke von »Im Westen nichts Neues« liegt in der Jugend der heimlichen Melodie dieses Werkes. Diese Melodie ist nicht pazifistisch. Sie und die romanhaft typische Gestaltung einiger Situationen von allgemeiner Wirklichkeit und Geltung erklären den riesigen und allgemeinen Erfolg dieses Buches. Es ist ein gefährliches, verführerisches Buch, als Werk gestaltet und gekonnt; das Denkmal des unbekannten Soldaten ist es nicht.

Der unbekannte Soldat, das ist nicht jeder Gemeine und Unteroffizier der kämpfenden Truppe, nicht jede Zahl in der grau verkleideten Masse. Suhren, Renn, Bäumer (Remarque) sind Einzelne mit einem individuellen Schicksal. Sie erfanden, jeder für sich, einen Weg, auf dem sie sich aus dem Massenschicksal retteten. Sie behaupteten sich, in dem sie verarbeiteten, indem sie deuteten. Sie bereicherten sich im Krieg an eigenem Leben.

Die Unbekannten hatten nichts vom Krieg; nur Angst, Gier, Fremde, Schweiß, Schmutz, unsägliche Mühen, Müdigkeit, Hunger, Wunden, Glück, Unglück und Tod, nichts als das Allgemeine. Sie wurden hineingeführt, und als sie mitten drin waren, begriffen sie noch nichts davon. Nicht einmal das erlebten sie. Sie wurden hierhin und dorthin getrieben. Die Tage gingen hin, und jeden Tag wurde gesagt, was sie tun mußten. Zerschossene und ausgebrannte Dörfer, Erdlöcher, Gräben, Stacheldraht, Trichterfelder waren nur das Milieu, in dem sie lebten. Ein Kampf war wie der andere; darüber wäre nicht viel zu berichten, wenn man von ihnen erzählen will. Kriegsbilder und Kriegserlebnisse enthalten ihr Schicksal nicht.

Das Buch vom unbekannten Soldaten müßte arm sein an Ereignissen; die Kriegsereignisse müssten ganz allgemein und im Hintergrund bleiben. Es dürfte darin langweilig sein. Das Dokumentarische ist nicht sein Stoff. Es käme darauf an, die Öde durch

Sprache und Psychologie zum Stoff, zum Schicksal zu verdichten. Dahinter erschien der Krieg nicht mehr als Fanal und als Erlebnis, sondern einfach als eine technisierte Sinnlosigkeit.

Prozeß gegen 800 000 Mark

Die Autoren der »Dreigroschenoper« klagen gegen die Nero-Film-Gesellschaft, die ihrer Ansicht nach unberechtigt ihr Werk nach einem ihnen völlig unbekannten Manuskript verfilmt habe. Sie berufen sich dabei auf ihre Verträge, nach denen nur ein Manuskript, das ihre Billigung hat, gedreht werden durfte. Seit längerem schon pflegen die ernsthaftesten Leute zu lächeln, wenn von Verträgen zwischen Filmgesellschaften und Autoren von Theaterstücken oder Romanen die Rede ist, und wer solcher Verträge wegen einen Prozeß anfängt, ist in Gefahr, für naiv gehalten zu werden.

Da die Autoren der »Dreigroschenoper«, indem sie den Prozeß anfangen, dieses Risiko eingehen, kennen sie bestimmt ihren Gegner, nämlich die 800 000 Mark, die, wie man hört, die Herstellung des »Dreigroschen«-Tonfilms kosten soll. Gegen 800 000 Mark wird sich niemand zugunsten von etwas nicht recht Faßlichem, jedenfalls schwer Beweisbarem, wie es Kunst ist, in einen Kampf einlassen. Die 800 000 Mark müssen schon sehr reale, und – da das Risiko eines derartigen Prozesses erfahrungsgemäß groß ist – möglicherweise noch größere Werte bedrohen.

Niemand wird glauben, die größeren Werte könnten als Kapital auf der Seite der Autoren vorhanden sein. Vielmehr handelt es sich zunächst einmal um das Geld des Publikums, auf das die Filmgesellschaft rechnete, als sie Titel und Sujet der »Dreigroschenoper« erwarb. Sie rechnete mit den Kennern der »Dreigroschenoper« und allen denen, die sie kennenlernen möchten, als Besucher des »Dreigroschen«-Tonfilms. Dabei war ihr bekannt, daß den besonderen Reiz des Werkes nicht das englische Sujet, sondern die Eigenart der Bearbeitung von Brecht und Weill ausmachte und daß die Leute, auf die sie als Besucher ihres Tonfilms rechnen können, grade diese wollen, denn weshalb nahmen sie sonst nicht das englische Original als Vorlage für ihren Film?

Nun wird also ein Mann in Bremen, der an der Kinokasse für sein Geld ein Billett kauft, um die »Dreigroschenoper« zu sehen, etwas ganz andres vorgesetzt bekommen, und dieser Mann hat keine Möglichkeit, sein klares Recht auf das, was der Filmtitel verspricht, durchzusetzen. Nur die Autoren haben die Möglichkeit, die Interessen von Leuten, die mit berechtigten Erwartungen in einen »Dreigroschen«-Tonfilm gehen, zu vertreten.

Bis jetzt ist kaum ein Fall bekannt geworden, daß Autoren in Verträgen mit Filmgesellschaften eine Sicherung in dieser Beziehung vereinbarten. Die Nero-Film-Gesellschaft machte auch sofort den Versuch, im Falle Brecht-Weill den Vertrag in diesen gewiß nicht landläufigen Vereinbarungen nicht zu halten. Kommt sie damit durch, so wird das unabsehbare Folgerungen haben; das Publikum verliert jede Gewißheit, daß es für sein Geld auch das bekommt, wofür es bezahlt hat.

Die »Nero« wird sich wahrscheinlich wieder darauf berufen, daß Kunst und Film zweierlei sei und daß sie sich daher »leider« gezwungen sehe, die künstlerischen Interessen der Autoren trotz Vertragsschutz hinter die »Wünsche des Publikums« zu stellen. Filmgesellschaften pflegen sich ja in solchen Fällen immer auf die »Dummheit« und »Rückständigkeit« des Filmpublikums, die berücksichtigt werden müssen, zu berufen und auf die Zensur, deren leiseste Bedenken zerstreut werden müßten. Die allgemeine Bekanntheit und Beliebtheit der »Dreigroschenoper« beim Theaterpublikum scheinen aber doch der »Nero« eine gewisse Garantie gewesen zu sein, so daß man auf gewisse, ungewohnte, hartnäckig verfochtene Bedingungen einging, um zum Vertrag zu kommen.

Dann kam der Einspruch der Kinobesitzer in Hamburg, und die ersten Vorahnungen tauchten auf, 800 000 Mark könnten irgendwie bei dieser mißlichen Sache zu Schaden kommen. Und als bei den ersten Besprechungen über das Filmmanuskript die Autoren ein paarmal auf die Eigenart der »Dreigroschenoper«, die unbedingt auch im Film zu wahren sei, zu sprechen gekommen waren, hatten die 800000 Mark ihren Feind erkannt. Der Stadtpunkt der Kunst war ihr Gegner. Sie schickten sich an, sich mit dem Sujet der Dreigroschenoper aus der Gegend fort aufs Trockene zu retten, in aller Heimlichkeit natürlich. Die nächsten Monate wurde nur über den Vertrag diskutiert, und im Hintergrund, gedeckt durch diese Verhandlungen, arbeiteten die 800000 Mark an der Erzeugung eines Bastards.

Die Autoren boten die Annullierung des Vertrags und die Rückzahlung aller Gelder an, falls man glauben sollte, eine nach ihrer Ansicht künstlerische Gestaltung des Tonfilms finanziell nicht riskieren zu können, aber die Filmgesellschaft hatte, vielleicht unter dem Druck ihrer düstren Ahnungen, den Titel »Dreigroschenoper« bereits weiterverkauft.

Die Konstellation in diesem Prozeß um den »Dreigroschen«-Tonfilm ist also 800000 Mark contra berechtigte öffentliche Interessen. Die Autoren, so naiv ihr Verhalten auf den ersten Blick aussehen mag, unterziehen sich, wenn sie klagen, nur einer Verpflichtung gegenüber der Allgemeinheit, da nur sie die Möglichkeit haben, begründete Interessen des Publikums und der Kunst zu wahren. Das Gericht wird selbstverständlich über 800000 Mark nicht hinweggehen können, als wären sie nichts. Dagegen steht aber ein ungeheurer, in Ziffern kaum mehr ausdrückbarer Wert, der an der Sicherheit hängt, daß Verträge, selbst wenn sie zunächst ungewöhnlich scheinen, einzuhalten sind.

Kunst und Künstler

Bedeutung für die Gegenwart

Kunst ist heute ausgesprochen unpopulär.

Oberflächlich besehen, scheint das nicht ganz zu stimmen. Zu keiner Zeit wurde soviel gelesen, gab es im Theater derartige Serien von Aufführungen eines Stückes, wurde Kunst so allgemein und überallhin verbreitet (Film und Radio) und war die Diskussion über Kunst allgemein geübt wie heute. Tatsächlich drückt sich darin in keinem Falle das Verhältnis zur Kunst aus, sondern lediglich ein allgemeines Bildungsniveau und bestenfalls eine Unersättlichkeit des Erlebenswillens. Zum andern bedeutet das nichts als eine Überschwemmung der Welt mit den Produkten der Zivilisation; wie weit diese wirklich genutzt werden, das ist nirgends festgestellt und wird auch nicht festgestellt werden. Zu den Erscheinungen dieser Art gehört auch die Verbreitung von älterer Kunst und der Konsum fremder Kunst.

Das Produkt hiervon ist eine allgemeine Kultur der Aufnahmeorgane und eine allgemeine Verbreitung von Urteilen. Jedermann ist heute zur Abgabe von Urteilen über Kunstdinge befähigt. Nur ist es in den seltensten Fällen sein Urteil, das einer abgibt. Die meisten Urteile, die heute über Kunstdinge gefällt werden, selbst von berufenen Kunstkritikern in der Presse, sind garkeine Urteile, sondern höchst mechanische Reaktionen von einem allgemeinen Bildungsstandard aus. In den meisten Fällen wird der technische Fortschritt beurteilt, wozu keinerlei Geist nötig ist, sondern nur, daß einer etwas gelernt hat. Der Dümmste, wenn er nur gewohnt ist, Filme zu sehen, findet alte Filme schlecht, provinziell, lächerlich, weil er natürlich den technischen Abstand begreift. Der Standpunkt, von dem aus geurteilt wird, ist demnach der letzte Stand des Fortschritts. Bis zum Künstlerischen im Film dringen noch kaum die dafür berufenen Kritiker vor. Nirgends sonst mag dieser Umstand so kraß in die Augen fallen (man kann ihn übrigens doch ebenso leicht auch im Theater konstatieren!), diese Verlegenheit ist dennoch eine allgemeine, sobald es sich um Kunstwerte handelt.

Es stimmt schon: Lyrik, das Drama, das Epos, Gemälde, Plastiken, Werke reiner Musik, kurz: die Kunst spielt im Leben heute kaum eine Rolle. Speziell neue Kunst ist ausgesprochen unpopulär. Fast will es scheinen – bei aller Verbreitung der Kunst in heutiger Zeit –, als ob Kunst nie so bedeutungslos gewesen wäre. Die Kluft zwischen Kunst und Volk ist heute ungeheuerlich. Wo die Gesellschaft noch Stellung zur neuen Kunst nimmt, äußert sie sich auffallend feindlich oder ignorant.

Es handelt sich dabei keineswegs um die übliche Ablehnung, der jede neue Kunstrichtung in ihren Anfängen begegnet. Der Naturalismus der neunziger Jahre z.B. rief zunächst auch eine leidenschaftliche Gegnerschaft auf den Plan. Aber diese war von anderer Art. Die Radaumacher in der Premiere von »Vor Sonnenaufgang« und den »Webern« verstanden doch Hauptmanns Dramen sehr gut, und gerade weil sie sie verstanden, lehnten sie sie ab. Die Abwehr hatte offenbar teils politische, teils ästhetische Gründe. Der Sozialismus in den Stücken wurde abgelehnt, und man war in seinem bestimmt orientierten ästhetischen Gefühl von den Vorgängen angewidert. Der Naturalismus wurde dann sehr schnell populär. Und nicht nur das! Im naturalistischen Theater wurde hernach ein Kunst- und Künstlerkult getrieben, wie kaum je vorher im Theater, unter fast allgemeiner Beteiligung des Volkes. Bei einer Untersuchung der Gründe trifft man auf das Miterleben des allgemeinen Menschlichen (Hauptmann wurde als der Dramatiker des Mitleids durchgesetzt!), das in seiner primitiven Form und wie nie zuvor in diesem Maße in der Kunst gepflegt wurde. Weil das Menschliche in dieser Kunstrichtung vorherrschte, ergriff sie die Massen. Diese Kunst war eine Angelegenheit der Gegenwart und des Volkes. Und welche Musik hat je so allgemein mit Erleben verzückt wie die Wagners nach kurzer Zeit heftigster Ablehnung, nachdem sie weltanschaulich interpretiert und musikalisch, für jedermann verständlich, in ihre Motive, also technisch, zerlegt war. Und schlechte Reproduktionen von Millets »Abendgebet« und Böcklins »Schweigen im Walde« und »Toteninsel« konnte man 1910 als Zimmerschmuck in allen kleinbürgerlichen Wohnungen antreffen. Diese Kunst enthielt Elemente, die jedermann verständlich waren, es waren das die Stoffe aus dem Leben oder dem Sentiment; die Kunst war eine Form, diese mit Pathos zu umgeben, sie zu verherrlichen.

Von der heutigen Kunst sagt man, daß sie schwer verständlich ist. Tatsächlich ist der Zustand noch schlimmer: sie ist für die Allgemeinheit absolut unverständlich und kann auch nicht allgemein verständlich gemacht werden. Die Allgemeinheit reicht in diesem Falle sehr weit. Es gibt nur eine kleine Gruppe Bevorzugter, die Werke heutiger Kunst wirklich versteht und – was allgemein wie Narrheit wirkt – als besondere Kostbarkeit behandelt. Die übrigen aber sind alle absolut ausgeschlossen. Selbst die individuellen Möglichkeiten, die sonst vor jedem Kunstwerk bestanden, daß man für sich entscheiden konnte, ob einem etwas gefiel oder nicht und unter den Werken für sich eine Auswahl treffen, fallen vor der neuen Kunst weg; entweder man versteht sie, man gehört zu den »Auserwählten«, die »für Kunst ein Organ haben«, oder einfach zu der Masse der Laien. Jenseits dieser Entscheidung beginnt erst wieder die Möglichkeit zu einer individuellen Auswahl. Und diese klare Scheidung der Gesellschaft durch die Kunst wird unmittelbar nach einer Epoche vollzogen, in der die Gesellschaft in größter Breite an der Kunst beteiligt wurde; in einer Zeit allgemeiner Demokratie diese Exklusivität einer neuen Geistesaristokratie! Die Konstituierung eines neuen Adels! – Demgegenüber gibt es in der Masse der Menschen nur zwei Möglichkeiten des Verhaltens: Erbostheit oder absolute Ignoranz.

(Wie immer, wenn irgendwo eine Exklusivität auftritt, eine Menge »Möchtegerne« auf den Plan kommt, gibt es natürlich auch vor der neuen Kunst, bei aller strengen Entschiedenheit in der Haltung der Kunst, viele, die unmöglich glauben und eingestehen können, daß sie zur Masse gehören. Die Kunstsnobs zählen heute nach Legionen. Sie sind am leichtesten zu erkennen an der falschen Betonung, mit der sie über Kunstdinge sprechen. Genau gesehen ist der Kreis der Auserwählten fast auf Künstler und Menschen mit künstlerischer Veranlagung beschränkt.)

Aber das ist soweit nur eine Seite in dem Verhältnis zwischen Kunst und Gesellschaft; eine andere ist von der Gesellschaft aus bestimmt. Selbstverständlich läßt sich eine Gesellschaft, der einmal die Kunst gegeben war, die an ihr beteiligt wurde und unter ihrer Suggestion ihre stärksten Erlebnisse hatte, die Kunst nicht wieder nehmen. Sie hat ihren Anspruch sichtbar aufgerichtet. Da sind die großen, von der Gesellschaft für die Gesellschaft errichteten Kunstinstitute und Kunstapparate, Institute und Apparate, die mit Kunst gespeist werden: Theater, Opernhäuser, Konzerte, Ausstellungen, Bibliotheken, Sammlungen, Zeitungen, Kinos und Rundfunk. Man kann zwei Gruppen unterscheiden: solche, die ausschließlich der Verbreitung von Kunst dienen, also Theater, Opernhäuser, Konzerte, Ausstellungen, Bibliotheken, Sammlungen – und solche, die unter anderem auch Kunst in ihre Publikationen einbeziehen, also Zeitungen, Kinos und Rundfunk.

Für diese Betrachtung ist in erster Linie die erste Gruppe wichtig. Innerhalb dieser ist das Theater das beste Beobachtungsobjekt. An ihm fällt zunächst auf, wie sehr es an Bedeutung verloren hat. Es repräsentiert für die Gesellschaft entweder nur noch Traditionswerte oder Feierabendideale. Weiter läßt sich beobachten, daß bestimmte Gruppen der Gesellschaft ihre Sonderansprüche stellen, seltener künstlerische als aktuelle, weltanschaulich oder politisch bestimmte, oder auch solche, die von einer Modelaune herrühren. Das geht so weit, daß einzelne Gruppen aus der Kunst ein Kampforgan machen, sie also als Mittel gebrauchen möchten. Bestimmte Schlagworte, die gegenwärtig in der Diskussion über Kunst überall wiederkehren, wie Zeitkunst, aktuelle Kunst, propagandistische Kunst, Klassenkunst usw. sind hierfür bezeichnend. Offenbar bestehen hier nicht nur Forderungen der Gesellschaft an die Apparate, welche Kunst verbreiten, sondern ebensosehr Forderungen an die Künstler. Alle diese Ansprüche aber sind Ausdruck eines einzigen Bemühens: die Kunst wieder in denjenigen Bereich der Gegenwartswelt zu bringen, wo Leben ist. Darin liegt ausgesprochen, daß sie ganz außerhalb geraten war.

Innerhalb der Hierarchie der menschlichen Beschäftigungen und Interessen finden beständig Verschiebungen statt. Die Dinge wechseln unaufhörlich ihre Stellung zum Zentrum des Lebens. Die Kunst, früher gleich neben der Wissenschaft und anderen kulturellen Gebilden nahe dem Lebenszentrum, ist in der gegenwärtigen Ordnung der Dinge weit draußen an der Peripherie. Wo man sie, von der Gesellschaft aus, wieder mehr beleben will, soll es nicht durch mehr Kunst, sondern durch mehr Leben, durch größere Lebensnähe geschehen. Die größere Gruppe aller Kunstschaffenden marschiert heute unter dieser Parole.

Demnach sind im Lager der Kunstschaffenden zwei Gruppen geschieden: die Schöpfer der reinen, der absoluten Kunst, in selbstgewählter Isolierung und Lebensferne, und die anderen, nennen wir sie zunächst Diener mit ihrer Kunst an der Gegenwart. (In dieser Unterscheidung ist kein Rang ausgedrückt, sie wird nur gemacht, weil sie faktisch besteht, und weil man trennen muß, wenn man über Künstler in der Gegenwart abhandelt.) In jedem Fall also, von der Kunst und von der Gesellschaft aus, führt diese Betrachtung zu demselben Ergebnis über die Kunst: Sie ist heute von geringer Bedeutung für die Allgemeinheit.

Man kann leicht die Probe auf die Richtigkeit dieser Beobachtung machen. Es ist dazu nur auf folgende Tatsachen zu achten: die geringe Beachtung, welche Kunstereignisse im Verhältnis zu anderen Ereignissen des öffentlichen Lebens, z. B. den Sportereignissen, denen doch sicher keine größere, unmittelbarere allgemeine Lebensnotwendigkeit zukommt, in der Öffentlichkeit finden. Und: in der vorigen Generation, in der Zeit des Niederbruchs der

Religion und der hoffnungslos relativistischen Wissenschaft, sah man in den Künsten so etwas wie eine Erlösung der Menschheit – wo ist heute davon noch die Rede! Dichter, Musiker und Schauspieler der vorigen Generation erschienen vor der Menge als Heroen in feierlicher Pose, und diese Pose wirkte, die Gebärden der Künstler genossen großes Ansehen – wo heute noch ein Dichter den Versuch dazu machte, wirkte er lächerlich; die Gebärden anderer Männer sind es, auf die man allgemein acht hat.

Entromantisierung des Künstlers

Es hat sich längst überall herumgesprochen, daß das Leben der Künstler nicht annähernd so interessant ist, als es einmal für alle den Anschein hatte; man kümmert sich folglich nicht sonderlich mehr darum. Was dort vor sich geht, wo Künstler noch zusammenkommen – in Lokalen und Gesellschaften –, ist, wie man nachgerade weiß, nicht von entscheidender Wichtigkeit. Woher rührte aber das glühende Interesse, das doch einmal für das Leben der Künstler bestand und allgemein verbreitet war? Man hatte angenommen, daß man bei ihnen über das Leben, die menschliche Natur und besonders über die Liebe, die eigensten Gebiete des Künstlers (wie man glaubte), etwas lernen könnte; zumindest hatte die Freiheit des Künstlerlebens verlockend geschienen. Versprach sie nicht neue Möglichkeiten, Bereicherung, Vertiefung, Sublimierung des Daseins?

Die romantische Richtung in der Kunst verbreitete die Neigung, Genüsse aus einem nahezu lasterhaften Individualismus zu holen und das Lebensgefühl in einem berauschenden Kult, mit dem man die individuellen Lebensäußerungen umgab, zu sublimieren. In der Suggestion der romantischen Werke stehend, geriet man als Publikum buchstäblich außer sich; in überspannten Nerven wurde die Disposition für künstliche Erlebnisse (Reize) gelegt. Zwischen den Räuschen suchte man unbefriedigt das Ungewöhnliche in der

Realität auf. In der Künstlerboheme trübte ein Widerschein jener romantischen Werke den Blick. Man nahm den Privatklatsch, der sich aus Mangel an Welt und aus einem zwangsläufig egozentrischen Dasein breit machte, für Freiheit, sah in Zynismus, Arroganz und Sonderlingswesen, den Äußerungen eines verzweifelten Lebenswillens in einem Leben unabänderlichen Exils (denn alle Künstler lebten zumindest psychisch im Exil), Zeichen von Größe und Genie.

Arme Frauen, Jünglinge und selbst Männer, die ihrer Natur Zwang antaten in dem Glauben, sie habe einen Mangel; die ihren gesunden Verstand für mangelhaft hielten und in ihren gesunden Instinkten irritiert wurden! Es gab keine Möglichkeit, sie davor zu bewahren, denn es war jene Zeit, in der die Bindungen, in denen die Menschen standen, bürgerlich erstarrt waren, jene Zeit, in der das Individuum allgemein gegen die Fesseln des Bürgertums revoltierte. Es war eine natürliche Reaktion, die Flucht aus einer unerträglichen, weil unlebendigen Enge. Das Leben entfaltete damals seine Wirkung in der Bildung von großartigen Kollektivorganisationen. Die Menschen erlebten davon nur das Zusammengepferchtwerden, die Enge, die Beschränkung. Vor allem erlebten sie einen Chok, denn das Geschehen hatte sich von ihnen weg in die großen Verbände verzogen. Heute ist der biologische Prozeß, dessen Anfänge damals die Menschen irritierten, zum Abschluß gekommen: die Vergesellschaftung, die Stockbildung. Das Individuum hat wieder im Menschenstock die größten Möglichkeiten – aber auch nur noch darin, für sich hat es überhaupt keine mehr.

Damit ist auch die Künstlerboheme in eine neue Betrachtung gerückt, sie ist als das decouvriert, was sie wirklich war: als Notstand. Um das ganz zu verstehen, ist es notwendig, einen Blick auf die Geschichte des freien Künstlers zu werfen. Die Ausbildung dieses Typus geschah wesentlich im 19. Jahrhundert. Seine besondere Form wurde durch das Verhältnis zur Gesellschaft bestimmt. Dabei spielten vorwiegend zwei Momente eine Rolle: die Entwicklung des Handwerks und der ungewöhnliche und völlig unsichere Maßstab in der Bewertung von Kunstwerken. Ursprünglich waren die Kunstkräfte wesentlich im Handwerk gebunden. Die Künstler (Maler, Bildhauer) standen noch im Zusammenhang der Zünfte, oder sie hatten eine Stellung an einem Hofe (Dichter, Musiker). Sie erhielten Aufträge. Ihre Arbeit war real gebunden. Demokratisierung und Maschinisierung führten automatisch zur Trennung von Kunst und Handwerk und von den Höfen und der Kunst. Für die Künstler bedeutete das ihre völlige Selbstherrlichkeit fortan. Die Kunstkräfte wirkten in vollkommener Freiheit. Das heißt, daß sie Dinge hervorbrachten, »die keinem Bedürfnis eines Empfängers ihr Dasein verdanken«. Damit wurde der Wert der Kunstschöpfungen mit den üblichen, realen Maßen unwägbar. »Das Kunstwerk kann Lust und Glück geben und deshalb begehrenswert werden, so daß sein wirtschaftlicher Wert zur aufgewandten Arbeit in keinem Verhältnis steht.« Das bedeutet, daß der reale Wert eines Kunstwerkes von der Sensitivität der jeweiligen Gesellschaft abhängig ist. Die Gesellschaft gibt dem Künstler danach Ansehen, Stellung und Geld – oder versagt es ihm. Der Künstler lebt moralisch, gesellschaftlich und materiell vom Ruhm. Ein realerer Zusammenhang mit dem Leben der Gesellschaft fehlt in seinem Leben.

Joseph Conrad berichtet in seinen Erzählungen immer wieder von Stellen im Ozean, an denen es keine Strömungen gibt, und wo absolute Windstille herrscht. Und er erzählt von dem merkwürdigen Leben auf den Schiffen, die in solche Zonen gerieten, von einem Dschungeldasein, in dem das Leben tropisch blüht und fault. Es gehörten besondere menschliche Qualitäten und ein besonderes Schicksal dazu, um das überstehen zu können. Das Bild ist nicht mehr modern – Dampfmaschinen und Motore treiben die Schiffe heute durch jede stille Zone –, aber es paßt auf die Boheme (die Boheme ist ebensowenig modern wie Segelschiffe): die Lebensströmungen gehen draußen vorbei, in den Segeln fängt sich kein Wind aus dem Leben, auf faulenden Planken blühen wunderbare Orchideen. Nur Genies erfanden für sich so etwas wie einen Motor und steuerten ihr Leben hinaus, und der Motor machte sie oftmals selbst den Schiffern im freien Meer überlegen.

Fortschritt gibt es heute nur in der Gemeinschaft, nur die in einer Gemeinschaft nützlich gebundene Kraft ist produktiv, nur in der Gebundenheit in einer Gruppe bewegt die Lebendigkeit des Individuums wirklich etwas, ist für den Einzelnen eine Möglichkeit, voranzukommen. Eine historische Wirkung des Einzelnen, Führung, ist nur möglich, wenn eine Gemeinsamkeit zwischen dem überlegenen Individuum und der Menge besteht, im Zusammenleben. Die Schöpfung des isolierten Einzelnen muß notwendig an der sozial geschlossenen Masse wirkungslos abgleiten; sie bleibt ohne Einfluß. Ob diese Anschauungen richtig sind oder nicht: sie herrschen heute und bestimmen das Verhältnis zu allem. Über das »Künstlerleben« lautet von hier aus das Urteil: es ist asozial, und weil es asozial ist, ist es unwirklich und bietet keine Aussichten.

Die Künstler haben sich denn auch längst aus der Boheme zurückgezogen. Einige Lebensgewohnheiten der Boheme sind ins Bürgertum eingedrungen, und nachgerade ist man selbst dort darauf gekommen, daß nicht Unmoral oder Antimoral das Charakteristische der »Freiheiten« ist, sondern viel mehr falsche Originalität und Impotenz. Die Boheme, soweit es eine solche noch gibt, ist nur noch das Sammelbecken der Aussichtslosen: derer, die keine Aussicht mehr haben, und derer, die sich aus tiefer Abneigung gegen das Leben, von Müdigkeit bis ins Innerste narkotisiert, jede Aussicht verbieten.

Die Künstler leben heute ganz woanders. Sie haben gewiß noch ihre Treffpunkte und verkehren in bestimmten Gesellschaften. »Man zeigt sich« dort von Zeit zu Zeit. In den meisten Fällen handelt es sich für sie um »Gelegenheiten«, um die unvermeidliche, leidige Arbeitsbörse. Man konstatiert seinen Kurswert. Im übrigen wird gearbeitet.

Eine Zeitlang war reisen als Ausweg für das Leben der Künstler charakteristisch. Die Wirklichkeit, die man in seinem Leben nicht hatte, weil man in keiner der modernen Wirklichkeiten drin stand, suchte man in Summierungen fremder Wirklichkeiten. Das war das letzte Stadium einer Flucht vor dem realen Alltagsleben der Gegenwart, das sie jedoch immer dringlicher stellte, Entscheidungen von ihnen forderte. Diese Periode ist in allen Künsten durch Arbeiten von vorwiegend journalistischem Charakter, Reportagen, gekennzeichnet.

Heute ist das Leben der Künstler in seinen Formen meist bürgerlicher, als das bürgerliche Leben es noch ist: von strengerer Ordnung, mit dem Willen zur Bindung. Wie in der künstlerischen Arbeit die freie, unabhängige Arbeit und darin die freie Erfindung immer mehr zurücktritt, so verliert sich im Leben der Künstler mehr und mehr die Vagabondage. Äußerlich läßt sich das daran feststellen, daß es wieder mehr Künstler mit einem bürgerlichen Beruf gibt. Dabei ist nicht nur die wirtschaftliche Notlage, sondern weit mehr das innere Bedürfnis nach einer realen Bindung in der bürgerlichen Schicht des Lebens ausschlaggebend. Zum anderen binden die großen Kunstinstitute, unter ihnen vor allem diejenigen, welche für die breite Masse des Volkes arbeiten, wie Film und Rundfunk, das Leben vieler Künstler werkmäßig. Und selbst die freie künstlerische Arbeit nimmt vielfach fast die Form von wissenschaftlicher Arbeit an, ist systematische Arbeit und als solche selbstverständlich planmäßig geordnet. Es ist ein auffälliges Phänomen dieser Tage, daß Künstler mehr, systematischer und planmäßiger arbeiten, als in vielen bürgerlichen Berufen gearbeitet wird, und daß sie ein zurückgezogeneres Leben führen, als die meisten Menschen in bürgerlichen Berufen.

Die zurückgezogene Lebensweise des Künstlers rührt zum Teil auch daher, daß die künstlerische Arbeit schwieriger geworden ist. Allein mit Begabung, und sei diese noch so groß, läßt sich heute kein erfolgreiches Kunstwerk mehr schaffen. Die Schwierigkeit beginnt schon bei der Auffindung eines Stoffes. Für jede Kunstgattung ist das natürliche Stoffgebiet begrenzt. Ist das natürliche Reservoir aufgebraucht – und das ist seit längerem überall der Fall –, gibt es im allgemeinen nur noch die Möglichkeit zu Wiederholungen. Damit fällt das natürliche Interesse am Stoff für die Wirkung aus. Es muß ersetzt werden: entweder durch eine intimere Kenntnis des Stoffes – das setzt ausgedehnte Vorarbeiten voraus – oder durch die Neubelebung in einer neuen Form. Formexperimente, die das voraussetzt, sind zunächst auch nur Material für die Werkstätte des Künstlers und für die Diskussionen von Fachleuten. Erst nach langem, intensivem Arbeiten am Stoff und an der Form ergibt sich vielleicht, mit der gesteigerten künstlerischen Reizbarkeit, eine völlig neue Einheit von Stoff und Form im Werk, die zugleich stark genug ist, das Publikum zu ergreifen.

Gerade diese letzte Wirkung fällt immer schwerer. Und diese Schwierigkeit ist von ernsthafterer Natur als der Stoffmangel. Das Publikum hat nicht nur selbst sehr viele, sondern auch sehr exakte und sehr differenzierte und selbst tiefe Erfahrungen; außerdem ist seine Fühlfähigkeit außerordentlich verschärft und verfeinert. Es muß also viel, sehr viel vorausgesetzt werden, ehe eine Kunstwirkung überhaupt nur beginnt. Das alles sind Umstände, die für das Kunstschaffen einen ungewöhnlichen Grad von Sammlung und darüber hinaus eine Intensivierung des geistigen und seelischen Lebens voraussetzen; vor allem aber Arbeit und wieder Arbeit.

Die Ansätze der neuen Kunst

Eine Abhandlung über den Künstler muß in erster Linie über die Kunst handeln. Kunsttheorien können hierbei wenig nützen, da sie kaum Tatsächliches über Kunst und Künstler aussagen. Es muß also von den Kunstwerken und den Mitteln des Kunstschaffens gesprochen werden.

Dabei ergibt sich eine Schwierigkeit aus der Tatsache, daß es die Kunst schlechtweg gar nicht gibt, sondern zunächst verschiedene Kunstarten: Dichtung, Musik, Malerei, Plastik, Theater, Tanz, Film, Architektur, je nach dem Material, in dem die Werke gemacht werden: Wort, Ton, Farbe, Stoff, Körper, Bewegung, Raum, Bild oder Kombinationen dieser Materialien. Das Kunstschaffen in jeder dieser Kunstarten ist naturgemäß vom Material abhängig, empfängt von dort seine eigenen Gesetze, und das nicht nur in der Technik, soweit also jedes Material seine eigene Behandlung verlangt und in den Bearbeitungsmöglichkeiten und der Verwendbarkeit beschränkt ist, sondern die besondere Natur eines Materials mit ihren mannigfaltigen, dennoch begrenzten Möglichkeiten bestimmt auch den besonderen, den eigenen Formcharakter einer Kunstart. Innerhalb einzelner Kunstarten gibt es die verschiedenen Kunstformen, z. B. in der Dichtung die lyrische, dramatische und epische, die jede wieder ihre eigenen Gesetze haben. Und in jeder Kunstform wieder verschiedene Richtungen. Und endlich sind da die individuellen Werke der verschiedenen Künstler.

Dennoch ist es möglich, an den verschiedensten Erscheinungen der Künste in der Gegenwart gewisse Dinge zu beobachten, die durchgängig sind, speziell solche, die für die Kunst der Gegenwart allgemein charakteristisch sind. Jede Epoche hat auf allen Gebieten des Lebens ihren Arbeitsimperativ. Innerhalb einer Epoche läßt sich ein Zusammenhang oder gar Einheitlichkeit der Arbeitsimperative auf den verschiedenen Gebieten des Lebens feststellen. Sie sind nie willkürlich, sondern historisch, aus der Entwicklung natürlich bestimmt. In jeder Epoche drückt sich darin vor allem ihr Verhältnis zur vorigen aus. Es ist möglich, den Arbeitsimperativ (oder die Arbeitsimperative) in der Kunst der Gegenwart festzustellen. Und das allein ist hier wichtig: welchen Marschbefehlen die Künstler gehorchen. Die künstlerische Individualität ist zunächst von sekundärer Bedeutung.

Auf welchem Gebiete der Kunst man auch seine Beobachtungen macht, in der Musik, der Dichtung, der Malerei, der Plastik, dem Theater, überall trifft man am Anfang dieser Epoche auf eine Tatsache: die Verneinung der Kunst. Das ist schwer zu verstehen, daß die Kunst die Kunst verneinen soll. Einfacher ist zu verstehen, daß das Kunstschaffen der unmittelbar vorhergehenden

Epoche abgelehnt wird. Tatsächlich bezieht sich das Nein nicht nur auf dieses, sondern auch auf das der vorigen und der vorvorigen Epoche, auf eine ganze, verschiedene Epochen hindurch in Geltung gewesene Richtung. Die Verneinung trat vorübergehend und in einzelnen Äußerungen (bei den Dadaisten) tatsächlich als Verhöhnung der Kunst auf, als Versuch, die Kunst überhaupt lächerlich zu machen. In dem betonten Unernst, in der affektierten Würdelosigkeit war eine Spitze gegen die Pose von Bedeutsamkeit und heiliger Würde in der Kunst, gegen alles Weihevolle nur allzu deutlich. Man wehrte sich gegen die aufgeblasene Bedeutsamkeit, zu welcher die Kunst im Schoß des Bürgertums gediehen war. Sie war fett geworden vor Bedeutung und Würde und vor lauter Weihe. Sie war in unechten Tempeln zelebriert worden. Daher in der Reaktion am Anfang dieser Epoche der offenbare Unfug, der Blödsinn, der Zynismus – ernsthaft als Kunstversuch aufgemacht.

Ernsthaft? Man ist geneigt, daran zu glauben und wieder auch nicht zu glauben. Und so geht es selbst denen, die dabei mitmachten. Zweideutiges, Paradoxes, Ironisches liegt über diesen Versuchen. Und etwas davon haftet allen Kunstrichtungen an, die wir seitdem hatten. Dieser Zug ist, stärker oder schwächer, von der ausgesprochenen Clownerie bis zum ironischen Blinzeln, immer vorhanden. Das ist es, was das Publikum am meisten irritiert, es glaubt eine bloße Farce vor sich zu haben und fühlt sich zum Narren gehalten. Der Dadaismus währte nur einen Tag. Seitdem gab es – alles in unseren Tagen – den Expressionismus, den Kubismus, die neue Sachlichkeit, und die besonderen Ausdrucksformen von allen Richtungen verloren sich ebenso schnell wieder; und wenn man heute, nach alledem, den Vers, ein Bild, eine Melodie von einem der Jüngsten vor sich hat, findet man noch, selbst wo sie sich wieder pathetisch oder romantisch gebärden, dieses unvermeidliche Ingredienz von Ironie.

Was war es, das den plötzlichen, heftigen Widerwillen in der Kunst gegen die Kunst weckte? Soweit sich aus dem Dadaismus erkennen läßt: das Bürgerliche. Am Anfang dieser Epoche stehen außerdem der Kubismus und der Futurismus. In den Werken dieser Richtungen fällt als erstes die Verwendung abstrakter Formen und das Konstruktive auf. In den Formen sind selbst Anklänge an Gegenstände der Realität zunächst ängstlich vermieden. Und sodann enthalten die Werke garkeine menschlichen Dinge mehr. Man hat den Eindruck von einem Spiel mit Formen. Andererseits kann man eine ästhetische Wirkung dieser Kompositionen reiner Formen nicht leugnen, aber sie ist nicht fixierbar, nicht verständlich.

Inhaltlich und in der Haltung fällt das Unpsychologische und das Inhumane auf. In der Epoche vorher war das Auffällige in der Kunst, daß sie in den letzten Winkel der Realität, speziell der menschlichen Realität eingedrungen war, und daß jedes Werk bis in den letzten Winkel mit krassester Realität und mit Menschlichem und Allzumenschlichem gestopft war. Der harte Zusammenprall von Epoche und Epoche enthüllt eine chokartige Reaktion in der Kunst der Gegenwart in einer heftigen, radikalen Abkehr von der Realität. Die Eigengesetzlichkeit der Kunst, Kunst als eine eigene, neue Schöpfung aus reinen Formen, wird zum Dogma der neuen Kunst. Kunst ist für die Künstler nicht, was sie für die Menge der übrigen Menschen noch ist und was diese in ihr suchen: der »Widerschein des Lebens« oder »Natur, gesehen durch ein Temperament«, sondern zunächst völlige Ignorierung der Wirklichkeit in jeder Form, speziell der menschlich-psychologischen Wirklichkeit, im Letzten: Überwindung der Wirklichkeit und des Menschlichen. Bei weiterer Betrachtung sieht es fast aus, als wohnte man Versuchen zur Vernichtung der Wirklichkeit bei, in der Form, daß alles Reale von den Objekten der Wirklichkeit bis auf kleine Spuren ausgekratzt wurde. Soweit Formen der Realität doch wieder in den Kunstwerken auftreten – da das künstlerische Tun sonst nicht verständlich wäre –, erscheinen sie reduziert, von der Realität ist nur wenig mehr übriggeblieben als ihre Formen; oder sie ist verstümmelt und verzerrt. Die Abneigung vor der Wirklichkeit bleibt als Grundzug überall deutlich.

Ganz besonders wird überall das Menschliche und der Mensch vernichtet. In der Malerei erscheint der Mensch auseinandergerissen in einzelne Glieder, stückweise, oder als sein höhnisches Röntgenbild. In der Musik ist die menschliche Stimme entstellt oder durch Instrumente zugedeckt. In der Dichtung erscheint das menschliche Empfinden grotesk, entartet oder zur Gymnastik mechanisiert. Im Theater und im Ballett wird der Mensch als mechanische Puppe verwendet. Die Mechanik des technischen Apparates rückt in den Vordergrund. Und in der Architektur der Wohnhäuser fehlt, zumindest nach außen, jedes Menschliche.

Diesen Eindruck hat man im ersten Moment noch verstärkt, wenn man als Publikum vor einem Werk dieser Kunst steht. Wir sind gewohnt, mit Dingen der Kunst zu leben. Das war unsere Art von Verhältnis zur Kunst. Die Kunstwirklichkeit entsprach freilich nicht immer unserer Wirklichkeit, aber das wünschten wir auch nicht. Wir gingen gern in fremde Wohnungen; dort erlebten wir andere Dinge, aber genau so, wie wir die Dinge unserer gewohnten Umgebung erlebten. Natürlich war es etwas anderes, in einem Schloß mitzuleben oder mit einer Mona Lisa zu leben. Das Eigentümliche früherer Kunst war, daß wir uns überall angesprochen fühlten, und daß wir nicht anders konnten, als mitleben, mitleiden, von einem Schicksal erschüttert oder gehoben sein. Danach kamen wir gewöhnlich in unsere Wohnung zurück, und das Ganze lag hinter uns. Kunst war »Schaustellung erlebbarer Wirklichkeit«.

In der Kunst der Gegenwart kommt man mit Dingen zusammen, mit denen man nicht leben kann, und das in Räumen, in denen sich nicht leben läßt. Man macht von vornherein gar nicht mehr den Versuch dazu, ist irritiert, fühlt sich unter Umständen persönlich angegriffen oder beleidigt. So sind noch die günstigsten Fälle. Viel öfter ist man ratlos. Daß ein Unterschied ist und welcher Art er ist, spürt man besonders deutlich vor Werken der letzten Zeit, in denen Abbilder der Realität, sachlich genaue Abbilder wie Wachsfiguren, wieder vorkommen. Eine peinliche Zweideutigkeit in der Situation irritiert einen. Der Gedanke, das dort

Versammelte als lebendig anzusehen, es mit Wirklichkeit verwechseln zu können, verursacht einem Widerwillen oder erscheint einem als eine Komödienidee. Und wenn es einem gelungen ist, die sichere Haltung wiederzugewinnen, sind einzelne Figuren bestenfalls Gegenstand einer halb amüsierten, halb beleidigten Betrachtung. Im Panoptikum bleibt ein leiser Ekel am Menschlichen immer in der Luft: so liegt über der neuen Kunst noch in ihrer positivsten Form ein böses Zwielicht, so daß der Zweifel wegen ihrer Einstellung zum Leben und zum Menschen selbst vor dem neuen Realismus bestehen bleibt.

Die Beschäftigung mit neuer Kunst ist vom früheren »Kunstgenuß« sehr verschieden. Beim Lesen mancher Romane dieser Epoche treibt man, während man die Lebensläufe einiger Männer und Frauen verfolgt, Soziologie und Psychologie. Ein Musikstück von Stravinsky hört man ohne Gefühlserregung, aber mit leidenschaftlichen Gedanken an. (Übrigens hat Stravinsky eine Definition für seine Musik gegeben, die diese wohl nicht erklärt, aber doch den Eindruck bezeichnet, den man durchgängig von der Kunst der Gegenwart hat: »vereistes Gefühl«.)

Soweit war nur von der Negation in der Kunst unserer Zeit die Rede. Das ist die Seite an ihr, die zunächst auffällt. Wäre die neue Kunst jedoch nur Negation, bedeutete das das Ende der Kunst. Und zweifellos ist es so, daß die Kunst in der bisher geübten Art der Wirklichkeitsdarstellung zu einem Ende gekommen war. Andererseits ist jedermann, zumindest theoretisch, geläufig, daß das nicht das Wesentliche der Kunst ist, daß sie Abbilder des Natürlichen gibt, sondern, daß das speziell Künstlerische ihr Ausdrucksvermögen, ihr Formcharakter ist. »Ausdrucksvermögen« ist allerdings mißverständlich. Damit kann die Fähigkeit bezeichnet werden, mit einem Ausdrucksmittel (Wort, Farbe, Ton, Stoff usw.) die Illusion einer Realität entstehen zu lassen. Das ist nicht das künstlerische Ausdrucksvermögen. Dies besteht vielmehr darin, etwas auszudrücken, darzustellen, was noch in keiner Form Gestalt hatte. Kunst ist ein Ausdruckssystem für Irreales. Das ist nur bildhaft einigermaßen verständlich zu machen. Die Welt, in der wir leben, ist durch Dinge und durch die Beziehungen der Dinge zueinander bestimmt. Man kann sich vorstellen, daß es, außer der dreidimensionalen Welt, in der wir leben, noch andere Welten gibt, von denen wir eine Ahnung haben, da wir offenbar in Beziehung zu ihnen stehen, Welten, in denen andere Gesetze gelten, als die physikalischen. Beispielsweise sprechen einige Musiktheoretiker von einem Reiche der reinen Musik. Der Komponist nun hat das Vermögen, dieses Reich – es ganz in der Totalität seiner eigentümlichen Existenz belassend – mit Hilfe der Töne, Klänge und Geräusche unserer Realität, für uns existent werden zu lassen. Das Musikpublikum wird beim Anhören von Musik leicht nur die Töne, Klänge und Geräusche der Realität wiedererkennen und weiter nichts begreifen, es wird in der irdischen Realität befangen bleiben und zum Musikalischen nicht vordringen. Deshalb müssen die Elemente der Realität in der Musik, die notwendig sind, damit Musik überhaupt zur Darstellung kommen kann, vom Komponisten nach Möglichkeit umgeformt, von dem Bekannten entfernt, entwirklicht, stilisiert werden. Die Stilisierung der Realität ist noch keineswegs die künstlerische Form, sondern lediglich ein Versuch zur Irrealisierung der Darstellungsmittel, also technisches Handwerk. Die musikalische Form beginnt erst mit der Einführung der Gesetze und Formen, nach denen ein »Reich der reinen Musik« sich aufbaut, in die Ordnung der Töne. Diese bildliche Darstellung von einer Form des künstlerischen Schaffens ist so mangelhaft, wie jede schematische Darstellung. Sie hilft aber, Wirklichkeit und Form in der Kunst richtig zu scheiden. Und eines macht sie außerdem deutlich: daß das reine Kunstwerk ein fremder Kosmos ist, den wir nur vermöge einer künstlerischen Sensibilität begreifen, den wir betrachten, zu dem wir verschiedene Stellungen einnehmen können, der uns Vergnügen und gar geistige Lust bereiten, der uns neue Denkmöglichkeiten geben kann (nachdem dieser Kosmos metaphysisch-religiöse Verbindlichkeit für uns nicht mehr besitzt).

Kunst ist Kunst, ein Ausdruckssystem für Irreales – und kann weder genießerisch erlebt werden, noch kann man eine Religion aus ihr machen. Es gibt heute nur eine einzige mögliche Haltung vor der Kunst: die rein geistige. Kunst als Kunst, reine Kunst: das ist positiv ausgedrückt überall, wo Künstler noch frei, nicht für Apparate schaffen, der künstlerische Arbeitsimperativ der Gegenwart. Er kommt am auffälligsten zum Ausdruck in den unablässigen Bemühungen um die Form auf allen Gebieten der Kunst, in den radikal geführten Diskussionen über die Kunstformen und in vielen radikalen Formexperimenten. Diskussion und Experiment beziehen sich in gleicher Weise auf die einzelne Kunstgattung und das Werk, wie auf die Form als Element im Kunstwerk. Zuerst ging die Tendenz auf radikale Trennung der Arten und auf eine klare Ausbildung der Elemente: auf Sauberkeit. Das ergab die auffällige Kargheit und Dürftigkeit, die für alle Kunst dieser Tage zunächst symptomatisch ist. Langsam stellt sich in allerletzter Zeit größere Fülle wieder ein; das Leben breitet sich wieder aus, aber es hat einen andern Akzent bekommen. Das ist in denjenigen Werken am deutlichsten, wo es nicht als Rohstoff in die Komposition eingesetzt wird, sondern als Zitat aus Werken früherer Kunstepochen, selbst von Phrasen romantischer Kunst. Die moderne Musik belehrt darüber am instruktivsten. In ihr sind romantische Melodien Elemente in einer »Montage«, Formelemente.

Das alles klingt reichlich theoretisch. Aber das Theoretische bestimmt eben weitgehend den Charakter der heutigen Kunst. Ob diese Kunst so theoretisch ist, weil Vitalität ihr fehlt, oder ob ihre geringe Kraft daher rührt, daß zuviel theoretisiert wird (vielleicht aus innerer Notwendigkeit in einer Zeit des Übergangs), das bleibt die Frage.

Kunst und Apparat

Der technische Apparat spielt zuerst bei der Publikation von Kunstwerken eine Rolle. Das Werk selbst entsteht, bis in die jüngste Zeit, ohne technische Apparate. In der Herstellung von Dichtung, Musik, Bild und Plastik sind Apparate undenkbar; und selbst in der Architektur ist für die künstlerischen Zwecke ein Apparat überflüssig. Einzig der Film, das jüngste künstlerische Ausdrucksmittel, kann ohne Apparate nicht hergestellt werden.

Für Gemälde und Plastiken spielt ein technischer Apparat selbst in der Publikation kaum eine Rolle. Auffälligerweise sind das auch diejenigen Künste, die in der Gegenwart unter allen die geringste Bedeutung haben; vor allem die Plastik, die an den großen Instituten für die Publikation von Kunst mittels Apparaten am wenigsten gebraucht wird. Offenbar besteht also ein unmittelbarer Zusammenhang zwischen der Bedeutung der Kunst in der Gegenwart und den Apparaten.

Für die lyrische und epische Dichtung besorgt der Apparat nur die Vervielfältigung; ein wesentlicher Einfluß ist ausgeschlossen. Aber selbst bei diesen Formen der Dichtung kann man unmöglich eine Wirkung des Apparates (Druckerei) übersehen. Zu Anfang gewann die Dichtung durch den Druck ungeheuer an allgemeiner Bedeutung; später erlitt sie eine merkliche Einbuße an Bedeutsamkeit.

Das Musikwerk, die Oper, das Drama und das Ballett benötigen von vornherein den Apparat. Für diese Werke bedeutet die Niederschrift oder Aufzeichnung noch nicht die letzte Ausdrucksmöglichkeit, die letztmögliche Realisierung. Der Stand ihrer Realisierung in der Niederschrift ist selbst unter diesen Werken wieder graduell verschieden. Das Buchdrama kann schon eine fertige, wenn auch noch unvollkommene Vorstellung vermitteln. Eine Musikpartitur und ein Tanzmanuskript sagen den meisten Menschen überhaupt nichts. Nur ganz wenige können für sich daraus eine

Vorstellung von dem Werk gewinnen, hören oder sehen es, während sie es lesen.

Musikwerk, Oper, Drama und Ballett brauchen für ihre endgültige Realisierung den nachschaffenden Künstler und Instrumente. Zu den nachschaffenden Künstlern gehören Musiker, Dirigenten, Schauspieler, Sänger, Tänzer, Regisseure. Sie benutzen das Werk des Dichters oder Komponisten als Partitur oder Vorlage. Diese gibt den Kosmos des Werkes, die Dinge und die Perspektiven an. Die Nachschaffenden sind Interpreten, Übersetzer in ein sinnliches Material. Sie sind mehr oder weniger schöpferisch in der Deutung, vor allem aber in dem, was sie aus dem Material (in das übersetzt wird) zu machen wissen, welche besonderen Reize, welche Kunstwerte sie aus dem Material zu holen vermögen. In diesem letzten Stadium der Realisierung von Orchesterwerken, Opern, Dramen und Balletts tritt auch der technische Apparat in Aktion. Für die letzten drei von diesen ist der Apparat im Theater vereinigt.

In der Musik tritt der Apparat mit den Instrumenten auf. Jedes Instrument ist eine mehr oder weniger komplizierte technische Erfindung. Die Verbindung von mehreren Instrumenten ergibt den Musikapparat. Man kann auch ein Orchester als musikalischen Apparat bezeichnen.

In dem Verhältnis zwischen dem musikalischen Kunstwerk und dem musikalischen Apparat sind drei Perioden zu unterscheiden. Zuerst ist der Einfluß des Apparats entscheidend. Ein Instrument gibt überall die Grundlage für das Tonsystem ab. Möglichkeiten und Grenzen der Instrumente bezeichnen Möglichkeiten und Grenzen der Musik. Als der Musikapparat in den Grundformen feststeht, kommen die schöpferischen Impulse wesentlich von den Komponisten. Das Musikschaffen verändert und vervollkommnet den Apparat beständig. Dieser beeinflußt wohl auch die musikalische Intuition, aber der Fortschritt kommt vorwiegend von der Komposition. Mit der Mechanisierung des Musikapparates bekommt die musikalische Komposition wieder entscheidende

Impulse vom Apparat. Der Charakter der Komposition wird unter seinem Einfluß völlig verändert. Wir sind heute in der günstigen Lage, das an den Phasen der Musik in der letzten Zeit überall feststellen zu können. Der Einfluß der Jazzinstrumente auf die moderne Musik und vor allem der Apparate für eine mechanische Wiedergabe ist größer und einschneidender als der der exotischen Musik. Besonders auffällig ist die Mechanisierung im Rhythmus und das Überwiegen des Konstruktiven.

Die entscheidende Entwicklung im Verhältnis von Kunst und Apparat geschah in den Theatern. Hier folgte die Entwicklung des Apparates nicht nur den Bedürfnissen der Kunst, sondern ebensosehr den Ansprüchen der Gesellschaft. Das Theater wurde mit jeder Umschichtung der Gesellschaft wesentlich anders. Den stärksten Einfluß hat die bürgerliche Gesellschaft genommen. Sie hat in ihrem Theater so viel von sich investiert, daß danach eine Neuorientierung fast unmöglich geworden scheint und jeder Versuch dazu die Existenz des Theaters immer wieder ernsthaft gefährdet. Das Theater reproduziert in Schauspiel und Oper die bürgerliche Gesellschaft. Wie sehr das Wesen des Theaters dadurch bestimmt ist, läßt sich daran ermessen, daß auf Erneuerungsversuche im Theater und in der dramatischen Kunst (in der Oper gibt es noch kaum Erfahrungen dafür, da solche Versuche erst neuerdings unternommen wurden) regelmäßig wieder Rückfälle ins romantische oder gar naturalistische Theater folgen; eine gerade Entwicklungslinie wird immer wieder unterbrochen.

Das Theater, speziell die Oper, war von Anfang an ein komplizierter, zusammengesetzter Apparat. Am Zustandekommen des Theaterkunstwerkes sind zunächst eine Reihe von schaffenden Künstlern: Dichter, Komponist, Maler; dann eine Reihe von nachschaffenden Künstlern: Schauspieler, Sänger, Regisseure, Musiker – und endlich noch Techniker, Bühneningenieure und Beleuchter, beteiligt. Wenn auch die wesentlichen Intentionen zunächst vom Dichter und Komponisten ausgingen, setzten die übrigen Beteiligten doch auch ihren Ehrgeiz darein, Eigenes zu zeigen. Hinter den Kulissen spielte sich beständig der große Kampf um das Primat zwischen Wort, Musik, Regie und Darstellung ab. Und diese Teile führten wieder einen beständigen Kampf mit der Ausstattung und mit der Technik. Wo diese den Vordergrund der Szene beherrschen, dominiert die Bühnenschau. In ihr besonders setzt sich innerhalb des Theaters der Geschmack der Gesellschaft durch. Und da zum Theater von allem Anfang an ein gut Teil Artistik und vor allem Zauberei gehören, ist der Boden für das Maschinelle, für die Technik besonders günstig.

Das Theater, das zunächst nur ein Instrument für Drama und Oper darstellte und der Ort für die großen künstlerischen Begebenheiten in der Gesellschaft war, wurde zu einem selbständigen Institut, das von den Künsten beliefert wird – und zu einem Geschäft. Uns interessiert hier zunächst das Theater als Institut.

Aus der zunehmenden Technisierung des Theaterapparates folgt automatisch, daß das Maschinelle auch in der Kunst eine immer größere Rolle spielt. Und innerhalb der Künste, die für das Theater arbeiten, entstehen in den Waren, die gerade gefragt sind, zu jeder Zeit Industrien. Die Macht des Apparates wird vor allem da deutlich, wo Künstler aus rein künstlerischen Intentionen heraus eigene neue, dem Apparat nicht gemäße oder ihm entgegengesetzte Wege gehen wollen. In derartigen Auseinandersetzungen setzt immer der Apparat seine Auffassung durch. Das Primat des Theaters über die Künste geht sogar so weit, daß es literarische Werke für seine Tendenzen bestellt oder vorliegende Werke für seine Absichten abändert. Endgültig ist das Theater in die Position einer Industrie erst mit dem Aufkommen des Films gekommen.

Der Film ist ursprünglich und seinem Wesen nach eine reine Angelegenheit der Technik. Seine Entwicklung ist von Anfang an durch die Vervollkommnung von Apparaten und durch die Industrie bestimmt gewesen. Schon sehr früh nahm das Filmwesen den Charakter einer Industrie an. Die künstlerischen Kräfte werden, wie alle anderen auch, für den Film gekauft. Diese Situation ist in keiner Weise dadurch verändert, daß es die Künstler sind, welche dem Film erst künstlerischen Wert gaben und ihm vor allem in der Gesellschaft eine Position schufen. Dank der Mitarbeit von Künstlern ist der Film heute in erster Linie ein künstlerisches Ausdrucksmittel und eine Kunstform. Weil er das populärste und verbreitetste Kunstmittel ist (woran die Filmindustrie natürlich ihren großen Anteil hat), werben die Künstler aller Gattungen um ihn. Die Folge ist, daß die Technik des Films, der Filmapparat, überall in der Kunst Einfluß gewinnt. Es waren jedoch wirtschaftliche Gründe, durch welche die Industrie bestimmt wurde; sie organisierte aus eigenem Interesse eine Kunstindustrie.

Die Übermacht von Technik und Industrie und der reine Warencharakter der Kunst und selbst des Künstlers beim Film wird bei jeder Gelegenheit wieder deutlich. Eine technische Neuerung wie der Tonfilm führt zur völligen Vernichtung einer eben erst entwickelten Kunstform und zur Entlassung bis dahin hoch im Kurs stehender Künstler. In den Filmverträgen der Schriftsteller muß dieser Bedingungen unterschreiben, die ihn gegen ein Pauschal buchstäblich enteignen. Man macht in seinem Werk eigenmächtig Striche und Zusätze, ändert es nach Bedarf, unter Umständen selbst in der Grundidee, vollständig um. Auf diese Usancen beim Film ist zurückzuführen, daß ähnliche neuerdings auch am Theater Eingang gefunden haben.

Zu Theater und Film ist in letzter Zeit noch ein dritter Apparat getreten, der auch in erster Linie Kunst verwertet und seinerseits auch Einfluß auf die künstlerische Gestaltung nimmt, Kräfte aus allen Kunstgebieten bindet und durch seine besonderen Ausdrucksmittel wieder auf die Kunstmittel wirkt: der Rundfunk.

Nachstehende Zusammenstellung zeigt, welche Künste und Künstler durch die drei großen Publikationsinstitute Theater, Film und Rundfunk erfaßt werden:

1. Theater:
Schriftsteller,
Komponisten,
Maler,
Regisseure,
Schauspieler,
Sänger,
Musiker,
Tänzer.

2. Film:
Schriftsteller,
Komponisten,
Architekten,
Regisseure,
Schauspieler,
Sänger,
Musiker,
Tänzer.

3. Rundfunk:
Schriftsteller,
Komponisten,
Musiker,
Sänger,
Schauspieler,
Kabarettisten.

Fast vollkommen ausgeschlossen sind demnach Bildhauer; verhältnismäßig wenig beteiligt Maler. Die Architekten werden von allen drei Instituten in großen Bauaufgaben beschäftigt.

Der Konsum von Kunstwerken an diesen drei Instituten ist ein außerordentlicher. Ihre Ausbreitung und die Bedienung des Publikums mit Hilfe der Apparate ist derart, daß sie nicht bloß das allgemeine Bedürfnis nach Kunst und Unterhaltung befriedigen, sondern Übersättigung mit Kunst als latenten Zustand unterhalten. Auf die Weise sichern sich diese Institute leicht ein Monopol auf Kunst. Das bedeutete das Ende der freien Kunst, wenn sie tatsächlich alle Bedürfnisse befriedigen könnten. Das ist vorläufig nicht möglich, da die riesigen Betriebsunkosten und die Beschränktheit der Apparate sie zwingen, zunächst nur für die Massen zu arbeiten, und eine Differenzierung der Qualität über den Durchschnitt hinaus unmöglich machen. Sie können vorläufig für die Befriedigung differenzierterer geistiger Ansprüche nichts tun; diese bleibt zunächst allein der Arbeit freier Künstlerschaft vorbehalten.

Das bedeutet natürlich, daß die Isolierung der reinen Kunst und, publikumsmäßig, einer Schicht von Geistigen immer weiter getrieben wird. Darin besteht heute wesentlich die soziologische Wirkung der Kunst. Die neuerliche Entwicklung der Technik läßt voraussehen, daß über kurz oder lang der Apparat auch die geistigen Ausdrucksmittel beherrschen wird. Dann wird für das Schicksal der Künstler und der Kunst entscheidend sein, in wessen Händen der Apparat sein wird. Vorläufig kann man nur sehen, daß diese Situation von der Industrie erfaßt wird.

Kunst als Geschäft

Der Künstler ist nicht nur schöpferischer Mensch, sondern jeder Künstler ist auch Handwerker und Kaufmann. Die Eigenart des Kunstwerkes und vor allem die allgemeine Auffassung vom Kunstwerk verbieten jedoch dem Künstler, daß er als Schaffender an einen Zweck denkt, unter anderem also auch, daß er an den Erfolg und speziell den geschäftlichen Erfolg denkt. Zwischen Künstler und Publikum stehen deshalb kaufmännische Mittler: Kunsthändler, Verleger, Agenten und die Institute zur Verbreitung von darstellender Kunst in Bild und Ton.

Für das Kunstgeschäft ist jede Kunstleistung eine Ware. Es hat sich ein Markt mit allen Gesetzen und Gepflogenheiten des Warenmarktes herausgebildet. Der Preis der Ware richtet sich nach der Geltung am Markt. Diese wird teils durch den Abnehmer bestimmt, teils durch den Kaufmann gemacht. Wie der künstlerische Wert eines Werkes nicht sachlich zu bestimmen ist, so richtet sich der Marktwert nicht nach der sachlichen Leistung, die ein Kunstwerk repräsentiert. Ein wesentlicher Wertfaktor, man könnte fast sagen: der einzige, ist der Ruhm des Künstlers. Dieser wird in erster Linie durch die gesellschaftliche Funktion des Kunstwerkes, nämlich die repräsentative Gesellschaft in ihren kulturellen und luxuriösen Bedürfnissen, in ihrem Glanz also zu reproduzieren, bestimmt. Formen sind dafür bedeutsamer als Gehalte. Nur so ist verständlich, daß es Kunstmoden gibt und daß sie in der Hauptsache das Kunstgeschäft beherrschen. Besonders in den Instituten, die Kunst in Massen verbreiten, spielen Moden eine große Rolle.

Nächst den gesellschaftlichen spielen in der Bewertung der Kunst die privaten Ansprüche des Kunstpublikums die größte Rolle. Die wenigsten Menschen gehen vor Kunstwerken aus der Sphäre ihrer allgemeinen menschlichen Interessen heraus. Der Bürger sucht im Kunstwerk seine Gemütlichkeit, seine Schönheit und seine Reputation, der Proletarier den Existenzkampf und Bildung, Gesellschaftsmenschen die Verkörperung ihres Schönheitsideals und Schmuck. Die wenigsten Menschen trauen vor einem Kunstwerk ihren Gefühlen und ihrem Geist. Sie sind zu unsicher, um sich Einsichten und Erleuchtungen hingeben zu können. Menschliche und gesellschaftliche Interessen verwirren rasch wieder Momente der Klarheit.

Alle Bedingungen im Kunstgeschäft sind also in erster Linie auf Äußerlichkeiten bezogen. Es selbst arbeitet in folgenden Etappen: es schafft eine Konjunktur; es macht mit allen Marktmitteln die Preise; es sucht nach dem Lokalmarkt den Weltmarkt; es nutzt alle Mittel, die Konjunktur zu befriedigen. Wenn heute neben alter Kunst besonders immer neue Talente und außerdem bestimmte Typen gefragt sind, so ist das die Wirkung der gesellschaftlichen Wertung der Künste und der Praxis des Kunstgeschäftes. Die Befriedigung des Kunstpublikums geschieht ausschließlich durch den Kunstmarkt. Und wenn heute Kunst nicht nur von einigen Kennern gekauft wird oder von einer besonderen Gesellschaftsschicht, sondern auch von der Masse – in der Hauptsache kauft diese allerdings Reproduktionen oder Ersatzwerte anderer Art –, so ist das vorzüglich ein Erfolg des Kunstgeschäfts. Für die Künste folgt aus dem Kunstgeschäft, daß sie einesteils zum Markt drängen, andernteils vom Markt angefordert werden, beides selbstverständlich zur Befriedigung des Marktes: das führt heute im allgemeinen notwendigerweise zu einer Anpassung an den Markt und zugleich zu einer Unterbezahlung der Masse der Arbeitenden und einer Überbezahlung einiger weniger Stars.

Das Verhältnis wird dort am deutlichsten, wo die Kunstleistung persönliche Darstellung ist, die Künstler also selbst gehandelt werden: am Theater und im Film. An einem ersten Staatstheater werden im Schauspiel, Anfänger nicht mitgerechnet, Jahresgagen von

3600 bis 40000 Mark, in der Oper von 4500 bis 72000 Mark bezahlt. An Privattheatern ist der Unterschied noch viel größer. An kleinen Theatern liegt die Höchstgage erster Kräfte zwischen 5000 und 6000 Mark. Reine Geschäftstheater engagieren Darsteller nur für einzelne Rollen. In solchen Verträgen differieren die Abendgagen an ersten Theatern im allgemeinen zwischen 15 Mark und 300 Mark, in Ausnahmefällen hatte ein Star eine Abendeinnahme von 1500 Mark. Im Film kennt man nur Rollenverträge; die Tagesgagen liegen zwischen 12 Mark und 3000 Mark.

Im Kunsthandel ist es nicht möglich, Zahlen von allgemeiner Gültigkeit zu nennen, nur die geschäftlichen Gepflogenheiten lassen sich charakterisieren. Die Kunsthändler beziehen Provisionen von jedem verkauften Werk. Ein Vertrag auf der Basis eines monatlichen Fixums wird mit Malern, Graphikern und Bildhauern nur in seltenen Fällen geschlossen. Das Recht, von einem Werk Reproduktionen herzustellen, wird meist gegen eine feste Summe ein für allemal verkauft. Die Beteiligung am Verkauf der einzelnen Blätter ist, wenn eine solche überhaupt vereinbart wird, nur äußerst gering.

Variabler sind die Verträge zwischen Schriftstellern und ihren Verlegern. Die übliche Form ist die, daß der Schriftsteller am Verkauf mit 10 bis 15 Prozent beteiligt wird. Ist er völlig unbekannt, so trägt er einen Teil der Druckkosten, unter Umständen auch die gesamten, der Verlag übernimmt dann nur den Vertrieb. Bei bekannteren trägt der Verlag sämtliche Herstellungskosten, zahlt dem Autor bei Übernahme des Werkes eine Kaufsumme und beteiligt ihn außerdem am Verkauf. Schriftsteller mit großen Namen haben meist einen Generalvertrag, in dem der Verlag für eine bestimmte Zeit das Recht auf alle Werke gegen eine monatliche Rente erwirbt. Die Rente wird entweder als Vorschuß gerechnet, oder sie stellt ein Gehalt dar.

Die Einnahmen von Komponisten resultieren aus dem Verlagsgeschäft, den Beteiligungen an Aufführungen und den sogenannten kleinen Rechten. Nur sehr wenige haben einen Generalvertrag mit einer monatlichen Rente. Diese beträgt, wie bei Schriftstellern, höchstfalls 1000 Mark im Monat. Am Verlagsgeschäft sind sie in der Regel mit 10 Prozent beteiligt. Die Aufführungstantiemen sind sehr schwierig zu errechnen. Beim Verlag laufen von den Veranstaltern in der Regel 10 Prozent der Einnahme ein. Davon werden meist 2 bis 3 Prozent Materialtantiemen einbehalten. Von dem Rest behält der Verlag 20 Prozent für sich. Die kleinen Rechte bestehen aus den Erträgen von Publikationen im Film, bei Konzerten, im Rundfunk, auf Schallplatten usw. Die diesbezüglichen Interessen der Komponisten werden von der Gema (Genossenschaft zur Verwertung musikalischer Aufführungsrechte) vertreten. Sie kontrolliert alle Musikprogramme. Alle Einnahmen werden an ihre Mitglieder verteilt. Deren Wertung geschieht nach Punkten. Die größeren Posten der kleinen Rechte ergibt die Kinomusik, die kleinsten Kammermusik und Symphonien. Die Einnahmen von Kammermusikkomponisten aus den kleinen Rechten bewegen sich durchschnittlich zwischen 2000 und 3000 Mark im Jahr; einer der bekanntesten und meistgespielten Komponisten kam auf 8000 bis 10000 Mark.

Die Wirkungen des Kunstgeschäftes auf die Künste sind am besten an einigen extremen Erscheinungen zu beobachten. Besonders aufschlußreich sind die vielen Fälle von Fälschungen, die in letzter Zeit auf den Markt kamen. Der Fall Dossena hat darüber eine ausführliche Diskussion hervorgerufen. Bei dieser Gelegenheit wurde eine Äußerung eines Amsterdamer Kunsthändlers verbreitet: »Solange Nachfragen nach alten Meistern bestehen, wird der Bedarf gedeckt werden. Die Kunstware ist – geschäftsmäßig betrachtet – nichts anderes als eine Handelsware. Gibt es keine Originalware mehr, so kommt eben Ersatzware auf den Markt. Wenn alle Rubens' und Rembrandts, die in den Museen und selbst in den bestrenommierten Privatsammlungen hängen, echt wären, so müßten die Meister hundert Arme und Hände gehabt haben. Und dabei werden jeden Tag noch neue signierte oder anderswie ›echte‹ Meisterwerke Rubens' und Rembrandts entdeckt.« Das ist eine

Auffassung, die sich vom Markt aus verbreitet hat. Auffällig ist, daß die Ersatzware meist nur zufällig als solche aufgedeckt wird. Darin wird unsere ganze Kunsteinstellung entlarvt. Das Verhältnis zur Kunst ist lediglich bestimmt durch schon übernommene oder allgemein verbreitete Inhalte und Formenkenntnisse. Die naturgetreue Echtheit von bekannten Formen mit einem überlieferten Gehalt befriedigt alle Ansprüche. Sie wird, solange sie nicht als Fälschung entlarvt ist, höher eingeschätzt als das neue originale Werk. Dabei weiß jeder Kunstkenner, daß es eine Kleinigkeit ist, Formen naturgetreu nachzumachen. (»Wenn die Menschen wüßten, wie einfach die Malerei ist und wie verdammt schwer das Ringen –!«) Der Erfolg der geltenden Kunstauffassung ist, daß Künstler auf allen Gebieten, durch einen einmal erfolgreichen Typus von Werk verleitet, durch das Kunstgeschäft getrieben, diesen bis zur völligen Verflachung immer noch einmal wiederholen. Daß Nachahmungen auf den Markt kommen, daß Erfinder eines erfolgreichen Typus selbst zweierlei organisieren: eine Werkstätte, man könnte sagen: eine Fabrik, in welcher der erfolgreiche Artikel unter der Assistenz von Gehilfen, die das Material sondieren und das Gerüst vorbereiten, in kürzester Zeit in Massen hergestellt wird – und eine Gesellschaft zur Finanzierung, Propagierung und zum Vertrieb in der ganzen zivilisierten und kaufkräftigen Welt. Solche Werkstätten gab es mehr oder weniger immer schon.

Eine andere auffällige Erscheinung ist der ungeheure Verbrauch von jungen Talenten. Er ist am auffälligsten in der Literatur. Es gibt heute eine Menge von Beispielen dafür, daß die ersten Werke von Schriftstellern ihre besten waren. Sie verraten meist Begabung und frische Ursprünglichkeit. Sofort sind Cliquen da, die aus dem Neuen eine Richtung konstruieren und eine Mode auftun. Verleger überhäufen das hoffnungsvolle Talent mit Angeboten und nötigen es zu Wiederholungen des ersten Erfolges. Herausgeber von Zeitungen und Zeitschriften bemächtigen sich seiner, pressen Beiträge aus ihm heraus. Auf diese Weise wird seine Originalität bald verbraucht. Jedes folgende Werk ist eine schwache Wiederholung oder nur ein Nachklang des ersten. Wie könnte es anders sein! Bei all der Reklame und der frühzeitigen und hastigen Publizistik ist jede Entfaltung, jedes Reifen zu einer Erfüllung ausgeschlossen. In den Werken wird nur summiert, statt fortgeschritten. Der Prozentsatz von »Kindersterblichkeit« unter vielversprechenden Talenten ist heute erschreckend. Gewiß haben Shakespeare, Molière, Rubens, Rembrandt und Mozart zu ihrer Zeit ohne Schaden den Markt versorgen können. Es zeigt sich eben auch hier, daß ungewöhnliche menschliche Formate, die diesen Verbrauch aushielten, von unserer Zeit, zumindest als Künstler, im allgemeinen nicht hervorgebracht werden.

Die Gefährdung des Künstlers durch Apparat und Geschäft

Die Gemeinschaft von Apparat und Geschäft in der Kunst ist heute für die Stellung des Künstlers bedeutsamer, als alle Kunstanschauungen der Künstler und Philosophen. Apparat und Geschäft sind daran, den Künstler zu erdrosseln. Bis zur Herrschaft der Apparate war künstlerische Arbeit wesentlich Heimarbeit des einzelnen. Solange hatte jeder Künstler seine Produktionsmittel vollends in der Hand. Die Monopolisierung der Verbreitung der Kunst in den großen Apparaten hat die Schaffenden von ihren Produktionsmitteln getrennt. Sie wurden entweder Angestellte in großen Kunstbetrieben, oder sie führen, soweit sie weiter Heimarbeiter sind, nur noch bestimmte Aufträge aus. Jede andere künstlerische Arbeit ist kaum mehr rentabel. (Es sei denn, ein Künstler hat einen Lehrauftrag an einer der staatlichen Kunstschulen.)

Diejenigen Stellen, die dem Künstler heute zu leben geben – durchweg soviel, daß er besser leben kann, als zu irgendeiner früheren Zeit –, sind im Moment zugleich die größte Gefahr für die Kunst. Ihr Interesse ist nicht der Fortschritt der Kunst, sondern der Fortschritt der Technik. Und was die Kunst betrifft, haben sie nur eine Forderung: ihre Rentabilität. Fortschritt der Technik bedeutet für sie: Vervollkommnung der Apparate, derart, daß die Produkte derselben der Natur möglichst nahe kommen oder sie gar vollkommen natürlich reproduzieren. Das ist eine Tendenz, die antikünstlerisch ist.

Gegenwärtig hat man Gelegenheit, diesen Zustand am Film zu beobachten. Nachdem die Bewegung im Bild gelungen war, stellten sich die Techniker als Aufgabe sogleich die Eroberung des Tones. Kaum ist ihnen diese, noch sehr unvollkommen, gelungen, da wird der stumme Film, als er gerade anfing, künstlerisch fruchtbar zu werden, ohne weiteres völlig verlassen. Und schon wird wieder in Richtung auf die Eroberung der Farbe, der Plastik und des Raumes im Bild weitergearbeitet. Und die Apparate, mit denen sich eine volle Natürlichkeit der Wiedergabe erzielen läßt, werden noch kaum fertig geworden sein, und man wird schon mit Apparaten zur Überwindung der Natur, zu Naturwundern – und noch immer nicht mit den Kunstmöglichkeiten – beschäftigt sein. Auf allen Stationen werden Künstler gebraucht und verbraucht. Nicht von ihrer Fruchtbarkeit hängt ihre Verwendbarkeit ab, sondern von der Rentabilität der Apparate. Die Künstler sind im Begriff, ein Stand zu werden, der sozial unter den Angestellten einzugliedern ist.

Die Kunstschulen

Zunächst zwei Fragen: Wer wird Künstler? und: Wie wird man Künstler?

Wer wird Künstler? – Der Begabte, ist die einfache Antwort. Aber sie ist zu einfach; denn offenbar gibt es ebensoviele Untalentierte in allen Künsten. Wonach sollte auch die Begabung entschieden werden! Nach einer gewissen Geschicklichkeit im Zeichnen und Malen? Nach einer Neigung zum Fabulieren und nach der Schreibbegabung? Einer glücklichen Auffassung von Musik und

Talent in der Wiedergabe? Mimischer und sprachlicher Ausdrucksfähigkeit und Talent, sich in Szene zu setzen? – Niemand, an den die Frage gerichtet wird – und es ist die bange Frage, die immer wieder gestellt wird: habe ich Talent? –, wird sie, wenn er gewissenhaft ist, nach diesen Fertigkeiten entscheiden.

Nach dem Glauben also, den einer hat? Nach dem inneren Furore? Wenn einer den unbedingten Drang fühlt? – In absolut Untalentierten nahm der Glaube schon das Ausmaß von einem Wahn an. Und – es hat erfolgreiche und große Künstler gegeben, die immer von neuem wieder ihr Talent anzweifelten. Fertigkeiten und Überzeugung, kann man mit Sicherheit sagen, sind meist die geringsten Garantien für Begabung. Es gibt gar keine andere Möglichkeiten: das Talent kann sich nur in der Arbeit erweisen. Es gibt keine Sicherheit. Man riskiert in der Kunst auf jeden Fall Jahre seines Lebens, unter Umständen sein ganzes Leben. Um das zu können, dafür muß man die inneren Voraussetzungen und die Mittel mitbringen. Man möchte sagen, nur zwei Umstände könnten einen Menschen bestimmen, Künstler zu werden: Verzweiflung (weil jede andere Möglichkeit fehlt) oder immenser Überfluß.

Versucht man, die Frage »Wer wird Künstler?« soziologisch, nach der Herkunft zu beantworten, kommt man zu dem Resultat, daß die meisten Künstler aus bürgerlichen Familien kommen, und zwar aus Übergangsschichten. Daraus kann man nicht auf häufigere Begabung im Bürgertum schließen; unter Arbeitern und Bauern gibt es gewiß ebenso viele Begabungen, aber viel größere Schwierigkeiten, und es besteht viel weniger oder gar kein Anreiz zur Kunst.

Wie wird man Künstler? – Nur, indem man eine Kunst ausübt. Das ist in der Tat der einzige Weg: eine Kunst ausüben. Er setzt voraus, daß einer, schon bevor er mit arbeiten anfängt, für sich ihre Entdeckung gemacht hat. Mit anderen Worten: man macht sich ausschließlich selbst zum Künstler. Studium, Arbeit, Ordnung und das Erlernen der Technik, des Handwerks einer Kunst sind dabei kaum hoch genug einzuschätzen. Wichtiger ist jedoch der Ausbau des eigenen Wesens. »Das erste Studium des Menschen, der ein Dichter sein will, geht auf vollständige Erkenntnis des Eigenen aus«, ist die Ansicht Rimbauds darüber. »Er sucht seine Seele, mustert sie, stellt sie auf die Probe, lernt sie. Sobald er sie weiß, muß er sie ausbauen ... Ich meine, man muß Seher sein und sich zum Seher machen. Der Dichter macht sich zum Seher durch eine lange, unermeßliche und durchdachte Entregelung sämtlicher Sinne. Alle Formen der Liebe, des Leidens, des Wahnsinns; er sucht selbst und erschöpft in sich alle Gifte, um nur ihre Quintessenz zu behalten. Unaussprechliche Marter, in der er jeden Glauben und übermenschliche Stärke nötig hat – er wird der große Kranke, der große Verbrecher, der große Verdammte – und der höchste Weise! Er gelangt bis an das Unbekannte, da er seine Seele mehr als irgendeiner ausgebaut hat! Er gelangt bis ans Unbekannte; und wenn er närrisch würde und den Verstand seiner Visionen verlöre, er hat sie doch gesehen!« In dieser Darstellung Rimbauds, des jungen Menschen, klingt das alles sehr programmatisch und hat, der Eigenart Rimbauds entsprechend, die einseitige Richtung auf das Ungeheuerliche; das muß man abziehen, um auf das objektiv Richtige zu kommen. Und das ist: Ausbau, strategische Organisation des eigenen Wesens. Wie man das macht? – Dafür fehlt jede Möglichkeit einer Unterweisung.

Soweit ist hier die Rede von denen, die ins Letzte zielen. In Wirklichkeit gibt es unter den Künstlern viele, die einfach Glück haben, und sehr viele, die zur Kunst und gar zu Erfolgen kamen, wie andere, als sie heirateten, zu einer guten Partie – und mit den gleichen Mitteln – und andere, die zu ihrer privaten Unterhaltung etwas machten, das sich dann als Kunstleistung erwies.

Nach alledem muß man sich sehr wundern, daß es Kunstschulen gibt und sogar staatliche. Der Staat erkennt als seine Pflicht an, die Kultur zu fördern; zur Kultur wird die Kunst gerechnet. Also fördert er die Ausbildung von Künstlern, indem er Kunstakademien für bildende Künstler, Musikhochschulen, Bauhochschulen, Schauspielschulen, Tanzschulen und Filmschulen einrichtet oder überwacht. Er verfolgt damit vielerlei, zum Teil widerstreitende Absichten, die einzeln betrachtet werden müssen.

Die Kunst wird gern als Draperie für Müßiggang und falsches Genietum benutzt. Diese Neigung wird von privaten Kunstschulen leicht gefördert; sie bilden zunächst jeden aus, der sich meldet, unter Umständen unter glänzenden Versprechungen, weil Schüler eine Sicherung ihrer Existenz bedeuten. Die staatlichen Schulen sehen ihre Aufgabe in einer strengen Auswahl der Schüler. Man glaubt damit Unbegabte rechtzeitig vom Künstlerberuf fernhalten zu können. Die Praxis hat gezeigt, daß das unmöglich ist und daß staatliche Akademien so wenig wie Private ein sicheres Kriterium für Begabung haben. Der psychologische Effekt ist sogar der, daß der Staat mit seinen Hochschulen junge Leute anlockt, insofern, als diese glauben müssen, in der Aufnahme und mit der Ausbildung durch ein staatliches Institut eine Garantie für ihren weiteren Weg zu haben. Tatsächlich ist keine Schule für Kunst auch nur die geringste Sicherung. Für Malerei und Plastik dürfte sich das von selbst verstehen. Wie sieht es aber in den Künsten aus, in denen eine Arbeitsmöglichkeit überhaupt nur besteht, wenn an den Instituten, z. B. Theater und Film, Stellen sind? Die Schüler von Schauspielschulen bekommen meist bei ihrem Abgang ein Engagement als Anfänger; eine Schwierigkeit tritt bei allen erst auf, wenn sie wechseln wollen und müssen, meist schon beim zweiten Engagement. Zur Zeit sind in Deutschland 20 Prozent aller Schauspiel- und Opernkräfte arbeitslos, diejenigen nicht mitgerechnet, die nur vorübergehend zu tun haben. Über die Verhältnisse im Film gibt die Zeitschrift der Dachorganisation der filmschaffenden Künstler Deutschlands folgende Darstellung: »Die Börse nimmt, seit dem Einbruch des Tonfilm besonders, nur Leute mit erwiesener Bühnentätigkeit auf, Schauspieler, Artisten, Chorpersonal. Sie hat 2500 Leute registriert, und wenn es gut geht, werden am Tage 100 verlangt. Manchmal auch weniger. Meistens weniger. Viel weniger. Für 12 bis 15 Mark am Tag. Nicht nur den Schauspielern geht es so. Der Beruf des Filmarchitekten ist verhältnismäßig am wenigsten überlaufen. Auch am besten organisiert, weil auf bestimmten Kenntnissen bauend, typologisch deutlich. Dennoch: es gibt in Deutschland 60 Filmarchitekten, davon fanden Beschäftigung November 1929: 24, Dezember: 16, Januar 1930: 14, Februar: 15, März: 15. Von den 1560 Arbeitstagen, die diese 60 Filmarchitekten der Industrie allmonatlich zur Verfügung stellen, wurden November 1929: 529, Dezember: 284, Januar 1930: 240, Februar: 200, März: 196 in Anspruch genommen. Es fielen dabei auf diejenigen, die gearbeitet haben, November durchschnittlich 22 Tage, Dezember: 17½ Tage, Januar: 17 Tage, Februar: 13½ Tage, März: 13 Tage. So wenig durften die arbeiten, die überhaupt arbeiten durften. Wenn man die ihnen zugefallenen Arbeitstage unter den ganzen 60 Architekten gleichmäßig verteilen wollte, so würden auf einen jeden ungefähr 15 Arbeitstage alle vier Monate entfallen, 45 Tage im Jahr.«

In den Kunstschulen soll der Kunst gedient werden, indem das Können solider fundiert wird. Dabei ist zunächst an handwerkliches Können und an Kenntnis des Materials und seiner Gesetze gedacht. Diese Gebiete reichen in den verschiedenen Künsten mehr oder weniger weit. Sie sind in jedem Fall in Form von Wissenschaft oder Übungen lehrbar. Aber weder eine solche Wissenschaft noch solche Übungen führen auf irgendeine Weise in die betreffende Kunst ein. Man glaubt auch wieder eine Verbindung von Kunst und Handwerk herstellen und eventuell, durch die Pflege des Handwerklichen in der Kunst, wieder eine Form von Handwerk schaffen zu können. Aber die Verbindung von Kunst und Handwerk ist eine müßige Illusion, weil es kein Handwerk mehr gibt. Und ein neues, künstlerisches Handwerk hat wenig Aussichten, da für Gebrauchsgegenstände Hygiene und Ökonomie bestimmend sind, Forderungen, die von der Industrie ausgezeichnet erfüllt werden. Das nächste, was noch lehrbar sein soll, ist die Technik einer Kunst. »Künstlerische Technik« ist heute, im Zeitalter der Technik, ein beliebtes Schlagwort. Der größte Teil dessen, was darunter verstanden wird, gehört noch zum Handwerklichen.

Darüber hinaus ist der Inhalt dieses Begriffes unsicher, weil es eine weitergehende abziehbare Technik nicht geben kann, denn »das Technische eines Kunstwerkes ergibt sich bis zum letzten Handgriff unmittelbar aus der individuellen Kunstabsicht«. Wohl kann man an Kunstwerken ihre Technik studieren, aber das führt kaum weiter als zu einer Kunstbildung. In der Tat beginnt auch überall, wo das Programm der Akademien über Handwerkliches und eine Kunstbildung hinausgeht, die Problematik der Kunstschulen. Jede Lehre, die weitergeht, stellt Vorbilder auf; jede echte Begabung unter den Schülern aber strebt eigenen Zielen zu.

Die Berufung der Lehrer an die staatlichen Kunstschulen benutzt der Staat als Gelegenheit, Künstler auszuzeichnen. Sie erfolgt meist auf Lebenszeit und ist für den Künstler eine Sicherung seiner Existenz. Berühmte Namen werden dabei bevorzugt, damit die Hochschule Glanz gewinne. Nach pädagogischer Begabung wird kaum gefragt. Berühmte Größen sind oft tyrannische Lehrer und pflegen ihre Schöpfungen als Muster hinzustellen, so daß die Kräfte der Schüler, anstatt befreit, vielfach in Nachahmungen gehemmt werden. Auf die Weise haben die Akademien den Charakter von Pflegstätten angenommen. In den Bekenntnissen großer Künstler ist von den Kunstakademien fast immer mit Hohn und Bitterkeit die Rede. Sie bekennen durchweg, daß sie vom Hochschulunterricht nichts profitierten.

Insgesamt hat man von den staatlichen Kunstschulen den Eindruck, daß sie einmal Prunkstücke für den Staat waren, die er brauchte, um sich zu ehren, und daß sie heute in der Hauptsache nur Belastungen des Staatshaushaltes sind und im übrigen ohne große Bedeutung. Jedenfalls kann man kaum sagen, daß irgendwelche lebendigen Impulse von ihnen ausgingen.

Mit einer bezeichnenden Ausnahme: dem Bauhaus. Dessen Sonderstellung rührt in der Hauptsache daher, daß es Architektur und was mit Architektur zusammenhängt in den Mittelpunkt der Schularbeit stellte, das Gebiet also, in dem Handwerk und exakte Wissenschaft den größten Raum einnehmen; daß es die maschinelle

Arbeit als Arbeitsform als gegeben annahm; und daß es radikal experimentierte. Das Bauhaus in seinen Anfängen war keine Schule, sondern ein Laboratorium für Bausachen. Dort wurden von allen – Meistern, Gesellen und Schülern – Untersuchungen am Material unter dem Gesichtspunkt der größtmöglichen Ökonomie des Materials und der Formen gemacht. Auf dem Wege systematischer Untersuchungen und konsequenter Experimente auf allen Gebieten des Bauens und Wohnens kam man zum Bauhausstil. Es wurde kein Ziel aufgestellt, sondern Aufgaben wurden gegeben, die in Arbeitsgemeinschaften von den verschiedensten Seiten angefaßt wurden. Professor Gropius muß ein genialer Pädagoge sein. Seit seinem Weggang scheint man sich im Bauhaus darauf zu beschränken, die Resultate auszuwerten.

Das Bauhaus hat unter den Kunstschulen am meisten Ähnlichkeit mit den Schulen alter Meister: in der neuen Verwendung von Materialien, in der einheitlichen Methode der Bearbeitung und in der durchgängigen Formgebung nach einheitlichen Grundsätzen. Die Schüler alter Meister waren deren Mitarbeiter: Gehilfen oder Gesellen. Das Ziel der Schulen war nicht zuerst das eigene Künstlertum der Schüler, sondern das Werk des Meisters. Schulen als Werkstätten!

Dekorateure und Artisten

Soweit gelten diese Betrachtungen nur für Künstler, die um Kunstwerke bemüht sind. Außerdem gibt es noch viele, deren Bedeutung nur eine rein gesellschaftliche ist. Maler, Musiker, Schriftsteller, Schauspieler, Sänger, Tänzer usw. – Arbeiter in allen künstlerischen Materialen also –, deren Absicht keine andere ist als zu ergötzen und zu unterhalten. Sie werden hier, um sie von den schöpferischen Künstlern zu unterscheiden, Dekorateure genannt. Dekorateure, weil sie mit Kunst den Rahmen, die Dekoration für gesellige und gesellschaftliche Ereignisse schaffen.

Ein Überblick über den Personalstand der Künstler ergibt, daß dies zahlenmäßig die größere Masse ist. Auf sie sind alle grundsätzlichen Erörterungen, die über Kunst und Künstler gemacht wurden, kaum anzuwenden; sie stehen aber in denselben Abhängigkeiten wie alle Künstler, nur werden bei ihnen die Abhängigkeiten weit empfindlicher spürbar.

Die Grenze zwischen Künstlern und Dekorateuren ist überall verwischt. Im Letzten ist entscheidend nicht die gesellschaftliche Bedeutung, sondern ob Entscheidungen im Geiste getroffen werden. Dekorateure führen niemals ein Werk entscheidend durch. Sie kennen keine Entscheidungen; nicht einmal für sich entscheiden sie irgend etwas. Ihre Arbeiten unterliegen der Konvention des Geschmacks und der dekorativen Forderung einer Gesellschaft. Ihre Leistung liegt in der glänzenden Kombination und einer brillanten Variierung von Kunstformen. Ihr Besonderes ist die virtuose und artistische Vollendung in der Ausführung. Eben diese Vollendetheit ist ihre Kunst. Aber das Dekorative setzt immer noch Haltung voraus, also zumindest an der Oberfläche eine Spur von Geist. Qualität in der Arbeit ist an sich in gewissem Grade immer noch eine Entscheidung: gegen Unordnung, Unsauberkeit und niedere Triebe. Auch äußerlich ganz klar ist die Grenze gegen den schöpferischen Künstler bei denjenigen, die Angestellte der Vergnügungsindustrie sind – und bei den Artisten.

Diese Gruppen sind nur sozial zu betrachten. Ihre Arbeit hat kein anderes Ziel als Erwerb. Und so betrachtet, gehören sie zu den Ärmsten und Gefährdetsten. Besonders, seit es keine Gesellschaft mit gesellschaftlichen Konventionen und bestimmten dekorativen Ansprüchen mehr gibt, stehen sie in keinem größeren sozialen Zusammenhange. Außer im eigenen Berufsverbande haben sie also gar keine Sicherung. Diese Tatsache erschwert ihre Situation außerordentlich. Sie haben weder einen moralischen noch einen wirtschaftlichen Kredit. Für ihre Arbeit besteht kein unbedingtes Bedürfnis. Sie müssen sie jedesmal in einer persönlichen Leistung und mit Virtuosität und Bravour wieder durchsetzen.

Und selbst dann hängt noch der Erfolg von der Laune eines buntgewürfelten Publikums ab und davon, ob die Geschäfte dieses Publikums gut gehen. Einen sicheren Erfolg, selbst der besten Leistung, gibt es für sie eben nicht. Und der Ruhm, der beim Künstler doch immer einige Zeit vorhält und eine gewisse Garantie bietet, reicht bei diesen Ärmsten nicht über den Tag hinaus.

Sie sind beständig in Gefahr, arbeitslos zu werden. Arbeitslosigkeit droht auch in anderen Berufen, aber dort besteht meist die Möglichkeit, die Situation zu überblicken, da sie durch bestimmte Faktoren, wie Bedürfnis (Nachfrage) und Angebot, geregelt wird. Bei den Dekorateuren und Artisten ist weder das eine noch das andere festzustellen, da es sich jeder Statistik entzieht.

Musik in der Schule

Alle Versuche mit Musik in der Schule haben einen Grundfehler: sie gehen von der Musik und vom Musiker aus. Die Situation stellt sich so dar: daß die Musiker der Musik in der Schule einen Platz sichern möchten, ohne Rücksicht darauf, ob in der Schule ein Bedürfnis nach Musik besteht und wie dieses Bedürfnis, wenn ein solches vorhanden ist, aussieht. Der zweite Fehler, der gemacht wird, ist der, daß Musiker immerfort die Kunst der Musik erläutern möchten. Wenn sich schon in der Schule ein Bedürfnis zum Musizieren, zum Singen und zum Anhören von Musik nachweisen ließe – die Kunst der Musik kennen zu lernen, oder gar die Kunst der Musik zu erlernen, liegt immer nur im Interesse Einzelner.

Die Fehler werden nicht dadurch verbessert, daß die Jüngeren unter den Musikern versuchen, das besser zu machen, was etwa in ihrer Erziehung schlecht war. Erlebnisse sind kaum Hilfen bei einer Reform von irgendetwas in der Schule, wenn sie darin auch besser die Richtung weisen können, als irgendwelche pädagogische Anschauungen, deren jeder Lehrer mehrere nebeneinander und nacheinander haben kann. Man erlebt immer nur als Einzelner, selbst wenn man in einer Horde lebt, und besonders Erinnerungen sind immer individualistisch. Das Wesen der Schule aber liegt in der Masse der Schüler.

Musik und Schule können, wenn überhaupt, nur von der Schule aus in ein Verhältnis gebracht werden. Zunächst ist festzustellen, ob in der Schule ein Bedürfnis nach Musik besteht. Das heißt: ob die Schule als Lebensgemeinschaft nach Musik verlangt; ob die vitalen Interessen dieser Gemeinschaft Musik fordern; nicht, ob der Zweck, zu welchem diese Gemeinschaft zusammenkommt, also die Schule als Institut für Bildung und Erziehung, auch die Musik verlangt, weil sie zum allgemeinen Bildungsgut gehört.

Diese Fragestellung muß zunächst überraschen, da man kaum daran gewöhnt ist, die Schule als eine Gemeinschaft anzusehen. In der allgemeinen Anschauung gilt die Schule noch als behördliche Institution, in der jeder seine Bildung abholt. Es wird übersehen, daß sie der einzige Ort ist, an dem Kinder und junge Menschen, wesentlich unter sich, die meiste Zeit leben und arbeiten. Und daß Kinder und junge Menschen ihr eigenes Leben darin haben, das sich hier als Leben in der Masse entfaltet. Die Schule ist die Lebensform der Menschen zwischen sechs Jahren und zwanzig Jahren. Leben in der Masse und Jugendleben sind die charakteristischen Faktoren der Schule. Der Kampf zwischen Schulgeist und Schülergeist (Jugendgeist) geht in der Schule seit längerem, und der Stil des Jugendlebens setzt sich immer mehr durch. Weil das Schulleben sich in der Masse abspielt, ist dieses Leben nüchterner und vitaler. Im Moment mag es noch zuviel behauptet sein, wenn man sagt, daß die vitalen Interessen der Jugendgemeinschaft die Bildungsinteressen der Schule zerstören; zumindest ist das gegenwärtig die Tendenz in der Entwicklung der Schulen. Jedenfalls fällt auf, daß der Kurs der allgemeinen Bildungsgüter immer mehr fällt. Die allgemeine Bildung wird unter Schülern, wenn sie unter sich sind, und auch den Lehrern ins Gesicht, als wertlos behandelt. Und in bezug auf alle Kunst sieht es so aus, daß die Schüler ihre Behandlung mit Uninteressiertheit quittieren. Das führte die Lehrer dazu, diese auftauchenden, für Skepsis gehaltenen elementaren Äußerungen einer Interessenverlagerung zu bekämpfen, statt sie hinzunehmen.

Darin, daß ein Teil des Jugendlebens sich noch außer der Schule abspielt, liegt immer noch ein Hindernis, in der Schule die Lebensform der Jugend zu sehen. Ihr eigentümlicher Charakter wird dort erst ganz deutlich, wo die Jugend ganz in der Schule lebt (in Internaten und Landerziehungsheimen). Hier hat man sich deshalb auch am ehesten mit den Problemen des Gemeinschaftslebens befaßt. Das schwierigste Problem jeder Gemeinschaft ist die Disziplinierung. Disziplinierung, ohne daß dafür etwas vom

Leben in der Gemeinschaft unterdrückt werden muß – eine fruchtbare Disziplinierung. Und eine transportable Disziplinierung, die im übrigen Leben auch gebraucht werden kann und nicht nur momentan dem Lehrer die Arbeit ermöglicht. Die äußere Autorität scheidet hierfür aus, weil ihr Weg der ist, das Leben zu beschränken. Eine fortgeschrittenere Methode ist schon die, alles Leben in eine Richtung zu lenken, mit Hilfe einer Religion oder einer bestimmten Weltanschauung. Auch diese Methode macht am Ende unlebendig. Sie führt in Pose, Dürftigkeit und Langeweile. Sie entspricht außerdem am wenigsten der Verfassung der Menschen zwischen sechs Jahren und zwanzig Jahren.

Die »Schulgemeinde« ist eine Form der Selbstverwaltung der Schulgemeinschaft. Ihr Vorzug gegenüber anderen Methoden liegt darin, daß Verhaltungsweisen diskutiert werden, weniger darin, daß am Ende eine Auswahl von Verhaltungsweisen zum Gesetz erhoben wird. Die Diskussion von Verhaltungsweisen ist eine lebendige Form, und sie kann wertvolle Anregungen geben, darüber hinaus aber kann sie nur Gesinnungen schaffen. Gesinnung und Verhaltungsweise liegen aber noch sehr weit auseinander; Gesinnungen enthalten nicht einmal Andeutungen von Verhaltungsweisen. Für Verhaltungsweisen ist der Gestus entscheidend. Der Gestus teilt sich mit. Dabei ist er eine disziplinierte Form und zugleich Anreger neuer Formen und Erzeuger von Leben. Es ist nicht zufällig, daß die Schulgemeinden für sich zur Ergänzung für ihren Lebensstil die Gymnastik, das Theaterspiel und die Musik erfanden. Ja: erfanden! denn diese Dinge wurden aus vitalen Bedürfnissen der Schulgemeinschaft heraus gefunden. Die Musik hat unter ihnen den ersten Platz.

Das Leben in großen Gemeinschaften wird von Gewohnheiten beherrscht. Bestimmte, von der Ökonomie unabhängige Gemeinschaften (Schulen und Kasernen) entarten leicht in ihren Gewohnheiten, bilden unter sich schlechte Gewohnheiten aus. Die minderwertigen Gewohnheiten führen in Öde hinein, und in dieser pflegt die Gemeinschaft dann zu verkommen. Man muß deshalb, unter anderen, kostbare und schwierige Gewohnheiten pflegen. Hier wurde von den Schulgemeinden, unter anderem, die Musik eingesetzt. Man knüpfte nicht an den Musikbetrieb in der Gesellschaft an, wo Musik ein Artikel für Verwöhnung, für feierliche Stunden und für gehobene Gefühle ist, sondern man besann sich auf Beispiele, wo die Musik weniger um ihretwillen gepflegt, als schon für bestimmte alltägliche Gelegenheiten gebraucht wurde. In den Volksschulen wurde früher der Tag mit einem Choral, den die ganze Schule sang, angefangen. Das war keine religiöse Übung und keine Einstimmung, sondern Übung in einer klar bestimmten Disziplin. Man kam mit dem Absingen des Chorals, das meist gedankenlos und ohne Gefühl geschah, erst in die richtige Ordnung. Der Morgenchoral bedeutete: sich ordnen. Die Kirchenmusik soll die Gemeinde einstimmen, weniger in ein Gefühl, als in die Ordnung und Helligkeit des Geistes. Kirchenmusik ist deshalb von mathemathischer Nüchternheit, und sie folgt einem Zeremoniell. Das Zeremoniell kann großartig und in Schritt und Aufbau pompös, niemals aber eine plumpe, ungeordnete Anhäufung von luxuriösen Schwelgereien, und es kann so volkstümlich schlicht wie eine simple Drehorgelweise sein.

Das gemeinsame Singen eines Chorals und eine stille Versammlung zum Vorspiel einer Bachschen Fuge beispielsweise, wie die Freie Schulgemeinde Wickersdorf sie jeden Morgen abhält, als selbstverständliche regelmäßige Übungen sind in einer Gemeinschaft ausgezeichnete und, nach meiner Erfahrung, unentbehrliche Gewohnheiten, die ohne Musikübung und ohne Musikverständnis möglich sind. Die Musik hat von diesen Übungen wohl keinen Wert, aber sie wird durch sie wertvoll.

Musik ist in ihrem Wesen nicht nur Disziplin, sondern ebensosehr Unvernunft. Und »in der Musik muß, soll sie Musik bleiben, das Unvernünftige *und* die Disziplin voll enthalten bleiben«. (Brecht.) Man wiederholt einen Gemeinplatz, wenn man sagt, daß das Charakteristische der Jugend, daß ihre Jugendlichkeit ihre Unvernunft ist, aber das ist in diesem Zusammenhang wichtig.

Alle Erziehungsarbeit ist dadurch so ungeheuerlich schwer, daß die Erzieher sich zur Aufgabe gemacht haben, die Unvernunft in der Jugend, das heißt also: die Jugend auszurotten. Wie verloren ist die Arbeit solcher Erzieher in der Schule! Sie hilft nichts. Vernünftig ist es dagegen vom Erzieher, die Unvernunft anzuerkennen. Er selbst kann schwerlich in irgendetwas diese jugendliche Unvernunft erreichen, aber er muß ihr nicht nur Platz geben, er muß Mittel an der Hand haben, sie zu pflegen. In der neuen Musikbewegung in der Schule scheiterte so vieles einfach daran, daß das Unvernünftige in der Musik bei der Auswahl zu wenig Berücksichtigung fand. Man war entweder für strenge oder für läppische Musik. Man scheut sich noch, Musik zu machen, um der Unvernunft Genüge zu tun. »Musik machen, um der Unvernunft gerecht zu werden, bedeutet: anerkennen, daß es vernünftig sei, Unvernünftiges zu tun.« (Brecht.)

Extravagante Engländerinnen
Virginia Woolf – Victoria Sackville-West

»Eine Frau von fünfzig Jahren«, das erste Buch von Virginia Woolf, das in deutscher Sprache erschien, wurde bei uns in allen literarischen Blättern gelobt. Man konnte nirgends lesen, daß es ein langweiliges Buch ist. Es war interessant für literarische Kreise, weil es eine neuartige literarische Methode leicht verständlich darbot. Virginia Woolf hat selbst oft genug bekannt, wieviel das Lesen von Joyces »Ulysses« sie gelehrt hat. Joyce ist nicht jedermanns Sache. Wer mit Joyce nichts anzufangen wußte oder nicht fertig wurde, konnte glauben, ihn verstanden zu haben, wenn er die glattere Virginia Woolf gelesen hatte.

Eine Novelle »Der Fleck an der Wand« verrät am deutlichsten, weil am gröbsten, diese literarische Methode. Virginia Woolf erzählt darin, daß sie Mitte Januar zum erstenmal den Fleck sah. Dann kreisten ihre Gedanken um das neue Ding: woher stammte das Mal? »Oh, lieber Himmel, die Geheimnisse des Lebens!« Sie wollte nicht aufstehen und nachsehen, sondern sie saß in ihrem Stuhl und versuchte die weitschweifenden Gedanken einzufangen, die ihr durch den Kopf schossen; sie wollte sich darin nicht stören lassen. Da sie undiszipliniert denkt, denkt sie allerlei, was es so zwischen Himmel und Erde zu denken gibt, und da sie eine gebildete Frau ist, ist es nicht uninteressant. Der Fleck? – Am Ende war er eine Schnecke. Ein unliterarischer Mensch wird, wenn er fertig gelesen hat, unwillig bemerken: sie hätte doch gleich nachsehen können.

In dem jetzt deutsch erschienenen Buch »Die Fahrt zum Leuchtturm«, das anscheinend vor »Mrs Dalloway« entstanden ist, lüftet Virginia Woolf diese Methode in der Anwendung auf Menschen: »Dieses Szenendichten aus dem Leben anderer – wie nennen wir's,

›sie kennen‹ nennen wir's; ›an sie denken‹, ›sie gern haben‹. Nicht ein Wort von der ganzen Geschichte ist wahr; ich habe sie erfunden; aber ich ›kenne‹ sie dadurch.« Das ist also ihre Methode, zu dichten.

Im ersten Teil des Buches wird die Fahrt zum Leuchtturm als Möglichkeit für den nächsten Morgen in Aussicht gestellt. Erörterungen darüber trennen die Menschen und enthüllen Spannungen zwischen ihnen. In der Spanne eines Nachmittags und Abends lernen wir die Menschen, die in dem Ferienhaus von Mr. Ramsay zu Gast sind, »kennen« und »gernhaben«. Das geschieht so, daß Virginia Woolf Szenen zwischen ihnen erdichtet und vor allem Gedanken für sie erfindet, die ihnen durch den Sinn gehen sollen; immer neue Gedanken, eine Fülle, die klar zu denken in den knappen Momenten kein Mensch imstande wäre. Durch die Überfülle von Gedanken im kleinsten Moment erhält man den Eindruck, daß sich Wichtiges vorbereitet. Und weil der geringste Gedankenimpuls verzeichnet ist, entsteht der Eindruck einer überspannten Bedeutsamkeit. Man hat das Gefühl, am Vorabend einer Katastrophe zu stehen. Im zweiten Teil des Buches, Jahre später – inzwischen war Weltkrieg und wurde wieder Friede –, wird die Fahrt zum Leuchtturm wirklich angetreten, aber erzählt wird sie nur so weit, bis Mr. Ramsey, seine beiden Söhne und seine Tochter den Strand des Eilandes, auf dem der Leuchtturm steht, betreten; nichts vom Leuchtturm selbst, und von der Fahrt nur Gedanken und Empfindungen, die zwischen den Menschen im Boot spielen.

Mr. Bennett und Mr. Galsworthy und jedem anderen von ihresgleichen wäre es nicht eingefallen, Mr. Ramsey und seine Kinder auch nur anzuschauen oder gar sich mit ihren Gedanken zu beschäftigen, sondern sie hätten sehr aufmerksam, sehr gescheit und beobachtend hinausgeschaut aufs Meer und auf die Umgebung, sie hätten mit ihren ausgezeichneten Lebensfangapparaten die Umwelt eingefangen: so polemisiert Virginia Woolf gelegentlich gegen die ältere Schriftsteller-Generation. Ich muß gestehen, daß mich die Beobachtungen dieser Schriftsteller mehr interessiert hätten als von Mrs. Virginia Woolf erfundene Gedanken. Durch eine geniale Sprachschöpfung gelingt es Virginia Woolf am Ende, ihre Gestalten nahezu sichtbar werden zu lassen; aber unter welchem Aufwand? Und wozu wählt Virginia Woolf diese Methode, was will sie erreichen? »Was ich fassen möchte, ist das allererste erzitternde Schwingen der Nerven, ist das Ding an sich, bevor wir etwas daraus gemacht haben.« Einer literarischen Vorstellung wegen also den ganzen Aufwand.

»Schloß Chevron« von Virginia Woolfs Freundin Victoria Sackville-West ist viel weniger literarisch. Dieser Roman gehört auch nicht zur hohen Literatur, aber er ist allein schon stofflich interessanter. V. Sackville-West erzählt Geschichten von ihrem Stammschloß aus den letzten Jahren Eduard des Siebenten, gesellschaftlichen Klatsch eigentlich. In ihren literarisierten Klatschgeschichten ist das Leben des englischen Adels aus jenen Jahren enthalten: seine Sinnlosigkeit, seine Initiativlosigkeit, seine Frivolität, seine traditionelle Gebundenheit und sein betörender Glanz. Man verliebt sich, während man das liest, unwillkürlich selbst in den konservativen Geist, und man entdeckt bei sich selbst wieder den Instinkt für Traditionsgebundenheit und für äußere Haltung. Vielleicht, weil das alles im letzten Stadium vor der Auflösung gezeigt wird. Alles ist überlegen, mit großer Kultur, geistreich und mit einem Anflug von Ironie geschildert. An einigen Stellen werden literarische Ambitionen angemeldet – es sind die schwächsten Stellen –, aber das geschieht mit einer so naiven Offenheit, daß es Selbstironie sein kann. Grobe Formlässigkeiten wirken absichtlich, als amüsierte sich Frau Sackville-West über ihre eigene Extravaganz. Sie selbst möchte sich zur Gegenwart bekennen, gegen die Vergangenheit, aber dieses Bekenntnis fällt schwach aus, denn ihre Liebe hängt an dem Alten; ihr Esprit hat das Parfüm der vergangenen Zeit. Sie ist durch das Schloß Chevron stärker gebunden, als sie wahr haben möchte.

Die Sezession des Familiensohnes
Eine nachträgliche Betrachtung der Jugendbewegung

I

Vor einigen Tagen kam ein Mann in mein Büro. Aus irgendwelchen Gründen glaubte ich, einen Bekannten vor mir zu haben. Wir sprachen von Jena in der Zeit kurz nach dem Kriege. Von einem Kreis von Menschen, Aktiven in der damaligen Jugend. Über Streitpunkte auf der Führertagung der Freideutschen Jugend 1919. Von Jugendlagern auf thüringischen Burgen. Über Siedlungsversuche und ihre Bankrotte. Wir sprachen, wie man mit Menschen, die man gut kennt und mit denen man eine gemeinsame Zeit hatte, spricht: lebhaft und lässig und eine Spur intim; Andeutungen in einem Jargon genügten, um ein Problem zu beleuchten. Alles in unserm Gespräch stimmte auffällig zusammen, es klappte ausgezeichnet. Unsere Äußerungen über die Gegenwart und die heutige Jugend bestanden nur noch aus Handbewegungen, und wir verstanden uns. Ich erkundigte mich, was er zur Zeit mache. Er logierte in der Wohnung eines anderen, eines Freundes aus dem Kreise von damals, der sich zur Zeit einer Arbeit wegen außerhalb aufhielt. Und er wartete auf eine Nachricht aus Mexiko, dort sollte er auf einige Zeit eine Hazienda übernehmen, auch für einen Freund.

Dann, als ich aufstand, um ihn zu verabschieden – es ist die übliche Art mit manchen alten Freunden, daß man auseinandergeht, als würde man sich morgen weiter unterhalten, wie man sich trifft, als wäre man gestern auseinandergegangen –, zeigte sich, daß dieser Mann aus einem Anlaß gekommen war: er übergab mir ein Manuskript. Ich las darauf seinen Namen. Und nun stellte sich heraus, daß ich diesen Mann nicht kannte, niemals gekannt hatte. Wir setzten uns wieder. In einem Moment voll Peinlichkeit sah ich den Besucher genauer an. Er war ein Mann gegen vierzig. Sein Kopf war kahl geschoren, mit Spuren von Grau. Aber sein Gesicht hatte noch die unentwickelten Formen eines Jungengesichtes. Alle Dinge, die in einem Gesicht sein müssen, waren darin, nur paßte alles nicht zueinander. Mund und Augen, Kinn und Stirn – nichts stimmte zusammen. Und so war das alles nun in das Mannesalter gekommen und schon angegraut.

Das Manuskript, das er mir übergeben hatte, war autobiographisch. So wie er sie nacheinander geheiratet hatte, waren sieben Frauen geschildert. Eine Studentin, eine Hamburger Kaufmannstochter, eine Spanierin, eine Zigeunerin, die Tochter eines Pastors aus einer thüringischen Kleinstadt, eine Bildhauerin, eine resolute energische Hausfrau: zu einer Kette aufgereiht. Exemplare von Frauen; jede nur eine andere Spielart; jede ein Stein in einer andern Farbe, als hätte in der Buntheit der Kollektion ihr Reiz bestanden. Die Erlebnisarmut erschütterte mich.

Jetzt, wo ich wieder an diese Begegnung denke, erscheint mir mein Irrtum zu Anfang keineswegs mehr merkwürdig. Der Mann hätte sehr gut einer von meinen Bekannten aus jener Zeit sein können. Sie standen alle in der Jugendbewegung, hatten teilweise Namen unter der Jugend, ihr Ernst und ihr Eifer verhieß eine Zukunft. Viele nahmen ähnliche Wege und sind heute ähnliche Menschen. Ich treffe sie nicht ungern. Ihre Lauterkeit ist sehr angenehm. Mit allen spricht man in derselben Art, mit einer Art Arm-in-Arm-Kameradschaftlichkeit. Sie gehen alle Probleme mit Persönlichem, fast möchte man sagen: Intimitäten an; ihre Gedanken sind verkleidete Triebe; in ihren Diskussionen tritt Privates als Weltanschauung auf; sie nehmen noch immer ihr Sein als Tat. Die Zeit von der Kundgebung auf dem Hohen Meißner am 11. und 12. Oktober 1913 bis zum Kriege ist für sie die heroische Zeit in der Geschichte der Jugend. An der Art, wie sie davon sprechen, spürt man, daß dort ihr Leben liegt. Und wenn Namen von Führern aus der Jugendbewegung genannt werden, sieht man, daß sie noch der Heldenverehrung anhängen. Ohne Helden fühlen sie sich nichts.

Sie fallen ab. Sie machen sich aus dem Staube. Die Schwierigkeiten, die Gefahren und die harte Gesetzmäßigkeit der Realität haben sie niemals begriffen. Ich habe beobachtet, daß diese Menschen noch immer von gewissen anderen Menschen gehegt und gehätschelt werden, man nimmt sie heimlich immer noch als nicht ganz erwachsen. Sie erscheinen noch immer vielversprechend. Wenn sie erwachsen sein werden – ist die Meinung der Menschen, die sie verwöhnen (es sind vorwiegend Frauen) –, werden sie etwas Außergewöhnliches leisten.

Es sind nur einzelne, die so sind, nur solche, die nicht mehr herausfanden aus der Jugendbewegung. Sie verkörpern jene Bewegung nach zehn Jahren Wachstum. Zehn Jahre Wachstum bedeuten hier nicht nur Entwicklung, sondern allein In-die-Jahre-gekommen-sein. An ihnen ist heute, in einer fortgeschrittenen Zeit, sichtbar, was jene Bewegung war. Andere waren glücklicher, fanden ihre Helden: Lenin, Hitler oder wie sie sonst heißen. Die meisten wurden normale Familienväter. Überall im Lande, in den Landerziehungsheimen und in den Volkshochschulheimen, aber leben heute noch die Führer und Exponenten jener Bewegung. Sie hoffen noch, daß ihre Zeit wiederkommen wird. Sie sprechen zu der heutigen Jugend von jener Zeit als der großen heroischen Zeit der Jugend. Und ernsthafte, verantwortungsbewußte, um die kulturelle Gegenwart und Zukunft besorgte Männer, die auch zu jener Zeit jung waren, aber sich abseits hielten – und noch viel ältere Männer, fragen einen heute, angesichts dessen, was jetzt in der Jugend passiert, respektvoll nach jener Bewegung. Sie würden, wenn es zu ihnen paßte, auch von der Großen Zeit der Jugend sprechen. Sie hat heute einen guten Ruf, jene Zeit. Verzweifelt über das Treiben der heutigen Jugend beschwören Männer der bürgerlichen Mitte wieder das Bild der damaligen Jugend. Dazu wäre weiter nichts zu sagen, wenn nicht das, was dieselben Männer am Zustand der heutigen Jugend besorgt macht, ihre Kultur-, Geistes- und Seelenanarchie, die Aufzehrung jeder menschlichen Substanz, der Barbarismus, damals angefangen hätte.

In den Darstellungen der damaligen Zeit – wenn man von gegnerischen Pamphleten, Äußerungen moralischer Entrüstung aus bürgerlichen und kirchlichen Lagern, die auch nicht objektiver sind, absieht – erscheint die Jugendbewegung als ein spontaner »Aufbruch der Jugend«; sogar die Vorstellung einer »Revolution der Jugend« ist hier und da beschworen. Man gewinnt außerdem den Eindruck, als hätte eine Zeitlang der größere und vor allem wichtigere Teil der Jugend Deutschlands in diesem Aufbruch gestanden. Diese Aufsätze und Bücher wurden von den Führern der jungen Schulbewegung und von Theoretikern und Schriftstellern unter jener Jugend geschrieben, zur Aktivierung der Jugendbewegung. Für damals war das alles so in Ordnung.

Heute betrachtet, zerfällt das, was mit dem einen Wort »Jugendbewegung« bezeichnet wird, in drei Momente: die Sezession der Jugend (woheraus und welcher Jugend soll hier zunächst noch nicht beachtet werden), eine philosophische Deutung der Jugend (in Verbindung mit einer Schulbewegung) und eine Literarisierung der Jugend. Alle drei Momente wären für den heutigen Betrachter eines, wenn die »Jugendbewegung« durchgekommen wäre, wenn die Jugend in ihrem Aufbruch nicht an der Jugendphilosophie und der Literatur gestrandet wäre, wenn dieser Aufbruch der Strom vitaler Kräfte gewesen wäre, der Philosophie und Literatur in sich auflöste und mitnahm. Wie das Resultat nun aber ist, sind die drei Momente zu trennen. Und für sich betrachtet, bekommt die Sezession der Jugend ein ganz anderes Aussehen. Sie ist innerhalb einer Schicht des Bürgertums, die infolge ihrer wirtschaftlichen Lage, besonders in den Städten, in einer für die Zeitverhältnisse unnatürlichen Enge lebte, eine natürliche Erscheinung des Jugendalters. Eine zu allen Zeiten beobachtete Erscheinung des Jugendalters. Nur wurde die Gesellschaft zu jeder anderen Zeit damit fertig; sie hatte ein natürliches Verständnis dafür, fand natürliche Regelungen dafür, und damit war auch alles erledigt, weiter machte man sich nichts daraus. Das ging ganz ohne Philosophie und ohne Literatur: die Gesellschaft hatte ein Organ für das Jugendalter. Sie machte der Jugend Konzessionen, gestattete ihr eine Austobungszeit, eine Zeit der zu nichts verpflichteten Ungebundenheit, volle Kalbsfreiheit. Sie duldete das mitten unter sich, oder sie schickte sie hinaus. Bedenkt man noch, daß die Alten zu jener Zeit sich selbst zu Tode arbeiteten und von einem asketischen Sparbetrieb besessen waren, so fühlt man in dem Verhalten der Gesellschaft den selbstverständlichen, gänzlich unsentimentalen Respekt vor dem Jugendalter. Fast möchte man sagen, daß es jene Zeit war, welche die Jugend vergötterte. Zumindest wird in dem Gewährenlassen eine tiefere Einsicht, in dem Zugeständnis an die Jugend eine große natürliche Weisheit sichtbar. Wenn auch alles in heutiger Betrachtung ein anderes Gesicht hat. Mein Vater konnte erst mit sechsunddreißig Jahren auf unsern Hof zurück; ich weiß: weil sein Vater vorher nicht abtreten und ihn deshalb nicht dahaben wollte. Bis zu seinem sechsunddreißigsten Jahre konnte er überall sein, nur nicht in unserm Dorfe. Niemand kümmerte sich darum, was er inzwischen tat. Der spätere Besitzer des Hofes durfte in Holland auf den Landstraßen liegen und Pflastersteine setzen, indes fremde Kräfte zur Ernte auf den Hof geholt wurden. Man kann unmenschliche Härte darin sehen, und gewiß war viel Tyrannei des Alten dabei, aber Stolz und Ehre nahmen keinen Schaden, eher dünkt mich, daß sie gestärkt worden sind. Und aus Erzählungen von anderen Alten in unserm Dorf – wie erzählten sie von ihrer Jugend- und Wanderzeit! – weiß ich, daß alle auf die eine oder andere Weise Ähnliches erlebten.

In der Jugend aller Zeiten lebte der Hordengeist. In meinen Jungsjahren ahnte man, zumindest in unserm Dorfe, nichts vom Wandervogel. Auch unsere Lehrer hatten keine Gedanken dafür, sie lebten, was unser Leben außerhalb der fünf Schulstunden betraf, noch im Stande völliger Unschuld. Sobald die Familie uns entlassen hatte – meist nur Sonntags –, trafen wir Jungen uns ohne jede Verabredung. Und wir »strichen« in Richtung auf irgendein Nachbardorf, die durchweg gegen fünf Kilometer weit lagen, davon. Oft blieben wir unterwegs in einem der Wälder hängen, Krähennester, Reiherhorste oder eine dürre Heide, die abzubrennen war, beschäftigten uns bis zum Abend. Noch öfter aber kamen wir bis nahe an den Rand eines der Dörfer und wurden dort von den Jungen mit einem Steinhagel empfangen. Und dann entwickelte sich eine Schlacht. Diese Schlachten hatten keinen anderen Anlaß als im Hordengeist unserer Jugend. Man hatte uns erzählt, eine Jungengruppe aus irgendeinem Dorf hätte irgendwann einmal, vor Jahren – die Erzähler hatten es auch nicht erlebt –, auf einem Hof sämtliche Bienenkörbe eines Imkerstandes umgeworfen, seitdem sei Krieg. Vielleicht waren diese Kriegszüge unsere Form, das Land, die Landschaft zu »erobern«. Als stärkste Erinnerung daran ist mir jedenfalls das Landschaftserlebnis geblieben: Bodenbewegungen, Farben, Lichtlagen, Windschauer, Gerüche und Erddünste. Damals blieb uns die Schönheit der Landschaft unbewußt.

Eine spätere Jugendgeneration unseres Dorfes führte solche Unternehmungen gegen städtische Wandervogellager durch. Die Wandervogelhorden selbst waren zuallererst eine Äußerung jenes jugendlichen Hordengeistes in der Stadtjugend. Und diese Erfahrungen der Jugendzeit sind für mich ein Schlüssel zu den Schlachten, die jetzt jeden Sonntag zwischen kommunistischer und nationalsozialistischer Jugend geschlagen werden. Unsere Kämpfe vor fünfundzwanzig Jahren waren in der Art, wie sie geführt wurden, nicht weniger gefährlich. (Wir hatten keine Schußwaffen – aber jede Art von Schlag- und Wurfwaffen.) Nur bekamen die Alten selten Gelegenheit, sich einzumischen, die Polizei niemals. In Kinderangelegenheiten darf man sich nicht mischen – war die allgemeine Devise. Noch einmal: ich meine, daß unsere Alten es noch im Instinkt hatten, daß der Übergang vom Kindsein zum Erwachsensein, von der vegetativen Existenz zur bewußten Einordnung in eine Arbeitsgruppe der Gesellschaft, über eine höchst gesunde Krankheit, über den Ausbruch eines Jugendwahnsinns geht (Wahnsinn in der Auffassung der Antike, daß ein Gott in den Geist von Menschen einbricht).

2

Historisch gilt die Revolte eines Schülerstenographenvereins als Anstoß für die Wandervogelbewegung oder – in der Terminologie dieser Bewegung – für den »Aufbruch der Jugend«. Faktisch geschah dieser »Aufbruch« an allen Orten in Deutschland nahezu gleichzeitig und war alles andere als eine »Revolte«. Bei uns vollzog er sich so, daß eine Gruppe von zwölf Jungen aus einer Klasse, anstatt sich zu Beginn der Ferien zu trennen, vierzehn Tage in den Teutoburger Wald fuhr, ohne eine Ahnung davon, daß es so etwas wie Wandervogelfahrten gab. Wir wollten ein Gebirge sehen, und das nächste Gebirge war der Teutoburger Wald. Unsere Lehrer erfuhren erst hinterher und nicht ohne Bedenken von unserer Unternehmung. Einer unter uns, der Sohn eines Bahnschaffners, hatte in Erfahrung gebracht, daß Schülergruppen auf der Bahn halbe Preise zahlten. Jeder nahm dreißig Mark mit. Das war für manchen mehr, als seine Eltern übrig hatten, aber mit kleinen Lügen und ein wenig schlechtem Gewissen wurden die dreißig Mark von allen zusammengebracht, sicher sogar teilweise geborgt. Wir wußten über die wirtschaftliche Lage unserer Eltern gut Bescheid, stärker als ihre Sorge war aber in uns das Gefühl von dem allgemeinen Wohlstand in jener Zeit. Und dieses Gefühl trug uns und ließ uns wagen, was wir uns, wenn wir unsere armseligen Verhältnisse bedachten, schwerlich leisten konnten. Wir nahmen für unsere Unternehmung Kredit auf den allgemeinen Fortschritt und Wohlstand der Zeit. Das wurde damals von uns nicht so deutlich empfunden, sondern stellte sich uns so dar: es gab Eisenbahnen, Fahrräder und Autos, die rasch in die Ferne führten (die Ferne hatte uns stets beschäftigt, oder wir waren in der Schule mit ihr beschäftigt worden); es gab an der Bahn eine Einrichtung eigens für uns: billige Preise; wenn die Zeit den Luxus bot, mußten wir ihn benutzen.

Dreißig Mark, soviel bekamen früher vielleicht auch Handwerksgesellen mit auf die Wanderschaft, damit sie zunächst ein Stück fortkamen; weiterhin mußten sie sich durcharbeiten und durchfechten. Soweit blieben wir mit unserer Fahrt also in unserm Stand. Und auch darin, wie wir von Osnabrück aus weiterwanderten: mit Rucksack und Wasserflasche; Lagern auf Waldplätzen an Chausseen. Wir kamen weit herum, sahen dies und jenes; jeder zurückgelegte Kilometer wurde zu einer Quelle des Genusses. Die Tage gingen hin in einem goldenen Glanz von Erschöpfung und Hochgefühl. Wir schwatzten im Wandern über dies und jenes, sangen drauf los, suchten unsere Wege auf der Landkarte, ließen uns naß regnen und trockneten unsere Kleider an einem Lagerfeuer und schliefen in Heu oder Stroh in den Scheunen bei den Gasthöfen oder bei Bauern. Dabei immer diese Lust am Abenteuer und Neuen, die uns jeden Morgen weitertrieb. Das eigentliche Erlebnis aber war nicht das Sehen von Neuem und Schönem, sondern unser Wandern, unsere genießerische Fiktion; wir genossen die Wanderung wie einen Luxus, wir fühlten uns als reiche Bürgersöhne. Vor uns lag nicht, wie vor den Handwerksgesellen, eine unsichere Zukunft, die anzugehen und zu klären der Sinn der Wanderung war, sondern am Ende der vierzehn Tage kehrten wir nach Hause, in die Versorgung durch die Familie zurück. Wir wanderten als Herrensöhne; wir betrachteten uns ein Stück von der Welt. Zum Schluß schuf nur die Tatsache, daß wir nach vierzehn Tagen zurückmußten, daß dieses Leben nicht drei Wochen, einen Monat oder noch länger dauerte, in uns ein Gefühl gegen unsere Familien.

Ich verweise so hartnäckig auf unsere Bedürftigkeit, weil auch die Wandervogelbewegung und anschließend die Jugendbewegung daraus zu erklären ist, daß die in Bedürftigkeit, um nicht zu sagen: Armut lebende, aufstrebende kleinbürgerliche Jugend die Verheißungen des allgemeinen Reichtums und Fortschritts der Zeit beunruhigend spürte und in einer Anwandlung von optimistischem Lebensgefühl illusionistisch in einen anderen Lebensstand hinüberwechselte, daß kleinbürgerliche Jungen also in ihrem bescheidenen Maße so lebten, als ob sie Herrensöhne wären. Sie verließen ihre Familien nicht aus Protest, sondern weil sie sich besser fühlten. Sie zogen einfach aus – um ein Leben zu leben, das nicht das ihrer Familien war. Der Aufbruch war alles andere als eine Revolte, viel eher hatte er etwas von der Verwirklichung eines Traumes. Die Realität war völlig anders als das Erlebnis. Das Erlebnis lag im Bereich von Dichtung und Traum.

Die erste Wanderung reiht sich in die flüchtige Erinnerung vieler ähnlicher ein. Der größte Eindruck, der geblieben ist, sind die freien, ungehemmten Mitteilungen von einem zum andern und ungelenke Versuche im Austausch von Gedanken und Gefühlen; die Kommunikation zwischen verschiedenen Naturen; Kameradschaft. Und daß unser Bedürfnis nach Mitteilung viel weiter reichte als unsere Fähigkeit dazu. Unser Mangel an Gedanken erschöpfte unsere Gespräche. Zunächst gab es noch Themen aus dem Schulunterricht. Sie wurden bald hinter uns gelassen, sie entsprachen nicht unserm Bedürfnis und den Umständen. Wir fühlten uns so leicht und froh und animalisch wohl, daß unsere Gespräche ohne Schwierigkeit ins Philosophische stiegen. Wir diskutierten über die Religionen, die Freiheit des Menschen, den Tod und die persönliche Unsterblichkeit. Diese Gespräche wiederholten sich oft. Wie die Stimmungen, die von ihnen getragen wurden, sich wiederholten. Wahrhaftig, in diesen Gesprächen wurden nicht Gedanken bewegt, sondern Stimmungen! Aber nichts hinderte uns, sie zunächst für Ideen zu nehmen.

Dieser Zustand: unsere jugendliche denkerische Unfähigkeit und unsere Armut an traditionellem Gedankengut (wir stammten aus einer Volksschicht ohne Bildungstradition), entschied die Entwicklung der Jugendbewegung. Er fiel in eine Zeit, für die wohl nicht so sehr die Hervorbringung von Ideen, als ein äußerst lebhafter und umfangreicher Umsatz von geistigen Werten, die für die besser situierte bürgerliche Gesellschaft in großem Reichtum bereit standen, charakteristisch ist. Meine Notizblätter aus jener Zeit sind [in] einem Büchlein aufbewahrt, das Goethes »Über die Natur« und einen verwandten Essay von Emerson enthält. Zur selben Zeit beschäftigte mich ein Auswahlband von Carlyle: »Arbeiten und nicht verzweifeln«. Die Arbeit, die unsere Väter als ein sich selbst befriedigender Trieb beherrschte, beschäftigte uns bereits als ein Gegenstand der Philosophie und Literatur. Unser Konsum aus den geistigen Warenhäusern war zu jener Zeit enorm. Die geistigen Güter waren von allem, was die reich gesegnete Zeit bot, am leichtesten und billigsten zu haben. Weil sie billiger waren als die großartigen Lebensgewohnheiten und der kostbare Lebensstil, die wir uns auf keinen Fall leisten konnten, verfielen wir zuerst auf sie. Allerdings lasen nicht alle in unserm Kreise. Die jungen Volksschullehrer waren die nächsten an den Warenhäusern. Sie bezogen ihre Anregungen zur Philosophie meist aus Wilhelm Schwaners »Volkserzieher« und ihre ästhetische Bildung aus Avenarius' »Kunstwart«. Ihre Funktion in der Wandervogel- und Jugendbewegung war vorwiegend, Träger der geistigen Waren zu sein. Mehr als ihre Lehrerstellung brachte dies sie in Führerpositionen. Selber geistig kaum geschult, hatten sie kaum bestimmte Begriffe von dem Wert der Dinge, die sie transportierten. Ein summarischer Überschlag über alles, was damals in der Jugend nacheinander und nebeneinander verbraucht wurde, gibt das Bild von intellektuellem Vandalismus: Angelus Silesius und Jakob Böhme, Lagarde und der Rembrandt-Deutsche, Hölderlin und Stefan George, Hofmannsthal, Rilke und Tagore, Dostojewski und Romain Rolland, Cäsar Flaischlen, Hermann Löns, Friedrich Huch, Hermann Hesse und Peter Altenberg, Fidus, Klinger, Heinrich Vogeler und Hans Thoma. Vieles andere noch gab es, was Element wurde für unsere verschwenderischen Stimmungen, wovon wir unsere Gesten entliehen und womit wir uns schwärmerisch drapierten. Für den Betrachter entsteht der Eindruck von großer geistiger Regsamkeit, tatsächlich war der charakteristische jugendliche Mangel an Gedanken der Grund für diese Vielfältigkeit. Reale Dinge, mit denen sie ihre Gedanken hätte beschäftigen können, fehlten dieser Jugend. Sie hatte ihre Wirklichkeit verlassen. Sie stand außerhalb ihres Herkommens; die Sorgen, Nöte und Gedanken ihres Milieus wurden von ihr geleugnet. Sie hatte nicht gelernt zu beobachten, zu sehen, zu hören, zu empfangen. Sie glaubte Gedanken in sich entdeckt zu haben, aber es waren Stimmungen. Ihr Ethos war weder heidnisch noch christlich. Ihr Sozialsinn war weder aristokratisch, noch demokratisch, noch sozialistisch. Jene Jugend wanderte einfach, sang, tanzte, redete und phantasierte. Sie war ja so jugendlich und so unverantwortlich wie alle Jugend. Hineingeboren in einen Reichtum, einen Besitz, den sie nicht geschaffen hatte und mit dem sie nichts zu schaffen hatte, ging sie auf echt jugendliche Weise unverantwortlich damit um. Wenn sie tat, was ihr eben einfiel, war das durchaus nicht Prinzip und durchaus nicht Anarchie. Und ihre Absolutheit war durchaus nicht Radikalismus. Es war ihr Instinkt, daß es ihre Jugend sei, was sie erlebte, und daß, gerade in einer reichen Zeit, nichts von dem, was sie tat, verhängnisvoll, endgültig und unwiderruflich sei. Es kann nicht genug betont werden, daß ihre Unabhängigkeit in dem Reichtum der Zeit, im Besitz nicht so sehr von privaten Gütern als an Vorteilen der Zivilisation, ihr optimistisches Lebensgefühl in den unendlichen Möglichkeiten der Umwelt wurzelte, daß die Jugendbewegung, die das zwanzigste Jahrhundert einleitete, die natürliche Frucht der modernen Zivilisation war. Eine Generation später erst wurde aus der Jugendlichkeit als Zustand ein Lebensstil. Erst die Nachkriegsjugend hat alle Zeichen von gehätschelten, selbstzufriedenen, übersättigten »Herrensöhnchen« der modernen Zivilisation an sich, die Neigung, »Spiel und Sport zur Hauptlebensaufgabe zu machen, die Lust am eigenen Leib (hygienische Lebensweise, Eitelkeit in der Wahl der Kleidung); mangelnde Romantik in der Beziehung zur Frau; daß man lieber unter einer absoluten Gewalt als im freien Meinungsaustausch miteinander lebt« (Ortega y Gasset).

3

Es konnte nicht ausbleiben, daß die Wandervogelbewegung in Berührung kam mit einer gleichzeitigen Schulbewegung. Jener Schulbewegung, die in Landerziehungsheimen und Freien Schulgemeinden ihre Domizile hatte. Sie hatte zunächst kein weiteres Programm als ein jugendgemäßes Leben für die Jugend, zu ihrer Gesunderhaltung. Die Städte hatten nicht nur keinen Raum und keine Luft für das Gedeihen ihrer Jugend, sondern der Lebensstil der Städte entwickelte keine Formen und bot keine Inhalte für das Leben ihrer Jugend. Die Jugend in den Städten lebte kümmerlich und vergreiste früh. Verständige Männer hatten also die Idee gehabt, ländliche Domizile eines jugendgemäßen Lebens für die Stadtjugend einzurichten, in Verbindung mit Schulen. Die Propaganda ihrer Ideen hatte die Entwicklung und Fixierung bestimmter Begriffe von einem »jugendgemäßen« Leben notwendig gemacht, und da ist es kein Wunder, daß Elemente der persönlichen, derzeit individualistischen Weltanschauung und Lebensphilosophie, romantische Ideen und Vorstellungen und zufällige Erfahrungen und Begegnungen sowie reine Temperamentsäußerungen ihre weiteren Programme ausmachten. Die Gründer der ersten Landerziehungsheime waren keine Pädagogen, sondern Landwirte, Theologen, Mediziner und Naturwissenschaftler, alle mit einer für jene Zeit charakteristischen privaten Liebe zur Philosophie.

Die ersten Landerziehungsheime waren nur als Domizile der Jugend während der Jugendzeit, als Horte zur vollen Entfaltung einer natürlichen Jugendlichkeit gedacht. Eine Isolierung der Jugend von der übrigen Gesellschaft war zunächst nicht beabsichtigt. Diese Heime hätten gut eine Art Ersatz werden können für das, was die Gesellschaft in früherer Zeit der Jugend selbstverständlich zugestand: Horte, Domizile ungehemmter Jugendlichkeit, Jugend-Wildparks. Aber daß ihr Leben gleichsam hinter Gattern eingehegt war, machte schon diese ersten Heime absonderlich in buchstäblicher Bedeutung. Außerdem waren sie teuer und konnten nur von wohlhabenden, von Haus aus mit allen Gütern der Zeit gesegneten Bürgersöhnen besucht werden.

Erst in den Schulgemeinden wurde zu der Jugend eine Jugend-Philosophie hinzuentdeckt. Es wurde über »die Jugend« als einen Lebensstand (nicht ein Lebensalter) philosophiert. Jugend galt nicht mehr als ein Provisorium in der Gesellschaft der Erwachsenen, sondern als eine eigene, vollwertige Gesellschaft neben der bürgerlichen Gesellschaft, mit »Eigen- und Selbstwert«. Eine jugendliche Welt neben der Alterswelt wurde entdeckt. Und sogleich wurde die Möglichkeit einer Revolution der Altersgesellschaft durch sie ins Auge gefaßt. Die so Philosophierenden hatten eine historische und eine politische Rolle für sich erfunden, und das überzeugte sie selbst und ihre unreifen Zuhörer am meisten. Es waren nicht Schüler, welche diese Philosophie erfanden, sondern Lehrer. Eben fertig gewordene Doktoren, ihrer Bahn entlaufene Bürgersöhne. Sie waren aus der Reihe und Ordnung, aus ihrem Stand und ihrer Generation gesprungen. In einer ärmeren Zeit wären sie gescheitert. Aber das Bürgertum jener Zeit war so solide begründet und so reich, daß es alle Arten von Sezessionisten möglich machte und sie auch erhalten konnte. Es gestattete seinen Söhnen, über die Zeit hinaus ungebunden und ohne Verantwortung zu leben, es gestattete ihnen unter Umständen ein ganzes Leben lang die Verschwendung seiner materiellen und geistigen Güter, auch für eine eigenwillige Philosophie oder für eine Philantropie. Eine Revolution der »besseren Söhne« oder des »besseren jungen Herrn« pflegt darin zu gipfeln, daß sie den Lebensgewohnheiten ihrer Kaste entweder bübisch ins Gesicht schlagen oder sie etwas säuerlich mit Weltanschauung bekämpfen. So ist es also nicht auffällig, wenn ein Teil der Jugendphilosophie, welche jene Lehrer der Landerziehungsheime entwickelten, in Protesten »gegen die Geselligkeit, die Moral und den Geschmack der Erwachsenen« aus Weltanschauung bestand. Diese Formel: »Gegen die Geselligkeit, gegen die Moral, gegen den Geschmack der Erwachsenen« ist auf dem Hohen Meißner 1913 am Gründungstag der »Freideutschen Jugend« entstanden. Dort fand die entscheidende Begegnung zwischen der Wandervogelbewegung und der Schulbewegung statt. Das Gelöbnis der Jugend vom Hohen Meißner heißt: »Die freideutsche Jugend will aus eigner Bestimmung vor eigner Verantwortung, mit innerer Wahrhaftigkeit ihr Leben gestalten.« An dieser Formulierung fällt die unjugendliche Überrecktheit auf. »Absolute geistige Freiheit – vorbildloses Leben – gegen die trägen Gewohnheiten der Alten!« das sind andere Forderungen aus dem Programm der »Freideutschen Jugend«.

Die Begegnung auf dem Hohen Meißner war für die Jugendbewegung verhängnisvoll, verhängnisvoller als der Krieg und alle Parteiungen der Jugend in der Nachkriegszeit: denn die wandernde Jugend war von der Schulbewegung geblendet und sie wurde verwirrt. Die Bevorzugten, die Begünstigten (»adlige Jugend« nannte sich die Schulgemeinde-Jugend) wurden bewundert. Die Führer der Schulbewegung waren ihre Helden. Es lag in ihrem Wesen, daß sie von Verehrung für sie überwältigt war. Die Philosophie war ihr wohl zu schwer und zu dunkel, aber sie mußte sie begierig aufnehmen. Die Neugier auf die Wunder der Welt dieser Zeit, die Unbekümmertheit, das Freibeutertum in Sinnen und Gedanken, die Stromerzeit, der Jugendwahnsinn wurden nicht befriedigt, sondern mit Lasten belegt. Die Abstraktion, die ihr geboten wurde, befreite sie nicht, sondern schlug sie in die Fesseln ihres Zustandes. Sie befand sich in der Lage Sauls: sie war ausgezogen, um eine Eselin ihres Vaters zu suchen, und ihr war eine heimliche Krone aufgedrückt worden; sie hatte Sinnenfreuden, Weltlichkeit gesucht, und ihr war eine Würde und eine Mission gegeben worden; fessellose, unvernünftige, begeisterte Lust auf die Welt hatte sie hergetrieben, und mit einem heimlichen Traum von Macht, der Würde, Straffheit, Selbstzucht, heroische Nüchternheit von ihr verlangte, wurde sie entlassen. Ich kann mich noch genau an unsere Verfassung in jenen Tagen erinnern: an die plötzlichen, flammenden Begeisterungsausbrüche und an die schwelende Unfreiheit und das schlechte Gewissen. Und an unsere gereizte Empfindlichkeit gegen entblößte Körperlichkeit; die Merkmale des Kleinbürgerlichen, die plebejische Rasse der Körper quälte uns. In der Nacktheit war damals noch mehr selbstquälerischer Paroxysmus als Sinnenfreude. Gewiß waren jene Tage eine einzige Folge von Räuschen, aber das ist kein Widerspruch, denn das Schuldgefühl verleiht nicht selten ähnliche Räusche wie das Herrschaftsgefühl. Von da ab herrschte das Schuldgefühl in der Jugendbewegung auf eine verhängnisvolle Weise. Von da ab war Dostojewski bei der Jugend Mode. Von da ab war man voll ehrlicher Bewunderung für den russischen Geist und aufnahmebereit für alle Ideologien und Schöpfungen östlichen Geistes.

Auf diese Weise wurde aus der Stromerzeit der kleinbürgerlichen Jugend, aus einem Ausbruch aus Jugendlichkeit, dessen natürlicher Sinn die Eroberung von Welt und Weltgeläufigkeit war, eine Sezession der Jugend. Der Jugendwahnsinn, die Unreife wurde stabilisiert. War Reife, Durchsäuert-, Gehärtet- und Gebrannt-Sein mit Realität, Wirklichkeitssinn für die übrige Welt alles – für diesen Jugendkreis war sie etwas Minderwertiges; und Jugend war alles. Jugend: die frühe Blüte, das Wunder im ersten zarten Aufdämmern von Ideen, die Überwältigung durch das Erlebnis des Selbst – wurde als Welt, die in sich kreiste, jungen Menschen an ihren leeren Himmel gesteckt. Bis zur Selbstherrlichkeit der heutigen Jugend ist von da nur ein kleiner Schritt. Und wenn ein Teil der heutigen Jugend sich ganz unverfroren der Banalität bezichtigt und für das Recht der Gewöhnlichkeit eintritt und es auch überall durchsetzt, so ist diese Selbstherrlichkeit eine der mannigfaltigen Formen, welche die Sezession des Familiensohnes in den zwanzig Jahren seither annahm. Eine andere Form ist die Flucht in Organisationen, die ihr Privatleben, ihre Zeiteinteilung, ihre Lebensgestaltung, ihre Denk- und Moralbegriffe regeln und uniformieren. Dies Bedürfnis mußte sich notwendig einstellen, da diese Jugend, realitätsfremd wie sie war, bei sich selber außer Selbstgefälligkeit keine Wirklichkeit entwickelt hatte. Sie konnte sich auf die Dauer nicht damit begnügen, den abstrakten Zustand einer Macht darzustellen, sie mußte gebraucht werden; und da sie selbst in der wirtschaftlichen und politischen Realität keinen Ansatzpunkt hatte, außer daß sie diese nicht liebte, mußte sie nur froh sein, daß sie als solche, von wem auch immer, gebraucht wurde. Es mutet wie ein Satyrspiel der Natur an, daß sie heute, wie die Jugend dieses Standes zu allen Zeiten, von den realen Mächtegruppen als Söldnertruppe verbraucht wird. Ihre Verneinung der gegenwärtigen Welt aber ist von jener Art, die ihre Mentalität noch als die von Familiensöhnen legitimiert: sie lebt davon, alles zu verneinen, weil sie von den Schwierigkeiten und Gefahren der Realität keine Ahnung hat; weil sie nicht spürt, daß etwas für sie verhängnisvoll werden könnte; weil sie am Ende immer noch auf die Verantwortlichkeit derer, die sie verneint, vertraut und sich sicher fühlt, von ihnen nicht im Stich gelassen zu werden.

4

Das Verhängnis, das bei der Berührung mit der Schulbewegung über die Jugendbewegung kam, ist nicht ganz zu erklären ohne eine genauere Betrachtung der Führer. Ich habe zu verschiedenen Zeiten Gelegenheit gehabt, einige von ihnen längere Zeit aus nächster Nähe zu beobachten. Sie waren durchweg Männer von kaltem um nicht zu sagen eisigem Temperament. Bei oberflächlicher Berührung glaubte man Mangel an Gefühl bei ihnen zu spüren. Empfindliche Naturen fühlten in ihrer Nähe ein erotisches Manko. Aus physiologischen oder psychologischen Gründen hatten sie Aversionen, gesteigert von Abneigung bis zum Abscheu, gegen das natürliche Menschliche, speziell gegen das natürliche Geschlechtliche. Das soll nicht heißen, daß alle nicht potent waren oder abnorme Neigungen hatten. Der häufigere Fall war der, daß ihre Erotik überfeinert, nur noch spirituell war. Ihre Sympathieäußerungen waren von sehr sublimer Art. Die Aufrechten und Bewußten unter ihnen empfanden das als einzig menschenwürdig oder, wenn man die Norm als menschlich gelten läßt, als supermenschlich. Ich habe in ihrem Kreise gehört, daß ein älterer Mann von sehr feinem und kostbarem Geist es beklagte, nicht so zu sein, seine natürliche Sinnlichkeit als einen Mangel bezeichnete. Nach meiner Beobachtung rächt sich die Natur an Männern dieser Verfassung. Als eine solche Rache kann man schon ihre Separation in der menschlichen Gesellschaft ansehen, die auffällig besteht, die Einsamkeit ihres Lebens. Aber was ihnen an Realität des Lebens und menschlicher Erfahrung abgeht, kompensieren sie mit Philosophie. Und – das ist das Auffälligste – im Leben mit Kindern oder Jugendlichen, mit denen sie am liebsten zusammen sind. Aber man muß beobachtet haben, wie ihr Leben mit Kindern sich abspielt, um ihr Unglück in seinem ganzen Umfang, um den Wurm im Keim ihrer Existenz zu kennen. Einmal stellen sie maßlose Forderungen, ein anderes Mal sind sie von einer unmännlichen, unreifen Sentimentalität. Ich fand sie bewundernswert und nicht selten hinreißend im rein Geistigen, entzückend oft in einer jungenhaften Kameradschaftlichkeit und widerwärtig in ihren sentimentalen Annäherungen. Sie waren in Reden an die Jugend hinreißend und in der Behandlung der Jugend ebenso oft von herrischer Bösartigkeit, anmaßender und verletzender Bosheit, kleinlichem Haß und großartig-rechthaberischer Entrüstung. Und ein andres Mal wieder warben sie um ein Kind, einen Liebling, mit kindischem Stammeln. Das Bild, das sie in Reden von der Jugend und vom objektiven Geist entwarfen, war durch den intellektuellen Fanatismus, die Unbedingtheit, den geistigen Adel und in gleicher Weise durch den Mangel an Weisheit und Humor dazu angetan, die Jugend zu begeistern und mitzureißen. Aber auch ihre Vorstellung von der Jugend war unkörperlich, eine Abstraktion. Sie ertrugen es nicht, daß die Jungen und Mädchen, die sie liebten, solide und gesunde Wesen waren, mit natürlichen und fleischlichen Bedürfnissen und Passionen. Und daß sie dem Ruf der Natur gehorchen mußten wie »Kühe« und »Hunde«, war für sie ein wirkliches Unglück, das sie bösartig und giftig machen konnte. In diesem einen Punkt waren sie von der Geistesverfassung von Fünfzehnjährigen. Es ist aber anzunehmen, daß das überhaupt der Grund ist, weshalb sie sich als vierzig- und fünfzigjährige Männer, wenn sie sich nicht inzwischen völlig enttäuscht und zerbrochen ganz von der Welt zurückzogen, der Jugend am meisten wesensverwandt fühlen und ihr ganzes Leben einem Jugendkult widmen. Erstaunlich bleibt nur, daß die Gesellschaft von ihrem Jugendkult intellektuell infiziert wurde.

Das ist das erstaunlichste Resultat der Jugendbewegung: der Kult, den die bürgerliche Gesellschaft seitdem mit der Jugend treibt. Man kann nicht sagen, daß er für die Gesellschaft reale Konsequenzen gehabt hat, etwa zu einer Revolution geführt hat; dazu blieb er zu intellektuell. Aber die Wirkung auf einen Teil der bürgerlichen Jugend kann nicht übersehen werden. Sie benimmt sich anmaßender als je eine Jugend, ohne deshalb weniger bürgerlich zu sein. Ohne Bildung und ohne Erfahrung, bildet sie sich ein, Ideen über irgend etwas zu haben. Bei näherem Hinsehen stellt sich aber heraus, daß sie nur schlechte Manieren hat. Sie ist humorlos, ungeistig, ohne Haltung, ohne Unterscheidungsvermögen. Bei den kleinsten Fragen wirft sie sich sofort in eine muskelstarke Position.

Aber das ist nicht die Jugend von 1914.

5

Brutale Ereignisse, wie Krieg, politische, wirtschaftliche und moralische Zusammenbrüche, die seither in bestürzender Folge auf uns niederbrachen, haben verhindert, daß der Zustand, in dem die Jungen aus der Jugendbewegung 1914 waren, jemals geklärt worden ist. Man hat nie erfahren, wieviel von diesen jungen Menschen schon völlig erledigt freiwillig in den Krieg gingen. Nach einigem Besinnen werden jedem solche jungen Freunde einfallen, die beim Ausbruch des Krieges von Entsetzen gelähmt und von Verzweiflung über das grauenvolle Unheil niedergedrückt waren – und die sich doch freiwillig meldeten; auffällig viele von ihnen sind gefallen. Von ihnen lassen sich einzelne Äußerungen nicht berichten; sie sprachen kaum über das, was sie fühlten. In ihrer Entschlossenheit wirkten sie leicht starrköpfig. Jeder erinnert sich an sie, wie er sie im Felde wiedertraf: an die stumme, verbissene Entschlossenheit, mit der sie nach vorne gingen und stürmten. Man hätte ihnen oft gern gesagt, sie sollten sich krank melden, aber etwas war an ihnen, das Sprechen verbot. Nie wird erzählt werden, wie viele es unter den jungen Truppen waren, von deren »todesmutigem Stürmen« damals berichtet wurde, die fielen, weil sie längst »fertig« waren. Heute kann ein Bild dieser Jugend, wie sie 1914 war, nur andeutungsweise durch Rekonstruktion verständlich gemacht werden.

Am meisten fiel der Widerspruch auf zwischen dem, wie sie sich selbst sah, und dem äußeren Bild, das sie dem Beobachter auf einer Jugendtagung bot. Der Widerspruch zwischen der Idee von sich, die ihr angeboten worden war, und der Erscheinung, die sie bot. Zwischen dem klassischen Bild der antiken Jünglinge in einer platonischen Akademie, als welche sie in ihren eignen Träumen Arm in Arm wandelten, und den unrassigen, ungepflegten, kleinbürgerlichen Erscheinungen, die sie waren. Man muß das Bild von Unfreiheit, Befangenheit, Gehemmtheit und von distanzlosem Mischbetrieb gesehen haben, das sie boten, wie sie Arm in Arm gelegt, nebeneinander auf und nieder stapften. Ihre Ideale trugen den Zwiespalt von »antik« und »modern« in sich. Ihre Ideen hatten keine Realität und knüpften an keine Realität an. An ihrem Denken waren nur die ernsthaften, in dicke Falten gelegten Gesichter real. Und das, was sie selbst vorstellten, was sie wirklich waren, der eigne Körper, der Stand, aus welchem sie kamen, ihre Familie, alles das machte sie befangen, war genierlich für sie. Sie hatten keine Liebe, möchte man sagen; wenn das nicht zu hart und anspruchsvoll klingen würde. Aber es genügt auch festzustellen, mit welcher kalten Lieblosigkeit sie sich von ihrer Familie, und die älteren unter ihnen selbst von Frau und Kind abwendeten. Es schien nichts da zu sein, was sie noch an die Beziehungen ihrer Kindheit und an ihre natürlichen Bindungen gemahnte. Und man könnte nicht sagen, daß es Freiheit war, durch Leiden gewonnen, daß sie einen Teil von ihrem Selbst, qualvoll von sich abgeschnitten, begraben hinter sich zurückgelassen hätten.

Ihre unnatürliche Situation, der Mangel an Wirklichkeit in ihrer Existenz war am deutlichsten in ihrem Verhältnis zu Mädchen festzustellen. Es gab schon früh, in den ersten Wandervogelgruppen, auch Mädchen. In dem Verhältnis zwischen Jungen und Mädchen war von Anfang an nichts von Natur. Bestenfalls bestanden Übereinkünfte, vielfach unausgesprochen. In den meisten Fällen war ein platter Rationalismus die Basis. Man hatte sich ein System zurechtgelegt. Der Kern war eine Umgehungstaktik. Ob man zusammen schlief oder nicht (meist tat man es nicht), es war verkehrt. Ihr Wissen war rein theoretisch und entstammte der Lektüre und abstrakten Überlegungen. Menschlich schöne Regungen wurden nicht entwickelt und gingen nicht den graden Weg, sondern kehrten in sich zurück. Dem Leerlauf der Gefühle folgten Erschöpfung und Flucht in Pseudogefühle und in konstruierte Systeme. Ihnen selbst war höchst unbehaglich zumute, aber ihr Freimut war »neu« und vor allem »modern«. Diese Kinder konnten natürlich nicht begreifen, warum sie immer häufiger in Erörterungen über ihre Beziehungen hineingerieten, die meist in kniffliche Haarspaltereien ausliefen. Aber was immer die Basis dieser Beziehungen sein mochte, Tatsache war eine baldige allgemeine Gleichgültigkeit, wenn nicht eine tiefe Enttäuschung. Und die so erschöpften, verwundeten und aufgerissenen Gemüter empfingen nicht selten noch von seiten ihrer Führer verächtliche und abscheuliche Bemerkungen über die Mädchen und überdies noch moderne Theorien über den Eros. Von überall empfingen sie nur Theorien; sie selbst hatten ihr Gepäck voll bürgerlicher Hemmungen zu schleppen, sodaß sie zu ihrem einfachen geraden Drang kein

Zutrauen hatten; und da war niemand, der ihnen einfaches Tun als Lösung empfahl.

Die Schwierigkeiten, in die sie sich verwickelt hatten, waren nicht unlösbar, aber zu ihrer Entwirrung hätte es der Erfahrungen von Generationen, einer Lebenskultur, Tatkraft und starken Menschenverstandes bedurft. So machten die armen Jungen mit in antiken und modernen Anschauungen und nahmen alles für bare Münze, und nie dämmerte ihnen eine Ahnung, was für Esel sie waren. Noch im Aufbruch, waren sie auch schon erledigt, völlig erledigt. Um eine Generation von jungen bürgerlichen Menschen, die gedankenlos und voll unbekümmerter Frische auf Wanderwege gegangen war, war es nun so bestellt, daß sie über alles und jedes grübelte; zwangsmäßige Grübelsucht als Geisteszustand war ihr Stigma. Und so ist sie ins Feld gegangen.

Die Jugendbewegung hat im Weltkrieg ihr Ende gefunden. Das soll nicht heißen, daß der Weltkrieg sie beendet hätte, sondern – der Weltkrieg wurde ihr Grab.

Denn – nach dem Weltkrieg gehörte die Jugendgeneration aus den Anfängen der Jugendbewegung nicht mehr zur Jugend, eine neue Generation war jetzt Träger der Bewegung. Ganz allgemein wird in der Betrachtung von historischen Bewegungen die Ablösung unter den Generationen zu wenig beachtet. Ideen und Impulse werden nicht weitergeboren. Eine neue Generation übernimmt immer nur Äußerlichkeiten und Gesten von der vorigen, die Impulse und Tendenzen sind wieder andere. Und niemals vielleicht waren Einschnitte so deutlich wie am Ende des Weltkriegs. Die neue Jugendgeneration hatte nichts von der frischen Unbefangenheit, der naiven Neugier, der Lust auf die Welt, mit der die vorige Generation ihren Auszug angetreten hatte. Vor allem hatten die Kinderjahre für sie nichts von Sicherheit, Bestand, trächtiger Zukunft und verlockender Weite gehabt. Und selbst alltägliche Ordnungen waren in diesen wichtigen Jahren unsicher gewesen. Diese Generation trat vital und moralisch schon geschwächt auf den Plan. Sie hatte kein Vertrauen ins Leben, und sie blickte sauer.

Durch die Umstände war in ihrem einfachen Sein schon die negative Komponente besonders betont. Zu allem kam noch, daß sie gesellschaftlich, wirtschaftlich und politisch ein Chaos vorfand. Sie nahm die Äußerlichkeiten: die Wanderungen, Jugendlager und Jugendtagungen wieder auf, sogar weit intensiver. Sie gebärdete sich auch wie unabhängige Bürgersöhne, die Ansprüche anmelden. Aber die Sabotage der Kultur, die es vor dem Krieg nur in äußeren Dingen gegeben hatte, war nun eine allgemeine geistige Epidemie. Und vollends schied eine Sucht zur Selbstverneinung, eine Selbstverachtung, die oft bis zur Würdelosigkeit ging, sie von der Vorkriegsjugend. Es war nackter Selbsterhaltungstrieb, wenn bald immer neue Gruppen dieser Jugend sich unter ein positives Programm, von welcher Seite immer es ihnen geboten wurde, retteten.

Alle Tagungen der Jugend in der Nachkriegszeit boten folgendes Bild: aus der Jugendgemeinde heraus kamen nach kurzer Zeit Vorwürfe und Selbstbezichtigungen, man schalt sich geistig und moralisch minderwertig, sprach von einem allgemeinen Sumpf (besonders die anerkannten Führer der Jugend konnten sich nicht genug tun in verächtlichen Ausdrücken); nachdem man sich selbst genügend gegeißelt hatte, wandte man sein Gesicht der hoffnungslosen Weltlage zu, um sich in eine apokalyptische Weltuntergangsstimmung versetzen zu lassen; und wenn diese Stimmung lange genug gewirkt hatte, trat eine politische Gruppe auf und führte einen Teil der Versammlung weg. Die politischen Programme waren verhältnismäßig einfach und beschäftigten sich mit konkreten Dingen; und die Reden der Jugendführer wichen dem Gegenständlichen aus und philosophisches Gestrüpp machte sie für jugendliche Geister undurchdringlich. Auf der Führertagung in Jena (1919) trennten sich zwei Gruppen ab: der völkisch gerichtete »Jungdeutsche Bund« und die kommunistische »Entschiedene Jugend«. Der Rest der Mitte sammelte sich 1922 wieder im »Freideutschen Bund«. Auf dem zweiten Meißner-Tag (1923), der einberufen war, um die freideutsche Jugend zu sammeln, gelang es wieder den Kommunisten, die Versammlung zu spalten. Außer den politischen Parteien sammelten in dieser Zeit die kirchlichen Konfessionen und die verschiedensten Weltanschauungsbünde Jugend unter einem Programm zu Jugendgruppen. Überhaupt fand alles, was nur ein Programm hatte, unter der Jugend Anhang. Diese Jugendorganisationen haben nichts mehr mit der Jugendbewegung zu tun. Sie sind Begleiterscheinungen der vielen Parteien und Gruppen innerhalb der bürgerlichen Gesellschaft. Allerdings wurde der Gedanke, man könnte auch die organisierte Jugend für etwas gebrauchen, durch die Jugendbewegung geweckt. (Über die Entwicklung der Jugend in der Nachkriegszeit müßte ein eigener Aufsatz geschrieben werden, hier ist nur möglich, abschließend über sie zu referieren.)

Man darf nun nicht annehmen, daß alle Jugend, die mit gesunden Sinnen und begierig auf die Welt, auf Abenteuer und Erfahrungen auszog, in das Désastre der Jugendbewegung geriet. Was »die Jugendbewegung« genannt wird, ist nur ein kleiner Teil vom Leben der Jugend, die damals aufbrach, nur soviel, als intellektuell und seelisch einer philosophischen und literarischen Richtung verfiel. Es blieben genug, die nicht intellektuell irritiert wurden, sondern das Brausen ihrer Jugendjahre in das schrecklich reale Abenteuer, das die Welt in diesen zwanzig Jahren bot, hineintrugen, von Erfahrungen zu Erfahrungen weiter gingen, ohne in eine Philosophie oder in eine »Schule der Weisheit« zu kapitulieren, und aus Sturm und Drang, in ständiger Fühlung mit der Substanz des Lebens, die Gesetzmäßigkeit und Ordnung der Realität erfuhren und erfüllten. Sie wurden allerdings »reif« dabei; es kostete sie – die Jugend.

Söhne ohne Väter und Lehrer
Die Situation der bürgerlichen Jugend

I

Ich bin um die vierzig. Das ist heute nicht das beste Alter, um etwas über die Jungen zu sagen. Es ist das Alter, in dem sich der erste Neid regt; und die Kritik beginnt ernsthaft zu werden. Aber die Fünfzigjährigen sind ungerecht gegen die Jungen, weil es ihre Erziehung ist, deren Scheitern an dieser Jugend deutlich wird. Sie sind aufgebracht; natürlich können sie nicht zugeben, daß ihre pädagogischen Entdeckungen Irrtümer waren. Sie verneinten sich selbst, wenn sie ihre Liberalität, die persönlichste Leistung ihres Lebens, als Vernarrtheit ansehen sollten. Und die Dreißigjährigen beschäftigen sich auffällig wenig mit den Jüngeren, sie kennen sie kaum. Von allen, den Dreißigjährigen, den Vierzigjährigen und den Fünfzigjährigen wird hier soviel die Rede sein müssen wie von den jungen Menschen.

Die Grundstruktur der jungen Menschen, ihre Anlage ist kaum anders als eh und je: nur die heutige Wirklichkeit, in die sie hinein sollen, ist eine andere. Und, was fast noch schlimmer ist, unter den verschiedenen Altersgenerationen besteht keine selbstverständliche Ordnung; die Generationen stehen nicht an dem Platz, wo sie stehen sollten, damit die Jugend eine Zukunft vor sich sehen könnte. Isoliert betrachtet gibt die heutige Jugend keine neuen Erkenntnisse her. Da ist sie auch gefüllt mit einem mächtigen Strom von Leben und guter Laune; in ihrer Anlage sind auch nebeneinander Selbstgenügsamkeit und Überschwang; sie ist auch voll trächtiger Dunkelheiten, und ein angestrengtes Licht in den ernsten Augen verrät gewaltige Anstrengungen im Innern; sie ist auch verloren im Durchdenken und im Ausbau von ihren Träumen wie jede Jugend und scheut, bockt und schlägt aus, wenn sie in das

Gehege der gemeinen Wirklichkeit, in den wohlbekannten Stall ihres Lebens wieder hinein soll; sie ist verliebt in die affenartige Sicherheit von alterslosen und weltgeläufigen Herren; sie posiert Erfahrenheit; sie ist voller Vertrauen und Idealismus und auch voller Widerwillen und Abneigung; ununterbrochen spuckt sie den Grus neuer Enttäuschungen und neuer Falschheiten, die sie zu schmecken bekam, aus sich heraus; in ihrem Tun liegt immer etwas Verneinendes; was sie wirklich ist, bleibt dunkel, es kann nicht hervor. Aber schlimmer als die Jugend früherer Zeiten ist sie auch nicht. Erst in den Relationen zu den Dreißigjährigen, Vierzigjährigen, Fünfzigjährigen und Älteren bekommt diese Jugend von heute ihr merkwürdiges Gesicht; es ist nicht wahr, daß dieses Gesicht nur durch die Verhältnisse, die wirtschaftlichen, politischen und anderen Krisenerscheinungen dieser Zeit geprägt ist.

Zunächst ist die allgemeine Situation, in der heute alle Menschen, die älteren und die jüngeren, in gleicher Weise schweben, schon ungewöhnlich. Ich hatte in den letzten Jahren einige Male ein bestürzendes Erlebnis. Bei irgendwelchen völlig belanglosen Gelegenheiten fällt mir ganz unvermittelt ein, daß mein Vater tot ist. Und ich spüre dann, daß seit dem Tod meines Vaters für mich das Leben unsicher geworden ist. Ein Schatten von Angst, von Verlorensein gleitet dunkel durch mich hin. Die Welt hat ihre Ordnung verloren; niemand ist da, der sagt, was geschehen muß; niemand bestimmt mehr, was recht und gut ist; niemand achtet darauf, ob ich auch weiter komme; die Stirn, auf der alle Urteile über mein Leben standen, gibt es nicht mehr; ich kann zu niemandem gehen und mich verantworten; es gibt keinen Oberen in der Welt für mich mehr, ich selbst soll mein Oberer sein: solche Gedanken eines Kindes überfallen mich in diesen Momenten. Und der Schatten lastet einige Tage nachher noch auf mir. Dabei lebte ich, bevor mein Vater starb, schon über zwanzig Jahre unabhängig von ihm. Das Gestorbensein des Vaters ist auch nur das private Erlebnis, in dem eine allgemeine Lebenssituation Ausdruck fand; ein Lebensgefühl hat darin konkrete Züge bekommen. Die Rangordnung, die verläßliche Wertskala, fehlt in der Welt; der Pfahl, an dem man sich aus sich selber und aus dem allgemeinen Untergang hinter den weggeschwemmten Dämmen herausreißen könnte, ist fortgerissen. Der Vater ist tot! Das empfanden gewiß auch früher Menschen schwer. Aber es hat heute eine Bedeutung über das Private hinaus. Unerfahren und arglos und klein, sind wir allein gelassen, mit der ganzen Last der Verantwortung auf uns. Wir hatten uns Extratouren erlaubt in der Gewißheit, daß wir, wenn alles schief ginge, so etwas wie ein sicheres Zuhause hätten, und wir entdeckten, als wir uns dahin zurückziehen wollten, daß nichts mehr da war.

Sehen wir davon ab, wie diese Situation entstand. Wir sind preisgegeben: das ist die Realität. Die einfache menschliche Vernunft reicht nicht aus. Der beste Wille und das beste Können von Männern, die nicht schlechter sind als Politiker zu andern Zeiten, finden keine Mittel gegen die ungeheuerliche blinde, tierisch gleichgültige Unvernunft in der heutigen Welt. Ob man das Ungeheuer Technik, Organisation oder, noch anonymer, System nennt, ist dabei gleichgültig.

Den Schrecken über die Abwesenheit einer Vernunft erleben nur die Vierzigjährigen und Älteren, die noch andere Zustände in der Welt erlebt haben. In den Jüngeren mögen manchmal auch Ahnungen davon aufdämmern. Aber wie merkwürdig, wie lächerlich hilflos müssen wir in unserm Entsetzen den Jungen vorkommen.

2

Die Position der Vierzigjährigen gegen die Jungen ist dadurch belastet, daß sie selbst sich noch zur Jugend rechnen. Ich ertappe mich immer wieder dabei, daß ich mich jungen Menschen gegenüber als Junger fühle. Das passiert mir nicht aus Gedankenlosigkeit. Und das ist keine Koketterie und nicht Angst vor dem Älterwerden. Und keine Einbildung. Das heißt auch nicht einfach nur, daß ich mir meine Jugendlichkeit bewahrt habe. Das bedeutet: noch immer Unordnung und Leiden an der Welt, noch immer keinen Sinn gefunden haben und in einem Provisorium leben. Das heißt, daß ich noch immer das Leben eines besseren Familiensohnes führe. Ich bin niemals ein Vater. Mein Haus ist nicht gerichtet. Ich habe noch nicht meinen Acker bestellt, um darauf zu ernten. Mit diesen harten Feststellungen ziele ich nicht auf die wirtschaftliche Lage, sondern das persönliche Verhalten soll getroffen werden. Die männliche Entscheidung, welche immer die tragische Möglichkeit von absoluter Schuld und völligem Untergang, den Kern des Mannseins von jeher, einschließt, ist noch nirgends gefallen.

Die Vierzigjährigen als Junge: diese Tatsache ist absurd! Aber sie darf nicht fehlen in dem Bild von unserer Welt. Die Gründe dafür sind nicht so einfach. Ich ziehe ungern den Krieg zur Begründung heran, weil ich nicht in das Geschrei über die Schwächung der Kriegsgeneration einstimmen kann. Wer zurückkam, war stärker und härter geworden. In dem üblichen Sinn, als Entschuldigung, soll hier der Krieg also nicht angeführt werden. Aber die Vierzigjährigen sind nun einmal doch die Generation von Helden des Weltkriegs. Das bedeutet, daß sie ihre große Zeit, die Zeit der erfolgreichen Taten, die Zeit der großen Selbstsicherheit hinter sich haben. Ähnliche Zeiten ungebrochenen und unreflektierten Tuns werden sie nicht mehr erleben. Was ist dann natürlicher, als daß sie in ihren Erinnerungen, in ihrem Denken und Trachten nach damals zurückhängen. Sie hängen fast tragisch zurück. Sie quälen sich darüber ab; als wäre etwas in jenen Jahren noch unvollbracht geblieben. Es vergiftet ihr Leben. »Wir müssen Sühne leisten für die toten Kameraden«, mit diesen Worten ist dies Gefühl hier und da ausgesprochen worden. Da ist ein etwas literarischer Ausdruck für ihr Leiden, das eine viel weniger sentimentale Wahrheit birgt: so oder so müssen sie die Kriegsjahre, die ihre Heldenepoche darstellen, sinnvoll machen, denn – darin liegt ihre Tragik – ihr Heldentum stand in einer sinnlosen Situation, die für ein

Trachten nach dem Sinn der Dinge, für die Reife, für eine Ordnung des Lebens absolut nichts hergab.

Erst jetzt, nach vielen Enttäuschungen, nach Jahren vergeblichen Wartens, sind Anzeichen dafür da, daß sich die Kriegsgeneration auf eine Entscheidung im eigenen Leben besinnt. Sie fängt eben an, eine Lebensform anzusetzen; man sagt von ihr, sie sei konservativ geworden. Sie ist auf demselben Punkt angelangt, wo auch die Dreißigjährigen grade schon angekommen sind. Auf die Jungen muß das einen fatalen Eindruck machen: wenn sie hinaufblicken, finden sie dort, wo sie Väter, Lehrer und Meister erwarten könnten, sicher interessante, gescheite und auch geistvolle Menschen, die sich, absurderweise, selbst noch die Jungen nennen; und sie finden, daß nichts getan ist; daß keine Ordnung da ist und kein Gesetz; einen verknäulten Wust von Ideen; und keine Plätze für Anfänger frei, denn da sind lauter Anfänger.

Die Vierzigjährigen selbst haben zu den Jungen, den Sechzehnbis Vierundzwanzigjährigen, keine Verbindung. Sie erwarten auch für die Gegenwart nichts von ihnen. Sie erwarteten vorübergehend etwas von der Generation, die nicht mehr in den Krieg mußte, von den heute Dreißigjährigen; aber das war wirklich nur vorübergehend. Wenn sie Ideen von der Jugend haben, sind es ihre Ideen von 1913. Ihre Blicke ruhen mit Sympathie auf den Erscheinungen der jungen Menschen, und die Erinnerung an die Zeit, als sie selbst so jung waren, die zu ihren besten und schmerzlichsten Erinnerungen gehört, gibt kleine Impulse in ihr Gefühl für sie. Aber sie verstehen die Banalität dieser Jugend nicht, und ihr Mangel an Kultur, die Inferiorität ihrer Bildung, ihre Achtlosigkeit gegen das Dasein anderer schreckt sie. Es mag auch Scham und Schuldgefühl sein, berechtigten Ansprüchen der jungen Menschen nicht zu genügen, selbst Abseitige zu sein, eigene Unzulänglichkeit also, was die Vierzigjährigen nötigt, sich immer bald wieder in sich selbst zurückzuziehen. Von allen Generationen sind sie jedoch am meisten geneigt, der Jugend das Recht zu irren, Dummheiten zu machen und Unsinn zu reden zuzugestehen.

So loyal wie sie sind in ihrem Verhalten zur Jugend keineswegs die ehemaligen Teilnehmer am zweiten Nachkriegsabschnitt der Jugendbewegung, die heute um die Fünfunddreißig sind, und auch nicht die Regieführer aus dem ersten, Vorkriegsabschnitt der Jugendbewegung, die annähernd Fünfzigjährigen. Diese erhoben seinerzeit für sich den Anspruch, die neue Gesellschaft oder gar die neue Welt zu bilden. Daß ihnen das nicht gelungen ist, werfen sie der Jugend vor, die später kam und nach ihrer Ansicht nicht asketisch und in Ansprüchen an sich nicht streng genug lebte. Sie betrachten noch jede Jugend durch die Brille ihrer Illusionen. Selbstverständlich genügt ihnen keine. War der Fehler der Propagandisten der Jugendbewegung, daß sie die Jugend aus ihrer Anonymität und Unbeflecktheit, in der sie, zu ihrem eigenen Glück, gesellschaftlich und politisch lebte, herausrissen und Scheinwerfer auf sie lenkten, so ist es der ärgere Fehler, den sie heute machen, daß sie diese Scheinwerfer zu Analysen von natürlichen Jugendeseleien benutzen. Sie haben noch immer die Blicke auf die Jungen gerichtet, aber weniger erwartungsvoll als anspruchsvoll, als ironisch und skeptisch. Wenn von den Jungen ein Plan oder ein Programm auftaucht oder wenn ein Werk von einem da ist, kommen sie daher und erledigen und entwerten es mit anmaßender Überheblichkeit. Man hat selten soviel Ungerechtigkeit gesehen, wie in den Kritiken, welche unter den Generationen, die sich alle zur Jugend rechnen, von Älteren an der Arbeit von Jüngeren geübt werden. Und da die Jungen an sich dazu neigen, sich ständig bekrittelt zu fühlen, ist das Resultat, daß sie gegen die Art von Intellektualität der Älteren Abneigung und auch Haß empfinden.

Auf diese Weise werden bei uns künstlich Wände aufgerichtet zwischen Gruppen, unter denen es, außer einem kleinen Altersunterschied und dem Grad von Übung in Sophistik, kaum Unterschiede gibt. Die Älteren sind den Jüngeren kaum an Erfahrung überlegen, da heute niemand Erfahrungen macht. Jüngere und ältere Menschen haben dieselben Sorgen und dieselben Lebensinhalte. Die Vierzigjährigen wie die Zwanzigjährigen warten darauf, daß etwas Neues kommt; und alle leiden darunter, daß vor ihnen nichts Festes da ist. Es war immer das Recht und auch die Pflicht der Jungen – es gehört zum Jungsein –, jederzeit alles Neue gierig und leidenschaftlich aufzunehmen, und wenn bloß deshalb, weil es neu ist. Und für die Älteren, deren Leben auch noch keine Form fand, ist es heute lebenswichtig, das Neue zumindest kennenzulernen, so unbequem es oft für sie sein mag. Weil die Wände zwischen den Altersgruppen künstlich sind, werden die Jungen automatisch älter und alt, ohne deshalb schon Mann zu sein. Würden sie nach den Flegeljahren in ein Leben mit festen Formen und Ordnungen kommen, was trotz schwerer politischer und wirtschaftlicher Erschütterungen und selbst trotz einem intellektuellen Nihilismus auch heute möglich wäre, wie das Beispiel Englands beweist, blieben sie länger jung als jetzt, da sie nur in ein haltloses Dasein, unter Unfertige und Unentschiedene im mittleren Alter, kommen. In dieser allgemeinen Anarchie ist es nicht mehr verwunderlich, daß selbst die Jüngsten oft schon alt sind. Aber der Instinkt einer Jugend, die Ordnung, Aufbau und Gipfel im Leben vermißt und sich daher, unerwachsen, aber mit herrlicher Verbissenheit, in beständigem Sichübernehmen und verständlicherweise meist großsprecherisch, darum bemüht, eine Zukunft zu errichten, ist immer noch viel besser als der der Alten, die nur überlegen, skeptisch und abwartend zusehen.

3

Am auffälligsten ist heute ein Einschnitt zwischen den Dreißigjährigen und den Jungen. Bei einem Blick über die Generationsringe in der bürgerlichen Welt fallen einem die Dreißigjährigen am meisten auf. Sie sind die Unruhigsten, die Unklarsten und die Abenteuerlichsten. Von allen lebenden Generationen sind sie entschieden die zeitgemäßeste; man möchte fast für sie allein das Etikett »moderne Menschen« reserviert haben. Das Bezeichnendste an ihnen ist ihr Mangel an Humanität, ihre Achtlosigkeit gegen das Menschliche. Sie haben zwischen zwanzig und dreißig viel hinter sich gebracht, soviel, wie die meisten Menschen sonst in ihrem ganzen Leben nicht erwischen; die Nachkriegszeit bot alle Möglichkeiten dazu. Sie sind hinauf und herunter gekommen und haben die Welt in ihren Höhen und Tiefen und in ihrer Weite durchmessen. Ohne deshalb viel erlebt zu haben. Sie sind schon alles gewesen und sie sind schon überall gewesen; sie haben schon alles getan, und man möchte ihnen fast auch glauben, daß sie schon alles gefühlt haben. Aber alles geschah im Grunde mechanisch. Wenn es überhaupt möglich ist, daß irgendwann die menschliche Seele mit der Technik gekreuzt wurde, dann ist das ihr Fall. Technik war vielleicht das Geschenk der Pandora bei ihrer Geburt. Zumindest fehlte Humanität an ihrer Wiege und in ihrer Jugend. Die Eltern waren schon eine aufgeklärte Generation. Ihr Leben aber vertrug weder die Aufklärung noch die Freiheit. Ihre Lebensform ging daran in die Brüche. Ihr Familienleben war das schlechteste. Sie erfanden und übten als erste in der bürgerlichen Gesellschaft den ehelichen Betrug. Scheidungen waren die Folge. Sie waren als Geschäftsleute die ersten Bankrotteure. Sie waren unbefriedigt und lebten beständig mit schlechtem Gewissen. Im Verhältnis zu ihren Kindern machten die Aufgeklärten als moderne Menschen die neueste pädagogische Mode mit; das Jahrhundert des Kindes war für sie aufgegangen; sie waren voll unechter Teilnahme und falschem Verständnis und erhoben Anspruch auf eine intime Vertrautheit; faktisch kümmerten sie sich sehr wenig um die Kinder, weil sie viel zu viel mit ihrem eigenen Leben zu tun hatten. Die Altmodischen waren, aus Trotz gegen das neumodische »Getue«, ihren Familien und Kindern gegenüber despotisch. Wenn sie sich schon mit ihnen beschäftigten, geschah es fast rachsüchtig. Im übrigen waren die Väter zum größten Teil im Kriege. Die Kinder dieser Eltern gerieten, da sie sich selber überlassen oder auch davongelaufen waren, nach dem Krieg in alle Krisenhysterien und Krisenlaster, ohne dabei großen Schaden zu nehmen. Sie reagierten auf die Zeit, gaben ihr nach, nutzten sie aus; jederzeit gerissen, fix und tüchtig. Die Dreißigjährigen sind sicher die begabteste Generation unter den Jungen. Und mit ihrer bekannten Fixigkeit und Tüchtigkeit und mit einer überraschenden Selbstdisziplin stabilisieren sie heute in allen Lagern und Positionen für sich eine fixe Lebensform und fixe Lebensgewohnheiten. Sie sind die schärfsten Gegner des Liberalismus.

Soweit wurden hier in Umrissen die Menschenbilder gezeichnet, welche die Jugend auf weiter Strecke vor sich sieht. Die einzelnen Altersgruppen stehen jede für sich, jede mit einem besonderen Schicksal und jede mit ihren eigenen Reizen, aber alle ohne eine Suggestion und ohne Autorität. Von keiner geht eine Faszination auf die Jugend aus. Sie bieten nicht einmal ein Versprechen an. Und überall ist bestenfalls eine Lebensform im Ansatz vorhanden. Ihre Existenz verrät keinen Sinn. Und ihre Lehren, soweit überhaupt welche angeboten werden, überzeugen nicht, denn da spricht immer nur einer für sich, der klug ist für sich; seine Weisheit ist vielleicht sogar eine Flamme, aber bestenfalls eine, in der seine eigene Existenz verbrannte, niemals loderte darin seine Generation auf, von der Generationenkette ganz zu schweigen. Man kann ihnen ansehen, daß sie an die Welt, von der sie leben, nicht mehr glauben; und selbst, ob sie an sich glauben, kann bezweifelt werden. Ihre Intellektualität ist skeptisch und nicht selten sogar destruktiv. Weil sie von sich wenig halten und ebensowenig von den Realitäten dieses Lebens, könnten sie einen Halt im Glauben an ein anderes Leben gefunden haben. Aber sie klammern sich lieber an Konstruktionen ihres dünnen Intellekts. Der Höhepunkt des intellektuellen Daseins ist eine Philosophie der Destruktion, welche die endgültige Vernichtung der bürgerlichen Welt herbeiführen soll. Das sind natürlich nur Gipfel. Einfachere Menschen verspüren angesichts dessen eine deutliche Unlust am Geiste. Sie halten sich, verständlicherweise, an das Vergnügen und an alle Dinge, welche den Sinnen noch eine Freude bieten können.

Man kann an dieser Stelle das Bild nicht schwarz genug malen, um den Eindruck wiederzugeben, den die Jugend haben muß. Das heißt nicht, daß die Jungen unbedingt die Älteren hassen oder verachten müssen; ihre Zuneigung zum einzelnen kann darum so groß sein wie früher und selbst größer, weil sie leidvoller ist. Schwäche und Mitleid waren immer wesentliche Bestandteile der Kindesliebe; und die Liebe von jungen Menschen zu Eltern war nie so leidenschaftlich und zugleich schamhaft wie dann, wenn vor ihren Augen der Zerfall der Eltern begann. Aber unter all den leidvoll-interessanten Gesichtern, die sie vor sich sehen, ist nicht das Menschenbild, das sie suchen, die Vision, ohne die ihr Sein keine Richtung und keine Fülle und keinen Wurf hat. Die Generationen vor ihnen zeigen keine Stufung des Daseins an. Und eine Umfriedung des Daseins gar liegt überhaupt außer dem Bereich des Drandenkens.

Unsere Jugend sieht vor sich keine Lehrer und keine Väter. Für ihren Sinn und ihren Geist sind weder Bilder da, noch Lehren, noch Kammern im Hause des Vaters, noch ein väterlicher Segen. Auf eine solche Feststellung pflegt geantwortet zu werden: Herrlich, so hat sie also die Möglichkeit, neu anzufangen! Ja, eine herrliche Möglichkeit für Männer; für die Jugend bedeutet das: keine, absolut keine Lebensmöglichkeit haben.

Dieser Situationsbericht widerspricht gewiß der allgemeinen Anschauung. Da wird noch immer von unserer Zeit als dem Zeitalter der Jugend gesprochen. Die Jugend soll alle Freiheiten und alle Möglichkeiten haben, und ihr wird vorgeworfen, daß sie nichts damit anfängt. Gelegentlich ist auch der Vorwurf einer Überschätzung der Jugend erhoben worden. In einem Sinne trifft dieser Vorwurf zu: die Möglichkeiten der Jugend als Lebensalter werden überschätzt; die Erwartungen, die man hegen zu dürfen glaubt, sind überspannt. Im Sinn einer besonderen, übertriebenen Beachtung der Jugend aber kann schon lange nicht mehr die Rede von einer Überschätzung sein. Allerdings genießen die Jungen heute eine besondere Sympathie, wie kaum zu anderen Zeiten. Dieselbe Sympathie genießen aber heute auch die Greise. In diesem Zusammentreffen ist der Schlüssel für diese Sympathie enthalten. Sie ist vorwiegend gefühlsmäßig und gehört in die Region des Privaten. Die Anmut der Jugend und die Würde des Alters faszinieren jeden empfänglichen Menschen. Und dann stehen Jugend wie Alter außerhalb der Gegenwart, worin heute allgemein ein Vorzug gesehen wird. Die Jungen haben noch die Möglichkeit zu etwas ganz Neuem, sie stehen im Schimmer von Hoffnungen; die Alten stellen als einzige dieser Zeit noch eine Form vor, die sie aus der Zeit vor der Welterschütterung herüberretteten, auf ihnen liegt der letzte Glanz einer goldenen Vergangenheit. Diese Sympathie haben Jugend wie Alter als Lebensalter. Praktisch sind diese sympathischen Gefühle, zumindest für die Jugend, ohne Bedeutung.

Im Verhalten von Eltern zu ihren Kindern fällt neuerdings sogar eine bedenkliche Entartungserscheinung auf: die Fälle, wo junge Menschen, kaum daß dies gesetzlich zulässig geworden ist, von den Eltern hinausgesetzt und ganz und gar der Unbill der bekannt rauhen, mageren und gefährlichen Zeit ausgeliefert werden, sind nicht mehr selten. Die alte Selbstverständlichkeit, mit der Familien sich um ihre sämtlichen Mitglieder, um die Verwandten noch und unter Umständen auch ums Gesinde bekümmerten und für sie sorgten, ist angegriffen. Weil die Möglichkeit dazu nicht mehr da ist, möchte man glauben. Aber die Rolle, welche die innere Unordnung und Haltlosigkeit der Väter und vor allem ein Schwinden der Verantwortlichkeit dabei spielt, wird sehr unterschätzt. Väter nehmen Söhnen ihre Erfolglosigkeit und ihre Stellungslosigkeit persönlich übel, obgleich sie gut wissen, daß eine persönliche Schuld oder ein Versagen nicht vorliegt; irgendein Streitfall wird benutzt, um sich zu scheiden. Die Söhne stellen Ansprüche – das ist die Kehrseite dieses Verhaltens – und werden in der Art, dies zu tun, gelegentlich maßlos und unverschämt.

4

Höchstens die heutige Jugenderziehung ist als ein Faktum für eine besondere Wertschätzung der Jugend, für eine Jugendverehrung durch die Gesellschaft, für einen Kult der Jugend zu vermerken. Und unsere Zeit ist besonders stolz auf die neue Freiheit und Humanität in der Jugenderziehung. Gegen die neue Jugenderziehung läßt sich tatsächlich wenig sagen. Sie ist humaner als die alte Erziehung. Ihre Resultate sehen freundlicher aus. Die Jugend hat in ihrer Freiheit ihre volle Lebendigkeit entfalten können. Ganze Sträuße von Talenten sind freigelegt worden. Der eigene Charme der Jugend wurde an den Tag gebracht. Betrachtet man die Erziehung als Schauspiel, kann man wirklich glauben, eine neue Humanität sei im Anzuge. Und sie fand ja auch rasch, auffällig rasch, Beifall bei den Alten, die sich anfangs sehr bedenklich gezeigt hatten, weil ihnen alles gegen ihre Erfahrungen schien.

Als junger Lehrer wurde ich ziemlich in den Anfängen mit der neuen Erziehung bekannt. Ich schloß mich früh den Bremer und Hamburger Schulreformern an. Fünfzehn Jahre habe ich mich lebhaft und aktiv beteiligt. Ich war sehr jung, und mich interessierte nur das Leben der Kinder. Als ich älter wurde, kam langsam eine Verdrossenheit über die Betriebsamkeit in mir auf. Und je mehr Erfolg beim Publikum diese neue Erziehung hatte, desto tiefer wurde meine Abneigung. Sie wurde so lebhaft, daß ich nicht mehr mitmachen konnte. Ob sie berechtigt war, zeigt die Zergliederung dieser Erziehung.

Wesentliche Einwände lassen sich, wie gesagt, gegen sie nicht machen. Außer etwa, daß sie keine Erziehung ist. Das ist eine so kleine Schwäche, wenn man bedenkt, daß die Erziehungsmöglichkeiten der Schule überhaupt angezweifelt werden konnten und daß das Lernen ja die Aufgabe der Schule sein soll. Aber das Lernen wurde eigentlich weitgehend aufgegeben, und nun sollte es partout die Erziehung sein, was die Schulen beschäftigte. Es wäre ganz dumm, in der unmittelbaren Lebendigkeit, in der Unbefangenheit und in dem frisch trompetenden Entdeckertriumph ein Übel zu sehen. Das konsequente ewige Grau im Leben der alten Schule war ganz gewiß schlecht.

Und ich war auch, weiß Gott, als Lehrer kein blasser Hypochonder, der die ungeschlachte Lautheit der Jungen nicht vertrug, oder einer, der fürchten mußte, die Autorität zu verlieren, wenn das Katheder einmal wackelte. Ich habe als Lehrer von meinen Jungen noch Abenteuer und Streiche kennengelernt, die ich in meiner Knabenzeit versäumt hatte. Meine Schulstunden waren verwegene und brillante Turniere, an deren Finten ich selbst meine Lust hatte. Ich erledigte so ziemlich respektlos das gesamte Denken vergangener Jahrhunderte auf meine Weise unter dem Beifall meines Auditoriums. Je mehr Beifall ich hatte, desto größer wurde meine Verdrossenheit. Ich fand, daß die Begeisterung der Schüler wohl zunahm, daß die über sie ausgespritzten Anregungen sie aufschlossen und alle Fähigkeiten in ihnen aufblätterten; sie bekamen Einfälle, Phantasie und Mut und verrieten sogar gelegentlich Geist. Aber als sie ganz aufgetan waren, bis in die zarten Herzblättchen hinein – schlossen sie sich nicht mehr. Sie konnten nur noch schlaffer werden und dürre. Sie versagten, sobald Konzentration verlangt wurde. Ein rauher Luftzug konnte sie empfindlich verfärben. Sie langweilten sich leicht. Sie waren von einer zehrenden Ruhelosigkeit. Ihre Flamme wurde dünner und dünner. Insgesamt war das Resultat Lebensuntüchtigkeit, innere Verzärtelung, Selbstverliebtheit und Lebensangst.

Angesichts dieser Resultate begriff ich, erst nach langer Zeit und nach gewissenhaft wiederholten Versuchen, zweierlei: erstens, daß man einen jungen Menschen nur schädigt, wenn man ihn ganz aus sich herauslockt; das Dunkel des Wesens und der Schlummer darin sind lebenswichtig; die größte Kunst der Erziehung ist die rechtzeitige Einschaltung von Hemmungen und Widerständen, so daß Geist und Sinne mit ihrer Tagesbeute wieder zurückkehren ins Dunkle des Wesens und in seine Stille, statt auszuschweifen und sich in früher Weltgeläufigkeit hervorzutun; banal, platt und armselig sind alle Menschen ohne das natürlich Verborgene. Zweitens begriff ich, daß man kein Lehrer ist, wenn man nur was lehrt. Auch nicht die Qualität dessen, was man lehrt, macht das Wesen; das Gelehrte muß einer Übereinkunft angehören und an einem Bild bauen; und sein Wert liegt in dem, was es von diesem Bild mitgibt, in dem Gran Gehaltenheit, Ideal und Glauben, der dabei ist, und in der inneren Strenge; das Bild ist ein Bild vom vollständigen, vom vollkommenen Menschen. Die neue Erziehung aber war nicht auf dem Wege zu einem neuen Ideal von Humanität, sondern sie war lediglich human, aus Liberalität. Sie war menschenfreundlich: nicht aus einer höheren Menschlichkeit, sondern weil ihre Vorstellungen vom Menschen verwaschen wurden, aus Schwäche und Unsicherheit; die neue Erziehung war eine Fiebererscheinung der allgemeinen Auflösung.

Die moderne Erziehung ist sicherlich sehr fortgeschritten: sie hat die letzten Entdeckungen der Psychologie aufgenommen und sie hat ausgezeichnete psychologische Methoden, die dunkelsten Probleme in ihren Anbefohlenen aufzudecken; sie ist äußerst human und sie bereitet tüchtig auf das Leben »wie es ist« vor. Aber sie trägt nichts; sie ist nicht fruchtbar. Die Lehrer sind lebendig, ernsthaft, begeistert und auch fanatisch, aber sie lehren, abgesehen von den Daten, die sie mitzuteilen haben, jeder etwas anderes; jeder lehrt die Schüler seine Ansichten über die verschiedenen Dinge. Ansichten und Gesichtspunkte und bestenfalls Erfahrungen sind die Inhalte ihrer Lehren. Da ist nichts, durch das sie alle gehalten wären. Einzelne, die lebendig genug waren, die Leere zu merken, sind in ihrer Ratlosigkeit auf einen merkwürdigen Ausweg verfallen: sie haben den Eros für die Erziehung entdeckt.

Und: »wie ist« das Leben denn eigentlich? Nachdem die Schulen sich in den letzten drei Jahrzehnten auf das reale Leben umstellten, in Richtung auf Aufklärung und Schulung fürs Leben arbeiteten, verkehrt sich eben dieses Leben, entzieht die Gelegenheiten, die erworbene Tüchtigkeit auch anzuwenden. Die jungen Menschen stehen da und entdecken, daß sie gar nichts bekamen für ihre Schuljahre. Die alte Erziehung war allgemein menschenunwürdig, an diesem Urteil soll nicht gedeutelt werden. Es ist kein Fehler der neuen Erziehung, daß sie humaner ist. Aber folgte daraus notwendig, daß sie den Menschen banaler machte und banale Menschen, die nichts zuzusetzen haben, in eine dürre Zeit entließ? Folgte daraus notwendig, daß sie ihre Schüler in Talentchen auflöste und zerstreute, statt ihre Kräfte zu sammeln? Die Bildungsstoffe der alten Erziehung waren zeitfremd, aus den mumifizierten Resten schimmerte nur noch der Mythos von einer großen zeitlosen Form, die selbst zutiefst unter Schutt vergraben lag. Damit, daß man sie beiseite warf, war man aber noch nicht weiter. Trotz der Fortschritte in der Pädagogik und bei einem großzügigen Aufbau der Schulen hatte die Jugend keine Lehrer.

Dennoch merkt man der Jugend die Lehrer an; man kann sie aus ihr reden hören. Es sind natürlich nur die beliebten Lehrer, deren Worte und Anschauungen man wiederhört. Jugend ist an sich arm an Ideen, es entspricht nicht ihrem Wesen, die Realität zu benutzen, um entscheidend über sie zu denken und Formulierungen zu finden, vielmehr ist es ihre Art, sich in der Realität zu betätigen, zu agieren und zu reagieren oder auch phantasievoll zu spielen. Nach ihrem Standpunkt zu Dingen gefragt, äußert sie meist nur, was man ihr sagte und also schon weiß oder etwas nur Eigenwilliges, um nicht zu sagen Privates. Sie akzeptiert selbstverständlich die neuesten Richtungen. Sie übernimmt auch die gangbaren letzten Haltungen und Allüren. Es ist erschreckend, was man aus den Jüngsten der Jungen herausschallen hört, erschreckend, weil man danach den geistigen Stand ihrer Lehrer beurteilen muß. Und es ist rührend, das Bemühen zu sehen, mit dem die Jungen daraus für sich anständige Positionen zu gewinnen suchen. Daß sie sich dabei überheben und daß ihre Selbstüberschätzung oft hysterisch wirkt, folgt aus den Anstrengungen im Leeren.

Aus der Jugend spricht ein oberflächlicher Materialismus? Weil Lehrer es liebten, sich geistreich mit den »fortschrittlichen«, »modernen«, »zeitgemäßen« Wahrheiten zu zieren. Die Lehrer sind so oder so unausgeglichen. Sie verbreiten Ansichten über Ansichten, statt an einer Menschen- und Lebensform zu bilden.

5

Ein Teil der Jugend hatte den Instinkt dafür, daß da nichts geboten wurde, woran man glauben konnte, was eine Zukunft des Lebens wies, und darauf allein kommt es für jede Jugend an. Dieser Teil behandelt die Lehrer und die übrigen Erwachsenen mit einer klugen, fast verschlagenen Taktik. Da wird kein Bekenntnis mehr abgelegt, und da wird nicht mehr protestiert, man lehnt sich nicht auf und empört sich nicht wirklich, sondern man übergeht »die Alten« einfach. Eltern und Lehrer haben meist keine Ahnung davon. Sie glauben an ihre Kameradschaft und Vertrautheit mit der Jugend, wie ihre Vorfahren, mit mehr Recht, an ihre Autorität glaubten. Tatsächlich treffen sie nur auf Nachgiebigkeit, wenn sie sich gelegentlich vorfühlen. Sofern sie das merken, geraten sie selbst in einen Zustand äußerster Unsicherheit, als würde ihre eigene Existenz und ihre eigene Welt hier negiert. Bauten sie etwa ihr Leben auf dem Geist und der Gesinnung der Jugend auf? Zu anderen Zeiten waren es nur die schwächlichen und hoffnungslosen Greise, welche bitter und sentimental jammerten, wenn die Söhne nicht die Erfüllung ihres Lebens, wie sie sie sich gedacht hatten, brachten.

Und was machen diese Jungen nun wirklich? Sind sie schon soweit, daß sie sich selbst aufgegeben haben? Gottlob ist der grade vitale Wille zum Leben in ihnen immer noch siegreich. Er äußert sich nicht überall spielerisch und gutgelaunt, dazu fehlen in den Gehegen, in welchen ihr Dasein abläuft, Fülle, Sicherheit und Besitz. Er äußert sich gelegentlich auch in Fanatismus und in maßloser Selbstüberschätzung. Vor allem aber ist er auf eine Regelung der allgemeinen Verhältnisse in der einen oder der anderen Weise gerichtet. Selbst die radikale Jugend will nichts anderes als Ordnung in den Verhältnissen, als Sicherheit. Und ihr Bild von einer Ordnung hat vorwiegend gutbürgerliche Züge. Sie verlangt Garantien, ein gültiges Recht und, letzten Endes, allgemeinen Wohlstand. Ihr Radikalismus tendiert mehr zu einem Konservativismus als die Beharrung der Alten in Liberalismus. Selbst wo sie für Umsturz ist, steht dahinter das Bedürfnis nach Konsolidierung der Existenz, nach Sicherheiten. Entscheidend sind dabei nicht Ideen, sondern ein vitales Bedürfnis: das Jugendleben braucht für die Entfaltung in gewissem Grade Fülle und Wohlstand. Das heißt nicht, daß ihm auch der Genuß des Wohlstandes bekömmlich ist; es braucht nur die Möglichkeiten und Sicherheiten, die der Wohlstand bietet. Um sich entwickeln zu können, braucht die Jugend eine Welt von Bestand. Und grade diese findet sie in der Gegenwart nicht. Die Gesellschaft, die sie ihr garantieren sollte, repräsentiert sie nicht; sie verhält sich vielmehr offensichtlich so, als wolle sie sie gar nicht, als sei es ihr unmöglich, daran auch nur zu glauben.

Der Wille zu einer Konsolidierung des Lebens eint die Jugend in den Jugendgruppen. Die Jugendgruppe ist heute als Erziehungsfaktor wirkungsvoller als das Elternhaus und die Schule. In ihr findet die Jugend Erziehung, die sie sucht, und Ideale, die sie braucht, und wenn es bloß platte Programme sind. In ihr findet sie vor allem eine Menschenordnung. Innerhalb der Jugendgruppen hat sich wieder das natürliche Verhältnis von Führer und Gefolgschaft herausgebildet. Ich habe in Jugendgemeinschaften gelebt und erfahren, daß der Einfluß von Kameraden in jeder Weise größer war als der von Eltern und Lehrern, selbst wenn diese sehr beliebt waren. Dieser Einfluß ist nicht so sehr im Geistigen begründet, als in einer typischen Lebensform. Die Überzeugungskraft einer Lebensform ist allemal stärker als die einer Lehre oder einer Moral. Die gemeinsame Lebensform verbindet jüngere und ältere Jahrgänge und auch verschiedene soziale Schichten. Sie ist selbstverständlich auch die beste Basis für eine Propaganda von Anschauungen. Die Eltern sind über die Resultate der Jugendgruppen meist unglücklich. Sie klagen, daß der Sohn verdorben wird, und erklären gerne alles für Verführung und Suggestion von Stärkeren. Die Jungen leiden, wenn sie die Eltern lieben, selbst oft sehr unter dem Zwiespalt, ohne etwas ändern zu können. Damit den Eltern überhaupt die Möglichkeit zu einer Einflußnahme gegeben wäre, müßte ihr eigenes Leben, das in Unordnung ist, zunächst in eine Ordnung kommen. Sie müßten zunächst ihrem Leben eine Form gegeben haben. Die Macht der Jugendgruppe beweist am deutlichsten den empfindlichsten Mangel der heutigen Welt für die Jugend: das Fehlen von festen, typischen Lebensformen.

Im Verhalten der bürgerlichen Jugend liegt ein genereller Vorwurf gegen die Alten und gegen die heutige Ordnung oder Unordnung, die von den Alten verschuldet ist: sie nahmen ihren Besitz nicht in acht, sie hielten ihren Besitz, in jedem Sinne, nicht instand. Dieser Vorwurf hat die verschiedensten Formulierungen gefunden: die Alten haben den Krieg verloren, sie haben 1918 nur halbe Sache gemacht, sie haben die nationale Ehre verraten, sie haben das Bürgertum der Verelendung ausgeliefert, sie sind Opfer von Großspekulanten geworden, sie haben die Arbeitsplätze verlorengehen lassen usw. Fragt man nach den Gründen, warum dies alles geschehen konnte, so hört man die verschiedensten, alle gehen aber in eine Richtung: gegen den Liberalismus. Darunter wird nicht zunächst ein System verstanden, sondern ein Geist. Eigentlich eine geistige Verfassung. Labilität – hört man immer wieder. Oder: Relativismus als Anschauung. Ein Stadium im Geistigen, ein Grad der Verfeinerung wird als Degeneration empfunden.

Daraus erklärt sich die starke Wendung der Jugend gegen die Vorherrschaft des Geistigen im Leben. Gesagt wird: gegen den Intellektualismus. Gemeint ist: gegen eine Abirrung des Geistigen ins Unverbindliche, ins Ästhetische. Es wird nicht entscheidend gedacht, lautet ein Einwand; Denken hat keine wirklichen Folgen: weder in der Realität, als Ordnung; noch im Persönlichen, als Moral. Das Denken enthält keine Imperative mehr! Selbst politisches

Denken, wie es bei uns geübt wird, ist ohne Wirkung. Die Wirtschaft, deren Gegenstand die kompakteste Materie ist, ist ein hohes verfeinertes, nahezu immaterielles System geworden. Das sind andere Argumente, die man hört.

Die Überfeinerung im Geistigen hat in einer Oberschicht eine überlegene, geistreiche, schillernde Frivolität hervorgebracht. Der Geist bleibt ein Privileg dieser Oberschicht. Auf eine tiefere Schicht ist die Wirkung Demoralisation. Die Frivolität als Haltung wird unter Laien, im Bürgertum nämlich, der Substanz, dem Besitz gefährlich. Der Besitz wurde nicht nur nicht in acht genommen, sondern er ging in phantastischen Spekulationen und raffinierten Manipulationen einfach in Luft auf. Die Demoralisation geht so weit, daß reiche bürgerliche Erben mit besitzfeindlichen Theorien kokettieren.

Die Abwendung der Jugend von den liberalen Parteien, ihre Zusammenrottung unter den plattesten Parolen, das betonte Plebejertum in ihren Scharen, die Lust am Drill und die Bereitschaft für jeden, der sie kommandieren will, sind natürliche, jugendgemäße Reaktionen auf eine Bedrohung des Lebens und der Moral vom Geistigen her. Der Geist-Feindlichkeit der Jugend liegen primitive revolutionäre Instinkte zugrunde.

Noch nie ist eine Revolution von der Jugend ausgegangen. Die Situation unserer Jugend aber, nimmt man zu dem hier Gesagten ihre wirtschaftlichen Nöte, ihr Preisgegebensein an das heute herrschende Notsystem hinzu, ist derart, daß sie ein mit Jammer, Haß, Wut und edler Empörung geladenes Material ist, bereit für jede Revolution. Ein echter revolutionärer Gedanke kann in ihr in jedem Moment auch den revolutionären Elan wecken.

Toleranz

Otto Flake hat im Berliner Rundfunk über Toleranz gestern und morgen gesprochen – und also für heute die Toleranz abgelehnt. Auch die Intoleranz. Er hat entschieden, daß diese Fragestellung heute nicht gilt. Er hat so getan, als wäre Toleranz eine Verhaltungsweise, die man klüglich nach den Umständen richten kann – und nicht eine entscheidende Geistesform, die einem eigen ist oder nicht, eine Kulturform, die einer bestimmten Erkenntnishöhe und Moralität eigen ist oder nicht. In Summa: eine der treibenden und formenden Ideen in der Geschichte von Völkern.

Man kann deshalb mit Flake nicht rechten. Denn es liegt im Wesen des Rundfunks, daß dort alle Dinge mit dem Blick auf den Tag behandelt werden. Alles wird nur für den Augenblick festgehalten, eine knappe, flüchtige Stunde, nicht einmal, wie in der Zeitung, für einen Tag. Musik, Poesie, Ansprachen, Andachten sind deshalb das einzig Richtige, solange man sich nicht entschließt, den Rundfunk pädagogisch zu organisieren oder die Hörer in Gemeinschaften aktiv zu machen. Flake hätte vielleicht wirklich in dieser Stunde keinen anderen Effekt erzielt, wenn er die Toleranz als Wesensbestandteil deutscher Geistigkeit, als die schöpferischste Idee in der deutschen Geschichte aus der Vergangenheit vor die Ohren seiner Hörer gerufen hätte. Wenn er von der Reformation, von Lessing, von Friedrich dem Großen u. a. gesprochen hätte – wer hätte ihm dann noch weiter zugehört! Vorläufig ist es schon so, daß aus dem Radio nur herausschallen kann, was zur Stunde in allen Straßen laut ist; nur das, was erwartet wird. So war es auch gestern; und heute ist es nicht anders.

Manchmal wird das zufällig Sinnfällige ein Exempel und erhellt im Moment eine Schwäche, die bis ins Wesen tief hinabreicht. Apparate haben nicht selten Momente, in denen sie diabolischen Charakter bekommen und einen grellen und bösen Blitz auf eine verstockte, uralte Sünde, eine Erbsünde werfen. Ich wurde als Hörer von Gedanken befallen, die nichts mehr mit Flakes Vortrag zu tun haben, sondern aus der technischen Situation heraussprangen, von bestürzenden Fragen.

Nehmen wir in Deutschland immer wieder die Ideen, die längst Gestalt und Grundformen unseres Wesens, Tradition geworden sind, aus unserem Gemäuer und machen daraus Gedanken für den Augenblick? Halten wir das flüchtige, witterungsbedingte, verwirrende Spiel des Lichtes von Tagesgestirnen an der Oberfläche unseres Geistes für unseren Geist selbst? Und wächst darunter unser Wesen, uns selber und allen andern unklar, verborgen, untertags naturhaft fort und tritt dann so plötzlich und für alle unverständlich hervor? Sind wir darum uns und allen immer wieder ein Rätsel?

Oder – was verhängnisvoll wäre! – beginnen wir wirklich mit jedem Tage wieder die ältesten Dinge neu? Fangen wir immer und alles wieder von vorne an? Sind wir das Volk ohne Gedächtnis und ohne Schicksal? Ist das unser Charakter, daß wir alles verneinen müssen, wenn es als Tradition unserem Wesen eine gültige, verbindliche Physiognomie geben will?

Nach welcher Seite die Antwort auch fällt, eines ist in jedem Fall klar: daß bei einer dem Tag angepaßten Verhaltungsweise Kultur überhaupt ausgeschlossen ist, weil auf diese Weise unser Geist niemals auch nur von einem Hauch aus Schöpfungstagen angeweht würde oder sein Geschlecht bestimmt werden könnte.

März 33

Die rein äußeren Tatsachen sind bekannt: seit den Septemberwahlen 1930 war die nationale Bewegung im Vordergrund. Die Regierung Brüning brachte es nicht zu einem Programm, sie zögerte und zauderte und ergriff Maßnahmen, die der Tag notwendig machte; als jeder fühlte, daß die Arbeit für den Tag nicht genügte, daß es nur Flickarbeiten waren, Notstandsarbeiten, und daß ein Programm notwendig war, das nicht nur für morgen, sondern für eine Epoche voraus disponierte, und Maßnahmen nicht nur auf einzelnen Gebieten, sondern umfassende. Die Regierung Brüning brachte ein umfassendes Programm nicht zustande, sie konnte es nicht. Zu ihrer Zeit begann die Herauslösung Deutschlands aus der Weltverflechtung. Die nationale Bewegung wuchs. Die liberale Mitte erlitt den zweiten Chok, als der Reichspräsident Brüning fallen ließ. – Die konservative Regierung Papen arbeitete für die nationale Bewegung. Sie hatte auch kein Programm, aber sie machte forsche und unberechenbare Attacken auf das System von Weimar, sie lieferte Beispiele, daß die Festungen, hinter die sich die Republik von 1918 zurückgezogen hatte, durch Handstreich zu nehmen waren. Ihr glückte in Preußen der Beweis, daß die beamteten Landesregierungen wie Potemkinsche Dörfer waren. Aber frisch verwegene Attacken, hier und dort angesetzt, mußten einmal als unzeitgemäß zusammenbrechen – und das war das Schicksal der Regierung Papen. Die liberale Mitte jubelte, aber es war die hektische Freude von Bürgern einer Stadt, die nun entblößt vor aller Welt offen daliegt, und die im nächsten Augenblick fluchtartig von allen verlassen wird, die nicht durch Besitz gebunden sind. – Die Regierung Schleicher hatte noch nicht angefangen zu arbeiten, als sie schon wieder stürzte. Im übrigen erwarteten manche Stellen von ihr im geheimen wohl nichts weniger, als daß sie im gegebenen Moment die Reichswehr gebrauche, was bei der Unpopularität jeder Aktion durch die Reichswehr, die Schleicher selbst kannte, einer Selbstaufgabe gleichkam. – Das Regiment von Weimar war ein völlig verlorenes Feld, und so kam es zum Sieg der nationalen Bewegung in einem einfachen Wahlgang, am 5. März. Das brachte einige überraschende Tatsachen ans Licht: es gab nicht die Mainlinie als Wall quer durch Deutschland; und es gab nicht den Wall in den katholischen Menschen; und die Landesregierungen, die noch fest geschienen hatten, waren es auch keineswegs. Die Gleichschaltung in allen Ländern und Kommunen, die nun folgte, zeigt ein Deutschland, das es noch nie gegeben hat. Die alte Krankheit des Reiches, der Föderalismus, scheint überwunden; nicht einmal die stärkste nationale Bewegung vorher, im Weltkriege, erreichte das in diesem Maße.

Diese politischen Tatsachen allein sind ungeheuer. Über das, was weiter geschehen wird, sollen hier auch keine Mutmaßungen ausgesprochen werden. Die Einzelheiten, die vorliegen, sind außer dem Rahmen dieses Aufsatzes, der, wenn er auch mit einem politischen Referat begonnen hat, nicht die Politik der Gegenwart zum Gegenstand haben soll, sondern das, was für den einzelnen Menschen geschehen ist. Die moralischen Tatsachen nämlich sind so ungeheuer wie die politischen. Und fast die Hälfte der Menschen in Deutschland steht vor diesen so ratlos wie vor jenen. Diese Unsicherheit macht sie jeden Tag stutzig vor Taten, die zu beurteilen sie sich im Gewissen unfähig fühlen. Und schließlich beurteilen sie sie nach ihrer gesellschaftlichen Stellung oder mit den Hilfskonstruktionen ihrer Partei. Jetzt gilt es, seiner Trägheit Herr zu werden und auch seiner Furchtsamkeit. Das sollten alle, die den Krieg erlebten, am besten begreifen.

Es wird eine Revolution genannt, was geschehen ist. Andere nennen andere Namen. Das hängt davon ab, in welchem Lager einer gestanden hat, als es geschehen ist, und wie alt er ist; von seiner Konstitution also und von den Umständen, in denen er lebt; von seinem Temperament, und nicht zuletzt von dem Tiefgang seines Wesens. Für einige ist es ein völliger Zusammenbruch, für andere der Sieg der Zukunft. Und dann sind da wie immer die, für die nichts als etwas Neues geschehen ist, als daß die Fahnen ausgewechselt sind und andere Herren regieren – »mal abwarten, was die nun machen werden«. Eine nicht kleine Schicht von Menschen ist von den Ereignissen überholt worden; und darunter sind viele, die nichts damit zu tun zu haben glaubten, die abseits von allem gegangen und nur mit ihren eigenen Dingen beschäftigt gewesen waren, und die nun erleben, daß die Bewegung auch gegen sie angesetzt war, und daß sie unter den Betroffenen sind. Und nicht alle, deren Zeit mit diesen Ereignissen endgültig vorbei ist, die alles verloren haben, außer dem, was sie privat noch haben, wissen davon. Auch über schuldlose Menschen sind harte Schicksale hereingebrochen. Der Marschschritt eines Volkes, wenn es einmal marschiert, stampft in derben, ehernen Stiefeln. Ach, wie viele Gefangene ihrer Interessen, ihrer Gewohnheiten und ihres Sinns gibt es, die im Moment unmöglich sehen können, was geschehen ist. Ob überhaupt jemand da ist, der den Moment ganz versteht? Ist vielleicht im Moment gar nicht alles zu verstehen? Niemals lag so sehr Schicksal im »morgen« und hing »heute« so ahnungsschwer zwischen gestern und morgen. Nicht einmal in den ersten Augusttagen 1914, denn damals stand zumindest fest, daß nach der Erhebung Schlachten kamen. Der Rausch von heute aber soll in den nüchternen Neubau einer Nation hinübergelenkt werden, die ganz und gar noch im Zeitenschoße schlummert.

Friedfertige Menschen, für die Friede zum Lebenselement gehört, stille Idylliker, Wirker und Schaffer in den Einsamkeiten ihrer Kammern und in den Zellen des Geistes und der Kunst, stehen sicher zunächst ratlos und vielleicht verstört vor dieser Situation. In das richtige Verhältnis zum Moment kann nur historischer Sinn bringen. Ich meine nicht, daß es heute jemandem hilft, wenn man ihm sagt, daß das Freiheitsideal, der Stern, der am Himmel des vorigen Jahrhunderts stand, zurückgetreten sei in den Weltraum, wenn er auch in seiner Brust vielleicht zur Zeit noch die

Stunde regiere, und daß die Gleichheit als Ideal der herrschende Stern an unserem Himmel zu werden scheine. Auch wenn ich an der Situation Europas erkläre, daß die liberale Demokratie eine veraltete Staatsform und vielleicht die moderne Staatsform der militante Nationalstaat ist, so kann das niemanden befriedigen. Historische Erkenntnisse helfen hier wenig – es kommt auf historisches Fühlen an. Und das historische Gefühl wird nur dadurch lebendig, daß einer am eigenen Leibe praktisch und unwillkürlich erfährt: du hast keine Gegenwart. Oder anders ausgedrückt: in deiner Gegenwart gibt es vielerlei, und du bist in jedem Moment leicht verführt durch dies und das; es kommt jetzt darauf an, daß dein Instinkt im historischen Strom lebendig lebt, und daß du dich sammelst in der Besinnung auf ihn. Die meisten deutschen Menschen haben so viel deutsche Historie miterlebt, am eigenen Leibe praktisch und unwillkürlich erfahren – Sommer 1914, November 1918 und jetzt März 1933: um nur die Stationen zu nennen –, daß nur Besinnung dazu gehört, um das gegenwärtige Geschehen wenigstens persönlich zu begreifen.

Es gibt zwei Formen, Elementarereignisse zu erleben: entweder man verbrennt selbst in ihnen, ist in jedem Atom von ihnen durchglüht und hingerissen, marschiert, gestikuliert und schreit mit, ist Akteur – oder man nimmt das Bild in sich auf als Betrachter; und von ihm kann man so ergriffen werden wie jener andere Typ, nur daß die Ergriffenheit eine stille, mehr durch das Bild und den Sinn bedingte ist. So sah ich die Ereignisse im März. Ich stand und ging überall dabei, wo es möglich war. Ich nahm auf mit Augen und Ohren und durch die Haut und mit dem Sinn. Und mich hat immer wieder die Identität mit Erinnerungen an den Sommer 1914 erschüttert. Schicksalstunden fallen ja nun nicht aus dem Himmel; die Menschen sind, schuldig oder unschuldig, unbedingt ihre Träger. Die Identität stimmte bis in Einzelzüge: es marschierten jetzt die uniformierten SA. und SS. und Stahlhelmer; es marschierten auch die Bürger zur Seite, mit und ohne Abzeichen; und die Kinder und die älteren Frauen und die Dienstmädchen; und zwischen den Marschierenden und den Zuschauern auf den Gehsteigen, den Zäunen, den Bäumen und auf den Dächern der Elektrischen war ein Strom von Einverständnis und herzlicher Offenheit hinüber und herüber; und selbst die Polizei hatte ihre Stacheln glattgelegt und war lauter joviales Einverständnis. Überall waren die uniformierten jungen Männer im Mittelpunkt – und alle Uniformierten wirkten jung. Junge Männer in Marschkolonnen und im Marschschritt, in Uniformen und mit straffen, knappen Gesichtern regierten die Stunde. Städte, Dörfer und Landstraßen verrieten die Gegenwart einer Armee. Das Überraschende und Ungewohnte aber war, daß die Armee trotz der Kriegsgesänge nichts Kriegerisches hatte, sondern im Moment durchaus etwas Friedfertiges. Aber keineswegs etwas Gemütliches oder Kriegervereinshaftes, von jener Spukvision alter Kriegertrupps, sondern der Ausdruck war überall ernste Bereitschaft. Man erlebte sinnfällig eine marschierende Armee in der Entschlossenheit, dem Eifer und der Erregung der alten Feldarmee, ohne daß irgendwo ein Krieg drohte. Nicht die Möglichkeit eines Krieges war im Bild. Sinnfällig war da, was gedacht keinen Sinn ergibt und nicht recht vorstellbar ist: das Militärische als Selbstzweck, als Erfüllung und Befriedigung eines Lebensgefühls. Und selbst die Nicht-Uniformierten und Nicht-Marschierenden erlebten die Erfüllung eines Lebensgefühls. Die militante Form, als Bild durchaus kriegerisch und gewiß nicht ohne kriegerische Tugenden, hatte ihren Sinn in sich, war eine zivile Lebensform. Ohne den vorangegangenen Krieg war diese reine Ausprägung sicher nicht möglich, aber dies, was zu sehen war, schloß nicht notwendig einen Krieg ein.

Mit diesem Bild war mir der psychologische Moment von 1914 wieder gegenwärtig, der damals bei allen ziemlich gleich geartet war, wenigstens, soweit sie bewußt gelebt hatten. Der damalige Rausch war nicht nur Kriegsbegeisterung, sondern er war ebensosehr ein Aufschrei, ein Schwindel – von Befreiten, nach Jahren in gewittrig lastender, geladener, überreizter, abgestandener Atmosphäre; der Kriegsblitz weckte wieder die Willen und riß sie in eine Richtung. Und dieser Rausch bestand nicht nur aus Unverantwortlichkeit. Wenige Köpfe ausgenommen, besaß 1914 gewiß niemand die Spannweite, sich die tatsächlichen Formen und Folgen eines Krieges vorzustellen, aber eine Ahnung von dem Unseligen schwang doch überall in dem Rausch mit. Alle waren benommen von etwas, das über ihre Kräfte ging und das nicht ihr Ich zum Ziel hatte. »Nicht ihr Ich zum Ziel hatte«: darin lag die Befreiung.

Und wie oft in den letzten Jahren hat man gedacht und empfunden: es ist wieder so wie in den Jahren vor dem Kriege: wieder diese Stickluft, wieder diese allgemeine Willenslähmung, wieder dieses Eingesperrtsein mit dem Ich. Und wie oft hat man für sich die Vergeblichkeit, das Nichterfülltsein des Krieges konstatiert.

Und zu diesen Erinnerungen tritt das Bild vom November 1918. Sagt, daß wir von der Front Kommenden überanstrengt, daß wir krank waren; daß es der düsterste Monat des Jahres war und der Schrecken der Niederlage – alles soll als Erklärung gelten –: was wir erlebten, war eine notdürftige Liquidierung. Wir schlichen nach Hause und versteckten uns und mochten lange nichts sehen von dem, was geschah. Und das, was wir sahen, erschien uns grau und trostlos. Man bedenke: uns, die wir aus Jahren voll Grau, Dreck und Trostlosigkeit kamen, erschien es grau und trostlos. Inzwischen ist ja auch oft genug gesagt worden, daß es ein Notbau war, was damals gemacht wurde, aus Resten des Alten errichtet. Viele von uns haben seitdem nicht aufgehört zu grübeln. Wieviele rein ideologische Konstruktionen sind in den folgenden Jahren aus diesem Grübeln hervorgegangen! – und viel von der Sympathie, die in deutschen Männern für Rußland und seinen Sowjetstaat keimte, hatte seine Wurzeln in den Grübeleien, und daß da etwas wieder war, das über die Kräfte ging und nicht das Ich zum Ziel hatte. Man hat sich oft gewundert über Menschen, die mit dem Kommunismus sympathisierten und deren Existenz ganz und gar im Kapitalismus lag, gutbürgerliche und großbürgerliche Menschen – an Intellektuelle wird hier nicht gedacht –: hier ist die

Erklärung. Und das Kriegs-Begeisternde, das aus jedem Kriegsbuch überschlug, auch wenn es ausdrücklich gegen den Krieg und zur Abschreckung gemacht war, kam aus dieser unglücklichen, halb erfüllten, halb versagten Liebe.

Da ist also eine Generation von Männern mit einem abgebrochenen, aber nicht abgeschlossenen Erlebnis. Einer Lebensform, die im Kriege zu der ihren geworden war, von der sie ergriffen worden war, blieb die Erfüllung in normalen Zeiten, im Frieden versagt. Sie liebte nicht den Krieg – wer könnte das von sich sagen –! aber die Seelengröße, die Anwendung des Menschlichen von Grund auf und in jedem Moment, das Erprobtwerden, das karge Dasein für sich und für die anderen, die einfache Kameradschaft. Diese Tatsache wurde in den letzten Jahren versteckt und verleugnet, weil sie zugunsten des Krieges sprechen könnte. Aber niemals wird ein ehemaliger Krieger vergessen, um welchen Preis er diese Erhöhungen seines Lebens erlebte. Diese Männergeneration erlebt jetzt, was sie erleben mußte: ihre Lebensform will sich im Frieden erfüllen, und sie ist auf den Staat gerichtet. Ob ihr es gutheißt oder nicht: was jetzt geschieht, hat etwas vom Gesicht einer geschichtlichen Erfüllung. Es wirkt unwiderstehlich.

Wenn ich also jetzt frage, was geschehen ist, heißt die Antwort: die staatliche Notkonstruktion von 1918, die nur aus dem Bedürfnis entstanden war, zu retten und wozu von dem Alten eilig zusammengerafft wurde, was man im Moment noch fassen konnte, ist zusammengebrochen. Und die Männer, die damals auseinander getrieben wurden und auseinander geflüchtet sind, marschieren wieder, sie wollen Erfüllung dessen, wofür sie kämpften; sie sollen aus ihrem erlebten und erlittenen Leben heraus eine Zukunft bauen.

Und die Jungen unter den Marschierenden? – Es sind die Kinder der Kriegszeit. Wie konnte man denken, eine Propaganda, in Wort und Bild, durch Unterricht und Bücher, und Vernunftgründe könnten das, was in den empfänglichsten Jahren in diese Kinder gelegt wurde, was sie einsogen, mit der Luft einatmeten, was als Erregung in ihr Blut kam: das Militärische in jenen Jahren, für das damals Glauben von ihnen gefordert wurde, je wieder auslöschen! Auch für sie ist das, was sie jetzt erleben, Erfüllung dessen, womit sie anfingen.

Aber klappt in diesem Bild die Historie nicht allzu gut? – Das ist die Sorge, die den nachdenklichen Betrachter bedrücken mag. Eine Ahnung von etwas Unseligem fehlt auch hierbei nicht. Es gehört auch heute besonderer Mut dazu, den Weg in die Zukunft gehen zu können.

»Es werde Deutschland«

Am 1. Mai, dem Tag der nationalen Arbeit. Es ist notwendig, dieses Datum einer zweiten, überprüfenden Beschäftigung mit Sieburgs Buch[1] und der Niederschrift dieses Aufsatzes anzugeben. Die Stadt ist voll von Marschierenden: die Jugend kommt von ihren Feiern aus den Schulen und vom Lustgarten zurück – Arbeiter und Angestellte brechen von ihren Sammelplätzen nach dem Tempelhofer Feld auf. Immer neue Wogen von Glockengeläute und Musik steigen aus der Stadt auf. Sonne, blühende Bäume und Fahnen: festlicher und erregender kann ein Tag nicht glänzen. Aus dem Radio kommen ununterbrochen die Berichte von den Schauplätzen der Kundgebungen, den Begrüßungen und Ansprachen, schallen durch offene Fenster hinaus über die Straßen und über die Gärten. Der Tag ist geschwellt von Erregungen, Gedanken, Hoffnungen, verhaltenen Leidenschaften; niemand kann sich dem Fieber entziehen, das in der Luft liegt. Undenkbar, daß irgendwo in Deutschland ein selbstgenießerisches Idyll unberührt liegt. Man denkt und fühlt und atmet – bewegt, von Wünschen bedrängt, von Erinnerungen und Gesichten aufgerührt –: Deutschland.

An solchem Tage denkt man anders an Deutschland als so oft, für sich allein und in dunkler Nacht, in den vergangenen Jahren. Das Darandenken hat seit dem Kriege bei niemandem mehr aufgehört, der es im Kriege angefangen hatte – und die langen und finsteren Schützengrabennächte, die vielen dämmerigen Tagesstunden in Unterständen, die nächtlichen Wege auf fremden Straßen durch zerstörte Ortschaften waren bei jedem immer wieder davon durchwirkt wie von Fieberbildern.

Bei niemandem waren diese Bilder glühender als bei den Intel-

1 »Es werde Deutschland«, Societäts-Verlag Frankfurt a. M.

lektuellen. Für sie geriet damals unversehens das Dasein in den Zustand der Abstraktion. Sie waren es, die das »Niemandsland« erfanden, die »Krätze« und den »Aussatz der Erde«; sie erlebten die Schlachtfelder wie Bilder von mittelalterlichen Höllenmalern und wie Passionen. Man erinnert sich, daß es von deutschen Soldaten hieß, jeder habe seinen Nietzsche und seinen Faust im Tornister. Nun, das galt für die Intellektuellen. Und man muß ergänzend Hölderlins »Hyperion«, Georg Heims Gedichte, Schelers Aufsätze, Thomas Manns großen Essay »Friedrich und die große Koalition«, ein großes Gedicht von George und noch vieles andere hinzufügen. Die Ideen und Visionen, Theologisierungen des Krieges und Deutschlands, waren unsere Zuflucht. Das sagt gewiß nichts gegen uns: in unserer Not, die die allgemeine, von jedem Mann erlebte war, hatten wir diese Ausflucht, diese Verdichtung außer uns, diese Abstraktion. Sie war unser Ausdruck in einem Leiden, das bei anderen, bei den Kameraden neben uns, ganz im Dumpfen und Unsäglichen blieb. Auf ihrer Linie liegt in gerader Folge in den Nachkriegsjahren bei eben diesen Menschen die Theologisierung des Marxismus. Und auf eben dieser Linie liegt auch die Theologisierung des Nationalismus in Sieburgs Buch: »Es werde Deutschland«.

Die Theologisierung von Bewegungen durch die Intellektuellen hat noch immer zu verhängnisvollen Irrtümern geführt. Am verhängnisvollsten war jedesmal die Ablenkung von der Realität. Gesinnung und Ideenleidenschaft im Vordergrund reden aufdringlich und laut, und der tatsächliche Zustand bleibt verborgen. Andere Völker sind wortreicher, und der einfache Mann bei ihnen findet auch seinen Ausdruck; bei uns ist die Wesenheit unberedt; die stumme Gestalt kann allerdings sprechen, geradezu belastet sein von Ausdruck. Der Intellektuelle jedoch ist auf das Wort und das Dogma eingestellt.

Im Weltkrieg waren die Berichte über den Zustand der Armee, die von der Front an die große Heeresleitung kamen, darum falsch, weil niemand sich die Massen der namenlosen, darum doch nicht, wie man annahm, gedankenlosen Soldaten genauer ansah, sondern nur die Meldungen der jungen Kompagnieoffiziere von der Front entgegengenommen wurden. Die Sprecher waren mit ihren inneren Erlebnissen Beschäftigte, und es waren ihre Vorstellungen und Wünsche, die sie berichteten. In Tagen des Unglücks wurden ihre Vorstellungen so schwarz wie sie vorher strahlend gewesen waren: Gespenster, die sie dann selbst erschreckten. Diese jungen Offiziere waren prachtvoll und mitreißend als Stürmer – man mußte sie lieben. Und während sie da körperlich kämpften und fielen, lebte in ihrem Bewußtsein eine irreale Front, und sie waren gar nicht die Führer der Soldaten. Eher waren die Unteroffiziere die Führer der Soldaten. Aber die jungen Offiziere waren diejenigen, die angehört wurden, und es wurde zuviel auf unsere Worte gegeben. Die Treue des Mannes am Schützengrabenrand, der alle vier Stunden zwei Stunden auf Posten stand, verwüstetes Land vor sich und hinter sich, bei jedem Wetter, Verwesung und Gefahr um sich, alle vier Stunden zwei Stunden lang, bei Tag und bei Nacht und Jahre hindurch, allein gelassen, ohne die Möglichkeit zur Flucht ins Irreale, die Treue dieses Mannes blieb anonym und ohne Ausdruck. In Momenten, wo wir das Wesen dieses Mannes neben uns durch den Schwarm unserer Ideen und Phantasien hindurch spürten, fielen uns wohl Zweifel an, ob wir Führer wären und sein könnten. Wir erlebten schrecklich unser Außenseitertum. In solchen Momenten hatte man nur ein Gefühl: dem mit einem wirklichen Schicksal Beladenen da neben uns zu helfen und dienstbar zu sein. Warum? – Er war das Kostbare, auf ihn kam es an; in ihm war – Deutschland. Und die grauen Männer ohne Abzeichen neben uns waren alle aus einer Schicht – ob Arbeiter, Bauern, Geschäftsleute, Angestellte, Handwerker: sie waren Mittelstand (die Arbeiter waren damals noch nicht klassenbewußt abgetrennt, sondern fühlten bürgerlich). Sie waren die deutsche Armee, und sie waren die deutsche Wirklichkeit.

Und wenn man heute das Bild wieder heraufruft, das Deutschland in der Zeit nach dem Kriege geboten hat – merkwürdig: es ist heute schon in die Vergangenheit eingegangen –, dann steht wieder allzu beredt im Vordergrund das Leben einer kleinen Schicht. Es ist wirr, das Vordergrundbild, es gibt keine Gesamtansicht. Man kann fast nur von persönlichen Begegnungen berichten: von dem, der vor Scham und Verzweiflung über seine Feigheit und Drückebergerei im Kriege zum Heloten des Kampfes geworden war; von den Jungen, denen Schule und Erziehung keine Kultur und keinen Besitz an Tradition mehr vermittelt hatten, und die voll Hast und Krampf auf der Suche nach Fundierung in ein Gestrüpp von Zitaten, Theorien und dogmenreichen Wissenschaften gerieten; von den Dogmatikern des Sozialismus, den Dogmatikern des Kapitalismus, den Dogmatikern des Europäismus, den Dogmatikern des Internationalismus; von jenen Älteren, Herren einer weltweiten und erlesenen Kultur, von ihrem empfindlichen Geist und ihrer Skepsis, ihrem nachsichtigen Lächeln und ihrer Sensibilität; und endlich auch von den Theologen der Technik und den Theologen der Rationalisierung.

»Der Reiche schämt sich seines Gutes, ohne daß er die Kraft besäße, es preiszugeben. Der Arme schwelgt in seinem Elend und findet nicht den Weg, seine Bitterkeit zu überwinden. Der Erniedrigte wälzt sich in seiner Schande, bis er sie schließlich nicht mehr fühlt. Der Gläubige versteckt sich in seiner Höhle und macht die Welt glauben, er klammere sich an einen Privatgötzen. Der Liebende spottet seiner selbst. Der Mutige bekennt sich zum Sport und der Mächtige zur Nachsicht der Schwachen« und so weiter. Das ist ein Bild Sieburgs von jener Zeit. Wer unter uns ehrlich ist, gesteht ein, daß er damals ähnlich über Deutschland dachte: und wenn er dies Bild heute nachprüft, muß er gestehen, daß es sich heute als falsch herausstellt, dabei haben die Formulierungen Sieburgs sicher noch immer etwas Bestechendes. In einem solchen Bild und in manchen anderen Anschauungen, wie zum Beispiel der Verneinung jeglicher Lebensart und Sitte im Volk, der positiven Wertung der »geistigen Maßlosigkeit«, in Behauptungen wie der »Wurzellosigkeit« als allgemeinem Zustand, der Heimatlosigkeit der Massen, offenbart sich das Literatenhafte im Leben jener Schicht von Menschen, die im Vordergrund des Zeitbildes stehen. Dieses Literatenhafte entsteht dadurch, daß es zu jener Zeit im Volk keine allgemeine Bewegung gibt, die theologisiert werden könnte. Die Intellektuellen in jener jüngst vergangenen Zeit waren nicht etwa weniger bemüht und ernsthaft. Aber ihre Bemühungen waren Bewegungen auf der Stelle. Sie griffen nach allen Seiten und knüpften viele Fäden, soviel sie fassen konnten, zu einem äußerst kunstvollen Gewebe. Skepsis und Ironie bekamen repräsentativen Rang. Jene Menschen wurden skrupulös vor Gewissenhaftigkeit. Aber ihr Denken war resultatlos und endete mit der Inthronisierung der Relativität. Bei einzelnen hatten die Bemühungen um repräsentative Beispielhaftigkeit durchaus etwas Heroisches.

Aber es kam der Tag, wo diese Schicht im Vordergrund oder obenauf zunächst durchscheinend wurde und dann wie nichts verschwunden war. Als die allgemeine Not in Gestalt von Armut und Arbeitslosigkeit in den Vordergrund kam: die härteste Realität der Zeit. Da standen mit einem Mal wieder jene Massen da, die man bis dahin nicht gesehen hatte, und die ohne Ausdruck sind. Das war wieder der Mann auf Posten am Schützengrabenrand. All die Jahre war er nicht gehört oder gesehen worden. Er hatte wieder geblutet. Geblutet in der Inflation, in der Prosperity, in der Deflation, in der Krise. Der Mann der anonymen Treue und des anonymen Dienstes. Die Masse der Kleinbürger. Von dieser Realität, die die deutsche Realität ist, war all die Jahre wieder abgelenkt worden. Durch die Theologen des Marxismus, durch die Theologen des Internationalismus, durch die Theologen der Technik und der Rationalisierung.

Und heute sind diese Massen wieder Träger einer Bewegung. Und es bietet sich wieder reichlich Stoff und Möglichkeit zur Abstraktion für die Intellektuellen. Für emsige Formulierer und Konstruierer beginnt eine »Hohe Zeit«. Man kann nicht früh genug eine Warnungstafel vor ihnen aufstellen.

In Sieburgs Buch stehen ein paar beachtliche Warnungen an ihre Adresse. »Schon jetzt willst du dein Land nicht mehr erziehen, du willst es im Wesen ändern. Es wird dir nicht gehorchen, und du wirst immer bitterer werden, weil du im geheimen Winkel deines Herzens fühlst, daß man kein deutscher Schriftsteller sein kann, ohne zu Deutschland Ja zu sagen.« Oder diese: »Das Wunder, nicht durch die Kraft des Glaubens, sondern durch emsiges Konstruieren erzwingen zu wollen, ist unsere Gefahr.« Aus solchen Sätzen spricht mehr als Klugheit, es ist die menschliche, und nicht die intellektuelle Entschiedenheit Sieburgs, die darin zum Ausdruck kommt. Ihretwegen wird er von seinen Kollegen gehaßt und verdächtigt werden.

Für ihn selbst wird die entscheidende Frage sein, wie weit nun sein Grundstoff reicht, denn seine Situation ist eine besondere. Wenn er sagt: »Keine Strömung, Mode, Tendenz, Angewohnheit oder Religion kann in der Welt auftauchen, ohne daß sie die deutschen Gehirne sogleich durchnäßt«, so weiß er selbst, daß das die Gefahr der intellektuellen Deutschen ist, zu denen er auch gehört. Seine besondere Lage besteht aber darin, daß er seit Jahren im Ausland lebt, und daß er, wenn er zu Besuch nach Deutschland kam, nur Menschen seiner Schicht traf, und die deutsche Realität nur so kennen lernte, wie sie in den Worten und dem Geist dieser Menschen reflektiert auftrat. Und dieser reflektierte Stoff erscheint bei ihm abermals reflektiert.

»Wer heute Deutschland beschreiben will, der kann zunächst nur sich selbst beschreiben«, stellt er fest. Diese These wendet er am Anfang seines Buches an. Da beschreibt er sich am Ende des Krieges. Dadurch ist die Grundposition des Buches eine menschliche und darum die richtige. An vielen anderen Stellen beschreibt er auch nur sich und Menschen in seiner Lage, so wenn er von der Wurzellosigkeit der Deutschen schreibt, oder von ihrer Verzweiflung durch Bewußtsein, aber da verallgemeinert er, als spräche er von Deutschland. Nach dem Frankreichbuch erwartete man von Sieburg, wenn er ein Buch über Deutschland schrieb, daß er auch von Beobachtungen, von konkreten Zügen, von Erlebnissen ausgehen würde; statt dessen gibt er eine Metaphysik, und auch sie ist noch mit aktueller Politik und völkerpsychologischen Antithesen durchsetzt. Das ändert nichts daran, daß die Grundposition menschlich und richtig ist (man muß sich das bei allen Einwänden immer gegenwärtig halten), nur erliegt er immer wieder der Gefahr, richtig gesehene Züge in die Abstraktion hinaufzuformulieren.

Bis in den späten Nachmittag dieses Tages marschierten in der Stadt die Kolonnen der Arbeiter und Angestellten. Von allen Seiten schoben sie sich am Tempelhofer Feld zusammen. Von dort her, vom Zentrum der Ereignisse, kamen Flugzeuggeschwader, ihr Summen schien die Erregung eines Menschenmeeres über die ganze Stadt auszutragen. Man konnte, weitab, noch das Gefühl haben, daß etwas sich erfülle. Als wäre die »aus lauter Augenblicken zusammengesetzte Geschichte« endlich zu Ende. »Deutschland« erschien dem pathetischen Gefühl als der Anbruch des ewigen Reiches am Ende eines langen dunklen Weges.

Gegen Abend waren die Straßen in der Umgebung des Tempelhofer Feldes von den Massen verstopft. An den Absperrungen standen die Menschen dicht gedrängt und warteten. Jeder reckte sich und suchte einen Ausblick über das Feld und auf die Tribünen. Das Feld selbst glich dem Lager einer Armee in Bereitschaft, die zusammengezogen ist vor dem Aufbruch. Die Menschen waren nicht laut. Es war kein lärmendes Volksfest. Der Ausdruck auf den Gesichtern war gesammelt; Bereitschaft. Die Größe der Masse war beängstigend. Die Ruhe in den Massen wirkte erschütternd. Dazwischen umhergehen und nicht dazu gehören, das Schicksal des Intellektuellen, überschwemmte einen alle Augenblicke mit nie gefühlten Einsamkeitsgefühlen.

Nein, was sich da vollzog, war nicht der Anbruch des ewigen Reiches, wie ein leicht aufquellendes Gefühl ahnen wollte. Es war ein Anfang, eine Ebene zu bilden für eine Gemeinschaft. Diese

Ebene: – das war »Deutschland«. Sie sollte für alle gültig sein, ohne daß jeder einzelne befragt war.

Man muß in diese stillen, gesammelten Gesichter gesehen haben. Diese Stirnen: vieles konnte daraus werden, auch Großes, wenn diese Falten nicht wären, die Sorgen und Umwege bedeuten. So viel Furchtlosigkeit. Und Wahrhaftigkeit. Und Gefühl. Und die Einsamkeit! Hinter ihnen, schweigend und dunkel, steht das Schicksal. Man muß sie gesehen haben, um zu wissen, was sie ersehnen. Eine Macht soll es sein. Ein Kommando. Und es muß seinen Weg aus dem Herzen eines Menschen und innen durch die Menschen nehmen. Es muß in ihrer Sprache sein.

Man muß darauf achten, daß die Theologisierungsversuche Intellektueller nicht alles wieder fälschen. Die Situation der Geistigen ist in diesem Augenblick so verantwortungsvoll wie nie. Was sollen wir tun? Uns zurückhalten? – Das hieße uns selbst aufgeben. Abseits »unsern Kram weiter machen«? Das hieße auch uns selbst aufgeben. Können wir etwas tun, was nicht unserm Niveau, unserm Daseinszustand entspricht? – Gewiß nicht. Es bleibt nur dies: die Schaffenden und Gestaltenden können nur mit viel Behutsamkeit und mit großer Selbstverleugnung das Bildnis des Menschen neben ihnen schaffen, in dem alle seine Möglichkeiten vollendet, seine Anlagen lebendig und zur Größe gestaltet sind; aus Liebe für ihn zeugen und schöpferisch sein; die Politiker und Organisatoren können nur aus der Volksmitte heraus, mehr seinem lebendigen Herzschlag nachfühlend denn konstruierend, einen Staat schaffen. Dazu müssen alle unter dem Volke sein. Die Gefahr, daß eine Bewegung in einer Wüste gemeiner Interessen versandet, lauert überall, wo der gemeine Alltag gestaltet werden soll. Die Situation verlangt, daß wir dienen, aufgeschlossen und auf der Hut, daß nicht Bitterkeit unsere Herzen erfüllt.

»Es werde Deutschland« – aber es kann nur da werden, wo seine – wirkliche Wirklichkeit ist.

Ein Heiliger der Weltlichkeit
D.H. Lawrence: Apokalypse

»Lorenzo« – wird D.H. Lawrence von seinen englischen Freunden genannt; ob sie ihn damit unter die Heiligen einreihen oder unter die prunkenden Renaissance-Italiener, bleibt offen. Auf jeden Fall ist er ihnen etwas Überpersönliches, nicht eine Erscheinung eines Zeitalters – garkeinesfalls unserer Zeit –, sondern eines urtümlichen Triebes oder Geistes. Wenn sie ihn so nennen, denken sie nicht an seine Romane – oder vielmehr sie denken auch an sie, wie sie an jede seiner Äußerungen denken, aber seine Bücher sind für sie keine Romane. Selbst »Lady Chatterleys Liebhaber«, ein schlechter Roman, stört ihnen nicht seine Vollkommenheit. Auch Evangelien sind ihnen die Bücher nicht – das wäre noch eine literarische Wertung. Er selbst – D.H. Lawrence mit all seinen Äußerungen – war ihnen eine aufrüttelnde Begegnung. Die Dunkelheit seines Wesens, das Nächtliche im übergrellen Licht einer modernen Bewußtheit, war für sie ein Blick in eine verlorene Welt.

Sein Buch »Apokalypse«, dessen deutsche Ausgabe im Insel-Verlag ich hier anzuzeigen habe, ist in der Tat eine Schrift über die Offenbarung St. Johannis. Es hat die Form einer wissenschaftlichen Analyse, aber es ist nichts derart. Wahrscheinlich ist es vom Standpunkt der Gelehrten wertlos. Lawrence weist darin nach, daß in der Symbolik der Offenbarung vieles, und grade das Haltbare und Unzerstörbare, aus vorchristlichen Kosmogonien stammt. Aus Zeiten, in denen der Mensch und der Kosmos eins waren. Und er sagt, daß das Christentum an Stelle des Kosmos das nicht vitale Universum setzte. Er zeigt auf, daß die Offenbarung Johannis als Schöpfung eines zweitrangigen Geistes das Christentum für die Mittelmäßigen jedes Landes und jedes Jahrhunderts gemodelt hat, daß Johannes von Patmos das Tausendjährige Reich, die Herrschaft der Schwachen, der unrettbar mittelmäßigen Massenseelen, der Verächter der Herrschaft aus Kraft und Liebe auf Erden, daß er den Himmel der Schwächlinge, eine Verheißung der Erfüllung der Machtgelüste des kollektiven Bürgers in die Evangelien einschmuggelte. Diese Wendung des Themas zeigt schon, daß Lawrence mehr tut, als seltsame alte Symbole deuten. Diesmal ist er in erster Linie der Lehrer der aristokratischen Einzigkeit und Einsamkeit für den Mann. Darüber hinaus enthält das Buch »Apokalypse« seine vollständige Lehre.

Bilder und Symbole waren für Lawrence als Ausdrucksmittel immer wichtiger als das begriffliche und selbst das zeichnende Wort. Die Wahl des Gegenstandes in diesem Buch ist also folgerichtig, wenn auch für den ersten oberflächlichen Blick überraschend. Es klingt paradox, wenn ich sage, daß er auch in seinen Romanen nicht Menschen schilderte und schon gar keine Individualitäten und daß die Menschen seiner Romane nicht mehr sind als Zeichnungen, als Symbole und nur dazu da, den dunklen, fruchtbaren Schoß der Welt, die Urnacht im grellen Sonnentag, das dämmerige Zwischenreich auf der Grenze zwischen Licht und Urnacht in immerwährendem Werden und Vergehen – das Gestaltlose der Welt also sichtbar, anschaubar zu machen. »Ich kümmere mich weniger um das, was eine Frau empfindet – im gewöhnlichen Sinne des Wortes. Das setzt ein Ego voraus, das fühlen kann. Ich kümmere mich nur darum, was die Frau ist – was sie ist! – unmenschlich, physiologisch, materiell ... Sie müssen nicht in meinen Romanen nach dem althergebrachten Ich des Charakters suchen. Es gibt noch ein anderes Ich, nach dessen Handlungen das Individuum unkenntlich wird und sozusagen allotropische Stadien durchläuft.« (An Garnett.)

Er nimmt die Beschäftigungen der Menschen und die Ereignisse, wie das Leben heute sie mit sich bringt, nicht als Anzeiger und selbst nicht als Schatten eines tieferen Lebens. »Sie bewohnen den abstrakten Raum, die wüste Leere der Politik, die Prinzipien von Recht und Unrecht usw. Sie sind zum Abstrakten verdammt.« –

Wenn ihm die Realitäten des Lebens das Abstrakte sind, so sind ihm vielleicht Philosophie oder »Weltanschauung« das Konkrete? – Das wäre der gröbste Fehlschluß. Seine Freunde berichten, daß er böse wurde und maßlos in Beschimpfungen, wenn jemand zu ihm von Ideen im heutigen Sinne sprach. Bilder und Symbole allein vermögen nach seiner Auffassung einen Begriff vom Unbekannten zu geben. Er hielt gar nichts von gehirnlichen Gedanken. »Im Herzen, das im Meer des nach verschiedenen Richtungen dahineilenden Blutes liegt, lebt vor allem das, was die Menschen Gedanken nennen; denn das Blut um das Herz ist der Gedanke der Menschheit.« Er hielt unsere Denkformen, die logischen Ketten, für ein Übel. Für ihn »war ein Gedanke ein vollkommener Zustand des Gefühlsbewußtseins, eine Höhe und Tiefe zugleich, in denen sich das Gefühl zu bewußtem Gefühl vertiefte, bis sich ein Gefühl der Fülle einstellte. Ein vollkommener Gedanke war das Abloten eines tiefen Strudels im Gefühlsbewußtsein; auf dem Grunde dieses Gefühlsstrudels bildete sich der Entschluß.« Er meint die oberflächliche Betriebsamkeit, die modernen Errungenschaften: Wissenschaft und Technik, den Gesellschaftsplan, wenn er sagt, daß wir in unserem Leben zum Abstrakten verdammt sind. Da er sich weigerte, das Mysterium des Lebens, wie er es erlebte, zu definieren oder zu erklären, weil Definieren und Erklären dem Dichter keine Form der Übermittlung gewesen wäre, suchte er in Urzeiten, wo Völker noch im Kult mit den kosmischen Mysterien verbunden waren, nach Bildern dafür. So kam er auf die Apokalypse. Sein Buch über sie ist also keine Theorie, sondern ein lebendiger Zweig aus demselben Stamme, aus dem seine Romane und Novellen sprossten. Es ist selbstverständlich schwerer lesbar als die Romane – aber diese Darlegung seiner Lehre ist weniger mißverständlich.

Von seiner Lehre sei hier nur der Boden, aus dem sie hervorwächst, noch bezeichnet. Es ist eine Stelle aus dem Schluß der

»Apokalypse«, sie krönt dieses Buch also gleichsam. »Zuerst und vor allem erstrebt er (der Mensch) seine physische Erfüllung, da er einmal und nur einmal im Fleische und stark ist. Lebendigsein ist für den Menschen das große Wunder. Stärkstes, vollkommenstes Lebendigsein ist für den Menschen, wie für Blume, Tier und Vogel, höchster Triumph. Mögen die Ungeborenen und Toten wissen, was sie wollen, die Schönheit, das Wunder, im Fleische lebendig zu sein, kennen sie nicht. Mögen die Toten das Jenseits schauen, uns gehört die herrliche Gegenwart des Lebens und Fleisches, uns gehört sie für gewisse Zeit. Freudentänze sollten wir tanzen, daß wir leben und im Fleische sind, ein Teil sind des lebendigen, fleischgewordenen Kosmos.« Restlose Diesseitigkeit also, gleichwohl fern von einem platten Materialismus. Das Ewige einer solchen Existenz liegt in dem Geöffnetsein nach dem Kosmos hin. Das Tagesdasein ist flach, es erhält eine Vertiefung und Plastik erst durch das Kosmische. Das Kosmische war für Lawrence nicht nur eine Vorstellung oder ein vages Gefühl beim Anblick des Weltraumes, sondern eine sinnliche Realität in der Natur des Menschen.

Über den Leser
Für die »Woche des Deutschen Buches«

Zunächst ist zu sagen, daß wir heute alle nur zu gut lesen können – und das entfernt uns immer mehr von dem Ursprung, als Lesen eine kunstvolle, einigen Erwählten vorbehaltene, Geheimnisse aufschließende, andächtige Übung war. Und weiter –: daß wir zuviel oder gar ohne Mühe alles lesen, birgt eine Gefahr zum Nihilismus.

Weil wir so gut, so geläufig, »im Schlaf« lesen, ist alles Gedruckte etwas Formelhaftes, allerdings ohne die Magie der Formel, nur mit ihrem Fertigen, Abgeleiteten, Konventionellen. Wir lesen Bücher kaum noch anders als Zeitungen. Und aus Zeitungen, die Geschehenes, Dinge unseres täglichen Lebens berichten, entnehmen wir auch nur fertige Formeln, gebräuchliche Klischees für die Wirklichkeiten. Von einem gewissen Leser wird gesagt, daß er Bücher »frißt«. Darin liegt unser aller, oder sagen wir vorsichtiger: fast aller Verhältnis zur Lektüre nur allzu wahr bezeichnet. Wir kommen zu ihr wie zu Tisch und füllen uns an. Unterschiede bestehen eigentlich nur noch darin, was wir bei der Lektüre zu uns nehmen: der kultivierte Leser, der nicht nur das Stoffliche, Milieu und Handlung oder Wissenswertes, aufnimmt, sondern das Ästhetische, die Kunst, die Sprache, die Geistigkeit des Dichters, der die Leistung des Dichters, selten bewußt, sondern gefühlsmäßig, an Maßstäben einer Ästhetik mißt, ist darin im Grunde kaum anders. Denn das Entscheidende liegt in dem Verhalten des Lesers, und dieses drückt bei dem heutigen aus: ein Buch, und eigentlich jedes, ist dazu da, um gelesen und nach Inhalt und Form aufgenommen und gewürdigt zu werden. Bücher führen also den Leser. Und über diesen Zustand kann auch die beste Propaganda für Bücher, selbst für die richtigsten Bücher, nicht hinausführen. Richtiges Lesen als Übung ist die Voraussetzung.

Alles wäre schon anders, wenn das Formelhafte des Gedruckten vom Lesenden wieder aufgelöst würde, wenn der Lesende die Magie der Formeln erlebte. Dazu wäre notwendig, daß er das scheinhafte Denken überwände, und daß sein Leben stark genug wäre, durch die Konvention hindurch vorzustoßen zu einem ursprünglichen Leben, in dem der Mensch seiner Natur folgt und nicht mehr durch eine scheinhafte Welt von der Natur und von Gott getrennt ist. »Die nicht Einsam-sein kennen und nicht Miteinander-sein, nicht Stolz-sein und nicht Demütig-sein, nicht Schwächer-sein und nicht Stärker-sein, wie sollen die in den Gedichten die Zeichen der Einsamkeit und der Demut und der Stärke erkennen?« (Hofmannsthal.)

Ein Dichter, der damals fast fünfzig Jahre alt war, sagte mir bei einem Gespräch über Dostojewskij, er habe nur ein Buch von ihm gelesen, den Raskolnikow, das habe er vor Jahren angefangen, und damit sei er noch nicht fertig geworden; er wisse nicht, ob er zu den übrigen noch kommen werde. Das wurde mir gesagt, als ich alle Bücher Dostojewskijs verschlungen hatte, als Dostojewskij Mode war. Damals habe ich meinen Partner nicht verstanden, aber sein Eingeständnis hat mir keine Ruhe gelassen, und ich glaube, daß ich daraus zuerst wieder eine Ahnung davon bekommen habe, daß es lesen und lesen gibt. Also käme es darauf an, langsam zu lesen? – Nein! Das ist es nicht.

Man stelle sich den Menschen vor einem Buch vor, der seiner Natur folgt, der nicht »gebildet ist«. Ob es ihn noch gibt oder nicht, ist gleichgültig: man vergegenwärtige sich z. B. den Bauern, der sich am Sonntagnachmittag in die Stube zurückzieht und aus dem Kasten die Bibel oder auch ein anderes Buch nimmt und sich zum Lesen hinsetzt. (Gotthelf hat diese Szene in »Uli der Knecht« im vierzehnten Kapitel beschrieben.) Und man halte sich die geistige Ungelenkheit, die Schwerfälligkeit eines Bauernkopfes gegenwärtig und die ganze Frische seiner Vorstellungskraft und vor allem die geistige oder eigentlich seelische Bedürftigkeit. Nimmt man hinzu, daß die Bibellektüre am Sonntagnachmittag ein festeingefügter Bestandteil im bäuerlichen Lebensplan war, in die naturhaft-sittliche Ordnung seines Lebens gehörte, dann lebt in dieser Vorstellung eine Ahnung von der »Kunst des Lesens« wieder auf. Zu ihrer Vollständigkeit muß noch gesagt werden, daß der Bauer nach Erinnerungen aus meiner Jugend, neben der Bibel, gerne spiritistische Bücher oder überhaupt Bücher, die sich mit Magie beschäftigen, las, also Bücher, die das Geheimnis aufschließen. Bücher sind Zauberschlüssel zu einer Tür, welche einen in die andere Welt einläßt: das bestimmt die Haltung des Lesenden. Und der Besuch in der anderen Welt ist eine notwendige Lebensfunktion.

Diesen Weg nach rückwärts zum Lesen werden von uns die wenigsten wieder gehen können. Die anderen können nur den Weg vorwärts über eine vollkommene Bildung nehmen. Dazu muß zunächst ihr Dünkel, wir heute in Europa wären die gebildetsten Menschen, die es je gegeben hat, gebrochen werden. Wenn sie versuchen wollten, die Klassiker des Altertums oder des Mittelalters zu lesen, könnte ihnen dabei deutlich werden, wie minderwertig unsere Bildung ist. Zugleich erhielten sie einen Begriff davon, welche Leistung eine echte Bildung verlangt, und daß Lesen eine nahezu überirdische Leidenschaft voraussetzt.

Wirklichkeit
Einige Feststellungen über Dichtungen

Dichtungen fesseln mich in dem Maße ihres Gehaltes an Realität; Genuß an Dichtungen habe ich in dem Grade, in welchem der schaffende Geist die Ordnung in ihrer Realität erhellt; der Wert von Dichtungen aber, das, was sie mir unentbehrlich macht, wodurch sie für mein Leben so sehr wie Tätigkeit, wie die Lebensbewegung selbst wichtig sind, besteht in der Heiligung der Realität. Diese drei Stufen sind vielleicht noch nicht alles, wahrscheinlich sind sie nur das Ergebnis auf meiner Lebensstufe; aber insoweit ist notwendig alles Urteilen subjektiv.

Gehalt an Realität ist zunächst, oberflächlich gesehen, Fülle und Dichtigkeit stofflicher Realität. Der primitive, aber darum auch erste und unter Umständen einzige Anspruch an ein Buch ist der, daß man etwas kennenlernen, etwas lernen will. Diesen Anspruch muß jedes Buch befriedigen. Jedes Buch muß also in einem eigenen Maße Sinnenstoff bieten. Das tut es nicht, wenn es nur die Bezeichnungen, nur Worte dafür gibt.

Darin besteht der Grundmangel vieler Schriftsteller, daß sie, die damit reicher als andere Menschen umgehen, nur Worte für die Dinge bereit haben, daß sie ihre Gedanken zu den Dingen, ihre Erklärungen, ihre Gefühle und ihre gedachten Probleme zu Büchern verarbeiten. Das ergibt dann jene Bücher, in denen sogar etwas genau, bis ins Detail, beschrieben sein kann, auch mit farbigen Worten – aber mit den Worten sind die Fenster zur Wirklichkeit zugemauert: der Leser sieht nichts mehr, weil der Autor draußen stand.

Die Realität der Dinge muß in den Autor durch die Sinne zumindest eingedrungen sein, sie sollte weiter sein Innen, seinen Geist belästigt haben. Und weiter noch sollte der menschliche Geist einen Moment von ihr niedergeworfen und geschwängert worden sein: der Autor muß von der Realität durchdrungen sein. Im Anfangsstadium ist der Geist von der einbrechenden Realität immer überwältigt, wenn er nicht »tumb« ist; und er ist unterlegen. In einem anderen, fortgeschritteneren Stadium meldet sich der menschliche Geist schon wieder in Schatten, die wie Albtraumbilder die Wirklichkeit begleiten.

Hier sollen nicht alle Stadien beschrieben werden, nur noch das vollendete Verhältnis sei angedeutet: nach einer Auseinandersetzung auf Leben und Tod, die der menschliche Geist mit der Wirklichkeit führt und in welcher die Grundverhältnisse der Realität, ihre Gesetze, sich immer klarer enthüllen, gehen sie in eine Identität ein. Es wurde offenbar, daß sie nach dem gleichen Gesetz angetreten sind. Der Dichter in diesem Grad der Vollendung zieht immer neue Wirklichkeiten für seine Lebens- und Schaffensmöglichkeiten in sich hinein und schafft aus ihnen neues Schicksal (Shakespeare, Goethe).

Es wurde hier nur eine Linie angedeutet, auf welcher die beiden ersten Ansprüche, Realitätsgehalt und Ordnungen der Realität, erfüllt werden; im folgenden werden nun zum Verständnis noch ein paar Inseln an ihr ausgeführt. Die simpelste Form, den Wirklichkeitsstoff, den die Sinne zutrugen, in eine Ordnung zu bringen, ist die Einführung des Raumes in die Wirklichkeitsbilder. Der Autor bezeichnet einen Weg, vielleicht seinen Weg, in der Wirklichkeit und gibt die Eindrücke nacheinander, wie sie sich ihm bieten oder geboten haben. Vom selben Rang ist es, sie auf dem Strom eines Gefühls forttragen zu lassen. Eine Vervollkommnung dieser Form ist die Charakteristik. Die Gegenstände werden voneinander abgesetzt, indem jedem sein Gesicht und seine Gestalt gegeben wird. Kommen noch Psychologie und Soziologie hinzu, was, weil weit schwieriger, ein weiterer Fortschritt ist, aber prinzipiell noch immer im Rahmen der primitiven Form bleibt, entstehen die Individualitäten. Die reifste Frucht und eine Lieblingsfrucht dieser Form ist das »Menschliche«.

Soweit bewegt sich die Ordnung im stofflichen Gehalt und wir sprechen vom Erzähler. Erst wenn der Erzähler um sein Schicksal bemüht ist, dessen Ordnung über den stofflichen Inhalt hinausgeht, beginnt der Dichter. Da beginnt er – in seiner Größe aber geht es ihm nicht mehr um Schicksale, sondern um Wahrheit. »Immer weiter bis zum bestimmten Ziel, das für alle Menschen und alle Berufe das gleiche ist: die Wahrheit« – so bezeichnete Joseph Conrad seine Aufgabe.

Die Wahrheit ist nicht etwas Abstraktes, nur ist ihre Existenz wortlos, stumm. Ihre lebendige und unleugbare Existenz für den Menschen hat sie im Innern der Dinge. Die Wahrheit liegt im stummen Kern der Dinge: wir können die Wahrheit nicht anders in Händen halten als in den Dingen. Das bedeutet, auf die Dichtung übertragen, daß die Realität, welche in ihr geboten wird, nicht ihr Eigentliches ist, daß aber ihr Eigentliches unmittelbar mit ihrem Realen zusammenhängt. Also nicht das im Wort Gegebene, auch nicht das, was Worte hat, ist das Ziel der Dichtung, ihr Gegenstand, sondern dieser liegt als ein Stummes und durch kein Wort zu Erreichendes inmitten oder am Grunde. Um in etwa das Verhältnis von diesem Gegenstand der Dichtung und der lebendigen Realität, dem Stoff der Dichtung, anzudeuten, die Ordnung also richtig anzugeben, bauen einige Dichter in ihre Werke viel stummen, jedoch urgewaltigen Stoff hinein, lassen ihn wohl gar den größten Raum darin einnehmen: Stifter die Wälder, Joseph Conrad das Meer; andere üben dazu die Methode des Verschweigens: Hamsun, Hemingway; andere stellen den Roman auf den Brunnenspiegel der Historie: Thomas Mann; andere betonen das Außenwendige, ein vollendetes Zeremoniell oder den dramatischen Sturm üppiger Leidenschaften; und bei anderen kommt das zum Ausdruck in der Gefügtheit der Geschichte oder der Worte. Nie geht es darum, ein individuelles Menschen-Ich der Neugier herzuzeigen, sondern mit dem Außenwendigen auf das Unaussprechliche und Sprachlose zu deuten.

Einiges über die Art, *wie* ein Autor in der Realität steht, muß auch gesagt werden. Es gibt eine gefühlige Art gegenüber der Realität, welche, ebenso wie eine dogmatische Art, die Sinne verschmiert und verstopft. Im Fall solcher Menschen kann eine eingebildete Kommunikation mit der Wirklichkeit soweit gehen, daß sie mit den Äsern schöntun möchten – sie selbst sind ein Quark und keine Menschen. Der Gegenpart ist die nebeldunstige Verherrlichung einer nicht erlebten Idee. Ein würdigerer Grad, aber doch auf der gleichen Linie, wird mit »Abhängigkeit von den Verhältnissen« bezeichnet; das Distanzgefühl gegenüber der Welt, der Anfang jeder Menschenwürde, fehlt darin. Das menschenwürdige Verhalten beginnt mit dem Versuch um Bewährung vor der Wirklichkeit. Die einfachste Form der Bewährung ist Tätigkeit. »Da ist etwas, das mich nötig hat – da kann ich ja gleich anfassen«, ist der einfachste menschliche Ausdruck für dieses Verhältnis zur Wirklichkeit – sublimiertere Äußerungen der Bewährung sind Gewissen, Treue, Mut. Diese Äußerungen dienen dazu, die oben angedeutete Identität von Wirklichkeit und Geist herzustellen. Die menschliche Erfahrungsform dieser Identität ist das Erlebnis, daß der letzte Grund für unsere Welt- und Erdenschicksale in uns selber liegt –: eine demütige Erkenntnis aus tiefer Scham heraus.

Die Heiligung der Realität in der Dichtung wurde in den bisherigen Betrachtungen verschiedentlich gestreift. Heiligung ist hier nicht theologisch zu verstehen. Ihr Wesen ist kaum beschreibend anzudeuten. Es ist uns am ehesten gegenwärtig, wenn der Name Hölderlin genannt wird: in der Art, wie Hölderlin seine Lebensbeichte, die sein Werk darstellt, der Fülle realistischer Erinnerungszüge entrückt hat, und wie »das Erlebnis in seiner geistigen Heimat und Höhe« (Emil Strauß) den schmalen Erdenrest zu unzerstörbarer Schönheit emporgehoben hat. Aber die Vorstellung »Hölderlin« allein kann einen falschen Begriff geben vom Wesen der Heiligung: sie enthält auch das Überanstrengte, das nicht dazu gehört. Man muß deshalb neben ihm sogleich auch Homer, Goethe, Stifter nennen, damit das Daseinsinnige, das unbedingt zum Wesen Gehörige, mitbegriffen wird. Mit dieser Daseinsinnigkeit hängt eine Art Problemlosigkeit aus absoluter Lebensbejahung zusammen, die auch zu den Merkmalen gehört. Alles Sein ist jenseits aller psychologischen, soziologischen, religiösen und weltanschaulichen Problematik in der Tatsache des Daseins verwurzelt, der Sinn der Welt lebt noch ungeteilt darin. Die gegenwartsprunkenden Wirklichkeitsbilder einer Dichtung stehen in einem Nimbus da, der ihnen Zeitenferne und ewige Gegenwart verleiht. Verschiedene Zeiten werden das Wesen der Wirklichkeitsheiligung auf andere Nenner bringen, und der, in dem unsere Zeit sie noch begreift, heißt Humanität. Und wenn ich einen Dichter dieser Tage nennen soll, in dem ihr Wesen sinnlich, nicht nur als Idee, begriffen werden kann, so fällt mir zuerst Hans Carossa ein.

Aber mit solchen Bezeichnungen von Erscheinungen ist das Wesen noch immer nur umschrieben. Und das Zentrum, der Quell? Er sei bezeichnet mit den Worten eines Dichters, dessen Werke am nächsten an der alltäglichen Wirklichkeit bleiben und in denen das Alltägliche geheiligt erscheint, Jeremias Gotthelfs. Im »Schulmeister« spricht er von den selbständigen Geistern und der göttlichen Kraft in ihrer »Seele geheimnisvollem Dunkel«: »Diese zeuget in dem nie erblickten tiefsten Grunde der Seele den lebendigen Gedanken, diese nährt ihn, bis er mächtig die Seele füllt, sie sprengt ihm Schloß und Riegel, strömt ihn befruchtend aus in die Welt, schafft und besorgt die Ernte. Das sind die selbständigen Geister. In ihnen allein wohnt ungeschwächt und ungeteilt die Urkraft, die zeuget und gebiert ohne fremde Hilfe; sie sind selten, diese Geister, auf der erkaltenden Erde.« Diese Stelle wird ergänzt durch eine andere aus »Geld und Geist«: »Aber es strömt der Geist des Herrn durch Feld und Wald, durch Nessel und Nelke, er strömt durch alle Lebensverhältnisse, durch alle Worte, womit wir sie bezeichnen, wenn der Geist des Herrn in uns ist.«

Lesen von Bildern

In einem Heft mit Landschaften Pieter Brueghels findet man fünf Tafeln mit Jahreszeitenbildern. Es sind ursprünglich wohl zwölf Tafeln mit Darstellungen der zwölf Monate gewesen. Der Motivkreis, der ihnen zugrunde liegt, ist aus Kalendern geläufig: bestimmte Ereignisse der Jahreslandschaften werden den einzelnen Monaten beigeordnet.

Ich greife diese Tafeln aus den übrigen heraus, weil sie mich veranlaßten, diese Bildtafeln zu lesen. Auf Brueghels Gemälden ist immer etwas erzählt. Die Geschichten, die erzählt werden, sind meistens bekannt; sie sind als Überlieferung oder als Erlebtes Volksgut. Dessenungeachtet liest man sie interessiert wieder und wieder. Das mag vielleicht zunächst die Fülle der Motive machen, die auf einer Tafel, in einer Erzählung also, untergebracht ist. Im Bild drückt sich das als Weite des Blickes aus. Der Blick geht ungehemmt in die Ferne und in die Höhe. Und in jeder Dimension gibt es Dinge und gibt es Geschehen. Man kann auch sagen: überall ist Raum, etwas zu erzählen. Oder anders gewendet: wo nichts erzählt ist, hört das Bild auf. Das Überraschende für den gewohnheitsmäßigen Betrachter von Bildern ist aber, daß er über diesen Tafeln auf die Wahrheit der Dinge, die darauf verzeichnet sind, achtet; auf die Wahrheit der Dinge und nicht auf die Technik oder den Stil des Malers oder seine Farbgebungen. Und der Betrachter bestätigt überall nur freudig, ja lustvoll die Wahrheit der Dinge.

Der Weitblick bewahrte den Maler davor, an sich zu denken, selbstzufrieden mit seiner Kunst zu prunken. Er hat an die Dinge gedacht, immer nur an die Dinge; seine Welt hat keine Horizonte. Er lädt der Farbe keine anderen Verpflichtungen auf als ihre natürlichen. Er zwingt sie zu keiner Schönheit, die anderswo herkommt als aus der Natur der Dinge. Das Ergebnis ist keineswegs ein platter Realismus, sondern auf diese Tafeln hat das Alltagsleben des Volkes, haben die alltäglichen Gewohnheiten des gemeinen Mannes nun inmitten der schimmernden Stille des Landes und des Himmels ein welterhöhendes, heiligendes Pathos. Die Erdendinge haben ihre Glorie in der Wahrheit; der Künstler hat seine Glorie in der Treue. Ich konnte mir vorstellen, daß Brueghel immer wieder, in unaufhörlicher Folge, die Monate des Jahres malte, so wie Bach unaufhörlich die Ereignisse des Kirchenjahres in Musik setzte.

Diese Art der Bildbetrachtung mag von zünftigen Kunstbetrachtern abgelehnt werden, sie scheint mir für die Gegenwart empfehlenswert. Sie ist den Intellektuellen zu empfehlen an Stelle der Buchlektüre, wo längst alle Metaphern zu Abstrakta eingeschrumpft sind. Sie scheint mir auch empfehlenswert als die einzige, um naive Menschen in ein echtes Verhältnis zur Kunst zu bringen.

Über das Verhalten in der Gefahr

Bei Gelegenheit von Ernst Jüngers
»Auf den Marmorklippen«

Wenn ich über mein jeweiliges Verhalten angesichts von Gefahren nachdenke, dann entdecke ich zwei Dinge von entscheidendem Einfluß: Vertrauen ins Leben und eine vitale Klarheit: eine Erleuchtung, deren Träger das Blut ist, die also das ganze Wesen ausfüllt, sich unter Umständen zu einem nüchternen Rausch steigert und die Verwirrung des ersten Schreckens wie ein magisches Licht überstrahlt. Und weiter entdecke ich, daß heute in einer Gefahr noch Eigensinn mein Feind im eigenen Lager ist.

Wer ins Leben Vertrauen hat, der wird sich in Gefahr richtig verhalten, und er hat Aussicht, jede Gefahr zu bestehen. Vertrauen ins Leben ist eine teuer erkaufte Erfahrung, die auf Wissen beruht, Wissen sowohl durch den Geist wie durch das Gefühl. Bei vielen Menschen, besonders bei jüngeren, steht der Wille diesem Wissen im Wege. Sie können nicht einsehen, daß ihre Begabungen Gnadengaben sind, und halten ihre Leistungen für persönliche Erfolge; sie leugnen die Begnadung. Der Schüler des Lebens muß sich eine lange Zeit zugesehen und die Hemmungen beobachtet haben, die der Eigensinn der Lebensfahrt in den Weg wirft, um einzusehen, daß das Geschöpf, das Lebewesen, nicht Träger des Lebens ist, sondern daß es vom Leben getragen wird. Das Leben, davon der Reigen der Geschlechter, der Toten also, ein Teil ist, trägt uns, das ist die Formel für Vertrauen ins Leben. Im Sterben flieht nicht das Leben aus uns, sondern wir fallen – aus dem Leben; wir wirbeln hinab wie Blätter. Menschen aus altem Geschlecht haben das Vertrauen ins Leben in der Regel angeboren, wenn auch die eigene Lebenskraft oft schwach ist; in den Erfahrungen von

Vorfahren ist es ihnen weitergereicht. Aber auch in alle anderen Fälle ist Wuchs und Gabe dabei. Freundschaft mit dem Leben verführt nicht zu Optimismus, sondern macht behutsam, sie ist nicht ohne Wehmutschatten; wegen der großen Zerbrechlichkeit und der Vergeblichkeit der Geschöpfe. Und alle Geschöpfe haben mächtige Feinde, die ihnen mißgünstig gesonnen sind. – Was dann das Individuum, was der Mensch sei, das ist die nächste Frage. Diese Glaubensfrage kann kein unbedeutender Mensch beantworten. Aus einem vertrauensvollen Verhältnis zum Leben läßt sich leichter die Frage nach dem richtigen Verhalten des Menschen beantworten: er wird nicht handeln, wie es seiner Erfahrung, sondern wie es seiner Bedeutung zukommt.

Gefahr droht in vielen Formen, ihr Ziel ist die Vernichtung. Sie tritt auf für einzelne, für Familien, für die Bewohner einer ganzen Stadt, für ganze Völker. Das Studium der Gefahr ergibt ein schematisches Bild, das sich stets wiederholt, nur in verschiedenen Maßstäben. Es liegt heute nahe, das Bild aus dem Kriege oder dem Kriegszustand zu nehmen. Auf einem Schlachtfeld lassen sich mehrere Gefahrengürtel feststellen, die sich enger oder loser um das Zentrum legen, in welchem die Gefahr am stärksten mit Vernichtung wütet. Die Randgürtel liegen oft sehr weit vom Zentrum der Schlacht entfernt. In den Gürteln verdichtet sich die Gefahr, in den Räumen zwischen den Gürteln kann sie ganz aufhören, auf jeden Fall ist sie dort verringert. Die Dichtigkeitsschichten werden zum Zentrum hin stärker, die Zwischenräume verlieren sich fast; nach dem Rande hin werden die Zwischenräume größer, die Gefahrengürtel verlieren sich immer mehr in der Landschaft. Das Bild einer Festung mit den verschiedenen Festungsringen ist insofern passender, als es außerdem das Regelrechte und das Mechanische der Gefahr zeigt; und auch darin, daß man sich längst, ehe man es noch ahnt, im Bereich einer Festung befindet, was auch für die Gefahr gilt. Dafür veranlagte Naturen haben schon im Vorfelde Witterung von der Gefahr. Im Ausdruck Witterung ist das Mediale angedeutet, das in der Beziehung zwischen den

Menschen und der Gefahr herrscht. Es gibt menschliche Zustände, welche die Gefahr magnetisch heranziehen, sie konzentrieren, und solche können auch schon im Vorfelde katastrophale Entladungen auslösen. Die Konzentration aller Gemütskräfte des Menschen auf die Gefahr hin erweist sich hier als verhängnisvoll. Nach der ersten unmittelbaren Berührung mit der Gefahr inkliniert der Mensch im Schrecken stark für die Gefahr; er zieht neue Entladungen herbei. Eine augenblickliche Blindheit und Taubheit läßt ihn leicht in sie stolpern. Es ist dann gut, sich auf der Stelle zu sammeln und etwas zu tun, worin sich die eigene Spannung entladen kann.

Die Nähe der Gefahr kündigt sich in bestimmten Zeichen an, lange ehe die Gefahr selbst sich zeigt. Sie ist noch in weitem Felde und ihre Wirkung noch verhüllt – aber bei den Gefährdeten kann man schon ihre Zeichen finden. Wenn in einer überkommenen Ordnung, die sich durch Zeichen bewährt, niedere Kräfte zerstörend ausbrechen; wenn Söhne das Regiment über ihre Väter führen, weil körperliche Kraft bestimmend wurde; wenn Knechte aus einem angestammten Dienste entlaufen; wenn Beleidigungen Racheakte auslösen; wenn das Dunkel der Nacht nicht mehr Sicherheit bietet; wenn Hausruinen unabgeräumt liegen bleiben – dann soll man sich auf Gefahr vorbereiten. Dann soll man alle Waffen studieren, die zur Anwendung kommen können, ihre Wirkungen, die toten Winkel in ihrem Bereich, die schwachen und verletzlichen Stellen in ihrem Mechanismus, Formen der Bekämpfung und Zerstörung aller Waffen, die zur Anwendung kommen können. Dann soll man einen offenen Blick für Gelände haben, im besonderen für ihre Geheimnisse, die Formenzusammenhänge erforschen, und so einen Sinn entwickeln, der die Struktur jedes Geländes erfaßt beim ersten Überblick, selbst über nur einen Ausschnitt, und an kleinen Dingen, Marken, wie sie jede Landschaft hat. Dann soll man sich an das Leben in der Dunkelheit gewöhnen, dann soll man sich üben in Entbehrungen und Anstrengungen und in der Überwindung von Müdigkeit. Soweit sind das alles mechanische Vorbereitungen auf die Gefahr, und alle sind stark willensbetont. Dieser einheitliche Zug in allen Übungen muß – so paradox diese Behauptung zunächst anmuten mag – neutralisiert werden. Denn alle hohen Eigenschaften, die zum Bestehen der Gefahr notwendig sind, werden durch die übertriebene Beziehung zum Willen verfälscht. Eine Tyrannis des Willens paralysiert alle Gaben und schaltet damit den Reichtum des Wesens aus. Betonung des Willens ist alles andere als Vertrauen ins tragende Leben. Überspitzter Wille im Eigensinn zeigt am besten den Mangel. Heldentum in der Gefahr als Idealbild ist im letzten Rasse und freie Gabe, und Züge vom Glück oder der Zauberei sind darin stärker als Willenszüge. Die notwendige Neutralisierung des Willens aber geschieht am besten durch die besondere Beachtung alles Gewohnten und Alltäglichen in Zeiten drohender Gefahr. Die übliche erste Reaktion, sobald eine Gefahr ruchbar wird, ist entweder die Flucht nach vorne, in die Gefahr, oder die Flucht zurück, weit weg von der Gefahr, auf jeden Fall ein sofortiges Verlassen der alltäglichen Geschäfte und der gewohnten Dinge. Nimmt man sich aber des Gewohnten und Alltäglichen mit der Aufgeschlossenheit an, welche Momente der Gefahr verleihen, so gewinnt es eine besondere Würde: die Dinge entfalten ihre Wahrheit, und die Hantierungen erhalten etwas vom Rang einer Zeremonie; und in einem selbst keimt ein Gefühl, das, ohne Sentiment, an dem Licht des Geistes entzündet ist; Würde und Ehre sind Hüter des Gleichgewichts. Man ist in dem glücklichsten Zustande, um jeder Gefahr zu begegnen: im Gleichgewicht des Gemüts. Was gemeinhin wie eine pädagogische Maßnahme zur Ablenkung aussieht: wenn man Menschen in Zeiten der Gefahr zu besonders peinlicher Erfüllung ihrer täglichen Pflichten und zu sinnlosen Arbeiten streng anhält – ist mehr als eine mechanische Hilfe. In jedem Fall aber ist in der Gefahr wichtig, daß der Mensch seine Aufgabe habe, die er erfüllen muß, und daß er diese Aufgabe als ein Amt empfinde. Er kann sie sich selbst gestellt haben oder sie kann ihm gestellt worden sein, und sie kann geringfügig sein oder groß (dieser Unterschied gilt nicht angesichts der Gefahr) – wenn er nur tut, was die Dinge verlangen und wie die Erziehung es ihn gelehrt hat.

Im Gefahrenfelde haben Raum und Zeit eine ungewohnte Bedeutung. Die Räume bergen mehr und vor allem anderes, als man gewohnt ist. Durchaus gewohnte Räume verwirren sich durch die Unsicherheit, für die sie Aufenthalt wurden; eine klare Landschaft liegt im Nebel der Ungewißheit. Die Räume sind zu Mitwirkenden der Gefahr geworden. Diese Eindrücke sind in erster Linie Gemütsreaktionen. Der Nebel der Ungewißheit braut am schrecklichsten im Innern von Menschen, verschleiert die Seelenräume und lähmt die Geisteskräfte. Da ist eine bestimmte Aufgabe eine heilsame Hilfe. Da können einem auch Geister, die in einer ursprünglichen, klaren Ordnung leben, mit Bildern aus derselben dienen; auch die Besinnung auf Erinnerungen. Man besinnt sich gern auf einen Vers, einen gültigen Gedanken, ein verläßliches Bild, eine hohe Tat: Äußerungen aus einem unmittelbaren Verhältnis zum Leben, aus denen Urkraft strömt. Die Versenkung in die Betrachtung einer Blattrosette kann ein Licht entzünden. Und nicht zuletzt leistet das Gespräch über Gegenstände des Lebens und des Geistes mit dem Nebenmann Beistand. Wenn in einem solchen Gespräch eine innere Heiterkeit aufkommt, ist damit eine der gewaltigsten Rüstungen und Waffen gefunden, über die der Mensch verfügt. Dem Nebenmann gebührt im Kampf mit der Gefahr die sorgsamste Aufmerksamkeit –: die Gefahr vervielfacht sich, wenn einer in der Gefahr allein bleibt. Die genannten Dinge sollen nicht etwa zur Ablenkung dienen, sondern zur Kräftigung und Füllung des Geistes. Die Beschäftigung mit den Gedanken, die das Leben in erwählten Geistern vergangener Zeiten in unvergleichlichen Bildern dachte, in welchen die Meister uns bei der Erziehung unterwiesen, bewahrt vor Schande.

Im Gefahrenfelde ist das Ungewohnte an der Zeit das Sichüberstürzen der Ereignisse in der Gefahrensekunde und die absolute Ereignisleere in anderen Stunden und Tagen. Die Folge der Schläge in der einen Sekunde kann derart hart sein, daß kein natürlicher Zeitbegriff mehr gilt und für die geringste Überlegung kein Raum bleibt. Das sind die gefährlichsten Momente; und kein Wille und kein Gedanke besteht mehr. Nur Gefühle regen sich in erschreckender Leere wie Stürme – und Mut wird zu einem Akt des Geblüts. Das sind die Momente, wo im Handeln eines Menschen seine Bedeutung sich ausspricht. Wenn er bis zu einem bestimmten Punkt bestanden hat, nehmen sich dann hohe Kräfte seiner an, und es kann geschehen, daß er durch Räume absoluter Vernichtung schreitet mit einer Sicherheit und einer Klarheit, die überirdisch sind. Das sind Augenblicke, aus denen berichtet wird über einen Helden, daß er für sich allein sang, indes er kämpfte, und über andere, daß sie den Mysterien des Lebens nahe waren, indes sie fielen, und im Tode heiter erschienen.

Tagebuch des Zuschauers

15. Februar 1943

Es kam die Nachricht, daß »Die Neue Rundschau« fortan nur noch als Vierteljahreszeitschrift erscheinen kann. Danach wird es schwierig, trotzdem eine Kontinuität herzustellen und einen Zeitspiegel zu geben, und nicht ein Archiv von interessanten und schönen Gegenständen, kein Buch und keine Broschüre aus ihr zu machen. Die neue Aufgabe liegt in erster Linie dem Zuschauer ob. Dabei mag vielleicht sein Plan deutlicher erscheinen, als er bisher verstanden wurde.

Manche haben gemeint, der Zuschauer sei ein alter, ein vorgestriger Mann. Es waren Berliner, die das sagten, Menschen, die in ihrem geistigen Leben unter dem Eindruck der akuten Zeitproblematik stehen. Hauptstädter können schwer anders, als die in einer Stadt gedrängten Probleme für allgemein herrschende zu nehmen, und von den Problemen aus zu denken und zu urteilen. An anderen Orten hat man verstanden, daß der Zuschauer vom ganzen Menschen, vom Menschenbild aus alles ansehen will. Für den Menschen ist alles auch nur vom Menschen aus zu heilen.

Zu Beginn seiner »Reise in Kleinasien« bemerkt Carl J. Burckhardt: »Vom Leid aus gesehen ist das Leben öde, von der Lust aus gleichgültig, Hoffnung und Angst beleben es wie feuriges hinantreibendes Licht und sinkende Schatten, der Friede aber der Seele und das gefaßte und sichere Beschauen lassen es in klarer Mannigfaltigkeit sich darbieten wie eine heitere Landschaft des Morgens.« Darin ist vom Ziel des Zuschauers einiges angedeutet.

Es ist dem Zuschauer oft zweifelhaft gewesen, ob die Situationen, die er wählte, allgemeine Grundsituationen des Menschen sind in der Gewandung des heutigen Lebens, so wie jede Szene in Shakespeares Dramen eine gültige Situation für alle Zeiten und jeden Menschen ist. Aber es gibt im heutigen Leben auch Szenen, die derart eine Linse des Stadtlebens sind wie früher der Markt: der Fischmarkt in der Hafenstadt, der Viehmarkt in der Landstadt. – Ein groß Teil des Lebens spielt heute in Büros, kleinen Zellen; sein Beruf fesselt auch den Zuschauer an ein Kontor in der Stadt, vielleicht sollte er mehr unterwegs, auf den Straßen und Plätzen leben?

Zweifelhaft ist dem Zuschauer auch Geist oft erschienen. Geist als Anspruch eines Standes, einer Schicht, ist eine irrtümliche Schätzung. Man kann Geist in hohem Maße haben und ist doch ein armseliger Mensch, ein Mensch auf einer niedrigen Stufe. So wenig wie der Stehkragen, die Melone, die Lackschuhe und der Spazierstock sozial den Herrn machen, so wenig sind geistige Gaben ein Ausweis. Der glänzendste Geist wird sich zu legitimieren haben: was er über seine Gaben auf den Thron gesetzt hat.

17. Februar

In der frühmorgendlichen Lektürestunde, die täglich vor der Fahrt ins Geschäft gehalten wird, in Strowskis »Wesen des französischen Geistes« gelesen. Das Buch enthält Darstellungen Montaignes, Franzens von Sales, Descarte's, La Rochefoucaulds und Pascals in Essays. Jedes dieser Leben ist in seinen Entwicklungskurven nachgezeichnet. Erkenntnisformen sind als Ergebnisse der Überschneidungen von persönlichen Lebenslinien und der nationalen Geistesart gezeigt. In ihren Erkenntnissen halten sich die Moralisten an das Wirkliche und Konkrete, wie es ihnen in ihrem Leben begegnet. Ist so alles Ausdruck des individuellen Wesens eines Menschen – aus der Tiefe und von innen heraus erscheint die nationale Geistesart, immer gestützt auf das Persönliche dieser Menschen. –

Diese morgendliche Lektüre ist eine Übung zur Sammlung des eigenen Wesens auf eine Gestalt. Übernahm die Gewohnheit von Herrn Violett, der den Morgen mit dem Studium von Bachs Wohltemperiertem Klavier beginnt; die strengen Übungen setzen einen Gipfel oder ein Gestirn in den Himmel, den spannenden Bogen über dem Einerlei des Tages. Manchmal ist es das einzige Verläßliche in einem Tag, denn die Dispositionen für die Tagesarbeit, die täglich anschließend gemacht werden, sind nur zu leicht durch das Dazwischenkommen unvorhergesehener Besuche oder Aufgaben umgestoßen. Der Rechenschaftsbericht, den man an jedem Abend über den Tag sich ablegen muß, fällt in der Regel beschämend aus. In der Kriegszeit fällt es besonders schwer, die strengen morgendlichen Übungsstunden durchzuhalten. –

Das ist das Unerfüllte an den Menschen in der Elektrischen, die ich auf meinen Fahrten ins Geschäft benutze, daß ihr Wesen meist einem Wartezustand überlassen ist; sie sind unterwegs zu Aufgaben, wie sie ihnen gestellt werden. Daraus kommt nicht selten am Morgen schon wieder Müdigkeit, Überdruß und schlechte Laune.

Gestern nahm ein älteres Ehepaar neben mir Platz; sie machten einen beladenen Eindruck, von Mühsal erschöpft. Die Frau trug außer ihrer Handtasche einen Handkoffer, der offenbar schwer war. Als sie sich gesetzt hatte, entlastete sie sich nicht von dem Koffer, sondern stellte ihn sich aufs Knie, wo er von Zeit zu Zeit abzurutschen drohte. Nach zwei Stationen sagte der gebeugte Mann: Gib mir den Koffer, er ist doch schwer. – Ach nein, war die Antwort, laß nur, er ist nicht schwer. Und damit blieb es dabei. So wie es diesen nicht in den Sinn kam, sich für einen Moment von der gewohnten Last zu befreien, so sind andere keinen Augenblick von den eilfertigen Gesten und der Hast ihres täglichen Tuns frei. Man möchte jedem gelegentlich sein Kinderbild vorhalten.

18. Februar

Gestern früh auf dem Weg zum Büro in unserer Straße ein Sowjetgefangener, der auffiel, vor allem am Tritt des Steppengängers. Schon von ferne fiel mir in der nächsten Straße ein zweiter mit diesem Gang auf, ihm schlappten die Ohrenklappen seiner Lammfellmütze am Kopf. Er bog in eine Seitenstraße rechts ein, untersuchte mit den Füßen ein Papier am Boden, nahm von Zeit zu

Zeit etwas auf, das er in die Tasche sammelte, offenbar Tabakreste. Auf der anderen Straßenseite kam ihm der erste wieder entgegen, er nahm auch von Zeit zu Zeit Tabakreste auf. Sie grüßten sich, ohne ihren Gang zu verzögern – gerade noch ein Erkennungszeichen. Nach kurzer Zeit kam auch der zweite wieder zurück, überquerte die Straße und nahm die Seitenstraße jenseits vor. So wilderten sie ihr Revier ab.

19. Februar

Heute im Büro den Besuch von Rainer Wierz, der nach einem Unfall aus dem Lazarett entlassen ist. Er berichtete als Erfahrung, daß er, je schwieriger seine Situation wurde, immer mehr auf die Bücher zurückkam, die zu seiner Kindheit gehörten. Als wären in ihnen Heilkräfte oder das Reinigende.

In dem, was man im Augenblick erlebt, wenn es noch ungeklärt ist, und eine Klärung nicht bei uns liegt, wird die Orientierung bei den frühen Erlebnissen gesucht; man läßt sich dann gern von bekannten Plätzen und den gut bekannten Menschen in der Heimat erzählen; unwillkürlich werden die Kräfte im längst Bekannten aufgesucht.

Oder geschieht es zur Orientierung, daß man zurückgeht, wie man, wenn man den Weg verlor, bis auf einen bekannten Punkt zurückgeht? – Es ist doch wohl mehr. Im lange Bekannten begegnen wir unter der Oberfläche des Äußeren gleichsam unterirdischen Lebensflüssen in einem anderen, älteren Flußsystem mit ganz anderen Verläufen, die gültig sind, weil nicht vom wechselnden Tag abhängig, von zufälligen Hindernissen hierhin und dorthin abgelenkt, überhaupt nicht dem Kausalitätsgesetz folgen, sondern von einem einheitlichen Gesetz des Lebens gelenkt sind, das darin durchgeistigt oder gar rein geistig ist; und dasselbe Gesetz beherrscht unsere Erinnerung, unsere Treue; es ist das Gesetz unserer Erinnerung, unserer Treue. In unserer Liebe dazu geschieht die Begegnung mit diesem Gesetz. Sie vollzieht sich nach der Regel von kommunizierenden Röhren: je mehr Liebe in unserem betrachtenden und aufnehmenden Geist ist, desto deutlicher tritt im längst Bekannten das Gesetz des Lebens zutage. Dort stärkt man sich für die unvorhergesehenen Begegnungen des gegenwärtigen Geschehens. Allerdings ist die Art dieser Liebe nicht die eines bloßen Gefühls, mit Ahnungen und Ungefährem, sondern das Andere darin ist die Eindeutigkeit, die endgültige Klarheit, die Erkenntnis. Das lange Bekannte allein birgt für uns Erkenntnis; die Unterwerfung unter sie, das ist eigentliche Demut, wie sie im Tag von uns gefordert wird. Sie ist sehr oft gegen unser momentanes Interesse, weshalb sie meist sehr schwer zu leisten ist. Es ist der absolute, der uneingeschränkte Gehorsam, den der wirkliche Herr ständig leistet. Die dabei zutage tretenden Gesetze haben nichts mit den Gesetzen zu tun, die sich in der Geschichte aufdecken lassen, sie sind zumindest nicht identisch. Um das zu verstehen, muß man wissen, was von uns abhängt und also von uns beeinflußt werden kann, und was ganz und gar nicht von uns abhängt.

20. Februar

Glückliche Menschen können ein einfaches Leben führen; im Unglück werden Menschen verschwenderisch. – »Es gibt ein Elend, das einen im Inneren so wählerisch macht, daß das, was äußerlich geschieht, gar nichts zu bedeuten hat.«

22. Februar

Benedikt Günschow, dem nach Lazarettzeit und Genesungsurlaub noch einige Tage in der Garnison geschenkt sind, kam abends vorbei. Er berichtete, daß er seine Tagebücher aus dem Ostfeldzug bearbeitet. Mit einer Art Besessenheit benutzt er jede Gelegenheit und jeden Platz für diese Arbeit: das Schreibpult in der Post, den Warteraum beim Truppenarzt, eine Ecke im Café. Er hat sich diese Arbeit aufgegeben, um sein Selbstgefühl und seine Sicherheit wiederzugewinnen; »wie ich sie im Frontverband vorne hatte«, sagte er. Das Leben der letzten Wochen, im Lazarett und auf Urlaub, wo er nicht wußte, wohin und zu wem er gehörte, was der nächste Tag bringen würde, stets dem Moment und der zufälligen Begegnung preisgegeben, hatte ihn mutlos und verzagt gemacht. Er erkämpft, erarbeitet sich Unabhängigkeit wieder. In seinen Worten ist nicht mehr die ziellose Unsicherheit. – Über den Unterschied nachgedacht von intellektuellem Ehrgeiz mit daraus hervorgehender Selbstkritik, die hemmt, und vitalem Ehrgeiz, der im Beruf, im Handeln, in der Überwindung von Schwierigkeiten nicht nur Befriedigung findet, sondern die entscheidenden Kräfte des eigenen Wesens auf den Plan ruft und sie nährt.

25. Februar

Gegen Ende des Weltkrieges schrieb Rilke an eine Freundin, daß er während des Krieges die Begegnung mit der Natur mied, nicht offen in die Natur schauen konnte, sein Verhältnis zu ihr sei durch ein Gefühl von Schuld oder durch Scham gestört gewesen. In diesen Jahren ist mir ein längerer Blick nach dem Himmel morgens und abends unentbehrlich gewesen, und über Tag gibt mir ein Blick hinaus mitten in der Arbeit die Versicherung der ständigen Gegenwart der Natur, ein beruhigendes Gefühl.

Als ich heute früh die Gardinen vor den Fenstern gegen Süden zurückschlug, drang ein einzigartiger Morgen auf alle Sinne ein, der Morgenhimmel im frühen Licht herrschte über alles. Im violetten Blau schwebten die Wolken wie feurige Teerfackeln, die Flammen wehten gegen Osten; man konnte an Feuerbrände denken, wie sie auf alten Belagerungsbildern in eine Festung geworfen werden. Als ich auch die Fenster gegen Osten frei machte, war das Morgenwunder vollkommen. Über einer breiten Dunstbank schwebte eine feurige Grotte, aus deren Ritzen überall flüssiges Feuer quoll, und aus dem feurigen Eingang schossen breite Lichtbahnen in einem Fächer durch den Himmelsraum. In den Bahnen und dazwischen trieben Wolkenballen. Rechts und links von der Grotte schwebten leichte Wolkenbänke und leiteten an den oberen Rändern das fließende Feuer hinaus. Die Sonne zögerte noch in der Tiefe der Grotte, bis diese in ihrem Gefüge nachgab und auseinandertrieb. In diesem Moment erreichte das himmlische Konzert seinen Höhepunkt, und nach und nach tauchte von unten die Stadt in die Tageswelt empor.

2. März

Gestern abend starker englischer Fliegerangriff. Am Ende war gegen Osten, Süden und Westen im nächsten Umkreis eine Kette von großen Bränden. Erst als die näheren Feuer niedergebrannt waren, sah man auch die Brände in der Ferne wie Fackeln mit der Dunkelheit der Nacht ringen. Von den nächsten Bränden hörte man den Sturm der Flammen mit Detonationen platzender Hölzer und Mauern wie Gewehrschüsse. Nach der Entwarnung ging ich mit Miranda fort, um zu sehen, ob Bekannte, die in der Nachbarschaft wohnen, betroffen waren. In der Straße standen noch zwei Häuser voll in Flammen. Sie schienen ganz ausgeräumt. Sie wirkten bedrückend verlassen, nur ein kleiner Trupp Menschen stand wie hypnotisiert stumm da. Es mag sein, daß der Lärm des Elementes jeden menschlichen Laut überbrauste, und daß dadurch die menschliche Stille entstand. Einige Habe lag da in Bündeln, meist in Bettlaken. In solcher Situation wirkt auch der reiche Hausrat klein und armselig, weil er aus seinem eigentlichen Zusammenhang heraus ist. Neben den Bündeln standen die Besitzer stumm, wie teilnahmslos. Man kann nicht sagen, daß ihr Schweigen Verbissenheit war. Sie standen wie die Kreatur im Regen da, die ihren Platz behaupten wird. Wahrscheinlich kommt die Klage viel später. Hätte man einen der dastehenden Betroffenen an die Hand genommen, es hätte ihn wahrscheinlich erschreckt und störrisch gemacht.

Es war noch Nacht, aber in der ganzen Gegend waren die Hausbewohner auf den Bürgersteigen mit dem Zusammenkehren der Glassplitter beschäftigt, wie an Wintermorgen bis zum Hellwerden der Schnee fortgeschafft wird. Nirgends eine laute Äußerung.

6. März

Bei dem Fliegerangriff am 1. März hat mein Geschäftspartner den Tod gefunden. Dieser Verlust gefährdet das Geschäft an der Basis und damit unsere jetzige Existenz. Die Situation hat sich in wenigen Tagen schon bedrohlich gestaltet.

Auch die schweren Schläge sausen nicht auf einen herab; nur kündigen sie sich so an, als würden sie wie ein herabsausender Beilhieb sein. Sie geschehen auch im gewöhnlichen Alltag, in seiner Monotonie und in seinem zähen Tempo. Auch den letzten Moment, die Pantherklaue, die sich einem ins Herz gräbt, auch diesen Moment erlebt man nur in der Vorstellung so; wenn er wirklich da ist, verschwimmt er noch in einem trivialen Alltagslicht; vielleicht ist es an einem grauen, stillstehenden Tag. – Wie von einer plötzlichen Blendung ist das im Moment immer wieder vergessen; sooft es kommt, ist es so. Auch ist an einem solchen Tag wahrscheinlich der Maler in der Wohnung, und alles ist verräumt, oder es ist Großreinemachen, oder die Frau oder die Kinder legen sich mit einer Krankheit hin.

Das Kennzeichen der gegenwärtigen Situation ist allgemeine Unruhe, auch in ihr verlangt das Leben in jedem Moment seine Bejahung, ohne Schielen nach festen Ländern und Bänken in der Umgebung. Weder Klugheit noch Geschicklichkeit helfen. Man ist in solchen Lagen am meisten in Gefahr, sein eigener Feind zu werden. Gleich im ersten Moment war mir klar, daß es kein tückisches Schicksal gegen meine Person sei, sondern der allgemeinen Bewegtheit meines Lebens, seiner unablässigen Unruhe entspreche, wenn die Arbeit von zehn Jahren verlorenginge; ich entsann mich, daß heftige Ausschläge in meinem Leben in periodischer Folge vorkommen. Noch nie hatte ich nach solchen Fehlschlägen gezögert, mit dem Wiederaufbau anzufangen.

Über das Schicksal derer, die mit dem Geschäft sonst noch zusammenhängen, mache ich mir am meisten Gedanken.

7. März

Schwierige Lagen machen es einem schwer, sich auszusprechen; darunter haben die, die mit einem leben müssen, dann sehr zu leiden. Das Schwerste ist für sie die Passivität, zu der sie verurteilt sind, sie sind mit betroffen, ohne sich zur Wehr setzen zu können. Sie tappen in jeder Beziehung im Dunkeln, ihrem Denken und Tun ist nach dem Anstoß alles entzogen, ihr Wille zu helfen bewegt sich im Leeren, wird beständig auf sich zurückgeworfen. Das ist die wahre Sisyphusexistenz.

Unsere Gefährdung hat sich überraschend herumgesprochen, weshalb ich mich möglichst von Menschen ferne halte, weil sie immer von dem Verlust redeten.

8. März

Innere Ödnis, fröstelnd verkrochen, unfruchtbar wie unter einem kalten Steppenwind. Dabei sind die Tage voll stürmischer Ausbrüche des neuen Jahres, zeitweise mit klatschendem Regen, zeitweise mit zarten Luftfarben zwischen dunklen, massigen Wolken. Ein altes Körperleiden macht mir zudem gerade jetzt unablässig Schmerzen. – Früh in Strowski über Pascal gelesen.

Der große Blaise Pascal hatte nur neununddreißig Jahre zu leben, von 1623 bis 1662; von seinem siebzehnten Jahr an, also zweiundzwanzig Jahre seines Lebens, war er nicht mehr gesund; ständig war er von unerträglichen Kopfschmerzen geplagt; die letzten Jahre vor seinem Tode konnte er nur noch an Krücken gehen, nur drei, höchstens vier Meilen konnte er es in einer Kutsche aushalten. Zu seiner kurzen Lebenszeit gab es politisch in Frankreich keinen Augenblick inneren Frieden. Richelieu wurde von Mazarin abgelöst; das Unheil der Fronde und der Regentschaft Annas von Österreich kam über das Land. Pascal war in die politischen Ereignisse durch Familie (sein Vater war Beamter) und Schicksale von Freunden (La Rochefoucauld, Rémé) direkt einbezogen. Unter solchen Verhältnissen: von Schmerzen gequält, unter unwürdigen und unsicheren Allgemeinzuständen, dabei selbst voller Leidenschaftlichkeit des Gemüts, bereit, in jedem Streit mehr als seinen Kopf, seine geistige Existenz aufs Spiel zu setzen. Unter so viel störenden Momenten konzipierte er sein komplexes, über den Menschen hinausreichendes Weltbild, gewann er den Glauben an Gott in der Welt, formte er seine Inspirationen in einer genauen, empfindlichen und weltmännischen Sprache und gestaltete sein Leben zu dem eines Heiligen. In seiner tödlichen Ermattung und Niedergeschlagenheit gab ihm ein inneres Feuer unerschöpfliche Kraft.

9. März

Es ist eine niedrige Art, seinen Egoismus, seine Ängste, seine Furcht und seine Feigheit zu leugnen, zu verbergen, glauben zu machen, sie wären nicht vorhanden. Wenn einem die Klugheit zur Unterscheidung und zum Erkennen gegeben ist, muß die Klugheit die sinnlichen Eigenschaften auch ergreifen, ohne sie zu verletzen und ohne sie zu verurteilen: sie muß sie in ihr Werk der Ordnungen einbeziehen. Wozu wäre sonst die Klugheit gut, wenn nicht dazu. Was wäre das für ein Geist, der das Gesetz des Lebens sucht, und dabei ganze Seiten des Lebens, die Natur darin, ignorierte oder unterschlüge. Der Streit, in dem man mit sich selbst lebt, macht unklug. Dabei kann nichts gelingen.

10. März

Freund Hektor eingetroffen; kam gleich zu mir. Die Gespräche über meine Situation ermüden mich, so daß ich, wenn der Bericht gegeben ist, danach fast unhöflich abwesend bin. Ich vermag nicht weiter an die Wichtigkeit des Vordergrundes zu glauben, fühle, daß es darauf weniger ankommt, fasse aber »das andere« noch nicht.

Ich sehe und verstehe es zu gut, daß keiner die Sache eines anderen zu seiner eigenen machen kann. Je echter die Menschen sind, desto deutlicher wird das. Nur die Wesenlosen täuschen etwas anderes vor. Dabei übernehmen sie nicht etwa eine Rolle, sondern sie biedern sich für den Moment an.

Freund Hektors Sachlichkeit in einer genauen Situationsanalyse, in der er bemüht ist, die Vorstellungen hinter den Dingen zu fassen und dann in die Dinge einzugreifen, ist erfreulich. Wenn man die Vorstellungen kalt und faktisch genug nimmt, macht das eine persönliche Hingabe offenbar leichter und intensiver, während die Realität der Dinge leicht zerstreut macht.

Abends Nachricht, daß München durch Bomber angegriffen wurde; gestern war es Nürnberg gewesen. Sonst war mir das, was in Nürnberg, München usw. geschah, ferner; jetzt bin ich auffällig beteiligt, wie selbst betroffen. Die düsteren Ereignisse, so zerstreut sie auftreten, rücken zusammen. In den Frühlingstagen liegt das Gewölk noch drohender im Hellen.

12. März

Gespräch mit Miranda. – M.: »Es ist fraglich, ob es richtig ist, sich gegen die Entwicklung der Dinge zur Wehr zu setzen; es kann auch das Falsche sein.« – Es kommt nicht auf objektiv richtig oder falsch an, man muß sich nur nach der eigenen Natur verhalten. – M.: »Man kennt doch seine eigene Natur nicht genau.« – Doch – dazu hat man zu lange schon mit ihr gelebt und ist ... – M.: »... von ihr hereingelegt worden.« – Ja, auch hereingelegt worden. Und wenn man hereingelegt wurde, dann war das doch das Richtige.

Das klingt paradox, es ist aber richtig, objektiv richtig. Das Falsche kann doch das Richtige sein.

15. März

Was knüpft eine schlechte Lage und schlechte Laune aneinander? – Als fühlte man sich der Lage verpflichtet, seine Gemütsverfassung nach ihr zu richten, in Gesicht und Stimmung den Ernst der Lage zu spiegeln! Man muß doch in glänzender Verfassung sein können, auch wenn die Wanderung durch ein finsteres Tal geht. Es äußern sich Aberglaube und Unwürdigkeit in dem Maskenspiel.

17. März

Herr Violett besucht mich zu Haus. Es war eine heitere, beinahe ausgelassene Stunde, jedenfalls zeigte sie mir, daß mir die Leichtigkeit des Wesens noch nicht abhanden gekommen ist. Meine Lage wurde nur zu Anfang kurz berührt. Ich hätte gewiß nicht geruht und alles Nötige getan, meinte er; hoffentlich sei es mir gelungen, die »guten Freunde«, die sich bei solchen Gelegenheiten gern zusammentun, fern zu halten; es wäre in dunklen Zeiten wichtiger, daß jeder das Seine tue, selbst der Nächste könne nicht besser helfen, als indem er seine Pflicht erfülle und sich daran halte. Wenn ich gehörig das Meine getan hätte, würde ein Wunder die Lösung bringen. Auf das Wunder komme es zuletzt immer an. Zu unserer Überraschung stellten wir fest, daß wir beide an das Wunder glauben. Er erzählte von einem französischen Weinbauern, der eine Jugendfreundin, die in Paris verschüttgegangen war und sich wahrscheinlich verbarg, weil sie sich als Schauspielerin nicht durchsetzen konnte, in der Weltstadt suchte, und das Unmögliche auf sich nahm, nur weil er wußte, man müßte ihr helfen, und der alle Cabarets und Lokale am Montmartre nachts nach ihr absuchte, natürlich erfolglos. Wie hätte das Ergebnis ein anderes sein können! das sagte er sich selbst, als er in der Morgendämmerung erschöpft an der Seine stand. Und da, in diesem Moment, erschien sie ihm in einem Zimmer, das er nie gesehen hatte. Am nächsten Tage brachte ihm jemand die Adresse des Mädchens. Er fand sie in einer peinlichen Umgebung. Es war das Zimmer, das ihm erschienen war. Als aber jemand Schlechtes über sie berichten wollte, verwies er es ihm mit dem Bemerken: Schließlich – vor nicht langer Zeit war sie ein kleines Kind. – »Die entscheidenden Ereignisse sind in andere Abläufe eingefügt als die sichtbaren. Wunder setzen den Glauben an die Unschuld des Menschen voraus. Wenn das Gewöhnliche mit Glauben und Wahrheit getan wird, das schafft die Bereitschaft für das Außergewöhnliche«, sagte Herr Violett.

In diesem Zusammenhang wurde auch von den ausgesprochen männlichen Geistern gesprochen, die so stark sind, daß sie ihre

Philosophie auf das absolute Nichts projizieren, sehr bedeutsame Geister heute neigen zu dieser Richtung. Sie haben ihren ausgesprochen analytischen und kritischen Blick an sich selbst geübt und vollendet, ehe sie ihn in die dunklen Höhlen der Zeit sandten. Soweit sie auch musische Menschen sind und das Schöne lieben, stehen ihre Visionen in der Klarheit eines faszinierenden Lichts. Aber Jünger, Nietzsche und Kierkegaard zum Beispiel sind Menschen, die sich selbst nicht gefallen, sondern jeder sich selbst feind sind. Im Wesen dieser so männlichen Männer fehlt auffällig der Eros. Herr Violett deutete auf das Asketische bei diesen Männern, auf ihre Abneigung gegen das Natürliche, auf ihr hochmütiges, wenn nicht hoffärtiges Verhältnis zur Frau. Wir verständigten uns leicht, mit Andeutungen: daß nicht selten in den Physiognomien bedeutender schöpferischer Männer ein Frauengesicht auch erscheine. Und an dieser Stelle unseres Gesprächs führte Herr Violett auf das Wundertun zurück: die Fähigkeit hinge damit zusammen, daß man mit sich und der Natur in Eintracht sei durch zarte Aufmerksamkeit und Hingabe, um nicht zu sagen durch Liebe.

20. März

Abends in einer sehr guten Aufführung von Goethes »Clavigo« im Schiller-Theater. Das bürgerliche Drama und das psychologische Drama sind wohl doch Irrwege und hinterlassen deshalb ein fatales Gefühl. Der erste Teil des »Faust«, die bloße Gretchen-Tragödie, wäre ohne den philosophischen Welthintergrund ebenso fatal.

Der Zuschauer vor dem bürgerlichen Drama findet sich aufgefordert, Situationen des eigenen Lebens wie ein Pensum zu rekapitulieren, dazu geben die Angelpunkte im dramatischen Geschehen leicht Veranlassung. Der Schluß im Drama ist notwendig ein theatralischer und deshalb unbefriedigend. Er vertritt nie eine Lösung, die bis zu Ende durchgedacht und durchgelebt wäre. Der gewaltsame Tod als Sühne im Drama, das Ungesühnte im Leben.

Der Grundfehler des bürgerlichen Dramas besteht in der Beschränkung der Welt auf das Soziale, und in der Beschränkung des richterlichen Forums und der Sühne auf das Gewissen des Einzelnen. Der Mensch im bürgerlichen Drama steht nur im Zusammenhang einer Gesellschaft; Natur und Geschichte sind aus der Welt ausgesperrt, oder sie erscheinen verbürgerlicht.

Im vierten Gesang der Odyssee ist Telemach, der Sohn des Odysseus, auf der Suche nach Spuren seines verschollenen Vaters, in Sparta bei Menelaos und Helena zu Gast. Das Königspaar feiert soeben die Hochzeit seiner Kinder, und das als ein ehrwürdiges, zu Frieden gekommenes, gelassenes und souveränes Herrscherpaar. Es wird von Troja und den Vorgängen, die zu dem Krieg führten, geredet als von dem großen Erlebnis, aber so wie man eben vom Vergangenen redet. Was liegt für diese beiden Menschen zwischen der Untergangsnacht von Troja, in der Helena wieder in die Hände von Menelaos kam, und dieser behaglichen Situation in Sparta? Wie wurde dieser friedliche Abend danach wieder möglich? War der Fluch, das Verhängnis, die Schuld, womit diese Ehe belastet war, nicht unabdingbar, unlösbar? – »Lösbar fast nur durch Zaubereien; aber die Zaubereien lösen für unser Gefühl nichts«, bemerkt Hugo von Hofmannsthal und fährt dann fort: »Naturkräfte mußten einen Anteil haben, eine Atmosphäre der webenden, teilnahmslosen, doch zugleich hilfreichen Naturwesen.«

Das ist es: daß der Mensch, der einzelne Mensch selbst, in einem größeren Zusammenhang steht als bloß einem sozialen. Sonst würde so viel Schicksal, so viel Verstrickung und Verschuldung nie gelöst; wie furchtbar zerstört wäre eine Menschenseele, wenn der Mensch nur ein Mensch wäre, wenn er nicht, wie jedes andere Geschöpf, in den großen Naturzusammenhängen stünde. Das Herüberwirken der Götter in die alte Tragödie gibt die richtigere Anschauung von der Situation des Menschen. Die Shakespearesche Tragödie setzt dafür in entscheidenden Situationen die wilde Natur ein und fügt in die Szenen das Naturgeschehen mit seinen mannigfaltigen Wesen, oder sie nimmt eine gültige Natursituation des Menschen zur Szene.

Der Mensch aber, der »eine Rolle« spielt, und die Rolle in seinem Geschwätz ausdrückt, schwatzt sich aus diesem Zusammenhang heraus. Er macht sich zu einer ausstaffierten Puppe. Am Ende einer Komödie sollten die Puppen der Darsteller verbrannt werden, damit der Schauplatz wieder total von ihnen gereinigt und der Natur wiedergegeben ist.

Der andere Hang des Menschen: in bedeutenden Situationen lieber zu schweigen, jedenfalls die Situationen nicht zu bereden; und in quälendem Zwiespalt dazu dann die zwanghafte Geschwätzigkeit, die in aufgeregten Situationen häufig pathologisch auftritt. Nie ist der Mensch so nichtig, so lächerlich geradezu, wie im Geschwätz bei besonderen Lagen, mit dem er sich herausstaffiert.

26. März

Die Zeit fördert allgemein eine stoische Lebenshaltung. Ob das nicht auch eine der Masken ist, die der Mensch vornimmt? – Darunter wird Unglauben verborgen.

30. März

Seit vielen Wochen wieder den ersten glücklichen Tag in der Arbeit – Die Gefahr für das Geschäft ist gebannt. Das Wunder, das geschehen ist, erscheint jedermann nur natürlich. – In der technischen Arbeit an einem neuen Buch fühlte ich in mir das Prinzip meines Wesens sich wieder aufrichten und entfalten: Gestalt. Manuelle Beschäftigung, das Miteinander von Technik und Bild, befördert diesen Prozeß. Die Verleger der ersten Bücher waren Drukker. Mein Ideal wäre es immer noch, die Gestalt eines Buches in der Arbeit in einer Setzerei vor den Setzkästen entstehen zu lassen. Uns ist für die Herstellung eines Buches nicht mehr die Zeit gegeben, die Lettern einzeln dafür schneiden lassen zu können, aber man möchte doch selbst zumindest zwei gegenüberliegende Seiten eines neuen Buches, die im Bild zusammengehören, aus der

Monotype zusammensetzen, um dem Setzer eine Vorlage zu geben. So bei jedem neuen Buch aufs neue.

Die Ersatzmaterialien stellen vor neue Aufgaben, eigentlich verlangen sie eine Neuschaffung von Grund aus, damit das Buch aus dem neuen Material nicht nur einem Buch ähnlich sieht, sondern auch wieder ein Buchkörper ist. Die industrialisierten Druckereien sind geneigt, die zuletzt geübten Verfahrensweisen einfach zu übertragen. Man möchte mit den Ersatzstoffen möglichst den Vorbildern wieder nahekommen, die in einer reicheren Zeit entwickelt wurden. Die Klischees nach einem einmal eingebürgerten Geschmack sitzen fest, der einmal erreichte Standort schwebt noch lange als Ideal vor. Das führt zu Attrappen, die niemals schön sind, bestenfalls an Schönes erinnern. Dabei verlangt die völlig veränderte Substanz des neuen Papiers beispielsweise ein anderes Verhältnis von Papierseite und Satzkolumne, und die Buchstaben müssen im Spiegel anders zusammengeschlossen werden. Eigentlich verlangt die anders strukturierte Oberfläche des Papiers schon Buchstaben derberer Art. Die Druckfarbe ist wieder ein besonderes Problem. Wer diesen Dingen handwerklich-technisch nachgeht, gewinnt überraschend ein Ergebnis, an dem eine notwendig gewordene Wendung in unserer Kultur allgemein, wie sie einem echten Standard unseres Lebens entspräche, sich ablesen ließe.

2. April

»Warum fragst du, was du weißt?« – das ist die einzige richtige Antwort auf viele Fragen und Ansprachen. Damit wäre auf die meisten Erörterungen zu antworten, da der Sinn der meisten Erörterungen ein dialektischer ist: das Sichere soll durch Erörterung unsicher gemacht werden. Die zerstörende Macht des Wortes. Zuzeiten muß man die Frage ganz und gar vermeiden, und nur das bejahende, das bestätigende Wort gebrauchen.

4. April

Aus einem Gespräch mit einem Verleger: Das Bild des Europäers in einem Verlagsprogramm, wie es von Deutschland zu gestalten sei. Der schwache Punkt in unserer Haltung ist das Übergewicht der Vergangenheit. Eine Geistigkeit, die nur aus der Vergangenheit lebt, ist immer gefährdet; jede Geistigkeit muß in der Zukunft Anker werfen. Der konservative Geist in die Zukunft, das ist eine richtige Haltung. So wie Stendhal in einem klassischen Französisch schrieb, was in einem halben Jahrhundert gelesen werden konnte. Die schwächste Position ist der ausschließliche Standort in der Gegenwart: er ist entweder parteiisch oder rein gesellschaftlich (modisch, das Geistige wird wie ein Kotillon getragen). Diese Haltung versteht das Europäische dahin, daß sie aus der Gegenwartsliteratur aller europäischen Länder das Interessanteste (»Beste«) zusammensammelt. Das ergibt niemals eine europäische Haltung. Franzosen und Engländer waren zu ihren großen Zeiten europäisch in ihrem Eigensten.

5. April

Aus einem Gespräch mit einem Schriftsteller: Die Unbestimmtheit der deutschen Sprache ist ein großes Hemmnis für unsere europäische Wirkung. Das Deutsche ist zu unsicher und unbestimmt in der Bedeutung des einzelnen Wortes – in wievielerlei Sinn läßt sich ein einziges Wort gebrauchen und verstehen, und der jeweilige Sinn ist nur dem Sprechenden genau bekannt – und ebenso unsicher und ungenau ist die Syntax des Deutschen. Die Auflösung der deutschen Sprache wurde durch Impressionismus und Naturalismus vollendet. In der deutschen Sprachentwicklung fehlt ein Vorgang wie die französische Encyklopädie. Deshalb ist auch eine deutsche Dichtung in Frankreich, England, Spanien, Italien usw. im Grunde unverständlich und vermag schwer zu fesseln. Die Ungenauigkeit der deutschen Sprache verhindert es, daß deutsche Dichtung, entsprechend der dichterischen Potenz der Deutschen, eine Weltgeltung hat, wie deutsche Musik sie unbestritten besitzt. Für den Augenblick ist deshalb eine der wichtigsten Aufgaben eine konstruktive Behandlung des Deutschen. Ernst Jünger wird gegenwärtig draußen ebenso gerne gelesen wie in Deutschland, weil er sich eine feste, durchkonstruierte Sprache geschaffen hat, die im Wort nüchtern eindeutig und im Satz trokken ist: eine technisch durchgearbeitete Sprache, die so eindeutig zu verstehen ist wie mathematische und technische Formeln für jeden Mathematiker und Techniker. Zu dem Verständnis kommt noch der Genuß am kunstvollen Aufbau. Das Gebäude einer Formel kann an sich hohen Genuß bereiten. Die Leichtigkeit in der Klarheit, mit der das Schwierigste ausgedrückt ist. – Es kommt für die Weltwirkung nicht so sehr darauf an, daß im schriftstellerischen Werk Probleme behandelt sind, die überall interessieren. Wichtiger ist, faszinierende Gestalten hinzustellen, Weltleute aus deutschem Wesen. Die Grundzüge der Gestalten müssen vor allem verläßlich sein.

6. April

Wie matt muß das Leben in den Menschen heute sein oder wie getrübt, daß so selten ein besonderes Entzücken von ihnen ausgeht, wie es aus einer schlechten Zeitungsreproduktion eines bayrischen Rokokobildnisses von George Desmarées beim ersten Anblick auf mich übersprang. Ich spürte das quellende Blut unter der frischen Haut im lebendig atmenden Fleisch. Sinnlichkeit und Hoheit und natürlicher Geist in einem. Die vollen Lippen, die glänzenden Beeren der Augen, die gerade, starke, schnüffelnde Nase unter einer freien Stirn, zum Hals ansteigende Schultern, die füllige atmende Büste dazu. Durch alles: Gesicht, Hände, Schultern, Hals und Brust, steigt unablässig das Blut, sättigt die Erscheinung nicht, sondern durchsprudelt sie, besonnt sie. Man glaubt sie mehr zu atmen als zu sehen. Das Köstliche wäre nicht so nobel, nicht so positiv, nicht so anregend, wenn es nicht so gepflegt wäre. Der gepflegten Natur glaubt man auch sofort Geist, denn Frische und Elastizität und noble Natur sind notwendige Teile des

Geistes. Ein junger Oberst auf der hinteren Plattform der Straßenbahn: warum mußte ich denken, daß er aus der Ostmark sei? – Wahrscheinlich gehört etwas Verwöhnung unbedingt zum Noblen.

11. April

Mich dünkt, daß ich in anderen Jahren nicht so sensibel war für den Ausbruch des Frühlings. Gestern nachmittag von der Stadtbahn aus erschienen mir in Höfen und Gärten, in den Schluchten zwischen den Hinterhäusern zweier Straßen vereinzelte Baumkronen und Büsche wie grüne Flammen in der grauen Luft. Das Grün bricht zuerst nah an der Erde heraus; niedrige Beerensträucher, Fliederbüsche und Dornenhecken bilden einen grünen Teppich unten, und auf diesem Untergrund steht die Zeichnung der Bäume noch lange farblos. Das Weiß der Birken ist allerdings heller, die Weidenruten sind gelber, und etwas später rötet sich auch das Holz der Pappeln im Saft; länger sind noch die Lindenzweige schwarz, und die Platanenstämme blecken in ihrem toten Beinholz; in den Eichenkronen hängt noch dürres vorjähriges Laub. Und dann geschieht dieser Ausbruch von Grün am Rand der Baumkronen oben. Heute weht es wie grüngelbe Tücher schräg an den Weiden, steht in dicken prallen Flammen auf den Kastanien, quillt in kleinen harten Tropfen überall durch die dunkle Rinde der äußersten Lindenzweiglein. Auf ferneren Baumgruppen liegt lila Kupferrot und blaues Grün, weither leuchtende Farbwischer über der dunklen Zeichnung. Ergreifend ist die Sprache des einzelnen Baumes in freier Luft, wenn seine Lebensflamme noch nicht vom allgemeinen Grün verschlungen ist. Das Einzelne erfüllt am meisten die Sensibilität und weckt eine frische Feinfühligkeit. – Die Mythe von Xerxes, der befohlen haben soll, einer schönen alten Platane seinen goldenen Halsschmuck umzuhängen. In dem Miteinanderleben von Bäumen ist eine Art stumme Seele. Sie haben einander etwas zu sagen, man kann daraus ihre »stumme Biographie« lesen.

18. April

Vom 13. bis heute geschäftlich in Holland. Man erlebt überall, daß der Reichtum der Welt dadurch wurde, daß der lebendige Mensch ein Stück seines Menschendaseins als Norm zu einem Stück Weltdasein (Weltleben) ausprägte. Das zu spüren, setzt Schätzung des eigenen Wesens, der eigenen Art und Pflege desselben voraus. Derart angesprochen, ist man in der fremden Umgebung sofort bereit, im Sinne echter Höflichkeit eine Steigerung des eigenen Lebens für den anderen zur Wirkung zu bringen, die Förderung in seinem Leben, seinen Optimismus, dem Fremden zuteil werden zu lassen. Die Welt wird nur besitzen, wer sie fruchtbarer macht, bereichert.

Kurz vor Deventer gegen Abend in einem Garten ein voll erblühter Magnolienbaum, dessen Anblick mich spontan innerlich aufhellte, so daß mir festlich zumute wurde. Die Baumblüte übertönt in ihrer stummen schlichten Messe den Kriegslärm, sie geschieht in einer anderen Welt, und bei ihrem Anblick ist man sofort in diese andere Welt versetzt. – Auf einem See, in den weit hinein Schilf wuchs, mit Wald an den Ufern, Wildenten und Taucher in der Morgensonne. Wie zu allen Zeiten und zu vordenklichen Zeiten.

In den spärlichen Gehölzen im Sumpfgelände auffällig viele Vögel. Vogelleben wie auf Schulwandtafeln, die einzelnen Vögel so groß und so deutlich wie auf den Bildern von Brueghel. Auch in der Luft zeichnen sich die Vögel hier deutlicher ab als in anderen Gegenden, ihr Flug hat mehr Luft und Licht, man glaubt das Leben darin frischer zu spüren und individueller. – Die Tulpen-, Hyazinthen- und Narzissenfelder sind in dieser Masse bürgerlicher Geschmack. Wie markant und unvergeßlich steht der einzelne Baum, das einzelne Haus, eine Brücke auf dem ebenen Tableau gegen den Himmel; jedes könnte der Ort für einen Roman sein.

27. April

Morgenlektüre in Carl Burckhardts »Reise in Kleinasien«. Besuch im mohammedanischen Koster Hadji-Bektasch. Das Kloster ist auf einer Hochebene mit Hochgebirge ringsum gelegen. Es krönt in weißem Marmor den Hügel eines Kammes, um den tiefer als Gürtel eine türkische Stadt liegt. Nachdem sie drei Höfe durchschritten, kommen die Besucher über eine breite Marmortreppe in einen mit Scharlach ausgeschlagenen hohen Saal, dort werden sie durch den Ordensmeister begrüßt. Anschließend fährt man in die Gärten der Mönche, welche sich in drei Gebirgstälern über die Hänge erstrecken, voll von Quellen und Weihern. Am Rande eines von Treppenstufen eingefaßten Teiches unter immergrünen Eichen im Gras findet das Mahl statt. Später, beim Licht im Laub schwankender Laternen, erzählt ein Mönch Märchen und spricht Gedichte. Wieder am Kloster werden die Gäste mit Fackeln am Tor empfangen und zum Festmahl in den Saal geführt. Hühner, Tauben, Wild, Gemüse, Honig, Früchte und Bäckereien füllen silberne und goldene Geschirre. Auf den Boden, auf die Kissen, auf den Tisch sind Rosen gestreut. In der Begrüßung preist der Ordensmeister den Reichtum der Welt, der immer wieder sich erneuert und immer neue Formen schafft, er preist die Kunst und ihre alten Gesetze und die Freude des Daseins. Nachdem der Meister sich zurückzog, beginnt ein orgiastisches und bukolisches Fest. Nach einer Stunde Schlaf, um halb drei Uhr morgens, werden die Gäste zum Empfang im Grabgewölbe des Klostergründers durch den Grabeshüter geweckt. Anschließend in der Morgenfrühe auf den teppichbedeckten Fliesen einer Terrasse ein heiteres Fest, vom Greis für die Gäste veranstaltet. Dabei wird die Geschichte der Ordensgründung erzählt.

Diese Schilderung erfüllte den Tag über während der Arbeit mein Bewußtsein. Die Gemeinschaft der Mönche, die in die Unwirtlichkeit des anatolischen Gebirges Schönheit baut, sie pflegt und feiert. Wie für die Ewigkeit errichtet und seit Jahr und Tag aufrechterhalten. Das Verfallende und Unschöne, die Lähmung aus dem augenblickbedingten bürgerlichen Leben; und mit welcher Mühe und Not aufrecht- und zusammengehalten! In der bürgerlichen Welt des zwanzigsten Jahrhunderts wurde nur noch notdürftig oder auch luxuriös für die eigene Unterkunft und Lebenshaltung gesorgt, und nicht für Geschlechter geplant und gebaut. Man wohnte in Quartieren und mit Dingen, die nicht einmal mehr für die Kinder angelegt waren. Wo war der Mut, frei über die Kinder zu bestimmen, geschweige denn über eine Gemeinschaft von Menschen. Fehlte nicht selbst der Mut, das eigene Leben bis zu seinem Ende einzurichten?

6. Mai

In der »Heiligen Johanna« [von George B. Shaw] im Staatstheater. Es war die fünfte Inszenierung dieses Werkes, die ich sah. Das Stück war mir in allen Vorgängen, in den Umrissen der Figuren, in seinen Reden und im Dialog bis in Nuancen bekannt. Stück und Aufführung boten nichts Neues und Spannendes, keine Überraschungen, nichts für die Neugier. Dem übrigen Publikum ging es nicht anders. Und dennoch die allgemeine Beteiligung. Ein Fluidum von geistiger Aktivität allgemein. Die Teilnahme erwuchs rein aus dem Zuhören, dem Lauschen. Die Beteiligung der Griechen, wenn in den Tragödien die jedem bekannten Sagen vorgestellt wurden, mag so gewesen sein.

In dieser Aufführung gab das Stück für mich noch eine neue Seite her, die mir bisher nicht auffiel: Jugend als Weltereignis, als ständiger Aufstand der Natur gegen den beharrlichen Altersgeist in der Welt. Gäbe es die Jugend als Ärgernis in der Welt nicht, so hätten Vorsicht, Habsucht, Einbildung, List und Lasterhaftigkeit die Erde längst ausgedörrt. In der Gerichtsszene ist Jugend zur Verantwortung vor ein Tribunal gestellt, das auserwählter nicht sein kann. Diese Unbefangenheit, dieser Eigensinn, diese flammend hingerissene Leidenschaft, diese Spottlust der Jugend, der Kinder!

23. Mai

Freund Hektor erzählt über das Verhalten der Bevölkerung nach dem Tagesangriff auf ... am 14. Mai. Einige Ärzte aus der »Medizin« fanden abends beim Heimkommen vom Dienst ihre Häuser völlig zerstört und ihre Familienmitglieder getötet. Am nächsten Morgen waren diese Ärzte pünktlich um sieben wieder zu ihrem Dienst da. – Unter den Getöteten befand sich auch die stadtbekannte dreiundachtzigjährige Baronesse B. Jedermann in der Stadt erzählte das am nächsten Tage mit dem zeitgemäßen: »Die Baronesse B. ist auch atomisiert.« Lediglich die Gräfin B. sagte: »Die alte B. hat dabei auch ihren Tod gefunden.« – Es ist die Frage, ob nicht der Mechanismus des Dienstes für die unglücklichen Ärzte eine Rettung war, die allein sie den ungeheuerlichen Schlag in den ersten Stunden überstehen ließ. Eine andere Frage: ob der rasch verkapselte Schmerz nicht eines Tages später wie ein Krebsgeschwür im Innern aufbricht und dann den menschlichen Organismus vergiftet. Man begegnet gelegentlich älteren trauernden Ehepaaren, die eine Atmosphäre haben, wie sie in Grabkapellen steht; das Sonnenlicht vermag sie nicht aufzulichten. Am dicksten ist diese Luft meist um die Männer, sie tritt geradezu aus den Körpern aus; sie siechen an ihrer verschlossenen Trauer hin, die Attrappen ihrer Erscheinungen können noch lange unverletzt überdauern. Die Schattenhaftigkeit in einer gekräuselten, wie in sich selbst verliebten Frühlingsluft! Die Mütter lösen das Verlorene natürlicher von sich ab; sie sind im Hergeben nicht so hilflos.

Gewiß ist die hingegebene Klage keine Erlösung, aber die Hingabe, die momentane Preisgabe an das, was einen Menschen trifft, läßt auch die hellsichtigen und verwandelnden Kräfte in der Menschennatur, den Geist, zur Wirkung kommen, so daß das Ereignis seine transzendente Seite zeigt, auf der das Geliebte, genährt vom unbegrenzten Gefühl, weiter sein Leben hat. Die Verkapselung schließt auch den tieferen Sinn aus: sie isoliert vom Grund allen Lebens. Der verschlossene Mensch greift in späteren Phasen zum rationalen Wort, um das Andenken hoch zu rühmen, er gibt seine

Seele mühselig in Bilder, um diesen den Schein vom Leben zu geben. Auf solche Weise entsteht ein gut Teil der Phrasenhaftigkeit in solchen Lagen.

Die überlieferte Zeremonie für Fälle von Verlusten und Unglück gibt der Hingabe und dem Gefühl mit der Form die Grenzen und verhindert ein Überfließen, sie lenkt den Strom zurück an die Ursprünge des Lebens, so wie das Adernetz das Blut zurück ins Herz führt. Die mechanisch geordnete Schicht unseres Lebens, die unseren Tag und unser Bewußtsein ausfüllt, von der die natürlichen und magischen Kräfte unseres Wesens ausgeschlossen sind, verhindert leicht die menschliche Äußerung. Sie verhindert beispielsweise den Leidenden daran, zum andern zu kommen, zu klagen und Trost zu suchen; so wird die Gemeinsamkeit rarer und die Isolierung des Einzelnen hermetischer. Das ist nur eine der Wirkungen, deren noch viele zu verfolgen wären.

Unser ganzes Arbeitsleben – und welchen Teil unseres Lebens nimmt das ein! – ist immer mehr mechanisch geordnet. Es steht im Zeichen der Uhr und der Arbeitsstunden. Disponieren ist ein beherrschender Ausdruck darin; die Unfähigkeit, richtig zu disponieren, wird von gewissenhaften Stadtmenschen, aber auch schon von sensiblen Landmenschen, als ein ernster moralischer Defekt erlebt; seelische und geistige Leiden werden darauf zurückgeführt. Das mögen Krisen einer Übergangsgeneration sein, in der nächsten, eingewöhnten Generation mag der Spalt in der Person wieder geschlossen sein. – Die Ungewohntheit des Tempos in den Bewegungen bei Zustands- und Ortsveränderungen – und Steigerung des Tempos ist hier unentwegte Parole! – löst Äußerungen des Menschen immer mehr von seiner natürlichen Konstitution und Gestalt; wer mitkommen will, nimmt für sich eine Figur an, er bildet sich eine Rolle aus, in der er agiert.

Wie anders sieht oft der Mensch aus, der mitunter, in Momenten der Ruhe, in Äußerungen aus einer verinnerlichten Stimmung, zum Vorschein kommen kann! Von einer rührenden Jugend oder auch Unentwickeltheit kann er sein und gleichzeitig von einer erfrischenden Einfachheit. Es kommt auch vor, daß derselbe Mensch für verschiedene Gelegenheiten verschiedene Rollen vorstellt. Die Rollenhaftigkeit der menschlichen Existenz ist gewiß nichts Neues. Aber der Unterschied zwischen diesen Rollen, die, von einer mechanischen Ordnung aufgenötigt, eine innere Notdurft verhüllen, und etwa den Maskeraden im Barock, den festlichen Schauspielen in einer Hierarchie, den schlichten Repräsentationen des patriarchalischen Bürgertums – der Unterschied zu allen Rollen, die den anderen Menschen einbeziehen, mit ihm spielen wollen, und also verbinden, liegt auf der Hand.

Die Mangelhaftigkeit in der Erfüllung der Aufgaben, die sich beim disponierenden Leben eingeschlichen hat, kommt bei Geschäftsreisen am besten zum Ausdruck. Die Reisen werden auf eine bestimmte Zahl von Tagen disponiert. Am vorausbestimmten Tag wird auch die Rückreise angetreten. Die Aufgaben, die gestellt waren, wurden sämtlich gewissenhaft der Reihe nach vorgenommen. Sie schienen auch gefördert. Bei näherer Beobachtung hinterher kommt man nicht selten zu dem Ergebnis, daß nichts wirklich getan worden ist. Und wieder später als Groteske hinterdrein: die nur flüchtig angerührten Dinge gediehen trotzdem zur Vollendung. So wäre also alles gut – wenn die Resultate ein Kriterium des Wesens wären.

30. Mai

Auf verschiedenen Reisen in diesem Frühjahr habe ich den Anteil wieder kennengelernt, den die Landschaft an der Bereitung des Elementes hat, aus dem das Menschenleben gespeist wird. In der großen Stadt glaubt man, das Leben müßte man aus sich selbst allein leisten und behaupten, und da das gelassen Dauernde vom Tageslärm und vom Tagesautomatismus völlig zugedeckt ist, so daß man jenes nicht mehr spürt, fühlt man nicht selten Mutlosigkeit. Auch das individuelle Leben hat seine Wurzeln in einem Kosmos, der gegen die Natur seinerseits und gegen die Menschheit andererseits offen ist. Meine Reisen im Frühjahr haben mir in dieser

Beziehung neuen Mut gegeben, und besonders aus dem Unverbrauchten unserer Landschaft habe ich geschöpft.

Es gibt abgebrauchte Landschaften, und es gibt Landschaften, die noch gar nicht in die Menschenzeit eingetreten sind, noch als Anlage im Dämmergrau vor aller Zeit liegen. Es gibt Landschaften, die in Musik und Architektur schwingen, selige Gärten von Genien und Göttern, und Landschaften, deren Reichtum noch bloß zu ahnen ist und die noch Neues versprechen.

Am zweiten Ostertag standen wir auf einem hölzernen Vermessungsturm im Waldviertel über der Donau, das hochgelegene Plateau aus flachen Mulden mit Bergkegeln auf den Rändern und auch in den flachen Schalen hier und dort, lag weithin vor unseren Blicken. Es ist ein sehr altes Bergland, und der granitene Grundstock ragt überall in die Oberfläche. Menschen, die dort leben, sagen, daß sie die Einwirkung des Granits auf ihren Schlaf deutlich spüren. Wie alt muß das Bergland sein, daß die Höhen in die Täler abgetragen worden sind, so daß ein Hochplateau gebildet wurde. An den Flanken der herausragenden Berge schießen in tiefen Tälern Flüsse hinab. Manche der Bergzinnen tragen burgartige Schlösser, eigentlich sind es auf die Felsränder aufgesetzte, steil aufgeführte, unzugängliche Herrenhäuser mit einem Hof in der Mitte, der gegen durchziehendes fremdes Kriegsvolk verteidigt werden konnte. Die Ansiedlerhäuschen liegen tiefer gelagert, zu Ortschaften gesammelt oder einzeln in den flachen Becken verstreut. Die Ansiedler sind ein auffallend kleiner und kärglicher Menschenschlag. Das Notwendigste zum Leben zu gewinnen bereitete in diesem Hochlande Entbehrungen. Die Herren auf den burgartigen Herrenhäusern sind eine andere Rasse. Offenbar waren die früheren Insassen echte Herren; sie erhoben sich über das Land vermöge eines schöpferischen Triebs, der sie Werke zur Sicherung von Kulturen und menschlichem Wandel in der abgelegenen Wildnis errichten ließ. Mochten sie sich als Besitzer des Landes betrachten, so standen die Verpflichtungen gegen das Eigentum, für Sicherheit, Recht und Erziehung, allem voran. Erst bei späteren Generationen trat der eigene Genuß mehr in den Vordergrund, und da die Städte diesen leichter und glanzvoller boten, blieben die Herrenhäuser, zunächst für Zeiten und dann auch für längere Dauer, unbewohnt, so daß das Recht darauf zweifelhaft werden konnte. Die jetzigen Insassen sind meist aus den großen Städten Europas wiedergekehrt und müssen für ein Recht erst wieder mit neuen, vorbildlichen Leistungen und für eine Herrschaft mit vielmal sieben sauren Jahren, mit Verzicht und Geduld dienen. Eigentlich sind es Wunder, die von ihnen verlangt, und die mit Largesse geleistet werden wollen. Grimmige Wetter dringen durch die Löcher im Dach und die Schäden der Fenstereinfassungen in die bäurischen Burgräume. Im Winter nistet Frost im dicken alten Gemäuer.

Es war eine liebliche Stunde im Frühling, die wir auf dem Vermessungsturm über den Wäldern standen. Straßen und Wege lagen als helle Bänder zwischen den Feldern in den weiteren Mulden und verloren sich in den Wäldern. Auf den weitgeschwungenen, herausgehobenen Rändern lief der schmale Kamm der Fichtenwälder, der sich in dunklen Hauben über die Bergkegel zog. Junges Grün von Buchen und das hellere der Lärchenbäume und weiße Blüteninseln der Wildkirsche lagen an den Bergflanken ins Fichtendunkel eingestreut. Aber wie kurz dauert diese Frühlingsfeier! Den Tag vorher hatten wir auch eine andere Stunde dieses Landes erlebt: der Himmel schleifte niedrig über dem Land, aus dem mit dem Licht alle Wärme und alle Geräumigkeit hinaus war; man konnte sich in eine unwirtliche Einöde verschlagen vorkommen. Es war auffällig, wie wenig Menschen wir begegneten. Im Sonnenschein gingen die wenigen in friedlichem Gespräch miteinander auf den geschwungenen Pfaden aus den Wäldern hervor oder aus den Siedlungen. In lichtlosen und in winterlichen Notzeiten mochten sie in ihrer Armseligkeit manche Heimsuchungen zu erdulden haben, und es mochten Rudel von Gnomen da unten sich zusammenfinden. Es ist bei der grauen Eintönigkeit des Waldlandes verständlich, daß die Gutsherren die aus Granit geschichteten Mauern ihrer Schlösser auch außen mit Verputz bewarfen und ockerfarben strichen, so daß sie auf dem waldigen Hintergrund leuchten. Der graue Ton des abgeschlagenen Granits, der ursprünglich ihr Kleid war, muß für die empfänglichen Gemüter später Geborener, wenn sie aus einer sinnenfreudigen Welt kamen, zeitweilig unleidlich geworden sein.

Das Frische, Ahnungsvolle, Zukünftige dieser Landschaft trat in den nächsten Tagen vor dem Hintergrund anderer Landschaften immer deutlicher hervor. Genau eine Woche später standen wir am Ufer des Starnberger Sees. Wir waren über Salzburg gekommen. Im Vorland der Salzburger Alpen am Inn hatte ich einen Tag lang aus einem Haus an einem Berghang in ein weites Tal geschaut. Es hatte in frischgewaschener Frühlingssonne gelegen. Aber in aller Sonne, am hellsten Mittag noch, lag ein Schatten Dunkel, so daß der Himmel darüber stets blendete. Den ganzen Tag hatte ich wie im Traum gelebt. Das war eine späte Landschaft. Gegen sie war das Waldviertel der Versuch zu einer Landschaft gewesen. Nun standen wir am Starnberger See, und es war auch ein sonniger Nachmittag. Der Starnberger See ist eine berühmte Schönheit. Er schien sich dessen voll bewußt zu sein, denn die Gegend beschaute sich in sich selbst und ruhte verliebt in ihrem Spiegel. Aber es war nicht nur dieses Selbstgefallen, was ihre Schönheit entwertete, oberflächlicher, ja flach machte. Wir haben den Ausdruck Postkartenschönheit für die Vereinfachung einer wirklichen Schönheit zum allgemeineren Verständnis; die Postkarte paßt für viele Hände und für jeden Geschmack. Die Postkartenschönheit hat als Urbild nicht selten eine reine und reiche Schönheit, aber eine müßige, eine genießerische Art zu sehen hat sie entwertet, ihre Werte in ein anderes, äußerliches Verhältnis gebracht. Die Schönheit der Starnberger-See-Landschaft hat unter dem Müßiggang und dem luxuriösen Dasein gelitten, zu dem sie von den Menschen in Anspruch genommen wurde; die schönste Landschaft verliert, wenn sie längere Zeit eine Vergnügungsstätte war; die Genien entfliehen daraus.

Wieder eine Woche später ging ich gegen Ende eines Tages auf der Insel Sylt aus einem Ort, dessen Häuser immer mehr in das dunkle Lilabraun der Heide und des Abends einsanken, gegen das Wattenmeer hinaus. Der Weg senkte sich, bis er in einer tiefen Mulde lief. Von einer Wegbiegung aus erschien das Muldenende als klar in die Luft gezeichneter Himmelsausschnitt, davor stand wie eine aufrechte Tafel das Meer in Farben von einer Eintönigkeit, die zugleich melancholisch und heiter stimmt: ein ineinandergesponnenes Grün und Grau mit Spiegeln aus Silber. Im Weitergehen hatte ich nicht das Gefühl näherzukommen, sondern hineinzugehen. Links und rechts sanken die Heidehöhen rasch hinab. Jenseits einer offenen Bucht weit und hoch und einsam lag dann die lange Dünenkette in ihrem eigenen Licht, das eher monden war als irgendeinem andern Licht vergleichbar, und das aus ihrem Innern als ein glasiges Gewebe hervortrat, die Meerfläche und den Himmel überspann; auf solche Weise glaubte man, durch das Kleid aus Moosen, Flechten und Sandgras in sie hineinzublikken. Die glasige Nüchternheit verschlug mir fast den Atem, denn sie drückte auf das Herz. Ich war in einen Bannkreis getreten, in dem noch der Zauber seine Macht übt. Er ging von den Gipfeln der Dünen aus, die hoch über den mondweißen Feldern der Hänge, durch die kühlen Lichtspiegel stießen, deren Scheiben den oberen Raum stuften wie Böden den Dachraum eines Hauses; und sein glasiges Gespinst lag über den schwarzen Heidemulden des Insellandes, den Häusern der Siedlung und den kalkweißen Spiegeln der Meerfläche. Eine Stille herrschte, die nur mit einem Ausdruck gezeichnet werden kann: gewaltig. Ja, sie war von der gleichen Gewalt, wie das Tosen eines Orkans zu anderer Zeit, der den Wasserberg einer Sturmwoge durch die Luft trägt und auf das Kliff wirft, und von dem die Luft über der Insel dann dröhnt wie ein gespanntes Trommelfell. Im Brüllen des Orkans hört man diese Stille, und in der Stille ist die Gewalt des Orkans; Orkan und Stille sind Äußerungen der gleichen Natur. In dieser Welt gilt das menschliche Wort nichts, weshalb man nicht selten Menschen trifft, die, wie Geistesgestörte, sinnlos Wörter aus einer ohnmächtigen Sprache vor sich hin sagen; auch denken ist so unmächtig wie das plappernde Selbstgespräch. Statt dessen tritt eine andere Gabe aus dem Menschen: Hellsicht, in ihrem Schein geht er den Weg am Strand entlang und den steinigen Pfad zurück über die Heide und sagt wahllos lustige und traurige Worte.

Goethes Wahlverwandtschaften

Zu verschiedenen Zeiten habe ich in das Innerste dieses Romans vorzudringen versucht, bis zu dem Punkte, an dem erscheinen möchte, was Goethe zum Schreiben gedrängt haben kann. Was er sich, nach seiner Art, damit hat »vom Halse schaffen« wollen, weil es ihn in seiner Existenz bedrohte; so wie ihm sehnsüchtige Leidenschaft gefährlich wurde und er sie sich im »Werther« darstellte. Wenn Goethe in den Annalen zu 1809, gelegentlich der Beendigung, bemerkt: »Niemand verkennt an diesem Roman eine tief leidenschaftliche Wunde, die im Heilen sich zu schließen scheut, ein Herz, das zu genesen fürchtet«, so deutet er derartige Umstände an, verrät aber nichts. Zu der Zeit hatte Goethe sich schon überzeugt, daß jeder das, was er weiß, nur für sich weiß und geheimhalten muß. Denn wenn er es ausspricht, wird sein Bestes gestört; und Goethe äußerte manches in eigener Sache und auch über diesen Roman nur, wenn andere es erfragten, und häufig, um von der Spur abzulenken und um nicht in einen Streit zu geraten, der ihn aus seinem Gleichgewicht gebracht hätte.

Beim Lesen des Romans geriet ich jedesmal, durch den auffälligen Titel sowie durch die bedeutsamen Gespräche über Ehe und Ehescheidung, in die von allen Betrachtern seit seinem Erscheinen benutzten Gleise – und ich meinte einen Eheroman vor mir zu haben. Und der ließ mich als solcher jedes Mal unbefriedigt. Daran konnten die herrlichsten und die ausgetiftelten Entdeckungen von Interpreten, wenn sie auch neue Lichter setzten und einen tieferen Sinn gaben, nichts ändern. Zunächst einmal konnte ich den Roman, trotz seiner kühlen Verhaltenheit im Vortrag, nicht klassisch finden, sondern ich fand ganze Partien komisch, wenn auch nicht gerade zum Lachen, so doch zum Schmunzeln, und es gab Stellen, die mir satirisch scheinen wollten. Nicht das Ehe-Thema ist in komische Situationen gebracht, aber die Menschen sind es. Oder ist es nicht komisch, wenn die bedeutendste Person, Ottilie, auf weiten Spaziergängen mit dem Kind auf dem Arm, das Milchfläschchen ist auch nicht vergessen, in einem Buch lesend daherwandert? Wie maliziös diese Schilderung abgeschlossen wird: »und so bildete sie, das Kind auf dem Arm, lesend und wandelnd, eine gar anmutige Pensierosa«; diese Affektiertheit muß doch Absicht sein! Und dann war da noch eine generelle Unstimmigkeit: Lösbarkeit der Ehe, Ehebruch, Ehescheidung – sind das nicht Themen der Moral oder, weiter greifend, der jeweiligen Gesellschaft?

Nun hatte ich in der Haft einer Gefangenschaft lange Zeit keine andere Gesellschaft und für meinen Geist zu seiner Beschäftigung keinen anderen Gegenstand als einen Band Goethe mit diesem Roman. Das Milieu, in dem ich gehalten wurde, war nicht gerade heimelig für Musen, und da mein Gedächtnis für alles, was ich in Büchern lese, wenig Erinnerung bewahrt, so fehlten bei dieser neuen Begegnung Stimmung und Bildung. Ich entbehrte in meinen Umständen am ärgsten den Umgang mit Menschen, und so kam es, daß ich mit den Personen des Romans umging. Nach kurzer Zeit waren Eduard, Charlotte, der Hauptmann, Mittler, der Graf und die Baronesse, Luciane, der Architekt und der Gehülfe, Nanny – alle, ob mit oder ohne Eigennamen, in ihrer Atmosphäre und einigen Besonderheiten so gut wie Gäste in meiner kleinen Zelle; nur Ottilie nicht, sie blieb immer wie ein Schatten an der Wand, welche den Raum der menschlichen Existenz für den Blick und das Gefühl abschließt; dort war sie die Hindeutung auf andere Welten. Bei den übrigen aber ist mir klargeworden, was »die gute Gesellschaft« wirklich ist.

In ihr sind Menschen zusammengeschlossen, die jeder von sich selbst einen hohen Begriff dazu mitbringen; und die errungenen Vorzüge, von denen nicht auszumachen ist, worin sie bestehen, werden durch die Übereinstimmung der Gesellschaft bestätigt; man weiß sie durch gesellige Verbindungen in wechselseitiger Verehrung und Schonung zu hegen und zu pflegen. Die Mitglieder, die darin so übereinstimmen, können in anderer Beziehung höchst verschieden sein; man übersieht gegenseitig die Eigenheiten; eine gewisse Kunst in den Verhältnissen schont Empfindlichkeiten und gleicht Verletztheiten aus; auf diese Weise bleiben Mißverständnisse längere Zeit verborgen.

Denn von ganz besonderer Verzwicktheit, um nicht zu sagen: Unnatürlichkeit ist in der guten Gesellschaft das Verhältnis zur Sprache. Man findet selten, daß in dieser Gesellschaft reale, den einzelnen und einander gegenseitig betreffende Dinge ausgesprochen werden. Etwas Praktisches zu besprechen; einen Wunsch zu äußern; rechtzeitig eine Warnung zu geben oder eine notwendige Aufklärung, eine Zurechtweisung; einen Sachverhalt mitzuteilen; ja zu einer Sache sich mit einem einfachen Ja oder Nein zu stellen – davor besteht eine auffällige Scheu, es geschieht nur nach Überwindung von inneren Widerständen und mit äußerster Diskretion. Etwas so Einfaches wie ein Versprechen zu geben – man sollte meinen, es wäre einfach, scheint geradezu unmöglich; als wüßten diese Leute nicht, ob sie das Versprechen auch halten würden. Es ist deshalb in dieser Gesellschaft unschicklich, ein Versprechen einzufordern; der Angegangene wird dem lieber mit einem Schwur zuvorkommen. In den Unterhaltungen jedoch kann alles mit Worten angerührt werden, auch das, was gewöhnlich in Gesellschaft nicht erwähnt würde; aber hier verbietet Schamhaftigkeit es ihnen nicht; allerdings gibt es für diese Gesellschaft selbstverständliche Dinge, über die auch in der Unterhaltung nicht mehr zu sprechen ist, weil sie zu selbstverständlich sind in diesem Kreise. Nur einem Mittler kann es noch einfallen, sich über die Zehn Gebote auszulassen. Ein bestimmter Grad von Freiheit und Aufgeklärtheit, von Überlegenheit ist natürlich; die Grenze bleibt fließend und ist Sache des Taktes.

Skepsis gegen das, was die Altvorderen – und vor nicht langer Zeit die Gegenwärtigen noch – für würdig gehalten haben, zeichnet vor allem gute Köpfe aus. Dafür wird in dem Roman ein Beispiel in dem Verhältnis zu den Toten gegeben. Charlotte hat auf dem Friedhof bei der Kirche alle Grabsteine abnehmen und an die Kirchhofsmauer und den Sockel der Kirche beiseiterücken lassen. Die Grabhügel wurden eingeebnet und die Fläche mit Rasen besät, so daß der Platz für die Kirchgänger einen freundlichen Anblick bietet. Eine Familie, die für eine kleine Stiftung an die Kirche ein Erbbegräbnis erworben hatte, führt begreiflicherweise Beschwerde, die sie mit der allgemeinen alten Anschauung begründet, jeder wünsche den Ort bezeichnet, wo die Seinen gebettet würden. Charlotte, die Baronin, verteidigt ihre Eigenmächtigkeit mit dem Hinweis auf die endliche Herstellung einer allgemeinen Gleichheit unter den Menschen wenigstens nach dem Tode. – Der Architekt, der Charlotte in diesem Streit beisteht, tritt dafür ein, in Kirchen oder auch in eigens zu errichtenden Hallen Denkzeichen anzubringen, möglichst von Künstlern hergestellte Bildnisse der Verstorbenen. Schließlich wendet sich Charlotte gegen jede Totenehrung, sie nennt sie »einen selbstischen Scherz«, nicht einmal die Gegenwärtigen recht zu ehren sei man in der Lage. Der Gehülfe aus dem Töchterinternat, der einige Zeit später Gast auf dem Schlosse ist, betont: an jedem Orte sei Gottesdienst möglich, am besten gefalle ihm dafür der Saal, wo man gewöhnlich speise und gesellig zusammen sei; denn das Gefühl der Verehrung könne uns überall begleiten und dürfe sich durch keine Umgebung stören lassen.

Eine derart zusammenhängende Erörterung eines Gegenstandes ist in dieser Gesellschaft eine große Seltenheit. Es gibt in dem Roman bezeichnenderweise nur noch zwei Beispiele: das Gespräch über Ehe und Ehescheidung und das Gespräch über die Wahlverwandtschaften unter den Elementen der Natur. Das Ehegespräch beim Besuch des Grafen und der Baronesse langt bei Frivolitäten an, die kaum peinlicher sind als die Banalitäten, mit denen Mittler die Ehe feiert; allerdings wird die Peinlichkeit nur wegen der Gegenwart Ottiliens empfunden. Bei der Darstellung der Wahlverwandtschaft durch den Hauptmann werden Charlotte und Eduard recht bald unsachlich, und das Gespräch endet in neckischer Albernheit. Sonst gilt für alle Unterhaltungen, daß sie nie in die Tiefe gehen und möglichst das Zusammenhängende überhaupt vermeiden: Zunächst wohl aus dem Grunde, damit ungleiche Gesinnungen in der Gesellschaft keine Gelegenheit haben hervorzutreten.

Aber der ernstere Grund für diese Haltung liegt darin, daß diese Menschen untereinander und jeder in bezug auf sich selber unsicher sind. Oder vielmehr wissen sie, daß sie sich auf sich selbst nicht verlassen können. Denn diese Freigeister sind in bezug auf den Menschen Moralisten. Der Mensch – das ist offenbar das Ergebnis ihrer genauen Beobachtungen im ständigen Umgang mit den besterzogenen, bestkultivierten und -entwickelten ihres Kreises – der Mensch ist von Natur ein eitles, wandelbares, widerspruchsvolles, wetterwendisches, leichtes Geschöpf. Man kann ihn nicht fassen in einem bestimmten Umriß mit festen, verläßlichen Zügen; denn der Eigensinn ist im Wesen des Menschen ein fast so bedeutender Faktor wie das Fließende. Die ganze philosophische Moral ist notwendig, damit Menschen miteinander existieren und auskommen. Zu dieser Anschauung hat eine Weltbetrachtung geführt, die überall den Menschen und nur den Menschen im Mittelpunkt sieht, und im Grunde sieht jeder nur sich selber. Ist das nicht die Weltanschauung, die überall herrscht, wo eine Gesellschaft die Welt vorstellen soll?

So fällt denn im Roman auch bald auf, schon im ersten Gespräch zwischen Eduard und Charlotte, wie wenig diese Menschen sich zutrauen über die Gestaltung ihrer Verhältnisse; die Ausschaltung einer eigenen Verantwortung und der eigenen freien Entscheidung. Die Befürchtungen Charlottens bei Eduards Vorschlag, den Hauptmann zu berufen; der merkwürdige Fatalismus: »Solche neuen Verhältnisse können fruchtbar sein an Glück und Unglück, ohne daß wir uns dabei Verdienst oder Schuld sonderlich zurechnen dürfen«; die Unsicherheit, die sie in allen Verhältnissen voraussetzen; das unklare Gewissen vor jedem Schritt und jedem Gespräch über Reales – alle diese Züge kennzeichnen das Verhalten der Personen durch den ganzen Roman. Sie wirken künstlerisch als Hindeutungen auf das kommende Geschick, aber real sind sie Eigenschaften und charakterisieren hier eine Gesellschaft, in welcher nichts so sehr fehlt wie Offenherzigkeit, Wohlwollen, Güte, freundschaftlicher Frohsinn, gegründetes freundliches Behagen. Warum kommt man nicht so bald darauf, daß diese fehlen, und hat sie doch so sehr vermißt, wenn sie genannt werden? Offenbar, weil sie der Welt dieser Gesellschaft so fern liegen. Und das, weil die Gesellschaft kein Verhältnis zum tätigen Leben und zu einer tätigen Welt hat. Äußerlichkeiten wie die, daß das Schloßpersonal so gut wie nicht vorhanden erachtet wird, oder die hochmütige Ablehnung, auf die Gestaltung der Verhältnisse bei den Bürgern des Ortes am Fuße des Schloßberges einzuwirken, deuten zunächst darauf hin. Was in einer heutigen Betrachtung daran für mangelndes soziales Gefühl erklärt würde, ist in der Zeit dieses Romans, um die Mitte des achtzehnten Jahrhunderts, besonders in einer adligen Gesellschaft, ein Fehler ihrer Humanität. Nichts ist von solcher Bedeutung für die Förderung der Humanität wie ein beständiger Dienst an den Dingen. Das Bildende daran ist die unausgesetzte Aufmerksamkeit auf das, was die Dinge wollen, was sie für ihr Gedeihen vom Menschen brauchen. Gewiß bedarf Gott zur Krönung seines Werkes in der Natur zuletzt der Menschen nicht; aber in der Stetigkeit, die das Stumme an unaufhörlichem Dienst fordert, in der Beständigkeit im Unauffälligen und Kleinen, wird das Gewebe des menschlichen Geschicks gewirkt. In den Dingen erscheint die Beständigkeit, die Unveränderlichkeit der Zeit. Entgleitet dieser Urgrund den Menschen, dann wird das Bewußtsein der eigenen Veränderlichkeit in jedem Augenblick schicksalhaft, zumal wenn die Menschen gewohnt sind, sich selbst stets an die erste Stelle zu setzen. Was nützt es, ein Ding zu besitzen, wenn man es nicht behalten und Gutes damit schaffen und es zum Wachsen bringen kann? Diese Frage rührt an den Adel in seinem Kern, sie betrifft aber das Wesen der Humanität allgemein. Daß die Dinge als Verpflichtung empfunden werden müssen, besagt über ein richtiges Verhältnis zu den Dingen noch zu wenig;

es sollte vielmehr so sein, als handele es sich um die natürlichen Obliegenheiten des Oberhauptes einer großen Familie.

Überall, an jedem Orte, ist das Leben der Menschen durch diese Obliegenheit in einer Tätigkeit, einem Gewerbe durchgängig bestimmt; diese Tätigkeit wird unter allen Umständen fortgesetzt, was für Wechselfälle des Lebens und Geschicks auch auftreten mögen. Beim Bauern ist es die Landarbeit und die Besorgung der Tiere, beim Handwerker sind es die Erzeugnisse seiner Werkstätte, beim Kaufmann die Produkte seines Geschäfts für seine Kunden, der Beamte geht in sein Büro, damit eine Ordnung des öffentlichen Lebens erhalten wird, der Gelehrte betreibt seine Studien. Die Folge dieser Tätigkeiten gibt dem Leben eines jeden seinen eigenen Charakter. Sie ist für die Gestalt eines Lebens bedeutsamer als ein durch individuelle Leidenschaften etwa entstehendes romanhaftes Geschehen.

»Die Wahlverwandtschaften« fangen auch mit einem derartigen Gang der Dinge an, und er nimmt seinen eigenen Verlauf. Diese Handlung beginnt mit der Gartenarbeit im April; Eduard hat in der Baumschule gearbeitet und Charlotte an der Mooshütte in der neuen Anlage. Eine gärtnerische Gestaltung der Landschaft nach der einen Seite des Schlosses ist das Gewerbe der nächsten Zeit. Dazu wird der Hauptmann berufen, und durch ihn gewinnt die Arbeit Plan und Großzügigkeit. Dann ist alles Interesse darauf gerichtet, und die Grundsteinlegung zum Haus auf der Höhe am Geburtstag Charlottens und das Richtfest dieses Hauses an Ottiliens Geburtstag sind die Stationen. Bei der Festsetzung dieser beiden Termine hat sich persönliche Willkür in das Werk eingeschlichen, und der natürliche Fortgang, wie er in den Dingen liegen würde, wird der Termine wegen überhastet. Bei der ersten Besichtigung des von Charlotte Angefangenen wurde von dem Hauptmann schon auf den Dilettantismus hingewiesen. Als der Hauptmann in eine neue Stellung geht und Eduard sich eigensinnig von allem trennt und sich in die Einsiedelei zurückzieht, scheint der Fortgang des Angefangenen noch gesichert, denn der Architekt ist vom Hauptmann angeleitet, die begonnenen Unternehmungen fortzuführen. Er greift aber sofort ein Neues auf: die Freilegung und Wiederherstellung einer alten Seitenkapelle in der Kirche und deren Ausmalung; dahinter muß die landschaftliche Anlage bald ganz zurücktreten. Darüber wird es Herbst. Als Charlottens Tochter Luciane mit ihrem Bräutigam und einem Schwarm Gäste für zwei Monate ins Haus kommt, zieht sie alles in ihren Wirbel, so daß für etwas anderes kein Sinn mehr bleibt. Das geht so fort bis Ende des Jahres. Nachdem die Arbeiten an der Kapelle zu ihrem Abschluß gelangt sind, scheidet auch der Architekt; das neue Haus auf der Höhe, das unter Dach gebracht ist, bleibt im Rohputz liegen. In der Gesellschaft der Damen wird der Architekt durch den Gehülfen aus dem Töchterinstitut abgelöst, der sich auch längere Zeit aufhält; ihm gelingt es nahezu, das Werk des Architekten wieder als Unnützes aus ihrem Interesse zu rücken. Es folgen, nach seinem Fortgang, Geburt und Taufe von Charlottens Kind. Dann – es ist wieder Frühling – überraschend ein Kapitel Gartenbestellung; Ottilie mit dem alten Gärtner. Und nun wird endlich das vergessene Haus auf der Höhe vollendet, eingerichtet und von den Frauen bezogen. Dann kommt noch, um die Anlagen kennenzulernen, der alte englische Lord, ein Kenner von Landschaftsparks, mit seinem Begleiter zu Besuch. Nach dem Abschied dieser beiden überschwemmen dann die Romanereignisse alles übrige Geschehen: der Tod des Kindes, ein Besuch des Hauptmanns, ein Besuch Mittlers, Ottiliens Abreise ins Institut, ihre Umkehr und Rückkunft in Eduards Geleite, Eduards Geburtstag, Ottiliens Tod, Eduards Tod. – Es ist wieder Herbst.

Die Jahreszeiten-Akzente, wie sie hier in diesem Ablauf erwähnt worden sind, bedeuten für die Personen des Romans nichts, sie sind jedoch von Goethe überall gesetzt. Für die Schloßgesellschaft liegen Akzente bezeichnenderweise bei persönlichen Festtagen, Geburtstagen, die möglichst groß begangen werden. Goethe waren nach einer Bemerkung in den Annalen zu 1795 »dergleichen Mummereien innerhalb eines einfachen Familienzustandes immer widerwärtig«. Die Jahreszeiten-Akzente sind von Goethe betont in Pausen des Schicksalsablaufs gelegt, am auffälligsten ist die Schilderung des zweiten Frühlings. Sie hat ein eigenes Kapitel, das neunte des zweiten Teils; die Männer sind fort, die Frauen allein; äußerlich ist völlige Ruhe eingekehrt. Das Kapitel beginnt: »So wenig der Gärtner sich durch andere Liebhabereien und Neigungen zerstreuen darf, so wenig darf der ruhige Gang unterbrochen werden, den die Pflanze zur dauernden oder zur vorübergehenden Vollendung nimmt. Die Pflanze gleicht den eigensinnigen Menschen, von denen man alles erhalten kann, wenn man sie nach ihrer Art behandelt. Ein ruhiger Blick, eine stille Konsequenz, in jeder Jahreszeit, in jeder Stunde das ganz Gehörige zu tun, wird vielleicht von niemand mehr als vom Gärtner verlangt.« In der Bedachtsamkeit und dem ruhigen Gang dieser Sätze, und indem dann über die Tätigkeit des alten Gärtners gesprochen wird, an der von der Schloßgesellschaft nur Ottilie, ganz besonders in dieser Zeit, Anteil nimmt, drückt sich Goethes Einsicht und indirekt seine Stellung zu den Menschen seines Romans aus. An dieser Stelle im Roman werden sie gewogen. Und das Maß ist hier schon dasselbe, das Goethe im Sommer 1828 nach dem Tode des Herzogs bei der Betrachtung der Schlösser von Dornburg nennt: »Hier sprach ... der Gegenstand selbst das alles aus, was ein bekümmertes Gemüt so gern vernehmen mag: die vernünftige Welt sei von Geschlecht zu Geschlecht auf ein folgerechtes Tun entschieden angewiesen. Wo nun der menschliche Geist diesen hohen ewigen Grundsatz in der Anwendung gewahr wird, so fühlt er sich auf seine Bestimmung zurückgeführt und ermutigt, wenn er auch zugleich gestehen wird, daß er, eben in der Gliederung dieser Folge, selbst an- und abtretend, so Freude als Schmerz – wie in dem Wechsel der Jahreszeiten, so in dem Menschenleben – an andern, wie an sich selbst zu erwarten habe.« Und – nach Betrachtung der unbeeinträchtigt blühenden ländlichen Kulturen jenseits der Saale unterhalb Dornburgs, über welche vor nicht langem die Schlacht bei Jena gegangen war: »So wie es war, so wird es nach uns sein, damit das hohe Wort eines Weisen erfüllt werde, welcher sagt: die vernünftige Welt ist als ein großes, unsterbliches Individuum zu betrachten, welches unaufhaltsam das Notwendige bewirkt und dadurch sich sogar über das Zufällige zum Herrn erhebt.«

Daß die Stelle mit dem Frühlings- und Gärtnerkapitel im Roman die entscheidende ist, an der gewogen wird, darauf deuten alle Umstände, die hier zusammengebracht sind. Im nächsten Kapitel kommt der englische Lord mit seinem Begleiter zu Besuch, und der Begleiter erzählt als Einlage die Novelle »Die wunderlichen Nachbarskinder«, ein auffälliges und merkwürdiges Zwischenspiel. Dieser Lord ist mit dem Roman sonst in keiner Weise verknüpft, er soll also für sich betrachtet werden. Und da bietet er das Bild einer Existenz, deren Inhalt die unentwegte Veränderung ist. Er hat alte, schöne Besitzungen in England: Schloß und Park und Gärten und Ländereien – und doch ist er der immerfort Reisende; ihm ist der ständige Wechsel Bedürfnis, er hat sich angewöhnt, heimatlos zu sein. Er ist das Bild der wurzellosen Existenz, mit der Schärfe einer Karikatur gezeichnet – und in diesem Bild ist die letzte Konsequenz des Weges angedeutet, den die gute Gesellschaft des Romans geht. Man braucht nur an das Ende des Jahrhunderts zu denken, das, als Goethe den Roman schrieb, eben angefangen hatte.

Als etwas Funkelndes, Geschliffenes, Zaubervolles steht die Novelle »Die wunderlichen Nachbarskinder« in dem Massiv des Romans, wie ein Edelstein in gewöhnlichem Felsgestein steckt. In der Konzentration durch die Novellenform ist diese Wirkung zunächst angelegt, dann wird sie erhöht durch eine Steigerung im Gang der Ereignisse zum Schauspielhaften und in den Chören der Mütter, der Väter, des glücklichen jungen Paares am Schluß ins Opernhafte. Das derart völlig Herausgehobene über unsere Seinswelt bewirkt das Verzauberte; die Novelle bekommt etwas von der Endgültigkeit eines Märchens. Wir davor sind Schauende, suchen nicht nach der Kausalität in dem Geschehen oder überhaupt nach Motiven, sondern durchschauen alles. Das Gesetz allen Geschehens wird in wunderbarer Einfachheit und Vollständigkeit dem Geist gegenwärtig. Das Geschehen ist in den Spiegel des durchaus Geistigen gebannt, ohne darin abstrakt zu erscheinen. Diese Novelle allein würde schon die Bedeutung der Romanpartie, in der sie steht, innerhalb der Komposition hervorheben.

Gegenstand der Novelle ist Leidenschaft, Leidenschaft von echter Natur. Der Rahmen, in dem sie gezeigt wird, ist wieder die gute Gesellschaft. Leidenschaft ist auch der Geist, der die Vorgänge des Romans in Bewegung hält: sie schafft Verwirrungen, wirft aus der Bahn, bringt den Tod, auch Charlotte und der Hauptmann sind von ihrem Atem innerlich versengt, so daß sie nur als Erstarrte, als Schatten noch weiter leben können. Ein Gleichnis, denkt man zunächst, wäre die Novelle, und es ließen sich parallele Züge finden, vor allem im Hinblick auf das richtige Maß, mit dem im Roman gemessen werden soll. Aber in der Novelle ist alles völlig anders. Nur ein Zug ist da, der auch bei den Menschen des Romans auffiel: die Unverläßlichkeit. Hier wird sie an dem Nachbarmädchen deutlich; weder ist sie ihrer selbst sicher, noch können die Eltern, die Nachbarn und Freunde sich auf sie verlassen. Das Zerstörerische der Leidenschaft, das in dem Roman zur vollen Herrschaft kommt, deutet sich in der Novelle als Gefahr an. Das Mädchen verstrickt sich wiederholt in seltsamen Wahn; das Bedrohliche der Leidenschaft scheint da auch ein Element dämonischer Art. Die Vereinigung des wunderlichen Nachbarkinderpaares am Schluß, das zueinander gehört und durch die Eltern von Anfang an für einander bestimmt war, geschieht durch einen Zauber wie in einem Märchen. In jedem Märchen waltet der böse Zauber und der gute Zauber; am Schluß der Novelle steht der gute Zauber, die Entzauberung: das Paar erscheint vor seinen Eltern als vollendetes ländlich-bäuerliches Brautpaar, und die Eltern erkennen im Augenblick ihr Eigenstes nicht, weder in den Gestalten noch in dem Verlöbnis. Die Novelle könnte schließen: »Und danach lebten sie lange und glücklich miteinander, und wenn sie nicht gestorben sind« – mit jenem Schluß, der die Endgültigkeit jedes Märchens bestätigt und dem kein Zauber mehr folgt.

Das ist die Leidenschaft – was kein Kopf fassen kann, »ohne sich zu verwirren, für dessen Verständnis« das Herz das Beste tun muß. Das ist auch die Art, mit welcher in der Novelle über die Leidenschaft abgehandelt wird. Auf diese Weise wird gesagt, daß der Ort der Leidenschaft in der Natur liegt, aber tiefer als die Naturerkenntnis reicht, tiefer auch als die Wurzeln der empirischen Naturwelt hinabreichen; daß die Leidenschaft selbst doppelter Natur ist, im bösen Zauber und guten Zauber ausgedrückt; daß es ohne die Leidenschaft im Leben das Außerordentliche nicht geben würde; sie wirkt darin nicht nur aufregend, sondern geradezu magnetisch auf den überpersönlichen Wert im Menschen. Aber das wären schon viel zu gegenständliche Aussagen; man kann nicht behaupten, es wären genau die Ansichten Goethes, die er ausgesprochen hätte. Er hat uns nur einen Begriff von etwas Zauberischem gegeben, uns für einen Moment unter dessen Wirkung gestellt. Und – darauf kommt es an – vor der Erinnerung wird das, was Eduard bewegt und was als Leidenschaft in der guten Gesellschaft des Romans geistert, schwach, leer, nachgeahmt, eitel, willkürlich. Man denke an die Affären Eduards in früherer Zeit, an die Umwege von Charlotte und ihm, bis sie durch die Stiftung ihrer Ehe der Gesellschaft ihre Neigung bestätigten; daran, daß Ottilie von Charlotte Eduard zugeführt wurde, als er selbst noch frei war, und daß er fand, sie sei hübsch und habe schöne Augen, nichts weiter. Aber das ist es nicht, was die Leidenschaft in dem Roman schwach, leer, nachgeahmt erscheinen läßt, auch nicht, daß Eduard als ein schwächlicher Mensch gezeichnet ist – diese Zeichnung ist betont, weil dadurch ganz deutlich wird, daß Eduards Einsatz, den er für Ottilie leistet, über seine Verhältnisse geht, daß er über sich hinaus gewachsen ist – nein! Aber in dieser Gesellschaft, in welcher Natur fehlt, Natur in den Menschen und in ihren Verhältnissen, gibt es Leidenschaft nur in Ableitungen, als Ableger in mannigfachen Varianten.

Wenn man sich das klargemacht hat, sind die Merkwürdigkeiten im Stil des Romans – das Aufgeräumte, Muntere, das Gezierte, das Manierierte, die Übertreibungen, die wie Ungeschicklichkeiten wirkenden Verzeichnungen, die deutlichen Karikaturen – kein Problem mehr; das ist humoristische Ironie. Humoristische Ironie: das ist Goethes Resultat über die Welt dieses Romans, die Welt der guten Gesellschaft. Von ihm dargestellt, als die gute Gesellschaft sein Lebenskreis war! Das sieht nach Bosheit aus, aber Bosheit liegt nicht in Goethes Art. Es kam ihm auch auf diese Zeichnung der Gesellschaft nicht an, sondern wahrscheinlich mußte er sich klar darüber werden, was von den Figuren seiner Leidenschaft unter seinen Umständen zu halten sei. – Aus dem Stil dieses Romans hat ein bekannter moderner Autor den Stil für sein umfangreiches Werk entwickelt. Beim ersten Satz der »Wahlverwandtschaften«: »Eduard – so nennen wir einen reichen Baron im besten Mannesalter – Eduard hatte in seiner Baumschule die schönste Stunde eines Aprilnachmittags zugebracht, um frischerhaltene Pfropfreiser auf junge Stämme zu bringen« – glaubt man den modernen Autor zu hören. Nur ist in Goethes Roman nichts von dem Pessimismus und der Skepsis, in denen bei jenem dieser Stil mit seinen Wurzeln gründet. Die Gestalt der Ottilie schließt jeden negativen Geist aus.

Ottilie ist eine der merkwürdigen Goetheschen Frauengestalten, die zwei Welten angehören. Ihr Menschenbild hat auffällig wenige sinnliche und individuelle Züge. Ihre Schönheit wird gerühmt; aber ist sie nicht langweilig? Ist Ottilie nicht temperamentlos und unpersönlich? In ihrer Beteiligung an Ereignissen und Menschen zeigt sie sich manchmal gefühlsmatt. Bei anderen Gelegenheiten sind ihre Reaktionen unverhältnismäßig heftig. Sie ist schön, aber ihre Schönheit ist von unauffälliger Art und wird nicht von jedermann bemerkt. Den Auszügen aus ihrem Tagebuch darf man nicht allzu viel persönliche Bedeutung beilegen, denn es wird ausdrücklich vermerkt, daß sie darin auch Bemerkungen von anderen Personen und aus der Lektüre gesammelt habe. Bemerkungen, die nur eigene sein können, weil sie in Verbindung mit bestimmten Vorgängen stehn, verraten weniger Klugheit und Geist als vielmehr eine besinnliche Schau in einem eigenen gleichmäßigen Licht; sie haben etwas Untrügliches an sich. Daneben stehen beispielsweise die Aphorismen über die Gesellschaft, deren Aufzeichnung durch Ottilie unverständlich bleibt, denn der Witz darin ist ihr wesensfremd. Aber obgleich ihr Bild nur unausgeprägt ist und keine charakteristischen, keine interessanten Züge zeigt, behält man einen bleibenden Eindruck von ihr. Wenn man versucht, sich der einzelnen Züge zu erinnern, denen diese Wirkung zu verdanken ist, gelingt es nicht; man kann sich nur an die Einfachheit jedes Zuges und jeder Äußerung erinnern und an die Empfindung einer Scheu, wie man sie als Erwachsener manchmal vor einem Kinde hat. Ottilie wird auch häufig noch als Kind bezeichnet. Goethe benutzt in der Darstellung dieser Gestalt durchgehend die Methode des Märchens, in dem eine Prinzessin auch nicht mit individuellen Zügen ausgestattet wird, sondern einfach Prinzessin ist – und damit das Höchste und Edelste.

Ein Versuch, Ottiliens Art psychologisch zu erklären, findet, wenn ihre Dämmerzustände als rätselhafte Phänomene zunächst übergangen werden, Anhalt bei gewissen Schwermutszügen, die gegen Ende des Romans an ihr immer deutlicher hervortreten. Ein solcher Zug ist die schon angedeutete Gefühlsmattheit in Situationen, wo andere vor Schmerz und Leid zerbrechen, wie in den Zeiten von Eduards Flucht und nach dem Tod des Kindes. Aber das ist nicht wirklicher Gefühlsmangel, denn in allen Schicksalsschlägen, die den Menschen im Bereich von Willen und Macht treffen, im konkreten Unglück, im lokalisierten Schmerz, kommt ihr ein seltsamer Gleichmut zu Hilfe; wo aber Schicksal und Schuld, kaum mehr nachweisbar, in einen Sublimatzustand übergegangen sind, bei dem jeder andere schmerzlos bleibt, da trifft das Leid sie mit tödlicher Schärfe. Und dann in ihren Freuden: ihre eigene Schönheit stimmt sie traurig, sogar während sie sich an ihr freut – sichtbare Schönheit überhaupt, als gewahrte sie, indem sie das Schöne erblickt, eine andere, vollkommenere, eine Engelsschönheit dahinter. Dieses Schweben in einem Zwischenreich, ihre Ungewißheit darüber, wo sie ist und welches ihre wahre Welt ist, dieser Zustand enthält den tiefen Kern der Schwermut. Einmal, in der ausgemalten Kapelle unter dem Licht durch die farbigen Fenster erlebt Ottilie die Ungewißheit sinnlich: als wenn sie wäre und nicht wäre, als wenn sie sich empfände und nicht empfände, als wenn dies alles vor ihr, sie vor sich selbst verschwinden sollte.

Die andere Welt, die an ihrem Sein teilhat, ist nicht etwa das Jenseits des Christentums, das Reich Gottes. Gericht und Urteil, Schuld, Sühne und Vergebung, Gnade, Verurteilung und Mitleid, diese Begriffe gelten für sie nicht. Sie spricht nicht von einer Schuld bei sich, noch weniger bei anderen. Über sich schreibt sie an die Freunde: »Ich bin aus meiner Bahn geschritten und soll nicht wieder hinein. Ein feindseliger Dämon, der Macht über mich gewonnen, scheint mich von außen zu hindern, hätte ich mich auch mit mir selbst wieder zur Einigkeit gefunden.« Sie blickt von jener Welt aus auf ihre Umgebung, auf die Männer und Frauen nicht wie Fromme, die dort Irrtümer und Nichtigkeiten sehen würden, sondern sie bittet: »Duldet mich in eurer Gegenwart, erfreut mich durch eure Liebe, belehrt mich durch eure Unterhaltung!« Aber die Existenz in der andern Welt ist ihrem Wesen nach einsam. Darum fährt Ottilie in ihrer Bitte an die Freunde fort: »aber mein Inneres überlaßt mir selbst!« Schuld, Vergebung, Sühne, Mitleid sind für ihre andere Welt zu ungewisse Begriffe, ohne einen festen Kern. »Ich bin aus meiner Bahn geschritten«, wie viel bestimmter ist das!

Die andere Welt ist auch nicht das Jenseits hinter dem Abgrund des Todes am Ende des Lebens. Zeitweilig scheint es Ottilie nicht unlieb zu sterben, aber nur weil das irdische Leben Ablenkungen von ihrer persönlichen Einheit – ihrer Einigkeit mit sich, sagt sie – enthält; sie sucht den Tod nicht als Erlösung von Leiden und nicht einer ewigen Seligkeit wegen. Der Tod ist in ihrem Leben kaum ein bedeutenderer Vorgang als ihr Entsagen in der Liebe. Diese Entsagung ist für sie nicht etwa aus Gründen der Reinheit gegeben, sie wehrt die Liebe nicht ab, sie ist durchaus bereit, und noch als damit Verwirrung und Leid über andere Menschen gekommen sind, ist die Wahl zwischen dem Genießen und Entsagen der Liebe für sie nicht entschieden. Erst als sie sieht, daß sie in der Liebe aus ihrer Bahn geschritten ist, entsagt sie, und auch da ist in ihrer Erkenntnis nicht Reinheit oder Heiligkeit, sondern Sammlung im eigenen Sein. So bedeutet der Tod für sie nicht Ende oder Erlösung, sondern ihr wirkliches Sein dauert über ihn hinaus fort, so wie die Welt bei den vielen Toden, die in ihr geschehen, unverändert besteht. Der Tod ist für sie eigentlich eine Form der Bewahrung, deren Frauen für ihre Unantastbarkeit im Eigensten so sehr bedürfen. Ottilie würde die Vorstellung durchaus nicht fern liegen, daß einer aus dem Tode ins Leben zurückkehrt, wie sie in manchen Erzählungen vom Leben Jesu verwirklicht erscheint, und diese Vorstellung hätte bei ihr nichts ausgesprochen Christliches. Ottilie bleibt bei alledem im Rahmen des Natürlichen, ihre andere Welt ist nicht außerhalb der Natur.

Nur eines tritt mit der Betrachtung immer deutlicher hervor: daß Macht und Willen nicht in der Natur dieser anderen Welt liegen. Das wird an zwei Stellen bestätigt. Einmal in einer Tagebuchnotiz Ottiliens: »Man unterhält sich manchmal mit einem gegenwärtigen Menschen als mit einem Bilde. Er braucht nicht zu sprechen, uns nicht anzusehen, sich nicht mit uns zu beschäftigen: wir sehen ihn, wir fühlen unser Verhältnis zu ihm, ja sogar unsere Verhältnisse zu ihm können wachsen, ohne daß er etwas dazu tut, ohne daß er etwas davon empfindet, daß er sich eben bloß zu uns wie ein Bild verhält.« Zum Verständnis der anderen Bemerkung gehört die Gelegenheit, bei der sie gemacht wird. Der Architekt hat Charlotte und Ottilie in Drucken, Holzschnitten und Kupfern Darstellungen aus vergangenen Zeiten gezeigt. Zum Schluß zeigt er Blätter, auf denen verschiedene Gestalten, Greise, Knaben, Jünglinge, Männer, Heilige, Engel, nur in den Umrißlinien festgehalten sind. Alle Details, die Zeichnung von individuellen Zügen, die

Farbigkeit der Wesensnuancen fehlen. Da stellt man fest, daß aus allen Gestalten nur das reinste Dasein blicke, und findet weiter zwei allen gemeinsame Züge: ein unschuldiges Genügen und ein frommes Erwarten. »Das gemeinste, was geschah, hatte einen Zug von himmlischem Leben, und eine gottesdienstliche Handlung schien ganz jeder Natur angemessen«, heißt es zum Schluß. Und dann folgt Goethes Bemerkung: »Nach einer solchen Region blickten wohl die meisten wie nach einem verschwundenen goldenen Zeitalter, nach einem verlorenen Paradiese hin. Nur vielleicht Ottilie war in dem Fall, sich unter ihresgleichen zu fühlen.« In den Anlässen zu beiden Bemerkungen – der Beschäftigung mit einem Menschen, der so unbeteiligt wie sein Bild ist, und der auf Figur und Geste beschränkten Darstellung – fehlt das Individuelle des Lebens, das Persönliche, die Äußerungen von Willen und Macht; und in dem Übrigen ist das Leben ungeschwächt, und es ist das reinste Dasein. Das ist Ottiliens andere Welt, in der sie ihr wesentliches Dasein hat; eine Welt, die von dieser Erde ist; soweit Menschen schlichte Gestalt und schlichte Gebärde sind, stehen sie in ihr; sie ist der tiefe Lebensgrund, wo das eigene Wollen in Ruhe, wo die eigene Bewegung und Bewegtheit still ist; vom lebendigen bewegten Dasein aus gesehen ist sie dessen ruhender Kern. Was die Griechen Harmonie, die Philosophen Weisheit, die Heiligen Gott nannten, das entspricht dieser anderen Welt.

Hier könnte man auf den Gedanken kommen, eine geläufigere Terminologie anzuwenden und von der Welt des Geistes oder dem Leben im Geiste zu reden. Damit würde aber etwas wesentlich anderes angesprochen, nämlich eine philosophische Haltung, die zu erringen, auszubilden, aus dem organischen menschlichen Wachstum zu entwickeln ist; außerdem hat selbst die vollendete philosophische Haltung immer noch etwas Trügliches. Um Ottiliens andere Welt davon deutlich genug abzusetzen, wählte Goethe die rätselhaften Dämmerzustände; in ihnen taucht Ottilie rein in ihre andere Welt ein, hier erfährt sie ihr aus der Bahn Geschrittensein und empfängt die bestimmten Gesetze ihres Handelns. Damit sind diese Dämmerzustände einer psychologischen Deutung entzogen. Das Plötzliche und Unheimliche dieser Zustände deutet auf einen Welt- und Ursinn; es macht sie dem Wunder benachbart. Ottilie erlebt sie nicht als ein Irresein, sondern sie setzt ein blindes, staunendes Vertrauen in sie. In einer Menschengesellschaft, deren Leben fließend von den Umständen, den Zeitverhältnissen, dem Eigensinn, der Eitelkeit, dem Schicklichen bestimmt wird, wirkt ein Mensch, der in der Offenbarung eines Augenblicks seine bestimmte Bahn empfing, so daß er gewissermaßen zur Vernunft in Widerspruch zu leben vermag, wie eine Größe von anderen Maßen.

Auf diesem Grunde hat jeder Zug im menschlichen Bilde Ottiliens seine Bedeutung. Goethe hat es mit nur wenigen Zügen ausgestattet, nur mit solchen, die auf diesen Wesensgrund Bezug haben. Die individuellen Züge fehlen in der Zeichnung, die darin an die Umrißzeichnungen des Architekten erinnert. Die vorhandenen Züge haben etwas sehr Einfaches, Eindeutiges; ihre Einfachheit hat für einen äußerlichen Menschen etwas so überraschend Ausdrucksvolles, daß er Theatralisches darin finden wird; der Wohlgesinnte wird nach dem äußeren Eindruck Kindliches, vielleicht Unentwickeltes darin finden. Es sind vor allem zwei Gebärden Ottiliens, die sich wiederholen und auf die außerdem mit Nachdruck hingewiesen wird: sie ist in die Knie gesunken, und sie hebt, wenn sie etwas abzulehnen sucht, das man von ihr fordert, die flach zusammengedrückten Hände gegen die Brust und neigt sich mit einem dringenden Blick auf den Fordernden ein wenig vorwärts. In diesen beiden schlichten Gesten ist für einen Menschen, der wie Ottilie im Welt- und Ursinn lebt, über das richtige Verhalten im Leben alles ausgesagt, sie drücken, wenn man so will, die höchste natürliche Weisheit aus.

Ottiliens Knien – das Charlotte bei der ersten Wiederbegegnung fast anstößig erscheint, so daß sie sagt: »Wozu die Demütigung!« – ist weder Unterwürfigkeit noch Anbetung; es hat keinen Bezug auf etwas außer ihr. Es ist ihr ein inneres Bedürfnis, ein

Naturbedürfnis, so wie Liebe ein Naturbedürfnis ist; sie muß es, und sie ist selig, daß sie es muß. Wir würden darin Demut oder Liebe oder Selbstaufopferung sehen, aber in alledem läge noch eine Beachtung der eigenen Person, und eine solche gerade ist in Ottiliens Bedürfnis ausgeschlossen; ihre Person tritt in jedem Fall zurück. Das kommt in vielen Einzelzügen zum Ausdruck, und alle wirken auf ihre Umwelt bei ihrer Stellung unverständlich und zum Teil sogar ungehörig. Die Berichte aus dem Erziehungsinstitut rügen ihr Zurücktreten, ihre Dienstbarkeit, ihre Einfachheit in Kleidung und Essen, ihre unausgeschriebene Handschrift. Charlotte ist schockiert, als sie für Männer dienstbereit ist. Sie hält ihr das Unschickliche daran vor, aber sie vermag an Ottiliens Verhalten nichts zu ändern. Im Schloß übernimmt Ottilie die Ordnung der Hauswirtschaft, und sie besorgt sie unauffällig und lautlos. Solche Geringfügigkeiten wie die Lautlosigkeit ihres Ganges stehen in diesem Zusammenhang über sie verzeichnet. In diesen und ähnlichen Kleinigkeiten glaubt man manchmal auch den Humor des ironischen Stils zu erkennen; die Zwielichtigkeit kommt von der Nachbarschaft, und in der Umgebung dieser Gesellschaft hat die Beachtung dieser Kleinigkeiten auch einen leicht komischen Effekt. In den Berichten aus dem Erziehungsinstitut steht auch schon, daß Ottilie kein Wünschen und kein Begehren äußert. Weil solche nicht in ihr sind oder sie nicht auf sie hört, vermag sie die Unschuld der Dinge außer sich wahrzunehmen. Dadurch ist für sie manches Ding wichtig, das für andere, weil sie zu ihm in keiner Beziehung stehen, unwichtig bleibt. Ihre Teilnahme an der Tätigkeit des Gärtners, die auch hierher gehört, wurde schon erwähnt. Ottilie begrüßt alle Dinge nur in ihrem Zusammenhang und in ihrer Ordnung, von da haben sie für sie auch ihre Bedeutung. Daß sie, wie sie sagt, aus ihrer Bahn geschritten ist, das bedeutet, daß sie ihren Ort in einem prästabilierten Zusammenhang verlassen hat. Man ist geneigt, die Seite ihres Wesens, die in den Kleinigkeiten zum Ausdruck kommt, einfach bürgerlich für Bescheidenheit oder ethisch für Treue oder christlich für Demut zu erklären. Bei einem bürgerlichen oder sonst gesellschaftlichen Wesen könnte man alles nicht anders ansehen, aber Ottiliens Gestalt ist ein Wuchs von anderen Maßen.

Was in diesen Kleinigkeiten gelebt wird, ist das Schwerste für jedes Menschenleben, sofern es von einem Menschen nur erkannt wird: nämlich seinen Ort innerhalb des Weltganzen in seiner Existenz festzuhalten, nicht daraus zu schreiten und nichts anderes sein zu wollen. Das ist nicht damit getan, daß ein Mensch weiß, wie groß oder wie klein er darin steht oder wie er als Glied innerhalb der Kette eines weit zurückreichenden Geschlechtes steht; auch nicht mit dem allgemeinen Gefühl seiner Geringfügigkeit; Einsichten, wie sie vom Verstand erschlossen werden. Gerade heute, da unsere Zeit in eine unstete Bewegung geraten ist, muß die Frage nach dem Ort eines jeden in der Welt eines der dringendsten Anliegen sein. Gerade weil die Zerstreuung über die ganze Erde, heute hier und morgen da, heute dies und morgen das, diese Zeit ausmacht, müßte der einzelne in seiner Existenz seinen festen Ort halten. Es läge nahe anzunehmen, eine Idee oder ein Glaube könnten das geben, und sie geben auch Sicherheit; aber in dieser Zeit werden die neuen Götter von Tag zu Tag geboren. Wer jedoch in seiner Bahn zu bleiben sich müht, der weiß, daß am ersten im Wort, im Sprechen der eigene Ort, die feste begrenzte Bahn verlassen und überschritten wird, daß das Wort der größte Verführer ist zur Einbildung. Darum ist eines der Gelübde, die Ottilie im Augenblick ihrer größten Gefährdung auf sich nahm: nicht mehr zu sprechen.

Eine Frage, die vor der Art Ottiliens schwer zu unterdrücken ist und die auch Goethe anfangs, ohne sie zu stellen, durch die Art seiner Darstellung immer wieder nahelegt, ist die: ist das wirkliche Natur, ist das lebendig, ist ein Saftstrom darin? In ihrer Mäßigkeit im Essen, die in den Berichten aus dem Institut hervorgehoben wird, tritt doch ein Willenselement zutage, bewußte Selbsterziehung. Steht nicht außerdem der Zwang des Lebens dahinter? Sie ist ein mittelloses Waisenkind in der großen Gesellschaft.

Schulung und Zwang des Lebens – das wäre keine lebendige Natur. Die Wahrheit kann in dem Winter eines Ichs gefrieren – dann ist die Frage an die Natur des Menschen, ob es einen Frühling in ihr gibt, und Nachgeben und Ergebenheit; nicht nur Dienst, sondern auch Hingabe. Die höchste Probe darauf im Leben, ein Gottesgericht, ist die Liebe. Wie der Frühling zum Wachstum in der Natur, so ist die Liebe zum Wachstum in der Seele nötig, auch für den Weisen. Ottilie kommt, wie die meisten Menschen, ganz unvorbereitet und sehr jung und in gewöhnlichen, aber komplizierten Lebensumständen in dieses Gottesgericht. Und die Liebe übt auch an ihr die zauberische wundertätige Macht und befreit sie. Keinen Augenblick hat sie sie zurückgewiesen; es zeigt sich, daß sie ihrer bedarf, und sie ist vom ersten Augenblick an hingegeben. Daß sie geliebt wird, ist für sie eine wundersame und tiefe Überraschung und erfüllt sie mit einem frommen Erwarten. Sie ist erfüllt von Entzücken, Verlangen und verzehrenden Gedanken, aber auch von der Erwartung einer Ruhe, die sie wohl geahnt hatte. Ihre Liebe ist in keinem Zug ein Abschweifen von ihrer Art, sondern nur eine Bereicherung dafür; Dienstbarkeit, ruhige Aufmerksamkeit, gelassene Regsamkeit: das ist ihr liebenswürdiges Wesen. Ihre Schönheit wird lebensvoller und gibt Anlaß zu der Bemerkung: »Wer sie erblickt, den kann nichts Übles anwehen; er fühlt sich mit sich selbst und mit der Welt in Übereinstimmung.« Doch auch für Ottilie nimmt die Liebe die Gestalt des Leides an. In kurzer Zeit erlebt sie die vielerlei Formen der Liebe, ohne daß sie von ihrer Natur abgelenkt wird. Bis hin zur letzten Probe: dem Verlust. Im Augenblick der möglichen Erfüllung – aus der Ohnmacht ihres Wachschlummerns auftauchend – entsagt sie überraschend. Was hat sie in diesem Schlummer erfahren, das sie bestimmte? In dem Gespräch, das über sie hinweg geführt wurde, war nur von einem die Rede: daß jeder in ihrem Lebenskreis nur die Liebe für sich will; darüber mag alles andere zugrunde gehen; der Tod des Kindes wird dafür gutgeheißen. Nach diesem Gespräch schien es auch für Ottilie kein Loskommen mehr zu geben;

sie ist mit in das Schicksal verknüpft. Da hält sie, allen unverständlich, das Weitere auf diesem Wege auf. Das ist gegen ihr Wesen, gegen das Gesetz ihres Lebens. Das hat sie nie gewollt, und das kann sie nie wollen. Ihre Entsagung ist also, genau betrachtet, nicht Selbstaufopferung, sondern die vollkommenste Bestätigung ihrer Natur: das Zurücktreten an ihren Ort, und das nicht im bürgerlichen, sondern im Welten-Sinne. Danach kann sie sagen, als Charlotte sie auf die Ansprüche aufmerksam macht, die der Gehülfe, mit dem sie fortan arbeiten will, an sie stellen könnte: »Er wird in mir eine geweihte Person erblicken, die nur dadurch ein ungeheures Übel für sich und andre vielleicht aufzuwiegen vermag, wenn sie sich dem Heiligen widmet, das uns unsichtbar umgebend allein gegen die ungeheuren zudringenden Mächte beschirmen kann.« Sie hat sich also dem »ungeheuren Übel«, in dem sie mit allen steht, nicht etwa entzogen. Die Fragen, die gegen Schluß des Romans nachdrücklich gestellt werden: lebt sie nicht mehr? leidet sie nicht? ist sie freiwillig, vor der Zeit ins Grab gestiegen? – diese Fragen finden eine einfache Antwort: sie ist jenseits aller Hilfe, die jemand ihr gewähren könnte. Nur soll man ihr Zeit lassen, nicht zu versagen. In der inneren Einigkeit mit sich, wenn sie kniet, in jener inneren Ruhe kann das Schicksal sie nicht berühren, obgleich sie alles verlor, auch wenn es Leib und Seele mit Leiden durchwächst.

Seine eigene und endgültige Wirklichkeit kann der Mensch nicht mit einem andern teilen, und er kann sie mit niemandem gemeinsam haben – so wenig wie Tod oder Geburt –, auch nicht mit dem Geliebten; sie läßt sich auch nicht nachahmen. Darum Ottiliens dringende Bitte an die Freunde: »Aber mein Inneres überlaßt mir selbst.« Das und nichts anderes besagt ihre andere, die zweite eindringliche Gebärde: wenn sie sich mit an die Brust gelegten Händen gegen jemanden neigt und ihn mit einem Blick ansieht, daß er von weiterem Fordern und Drängen zurückstehen muß. Auch sprechen kann man nicht über die Wahrheit, darum Ottiliens Flehen, das Schweigen nicht zu brechen. Warum hat man nicht darauf geachtet, daß Ottilie ihre Enthaltsamkeit im Essen zu weit trieb! Kurz vor ihrem Tode schreibt sie noch den Freunden: »Ich bin jung, die Jugend stellt sich unversehens wieder her.« Aber auf die einfachen, natürlichen Dinge hat ihre Gesellschaft nie achtgegeben; die blöde Nanny erkennt diese Zusammenhänge besser. So erscheint der Tod angesichts der errungenen Wirklichkeit wie ein Zufall von außen, wenn auch natürlich ein tieferer Zusammenhang mit Ottiliens Wesen besteht; denn zu diesem gehört, daß sie ein Gelübde und auch jedes Versprechen buchstäblich nimmt und erfüllt. Darin ist sie für unsere Begriffe kindlich. Gegen Ende des Romans erinnert Ottilie überhaupt wieder stärker an das Kind im Mädcheninstitut. Die Mischung von Demut, trotziger Kraft und Einsamkeit, die da wieder hervortritt, hat aber immer in ihr geleuchtet. Das ist ihr eigenes Licht, in dem ihr persönliches Wesen vor die Welt tritt. »Es könnte wohl sein, daß das innere Licht einmal aus uns heraustrāte, so daß wir keines andern mehr bedürften« (aus Ottiliens Tagebüchern). Ein wahrhaft Liebender hätte darin den Quell des Seins erblicken können. Aber Eduard denkt noch immer nur sich; selbst als er Ottilien nachstrebt, endet er bei einer Selbstbetrachtung.

Ist das Ende des Romans nicht doch pessimistisch? Ja – im Urteil über die Gesellschaft, die Klasse. Als hätte Goethe den heutigen Weltzustand vorausgesehen. Und diese Ironie: eine Gesellschaft, die zum Gehalt ihres Lebens die Zivilisation gemacht, sie auf ihren Hausaltar gestellt hat, betreibt den Zusammenbruch der Zivilisation! Man kann sich das fernere Leben Charlottens und des Hauptmanns nur noch wie das des alten Lords im Roman vorstellen. Aber die gute Gesellschaft ist der Sonderfall dieses Romans. Goethes Beobachtung besagt allgemein: in Klassen sind Denken, Wirklichkeit, Leidenschaft, sind alle ursprünglichen Mächte des Lebens von der Natur abgelöst, aus ihrem Boden genommen, naturfremd; Wachstum, Denken, Liebe und Wunder sind dem einzelnen gegeben, man kann sie mit niemandem teilen und auch nicht nachahmen; wer darin aber doch mit anderen teilen will, verliert die Wahrheit, und feindselige Dämonen gewinnen Macht im Leben. Das ist im Zeitalter der Massen eine Wahrheit, die vor dem einzelnen wie vor der Allgemeinheit auf einem unbetretenen Berge liegt.

So weit hat die Beschäftigung mit den Personen und der Gesellschaft mich in der Erkenntnis des Romans geführt: in dem Stil ist die humoristische Ironie im Bild der guten Gesellschaft als vorwaltend festgestellt; für den Sinn des Romans ist sodann Goethes Bekenntnis zu höheren Sinnesmächten gefunden, zu einem gesammelten Sinnentum als den ursprünglichen Form- und Bildekräften des menschlichen Lebens, ausgedrückt durch die Novelle »Die wunderlichen Nachbarskinder« und an Ottilie. Das Wesen dieser höheren Sinnesmächte verlangt noch eine nähere Bestimmung. Auf die Nachbarschaft zu einer philosophischen und zu einer christlichen Haltung wurde schon hingewiesen. Ottiliens drängende Bitte, »mein Inneres überlaßt mir selbst«, legt außerdem Innerlichkeit, Kräfte des reinen Gemütes als Deutung nahe. Goethes »Werther«, »Götz«, »Egmont« und selbst »Iphigenie«; die Tatsachen, daß die deutsche Kunst weithin im Ausdruck der Gemütskräfte, der Innerlichkeit ihr eigentümliches Wesen zeigt, und daß im Wesen Ottiliens Innigkeit unbedingt ein auffälliger Zug ist – alles das sind Stützen für diese Auffassung. Um so nachdrücklicher wird sie durch einen parallelen Vorgang in der Novelle und im Roman abgewehrt: hier wie dort, bei Ottilie und bei der Nachbarstochter, wird die Einstimmung in das Sinnentum als eine plötzliche und heftige Sinnesänderung gezeigt, so sehr, daß die Umgebung an eine psychische Störung glauben muß. Die natürliche organische Entwicklung des Geschehens, wie sie aus dem bisherigen Gang folgen würde, wird verneint durch einen Umstand, der weder psychologischen Gesetzen noch den Ordnungen der Sitte unterliegt. Ottiliens rätselhafter Wachschlummer macht den Eindruck, als wäre das, was auf sie einwirkte, ein Jenseits. Und bei ihr, aber ebenfalls, wenn auch schwächer, bei der Nachbarstochter – so glaubt man nach der Wandlung – bestand eine stetige Aufmerksamkeit darauf dunkel schon immer in ihrem Wesen, ganz getrennt von ihren natürlichen menschlichen Vorzügen, Anlagen und Entwicklungen. Nachdem der Umschwung geschehen war, herrscht im Verhalten beider eine unbeirrbare Gewißheit, mit der sie dem ergangenen Ruf folgen; sie laufen geradezu danach als dem einzigen Ziel ihres Lebensweges; selbst der Tod ist ihnen daneben wesenlos geworden, sie wählen ihn so leicht wie in einer Laune. Sie haben jene rätselvolle, durch alle Zeiten lebendige Größe von seltenen Kunstwerken, deren Harmonie den gesammelten Sinn vor unsere Sinne stellt. Bei beiden Mädchen hat der entscheidende Moment Züge eines Aktes der Selbsterkenntnis, aber nicht in Art einer psychologischen, auf Beobachtung beruhenden Wesensergründung; vielmehr tritt ein Vorherbestimmtsein hinzu. Damit machten sie offenbar die Erfahrung ihrer selbst, erfuhren die eigentliche Anwartschaft ihres Wesens, indem sie einen Augenblick unter die Wirkungen eines anderen, größeren Lebenssinnes gestellt waren, sozusagen auf einem andern Lebenseiland weilten und nun mit Staunen erfüllt werden, weil es ihr eigenes Leben ist, aber von anderen, größeren Mächten beherrscht als ihr individuelles Sein. Dort tritt der Sinn ihres Lebens in sie. Von da ab wollen sie nur noch existieren, daß ihr Leben von diesem Sinn erfüllt ist – oder nicht mehr sein. Es sind Menschen, welche das Ufer der Toteninsel schon betreten hatten und von dort wieder zurückgeholt wurden; und nach dem flüchtigen Eindruck schon erschien alles Leben ihnen in einem anderen Licht und von verändertem Wert. So kehren gewiß auch jene verändert zurück, die aus ihrem individuellen Leben heraus einen Moment auf dem Kontinent weilten, der vor dem Leben, im Ursprung liegt, und die von seinem Strande aus einen Blick darauf warfen. Das Land des Lebens, das Land des Todes, das Land des Ursprungs – für Goethe liegen alle im Reich der Natur. Und in der Unendlichkeit des Ganzen steckt an einem bestimmten Ort das Samenkorn des menschlichen Ichs. Ottiliens Haltungen, die gewisse Starrheit darin, so wie der Eigensinn der Nachbarstochter bedeuten etwas anderes als menschliche Charakterzüge und etwas Verläßlicheres, etwas Härteres als Tugenden, sie haben etwas von den Bildhaltungen in alten Wappenschildern: das Gründende und das Weisende.

Geist als tätige Existenz

»Laß gut sein; wir alle haben den Krieg nicht überlebt, sondern überstorben. – Was nun kommen wird, steht bei den Göttern« – neunzehnhundertachtzehn im Dezember sprach so ein Freund zum andern, um ihn aufzurichten, Rudolf Borchardt zu Rudolf Alexander Schröder. Das Wort Borchardts ist mir diesen fünfundvierziger Sommer oft im Gedächtnis gewesen, mit dem, was Schröder in seinem Bericht hinzugefügt hat: bei den angesprochenen Göttern sei schon gestanden, die in jenem Kriegsende unterging, die Welt vor vierzehn. Und auf den wüsten Pfaden zwischen Trümmern in der Stadt Berlin von Mensch zu Mensch und meiner Tätigkeit nach, schauderte es mich dann: das Deutschland um die trauernden Freunde, wie reich war es noch; war es nicht mehr das ganze, es war doch noch alles da, alles, was sich mit Augen sehen und mit Händen greifen läßt; die Heimat war noch da. Im Bruchteil einer Lebensspanne haben dann Zeit und Menschen dieses Trümmerfeld daraus gemacht. Das farblose »bei den Göttern« bekam apokalyptischen Klang und zeigt ein wildes heidnisches Urgesicht.

Rudolf Borchardt, als einer vom flüchtigen Stamme der Verbannten und Verfemten, ist im Laufe des Krieges in der Fremde gestorben, verdorben. Rudolf Alexander Schröder ist noch unter den Lebenden, aber er hat, wie viele, buchstäblich – in vielen Toden! – diesen Krieg überstorben. Und aufs Ganze der Menschen gesehen: ihr Zuhause ist zerstört; ihre Welt, die Heimat, die Lieben, die Nachbarn – hierhin und dorthin verweht und zerstreut; ihr Arbeitsgerät ist ihnen aus der Hand geschlagen und zerbrochen; ihre Aussicht ist so finster wie in der schwärzesten Nacht nicht. Eine alles Menschlichen bare Welt liegt da. Als müßte das »Es werde Licht« der Schöpfung erneut darüber gesprochen werden, so wüst und finster liegt sie vor und um uns. Ein Wunder müßte geschehen und diese Welt vor unseren Augen verwandeln. Soll denn »bei den Göttern stehen« bleiben, was kommen wird? Das tut es wohl. Dann muß der Mensch wohl oder übel in ein inneres Einverständnis mit ihnen kommen. Goethe deutet darauf, daß unser Auge sonnenhaft ist; so könnte aus uns Licht in die dunkle Welt fallen.

Aber im Umsichblicken bemerkt man nur dasselbe Verhalten, das nach neunzehnhundertachtzehn auch zu sehen war; als gelte *es* nur dasselbe, und als wäre es mit dem von damals zu guterletzt nicht so schief gegangen, wie es doch gegangen ist. Nach der Lähmung des ersten Schocks hat allgemein wieder diese aufgestörte behende Insektengeschäftigkeit begonnen, um alles für die Notdurft und danach für ein Geschäft oder ein Gewerbe zu richten und herbeizuschaffen. Dabei sucht einer dem anderen zuvorzukommen, es wird auch gelegentlich schamlos dem anderen sein Eigen weggenommen, und mit dem Eigentum des andern selbst wird Schacher getrieben. Ja, die Genauigkeit und die Solidheit entschwinden zusehends; weniger im sogenannten »Volk« als bei jener sozialen Mehrheit, die in jeder Beziehung von dem gelebt hat, was ihr fertig geliefert wird, sowohl in materieller als in denkerischer und moralischer Beziehung, und die als ein »sehr geehrtes Publikum« bezeichnet wird, darunter Lehrer und Richter. Im Gewimmel sieht man auch auffällige Einzelne gehen, und ihnen ist anzusehen, dass sie sich von hier wegwünschen, in ein anderes Land, ihre Enttäuschung, ihr Schrecken, ihr »Stolz« (jener falsche Ehrgeiz nach Person) – auch diese Einzelnen haben etwas merkwürdig Abwesendes, Zerstreutes an sich, wie die wimmelnden Anderen. – Das hier Gesagte klingt gewiß richterlich; und man darf in einem Volk in solcher Lage nicht umhergehen und richten. Ist es doch allgemeine Menschenart, die Möglichkeiten wahrzunehmen, die eine Zeit bietet, und in einer Zeit, die aus den Fugen ist, ist wohl direkt alles möglich. Dann darf man aus dem öffentlichen Anblick noch nicht auf den wirklichen Zustand schließen. In

Deutschland zumal ist uns im letzten Jahrzehnt der Blick für die allgemeinen Anlagen des Menschen schlechthin mehr als irgendwo sonst geöffnet worden, und das Entsetzen bei einem Auftauchen des Bodensatzes bedeutet noch nicht, daß man auch jenen unfreundlichen Begriff von seinem Volk hat, wie er von uns jetzt in der Welt in Umlauf ist, es verschreckt noch nicht die Liebe.

Mit diesem Vorbehalt muß auch auf zwei Erscheinungen gedeutet werden, die auch an die Zeit nach neunzehnhundertachtzehn erinnern: die hektische Betriebsamkeit auf dem Terrain von Kunst und Kultur, und den Ruf nach dem neuen Menschen in Reden, Aufsätzen, Predigten und Kundgebungen. In dem Kunstbetrieb fällt wieder das Zerstreute auf, es ist stärker darin als damals. Alles mischt sich da durcheinander. Und mit welcher Unverständigkeit werden Produkte aus der unmittelbaren Nachfolge von neunzehnhundertachtzehn wieder an die Rampe gezerrt. – Männer, die Charakter bewiesen haben, und auch ein aufgeregtes, empfindendes Innere zeigen, sprechen in Versammlungen, zu den »Gebildeten« sowie zum »Volk«, von unserer Schuld und von der notwendigen Umerziehung und Umschulung. Sie sind doch mit uns allen in einem Kral und ihr Stand ist auch auf dem bloßen Erdboden – dennoch sprechen sie aus einem oberen Bezirk, aus einem Reservat: ein spezielles Schicksal oder ihr geistiger Beruf oder Geist allgemein hat ihnen dazu gedient, sich dialektisch schon wieder aus dem allgemeinen Schicksal herauszuwinden. Sie bleiben, wenn auch nicht unangefochten und unerschüttert, wieder bei sich selbst, und ihre Betrachtung beugt sich von oben herab. Also wieder die Wendung zum anderen unter sich! Und dabei ist das Mißverhältnis dieser Stellung zur wirklichen Situation heute schreiender als jemals. Ungeheuerliches ist in Europa geschehen, an dem jeder unter uns beteiligt war – und das Ungeheuerliche ist nie zu sühnen. Die Frage, die der Augenblick stellt, ist vielmehr: Wie kann ein *neuer Sündenfall* in Zukunft vermieden werden? ja, so groß ist die Frage; und die ist wieder der Menschheit gestellt. Was wiegen da schulmeisterliche Reden und Zerknirschung. Und gar, wenn in diesen Reden etwas so Prekäres, etwas so Unsicheres da ist, sodaß man meint, es könnte ebensogut etwas anderes gesagt werden. Und das Spekulative, das auch darin ist; in den verschiedenen Standpunkten, die eingenommen werden, in dem Einerseits und Andererseits von Realismus und Idealismus. Der Erkennende bleibt bestenfalls mit seinen Bekenntnissen und Aufrufen in einem durchaus geistigen Stil von höchster Kultur, jedoch regt er sich nicht selbst ganz darin auf eins und ist mit Selbstverständlichkeit und Breite darin, etwa als ein ganzer Weltmann und Ehrenmann. Ein Weltmann und Ehrenmann im ganzen Sein und Wirken wirklich zu sein, bei sich selber darauf zu sehen, sich zuzusehen daraufhin, das als Ideal wäre wirkungsvoller als die besten Parolen. Hundert wirkliche Weltmänner in Deutschland, Welt- und Ehrenmänner, und die Hitlers, Görings und Himmlers hätten nie aufkommen können.

Aber in dem, was da heute geschieht und in dem, was gesagt wird, überall fehlt das Überzeugende; es könnte genau so gut etwas anderes getan oder gesagt werden. Die Menschen, meine ich, sind darin nicht selbst gegenwärtig, was sie tun und was sie sagen ist etwas von ihnen Abgespaltenes. Immer wieder kann man sagen hören, das Geschehen jetzt sei gespenstisch. Sind es nicht die Menschen, die gespenstisch sind? Fehlt nicht wirklich ihnen das, woraufhin sie ganz lebten? Und nicht das allein. Im Hintergrund von ihren Gesichtern, ihren Gebärden, ihrem Gehaben und ihrem Verkehren fehlt das Wirkliche: das entschiedene Verhältnis zur Natur, das entschiedene Verhältnis zum Leben, – da fehlt etwas, worin sie nicht nur selbst als Einzelne, sondern worin sie mit *dem* Menschen eingebettet wären: der Zusammenhang in der Menschheit als das Wirkliche selbst hinter den alltäglichen Äußerungen und Gewohnheiten, das Ursprüngliche davon, das tief im Herzen sitzt – das Humane. Neunzehnhundertsieben schon hat Hugo von Hofmannsthal in den »Briefen des Zurückgekehrten« auf solche Symptome in Deutschland gedeutet. Das Elementarereignis des Ersten Weltkrieges hat das Wirkliche in den Menschen nicht dichter, aber die Schwächung der Instinktnatur offenbar gemacht; der offenbare Mangel trieb in eine Überspannung der Energie und zu einem Ansichreißen von möglichst vielen Dingen und Erscheinungen der äußeren Welt und Natur. Der Mensch drängte durch seine Sinne und Organe nach außen in die Dinge und löste seinen Kern damit nur noch mehr auf.

Gerade dieser Krisenmangel bei uns ist um so bemerkenswerter, als das Humane einmal unter den Deutschen in Lebensformen und geistigen Formen eine besondere Fülle an Wirklichkeit hervortrieb. Man muß nur die Namen des großen deutschen Jahrhunderts überfliegen: Klopstock, Möser, Lessing, Kant, Herder, Claudius, Hebel, Goethe, Schiller, Beethoven, Jean Paul, Humboldt, Brentano, Eichendorff, Stifter – in diesen Gesichtern tritt das Humane als Familienzug heraus. Denkt man an den einen Goethe, erscheint es fast als eigentümlich Deutsches. Man sollte vielleicht jetzt nicht an diese reiche Tradition erinnern, denn auf diesen historischen Reichtum ist in jüngster Zeit viel Kredit aufgenommen worden; jedenfalls nicht ohne hinzuzufügen, daß jenes Jahrhundert die letzte Wirklichkeit des Deutschen war; für alles Schöpferische bei uns seither ist es sehr auffällig noch immer die Gegenwart, die Welt, auf die alles bezogen, der alles noch zugewandt ist. Unsere eigene Zeit hat offenbar die Dichte einer Wirklichkeit in uns nicht gefunden. Und jene große fromme ist seit langem nicht mehr in uns. Eine von Natur lebensfromme Frau, durch das Alltägliche in verzweifelte Ungeduld gehetzt, klagte, als sie jetzt durch Zerstreutheit und Abwesenheit eine Serie von Mißgeschicken auf sich gezogen hatte: »Ich habe mein Gottvertrauen verloren; früher, als ich das hatte, kam nichts an mich heran.« Und sie wird, im Karussell der Geschäftigkeit, weiter umgetrieben und abgetrieben. In einem Kader wartender Menschen, wo jeder durch Schrecken, Angst, Mühsal und Entbehrungen bis auf ein durchsichtiges graues Gewebe seiner selbst reduziert war, und nur Todesmüdigkeit über allen lag, wandte sich eine Frau an ihre fremde Nachbarin und fragte ruhig, still und ernst: »Warum macht man nicht einfach Schluß mit sich. Man sollte es doch wohl tun –« und ohne eine Antwort zu erwarten, sank sie wieder in das leere Schweigen zurück. – Die erste Frau nennt das Verlorengegangene, die andere taucht für einen Augenblick aus dem Abgrund auf, in den sie gestürzt ist, als unter den brutalen Schlägen der Ereignisse in ihrem Inneren der dünne Steg Lebensfrömmigkeit, auf dem sie sich noch gehalten hatte, einbrach. – Im hastigen Gedränge begegnet man völlig verschlossenen Menschen; sie verweigern der Situation jedwede Äußerung; nicht den Rücken haben sie ihr etwa zugekehrt, ihr Verstummtsein ist nicht Eigensinn, sie sehen nicht nach Hoffnungen, und sie suchen nicht ihr Leben durch Resignation; ihr Leben hat im Nichts seinen düsteren Horst, fast gut befinden sie sich, wo es am allerschlimmsten steht – nur, ihr eigenes Ich haben sie aufgegeben, und sie treiben da einem Geschäft, einer Besorgung nach.

Es kann hier nur auf dieses und jenes immer hingewiesen werden, aber wohin gezeigt wird, überall besagen die Erscheinungen, daß dem Menschen im Äußeren allein mehr aufgegeben war, als einer hätte tragen können – die möglichen Hilfen einer Weltmacht kämen schon zu spät, das Menschenbild wäre damit nicht mehr zu wahren – und wie alle solche Situationen in der Menschengeschichte, ist auch diese nur heilbar durch einen wundertätigen Orden; eine Gruppe von Menschen mit geheimen, überweltlichen Heilkräften, die sie aus ihrer völligen Hingabe und Opferung an das menschlichste, im Menschentum himmlische Menschenbild, an ein erweckendes Bild des Humanen ziehen. Die Situation verlangt für den Menschen nach unauffälligem geistigen Beistand. Wie solche Situation stets, enthält auch diese wieder den Appell an die Geistigen. Die Geistigen haben bis soweit ihre besonderen Gaben und alle Zeit für sich gehabt, zu Erfahrungen für die Verwandelbarkeit der Welt, nachdem sie einmal durch unsere Welt hindurchgeschaut hatten. Nun soll ihre Einsicht, ihr Wissen, ihre Kunst, ihr ganzes Leben in dem »Reich, nicht von dieser Welt«, nun soll das als lebendige tätige Existenz in dieser Welt erscheinen. Jetzt hilft nicht Trost sprechen, Lehren austeilen, Tugenden preisen, Wahrheit und Gerechtigkeit aufrichten – die Menschen hängen über dem Abgrund, als müssten sie hinab – da hilft ihnen nur, wer mitten unter ihnen ist, möglichst noch geringer als sie, unterschieden von ihnen nur durch etwas Heimliches, das im alltäglichen Sein und im alltäglichen Tun aufschimmert. Jetzt werden von den Geistigen die geschieden, die nur die Mechanik des Geistes haben, auch die, denen das Geistige zu einem Erfolg im Äußeren dient, sogar die, die sich in einer Tugend übten – denn in der Sturmflut rettet der geübteste Schwimmer nicht sein Leben, sondern nur der, der weiß, daß er leichter ist als das Wasser und in dem Schwerpunkt in seinem Inneren ruht. Aus der wundersamen Stille im Zentrum einer tätigen Existenz strömt magische Heilkraft auf die Nächsten rundum.

In den echten Geistigen regt eine Zeit wie diese die Frage auf: *Was muß ich jetzt tun?*

Über das Lesen

»Neuerdings bin ich auch dieser abscheulichen Gewohnheit verfallen, den Tag mit dem Lesen der Zeitung zu beginnen«, sagte ich neulich zu einem Bekannten. Er sah mich verständnislos an. Als ich ihm erklärte, bis vor kurzem hätte ich nach dem Frühstück einige Seiten in einem guten Buch gelesen, setzte er ohne noch ein Wort für mich seinen Weg fort, als wäre etwas Bedauerliches zwischen uns getreten. »Natürlich nicht in einem Roman«, beharrte ich eigensinnig, »sondern etwas, das nachdenken macht, zum Denken anregt. Einen Essay von Bacon, eine Arbeit von Ernst Hello oder von Paul Valéry, in Goethes naturwissenschaftlichen Schriften, den Noten und Abhandlungen zum Divan.« Als ich erzählte, das Liebste dafür wären mir Hebels Schatzkästlein, Lafontaines Fabeln und Grimms Märchen gewesen, und daß ich in meinen Morgenstunden immer wieder zu diesen Büchern zurückgekehrt sei, schnappte er fast nach mir: ob ich ihn höhnen wolle. Nun erzählte ich, daß ich einige Zeit in einem Schulinternat lebte, wo es Sitte war, vor dem Frühstück ein Präludium und eine Fuge von Bach anzuhören. »Warum soll man den Tag nicht mit einer anspruchsvollen Gewohnheit beginnen!« – »Das praktische Leben ist gewöhnlich. Überspanntheit und Einbildung im gewöhnlichen Umgang: man stolpert über seine eigenen Füße.« – »Das Lesen am Morgen dient mir eigentlich dazu, die Flügel meiner Einbildung zu binden, den Geist wach zu machen für eine Ordnung in meinen Schritten für das genaue Maß. Es ist ein Mittel gegen Ungenauigkeit und Zerstreutheit. Es legt den Bleikiel in mein Fahrzeug.« Und hier erzählte ich meinem Bekannten die Anekdote von dem alten, zum Tode verurteilten Chinesen. Am Abend vor seiner Hinrichtung nach seinen letzten Wünschen gefragt, bat er um die Sieben Bücher der Weisheit. Das war auch in China ungewöhnlich, und morgens fragte man ihn, warum er nach den Büchern verlangt habe, sein Gedächtnis daure doch nur noch wenige Minuten. »Ich füllte meine Seele«, war seine Antwort.

Es gibt viele Arten zu lesen, und man muß zwischen Lesen und Lesen scheiden: Lesen, um zu lernen, Lesen, um in etwas einzudringen, Lesen, um den Geist in Bewegung zu bringen, Lesen als Gespräch, Lesen als Kunst. Alle lassen sich in drei Arten zusammenfassen: Lesen zur Orientierung, Lesen als Übung und schöpferisches Lesen. Dazu ist in neuerer Zeit noch eine sehr verbreitete Art gekommen: Lesen aus Gewohnheit. Und diese Gewohnheit kann, wie das Rauchen, zur Süchtigkeit anwachsen. Der so Geplagte muß in jedem unbeschäftigten Augenblick, wo er auch immer sein mag, lesen.

Lesen können: das gilt allgemein als Maßstab für die Kultur eines Volkes. Noch vor weniger als fünfzig Jahren zählte man die Analphabeten in einem Volk – heute zählt man die Millionenzahl der Bücher eines Jahres. Der Vertauschung des Maßstabes ist man sich noch kaum bewußt. Lesen lernen, das ist die Entdeckung einer neuen Welt. Dem Geist wird ein Fenster für den Blick auf eine andere Wirklichkeit geöffnet. Diese andere Wirklichkeit eröffnet den Kräften des Geistes eine Freiheit, die vorher nicht da war, und sie enthüllt eine Ordnung, die unter den Kräften des Geistes gültig ist; sie offenbart Gesetze, durch die Phantasie, Gedanke, Gefühl und inneres Gesicht zu einer eigenen Welt geordnet werden. Der Schüler im Lesen entdeckt auf eine Weise, daß es verschiedene Welten gibt, und diese Weise ist so eindeutig und so bedeutend wie die Mathematik und wie die Musik. Die Zeichenschrift blüht im Licht der Begabung zu einer wundersamen Welt auf. Als ein rechtes Wunder geschieht das nur, wo Einfalt, Ehrfurcht und Glaube vorhanden sind. Die Begabung aber verlangt Anstrengung und Bemühung unsererseits. – Dagegen die Lesefertigkeit: da laufen in großer Geschwindigkeit fremde Bilder und fremde Gedanken über die Leinwand des Geistes wie Filme. Die rasche Folge verhindert das eigene Überdenken eines Gegenstandes und eine eigene

Entscheidung. Die Anschauungen haben nichts mehr mit der Person zu tun. Das Denken ist auch von den Gegenständen gelöst. Die richtige Folge: Beobachtungen am Gegenstand – Denken im Anschauen des Gegenstandes – eigene Ideen zum Gegenstand – die Veränderung oder Verwendung des Gegenstandes nach diesen Ideen: diese Folge ist aufgehoben. Dieser Lesende hört und sieht nicht mehr, was er liest. Sein eigenes Denken verflüchtigt sich, sein Geist ist verflacht zur Filmleinwand. Das ist die rechte Verfassung für die Wirkungen der Propaganda. Deswegen wird in unserem Zeitalter der Propaganda auf das Viel-Lesen hingedrängt, auf Lesefertigkeit, und darum werden in modernen Staaten die Millionenziffern der Bücher gezählt.

Mein Beruf zwingt mich, viel zu lesen, wenn ich aber etwas für mich lesen will, dann kehre ich gern immer wieder zu wenigen Büchern zurück. Wenn man dasselbe wieder und immer wieder liest – nur klassische Werke vertragen das –, tritt einem mit der Zeit aus dem Gelesenen ein Gesicht entgegen: der Mensch, der das schrieb. Er tritt nicht aus den Erkenntnissen hervor, die darin ausgesprochen sind, und nicht aus den Begebenheiten, die dargestellt wurden. Es ist das Wie des Vortrags, und nicht das, was gesagt wird.

So kann Lesen zu einem Gespräch werden mit einem Menschen, der nicht gegenwärtig ist, mit dem Autor. Das erschließt die Möglichkeit, mit großen Menschen Umgang zu haben; und mit Menschen, die mehr wissen und mehr sind als die, denen ich täglich begegne; mit erlauchten Geistern, zu denen ich in einem ehrfürchtigen Verhältnis stehe; und was sie mir geben, ist weit mehr als das, was in dem Buch steht, das ich gerade lese. Das ermöglicht ein Gespräch mit Menschen anderer Zeiten und mit Menschen anderer Welten. Sie treten aus dem Buch, das ich lese, lebendig hervor. Ich erscheine vor ihnen mit meinen Angelegenheiten, und dann sind es nicht bloß meine Angelegenheiten, sondern sie erscheinen im Licht eines anderen Lebens, einer anderen Welt und einer anderen Größe. Sie hören auf, Angelegenheiten bloß des Augenblicks zu sein, und erscheinen in der Perspektive – nicht der

Vergangenheit oder eines fernen Kontinents – in der Perspektive des einigen Lebens. Ich lese Goethe; nicht, was er über dieses und jenes sagt, ist so wichtig wie, daß er, Goethe, das sagt. Ich setze mich nicht mit seinen Äußerungen auseinander, sondern ich höre ihm zu. So ist Lesen lebendige Existenz. Stifter führt mich auf seine behutsame Art an die Dinge heran. Zuerst führt er immer wieder an ihnen vorüber, und sie werden jedesmal nur mit Namen genannt; so oft, bis eine Frage, eine Bemerkung von mir kommt, die verrät, daß ich nun geöffnet bin für das Ding. Und dann stellt er es vor mir auf, mit einer Geschichte, die es merkwürdig macht, und ein Wort fällt: »Nausikaa«, und damit wird es in eine Welt gerückt. Beim Lesen muß einer seine gesamte Bildung gegenwärtig halten – und seine Erinnerungen.

Wie die meisten Menschen es sich gerne in ihrem Umgang, in der Wahl ihrer Freundschaften bequem machen, indem sie nur Menschen dafür wählen, mit denen sie harmonisieren, die ihnen ähnlich sind, in denen sie sich bestätigt finden, und also im anderen nur sich suchen, so lesen viele Menschen gern das, was sie im ersten Moment anspricht, was ihrer Stimmung entgegenkommt, worin sie sich wiederfinden oder zumindest sich spiegeln und mit sich schön tun können. Das, was ganz anders ist, das Fremde, das Schwierige, wird ignoriert oder fortgeschoben. Diesem Verhalten liegt ein falsches Verhältnis zur Welt zugrunde, ich möchte sagen: Mangel an Welt. Es ist ein Sichsträuben gegen die Welt und zutiefst Lebensschwäche. Man kann beobachten, daß solche Menschen sich selbst nicht kennen und sich nicht kennen wollen. Sie kultivieren ein Bild von sich; sich, so wie sie sind, lehnen sie ab; sie sind ihre eigenen Feinde; Menschen, mit latentem schlechtem Gewissen. Das ist ein schlimmer Zustand. Nirgends wird so offenbar, daß Demut und Liebe zwei Seiten desselben Wesens sind, daß unsere Tugenden *und* unsere Fehler unsere Kraft sind; daß wir nur in der Welt uns finden können; und daß Barmherzigkeit und Ehrfurcht allein in die Welt einführen. Jeder von uns hat die erstaunlichen Stunden inneren Lichts erlebt, in denen er selbst ganz hingeschmolzen ist, sich in Gegenwart und Besitz der inneren Welt fühlt, und sie und sich so erkennt. Die Stunden der Begeisterung; wenn er bewunderte. Solche Stunden sind Glücksfälle. Das Gewöhnliche ist die unablässige Bemühung um das Andere, das Fremde; ist die Umwerbung, ist Lauschen und Sinnen, ist Scharfsinn und Tiefsinn, ist das Eindringen in das Wesen und Wollen des Schreibenden; sich in den Schreibenden verwandeln und den Quell- und Lebenspunkt seiner Eigenheit suchen. So erfährt man, daß kein Wesen in der Welt wie das andere ist, und so, über Liebe und Hingabe, erfährt man die Welt, den reichen Strom aus vielen Quellen.

Jeder Lesende ist ein Lernender, ein Lehrling. Er lernt nicht bloß Fakten. Wichtiger ist, daß alle Dinge in einer Beleuchtung erscheinen, die sie verbindet, so daß sie zu einer Welt zusammentreten. Und manchmal erspäht man das in jener Welt Wirkende, das Gesetz im Lebensverkehr der Dinge. Es kommt vor, daß man es lebendig in sich spürt; man fühlt das Leben anders; und plötzlich hat man Fähigkeiten, die man nicht ahnte. Dem Blick tut sich eine Tiefe und eine Weite auf, wo Augen niemals hinreichten. Die Welt öffnet sich einem Wissen, das über Beobachtung und Erfahrung hinausreicht, das richtiger ist als die Ergebnisse der Logik und die Ergebnisse des Gefühls. Eine Klarheit wie nie. Gipfellicht und die Kühle von Ewigkeit – und das Blitzen von Allgegenwart. In solchen Momenten vermag einer Kommendes richtig vorher zu wissen, wenn die augenblickliche Realität es noch mit keiner Andeutung verrät. Dabei sind keine übernatürlichen Kräfte im Spiel, nur Kräfte, die schlummerten, sind erwacht, wie aus einem Pflanzenauge eine Wurzel oder ein Schößling hervorschießt, in neuen Boden oder neue Luft; und die Pflanze steht dann tiefer und breiter in der Welt.

Lesen kann auch eine Form von Exerzitien sein. Bei Musikern sah ich am besten, was Übungen sein können. Bevor der Musiker mit seinen Übungen beginnt, setzt er sich zu einer bestimmten Haltung zurecht und verharrt einen Moment regungslos, die Haltung hat etwas Steifes und Feierliches. Diese Stellung behält er bei, solange er übt. Die Übungen bestehen darin, daß er immer wieder, von Mal zu Mal konzentrierter, in Noten vorgezeichneten Formen nachgeht, mit dem einen Bemühen, sie immer genauer zu treffen. Nein: nicht zu treffen, sondern nachzubilden; mehr noch: sie zu erfüllen. Während dieser Arbeit ist sein Gesichtsausdruck merkwürdig starr und feierlich. Er gestattet sich keinen Augenblick eine Stimmung oder einen eigenen Ausdruck. Die Musik wird weniger gespielt, als daß vorgeschriebene Zeichen ausgeführt werden. Die kluge, vorsichtige, geduldige Hand erstrebt Genauigkeit in den Umrissen und Maßen einer Figur, im übrigen ist der Musiker nur Horchen, ob die Figur unter seiner Hand rein entsteht. Der übende Musiker fühlt sich durchaus nicht als ein Erhöhter, als ein in einer Weihe Stehender, dem ein höheres Waltendes sich offenbare, sondern als Dienender, der eine Gesetzmäßigkeit genau zu erfüllen hat, damit die kleine musikalische Phrase wahrnehmbare Wirklichkeit gewinnt, denn in der profilierten und artikulierten Aussage allein erscheint sie und bewegt sich und vermittelt einen bestimmten Inhalt, den die Hörer bei sich gleichbedeutend mit ihren Wahrnehmungen in der Realität und den Erkenntnissen ihres Verstandes einreihen können. Die Hörer aber erleben mit dem Erscheinen der Phrase eine Entführung aus der Welt ihrer eigenen Bewußtheit in eine andere Welt, oder es geschieht ihnen eine Erweiterung der Welt ihrer Bewußtheit, die aus der oberflächlichen Verständlichkeit nicht zu erklären ist. Übungen dieser Art geben nicht nur einen Begriff von einer Genauigkeit, wie sie im alltäglich Menschlichen ungewohnt, in der Natur wie im Geistigen aber zum Wesen des Gesetzes und der Wahrheit gehört – die Übungen geben nicht nur einen Begriff von dieser stimmenden Genauigkeit, sondern sie machen darüber hinaus die Genauigkeit dem Übenden zu einer Gewohnheit in seiner natürlichen Lebensform. Entsprechend diesen Übungen des Musikers gibt es Leseübungen als geistige Exerzitien. Dabei kommt es zuerst auf die Texte an: sie müssen von einer unbedingten inneren Gesetzlichkeit sein, bewährte Texte. Und dann kommt es auf die Haltung des Lesenden an: er muß langsam und genau lesen, im inneren Hören und inneren Sehen konzentriert, in allen Bewegungen genau den vorgezeichneten Maßen folgend. Diese Leseübungen gehören in den Stundenplan des geistigen Werktages. Sie sollten täglich gehalten werden, eine halbe Stunde dafür kann genügen. Das sind keine Übungen, um lesen zu lernen, sondern Übungen für Kundige.

Aber stiftet die Entführung aus der eigenen Welt nicht Verwirrung in der Tagesbewußtheit, sobald wir wieder in diese zurückweichen? Nur, wenn in der Übung nicht die vollkommene Genauigkeit gesucht wird, sondern stattdessen vorzeitiges Begreifen-Wollen den anderen Einklang stört. Die Erfahrung der Genauigkeit im Geistigen, die Einsicht in das absolut Stimmende im schweigenden Eigensein der Form schenkt unserem Wesen erst wieder die notwendige Einfalt. Dafür ist allerdings Glauben Voraussetzung. Die Teilhabe des Glaubens am Lesen ist eine alte Erfahrung.

Aber jetzt lesen? – kann man jetzt lesen? – und darf man jetzt lesen? Mit der Frage nach dem Können wird auf eine Voraussetzung für alles Lesen gedeutet: der Leser muß heil sein; er muß bei sich sein; aber er darf nicht ganz und gar mit sich beschäftigt sein, muß Kräfte frei haben für etwas anderes; er muß frei genug sein, um sich anderen widmen zu können. Und gehört diese Freiheit von sich nicht zum Menschen? Dann muß sie in jeder Lage gesucht werden.

Mit der Frage nach dem Dürfen wird ein alter Klassenstandpunkt wieder aufgegriffen: da galt lesen als Luxus und gar als kultivierte Form des Faulenzens. Für eine solche Anschauung gilt als ausgemacht, daß Lesen fürs reale Leben untüchtig mache oder zumindest davon abhalte. In jener Welt kann man zwei miteinander gekoppelte Tendenzen vernehmen: die Menschen seien dumm zu erhalten und sie seien glücklich zu erhalten. Diese Erörterungen wurden in einer Welt gepflogen, in der eine Menschenklasse für eine andere zu arbeiten hatte. In einer Streberwelt, wie sie nach 1871 bei uns groß geworden ist, zur Zeit des grandiosen wirtschaftlichen Aufstiegs. Bei keinem anderen Volk in Europa ist diese Moral je so verbreitet gewesen, sie hat die Kultur in der Breite und in der Kontinuität gehindert. Sie hat es bei uns dahin gebracht, daß fast jeder Mensch ein schlechtes Gewissen verspürt, wenn er über der Beschäftigung mit geistigen Dingen Praktisches versäumte. Man hat gesagt: weil wir von Natur zu Romantik und Metaphysik neigen. Aber hat uns die Tüchtigkeit in ein richtiges Verhältnis zur Realität gebracht? Zu einem humanen Realismus führt nur eine von der inneren Person getragene und durchlichtete Existenz. Der Realismus setzt ein inniges Verhältnis zum Seienden voraus, und das ist ein bloß sinnliches oder nur opportunistisches Verhältnis niemals, wenn die Ziele auch noch so hoch gesteckt werden. Dazu gehört eine Kommunikation mit dem Seienden, wie sie nur im Geistigen möglich ist. Und eine Form, diese Kommunikation herzustellen, die Disposition dafür zu schaffen, ist Lesen. Wenn die innere Verbundenheit zwischen Menschen aussetzt, versteht buchstäblich keiner mehr, was der andere sagt, auch wenn sie dieselbe Sprache sprechen. Zwei Menschen aber in innigem Verhältnis können in fremder Sprache einander bis in verborgene Gefühlsnuancen verstehen. So weitgehend gehört zum Wesen der Sprache die innere Kommunikation. Der Turm zu Babel war das Werk gigantischer Tüchtigkeit. Aus diesem Symbol für ein himmelstürmendes völkisches Leben ließe sich die Lehre ziehen, daß selbst Genies der Technik niemals das Leben versäumen sollten.

Sehr viele Menschen haben ein Vorurteil gegen das Lesen, bei uns wenigstens die Hälfte aller Menschen, ich glaube, es sind wohl noch mehr. Zunächst alle, deren Lebensgang sie nicht dazu kommen ließ, das Lesen kennenzulernen, das sind fast alle, die nur die Volksschule besuchten. Sie hätten eigentlich keinen Grund, weil auch sie in der Schule Lesen lernten und übten. Ihre Vorurteile sind, Lesen sei Luxus und Müßiggang, und sie wären nicht gebildet genug und nicht dafür begabt, und überhaupt sei Lesen auch zu nichts nutze und gehöre zu dem feinen und eingebildeten Getue. Diese Vorurteile können zu Eigensinn und Trotzigkeit verhärten. Die Gesellschaft hat eine traurige Schuld daran. Sie schließt den Volksschüler davon aus, die großen und ewigen Schöpfungen im Wort kennenzulernen – und die Gesellschaft weiß das nicht. Mit dem Nachholen der Bildung in Volkshochschulen ist diese Schuld so wenig abzutragen wie mit Aufführungen in der Art des Rundfunks. Eine weitere Gruppe von Ignoranten besteht unter Männern der Wirtschaft. Sie lesen, um orientiert zu sein, aber sie weisen Lesen als Übung und schöpferisches Lesen mit einem nachsichtigen Lächeln von sich. Sie halten Lesen für Verwöhnung und für eine Angelegenheit von Frauen, Kindern und Narren, freundlicher gesinnt, nennen sie letztere auch »Idealisten«. Von sich sprechen sie in diesem Zusammenhang als von »Erwachsenen«. Das sagt genug. Sie ahnen, daß der wahre Leser ein Liebender sein muß. Ob sie auch wissen, daß Frauen nicht nur den Menschen zur Welt bringen, und daß Empfangen und Gebären innigst zusammenhängen? Ob sie deshalb nur mit Diskretion von ihrer Abneigung gegen das Leben sprechen? – Merkwürdig bleibt ihre Unaufmerksamkeit in diesem Punkt auf die größten in ihrem Kreise, von denen auf die Schulter getippt zu werden sonst ihr Stolz ist: wirklich große Männer der Wirtschaft sind nämlich meist Leser von hohen Graden – aber an ihnen wird das als generöse Laune und Liebhaberei belächelt. Die »erwachsenen« Männer haben jetzt erlebt, daß das Gegründetste, das Gewaltigste und das Geordnetste dem Untergang verfallen kann; und das mag der Grund sein, weshalb vor manchen von ihnen, wenn auch noch wirr durcheinander, jetzt die großen Bücher auftauchen. Sie mögen ahnen, daß große Entscheidungen unterirdisch vorbereitet sind, in unterirdisch verlaufenden Strömen, auf denen alles Oberirdische treibt. Wie hätten sonst alle in gleicher Weise von Unheil betroffen werden können! Sie suchen jetzt Verbindungen zu den verborgenen Mächten. – Zu den Nicht-Lesern rechne ich auch alle Gewohnheitsleser; bei ihnen ist das Können unheilbar degeneriert.

So viele Menschen sind es bei uns, die nur im Gehege ihres jeweiligen Alltags leben, mit alltäglichen Sorgen und Mühen, zwischen persönlichen Befriedigungen und persönlichen Enttäuschungen, mit ehrgeizigen Spekulationen, und an den Schranken der Realität immer wieder zurückgeworfen, zwischen Glauben und Aberglauben. Aus Namen, Ziffern und Dingen fügen sie in ihrer Vorstellung mühsam die Bilder von anderen Zeiten und von anderen Ländern. Jenseits des real Vorstellbaren und jenseits des vernünftig Denkbaren hört für sie die Welt auf. Nur im gegenwärtigen Zustand ihres Lebens können sie sich sehen und sich empfinden. Sie kennen nicht die Bilder, in denen das dunkel Erlebte aus einer dumpfen Wirklichkeit in die höhere Sphäre reiner Bewußtheit gehoben ist; nicht die dichterische Vision, die mit ihrem magischen Licht den Grund des Lebens jenseits des Denkbaren, dort, wo er im Dunkel liegt, erleuchtet, weil Gedachtes nie erleuchten kann. Wenn sie sich umsehen in ihrem Leben, finden sie da Anfänge, Versuche, Unfertiges in zufälligem Durcheinander. Wie nötig brauchten sie die klare Linie eines vollständigen Lebens in einer Biographie als Halt für die Augen auf dem Wege zwischen den Bruchstücken im Feld des eigenen Lebens. Wer gibt ihnen den Glauben an die Prädestiniertheit ihres Lebens, so daß sie unangefochten – und wenn um sie her die Welt in Trümmer geht – den Blick ruhig an den Gang des Lebens geheftet, ihre Bahn dahin gehen könnten. Sie sehen an den Menschen anderer Völker, mit denen sie in dem engen Raum Europa zusammen leben sollen, daß sie eine andere Haarfarbe haben, daß ihr Gesicht zwischen den Backenknochen heller gespannt ist, den weicheren Schmelz ihrer Augen, daß sie anderes wollen, und daß ihre Gedanken einen anderen Schritt gehen, aber sie werden niemals ahnen, daß sie selbst nicht die wären, die sie sind, ohne diese anderen mit ihnen; daß zwischen Isolierung und Kommunikation mit diesen ihr eigenes Schicksal schwankt. Daß die innere Kommunikation in der Liebe des Geistes zu den anderen geschieht! Kennt jemand, um das an einem Beispiel nur anzudeuten, die Franzosen, der nicht ihre Schriftsteller kennt; der nicht wenigstens für Momente von der alten Klarheit, von dem naiven Rationalismus, von dem nüchternen Rausch bezaubert war: Dingen, die sich beim Lesen französischer Dichter im eigenen Geist auszubreiten beginnen, und nur so, als Erlebnis, wahrgenommen werden können? – Ich bin wirklich der Ansicht, daß Lesen Erfahrungen und Wissen gibt, wie selbst ein erfolgreiches Leben sie niemals schenkt. Allerdings will ich nicht behaupten, daß Lesen Menschen auch glücklicher machte.

Brief an einen Heimkehrer

Das war eine gute Nachricht, lieber P.H., daß Sie nach Hause gekommen sind! Sie sollten nun recht lange dort bleiben! ist mein Willkommensgruß in dem kleinen Haus über dem Seeufer; Ihrer ersten Regung zum Trotz, sich in den neuen Verhältnissen rasch einen Platz zu sichern. Ein fester Boden, auf dem neue Verhältnisse stehen könnten, ist noch nicht sichtbar, und noch weniger gibt es Sicherheit in uns. »Ich habe mich sehr verändert«, möchte jeder von sich sagen.

Wie ich in den ersten Tagen, als alles vorbei war, im Zentrum Berlins die Straßen zwischen Trümmern ging, oft der einzige Mensch weit und breit, wurde ich einige Male von plötzlicher Furcht befallen. Ich hatte keine Angst, nein, es war Furcht, was mich überfiel. Vor Angst läuft man davon, ich blieb stehen, ich sagte zu allem Drohenden: »Es geschehe!« – Denken Sie an die Geschichte vom Sündenfall: »Ich hörte deine Stimme im Garten und fürchtete mich.« Gott hatte Adam angerufen: »Adam, wo bist du?« – Ja, wo sind wir? – Oder an die andere Geschichte von Lot und Lots Weib nach der Zerstörung von Sodom und Gomorra, an Lot, wie er, mit knapper Not davongekommen, von Sodom fortgeht, ein durch Gottes Hand Geretteter. Diese Hinweise mögen Ihnen die Mischung aus Bangen und Hoffnung und auch Freude in mir andeuten. Die Erinnerung an diese alten Geschichten machte mir bewußt, daß unsere jetzige Lage eine Grundsituation ist, die sich im Leben von Menschen seit eh und je wiederholt hat, daß sie in einer Ordnung steht, die dem Leben zugrunde liegt. Und das bedeutet, daß sie weniger hoffnungslos ist als unsere Situation gestern, die ein Abfall von der Ordnung des Lebens war, worauf das Ausmaß und die Abgründigkeit der Zerstörung unserer Welt deuten. Die Zerstörungen sind von der Art eines letzten

Vollzuges. Haben wir nicht alle die Wirklichkeit des Bösen kennengelernt? Eine solche Situation verlangt den metaphysischen Menschen. Geschicklichkeit, Psychologie, Energie, Stellung und Macht reichen nicht aus. Nach der äußersten Not ist nur Raum für den Menschen schlechthin; er ist angerufen: wo bist du?

Sie, lieber P.H., werden auch bald die Erfahrung machen, daß das Verhältnis zwischen allen Menschen eine Veränderung erfuhr, ohne ihr Zutun, allein durch die Ereignisse. Die Bindungen sind zwangsläufig geworden. Und mit der schicksalhaften Verkettung ist, wie unter den Bewohnern einer Galeere, die Fremde gewachsen. Jeder ist noch viel mehr für sich, und gerade im Für-sich-Sein ist das Gefühl ganz stark, einer Gemeinde anzugehören, in der alle ohne Unterschiede sind. Aber man kann den anderen nicht sehen, ohne Mitleid zu empfinden, und man nimmt zugleich Ärgernis. Dieses Gefühlsparadoxon, das Sie vielleicht im Gefangenenlager schon kennenlernten, herrscht allgemein.

Mein Wunsch, Sie möchten nun lange zu Hause bleiben, ist eine Reaktion auf unsere nothafte Zerstreuung. Blicken Sie auf Ihr Leben in den letzten Jahren zurück. Sie waren in vier Jahren auf dem Balkan, in Frankreich, Norwegen und Holland. Ihre Lebensgewohnheiten waren durch wechselnde, niemals normale Umstände bestimmt. Jetzt hat diese Existenzform ein plötzliches Ende gefunden, und wer sind Sie nun? Was ist Ihre eigene Person, nach der alle die Jahre nicht gefragt worden ist, weder von Ihnen selbst noch von irgend jemand? All die Jahre haben Sie von der Substanz, von Ihrem Kapital gelebt, anstatt vom alltäglich verdienten Ertrag. Wann werden Sie nun so weit sein, daß Sie zu Ihrem Leben sagen können: »Ich liebe dich nicht in deinen Zufälligkeiten, sondern in der Notwendigkeit.« In diesem Augenblick haben wir keine Entscheidung zu treffen, sie wird von Kräften über uns gefällt, aber nicht ohne daß wir uns beteiligen. Beobachtende und Wartende, das ist nicht die leichteste Rolle. Wenn man nicht viel tun kann, Geduld haben und sich bescheiden. Ohne auf Hilfe und neue Mittel hoffen zu können, schlicht die Arbeit fortsetzen. Das ist schwerer als manches Heldentum. Man tritt nicht so einfach aus einem Leben in ein anderes ein, sondern zunächst muß man die Elemente finden und erlernen.

Vielleicht ist es für Sie eine Hilfe, wenn ich Ihnen etwas von mir berichte. Ich habe zufällig etwas ältere Erfahrungen in einem Leben unter entmenschlichten Bedingungen aus meiner Gefängnis- und Lagerzeit. An diesen Orten, wo keine Gerechtigkeit, keine Hilfe, keine Hoffnung und nicht der kleinste Raum für die menschliche Seele war, wo Hunger, Seuchen, Ekel und Foltern den Willen und den Geist lähmten, fand ich Halt nur in der Pflege meines Menschen durch Ordnung des Tages und regelmäßige Gewohnheiten.

Angesichts des Todes ist eine dringende und sehr ernste Angelegenheit die Überprüfung des eigenen Lebens nach seinen Ergebnissen. Das Resultat, zu dem ich kam, war, daß unter dem von mir Geschaffenen wenig sei, was lebendig bleiben und eine Weile überdauern könnte. Wenn vielleicht auch im Können, in der Sorgfalt und im Fleiß nichts versäumt war, den Plänen fehlten endgültige Konturen, sie waren im Umriß offengelassen. Ich hatte immer wieder größere Maße genommen, je weiter ich in die Welt kam. Und da ich aus engen Verhältnissen herkam und durch meine Neugierde immer weiter verlockt wurde, und da die Wissenschaft und die Technik zu meiner Lebzeit im Bild der Welt alle Grenzen gegen das Unendliche verschwimmen machten, wurden Phantasie und Einbildung immer lebhafter, und meinem Geist ging der Sinn für Gestalt verloren. Dieser Sinn ist nicht mir allein verlorengegangen; in den Bildern von modernen Malern, am deutlichsten in Picassos – stellen Sie sich daneben von van Gogh den Binsenstuhl oder das Paar Holzschuhe vor –, wird dieser Prozeß anschaulich. Was ist geschehen? Der Rausch der Welt hat im Innern des Menschen das Bild, die produktive Gestalt aufgelöst. Durch den Rausch der Sinne verlor die innere Person eine ursprüngliche Potenz: Gestalt. Die Versündigung gegen die vierte Kardinaltugend, Maß und Ordnung, zeitigte Lebensschwäche im Kern. Vielleicht ist das Schwerste für Menschen immer gewesen, aber nie so schwer wie heute, in ihrer Existenz ihren Ort innerhalb der Welt zu halten, in den genauen Umrissen zu bleiben, mit welchen ein Mensch in den Fluß der Schöpfung eingezeichnet ist. Ich habe zeitweilig geglaubt, wer ein großes Arbeitsfeld hätte und viele Menschen und dazu noch mechanische Einrichtungen zu seinem Dienste, der lebe intensiver als andere Menschen. Aber als ich selbst solche Stellungen hatte, stellte sich heraus, daß ich damit nicht deutlicher wurde und daß es nicht mehr aus mir machte. Ein Herrscher über ganze Reiche kennt den Ort seiner Person und seinen Auftrag meist nicht so gut wie ein Bettler; der Herrscher glaubt, die Welt vollkommen machen zu müssen, der Bettler leidet seine Dürftigkeit und nimmt die Welt wie sie ist und hat nichts an ihr zu ändern. Von niemandem wird so genau gewogen, was ein Mensch ist und was ein Ding ist, wie von dem Bettler an fremden Türen und von einem Menschen in einer Gefängniszelle.

Im Gefängnis war mir die Frage nach einer Schuld, deretwegen ich drin war, merkwürdig gleichgültig. Ich hatte das Gefühl, daß die wesentlichen Entscheidungen im Leben nichts mit persönlicher Schuld oder unseren guten Taten zu tun haben. Über alles ging mir die Sorge, daß ich unter Foltern andere nicht belasten dürfte und daß ich in den Abgründen von Leiden nicht das menschliche Gesicht verlieren dürfte. An den Gefährten sah ich, daß unsere Lebensumstände die Menschengestalt zur Karikatur entstellten. Der Geist aber mußte bis zum letzten Augenblick heil, unentstellt, verläßlich, wach und gesund bleiben. Vor der Sorge um die Wahrung des Menschengesichts trat der Mißerfolg des Lebens ganz zurück. In der hoffnungslosen Verlorenheit dennoch eine Hochgemutheit zu pflegen, in Bescheidenheit, ohne mich zu täuschen und ohne mich zu betrügen: wenn das nicht gelang, war der Mensch verloren, durch mein Versagen verloren.

Es gibt Martern, die mit keiner angespannten Energie, keiner Härte und keiner Tapferkeit auszuhalten sind. Festigkeit, gute Vorsätze, bürgerliche und christliche Tugenden, der erprobte Charakter zerstieben in den Bränden der Schmerzen, unter den tückischen Bissen von Hunger, Frost und Wahnideen. Ein Engel muß einen an der Hand nehmen, damit man nicht das Schlechte, das Erleichterung verspricht, wählt oder das Klügste tut. Engel gibt es nur in einem bestimmten Lebensgefühl. Kurze Zeit meines Lebens, als junger Mensch, war ich in meinem ganzen Wesen ergriffen von einer zweiten, gleichsam ätherischen Wirklichkeit hinter den Dingen, die zu verbergen eigens alle Dinge der Welt aufgestellt zu sein schienen, so wie in einer Dichtung die Gegenstände Bilder für etwas anderes dahinter sind. Die Dinge waren von ihrem Licht umflossen. Und ich war von der Schönheit und von der Wahrheit einfacher Dinge bezaubert, ging ihren Zeichen nach, um auf ihrer Spur immer beinahe das Leben dahinter zu erreichen. Diese Ergriffenheit war kein Genarrtsein. Sie schenkte meinen Augen Licht und erfüllte mich mit Klarheit, so daß ich alles verstand. Wie Bergluft schärfte sie die Sinne und machte trockenes Brot köstlich. Sie gab einen Mut, in dem ich selbstverständlich durch Feuer und Wasser ging. Und das für die Menschheit. Daran erinnerte ich mich im Gefängnis und war entschlossen, alles zu pflegen, was Empfänglichkeit und Ergriffenheit fördern würde, statt mich hart zu machen, mich zu stählen.

Man kann sich auf Freude stimmen, so daß Kleinigkeiten genügen, einen zu erfreuen. Eine stille Sanftheit fördert Freude am Kleinen und Unscheinbaren. Die sanfte Stimmung fördert auch Weinen. Ich habe mich seit der Knabenzeit immer geschämt zu weinen, nun konnten Tränen ein Bad für den Geist sein. Das Bedürfnis nach dem Mitleid von Fremden war mir ein Wink, den anderen Gefangenen so oft und so deutlich es ging in Worten und Gebärden Mitleiden zu bezeigen. Einmal täglich nannte ich mir die Namen aller meiner Freunde, als könnte ich sie um mich versammeln. Zu einer bestimmten Stunde des Tages rief ich im Geiste einen Bekannten zu mir in die Zelle, um eine Frage, mit der ich ins reine kommen wollte, mit ihm zu erörtern. Zu einer anderen Stunde meditierte ich über ein Dichterwort, über einen Spruch oder über ein Gleichnis der Bibel, über die Grundsituation in einem

Grimmschen Märchen, über Gebärden in Zeichnungen von Rembrandt, und in regelmäßigem Turnus über die Verse von Paul Gerhardt: »Auf sein Werk mußt du schauen, wenn dein Werk soll bestehn« und »Mit Sorgen und mit Grämen und mit selbsteigner Pein läßt Gott sich gar nichts nehmen«. Mit gründlicher Sorgfalt wusch ich täglich meinen Körper und scheuerte gewissenhaft das Becken, den Schemel, den Klapptisch und den Fußboden in meiner Zelle. Vormittags studierte und schrieb ich. Der Geist mußte immer wieder in eine Situation versetzt werden, in der er sich rühren mußte, gepreßt werden, damit er sich erhitzte und aufschloß, sich verliebte, um alles aufzuopfern. Die Disposition für Liebe mußte dem Geist immer neu abgepreßt werden, denn bei unserer absurden Existenz lagen Haß und Nihilismus näher.

Ich würde Ihnen die Mittel nicht aufzählen, wenn ich nicht jetzt in einem kleinen Buch von Josef Pieper entdeckt hätte, daß Thomas von Aquin in seiner »Summa Theologica« folgende fünf »Mittel wider den Schmerz und die Traurigkeit« nennt. Erstes: jegliche Erfreuung, zweites: Tränen, drittes: das Mitleiden der Freunde, viertes: Betrachtung der Wahrheit, fünftes: Schlafen und Baden. Die Bestätigung meiner kleinen Empfindungen durch einen Heiligen hat nachträglich mein Herz für sie begeistert.

Aber hätte ich Sie, der Sie, schuttbedeckt und halb betäubt, soeben aus den Trümmern des eingestürzten babylonischen Turmes hervortraten, nicht zuerst fragen sollen, ob dies Ereignis nicht in Ihnen einen anderen erweckte, der Sie vorher nicht waren? – Kein Ereignis kann das! Dies ist nicht die Stunde, aus der fertig ein neuer Mensch heraustritt. Blicken Sie sich um: ein Mensch ist immer und bleibt immer er selbst. Obgleich Sie noch der sind, der Sie waren, können Sie doch jetzt nicht, nachdem das Furchtbare geschah, wenn es Ihrem Geiste auch kein plötzliches Erkennen gab, einfach auf dem Weg weitergehen, den Sie immer gingen. Aber nicht: was sollen wir tun? oder: *wie* sollen wir sein? ist jetzt die Frage. Die Frage ist: *was* soll einer sein? – und darauf gibt es eine eindeutige Antwort: ein Ehrenmann; nur diese dringende Antwort, denn man hat uns vor aller Welt »unehrlich gemacht«. Daß wir besiegt sind und eine Niederlage ohnegleichen erleben, davon werden wir uns mit der Zeit wieder erholen. Ob ein Krieg gewonnen wird oder verlorengeht, das hängt vom Talent und vom Material ab. Talent heißt unter anderem Genauigkeit, es rechnet weder mit Glück noch mit einem Wunder. Zur stimmenden Rechnung gehört eine richtige Bewertung der einzelnen Posten, beispielsweise ob Menschen oder Material wertvoller sind. Und dann gehört zum Talent noch der richtige Einsatz des Faktors Zeit, Geduld. Eine Niederlage ist nicht der Untergang. Die schwersten Zerstörungen können wiederhergestellt werden, und dazu gehören nur Talent und Material. Der Krieg aber, der jetzt zu Ende gegangen ist, hatte noch ein anderes Ingrediens, und die Zerstörungen dieses Krieges haben etwas an sich, wodurch sie etwas Ärgeres sind denn Kriegsruinen. Die Ruinen zeigen die Zerstörungen nicht vollständig, ein Teil steckt in uns. Wir sind nicht gewöhnliche Besiegte, wir erleiden nicht nur die Niederlage, wir *sind* die Niederlage. So wie man von jemandem sagt: er ist eine Niete, in diesem Sinne sind wir die Niederlage. Daß wir diesen Krieg verloren haben, das war nicht bloß eine Sache von Talent und Material, sondern dieser Krieg war von uns schon verloren, bevor er angefangen wurde. Wußten das nicht alle? Und war dieser Krieg nicht schon angefangen worden, bevor September 1939 die Heere gegeneinander antraten? Für mich jedenfalls gehörten die ausgebrannten Ruinen der Synagogen und die verwüsteten Häuser von Juden aus dem November 1938 zu den Trümmern dieses Krieges. In Bombennächten des November 1943 hörte ich das Brechen von Glas, Gebälk und Mauerwerk in jener Novembernacht 1938 wieder, und hinter den Bränden über den Dächern der Stadt nach Bombenangriffen stand der Reichstagsbrand vom Anfang des Jahres 1933. Es war lange vor 1939, daß ich nachts den Schrei eines Mannes hörte, der gemordet wurde, und die Polizei stand Wache. Auch auf den Höhepunkten unserer Erfolge, als Frankreich kapitulierte, war es für mich Gewißheit, daß der Krieg verlorenging. Ich habe mich damals dieses Wissens geschämt, und ich schäme mich heute noch mehr. Heute denke ich viel darüber nach, woher meine Unerschütterlichkeit rührte, und warum ich ein so schlechtes Gefühl dabei hatte. Woher wußte ich, daß es noch Schlimmeres für uns geben würde als Trümmer, Seuchen und Hunger eines verlorenen Krieges; woher die Ahnung von großem Unglück? Hatte ich einen Begriff davon, wie genau die übernatürliche Gerechtigkeit ist, daß ich damals auf sie traute und mich bei ihr beruhigte? – Ich war kein gläubiger Christ.

Nein, ich litt auch im Kern an der Zeitkrankheit des intellektuellen Europäers, der Hoffnungslosigkeit. Daß die Hoffnungslosigkeit eine auszehrende Krankheit ist, erfuhr ich erst später, im Lager, damals wußte ich das noch nicht. Damals habe ich die Klarheit des Denkens aufgegeben; ich war es überdrüssig, gegen den »Himmel«, gegen das »Schicksal«, gegen die »Geschichte« anzukämpfen, an einen Sinn und einen Wert in der Welt zu glauben. Ich fand in mir keine Argumente gegen den Realismus der Hoffnungslosigkeit und seine Helden um mich her. Das Gute und das Schlechte im Menschen sind gleichwertig, das war die Philosophie dieses Realismus. Nur gesellte ich mich nicht zu denen, die aus dem animalischen Prinzip eine Herrschaft errichteten. Als tatenloser Zuschauer wandte ich mich ab von den Schauplätzen der Verbrechen, ich ging hin, bestellte mein Haus und bearbeitete im Büro und am Schreibtisch die alten Werte wie immer, als könnte ich im kleinen Bereich eine Welt aufrechterhalten, die außerhalb schon untergegangen war. Ohne Glauben, denn wenn ich drei Menschen beieinander sah, war ich auch überzeugt, daß zwei sich gegen den dritten zusammentaten und sich danach gegenseitig verrieten. Erst im Lager, in dieser absolut auf das Animalische beschränkten Welt, wo Hoffnungslosigkeit jeden Winkel, die Luft, die Holzwände, das kleinste Fleckchen Erde, den Grashalm, jedes Gesicht, jede Geste wie Schimmel überzog, erkannte ich die Hoffnungslosigkeit als eine Erkrankung im Lebenskern des Menschen. In diesen Monaten seit der Endkatastrophe habe ich überall ihr schreckliches Gesicht erblickt, dieses Gesicht, das wir alle in uns tragen. Und seitdem bedrückt mich Tag für Tag die Wirklichkeit ihrer Existenz. Tag für Tag leide ich an einer Schwäche, die der Boden ist, in dem die Hoffnungslosigkeit in mir Wurzeln hat. Was für eine Schwäche ist das?

Manche Erkenntnisse kommen mit einem plötzlichen tiefen Erschrecken. Einen derartigen Schock verursachte mir die Banalität. Ich dachte darüber nach, warum gerade wir unter allen Völkern in Europa die Arbeit an sich, die Technik an sich, die Organisation an sich, den Staat an sich, das Heldentum an sich gewählt haben. Über Tüchtigkeit und Gründlichkeit als unsern Wesenszug. Wieviel Gutes daraus gekommen ist für uns und für die Welt. Und was für Unsegen auch darauf lag. Über unsere Neigung, alles bis zur Abstraktion zu treiben, bis es unsere Philosophie ist, ein Wort an sich, eine gnadenlose Macht. Dieser unserer Kraft war es gegeben, in Europa das Gesicht der Hölle zu verwirklichen. Und ich fragte, welches spezielle Ferment die abendländische Kultur bei uns ausgebildet hat, weswegen andere Völker an uns glauben. Wer bist du? Auf diese Frage gab es einmal für jeden eine so einfache wie befriedigende Antwort. Jedermann galten gewisse Selbstverständlichkeiten als Züge europäischer Kultur: ein Versprechen mußte gehalten werden; was man sagte, mußte zuverlässig sein; die allgemeinen Pflichten eines Christen gegen jedermann mußten erfüllt werden. Ist uns das noch so selbstverständlich gewesen wie unser Name, der das makellose Zeichen dafür war? – Und dann unsere besonderen Leidenschaften: waren wir nicht stolz auf unsere Barmherzigkeit für die Verfolgten und Vertriebenen; waren wir nicht großartig bis zur Anarchie im Haß gegen das Unrecht; waren die alten Schlachtfelder in unserem Lande nicht unsere Ehre, weil ihr Boden gedüngt ist mit dem Blut und den Knochen von Bauern und Christen, die für die Freiheit kämpften? Das sind alles im Augenblick lästige Banalitäten; und da es Banalitäten geworden sind, machten sie uns kraftlos. Wir waren entartet in unserem Richtigen.

Jüngst fuhr ich mehrere Tage kreuz und quer durch meine Heimatprovinz in Begleitung eines aufmerksamen Engländers, und da dieser allem nachfragte, was ihm auffiel, sah ich die Dinge genauer und mit seinen Augen, so daß mir manches merkwürdig war, was ich sonst übersehen hätte. Die Inschriften der Balken und Tafeln über den Haustoren mit den alten Namen, den förmlichen Aufforderungen zur Einkehr oder einem Bibelwort erzählten von Gastfreundschaft und Christenleben. Das Zeremoniell der Begrüßung des Fremden an der Haustür zum Hinübertritt unter den Schutz des Daches, in den Frieden der Ordnung, zu Tisch und Kammer verspricht, daß die Sitte feierlich gehalten wird. Schützenscheiben mit eingezeichneten Pfeilen im Giebelfeld der Häuser erzählen naiv und stolz von Bürgerfesten. Überall finden sich Bildzeichen für das Leben der Menschen. Unter dem Druck der zerstreuten Lage der Höfe in der Landschaft, des Für-sich-Seins eines jeden unter den Bäumen, der Freiheit um jeden in den Feldern, der von ferne grüßenden Nachbarschaften fragte ich mich selbst und rief es meinem englischen Begleiter zu: »Kann jemand glauben, daß da Menschen mit Knechtsgesinnung oder mit reglementierten Anschauungen wohnen! So weit Sie blicken – das Bild einer Gemeinschaft in Freiheit, mit Selbstbewahrung und Freundschaft. Die Kultur dieser Landschaft ist das demokratische Fluidum!« Aus meiner Kindheit kenne ich die Geheimnisse des Lebens unter einem solchen Dach. Das Land ist karg von Natur. Hecken und Wälle zeigen noch, wie aus Sand und Moor, aus Heide und Wald Stück um Stück Äcker und Wiesen gemacht, gegen Wasser, Sandflug und Wind gesichert wurden. Mein Vater und sein Vater und dessen Vater gaben mit ihrer allseitigen Aufmerksamkeit auf jedes Ding, jedes Tier, jeden Menschen, mit ihrer förderlichen Sorge für jedes Geschöpf sich selbst ohne Rest in die Erde dieses Landes. Sie vermählten sich mit ihr und dachten dabei an uns, ihre Kinder, und an unsere Freiheit. Sie waren haushälterisch und tüchtig. Das Leben war für sie, was es ist. Sie wußten, um etwas Gutes zu schaffen, braucht man Zeit, Geduld, Nachbarn und Frieden.

Oft in den letzten Jahren stellte ich mir meinen Vater vor, wie er sich entschieden hätte, wenn von ihm verlangt worden wäre, er solle seinen Glauben und seine Art aufgeben. Ohne zu zögern, hätte er Hof und Land mit den Seinen verlassen. Warum war das für mich nicht mehr selbstverständlich? An so einfache Menschen muß man denken, wenn man jetzt vor der Frage steht: wer soll ich sein? – an den freien und christlichen Ehrenmann in jedem bürgerlichen Stand. Wenn ich das, was wir sein sollen, mit einem Namen nennen muß, dann nur mit diesem.

Natürlich meine ich nicht, wir sollen nun alle Bauern oder Handwerker werden, aber auf Vereinfachung ziele ich hin, die Sie, wie die meisten, wahrscheinlich für unzulässig, wenn nicht für unmöglich halten. Sie wehren sich gewiß gegen die Schmälerung der Möglichkeiten des eigenen Wesens. Unsere Fähigkeit, sich in alles Geschehen hineinverflochten zu fühlen, unsere Empfänglichkeit für die Sensation im Werdenden, unsere Unruhe als Disponiertheit für die Witterung alles Außerordentlichen, unsere verzweifelte Hellsicht im Spiel mit dem Bösen: macht diese Begabung nicht den modernen Menschen aus? Die Begabung verlieren zu sollen, davor kann man gewiß Angst haben. Aber haben Sie jemals gesehen, daß im Wirbel, in der Unruhe etwas anderes entstand als Pfuscherei! In der Mitte muß pflegsame Stille herrschen. Erst jetzt, im Zusammenbruch unserer Welt, habe ich das Entsetzen meines Vaters begriffen, als er mich nicht mehr hindern konnte, unser stilles Haus endgültig zu verlassen, und seinen Zorn, als ich ihm in einer Zeitung meine ersten gedruckten Arbeiten vorlegte. Es war nicht Angst um meine Moral, sondern Sorge, wer ich werden würde. Die Wendung auf »die ganze Welt« zu war der erste Schritt zur Unehrlichkeit. Meinen Vater schauderte, weil er mich als Jung-Siegfried in die Welt losziehen sah. Die Furcht, ich möchte ein »großer Mann« oder ein »Held« werden wollen, überschattete sein Gemüt. Er wußte, daß der Mensch sich nicht weit von zu Hause entfernen kann, ohne sich zu verirren, und daß es nicht weit von zu Hause und von der Freundschaft ist, wo ehrlich nicht mehr am längsten währt. »Zu Hause«, das war nicht etwa der Garten Eden: die Sünde und das Böse wohnten längst mit unter dem einen Dach, aber die menschlichen Beziehungen, die Äcker, die Tiere und die Dinge stellten dem Menschen zu jeder Stunde Aufgaben, entließen ihn nie aus ihrem Kalender und nötigten sein chaotisches, unbestimmtes Wesen zu ein wenig Ordnung. Mein Vater traute keineswegs der bürgerlichen Gesichertheit, aber er hielt viel von der Kultur im natürlichen Zeremoniell eines stetigen Umgangs mit Menschen und Dingen, von einem beständig belebten Zellkreis mit Menschen, Tieren und Gegenständen, wie ein Haus ihn darstellt, von Mitteilsamkeit, Offenheit und ernster Aufmerksamkeit gegen Menschen wie gegen Dinge, von der geduldigen abwartenden Weise in stimmender Tätigkeit, die nötig ist, damit die Dinge das Herz berühren. In derart belebten Zellkreisen ist langsam die Kultur unserer Landschaften gebildet worden, haben Natur und Geschichte sich überlagert und sind verschmolzen worden zu dem einzigen Antlitz des Vaterlandes. In den schlimmsten Jahren der Hoffnungslosigkeit, während des Krieges, habe ich mir in stillem Schauen über dieses Stück Erde voller Leid und Glück und Geschichte immer wieder Hoffnung und Glauben ins Herz geholt.

Sie möchten wieder eine Stellung, in der Sie Umgang mit interessanten Menschen: Schauspielern, Schriftstellern, Filmleuten und anderen hätten. Wissen Sie, wieviel Schlimmes im Gefolge dieser Lebensweise ist, die auf den ersten Blick so berechtigt und gut zu sein scheint wie eine andere? Aus der Klugheit wurde Geschicklichkeit und Gerissenheit, aus Humanität Psychologismus und Zynismus, aus Gerechtigkeit Angst vor Menschen. Nehmen Sie zum Beispiel die Klugheit. »Klugheit« ist ursprünglich Voraussetzung für das wirksame Tun. Der Erfolg ist um so größer, je sachgemäßer etwas getan wird, das heißt mit je tieferer Einsicht in das Sein aller Dinge und mit je bedeutenderer Fähigkeit, das Sein der Dinge in Förderung oder Umwandlung ihrer Seinskräfte dem Werk einzufügen. Wissen um die Wirklichkeit, Wissen um das Wesen der Dinge, das ist praktisch Klugheit. Wirklich klug ist ein Mensch, dessen Augen alle Dinge so sehen, wie sie wirklich sind, dem alle Dinge so schmecken, wie sie wirklich sind, und dem alle Dinge sich so anfühlen, wie sie wirklich sind. Goethes Genie begriff in eins (im Urphänomen) die Existenz der Wesen. Das gibt ein Verhältnis zur Welt, das in Ehrfurcht vor den Dingen, vor der einzigartigen Gestalt jedes Dinges lebendig wird. Und nun erinnern Sie sich, daß im Umgang mit Menschen »das Klügste« nicht selten die Verschleierung, die Umgehung der Wirklichkeit scheint.

Ich bin der Ansicht, daß die Unordnung in der Welt, die in der jetzigen Katastrophe nicht zum erstenmal ans Licht trat, zunächst davon herrührt, daß immer mehr Menschen Berufe wählten, in denen nur Handel zu treiben und zu unterhandeln ist und weder Vernunft und Schönheit gefördert, noch Brot oder Gegenstände hervorgebracht werden. Zu viele Menschen gibt es in der Welt, die sich niemals mit etwas vermählen. Sie haben keinem Menschen und keinem Ding etwas zu geben. Das Netz von Bindungen in einem Lebensverkehr ordnet und verbindet nicht ihre Lebtage. Statt dessen vergehen ihnen die Tage unter der Launenhaftigkeit und Zerstreutheit anderer Menschen. Aus allem, was in ihnen und um sie her ist, kommt ihnen nur das eine Gefühl: es ist schlimm.

Man wehrt sich noch dagegen, daß die Trümmerwelt vor unseren Augen dasselbe draußen ist, was in uns das Schlimme war. In der Menge der Menschen ist indes unvermerkt schon eine Kraft wirksam, ein heimlicher Widerstand, das Wagnis eines menschlichen Lebens ohne bürgerliches Glück: – trotzdem! Denn was sonst bestimmt sie, das Leben nicht einfach aufzugeben? Mir fällt auf, daß die meisten aufgehört haben, von ihren Geschicken zu sprechen oder zu erzählen; so viel haben sie schon erduldet, daß sie Schweigen schätzen und es üben. Die laute Verzweiflung als bequeme Erlösung, sie ist fast verstummt. Als wäre das Schicksal von Lots Weib das Symbol ihrer eigenen Erfahrung, blickt niemand mehr zurück auf die Toten und auf die Verluste. In den Beben und Stürmen, die in ihrem Leben rütteln und Getrümmer häufen, begnügen sie sich mit dem Dasein als solchem, sie haben aufgehört, noch Anspruch auf Erklärung und Verstehen zu erheben. In eine andere Gegend oder in den Tod zu entkommen: solche Fluchtversuche sind seltener geworden. Das sind alles nicht etwa Anzeichen von Abstumpfung, denn eine Nachricht von jemandem, daß es ihm gut geht, läßt sie zittern am ganzen Körper. Der Wirrwarr ist und bleibt ihre eigenste Angelegenheit. Eine nichtige Kleinigkeit aber, etwas Warmes zu trinken, alles, womit ein anderer auch nur leise seine Nähe äußert, bringt sie zum Weinen über eine überpersönliche Stille. Gewiß, die gewohnheitsmäßige Flucht in die Geschäftigkeit, in den Zirkel der Bürostunden, auf die kreisende Scheibe der Arbeitszeit wird noch geübt. Ohne Befriedigung. In der Welt im Abgrund kann von persönlicher Befriedigung und persönlichem Glück nicht mehr die Rede sein. – Wie mögen aber die Träume sein!

Die heimliche Front des Widerstands, der Aufstand gegen die unterweltliche Wirklichkeit ist gewiß in den Haufen von Menschen allgemein noch kaum bemerkbar. In diesem Aufstand besteht für mich die Hoffnung für diese Welt. Denn darin ist Gehorsam auf einen Befehl. Gehorsam, der dem nur natürlichen Leben trotzt auf Befehl einer höheren Instanz als der menschlichen Natur: der Unschuld im Geiste. Sie besteht nicht in den Haufen der Menschen, sondern nur in einzelnen. Im einzelnen, der trachtet, die Ruhe zu gewinnen, um in sich selbst die Ordnung zu suchen, trachtet, in den inneren Strebungen klar zu sehen, um in sich das Wahre auszusondern und die Strebungen danach zu sondern; nach der Ruhe trachtet, in der ihn Formen des Wahnsinns, wie sie sporadisch auftauchen und ebenso wieder verschwinden, nicht mehr irritieren können.

Ich hätte diese Hoffnung auf Menschen wahrscheinlich nicht ohne das Konzentrationslager. Das Lager war die absurde Welt in konzentrierter Gestalt. Wo wären Menschen je so vom Bösen und vom Niedrigen bedroht gewesen! Da war Veranlassung genug, am Menschen völlig zu verzweifeln: das Niedrige und Gemeine in jeder denkbaren Gestalt herrschte auch bei den Insassen. Veranlassung genug, am Leben und an Gott zu verzweifeln: unter Verschleppten, aus ihrer Welt und jedem natürlichen Zusammenhang Gerissenen, mit einem zerstörten Zuhause und nicht selten einer vernichteten Familie als Vergangenheit. An Widerwillen und Ekel vergiftet hätte man sterben können: in all der Häßlichkeit, dem Schmutz, dem Gestank, dem Lärm, vom Anblick der entstellten Menschen. Wie fern war da Glück auch als Traum! Gewiß, das ist die Welt, in der das Animalische üppig gedeiht, die fruchtbare Wildnis für eine fette Vegetation. Gerade in dieser abscheulichsten und verworfensten Welt machte ich meine Erfahrungen über die Kraft der inneren Reinheit von Menschen. Dort – meine ich – habe ich erst begriffen, was das ist: Geist. Daß Geist nicht ist, was wir gemeinhin so nennen: Klugheit, Witz, Bildung, Ursprünglichkeit. Daß Geist nicht eine Begabung, eine Eigenschaft ist. Daß in Menschen etwas anderes lebendig erscheint. Nein, nicht Persönlichkeit! Es gibt keinen besseren Ausdruck dafür als: daß Gott, daß Göttliches im Menschen erscheint. Gott wird in den Schwachen mächtig.

In der Wüste des Lagers drängte sich mir angesichts einiger ihrer Verlorenheit bewußter Menschen immer stärker die Frage auf: warum ertragen sie dieses Leben? Warum nehmen sie diese absurde Welt auf sich? Warum wählen sie nicht den Tod? Und ich suchte nach den Quellen des Widerstandes in solchen Menschen. Eines Tages ging mir die Schönheit im Häßlichen auf. Die Kunst hatte mich nie völlig von der Schönheit des Häßlichen überzeugen können. Und da, im müßigen, gedankenlosen Anschauen eines entstellten, von Geschwüren bedeckten, in schmutzige Lumpen gekleideten Menschen, war ich rätselhaft vor ihr ergriffen. Und diese Erfahrung blieb mir eine wundersame Stärkung. Das war die erste Erfahrung auf meinem Wege. Sie machte mein Fragen: was Menschen in diesem Leben ausharren ließ, noch neugieriger. Es ging für sie nicht um Glück. Es ging ihnen nicht um ihre persönliche Existenz. Sie wußten, daß sie auch morgen oder an einem anderen

Tage fallen würden; rundum starben und verschwanden täglich Menschen; den Verliesen, Martern, Waffen, Tücken, Roheiten war keine Kraft gewachsen; einem Exekutionskommando konnte auf dem Fleck, den es überzog, nichts entgehen. Sie konnten auch an die begnadete Ausnahme nicht mehr glauben. Es war absolut keine Hoffnung für sie. Warum ertrugen sie dies Leben weiter? In diesen Menschen war eine Kraft des Guten; sie waren der Fels des Glaubens an das Gute; das war ihr Leben. Sie konnten nicht glauben, der Mensch sei gut, oder an den Fortschritt des Guten in der Welt: dem widersprach alles um sie her und alles, was sie auch tun mußten. Sie entgingen selbst nicht der allgemeinen Verstrickung in Schwäche und Ungeduld und Überdruß, und sie nahmen hingebend und glücklich Verzeihung und Vergebung in Anspruch. Sie brachten mir eine Erfahrung, für die ich keinen anderen Ausdruck habe als »daß die Sünder Gott am nächsten stehen«. Bitte, nehmen Sie das wirklich nur als Ausdruck der Erfahrung und nicht für Flucht aus dem Verhaftetsein ans allgemeine Menschenlos in den Himmel der Frömmigkeit, für ein Sichbergen im Göttlichen. Die Menschen, an die ich denke, beteten vielleicht nicht einmal. Es gab jedoch ein Zeremoniell, das wurde zwischen ihnen in nahezu feierlichen Formen geübt: bei Liebesbezeigungen, bei Hilfeleistungen, bei Begegnungen und Trennungen, in Momenten glücklichen Beisammenseins. Das waren Menschen, die im Lager nicht untereinander verbunden, sondern einzelne und verstreut waren. Ihr Wesen strahlte Zuneigung und Sympathie aus. Sie waren die unsichtbare Front im Lager gegen alle Ideen und jeden Mechanismus, die den Menschen leugnen, gegen die Politik und den Staat, gegen die Organisation und die Maschine, in denen der Mensch geleugnet und zu einem Kraftträger oder einer Funktion gestempelt wird. Ihr Ausharren machte das Lager unfaßbar zu einer einzigen Front des Aufstandes; und im Widerstand spannte sich der Lichtschimmer von Menschenwürde auch über die niedrige Welt. Daran entzündete sich ständig im ganzen Lager das ewige Lämpchen Hoffnung.

Mit meinem Wunsch, Sie möchten länger zu Hause bleiben können, verbinde ich einen Nebensinn. »Zu Hause« meine ich nicht bloß wörtlich. Das Haus ist das Symbol für eine belebte Ordnung des Lebens, für die Beständigkeit des Umgangs in einer von alters her gebildeten Ordnung, in der die Wahrheit des Lebens, soweit sie jederzeit offenbar wurde, Gestalt fand. Seit einigen Generationen ist es unter uns zur Gewohnheit geworden, unser Tun und unser Sein durch unsere Gründe zu rechtfertigen. Dazu mußte oft die Wahrheit, wie sie von einer Hierarchie begnadeter Geister aller Zeiten und Völker bestätigt worden ist, in Zweifel gezogen, aufgelöst oder modifiziert werden. Die Freiheit, jede »alte« Wahrheit in Zweifel zu ziehen, sich seine eigene Wahrheit zu bilden, gehört zu unserem Individualismus. Zumindest halten wir uns für fortgeschrittener als die Weisen und die Väter der Vergangenheit und anscheinend auch für fähiger. Sogar für imstande, an etwas, das beispielsweise tausend Jahre Bestand hatte und geübt wurde, für unser Teil Fehler zu entdecken. Wenigstens halten wir uns für so eigenartig, daß es sich eine neue Übersetzung und eine eigene Deutung gefallen lassen muß. Sind wir nicht bereit, jeder für sich, die Verantwortung für unser Leben allein zu übernehmen?

Sie, lieber P. H., möchten, wie Sie schreiben, in die Gesellschaft interessanter Menschen; ich habe den Verdacht, Sie verstecken dahinter doch heimlich etwas sehr Junges, nämlich den Wunsch, von einem Mann von Welt in sein Haus und seinen Umgang gezogen zu werden. Ich versuche, mir einen Mann von Welt unter uns heute vorzustellen: beim Anblick der öden Trümmer unserer Städte, die gestern vor mächtigem Alter und vor prächtiger neuer Blüte ewig schienen und heute in Schutt am Boden liegen; in Gedanken wird er die in den Himmel ragenden Berge schon durch Atombomben zertrümmert über den Boden hingestreut sehen. Seine Trauer wird von der Art sein, die Klage und Trost nicht kennt. In dieser Situation stelle ich mir den Mann von Welt in der ganzen Fülle deutlich vor: seinen Reichtum an Gütern, Begabung, Beziehungen, Möglichkeiten, an Glück und Liebe, sein gesundes Gefühl von sich selbst. Und nun diese Einsamkeit in der öden und verlorenen Welt! Unsentimental, stark und sachlich konstatiert er das Ende einer Welt, in der es nicht nur Anhänger des Bösen, der Unwahrheit, der Gewalt, sondern ebenso leidenschaftliche Kämpfer für die Wahrheit, das Gute und die Schönheit gegeben hat. Das ist nun zum soundsovielten Male das Ende. Und da – das ist meine Vorstellung von der Freiheit eines Mannes von Welt – da wendet er sich, kehrt jeder Vision einer Welt und allen glänzenden Ideen den Rücken. Aber nicht, um in eine aristokratische oder mönchische Einsamkeit zu gehen, sondern um zu den anderen zu gehen. Er verzichtet auf die Ausnahmemöglichkeiten des Mannes von Welt, auf Stellung, Ansehen, Einfluß, Freunde, Macht, Freiheiten.

Seine Erkenntnis, seinen Weltsinn, seine lebendige Person kann er nicht ablegen, er wird es auch nicht wollen. Gleichheit kann es nicht geben, aber Einheit. Er will nicht eine noch so berechtigte Herrschaft, aber da sein, wo alle »zu Hause« sind. Es ist so wichtig, daß alle wieder mit den Elementen beginnen und nicht mit ihren Vorstellungen von einer fertigen Welt, in der ihr Wille geschehen soll.

Plauderei vor den Lesern

»Wann werden neue Bücher bei Ihnen herauskommen?« Das fragen mich, seit mir die Verlagslizenz überreicht wurde, täglich Bekannte bei Begegnungen. – »Wann wird mein Buch herauskommen? Das Manuskript liegt seit 44 beim Verlag,« das steht jede Woche in einem Autorenbriefe an mich. –

»Werden Sie bald mit »Lotte in Weimar« herauskommen? Es sollte doch alles daran gesetzt werden, die deutschen Autoren, die solange in ihrem Heimatland ausgeschlossen waren, mit ihren Werken, die nur draußen erschienen, einzuführen.« Es war ein Ausländer, der mich daran erinnerte. »Wann werden wir endlich kennenlernen, was in der amerikanischen, englischen, französischen und russischen Literatur Neues da ist?« In erster Linie sind es Frauen, die dies Verlangen äußern. Die Bedrängungen durch die vielen will ich nur am Rande erwähnen, die meinen, jetzt endlich sei die Zeit für sie als Autoren gekommen und die gleich Listen von verschiedenartigsten Werken präsentieren. Opern, Operetten, Operinen, Aphorismen, Humoresken, Zeitromane aus der jüngsten Zeit und Tagebücher, Tagebücher aus dem Luftschutzkeller, Tagebücher aus einer bedrängten Stadt, Tagebücher aus dem Gefängnis und aus dem KZ. Eine neue Spezies Autoren, die die Zeit begriffen haben, schicken Manuskripte von 15 Seiten Prosa oder drei Gedichten. Um das hier auch anzumerken: jene sagenhaften Manuskripte aus den Schreibtischschubladen, die heimlichen Sprengstoffträger, die aristophaneischen oder molière-gleichen Komödien, sowie die philosophischen Minierstollen gegen die Tyrannis sind noch nicht an den Tag gekommen. Seit einiger Zeit fangen die Fragen an, für mich peinlich zu werden; daran sind Hinweise auf die umfangreichen Programme neuer Verlage schuld, wie sie in der Rubrik »Aus dem Kulturleben« in Zeitungen zu finden sind. Und ich gestehe, daß ich einige Male schon nervös geworden bin bei den neuerdings häufiger werdenden Mitteilungen von neuen Verlagserscheinungen. Sollte ich allein versagen? – Im allgemeinen kann ich die Frager nur stumm ansehen, und mancher mag Ratlosigkeit in diesem Blick gefunden haben. Aber das ist es ganz und gar nicht, was mich stumm macht, nein! Es ist – Nichtverstehen.

Wenn ich allein bin, in einem Selbstgespräch, die ich in jüngster Zeit, wie übrigens andere auch, sogar auf der Straße manchmal führe, antworte ich gelegentlich jedem: Den Bekannten antworte ich dann:

»Ja, wie? Habt ihr denn jetzt Zeit zum Lesen? – Ist nicht viel zu viel zu tun? – Haus bei Haus liegt zerstört oder beschädigt; und nicht bloß die Häuser! – Da ziehen noch immer auf Straßen und Wegen die unglücklichen Vertriebenen vorbei ins Ungewisse, und wie die Lumpen auf den Gerippen und wie der Grind auf der Haut und so fest wie nistendes Ungeziefer sitzt das Elend an ihnen! – Ich will nicht alles aufzählen, was alles Hände, Nachdenken, Leib und Leben von jedem und allen fordert. Wenn in normaler Zeit ein Brandunglück geschehen und eine Hofstelle zerstört war, ruhten und feierten sämtliche Hände und Gedanken nicht von Groß und Klein und von allen Nachbarn, solange nicht aufgeräumt und wieder eine Unterkunft aufgestellt war. Wer könnte da lesen. Und dann: gewisse Dinge, eigentlich alle, verlangen zu ihrem Gelingen anhaltende und ungeteilte Aufmerksamkeit, sogar das Anmachen eines Ofens, wie man jetzt täglich feststellt. Und endlich: wenn einer ins Unglück geraten ist, wird jeder vernünftige Mensch ihn am Arm nehmen: setz dich jetzt mal erst hin; komm zur Ruhe. Und jetzt laß uns sehen, was geschehen ist, laß es uns überblicken. Laß uns nüchtern, ruhig und mit unverstellten Augen die Dinge sehen, wie sie um uns her jetzt sind; und richte die ganze Stärke deiner Gedanken darauf, was nun geschehen muß. Sammle nicht nur deine Gedanken darauf, sondern hole deinen Glauben wieder aus dir hervor mit der Erfahrung, daß du nicht alles allein machen mußt, daß es Hilfe gibt, daß in dem Glauben uralte Wunder bereit liegen.

Wenn es aber zu deiner Art gehört, daß du lesen mußt, um dich zu sammeln, nimm etwas dir längst bekanntes, längst bewährtes vor. Etwas von den bekannten Großen, den Männern, die längst fanden und eroberten, in Einsamkeit und Demut, was zu erobern ist; zwei mal oder mehrere Male in der Geschichte der Menschheit; von denen es heute keine gibt und denen niemand unter uns nachzueifern oder mit ihnen wettzustreiten hoffen kann. Nimm längst Gefundenes und wieder und abermals und immer wieder Verlorenes vor. Aber nimm dich dabei noch sehr in acht; daß du dich nicht in ungenaues Fühlen und Metaphysik verlierst. Halte dir gegenwärtig: jedes Muster, das beste selbst, hat auch nur einen begrenzten Wert. Dazu unsere Neigung, in schwierigen Lagen ins Metaphysische hinüberzuwechseln, diese besondere Gabe, die, wie sich immer wieder gezeigt hat, zugleich unsere größte Gefahr ist. Und Bücher, literarische so gut wie philosophische, sind ein noch gefährlicherer Boden als das Leben, sich darin zu bewegen; das natürliche, gesunde und starke Empfinden für das Wirkliche und für das Wesen muß völlig intakt sein, wenn man nicht Verführungen und falschen Lehren verfallen will. Durch Zufall wurde ich dieser Tage auf eine Bemerkung Ellen Kays über Nietzsche aufmerksam. Ellen Kay schrieb: »Ein Aufruhr des Blutes war für seine Natur ausgeschlossen. Er konnte seine Verbrechen nur als Denker begehen; ja, er durfte überhaupt nur solche Verbrechen für vornehme Menschen für möglich halten.« Eine gewisse vornehme Klasse von Menschen begeht demnach ihre Verbrechen in Büchern. Für angeschlagene Menschen müßten vor Büchern Warnungstafeln aufgestellt werden, wenigstens vor den Büchern der Autoren, die Aufsehen erregen. Übrigens sollten bei uns alle im letzten Jahrzehnt gelernt haben, daß mit Büchern Verbrechen populär werden können. Muß eine solche Einsicht in einer Situation wie der unseren nicht einen Verleger notwendig zögernd und vorsichtig machen?

Ich habe, weil mein Beruf das nötig macht, vieles von dem neuen gelesen, das in diesem Herbst schon erschienen ist. Bücher, Broschüren, Zeitschriften und Zeitungen. Die ersten las ich zunächst garnicht aus Berufsinteresse, sondern aus persönlichem Interesse mit Neugier und voll Erwartung. Und alle, so verschieden sie an sich waren, sind in meinem Eindruck jetzt wie eins und dasselbe. Ich fand in einzelnen vieles Richtige, Ausgezeichnete und Bemerkenswerte; ich fand Klugheit, Freimut, Gerechtigkeit und sogar Tapferkeit. Und dennoch wuchs dieses Gefühl der Vergeblichkeit! – Gewiß, man darf nicht viel erwarten oder eigentlich garnichts. Aber das Gefühl der Vergeblichkeit wird stärker statt abzunehmen. Es muß also wohl etwas im Grunde Falsches in allem sein.

Mir fiel von Anfang an auf, wie viel beschuldigt, kritisiert, angeklagt und geschulmeistert wird. Ja, geschulmeistert. Die da schreiben und reden, sie haben für sich ein Reservat bezogen, auf einem Podium, das über alle anderen erhöht ist, und ihre Betrachtung beugt sich von oben herab: sie belehrt. Sie ist fern von der Verwunderung, von der Haltung des Lernenden. Und wir sind doch allesamt Überwundene, allesamt. Die Form des Geistigen in der reinsten Gestalt ist immer und zu jeder Zeit die des Schülers gewesen. Es gibt keinen Menschen, der nicht mehr zu lernen als zu lehren hätte. Nach meiner Beobachtung waren auch die besten Lehrer die, die es nicht wagten, Aufstellungen zu machen, sondern von dem einzigen Wunsch ganz erfüllt waren, zu forschen, zu studieren, zu lernen. Ich glaube, daß es das ist, was bei mir den Eindruck der Vergeblichkeit steigerte, je mehr von den neuen Veröffentlichungen ich las, daß so viele Aufstellungen darin gemacht wurden, und daß sich das immer mehr und deutlicher zu einer Manier, einer Mode ausbildete. Moden sind immer oberflächlich und äußerlich, und sie sind immer laut. Was richtig in ihnen ist, berührt nur den äußeren Schein. Und eine Mode ist jetzt beispielsweise die Haltung der Frauen zu verurteilen, über die Frauen abzusprechen. Damit spreche ich aus dem Leben und nicht von den neuen Büchern. Aber das Beispiel zeigt gut, was ich meine über die Bücher. Jemand, eine Frau übrigens, erzählte mir von ihrem Bruder: er hätte überall skandalöse Eindrücke gehabt von den Frauen, wie sie aufgemacht waren, wie sie sich anboten. Die Frau, die mir das erzählte, stimmte ihrem Bruder hundertprozentig zu. Das ganze weibliche Geschlecht stand unter einem einzigen Urteilsspruch. Ich äußerte darauf, ob sie wisse, was für ein Elend, welche Not, ob nicht ganz einfach Hunger oder sonst eine zehrende Entbohrung hinter der leichten Fassade stehe. Ich erinnerte sie: allein wir beide wüßten viele Beispiele, daß Frauen sich im Frühjahr auf eine große Art vor ihre Männer stellten, sich für ihre Töchter opferten, die ursprünglichste Größe der Frau, ihr Wesen in der Stellvertretung in geradezu antiker Form bewährten. Ich sagte, ich kenne nur Frauen, die im Frühjahr und Sommer eine bewundernswerte Tapferkeit immer und immer wieder bewiesen; ob sie andere kenne. Sie antwortete: nein, sie kenne auch nur viele solche. Dann wollen wir, sagte ich ihr darauf, doch nur davon sprechen. –

In den Büchern, die erschienen sind, steht zu wenig von dem Wirklichen, von dem, was uns wieder Hoffnung machen kann. In den Ansprüchen, die in den Büchern auftreten, äußert sich das literarische wieder oder äußert sich noch. Ein Gefühl für das Ganze ist nicht darin. Es ist das Kennzeichen des Literaten, immer an Teilen der Erscheinungen zu kleben. Darum kommt er leicht zu pessimistischen wenn nicht nihilistischen Vorstellungen. Das Eigentliche ist nicht in der äußeren Erscheinung, es liegt hinter den Dingen. Ein Werk kann kritisch sein in seiner Darstellung der Erscheinungen, die Kritik kann jedoch ausbalanciert sein in einer Gesinnung zum Ganzen; in der Bestätigung der Totalität des Lebens. Sie ist in den Werken von allen großen Dichtern der Weltliteratur, auch in den pessimistischen und selbst in den bitteren Satyren zwischen den Zeilen da.

Die ausgeplauderten Beobachtungen stellte ich nicht etwa zu einer Kritik der Bücher an. Die Bücher können gewiß nicht besser sein. Weil die Dichter, so wenig wie wir andern, sich in ihrem Innern noch nicht wieder zu einem Ganzen gesammelt haben können. Ich teilte diese Beobachtungen mit, um Ihnen in die Schwierigkeiten eines Verlegers von einer neuen Seite Einblick zu geben. Einer Seite, die seine besondere Vorsicht verlangt, wenn er einen schöngeistigen Verlag verwaltet. Was nämlich Kultur und Kulturleben betrifft, das stand zu jeder Zeit bei uns großgeschrieben in der Zeitung. Meine Beobachtungen bestätigen nur eine Tatsache, die jeder, wenn man sie erwähnt, ganz natürlich findet: daß zunächst das Haus gebaut sein muß, und dann kann erst mit dem begonnen werden, was Kultur wirklich ist.

Die Krise der europäischen Literatur

Symptomatisch für die heutige Literatur sind die Schlagwörter und Modewörter als Zündungsmittel zwischen Autor und Publikum. Ein Beispiel dafür ist der Ausdruck »Krise« im Thema unserer Diskussion. Obgleich neuerdings vielfach festgestellt worden ist, daß es falsch ist, von Krisen auf allen Gebieten zu sprechen, wird der Ausdruck selbst in diesem Kreise noch verwandt. Es handelt sich dabei um Wörter, die besonders aufgeladen worden sind. Teils durch ständige Wiederholung, teils durch Mystifikation. Charakteristisch ist für die Schlagwörter und Modewörter ihre allgemeine und ungenaue Fassung, so daß sie überall, auf allen Gebieten angewandt werden können. Sie sind ein Symptom für ein falsches Verhältnis zwischen Autor und Publikum. Es wird ein Spiel zwischen Autor und Publikum gespielt, eine Art Ballspiel. Eines der unbequemen Ergebnisse ist, daß danach das Publikum zu einem literarischen Werk erklären kann: das ist nicht, was wir brauchen. In bezug auf die Literatur kann man nicht von einer Krise sprechen, es sei denn, die Literatur wäre in einem Krankheitszustand. In der Literatur gibt es mehr oder weniger produktive Zeiten und mehr oder weniger schöpferische Geister. Die schöpferischen Geister bilden zu allen Zeiten eine verschwindende Minorität. Neben der Produktivität ist die Lebendigkeit des literarischen Lebens entscheidend. Sie entsteht allerdings aus der Kommunikation zwischen Autoren und Publikum, hängt davon ab, ob und wie diese Kommunikation vorhanden ist, vor allem, welcher Art sie ist. Wenn heute so oft von einer Krise in der Literatur gesprochen wird, deutet man damit allerdings auf einen neuen und besonderen Zustand. Schon sehr lange bestand eine Kommunikation nur noch zwischen der Literatur und einer literarischen Gesellschaft. Diese literarische Gesellschaft war ein Teil der gebildeten Gesellschaft. In der Gegenwart nun ist neu, daß es die literarische Gesellschaft nicht mehr gibt, sondern sie ist atomisiert wie nahezu jede Gesellschaft, und es gibt nur noch den einzelnen literarisch Interessierten und literarisch mehr oder weniger Gebildeten. Damit hat die Möglichkeit zur Bildung literarischer Tradition aufgehört. Und darin sehe ich das entscheidende Manko im heutigen literarischen Leben. Es werden nun alle möglichen technischen und ökonomischen Versuche gemacht, das zu ändern, aber diese dürften im wesentlichen ergebnislos bleiben.

Wichtig wäre vielmehr, daß die Autoren erkennen möchten, daß sie, und wenn selbst als eine Elite, in der Situation aller Menschen dieser Zeit sind und für sich keine anderen Ansprüche geltend machen können als jeder andere Mensch dieser Zeit; und daß sie weiter erkennen möchten, daß ihr Werk nur so weit fruchtbar werden kann, als es aus dieser Situation heraus – die für sie und alle Menschen der Zeit dieselbe ist, und nicht etwa aus einer literarischen Idee heraus konzipiert wurde – und daß es primär in diese gemeinsame Situation gebettet sein sollte. Das Werk muß diese Gemeinsamkeit erkennen lassen. In Zeiten der Größe der Literatur war das die selbstverständliche Voraussetzung. Wenn doch alle Vertreter der Intelligenz, nicht bloß die literarischen Autoren, für sich nicht mehr einen Sonderplatz verlangen möchten! Das habe ich bei diesem Kongreß wiederholt denken müssen.

Hier wird mir nun wahrscheinlich allgemein, jedenfalls von vielen Seiten, der Einwand gemacht werden: heute sei die Situation von jedem eine eigene und besondere. Aber ich glaube nicht, daß eine gemeinsame Situation durchweg bestritten werden wird. Die heutige Literatur wird jedoch mehr und mehr von diesem individuellen Einwand her bestimmt. Aber natürlich kann die Literatur niemals dem einzelnen auf seine Fragen antworten. Das wird aber erwartet. Und so führte die Entwicklung auf der Seite der Autoren wie auf der Seite des Publikums zu demselben Dilemma. Die Antworten der Dichter werden als Antworten auf individuelle Fragen immer so unzulänglich sein, wie die Antworten, die jeder für sich selbst weiß oder nicht weiß. Heute ist man fast so weit, daß das allgemein erkannt wird. Und damit wäre man fast an dem Punkt, daß wieder eine Literatur der wirklichen allgemeinen Situation entstehen dürfte. Ob das der Fall sein wird, das ist allerdings eine Frage der Autoren und ihrer Produktivität. Nicht ihrer Begabung, nicht ihres technischen, rhetorischen und analytischen Könnens und Vermögens, sondern des denkenden Herzens: ihrer Intuition. Die heutige Literatur ist auffällig vorwiegend essayistisch. Sie gibt Analysen und sie will Antworten geben. Die Analyse sowie die Antwort sind naturgemäß individuell und können nicht jeden angehen geschweige denn befriedigen. Sie sind außerdem noch vorwiegend von Ideologien bestimmt, also nicht echte Antworten auf die Realität. Das Verhältnis der Autoren zur Realität ist gestört. Allerdings gibt es gerade heute auch eine Literatur der unmittelbaren Reaktion auf Realitäten des Lebens und der Gesellschaft, aber nicht auf die allgemein durchgehende Realität der Situation. Diese ist analytisch und mit dem Verstand allein nicht zu fassen. Die meisten Autoren sind dafür außerdem ihrer Sache viel zu sicher, sie haben viel zu viel von den Allüren und den Ansprüchen von Führern und Diktatoren oder von Predigern und Propheten. Was könnten sie aber tun? – Nach ihrem Vermögen mit den Mitteln der reinen Sprache, der reinen Sprache der Gegenwart, die Situation von jedermann in der Zeit in der Verdichtung zeigen. Das wird ihnen nur gelingen, sofern sie die Realitäten des heutigen Lebens ernsthaft anschauen und so darstellen, daß darin sichtbar wird oder zumindest geahnt werden kann, was die Dinge wollen und was sie bedeuten könnten. Das ist die Methode der ganz wenigen Dichter, die uns auch heute etwas zu sagen haben, ohne daß sie es aussprechen oder gar predigen könnten.

Verleger und Leserschaft

Eine gewisse Betriebsamkeit oder Lebhaftigkeit auf kulturellem Gebiet darf uns nicht darüber täuschen, daß es um echte Kultur bei uns nicht gut steht. Das behauptet die übrige Welt seit längerem. Wir bestreiten das gern, gestützt auf unsere Leistungen für die Welt in der Vergangenheit. Oder wir bestreiten der übrigen Welt das Recht zu dieser Feststellung und weisen auf Kulturlosigkeiten bei ihr. Selbst wenn wir von unhumanen Einrichtungen und Maßnahmen unter der Herrschaft der Nationalsozialisten absehen, so daß die Erscheinungen bei uns mit denen in anderen Ländern, mit denen wir uns vergleichen wollen und sollen, vergleichbar werden, bleibt der Unterschied auffällig. Er ist selbst für den oberflächlichen Beobachter in zwei Erscheinungen feststellbar: die Schöpfungen von draußen interessieren und beschäftigen uns mehr, sie gehen uns eher an, sie betreffen unser Lebensbewußtsein und Lebensgefühl stärker, in ihnen ist etwas vom innersten, vom verborgensten Leben der Zeit (hier meine ich nicht nur die Problematik). Und die andere Erscheinung: bei den anderen Völkern ist jeder Mensch an den Schöpfungen der Gelehrten und Künstler beteiligt, natürlich mehr oder weniger, aber die Akkumulation ist allgemeiner; nicht bloß die Intellektuellen sind beteiligt. Die Intellektuellen oder die Gebildeten sind nicht so wie bei uns als Kaste für sich. Das ist nicht, wie man annehmen möchte, die Wirkung der Propaganda.

Die Nationalsozialisten haben auch bei uns das aufblühende Kulturleben herausgestellt: sie nannten die steigende Millionenzahl der Bücher, wiesen auf die steigende Flut der Veranstaltungen und sie ließen Preise und Titel auf die Schaffenden regnen. So benutzten sie den Apparat und die Organisation und brachten sie auf höchste Touren, auch für die Verbreitung ihrer »Kultur«. Die volkstümliche, vielmehr volksgemäße Kunst war ein Punkt in ihrem Programm. Aber sie verfolgten und unterdrückten den eigenständigen, den schöpferischen Geist. Die Intellektuellen waren ihnen so verdächtig wie alle Gläubigen. Weil sie wußten, daß die schöpferischen Geistigen eine Bruderschaft in der ganzen Welt sind. Die Nationalsozialisten haben mit ihren Maßnahmen auch Erfolg gehabt, bis in die unabhängigen Gebildetenkreise. Die literarischen Sensationen der Gebildeten in den vergangenen Jahren waren beispielsweise Friedrich Georg Jüngers Mohngedicht, ein Gedicht von Gottfried Keller, Ernst Jüngers Marmorklippen. Ich übertreibe an dieser Stelle mit Absicht, um bewußt zu machen, bis zu welchem Grade die Interessen veräußerlicht waren. Es gab bei uns kein echtes geistiges Ereignis im vergangenen Jahrzehnt. Es mag sein, daß noch nie soviel in Klassikern und alten Philosophen gelesen worden ist wie im vergangenen Jahrzehnt, aber das befriedigte selbst die nicht, die sich auf diese Weise schadlos hielten. Entdeckungen wurden in Altem gemacht, aber es gab nichts Neues, auf dessen Entdeckungen man fieberhaft gespannt gewesen wäre; kein Zweig der Kultur trieb ein junges Reis; auch die Plastik und Architektur nahmen nur an Dimensionen zu.

Ohne eine lebendige Dichtung in der Gegenwart stirbt auch die Literatur der Vergangenheit ab, und das wird der tiefere Grund sein, weshalb die Beschäftigung mit den Klassikern in jüngster Vergangenheit wohl einem Bedürfnis entsprach, aber letztlich unbefriedigend blieb. Auf lange Sicht ist es für die Gefühlswelt sowie für das Bewußtsein, für das geistige Leben in einem Volke überhaupt von Wichtigkeit, daß es eine lebendige neue Dichtung hat. Dichtung klärt und erweitert das Gefühlsleben und das Bewußtsein, indem sie den Ausdruck findet für dunkel Vertrautes sowie für neue Erlebnisse und Erfahrungen, sie bestimmt unsere Art, die sich ständig wandelnde Welt zu erleben. Das Dichten darf nicht aufhören. Ohne ein lebendiges Dichten verkümmert in den Menschen die Fähigkeit, die Welt in ihrer Tiefe zu erfassen, ja sogar die Fähigkeit, Vorgänge des eigenen Innern zu empfinden. Man kann sagen, daß die Kunst die Welt erschließt, die Welt für den menschlichen Geist aufnehmbar macht. Das erscheint falsch; denn sind es nicht Forschung und Wissenschaft, die die Welt dem menschlichen Geist erschließen? Gewiß. Aber Allgemeinbesitz, wenn auch oft höchst oberflächlich, werden die revolutionierenden Entdekkungen erst auf dem Wege über die Dichtung. Dazu ist keineswegs notwendig, daß die Dichtungen von allen gekannt sind und verstanden werden. Diese Bedeutung der Dichtung besteht auch für die, denen Dichtung nichts sagt, und auch für die, die nicht einmal die Namen der Dichter kennen. Die meisten Gebildeten jeder Zeit pflegen ohne Verständnis für die neue Dichtung zu sein. Sie lesen am liebsten die Dichter, die eigentlich nichts Neues schaffen, sondern geben, was in der vorangegangenen Generation neu war und inzwischen geläufig geworden ist. Und Bücher, die schnell eine große Leserschar finden, sind selten oder nie erstklassige Werke. Es ist auch nur wichtig, daß in jeder Generation wenigstens der kleine Kreis da ist, die kleine Vorhut von besonders Begabten und Empfänglichen, die Elite von außergewöhnlicher Sensibilität und der Gabe, im Augenblick durch Sinne, Seele, Geist und Einbildungskraft das Neue aufzunehmen, und mit der Fähigkeit, daran zu glauben. Und hier möchte ich nun sagen, daß es unsere, der Buchhändler und Verleger, Aufgabe jetzt ist, bei uns wieder neue Dichtung möglich zu machen, indem wir die Elite der Begabten pflegen, ohne welche neue Dichtung nicht möglich ist.

Gewiß, das kann nicht die Aufgabe aller Verleger und Buchhändler sein, nicht einmal einer Mehrheit. Aber es ist nötig, daß eine Gruppe von Verlagen und eine Gruppe von Buchhändlern sich darauf wieder spezialisieren. Es widerspricht auch nicht demokratischen Grundsätzen, wenn nicht alle durchweg eine volksgemäße Literatur pflegen, sondern eine Vielfalt von Varianten wieder erscheint und damit auch das Anspruchsvolle, die differenzierte Geistigkeit gewertet und gefördert wird. Die moderne Menschenwelt ist so kompliziert entwickelt, daß besondere Organe dazu gehören, um hinter diese Welt zu kommen. Morgen werden sich schon bei vielen die Ansätze solcher Organe zeigen – wenn nur heute bei einzelnen die wirkliche Einbildungskraft statt der bürgerlichen Romantik gespeist wird.

Wenn ich als Aufgabe für meinen literarisch bestimmten Verlag die Ermöglichung neuer Dichtung erkannt habe, bin ich damit zu der entscheidenden Antwort auf die Frage gelangt, wer in erster Linie als Empfänger für ein Buch in Betracht zu ziehen ist: die dafür Begabten. Es ist sehr wichtig, daß ihre Begabung und ihr Glaube durch echte Kunstwerke zuerst wieder bestätigt und bekräftigt wird. Ihnen müssen zuerst die Möglichkeiten für ihre Begabung und für ihren Glauben geboten werden. Sie werden mit ihrem Glauben andere mitreißen, und so wird es wieder zur Bildung der echten literarischen Gemeinden kommen.

Zur Bücherverbrennung am 10. Mai 1933

Die Bücherverbrennung am 10. Mai 1933 war eine heimtückische Aktion. Unter dem agitatorischen Vorwand, die Intellektuellen und Gebildeten als Klasse zu treffen, wurde versteckt ein Schlag gegen jede Aufklärung geführt; die Spießerdummheit wurde mit Revolutionsregie als flammender Engel auf dem Altar des Vaterlandes enthüllt. Dummköpfe werden lieber brennen und morden als denken, das wußten sie. Die Bücherverbrennung als Volksbelustigung, das war ein Attentat gegen den Menschen, hier begann es; die Flammen, die zuerst über den Bücherhaufen prasselten, verschlangen später im Feuersturm unsere Städte, menschliche Behausungen, die Menschen selbst. Nicht der Tag der Bücherverbrennung allein muß im Gedächtnis behalten werden, sondern diese Kette: von dem Lustfeuer an diesem Platz über die Synagogenbrände zu den Feuern vom Himmel auf die Städte. Kein vernünftiger Mensch, kein Mensch mit Verstand wird mit Feuer spielen.

Das Bedürfnis, das andere, das Unbekannte kennenzulernen und zu verstehen, ist das Wesen des Geistigen. In der menschlichen Existenz ist es Verständnis und Verständigung. Das geistige Leben verdunkeln oder terrorisieren, heißt Verständnis und Verständigung unterdrücken, und das heißt: Krieg vorbereiten. Der Gebrauch des Geists zur Überlegenheit über den andern in Macht oder Besitzanhäufung ist Mißbrauch des Geistigen. Wenn heute der Tag des Freien Buches proklamiert wird, ist das die Proklamation einer Forderung: das geistige Leben in allen Formen jedem Menschen zugänglich zu machen. Jedem Menschen! In jeder Form!

Zum 70. Geburtstag Hermann Hesses

Mein Beruf – dieser schöne Verlegerberuf – brachte es mit sich, daß ich vielen hervorragenden und berühmten Zeitgenossen begegnet bin, und daß ich mit ihnen zu tun hatte. Zwei von diesen Begegnungen gehören zu den stärksten Eindrücken meines Lebens: die mit Gerhart Hauptmann und die mit Hermann Hesse.

Das gilt ohne Übertreibung; sie haben mich wirklich so intensiv und so viel beschäftigt wie eine Liebe. Und das hat auch nie aufgehört. Damit ist gesagt, daß es die Menschen waren und nicht die berühmten Dichter, die mich immer wieder, bei fast jeder Wiederbegegnung, so betroffen gemacht haben, daß mir der Atem stockte vor Verwunderung, und daß ich selbst ein anderer war, wenn ich mit ihnen zusammen war und noch lange nachher. Von ihnen ging eine sanfte Gewalt aus. Ihre Gegenwart war für mich eine tiefe, schmerzvolle, glückliche Erfahrung des Menschen schlechthin. Ich wußte in ihrer Gegenwart über den Menschen und auch über mich mehr, als ich sonst wußte. Vor allem dachte und urteilte ich weit sorgfältiger, beinahe ehrfürchtig über Menschen. Bei diesen und anderen Begegnungen habe ich gelernt, daß wir das Dichterische, den allgemeinen Wert der dichterischen Begabung durchweg zu hoch ansetzen: in der Gültigkeit des dichterischen Wortes als Wahrheit und als Weisheit. Das Zitat eines Dichterwortes bedeutet gar nichts für die Wahrheit und Richtigkeit einer Ansicht; insofern werden die Dichter bei uns auffällig überschätzt und mißbraucht. Ich würde aber auch mißverstanden, wenn man meinte, es wäre das Allzumenschliche der Dichter gewesen, das mich betroffen machte; daß sie Menschen sind wie wir alle. Das sind sie ganz gewiß, aber sie sind das auf eine Weise, die man nicht vergißt; nicht so zufällig und so zerstreut, denn in dieser Weise ist das Menschliche: Schicksal.

Als ich Hermann Hesse das erstemal persönlich begegnete, hatten wir über zwei Jahre einige berufliche Briefe gewechselt. Dabei war ich nicht gut weggekommen, ich war gelegentlich hart angefaßt worden, hatte einige heftige Unwillensäußerungen von ihm erfahren. Ich war Redakteur der »Neuen Rundschau«. Unter Redakteuren der Zeit war eine Unsitte sehr verbreitet: sie versuchten in ihren Zeitschriften möglichst eigene Ideen zur Darstellung zu bringen und auf diese Weise durch alle Mitarbeiter selbst sichtbar zu werden, als hätten gerade sie mit ihren Ideen und Vorschlägen den Schriftstellern gefehlt. So hatte ich auch Hermann Hesse einige Male um einen Beitrag zu einer Idee von mir gebeten; gelegentlich hatte ich ihm auch Vorschläge gemacht, was er am besten schreiben könnte oder unbedingt schreiben müßte. Die Anregungen waren von meiner Seite nicht unbedacht gewesen: hatte er nicht in seinen Aufsätzen und Betrachtungen durchweg eine Neigung zum Erziehen und Belehren gezeigt; hatte er nicht, nach dem Ersten Weltkrieg, in der Verkleidung des wiedergekehrten Zarathustra an der Straße auf uns gewartet; hatte er nicht Briefe an uns geschrieben, um uns über uns selbst und über den Nationalismus aufzuklären? – Und regelmäßig nach einer derartigen Anregung oder Aufforderung, hatte er mich zurückgewiesen, ohne Rücksicht und ohne Höflichkeit, unumwunden. Im Laufe der Zeit habe ich gelernt, daß dahinter bei Hesse eine einfache Vorstellung von einer geordneten Welt stand, in der jeder an seinem Platz und in seinem Beruf steht, und die Welt in diesem Rahmen bestimmte Erwartungen an ihn hat, die er zuerst erfüllen muß, wenn man ihn ernst nehmen soll. Damals, vor meiner ersten Begegnung mit Hermann Hesse, hatte ich auch noch nicht selbst erlebt, daß der geistig lebendige Mensch ganz und unaufhaltbar von sich ausgefüllt und bedrängt ist, und daß alle Einfälle von draußen und von weither, die durch Post und Telefon heute so leicht gemacht sind, zur Pein werden können.

Ich fuhr also eingeschüchtert und auch leicht aufsässig zur ersten Begegnung mit Hermann Hesse. Er war seit vielen Jahren zum ersten Male wieder in Deutschland, um vom Grafen Wieser in Bad Eilsen, einem berühmten Augenarzt, sein Augenleiden behandeln zu lassen. Ich kam von einer Nordsee-Insel, mein Eintreffen in Bückeburg und die Verbindung von dort nach Eilsen, alles war telegrafisch vereinbart. Ich wurde zum Abendessen erwartet. Mein Zug hatte erhebliche Verspätung, ich kam um viertel nach zehn an. Beim Empfang wurde mir ein Zettel übergeben. Darauf teilte mir Hesse mit, daß er gewartet habe und schlafen gegangen sei. Dazu den Plan für den nächsten Tag. Ihm war bekannt, daß ich nur eineinhalb Tage Zeit hatte. Nach seinem Plan konnten wir uns erst am nächsten Mittag um zwölf Uhr sehen, dann bliebe eine Stunde Zeit bis zum Mittag, und wir würden gemeinsam essen. Im übrigen wäre sein Tag durch die Kur und Ruhen ganz ausgefüllt. Der Zettel verriet entweder Verstimmung oder Abwehr. Nachts war ich entschlossen, am nächsten Nachmittag wieder weiter zu fahren.

Am anderen Morgen saß ich im Schreibzimmer des Hotels und schrieb Briefe. Hinter meinem Rücken stand die Tür zu einem anderen Raum offen. Dort ging nach einiger Zeit jemand ein paarmal vor der Tür vorüber, so daß ich mich umsah. Ich erkannte Hesse, war aber entschlossen, seine Ordnung zu respektieren. Er schien ebenso entschlossen, die Tür zu belagern. Endlich stand ich auf und nannte ihm meinen Namen. Er reichte mir die Hand; dabei ruhte sein Blick auf meinem Gesicht. Anders kann ich es nicht nennen: es war ein scharfes, sprühendes Licht. Seine Stimme klang gebräunt. Das Gesicht war voller scharfer Falten, das Gesicht eines Gärtners oder eines Bergsteigers und zugleich ein modernes städtisches Gesicht. Er zog mich in den Hotelgarten. Dort gingen wir nebeneinander die Pfade zwischen den Beeten, immer wieder dieselben Pfade. Er fragte mich; nichts, was mich betraf, auch nichts über unsere Arbeit: alles Mögliche über das Leben in Deutschland. Es war 1934. Er fragte mich, wie man einen alten Bekannten, der eben von einer Reise in einer fremden Gegend zurückgekommen ist, nach allem fragt, was er wissen kann. Er wollte viel von den deutschen Büchern, über die deutschen Schriftsteller, über die Jugend und überhaupt über Deutschland wissen. Er fragte immer wieder nach meinem Urteil. Er nahm alles auf, als wäre selbstverständlich alles, was ich sagte, richtig, und als wäre Einverständnis zwischen uns selbstverständlich.

Ich mußte ihn in die Sprechstunde zum Arzt begleiten, dort neben ihm sitzen, solange er warten mußte, ihn nach der Behandlung dort abholen. Die Ruhestunden nach dem Mittagessen wurden ignoriert. Er zeigte mir in seinem Zimmer Bücher, Briefe, Bilder. Er war es, der mich mit einer zarten Sorgfalt umgab. Wir gingen in einen Park; über diesen Park, der nicht groß war, sind wir nicht hinausgekommen. Aber in meiner Erinnerung ist dieser Park wie eine echte Landschaft und nicht Hübschheit und Gepflegtheit. Wir trennten uns erst spät abends.

Als ich allein war, sammelte ich meine Eindrücke zu einem Bild. Aber wie in einem Spiegel- und Zauberkabinett trat Hesse vielfältig und in immer neuen Erscheinungen auf: als bäuerlicher Mann, als geistlicher Herr, als Mönch Buddhas, als Gelehrter mit philosophischer Skepsis, als moderner Literat. In dem Wechsel war eine gütig schelmische Eulenspiegelart. In die deutsch seelenhaften Elemente woben sich Züge viel weniger gemüthafter Natur: europäische, kritizistische, analytische. Der Hesse, den ich traf, hätte gut in ein Literatencafé in einer europäischen Metropole, sagen wir in Paris, gepaßt. Aber ebenso gut in ein Kloster in Tibet. Und ebenso gut in eine Gelehrtenklause. Sein Wesen war nichts völlig in eine Umwelt oder in eine Zeit oder in eine Entwicklung Eingeschlossenes, sondern es erhielt seinen letzten Sinn und seine eigentliche Prägung von der Phantasie.

Ist Hermann Hesse also in seinem Wesen ein Schauspieler, ein Darsteller vieler Figuren? In einem anderen als dem gewöhnlichen Sinn: ja. Allen Lesern seiner Werke wird schon aufgefallen sein, daß er selbst in vielen von ihnen, den wesentlichsten, vorkommt und in mancherlei Gestalt. Aber das hat eine andere Bedeutung als meist bei Schriftstellern. In seiner Erzählung »Die

Morgenlandfahrt« erscheint vor dem Bundesgericht der Morgenlandfahrer der Musiker H.H., und in dem »magischen Theater«, einer zweiten Gerichtsverhandlung, ist der Diener Leo, ein verschollenes Mitglied des Bundes, der Oberste des Bundes; und in einer Holzplastik sind dieser Diener Leo, der oberste Richter, und der Musiker H.H. zu einer Doppelfigur verschmolzen. Im »Glasperlenspiel« werden im Nachtrag drei Biographien mitgeteilt, der Regenmacher, der Beichtvater und ein indischer Lebenslauf, Schülerarbeiten des Josef Knecht. Und jede dieser Biographien ist eine Selbstbiographie des Schülers in einer anderen Zeit und einer anderen Kultur. Der Gegenstand aller Bemühungen von Hermann Hesse ist eine Anthropologie, ein Bild des Menschen. Das Studienobjekt dazu, das er am besten kennt, ist er selbst, Hermann Hesse. Dieses Objekt beobachtet und prüft er unausgesetzt. Es steht unausgesetzt bei ihm vor Gericht und hat sich zu verantworten. Das Gesetz seines Lebens besteht aber nicht in einem Ethos, in Prinzipien, einer Ideologie, sondern der Gerichtshof, das Prüfungsamt, besteht aus allen möglichen Erscheinungen seiner selbst, und jede dieser Erscheinungen steht im Rahmen einer der vielen Kulturen der Menschheit. So vollzieht sich sein Leben in der beständigen Prüfung vor dem Geist der Menschheit. Es entfaltet sich unter einer ständigen hohen Verantwortung.

Am anderen Morgen in Bad Eilsen schickte Hermann Hesse mir Bücher ins Zimmer. Dazu schrieb er ein Briefchen: es ginge ihm nicht gut, er hätte starke Schmerzen, könne das Zimmer nicht verlassen, und wir könnten uns wahrscheinlich den Tag nicht sehen. Mittags stand, wie vorgesehen, ein Wagen bereit, der mich nach Bückeburg an die Bahn fahren sollte. Meine Abfahrt fiel in die Ruhestunde. Als ich nach unten kam, um an den Wagen zu gehen, erwartete Hesse mich. Er sah blaß und grau aus im Gesicht. Als ich im Wagen saß, lagen seine beiden Hände einen Augenblick auf meinen Knien, und von unten herauf blickte er mir ins Gesicht. Und wieder fühlte ich, wie ich unter diesen Augen aufblühte.

Nach dieser ersten Begegnung haben wir uns mehrere Male in

der Schweiz gesehen, meistens in seinem Hause in Montagnola. Montagnola ist ein Ort an einem Berghang, hoch und steil über Lugano. Vom Luganer See führt eine Straße in vielen Kehren zwischen Gartenmauern und den Häusern kleiner Ortschaften mit italienischem Charakter hinauf. Hesses Casa liegt oberhalb von Montagnola, tief in einem Garten versteckt. Zwischen den südlich üppigen Bäumen und Büschen des Gartens kann man sich verlieren. Gegenüber, jenseits des Tals, in dem unten der See liegt, ragen Steilflächen von Bergen, hart und stumm, im hellen Tageslicht mit scharfen Schattenzeichnungen, so daß sie zeitweise beinahe abstrakt wirken.

Von dem Haus im Garten zu Montagnola gehen täglich Briefchen, kleine Drucksachen, kleine Aquarelle, Freundschaftszeichen in alle Welt. Es gibt kaum jemanden, der je an Hermann Hesse schrieb und in dessen Brief nur eine echte menschliche Empfindung aufschimmerte, der nicht eine Antwort von ihm erhalten hätte und danach fortgesetzt von ihm bedacht und beschenkt worden wäre. Wenn er nicht immer an alle selbst schreibt, bedankt er doch alle in seinen Sammelsendungen an Freunde zur Weiterverteilung, die er selbst zusammenstellt und richtet. Auf solche Weise lebt er unausgesetzt mit sehr vielen Menschen in Kontakt. Im vergangenen Herbst, kurz bevor ihm im November der Nobel-Preis zuerkannt wurde, kam eine erschütternde Nachricht von dort: er verschloß das Haus im Garten und zog sich in eine strenge Einsiedelei zurück. Wie das ausgedrückt war, klang es sehr endgültig. Es waren wohl Ehrungen, vor denen er floh. Im Grunde aber war es das unverständige, vernunftlose und kulturlose Menschenwesen, vor dem er sich zurückzog; ein inneres Frieren vor der in der menschlichen Gesellschaft um sich greifenden Primitivität, vor dem Erkalten des menschlichen Kosmos.

Thomas Mann hat 1945 in seinem Brief nach Deutschland geschrieben, daß er Hesse um sein Wohnen in Montagnola beneide. »Er wohnte in schöner Sicherheit in seinem Hause zu Montagnola, in dessen Garten er Boccia spielte«, schrieb er. Ich habe dort auch an einigen Spätnachmittagen mit Hesse Boccia gespielt. Aber für ihn ist das Wohnen in diesem Garten keine schöne Sicherheit. Wo immer er auch wohnt – er ist stets in Unsicherheit, Unruhe und Gefährdetheit. Wir haben im Garten von Montagnola viele Gespräche über Deutschland gehabt; immer wieder tauchte die Frage auf, ob er zur Emigration gehöre. Und seine Antwort war, daß er das nicht entscheide nach seinem Willen, sein Werk gehöre nach Deutschland. Er fand böse und bittere Worte über die Deutschen. Aber er blieb stets in der Nachbarschaft, sozusagen im Angesicht Deutschlands. Die deutsche Kultur und am meisten die deutsche Romantik waren in seinem täglichen Leben in vielerlei Gestalt stets gegenwärtige Richter und Zeugen zu seiner unablässigen Bewährung. Er blieb nahe genug, um noch die sinnliche Nähe dieser Zeugenschaft mit den Sinnen spüren zu können. Denn Hesses hohe Geistigkeit ist durchaus ins Sinnliche gebunden. Sie trennt sich sozusagen daraus ab, wie der Same am Baum, der der ins Wesen verwandelte Baum ist. So sind alle seine Beziehungen im Grunde natürlich gebunden. Und weil das so ist, erleidet er die Krisen des heutigen Menschen in seinem Wesen physisch und psychisch; er kann sich diesen Leiden gar nicht entziehen. Er lebt sein Leben, obgleich alle Äußerlichkeiten auf Idylle und Romantik deuten, als ein ganz gegenwärtiger Mensch. Allerdings gibt es eine stille Region in seinem Wesen, so alt wie die Welt, mit den Kulturen aus allen Weltgegenden gespeist. Aber das Grundgestein, das Karat ist deutsch-romantisch, bis zur Äußerung in eigensinnig kauzischer Einzelgängerei und in mystisch-sehnsichtiger Weltabgewandtheit.

Der 9. November

Der 9. November ist für uns wiederholt ein unheilvolles Datum gewesen, vor allem rufe ich heute die Erinnerung an den 9. November 1938 wach. Da wurde die Ermordung eines Mitgliedes der Deutschen Botschaft in Paris, des Herrn vom Rath, von der NSDAP und der Reichsregierung zum Anlaß genommen, die organisierte Zerstörung der Synagogen, jüdischen Geschäfte, jüdischen Wohnungen und überhaupt jüdischen Besitzes zu beginnen. Es ist nicht meine Absicht, einen Beitrag zu einem historischen Kalender von Daten nationalen Unheils zu liefern, als Ablösung des nationalen Feiertag- und Siegestagkalenders, sondern die Erinnerung an den 9. November 1938 bietet eine willkommene Gelegenheit, über das Wesen des Menschen und über Methoden in der Politik einiges Aufklärende zu sagen. Wir alle haben von den letzten Jahrzehnten manche Lektion erhalten, ob wir etwas davon gelernt haben, erscheint immer zweifelhafter; die gründlichste Lektion haben wir über die Menschen und ihr eigentliches Wesen erhalten; versuchen wir jetzt noch, wenigstens aus ihr etwas zu gewinnen.

Viele bei uns wollen nichts von dem Bösen gewußt haben, das überall in Deutschland geschah, beispielsweise in den Konzentrationslagern. An den Szenen vom 9. November 1938 war jeder bei uns in irgendeiner Form beteiligt. Ob er nun zu einem der Kommandos gehörte, die in der Nacht die Synagogen zu demolieren und in ihrem Innern Feuer anzulegen hatten; oder zu den Trupps, die vom Morgengrauen des Tages bis in die Abenddämmerung in allen Straßen vor den jüdischen Geschäften aufzogen, zunächst die Schaufensterscheiben durch Steinwürfe oder mit Eisenstangen zertrümmerten, dann in die Geschäfte eindrangen und die Waren aus den Borten, Kästen und Schränken zerrten und umherstreuten; oder zu den kleineren Gruppenkommandos, die an jüdischen

Wohnungstüren läuteten, als befangene Gäste eintraten oder frech eindrangen und dann ihr Vandalenwerk an Möbeln und Garderobe vollzogen; oder zu den Rollkommandos, die auf Lastwagen in kleinere Ortschaften fuhren, um das vereinzelte jüdische Haus im kleinen Ort zu demolieren. Ob er als Polizist ordnungsgemäß seinen Straßenposten oder seine Ronde oder seinen Revierdienst einnahm und an diesem Tage blind und taub war für die Banden, als handelten diese für ihn unter einer Tarnkappe; oder als Feuerwehrmann auf der Feuerwache in Bereitschaft die schrillende Alarmglocke überhörte; oder als Lokalberichter und Redakteur, der sonst jeden Schornsteinbrand notierte, schweigend oder mit ein paar beschönigenden Worten über einen »Klamauk« hinwegging. Ob er als Angestellter auf dem Wege ins Büro oder zum Geschäft, zum Einkaufen unterwegs, oder als Passant an den wüsten Szenen vorübereilte oder einen Augenblick neugierig, schaudernd oder auch belustigt stehen blieb, als geschähe das alles in einem fremden Lande, oder als wäre es so in der Ordnung; oder ob er sich ins Innerste seiner Wohnung verzog, um den Lärm, das Klirren und Krachen nicht hören zu müssen – in einer von diesen Formen war jeder dabei und beteiligt. Entweder tat er in irgendeiner Form mit, oder er ließ es geschehen. Anfangs zögernd, mit Befremden, mit Widerstreben, mit verhohlenem Widerwillen – sogar die Täter verrieten solche Regungen, wenn sie nicht Vandalen oder Rohlinge von Natur oder betrunken waren –, mit der weiteren Entwicklung aber wuchs in jedem eine geheime oder offene Lust, die quälend sein konnte, aber dennoch eine Lust. Über einige Kommandeure dieser Aktion ging hinterher das Gerücht, sie hätten nach der Erfüllung ihres Dienstes ihren Abschied genommen, und einer soll sogar Hand an sich gelegt haben.

Was war es, was da geschah? – Die mühevollen Werke vieler fleißiger, kunstfertiger Hände, Werte der Produktivität mannigfachster Art, die sonst allgemein gehütet, bewacht, gepflegt, in acht genommen wurden, deren geringste Beschädigung ein Unglück war, Schrecken und Schmerz verursachte, deren mutwillige

Beschädigung als Vergehen und unter Umständen als verbrecherisch gegolten hätte; Dinge, welche die Grundlage, der Stolz und die Ehre des Volkslebens waren – sie wurden kaltblütig und roh in Massen zertrümmert, auf die Straße geworfen, unter die Füße getreten, geplündert, verbrannt; und das geschah auf Anordnung eines bürgerlichen Staates, dessen Aufgabe es war, diese Dinge zu mehren und zu schützen. Das war der satanische Eingriff des Staates in die Herzen und in das Empfinden seiner Bürger, der Böse in Gut verkehrte und auf solche Weise in den Begriffen, in den Gefühlen und in der Moral des Volkes eine unselige Verwirrung und Unordnung stiftete, die mit der Zeit die Ausmaße einer allgemeinen Erkrankung annahm. Die einen, die Täter, wurden gewöhnt an Handlungsweisen, die gegen das allgemeine Gefühl waren; die anderen, die Zuschauer, wurden gezwungen gutzuheißen, was sie im Innersten, im Kern ihrer Existenz verletzte, dazu zu schweigen, gute Miene dazu zu machen.

Diese systematische Pervertierung des Menschen, die vielfachen Brüche des natürlichen, langsam gebildeten und gewachsenen Gefühls, die vielfachen Brüche des Rückgrats der Menschen, stellen das eigentliche Verbrechen gegen die Menschlichkeit dar, das geschehen ist. Es bedarf für die heutigen Prozesse mit dieser Anklage eigentlich gar nicht mehr so komplizierter Konstruktionen von Tatbeständen: wer den 9. November 1938 in Deutschland miterlebte und danach noch der Regierung in irgendeiner Form diente, welche die Parole zu diesem 9. November ausgab, der hat sich dieses Verbrechens mitschuldig gemacht. Was die Menschen bei uns heute so entstellt und gezeichnet erscheinen läßt, das ist nicht allein die Folge von Entbehrungen und Mangel jeder Art, sondern die Entstellung ihres Wesens, die durch diese Methoden erreicht wurde. Von der Partei und von der Regierung aus war dieser 9. November eine wesentliche Etappe auf dem Wege, der die Menschen innerlich für die Greuel eines kalten, unpopulären Krieges bereit machen sollte. Vom November 1938 bis zum Jahr 1942, als die Bombenangriffe weitere Häuser in Trümmer legten, lagen die ausgebrannten und eingestürzten Synagogen unaufgeräumt und unberührt da als die ersten Kriegsruinen unserer Städte. Das Krachen, Bersten und Splittern hat uns jahrelang danach durch Nächte und Tage gejagt. Man meint, es wäre selbst heute noch nicht wieder vollständig zur Ruhe gekommen. Und kann sich das in der europäischen Kultur gewachsene Gewissen unverstellt wieder regen und äußern?

Der Antisemitismus konnte für die Vergehen des 9. November 1938 als Nährboden in Anspruch genommen werden; eine unklare und unsaubere Ecke, ein unaufgeklärter historischer Bodensatz des Gefühls. Man darf sich nicht der Täuschung hingeben, dieser atavistische Rest wäre durch das große Unglück, für das er dienen mußte, endgültig ausgebrannt. Kein noch so großes Unglück vermag das Böse zu tilgen. Nur in der Aufklärung, im hellen Licht der Vernunft, in der freien Unabhängigkeit des Weltmannes wird das geschehen. Wie weit sind wir alle heute noch davon entfernt!

Das Bild des Europäers

Mit dem Europäer verhält es sich für uns so, daß erst in jüngerer Zeit bei uns von ihm gesprochen wird. Wir Älteren kommen noch aus einer Zeit, in der vom Europäer kaum die Rede war. Lange vorher, dreihundert, vierhundert, bis zu sechshundert Jahre und mehr zurück, da gab es den Europäer, und gar nicht selten. Die Herren der Handelshäuser waren damals fast sämtlich Europäer. Und wir heute, wir sind uns im Grunde alle klar, daß wir ganz selten einem Europäer begegnet sind. (Sind es nicht nur ganz wenige unter uns, die wirklich einen getroffen haben?) Von einigen großen Zeitgenossen sagen wir im Nachrufen gelegentlich, sie seien »letzte Europäer«. Es ist also offenbar: wenn jetzt von uns gefordert wird, wir müßten Europäer sein, bedeutet das, daß wir heute mit voller Bewußtheit eine Erscheinung darstellen sollen, die es einmal sehr selbstverständlich schon gegeben hat. Und der Weg dazu ist für uns nicht etwa einfach der, daß wir uns die alten nur deutlich zu vergegenwärtigen brauchten und sie nachahmen könnten, sondern der Europäer heute kann nur unsere eigenste Erfindung, eine Schöpfung von uns sein, das Bild des Europäers für heute kann nur aus unseren Erlebnissen heraus erscheinen. Wir können also nicht umhin, von unsern Erlebnissen zu sprechen und außerdem von Menschen, die heute leben, in denen das Bild unter uns lebendig ist.

Vor vierzig oder fünfzig Jahren, als Knabe, war ich in meinem Bewußtsein nicht einmal ein Deutscher, sondern ein Oldenburger. Ich glaube, es gab damals überhaupt noch kaum Deutsche, sondern Preußen, Hessen, Bayern, Württemberger, Berliner, Frankfurter, Hamburger usw., noch viel weniger war im Bewußtsein der meisten Menschen Europa gegenwärtig und lebendig. Mir sind noch die Etappen ganz deutlich, in denen Europa als Ahnung in mir auflebte und in mein Bewußtsein kam. Wenn ich hier darüber erzähle, geschieht das, weil ich beobachtet habe, daß Menschen meines Alters durch dieselben Etappen dazu gekommen sind, und weil ich die konkrete Vergegenwärtigung für nötig halte, denn nur so wird lebendig, was es mit dem Europäer auf sich hat, und nur daraus lassen sich die Züge zu seinem gegenwärtigen Bilde gewinnen, nicht aus den bloßen großen Begriffen.

Die erste Etappe ist der Sommer 1914. Damals, am Mobilmachungstage, war ich in den Ferien in meinem Heimatdorf. Nachmittags, während ich Roggen von einem Feld auf einen Wagen lud, hatte vom Kutschbock des Postwagens herunter der Postbote die Nachricht von der Mobilmachung über die Felder ausgerufen. Abends, bis in die tiefe Nacht hinein, war auf der Dorfstraße unablässig der Gesang von vaterländischen Liedern. Mein Bruder und meine Schwester waren unter den Singenden. Währenddessen lag ich wach in der Kammer zu Bett, das kommende Unheil lastete schwer auf mir, und ich weinte da im Bett. Nicht aus Angst, denn am nächsten Tag ging ich fort und meldete mich freiwillig. Ich war fremd zu Hause, alles war plötzlich fremd, das war es; zugehörig durch Gewohnheiten, Geschmack und gesunde Daseinsfreude – und dennoch fremd, es war alles zu eng, ich fand mich in einem zu kleinen Raum. Was trennte mich von den Meinen, das ich da zuerst erlebte? – Ich hatte angefangen, Bücher zu lesen. Es waren nur Dichter der Gegenwart, die mich beschäftigten. Und auf diese Weise war in meiner Phantasie die Welt im Menschen eine Einheit. Und nun zerbrach die Einheit der Welt in Kriege. Es war dieses Erlebnis der Einheit der Welt, das mich damals zum Einsamen unter meinen Angehörigen machte, am Vorabend des Ersten Weltkrieges. Und dieses Erlebnis hatten mir Bücher gegeben.

Nach dem Ersten Weltkrieg kam ich verschiedentlich ins Ausland, aber weniger diese Reisen als die ununterbrochene Beschäftigung mit der Literatur, der Kunst und der Philosophie in den europäischen Ländern, die Begegnung mit ihren hervorragenden

Geistern, eine Einheit Europas, wie sie sich in den mannigfaltigen Äußerungen und Zeugnissen der Kultur dokumentierte und lebensvoll ausspielte, das alles hat viel mehr als die Reisen mein europäisches Fühlen und Denken weiter geweckt und verstärkt.

Die nächste entscheidungsvolle Etappe war die Zeit von 1933 bis 1944. In der Isolierung, in der wir damals in Deutschland lebten, hat es unter uns viele gegeben, die, nicht nur aus der Empfindung der Enge infolge der äußeren Absperrung, sondern mehr noch aus der Bedrückung durch den Rückfall in ein barbarisches Lebensniveau, das Bewußtsein hatten, mit einer Reihe von Menschen außerhalb Deutschlands – in der Schweiz, in Frankreich, in England, in Amerika, in Rußland – stärker verbunden zu sein als mit vielen Menschen, mit denen wir hier zu leben hatten. Und draußen nicht nur mit Freunden, sondern ebenso mit unbekannten Menschen; mit allen Menschen, die wußten, daß das, was bei uns geschah und was durch uns geschah, die Erniedrigung und die Zerstörung Europas bedeutete; Menschen, die darunter nicht nur tief litten, sondern in sich suchten nach den Kräften und dem Geist, die das Unheil überleben lassen, darüber hinaus retten, das Unvergängliche und Unzerstörbare dagegen sichtbar Gestalt sein lassen würden. Gerade in unserer Isolierung von Europa und der Welt wurde uns immer mehr klar, wie wenig die Grenzen bedeuten dürfen, die von der Geschichte der Staaten und von den verschiedenen Sprachen gezogen werden; daß es etwas gibt im ewigen Fluß über Grenzen hinweg, das bleibt und verbindet; daß dieses Bleibende in wahrhaft reinen menschlichen Verhältnissen und in gleichen Menschentypen gegeben ist, wie sie in unendlicher Verbindung und Beziehung überall vorkommen. Und daß dieses Bewußtsein allen Europäern vom Altertum her gemeinsam ist.

Wo immer Europäer wohnen und leben, hat ein Ding, eine Erscheinung, eine Äußerung nur eine bestimmte Bedeutung für sie. Am stärksten ist diese Verbundenheit mit Menschen für mich aber lebendig gewesen, als ich gegen Ende jener bitteren Jahre in einer Gefängniszelle lebte. Und da konzentrierten sich meine Erfahrungen in einer Beobachtung: bei den Verhören im Gefängnis ging mir, nachdem ich über Wochen weidlich versucht hatte, mich zu verteidigen, eines Tages auf, daß jedes Wort, das ich sagte, mich schuldig machte. Ich brauchte nur den Mund aufzutun: was herauskam, machte mich schuldig. Mein Gesicht allein machte mich schon schuldig. Diese plötzliche Einsicht kam nicht aus Resignation oder aus Hoffnungslosigkeit. Der Grund war auch nicht, daß offenbar gegen mich schon beschlossen war: man wehrt sich selbstverständlich bis zuletzt. Ich hatte zuerst die Erklärung in meinem Herkommen, meiner Generation, meinem Bildungsgang gesucht; aber andre Gefangene aus den gleichen Umständen wirkten nicht derart auf den Kriminalrat. Ich war sogar geneigt, den Grund in einem persönlichen Fehler zu sehen, meinem Eigensinn. Aber alles das war es nicht. Es war bei aller Angst und Schüchternheit die unbedingte Freiheit meiner inneren Person, die sich nicht verbergen ließ; und sie war gegeben durch meine Einbildungskraft, meine Phantasie, die bewahrt und lebendig erhalten worden war durch meine lebenslängliche Berührung mit der Kunst. Sie war es, die mich selbständig und unabhängig denken, mich Mitleid nicht vergessen ließ, wenn mich auch Furcht und Haß in Versuchung führten, und auch mitten in bitteren Kämpfen und bei Verirrungen, bei Beschränktheiten, bei Härte des Herzens.

Die Etappen, soweit ich sie andeutete, haben auffällig eines gemeinsam: sie fallen zusammen mit Katastrophen und Notzeiten; es scheint, als würde das europäische Bewußtsein aus Not geboren. Und als 1945 dann für uns die größte Not wirklich war, da waren es viele, für die Europa als Rettung aufdämmerte, und nicht nur bei uns. Es ist aber zunächst anders gekommen. Hier bei uns: Zonengrenzen trennten uns voneinander, es war nicht nur schwer, zueinander zu kommen, Verbindungen jeder Art waren abgerissen; die unterschiedliche Entwicklung in den Zonen und die verschiedenen Tendenzen machten eine Verständigung immer schwieriger. Etwas noch Schlimmeres stellte sich heraus: daß die Trennung zwischen den unabhängigen Geistern in demselben Lande hindurchgeht und ebenso zwischen den unabhängigen Geistern Europas. Im September 1946 trafen sich in Genf zu einer europäischen Diskussion Schweizer, Italiener, Franzosen, Engländer, Polen, Ungarn – auch ein Deutscher, Karl Jaspers, war dabei. Gegenstand der Vorträge und Gespräche war der europäische Geist. Alle wesentlichen Themen Europas kamen zur Erörterung: Nationalismus, Demokratie, Kollektivismus, Existentialismus, Personalismus, Christentum. Und da gab es kaum eine These, der nicht eine Gegenthese von gleichem Gewicht gegenübergestellt wurde. Der englische Teilnehmer an diesen Gesprächen, Stephen Spender, spricht in einem Bericht tief erschrocken über die herrschende Sprachverwirrung und die Zerfallenheit der besten Europäer untereinander. Das Bild, das die Geister Europas boten, war offenbar kein anderes als das äußere Bild der Länder. George Bernanos apostrophierte in seiner Rede die Genfer Versammlung so: »Molières Ärzte um das Totenbett unserer Welt versammelt, das ist es, was Sie täglich sehen.« Der Versuch der Genfer Gespräche ist nicht wiederholt worden, nicht allein, weil die Geister seitdem resignierten, sondern weil die Klüfte tiefer und schroffer geworden sind.

Wenn jetzt von Europa die Rede ist, lauten die Parolen: die Vereinigten Staaten von Europa oder eine Europäische Union. Es sind in erster Linie Politiker und Wirtschaftler herkömmlicher Art, die sich damit beschäftigen, und es geht um eine politische und wirtschaftliche Organisation, wobei an eine neue Ordnung des Lebens und Seins kaum gedacht ist. Diese Bestrebungen werden auch bei uns mit Eifer betrieben, und es ist charakteristisch, daß dafür zunächst wieder Verbände und Gemeinschaften gegründet werden. Die Bestrebungen sind nicht neu, sie traten auch nach dem Ersten Weltkrieg auf. Sie sind in der Vergangenheit erfolglos geblieben. Ihre Aussichten sind jetzt gewiß besser, weil die Notwendigkeit dringlicher geworden ist und weil die Situation in Europa, die allgemeine Schwächung, derartiges nahelegt. Realistisch betrachtet ist Europa jetzt aber kaum auf dem Wege dazu. Die Schwäche dieser Bestrebungen liegt darin, daß für die Organisation Europas die wesentlichen Voraussetzungen fehlen: Europäer und ein europäisches Bewußtsein; und daß das Bewußtsein der Menschen in Europa durchweg noch national bestimmt und gerichtet ist. Der Eifer für eine derartige Organisation hat zwei wesentlich psychologische Ursachen: Ungeduld – man ist außerstande, ein organisches Wachsen abzuwarten – und das Bedürfnis nach Behauptung einer Macht: man kann schwer darauf verzichten, in einer Auseinandersetzung zwischen den großen Weltkomplexen, die sich herausbildeten, noch eine Rolle zu spielen. Dahinter steht ein europäisch getarnter Nationalismus in neuer Form. Wo er noch betrieben wird, ist die Tragödie Europas noch nicht begriffen worden. Dabei wird eine Gefahr nur konserviert, nämlich die hoffnungslosen Gegensätze in der Welt. Was den Europäer betrifft, sind die Bestrebungen, allein durch Organisation die Situation heilen zu wollen, ein Beharren auf den tragischen Tendenzen in seinem vielfach gekreuzten Wesen.

Aber sprechen wir von uns und unserer Wirklichkeit. Abgesehen von Parolen, die bei uns in Umlauf sind und laut und immer lauter wiederholt werden, neigen wir doch überall dazu, provinziell zu werden. Unter provinziell verstehe ich hier etwas mehr als den Mangel an weltläufiger Kultur und feinen Sitten. Ich meine auch nicht etwa bloß: eng im Denken, in Glauben und Gebräuchen. Gewiß, diese Züge gehören auch zum Bild des Provinziellen. Gewichtiger ist die Verwechslung des Zufälligen mit dem Wesentlichen, des Vorübergehenden mit dem Bleibenden; und diese Irrtümer haben ihren Grund in der Verzerrung der Werte; daß manche Werte fehlen, andere übertrieben werden. Indes von Europa gesprochen wird, werden Maßstäbe auf den Gesamtbereich menschlicher Erfahrung angewendet, die in einem begrenzten Umkreis erworben sind. T. S. Eliot spricht von einem Provinzialismus der Zeit und ordnet darunter speziell alle die ein, die da versuchen, die Probleme des Lebens nach Art von Ingenieuren zu lösen. In dieser Ansicht liegt sogar eine Andeutung davon, daß in unserer Zeit alle Völker zusammen eine Neigung haben, Provinzler zu sein.

Abgesehen von unseren jetzigen Umständen, hat ein Deutscher es immer besonders schwer, ein Europäer zu werden. Das will ich Ihnen am Beispiel Thomas Mann zeigen. Ich setze voraus, wir sind uns einig darüber, daß Thomas Mann unter heute lebenden Deutschen einer der wenigen Europäer ist. Wenn ich Ihnen rasch daneben einen anderen nennen soll, fällt mir zuerst Albert Schweitzer ein. Thomas Mann war nicht immer ein Europäer. Als Europäer wird man nicht geboren, zumindest noch nicht. Die meisten unter uns haben gewiß noch den deutschen Großbürger in Erinnerung, der Thomas Mann bis zum Ersten Weltkrieg und darüber hinaus war. – Durch das Werk von Thomas Mann zieht sich von Anfang an die Kontroverse von Dämonie und Vernunft, Blut und Geist, Schicksal und Freiheit, Romantik und Klarheit, Musik und Literatur. In vielen lebendigen Gegensätzen ist das die ständige Antithese in seinem Werk. Es ist die Spaltung in seinem Wesen. Thomas Mann ist den irrationalen Wirklichkeiten im deutschen Wesen, der Romantik, der Musik nicht ausgewichen, sondern er hat sie, mit heller Leidenschaft des Geistes, in den blendenden Blitzen seiner Ironie, gefaßt, hat den Kampf mit dem Mittelalter, mit dem Chthonischen, mit Lübeck, in dem ihm das verkörpert ist, in sich mit einem modernen weltoffenen Protestantismus durchgepaukt; hat sich in einem klaren souveränen Welt-Deutschtum befreit. Es gibt schmerzlich enthusiastische Aufsätze von Thomas Mann über Wagners Musik, über Friedrich den Großen, und auch sonst über dämonische Gebiete. Er wird sie niemals verleugnen. Es sind, das ist heute deutlich, zwei Bereicherungen oder Verfeinerungen, welche die Zeit dem Geiste Thomas Manns bot, durch die Thomas Mann die Souveränität des intellektuellen Gewissens voll zuteil wurde: die Tiefenpsychologie; und daß er gezwungen war, herauszutreten aus der Sphäre rein geistiger und ästhetischer Kunstbügerlichkeit, um zum Kämpfer zu werden für Freiheit, Demokratie und Recht; daß das Politische seine Geistigkeit ergriff und in die Welt richtete.

Es ist wahr, Thomas Mann hat oft harte und bittere Worte über uns gesagt. Seine kritischen Analysen treffen uns schmerzlich. Die Schärfe seines Wortes rührt weniger aus der Geschliffenheit des Geistes und nicht von seiner Ironie her, sondern sie kommt daher, daß er – selbst in jeder Faser von unserem Wesen – in sich die Fegefeuer durchlitten hat, die uns das deutsche Wesen jetzt bereitet, und daß er weiß, welche Selbstzucht, welcher Sporn dazu gehört, um davon frei zu werden. Er hat nicht nur unter diesem Wesen in sich zu leiden gehabt, sondern es ist, auf der Höhe seines Lebens, auch sein äußeres Lebensschicksal geworden; als er selbst schon frei davon war: von der deutschen Weltfremdheit, der deutschen Unweltlichkeit, dem tiefsinnigen Ungeschick deutscher Innerlichkeit und Romantik.

Wieso wird das alles aber hier bei uns nicht gespürt? Wir sind, begreiflicherweise, empfindlich geworden. Schlimmer aber ist, daß man sich nicht belehren lassen will. Als wären wir außerstande, überhaupt zuzuhören, genau und verständlich zu hören. Das offene und harte Wort aber ist nur richtig und nur möglich, wenn Schweigen vorherging, in dem zunächst Gemeinsamkeit und Vertrauen sich ausbreiteten. Das aufgeregte Gerede enthält nur Meinungen; das Gefühl für Rang und die eigene Person fehlen darin ganz; letztlich das Bewußtsein der realen Situation. Es fehlt an wirklicher Welt darin. Und damit berühre ich den Nerv in unserem Verhältnis zum Europäer. Ich will aber zugestehen, daß auch in mancher Reaktion von Thomas Mann etwas davon hängengeblieben ist, so daß selbst ihm die letzte Freiheit des Europäers nicht immer natürlich liegt: es ist ein Mangel an Liberalität unter uns – Liberalität im eignen Hause ist immer schwerer als unter anderen Völkern. Der Mangel an Liberalität rührt aus einer Wesensanlage bei uns her: uns überall unmittelbar in das Absolute zu versetzen. Aus derselben Anlage kommt die Neigung zum anarchischen Utopismus und Kulturnihilismus, die bei uns vorkommen; es ist die östliche Komponente in unserer Natur.

Albert Schweitzer, den ich eben neben Thomas Mann als Europäer unter lebenden Deutschen nannte, ist ein völlig anderer Typus. Sein Geist hat durchgehend einen Zug, den man als naiven Rationalismus bezeichnen könnte, in dieser Art etwas ausgesprochen Französisches. Ihm liegt die Thomas Mannsche Ironie völlig fern, er wird sie wahrscheinlich grundsätzlich ablehnen. Er hat auch kein Verhältnis zur Decadence wie Thomas Mann, dessen Schöpfungen davon durchwirkt sind und dessen persönliches Lebensgefühl sogar davon ergriffen ist. Gesunde Vernunft ist in Schweitzers Denken das Kriterium; sie herrscht selbst in seinem christlichen Glauben. Nicht nur danach, sondern ebenso nach Schweitzers Schriften könnte man glauben, er wäre phantasielos. Phantasie als Begabung ist jedoch eine der Voraussetzungen zum Europäer. Aber kann der Mann wirklich ohne Phantasie sein, der sich, als er schon in Beruf und Würden ist, als Theologe an der deutschen Universität in Straßburg, noch entschließt, Medizin zu studieren, um das Christentum an den Negern in Französisch-Kongo zu praktizieren und nicht nur als Missionar die christliche Lehre zu predigen? Diese Umsetzung des Glaubens, der Idee in eine Wirklichkeit des weltlichen und menschlichen Seins ist die entscheidende Wendung zum Europäer in Schweitzers Leben. Dieser Akt einer revolutionären Entscheidung in einem Leben, diese Kühnheit zu der Realisierung einer Idee, eines Traumes ist geradezu die Taufe zum Europäer. Dazu gehört die differenzierte Vielschichtigkeit in der geistigen Struktur, die bei Schweitzer in mannigfachen heterogenen Talenten äußerlich schon deutlich wird, eine Kompliziertheit, die meist durch einen humanen Zug wieder einfach erscheint. In seiner Kulturphilosophie bezeichnet Schweitzer diesen Zug mit »Ehrfurcht vor dem Leben«. Es ist die Liebe zum Nächsten, die Jesus im Gleichnis vom Barmherzigen Samariter dargestellt hat.

Es ließen sich noch andere allgemein sichtbare Beispiele von großen lebenden Europäern nennen; ich habe diese zwei herausgegriffen, weil mit ihnen in ihrem Europäertum sehr sichtbar typische nationale Züge da sind; und ein nationales Ferment gehört zum Europäer; der Europäer ist niemals einfach ein Internationaler.

Diese Bemerkung mache ich hier ausdrücklich, bevor ich noch einen Namen nenne, der in unserer Betrachtung für den Augenblick verblüffend wirken wird: Thornton Wilder. Sie wissen, Wilder ist von Nationalität Amerikaner, er ist es auch von Geburt, einen Teil seiner Kindheit verlebte er in Schanghai, seine Studien vollendete er in Europa. Aber nicht das, daß er in vielen Teilen der Welt zu Hause ist, macht ihn zum Europäer, wie auch durchaus nicht Weitgereistsein jemanden dazu macht. Wilder ist Europäer durch seinen Humanismus. Er ist Humanist der Anlage nach, nicht, weil er humanistische Dogmen vertritt. Er ist auch nicht deswegen ein Europäer, weil die epischen Werke seiner Anfangszeit, wie »Die Brücke von San Luis Rey« und »Die Frau von Andros«, formal in der klassischen europäischen Tradition wurzeln. Sein Humanismus ist ein bestimmtes Verhalten zum Leben, eine gewohnheitsmäßige Anschauung eines modernen Menschen, die in persönlichen Zügen und individuellen Geschicken von heutigen Menschen die großen religiösen Themen und die traditionellen unsterblichen Ideale sieht. In seinen Werken ist das ewige Muster der traditionellen Kräfte im menschlichen Tun aller Zeiten. Das Maß für jede Vollkommenheit ist bei ihm das Klassische. Das ist ein typisches Kennzeichen des Europäers.

Wir wollen uns in der weiteren Zeichnung des Bildes vom Europäer nun auch der modernen Technik von Wilder bedienen und in seiner Art frei mit Zeit und Raum schalten. Erinnern Sie sich, daß in den Bühnenszenen von Wilder das Vergangene oder Historische im Heutigen gegenwärtig sein kann und daß die Welten darin etwas durcheinandergehen oder vielmehr ineinander. Wenn ich jetzt von Antike, von Griechen und Römern spreche, verstehen Sie das nicht als historische Betrachtungen, sondern versuchen Sie es als eine Hintergrundprojektion für Heutiges zu sehen; gelegentlich kann es auch im Vordergrund sein und das Heutige dahinterstehen. Wenn man sich die Welt vergegenwärtigt, ist dies das Bild, daß überall auf der Erde Europäer sind, und mehr noch, daß die Zustände und die Ordnungen auf dem größeren Teil der Erde von

Europäern geschaffen sind. Es zeigt, daß Europa auch von überall her genommen hat. Kein anderer Teil der Erde besaß diese intensive Ausstrahlungskraft, verbunden mit dem intensiven Aufnahmevermögen, allein dieses kleine Stück, das Europa am Rande Asiens ist. »Alles kam an Europa und alles kam von Europa. Oder fast alles«, sagt Paul Valéry darüber. Das Bild zeigt deutlich, daß es nicht physikalische Eigenschaften gewesen sein können, die diesen Zustand herbeiführten. Physikalisch und materiell ist es gar nicht zu erklären. Es gibt nur eine Erklärung dafür: den Europäer. Nach physikalischen Gesetzen wäre der Europäer, als er in die übrige Welt eindrang, in ihr untergegangen, darin verschwunden; er hätte die Menschen und die Verhältnisse in Afrika, in Amerika oder Asien kaum gefärbt, geschweige denn verändert. Es geschah aber, daß überall, nachdem tatsächlich die ersten Europäer in den anderen Kontinenten untergegangen waren, Inseln von Europäern, zunächst hier und da, und dann häufiger, wieder in Erscheinung traten. Das Wunder von Kanaan erwies sich in der geistigen und sozialen Physik als völlig natürlich. Dieser Vorgang in der geistigen Physik wird dadurch möglich, daß es sich dabei nicht um Moleküle handelt, sondern um Menschen; durch das menschliche Genie.

Daraus ist festzuhalten, daß es nicht zuerst materielle oder organisatorische Überlegenheit, nicht zuerst Macht war, was die Durchdringung der Welt durch den Europäer möglich machte, sondern eine geistige Potenz des europäischen Menschen. Es war die Wirkung seiner menschlichen Erscheinung, der Person, und nicht eine materielle Überlegenheit. Nicht selten sind Europäer in anderen Erdteilen als Götter angesehen worden. Und später hätten sich die Europäer auch in anderen Kontinenten nicht behaupten können, wenn nicht das Geistige, das sie repräsentierten, von ihnen ausgebreitet worden wäre, wenn sie nicht überall an den Glauben hätten appellieren können; und ohne den eigenen Glauben an eine Mission. Was sie brachten und überall verbreiteten, gipfelte in einem Bewußtsein vom Menschen, und es wirkte unmittelbar auf den Menschen; es sprach den Menschen direkt an.

Der heutige Zustand der Welt zeigt, daß dieses Wunder aufgehört hat, und er macht außerdem offensichtlich, daß der Europäer auch das Verhängnis gebracht hatte. Aber sind Wunder nicht zu wiederholen? Darauf hoffen alle, die noch eine Vorherrschaft Europas in der Welt aufrechterhalten wissen möchten. Es sind die Wirtschaftler und die Politiker, die eine solche Hoffnung schwer lassen können.

Worin besteht das Genie des Europäers und worauf beruht es? Als die Griechen sich von den Theokratien des Orients abwandten, und als ihre Mythologie einem Etwas in ihnen nicht mehr genügte; als bei den Griechen der menschliche Geist seiner selbst innewurde und Griechen sich der Erforschung der Welt und der Gesetze des menschlichen Geistes entschlossen zuwandten, da geschah die Geburt der abendländischen Kultur: unserer Philosophie, unserer Wissenschaft und unserer Kunst. Da geschah die Entdeckung, daß man das Unsichtbare, das Unfaßbare, das Unkommensurable der Wirklichkeit, die Ordnungen – vorstellbar machen, sichtbar wiederholen und begreiflich werden lassen kann. Da wurde der Grund gelegt zu einem eigenen Verhältnis zum Menschen: das Vertrauen in die Natur des Menschen, das Vertrauen in die Freiheit des Menschen und das Vertrauen in die Erkenntnis des Menschen. Der Humanismus in Europa ist so wenig wie das Christentum ein bloßes Kulturphänomen, wozu die historische Betrachtung beide stempeln möchte; im Humanismus ist wie im Christentum ein Mysterium des Menschen verwirklicht, ein Bezirk der Freiheit; ein Ort, in den der Mensch, heraus aus der Kontinuität der mechanisch-kulturellen Entwicklung, jederzeit eintreten und seinen aus der instrumentalen Funktion befreiten Geist mit spontanen Kräften schöpferisch auffüllen kann; um danach, verändert und erneuert, in den Kampf um die Befreiung aus einer bindenden und chaotischen Natur neu einzutreten.

Die Konstituierung und Selbstdarstellung des Menschen bei den Griechen erhielt eine wesentliche Komponente aus Rom im römischen Staatsapparat und in der lateinischen Sprache. Aus dieser

Verbindung entsteht das erste Europäische. Die wichtigste Tatsache ist die dauerhafte Prägung, die dadurch so vielen Rassen und Geschlechtern aufgedrückt wurde, die Durchtränkung mit juristischem, militärischem, religiösem und formalistischem Geist. Eine höchst bemerkenswerte Neuheit wurde von Rom in das System der Beherrschung vieler Völker durch ein Volk eingeführt: die Universalität. Menschen aller Rassen, Glaubensmeinungen und Sprachen erhielten das Stadtrecht, den Titel und die Vorrechte des »civis romanus« verliehen. Der Kaiser selbst kann ein Sarmate, ein Syrer sein, und er kann recht fremden Göttern opfern. Auf diesen Wegen ist nicht nur griechische Kultur und Wissenschaft in der europäischen Welt verbreitet worden, sondern auch das Christentum benutzte sie. Es nimmt alles, was es kann, in Rom, selbst seine Sprache. Ein Gallier ist kaiserlicher Präfekt und schreibt im reinen Latein schöne Hymnen zu Ehren Christi: das ist schon nahezu ein vollendeter Europäer.

So erfolgreich die Ausbreitungen durch das Römische Reich waren, damit geschahen auch die Kreuzungen des Geistes mit Macht, Wirtschaft und Organisation. Mit dieser Kreuzung trat die Tragik in der europäischen Kultur zugleich auch groß in die Welt. Was ursprünglich eine menschliche Qualität war und auf menschlichem Geist und Genie beruhte, wurde an die Verwaltung, an die Organisation, an die Macht gebunden. Diese Ehe hatte glücklichen Bestand, und sie blieb fruchtbar und glücklich, solange Geist und Macht, Geist und Verwaltung, Geist und Wirtschaft als Polaritäten darin das Gleichgewicht hielten. Unheil trat daraus hervor, als der Geist an die Macht und die Wirtschaft verraten wurde: als Menschen zum Gegenstand von Macht, Wirtschaft, Verwaltung und Organisation gemacht wurden. In seiner ganzen Größe ist dieses Unheil jetzt erst überall aufgebrochen. Aber ist nicht anzunehmen, daß in der gleichen Quelle, aus der dieses Unheil stammt, auch die Rettung daraus gegeben ist, daß die Rettung auch in der Anlage des Europäers vorhanden ist?

Versuchen Sie jetzt einmal, sich den Europäer in fremden Kontinenten vorzustellen, und möglichst in der Anfangszeit der Besiedlung: in Kanada, in China, in Indien, in Südafrika, am Kongo, in der Wüste und im Urwald. Das Bild ist am Ende fast überall das gleiche. Nicht nur, daß die Europäer überall sich gleich geblieben sind, überall in Einrichtungen, Gewohnheiten, Lebensart und Sitte, im Verhältnis zu Mensch und Tier, in ihrer Frommheit, ihrer Milde und Kühnheit, in Gleichmut, Trockenheit der Rede und Übermut, überall ist in alledem Europa zugegen, europäisches Gegenwartsgefühl, und nicht bloß das, ihr individueller Lebensrhythmus blieb mit ihnen lebendig. Es kann kein Zweifel sein, daß in diesen Menschen ein Etwas da ist, das sie selbst geprägt hat und das auch ihre Umwelt prägt; ihnen das ruhige, freie Selbstbewußtsein, die Sicherheit im Sein gibt; und das es ihnen ermöglicht, unter den verschiedensten Umständen zu leben; jedes Leben zu führen, ohne sich zu verlieren, in dem sie sich sogar selbst retten können, wenn sie in Verwirrung oder in einen Abgrund gerieten. Dieser Besitz ist ihre *innere Person*, die Bindung an ein Naturgesetz des Menschen, das über die zufällige individuelle Person hinausreicht. Sie leben beständig vor dem Gericht dieses Gesetzes, und es ist ein humanes und strenges Gericht. Der Europäer in der Welt draußen, der vor diesem Gericht verurteilt wird, ist vor sich selbst ein endgültig Verlorener. Er gehört, wie man sagt, nicht mehr »zu uns«. Im »Lord Jim« von Joseph Conrad ist das Gericht bildhaft so angesprochen: er konnte vor dem Angesicht seiner Heimat nicht bestehen. In diesem Bild ist angedeutet, daß das, was ich hier innere Person nenne, weiterreicht als die Individualität und auch mehr ist als die Persönlichkeit.

Der Hiob der Bibel ist vor Gott gestellt. Ödipus ist vor sich selbst gestellt. Vereinfachend, in der gebräuchlichen Terminologie, könnte man das Phänomen, von dem ich jetzt spreche, mit Gewissen bezeichnen, wäre Gewissen nicht etwas Subjektives und Individuelles, während die innere Person tiefer hinabreicht in die allgemeine Natur des Menschen; und wenn nicht auch die tiefe Stille im Wesen des Menschen und vor allem das Geniale in der inneren

Person bestünden, wenn nicht die Unvergänglichkeit des Menschen auf ihr beruhte.

An dieser Stelle kann ich nicht umhin, im Porträt des Europäers einen Zug noch ausdrücklich zu nennen: seinen Individualismus. Es wird schon aufgefallen sein, daß ich vom Europäer spreche, als existiere er nur in einzelnen Vertretern. Das ist in der Tat so, der Individualismus ist ein Grundzug im Wesen des Europäers. Individuell sind die Leistungen des Europäers gewesen; sie wurden verhängnisvoll, als daraus eine Ware für Massen wurde; sie waren außerordentlich, solange sie von persönlicher Verantwortung, vom Gewissen getragen wurden. Der Europäer kann sich nur aus sich selbst retten. Seine Rettung kann nur sein, daß er die Polarität von Geist und Politik, Geist und Wirtschaft, Geist und Organisation wieder in Ordnung bringt.

Der besondere Vorrang des Geistigen und der Freiheit in der Existenz des Europäers hat dazu geführt, daß sein Individualismus in der allgemeinen Anschauung leicht einem Intellektualismus gleichgesetzt wird. Die Gefahr zum Intellektualismus und zum Hochmut des Intellekts ist in einer seiner besten Qualitäten angelegt: in dem souveränen intellektuellen Gewissen. Alle Qualitäten haben ihre Schattenseiten, und so haben seine intellektuellen Qualitäten den Europäer zu Ideologien, zur Abstraktion und zum mechanischen Organisieren verführt. So konnte auch aus der Herrschaftsstellung des Europäers die Auffassung entstehen, er erhebe den Anspruch, eine Elite darzustellen. Dazu hat nicht zuletzt seine Isolierung vom »kleinen Mann« beigetragen. Halten wir aber zunächst fest, daß in Zeiten äußerster Not der Europäer von Erscheinungen wie Fritjof Nansen und Albert Schweitzer repräsentiert wird, Männern, bei denen Geist und Tat, Gewissen und Tun identisch sind. Sie repräsentieren den Geist nicht als kontemplative, als Ausnahmeexistenz, sondern in einer tätigen Existenz. Das ist europäisch im besten Sinne. Dazu gehört aber mehr, als durch die bloße Übereinstimmung von Überzeugungen und Taten nur dokumentiert ist. Dazu gehört, daß alles Tun in Form und Gesinnung einen persönlichen Ausdruck hat und nicht aufs Allgemeine gerichtet ist, sondern auf Menschen, und daß es offener und aufrichtiger Umgang mit Menschen ist.

Die Neue Rundschau

Die Essays, Untersuchungen, Marginalien, Erzählungen und Gedichte in diesem Buch sind in der »Neuen Rundschau« von 1945 bis 1948, als sie in Stockholm herauskam, veröffentlicht worden. Von ihrer Gründung im Januar 1890 an bis zum Herbst 1944 erschien diese Zeitschrift in ununterbrochener Folge zu Berlin. Von ihrem fünfzigjährigen Bestehen wurde 1940 keine Notiz genommen, auch sie selbst notierte es nicht, denn seit 1933, unter dem Regiment der Nationalsozialisten, durfte sie nur ein Dasein im Schatten führen, das darum nicht ein kümmerliches Dasein war. Zum 70. Geburtstag von Thomas Mann, dem 6. Juni 1945, gab der Verleger Bermann-Fischer in Stockholm, nach dem Vorbild eines Heftes, das im Dezember 1934 zum Gedächtnis von Samuel Fischer erschien, unter ihrem Titel und in ihrer Gestalt als Symbol für die vollzogene Zeitwende, eine Sondernummer zu Ehren des größten deutschen Schriftstellers heraus; und danach, von Oktober 1945 an, wurde »Die Neue Rundschau« als Vierteljahreszeitschrift im Bermann-Fischer Verlag zu Stockholm in Schweden herausgegeben. Die Redaktion hatte ihren Sitz in New York, eine Zweigredaktion arbeitete in London; so konnten Mitarbeiter unter den emigrierten deutschen Schriftstellern in beiden abendländischen Kontinenten gesammelt werden. In Ausstattung, Typographie und Ordnung war die neue Ausgabe ein genaues Abbild der alten Berliner in ihrer letzten Phase als Monatsschrift. Das erste reguläre Heft enthielt Thomas Manns Vortrag »Deutschland und die Deutschen«, eine kurze Monographie über »Das Atom« und über den Weg der Forschung bis zur Uranspaltung von Lise Meitner, ehemals Leiterin der physikalischen Abteilung des Kaiser-Wilhelm-Instituts für Chemie in Berlin, ein Romankapitel »Die Zeit bricht ins Knie« von Joachim Maass, Auszüge aus Reden und Schriften von Franklin Delano Roosevelt, zwei Gedichte von Oskar Loerke, den dritten Akt von Carl Zuckmayers Drama »Des Teufels General«, den ersten Satz aus T. S. Eliots großem Quartettgedicht »East Coker« unter dem Titel »Sommermittnacht« und in einem Glossenteil »Betrachtungen zur Zeit«; – nach Autoren und Gegenständen hätte dies Heft auch in den Berliner Jahren der »Neuen Rundschau« erschienen sein können.

Die Kunde von dieser Erscheinung – wir erfuhren von ihr zuerst durch gelegentliche Abdrucke aus den Rundschaubeiträgen in dem Feuilleton der amerikanischen Armeezeitung – weckte in unserer vom Untergang verfinsterten Welt denkwürdige Vorstellungen und Empfindungen. Im allgemeinen Höllensturz war ihre erste Wirkung die einer Fata Morgana über der grausigen Wüste. Und für alle, die in Jahren der Unterdrückung nicht aufgehört hatten, an das niedergehaltene und ausgetriebene Deutsche zu glauben, war sie eine aus der Sintflut aufgetauchte Rettungsboje oder auch ein Zeichen, daß das Deutsche außerhalb Deutschlands fortbestehe. Sie wurde auch als die Signalrakete einer Rettungsmannschaft angesehen, die zu uns stoßen wollte im Untergang. Das alles war die Stockholmer »Neue Rundschau«. Jetzt, nachdem für uns wieder festes Land aus der Verwüstung emporgetaucht ist, schwindet das Gedächtnis an den ersten Anblick rasch, und die Stockholmer »Neue Rundschau« gewinnt schon das Ansehen einer literarischen Zeitschrift unter anderen; da ist es an der Zeit, in unserer Erinnerung den historischen Moment und das Wiedererscheinen dieser Zeitschrift fest zu verknüpfen.

Nach 1933, zu einer Zeit, als die Emigranten nicht wissen konnten, wie und wann ihre Ausstoßung aus Deutschland enden würde, sind unter deutschen Emigrantengruppen im Ausland vielerorts deutsche Zeitungen und Zeitschriften erschienen mit alten Namen aus Deutschland. Sie waren wie Floße im Meer der Fremde, auf die Ausgetriebene flüchten konnten: zur Erinnerung; um sich zu stärken in Haß und Glauben; zur Heilung von Leid und Liebe; zur Erneuerung der Solidarität. Als aber in Stockholm 1945 das erste Heft der »Neuen Rundschau« erschien, stand das besiegte und zerstörte Deutschland vor dem Gericht der Welt, die Vertriebenen waren auf der Seite der Sieger, und der Sinn dieser Zeitschrift konnte nicht mehr Bewährung und Zuflucht, auch nicht Kampf sein, sondern vielmehr Sammlung des Deutschen in der Welt zu neuem Leben mit der übrigen Welt –: um Thomas Mann als Mitte. Ob Deutsche im früheren Deutschland dazu gehören würden, blieb zunächst offen. An eine Wirkung in Deutschland war gewiß gedacht; mochten die Unglücklichen drinnen aber sich vorerst selbst wiederfinden und das Deutsche, wie es einmal war: fortschrittlich, unabhängig, liberal und universal. Im Vorwort schrieb der Herausgeber von einem »Wiedererscheinen« nach »etwa zehnjährigem Schweigen«, das wirkt wie das Auslöschen des Gedächtnisses an die Zeitschrift in Deutschland zwischen 1933 und 1944; es mochte auch zur Kennzeichnung der Kluft zwischen hüben und drüben geschrieben sein, die selbst die Wahrnehmung der geschwundenen Erscheinung einer Zeitschrift auf der anderen Seite ausschloß.

1946 war man bei uns geradezu begierig auf Arbeiten in der Stockholmer »Neuen Rundschau«, und die wenigen, die das seltene Glück hatten, ein Heft in die Hand zu bekommen, lasen alles darin mit besonderer Bereitschaft und Intensität. Es war wie jedes Wiedersehen mit alten Bekannten und Freunden damals, nach Jahren furchtbarer Trennung: freudevoll und prüfend und wiedererkennend und zögernd; aufgerissen, mit Scham, erwartungsvoll, dankbar; eine neue Gegenwart war das damals, mit verloren Geglaubtem aus der Vergangenheit und stürmischen Phantasien von Künftigem. Man las jedes Stück langsam Wort für Wort, nicht nur auf den Inhalt hin, sondern vor allem auf die plastische Modellierung, den Gebrauch der Sprache. Mochten die gleichen Themen schüchtern auch schon in deutschen Zeitschriften aufklingen, ihre Behandlung in der Stockholmer »Neuen Rundschau« geschah in einem Gesichtskreis, der aus anderen, weiteren Welten gewonnen war; die Gedanken entfernten sich nicht selten diametral von den bei uns gewohnten. Und die Sprache: – gewiß war sie Deutsch, aber teils wirkte sie wie aus Erinnerungen wieder heraufgeholt und dadurch neu, teils führte sie neue Elemente aus anderen Sprachen mit; der Ton war lockerer, leichter, vielstimmiger. Daß Menschen mit verschiedenen Überzeugungen, aber mit derselben Sprache und mit den gleichen Worten für einander mißverständlich und auch unverständlich sein können, das mag manchen beim Lesen der Stockholmer »Neuen Rundschau« zum erstenmal passiert sein und dann immer wieder. Allgemein war aber groß das Erstaunen darüber, wie leicht, einfach und unanstößig meist das Richtige gesagt werden kann. Dem Leser von heute, 1948, fallen diese Eigentümlichkeiten vielleicht gar nicht mehr auf, denn lesen ist auch bei uns schon mehr wieder zur Gewohnheit geworden.

Mit jedem neuen Heft der Stockholmer »Neuen Rundschau« wurde der Mitarbeiterkreis erweitert. Zu den Schriftstellern der deutschen Emigration kam schon im zweiten Heft der russische Religionsphilosoph Nikolai Berdiajew, im dritten Heft der Italiener Giuseppe Antonio Borgese, und mit »Moabiter Sonetten« kam, auch schon im zweiten Heft, Albrecht Haushofer zu Wort, ein Autor aus Deutschland, allerdings einer der Toten des 20. Juli 1944. Im vierten Heft war das Schlußkapitel von Eugen Kogons »Der SS-Staat« abgedruckt, noch bevor das Buch in Deutschland erschien; im Frühjahrsheft 1947 konnte man ein großes Gedicht von Horst Lange lesen; im Herbstheft eine Anthologie Gedichte aus Deutschland von Elisabeth Langgässer, Wilhelm Lehmann und Oskar Loerke; und damit war eine Gemeinschaft von deutschen Autoren außerhalb und innerhalb Deutschlands in der Zeitschrift hergestellt, noch bevor der PEN-Club die Initiative dazu aufnahm. Beiträge von denselben Autoren in nahezu jedem Heft ließen bald die Beschränkung der Zeitschrift auf eine literarische Tradition erkennen, die auch für die Berliner »Neue Rundschau« charakteristisch gewesen war. Sie ist nicht nur durch die gleichen Autoren gegeben, als vielmehr durch den Geist eines literarischen Liberalismus im Felde einer westeuropäischen Kultur mit Gegenwartstandard. Die neue Stockholmer Ausgabe der »Neuen Rundschau« war darin eine Bestätigung der alten Berliner Zeitschrift und ihrer Lebenskraft.

»Freie Bühne für modernes Leben« war der erste Name der Zeitschrift, mit dem sie 1890 als Wochenschrift in Berlin ans Licht trat. »Freie Bühne«, das war auch der Name eines damaligen Berliner Theatervereins, der sich für das moderne naturalistische Drama einsetzte. Im Titel der neuen Zeitschrift bedeutete es: daß auch sie ein Podium, eine Bühne für die moderne Kunst sein wollte; also nicht, wie bei Zeitschriften allgemein üblich, die Unterhaltung und Unterrichtung bestimmter Gesellschaftskreise, sondern die Pflege moderner schöpferischer Kräfte in der Gegenwart stellte sie sich als Aufgabe. Unmittelbare konventionenfreie Gegenwärtigkeit sollte der Boden sein, auf dem sie stand. Und wenn weiter »für modernes Leben« im Titel steht, sollte das besagen, daß sie ihr Gebiet nicht auf Dichtung und Kunst, selbst nicht auf kulturelle Erscheinungen in der Gegenwart beschränkte, sondern alle Daseinsmächte und Kräfte der Zeit einbezog. Die Monatsschrift, zu der umgewandelt die Wochenschrift im dritten Jahrgang erschien, nannte sich, ausgesprochener programmatisch, »Freie Bühne für den Entwicklungskampf der Zeit«. Für die damalige Zeit, in der Pseudoklassizismus, Pseudoromantik, Historismus und Positivismus unter den Gebildeten Mode waren, und der Jugendstil als hypermodern galt, hieß das, daß sie für Naturalismus und Impressionismus in der Kunst, für eine soziale Ethik in der Gesellschaft und für die naturwissenschaftliche Methode in der Erkenntnis eintreten würde. Aber schon in dem Programm, mit dem die Wochenschrift eröffnet wurde, hieß es: »Dem Naturalismus freund, wollen wir eine gute Strecke Weges mit ihm streiten, allein es soll uns nicht erstaunen, wenn im Verlauf der Wanderschaft, an einem Punkt, den wir heute noch nicht erschauen, die Straße sich plötzlich biegt und überraschende neue Blicke in Kunst und Leben sich auftun. Denn an keine Formel, auch an die jüngste nicht, ist die

Entwicklung menschlicher Kultur gebunden«; – sie würde, bedeutete das, dem Werdenden zu jeder Zeit offenstehen. Ihrer allzeitigen Gegenwärtigkeit und ihrer skeptischen, mehr Montaigne als Pascal, mehr Goethe als Schiller verpflichteten Geisteshaltung verdankt die »Neue Rundschau« ihre Dauer von über einem halben Jahrhundert.

Im ersten Heft der Wochenzeitschrift »Freie Bühne« finden wir folgende Themen in Aufsätzen und Essays behandelt: »Was ist Geld« von Leo Tolstoi, »Moral und Kunst« von Ludwig Fulda, »Die naturwissenschaftliche Phrase« von Emil Schiff, und es erschien darin der erste Akt von Gerhart Hauptmanns »Friedensfest«; im ersten Jahrgang stehen Dichtungen von Arno Holz und Johannes Schlaf, Detlev v. Liliencron und Richard Dehmel, Arne Garborg und Knut Hamsun, Emile Zola und Fjodor Dostojewski; und Richard Strauß und Max Liebermann sind als zugehörige Vertreter für Musik und Malerei durch Aufsätze eingeführt. Diese Zusammenstellung zeigt schon, daß die moderne Richtung in Deutschland nicht isoliert aufgefaßt, sondern in ihrem Zusammenhang mit der neuen Bewegung in Skandinavien, Frankreich und Rußland vertreten wurde; diese frühe Einsicht, daß die europäische Kultur eine Einheit ist, sollte sich in der Zukunft, nach dem ersten Weltkrieg, für die Zeitschrift noch als fruchtbar herausstellen; mit Berichten über Kunst und Theater aus Paris, Kopenhagen, London und Rom wurden in weiteren frühen Jahrgängen die lebendigen Kunst- und Kulturmetropolen Europas an Berlin, München, Dresden und Hamburg angeschlossen.

Zu Anfang wechselten die Redakteure der neuen Zeitschrift rasch; im ersten Jahrgang wird der Kritiker und Dramaturg Otto Brahm schon von dem Popularisator naturwissenschaftlicher Probleme Wilhelm Bölsche abgelöst, und als 1894 der alte Kampftitel »Freie Bühne« aufgegeben und nur zur Erinnerung, als Tradition noch im erklärenden Untertitel zum künftigen Haupttitel »Neue Deutsche Rundschau« verzeichnet wird, wechselt die Redaktion kurzfristig einige Male, bis Oscar Bie, ein Beobachter und *homme de lettres* in der Ästhetik der modernen Kunst, besonders in Musik und bildender Kunst, noch 1894, die Leitung übernahm und über fünfundzwanzig Jahre ihr Redakteur blieb. Auch zu jener Zeit, als die Redaktion häufig wechselte, behielt die Zeitschrift ihren Kurs und ihre Form bei, weil ihr Verleger, S. Fischer, der zu dieser Zeit seinen, auf die literarische Gegenwart Europas gerichteten Verlag mit weitblickender Elastizität ausbaute und sicherte, darauf achtete, daß sie nie das Organ eines ehrgeizigen oder reformerischen Redakteurs wurde und nie einer einseitig begrenzten Anschauung diente, sondern daß die Tür jederzeit für alles Werdende und Reifende der Gegenwart offen war; S. Fischers Name ist mit Recht unter den Herausgebern auf dem Titelblatt genannt. Auf seinen Einfluß und auf die enge Bindung an seinen Verlag ist es auch zurückzuführen, daß der kämpferische und polemische Stil des Anfangs langsam aus der Zeitschrift schwand. Damit wurde nicht etwa der Einsatz für das Neue, die avantgardistische Stellung aufgegeben, aber Kampf und Polemik bedingen schriftstellerisch eine Tagesform, in der Temperament, Meinung und Geschmack der Schriftsteller herrschen, eine Schriftstellerei zweiten Grades, in der die Einstellung sich fortwährend ändert. Das war schon zu Anfang der Zeitschrift nicht beabsichtigt gewesen, sondern man war sich bewußt, daß im Leben nur schöpferisch weiter wirken würde, was Form gewonnen hatte. Aus sicherem Instinkt dafür hatte die Zeitschrift mit einer literarischen Strömung angefangen, literarische Erziehung war ihr Anliegen in ihren Anfängen gewesen, und die künstlerische Form für jedes Material und für alle Stoffe war ständig die Forderung. Aus dem Lebendigen das Dauernde zu gewinnen war das Interesse des Verlegers für die Zeitschrift wie für seinen Verlag. War also in jedem Moment nur die beste moderne dichterische Produktion in Gedicht, Drama, Erzählung und Essay einzufangen? – Oberflächlich betrachtet könnte die komplizierte Forderung auf diese einfache Formel gebracht werden. Jedem Beobachter der Literatur ist aber die Tatsache vertraut, daß zu jeder Zeit und sogar für längere Zeitspannen die Schriftsteller in einem Lande mit den gleichen Stoffen und Themen beschäftigt sind, als lägen diese in der Luft. Das ist so, weil die Schriftsteller, je weiter sie in ihren Beruf eingehen, immer mehr Wurzeln im Boden der Literatur schlagen, was nicht nur einen Verlust an wirklicher Welt, sondern ebenso an eigener Persönlichkeit zur Folge hat. Schreiben ist keine natürliche Beschäftigung, am wenigsten bei uns zu Lande. Die Eigentümlichkeit der »Neuen Rundschau«, wie unsere Zeitschrift sich seit 1904 nannte, vor anderen literarischen Zeitschriften besteht darin, daß in ihr die persönliche Physiognomie jedes Autors herausgehoben ist, und daß in ihren Seiten den Autoren selbst in Themen und Formen ständig neue Anregungen geboten werden. Darin liegt nichts Herabsetzendes für die Dichter, denn sogar Paul Valéry hat bekannt, daß er das meiste auf Bestellung schrieb. Voraussetzung ist jedoch, daß der Redakteur der Zeitschrift mit empfänglichen Antennen in die Höhe und die Tiefe, die Ferne und die Nähe der Zeit reicht, und ohne eigenen Ehrgeiz sein Leben ganz einem schöpferischen Dienen opfert.

So ist Oscar Bie gewesen; ein höchst zurückhaltender und verständnisvoller Mann; er hatte tiefste Achtung vor Männern, die schreiben; und engvereint mit dem Ehrfürchtigen wohnten in ihm ein sensibler, scharfsinniger und wägend wählerischer Analytiker und ein hellseherischer Erläuterer.

Oscar Bie hat 1911 im S. Fischer Almanach »Das 25. Jahr« die Anlage eines Heftes der »Neuen Rundschau« erläutert: »Der erste Teil dieses Heftes«, so schreibt er, »hat die verschiedensten Arten der Produktion zu bewältigen. Ein politisch-sozialer Artikel am Anfang hat sich als das natürliche Schema erwiesen, ein Roman, der sich durch mehrere Hefte fortsetzt, gibt trotz der monatlichen Unterbrechung der Haltung der Zeitschrift eine gewisse Stange, die niemand entbehren will. Eine kürzere Novelle, die dazu gegeben wird, muß in der Farbe und im Charakter möglichst davon abstechen. Memoiren oder Briefe, Tagebücher, Reisen, empfehlen sich als zusätzliches Dokument persönlicher Bekenntnisse, die die Kraft einer Dichtung und die Belehrung eines Aufsatzes in sich vereinigen. Daneben ist ein Aufsatz angebracht, der über solche Memoiren oder irgendwie aus alten Überlieferungen berichtet und das starke fortschrittliche Element durch einen behaglichen Konservatismus literarischen Interesses kompensiert. Kleine Essays belehrenden oder berichtenden Charakters haben daneben noch ihren Platz, und ein kritisches Feuilleton macht sich am besten zum Schluß dieser Abteilung. In der zweiten Abteilung, die wesentlich kritisch zu halten ist, kommt es darauf an, die verschiedenen Gebiete der Literatur, Kunst, Soziologie, Medizin, Naturwissenschaft, Finanz so darzubieten, daß mit den achtzig Artikeln dieser Art, die der Jahrgang bringt, eine fast vollkommene Übersicht über die augenblickliche Arbeit aller Kunst und Wissenschaft gegeben wird. Jedes Heft hat außerdem seine politische Chronik. Die kleinen Anmerkungen zum Schluß sind leichter anzuordnen. Sie halten die Mitte zwischen einer produktiven und mehr kritischen Art, sollen möglichst scharf und präzise sein.« Die politische Chronik schrieb über zwanzig Jahre der Liberale Samuel Sänger.

Solange sie besteht, waren Schriftsteller, Künstler, Literaten, sowie Menschen mit künstlerischen Anlagen, künstlerische Dilettanten im besten Sinn, die sorgfältigsten Leser der »Neuen Rundschau«. Die Auflage der Zeitschrift war nie groß, aber ihre Wirkung auf allen Gebieten der Kunst und Kultur war sehr groß, auch dort, wo sie nicht gelesen wurde. Man konnte ihr aber im abgelegenen Dorf begegnen. Es ist 1905 oder 1906 gewesen; ich kehrte als junger Seminarist auf einer Wanderung in einem kleinen Dorf am Rande eines wirklichen Urwaldes bei dem Unterlehrer ins Schulhaus ein, auf seinem Arbeitstisch lagen einige der großformatigen Hefte in dunkelgrauem Büttenumschlag. Auf dem Deckel jedes Heftes war mit gezeichneten Buchstaben in gedämpftem Farbton der Inhalt verzeichnet, die Abteilungen waren durch gezeichnete Schmuckstücke getrennt. In der Wirkung war etwas Großartiges. Meine Überraschung beim Blättern war nicht weniger groß: wie geschlossen und großzügig die Druckkolumne auf jeder Papierseite stand; und dann die gezeichneten Buchstabeninitialen in einem Liniennetz zu Beginn jedes neuen Stückes! Ich hatte damals noch keine Gelegenheit gehabt, alte Bücher zu sehen, auch war mir das Graphische eines Schriftblattes als Begriff noch nicht begegnet. Aber mir war, als sei ich in ein modernes Märchen geraten. Die schattige Dämmerluft der Lehrerklause im Dorfschulhausgiebel tat gewiß das ihrige dazu, daß ich von der Ahnung gestreift war, die Welt könnte ein Fabelwesen sein. Die Aufklärung, daß englische Buchkunst, die Weite eines Weltreiches also, in diesem wunderbaren Drugulindruck mitwirkte, sollte ich erst Jahrzehnte später erhalten. Ich durfte zwei Hefte der »Neuen Rundschau« mitnehmen auf den Weiterweg in mein Heimatdorf, wo ich sie an den folgenden Sonntagen meiner Ferien andächtig las. Was ich darin las, war meine erste Begegnung mit Gerhart Hauptmann, Richard Dehmel, Detlev von Liliencron, Hugo Salus, Bruno Wille und anderen. Ich habe damals gewiß nichts wirklich verstanden, aber ich wurde in eine Stimmung versetzt, die sich bis heute noch nicht ganz verlor.

Seit damals hat auch die »Neue Rundschau« mich in ihrem Bann gehalten. Wenn ich heute wieder in alten Jahrgängen lese, was immer noch einmal geschieht, bin ich stets gefesselt; gewiß hat seitdem die Zeit oft gewechselt und damit auch Geschmack und Gedankenrichtung, die Blätter sind am Rande gebräunt, und altes Licht liegt auf dem Druck, aber es ist regelmäßig wieder die Einkehr in ein Quellgebiet mit anregender und hell-bewegter Luft. Wie der junge Lehrerfreund in der Schule des kleinen Ortes zu einem Leser der »Neuen Rundschau« geworden war, wird ein Rätsel bleiben, denn er ist 1914 zu Anfang des Krieges in Frankreich gefallen; zur Erklärung möchte ich jedoch bemerken, daß ich auch im Busch von Portugiesisch-Afrika einen Leser getroffen haben könnte.

Das Äußere der »Neuen Rundschau« ist mit dem Zeitgeschmack verändert worden, besonders nach dem Ersten Weltkrieg, als die Technik überall in der Gestaltung der Dinge ein einfaches Geprăge ausbreitete, aber die Großzügigkeit und Freiheit der Form, die sie entwickelte, hat sie beibehalten. Im Inhalt trat nach dem ersten Weltkrieg das Europäische deutlicher an ihr hervor, das in ihren Anfängen durch den Kontakt mit der modernen Bewegung in Europa als Anlage bereits vorhanden war. Nach 1919 entwickelte sich diese Anlage zu dem bestimmenden Zug in ihrer Physiognomie, und damit war sie auch zu dieser Zeit der modernste Typus einer Zeitschrift; und wenn die »Nouvelle Revue Française« in Paris, »Criterion« in London, »Die Neue Schweizer Rundschau« in Zürich und ähnliche Monatszeitschriften in Rom, Madrid und New York damals entstanden, wirkte das Vorbild der »Neuen Rundschau« dabei anregend und fruchtbar. Die »Neue Rundschau« erhielt damals ihr europäisches Gepräge mehr aus dem Zusammenspiel im Konzert dieser Zeitschriften an allen Plätzen Europas, wo die europäische Kultur sich als Einheit in einem gewaltigen Zustrom aus fremden Kontinenten und Kulturen abzeichnete, als durch ihre Sonderhefte über England, Frankreich, Italien oder Rußland, die zu Beginn der zwanziger Jahre von dem jungen Redakteur Rudolf Kayser programmatisch zusammengestellt wurden. Damals war es durchaus nicht natürlich, daß in jeder dieser Europäischen Zeitschriften, wie in der »Neuen Rundschau«, Gedichte, Romane, Erzählungen, Essays, Studien und auch Dramen erschienen von Marcel Proust, André Gide, Paul Valéry und Paul Claudel, von Joseph Conrad, Lytton Strachey und Yeats, von Ortega y Gasset, Azorin und Miguel de Unamuno, von Luigi Pirandello und Benedetto Croce, von Gorki, Bunin, Schmeljow und Ehrenburg, von Rainer Maria Rilke, Hugo von Hofmannsthal, Hermann Hesse und Thomas Mann, von Eugene O'Neill, John Dos Passos und H.L. Mencken. Natürlich waren das französische oder englische oder spanische oder italienische Zeitschriften, so wie die »Neue Rundschau« eine deutsche Zeitschrift war – und das waren sie nicht allein in ihrer Sprache –, aber von diesen Dichtern und Schriftstellern wurde in ihnen das Europäische Rundgespräch von Land zu Land geführt.

Zu gleicher Zeit wurde in der Politik einzelner Länder ein überspannter Nationalismus entwickelt. Intellektuelle, und unter ihnen Schriftsteller, gerieten auch in diese Verengung und den Eigensinn im Geistigen. In den zwanziger Jahren waren die Folgen des Weltkrieges 1914-1918 optimistisch überdeckt worden, zu Beginn der dreißiger Jahre brachen aber die Störungen in der allgemeinen wirtschaftlichen Lage, in der Politik zwischen den Staaten und im Leben der einzelnen Menschen krisenhaft wieder auf. Paul Valéry hatte schon bald nach Beendigung des ersten Weltkrieges »die grausamen Verletzungen des Geistes« in seinen berühmten Briefen über »Die Krise des europäischen Geistes« festgestellt, und andere Dichter, wie Hugo von Hofmannsthal, Rudolf Alexander Schröder, Hermann Hesse, Franz Kafka, George Bernanos, D.H. Lawrence – nur die vernehmbarsten sind hier genannt –, hatten in schaudernden Klagen, präzisen Warnungen und trauervollen Urteilen immer wieder darauf gedeutet. Nun traten die Symptome in zahlreichen Konversionen, Häresien, Geistesstörungen, rätselhaften Krankheiten und überraschenden Todesfällen hervor. Eine um sich greifende Sprachverwirrung, so daß einer die Sprache des andern nicht mehr verstand oder mißverstand, gehört zum Teil unter diese Erscheinungen. Es war eine Krise des Geistes bis auf seinen Grund. Es war nur eine natürliche Folge, daß einige der ausgesprochen Europäischen Zeitschriften damals ihr Erscheinen einstellten. Zuerst »Die Neue Schweizer Rundschau«; dieser vereinzelte Fall wurde noch kaum beachtet. Als aber 1939 »Criterion« eingestellt wurde, wirkte das wie ein Mene tekel. Es ist auffallend, daß sie in jenen Ländern freiwillig aufhörten, die am wenigsten vom nationalistischen Wahn angesteckt werden konnten, während sie gerade in den faschistischen Ländern, wo ihre Aussichten von vornherein hoffnungslos waren, bis zum gewaltsamen Ende aushielten.

Eine Darstellung der »Neuen Rundschau« in ihrer letzten Periode seit 1932 kann heute noch kaum objektiv sein, dazu ist jene Zeit im ganzen noch nicht genug geklärt. Die Geschicke dieser

Zeitschrift haben damals in meiner Hand gelegen, denn ich war ihr Verleger, zeitweilig auch ihr Herausgeber und immer wieder streckenweise ihr Redakteur. Gefahrvolle Situationen haben mich wiederholt gezwungen, mich auf die Natur dieser Zeitschrift, auf ihr Grundwesen zu besinnen. Meine Überlegungen von damals, meine Pläne und die Resultate in zwölf Jahrgängen unter ständiger Bedrohung, müssen in diesem Abschnitt zu ihrem Bild zusammentreten, denn die an den Heften allein ablesbaren Veränderungen sind teils wirkliche Wandlungen, teils nur zu jener Zeit dechiffrierbare Tarnungen. Die Isoliertheit in Deutschland und die offizielle Ächtung, die eine Gefährdung für alle Mitarbeiter bedeutete, hätten allein schon zu geistiger Monotonie und Verarmung führen können, dagegen war mit Redakteurgeschicklichkeit allein niemals anzukommen. Die Interessantheit eines bunten literarischen Buketts lag nie auf der Linie der »Neuen Rundschau«, ebensowenig ein ideologisches Programm oder die Politik eines Herausgebers. Von der Redaktion angeregte und disponierte Beiträge hatten schon immer eine Gefahr in sich gehabt: daß sie intellektuell und feuilletonistisch, ohne echte Beteiligung des Autors ein Thema abhandelten; diese Gefahr war nun akut. Die intellektuell-skeptische Betrachtung, die zeitweise der »Neuen Rundschau« zu Zierde und geistvoller Lebendigkeit gereichte, erwies sich für diese Zeit als welk und affektiert. Nur, wenn sich jetzt noch einmal erwies, daß die »Neue Rundschau« tatsächlich im Geist gegründet war, in dem Reich, das nicht teilhaben konnte an dem »Reich«, wie es in jenen Tagen in unserer Welt verbreitet wurde, und sich in ständiger Polarität dazu verhielt, diente sie noch ihrer Aufgabe.

Das war damals eine Welt des Tages, die von einem Tag zum andern lebte; mit Organisation und Methode wurde sie von Tag zu Tag ausgebreitet; Tag und Nacht wurden die Menschen von ihr in Anspruch genommen. Es war eine Welt von nur einer einzigen Dimension. Sie war der gefährlichste Angriff, der auf die Person des abendländischen Menschen geführt werden konnte, zumal zu einer Zeit, als dieser ohnedies, infolge tiefster Erschütterungen und Krisen, ohne Glauben war. Als Masse – das war die Basis des Angriffs – befindet sich der Mensch endgültig unter dem Niveau, auf dem es noch Glauben oder Unglauben gibt. Das Ziel war also, alle Menschen ausnahmslos zur Masse zu degradieren. Es war der Angriff auf das Gedächtnis des Menschen, auf seine Erinnerung, auf die Tradition, auf das Geschichtliche, auf die Menschheit in ihm. Es war der Angriff auf die gewachsenen Schichten in der Tiefe des abendländischen Menschen: die heidnische Naturwirklichkeit der Antike, die christliche Glaubenswirklichkeit des Mittelalters, die humane Wirklichkeit des Individualismus. An die Stelle wurde das Lebensgefühl der Tagesgegenwart gesetzt, das eine Betrachtung von Erfahrungen in einem Sinnzusammenhang und damit Erkenntnis unmöglich machte. Der Mensch, wie er aus der »Zeit« allein hervorgeht, ist unentschlossen, selbstsüchtig, unfähig zu eigenem Handeln. Seine geistige Wirklichkeit besteht in Vorspiegelungen, Angst und Mimikry.

Diese Situation enthielt zuvorderst zwei Fragen an die »Neue Rundschau«: erstens, ob sie, nach ihrer speziellen Kultivierung des Individualismus, in dem Kampf zwischen Gut und Böse, in dem nur die Person entscheidend ist, nun den Standort der Person, des Einzelnen vor Gott und vor der Welt, einnehmen könnte; zweitens, ob sie, nachdem sie immer stärker die Entwicklung zur ästhetischen Zeitschrift genommen hatte, wieder ihren Ort in der Wirklichkeit des Menschen, den sie einmal einnahm, finden würde; in der Literatur jüngerer Zeit, selbst bei den Besten, wurde dem Zug zur Unwirklichkeit nachgegeben. Es kam nun ganz und allein in der Zeitschrift wieder auf die Verhaltensweisen an.

Die Zeit war beherrscht vom totalen Anspruch, den die Politik in ihr erhob. Die Menschen waren beherrscht von dem, was sie »die Verhältnisse« nannten; sie wollten mit den Verhältnissen in eine Ordnung kommen und glaubten, damit wäre dann alles wieder im Lot. Gegenüber dem ersten galt es, persönliche Bezirke im Menschen frei und lebendig zu erhalten, in welchen er Souveränität über das Politische beweisen mußte. Die Politiker neigen immer mehr dazu, das geistige Leben ganz für die Politik zu okkupieren. Ursprünglich ging es ihnen nur um die berechtigte Forderung, die geistigen Menschen möchten sich an der Politik und dem Staatsleben beteiligen. Daraus erwuchs im totalen Staat der Anspruch auf eine Befehlsgewalt und eine Zensur im Geistes- und Kulturleben. Die Politiker aller Parteien der Gegenwart haben daraus bis heute die Okkupationsneigungen behalten. Andrerseits nutzten Gelehrte und Künstler sowie Schriftsteller diese verkehrte Situation, indem sie die staatliche Gewalt in Anspruch nahmen, um für sich Positionen und Macht anzubauen. Die fruchtbare Polarität von Geist und Politik ist nur wieder aufzurichten, indem der Begriff des Politischen wieder auf die Ordnung der Staaten in sich und untereinander beschränkt, und die sittliche Spannung zwischen einem Reich des Geistes und den politischen Reichen wieder akut gemacht wird. Auf diesem Wege lauern bei uns allerdings immer Gefahren im Hang zur Innerlichkeit, zur Natürlichkeits-Romantik, sowie zum Eigensinn. Es kam darauf an, daß in der täglichen Existenz des Menschen – und dazu gehört das Politische – das Geistige in der persönlichen Atmosphäre und in Gebräuchen Formen und Ausdruck fand.

In seiner Einstellung auf die »Verhältnisse« war der Mensch immer wieder auf die Erfahrung hinzuführen, die jeder, der darauf aufmerksam war, in zunehmendem Maße bei sich machen konnte: daß das eigene Ich und das eigene Leben damit immer unwirklicher wurden. Wir alle konnten, in den letzten Kriegsjahren besonders, immer wieder in den Feuern, die unsere Häuser und Städte vertilgten, unsere Größe, unsere Macht, unseren Reichtum und den grandiosen Fortschritt unserer Zeit flackern sehen.

Ob und wie die »Neue Rundschau« mit den Jahren diesen Erkenntnissen auch gedient hat, das steht jetzt mit so vielem vor dem ständigen Gericht der Gegenwart. In jenen Jahren war sie allzeit in sichtbare und unsichtbare Lebenskreise gestellt, sonst hätte sie niemals bestehen können. Es gab vor allem in Deutschland viele Menschen, denen das große und allgemeine Unglück seit 1933 immer gegenwärtig war, sie waren tief betroffen und verzweifelt und suchten gedemütigt und in sich gekehrt ihren Weg. Vor mir stand, so oft ich mit der Redaktion der »Neuen Rundschau« beschäftigt war, immer wieder die Frage: was muß ich jetzt tun, um Menschen, ihrem Geist und ihren Seelen, aus Bedrängnis, Angst, Not und Versuchung zu helfen. Was ich anregte und sammelte, war weniger von politischer Urteilskraft und Erfahrung eingegeben, Wissen, Intuition und Erfindung trugen nur bescheiden dazu bei, das meiste war durch meine Grundkonzeption vom Menschen bestimmt, die es mir undenkbar macht, daß es ohne Religion und Frömmigkeit Kultur geben kann. *Trost* bieten, *Verhaltensweisen* mitteilen, auf die *innere Person* sammeln, die *Gegenwärtigkeit von Vergangenem* lebendig zeigen, den *wirklichen Verhältnissen* die *überzeitliche Wirklichkeit* entgegenstellen, die persönliche menschliche Wirklichkeit in den *Wirkungen unseres Wesens und unseres Tuns für das Gedeihen des Guten in der Welt* nachweisen: – das ist mit dem meisten gewollt. Manche Schriftsteller und Dichter, die heute allgemein als besondere Begabungen in Deutschland gelten wie z.B. Hans Erich Nossack, Gerhard Nebel, Hans H. König, Luise Rinser, Heinrich Schirmbeck, veröffentlichten damals ihre ersten Arbeiten in der »Neuen Rundschau«, andere, wie Stefan Andres, Emil Barth, Albrecht Goes, Hermann Kasack, Editha Klipstein, Wolf v. Niebelschütz, Ernst Penzoldt, Rudolf Alexander Schröder, Reinhold Schneider, Dolf Sternberger u.a. gehörten zu ihren ständigen Mitarbeitern. Ein späterer Leser dieser Jahrgänge der »Neuen Rundschau« wird wahrscheinlich feststellen, daß ihre Autoren in dieser Periode vorwiegend Moralisten waren, und wenn er auf frühere Jahrgänge zurückblikken sollte, wird er finden, daß es diese Richtung in ihr immer schon gab, beispielsweise in einem so bestimmenden Mitarbeiter wie Moritz Heimann, um nur den hervorragendsten zu nennen.

Als die »Neue Rundschau« Herbst 1944 im Rahmen einer größeren Aktion gegen alle literarischen und kulturellen Zeitschriften geschlossen wurde, wußten wir, daß ihr Dasein damit nicht endgültig zu Ende sein würde. Auf ihr Wiedererscheinen im Ausland nach einem Jahr war allerdings niemand von uns gefaßt. Auch dann dachte damals noch niemand, daß die Stockholmer »Neue Rundschau« ein Reis sein würde, das wieder in den alten Boden gesteckt werden sollte. Die »Neue Rundschau« wird wieder in Deutschland erscheinen. Die Auswahl dieses Buches soll inzwischen für die Freunde ihr Bild erneuern und vervollständigen.

Max Frisch
Begrüßung zum vierten Leseabend

Meine Damen und Herren!

Ich begrüße Sie am 4. Leseabend meines Verlages in diesem Winter. Thema unserer jetzigen Veranstaltungsreihe ist das dichterische Theater. Heute wird zum ersten Mal bei uns ein moderner Dramatiker aus seinem Werk vorlesen:

Der junge Schweizer MAX FRISCH.

Neben ihm gibt es in der heutigen Schweiz noch einen bemerkenswerten Dramatiker unter den Jungen: Friedrich Dürrenmatt.

Sie werden Max Frisch gleich selbst sehen und hören. Vielleicht kommen Sie auch zu dem Eindruck, den ich hatte, als ich ihn das erste Mal sah und sprach: Unbedingt ein Dichter – was daraus werden mag, muß sich zeigen.

Ich will Ihnen also nicht lang und breit über Max Frisch selbst sprechen; nur zwei Züge von ihm will ich andeuten. Der eine betrifft sein Verhältnis zur realen Welt. Dafür ist sein Verhältnis zu uns Deutschen nach 1945 charakteristisch. Sommer 1945 kam zu uns Kunde von dem ersten Kriegsstück aus dem zweiten Weltkrieg. Es war schon Ostern 1945 im Zürcher Schauspielhaus aufgeführt worden: »Nun singen sie wieder«. Bemerkenswert war daran, daß es offenbar schon ein dichterisches Stück war, eine Ballade in Bildern, er selbst nannte es ein Requiem. – Und es war geschrieben von einem Neutralen, der selbst nicht im Krieg dabei gewesen war. Die Realität war in diesem Stück auch noch dünn, aber das Bild doch stark. Stärker war das Dichterische, der lyrische Ausdruck und die balladeske, strophenhafte Form der Bilder. Bis hin zum wiederkehrenden Refrain.

Entsinnen Sie sich an jene Zeit: Was damals vom Ausland über uns geschrieben wurde, enthielt nur Verurteilung, Verachtung oder überhebliches Mitleid. Es war, aus einer zu allgemeinen Auffassung heraus, voll von Vorurteilen und im ganzen summarisch. Die da schrieben, taten es kaum als Menschen, geschweige denn als Dichter, sondern aus politischer Weltanschauung und aus einer politischen Moral heraus. In der Dichtung von Max Frisch hingegen sprach einer mit sehr ernster und persönlicher Stimme. Frisch ist damals bei uns angegriffen worden: Wie konnte der Schweizer, der vom Krieg so gut wie nichts erlebt hatte, das Kriegsstück schreiben. Seine Reaktion auf diesen Angriff ist bezeichnend. Er hat ihn nicht hochmütig und selbstbewußt abgelehnt, sondern der Angriff ist für ihn Anlaß geworden zu einer Erforschung des eigenen Gewissens. Es gibt drei Entwürfe seines Antwortbriefes auf diesen Angriff. Sie sind in seinem Buch »Tagebuch mit Marion« (1947) mitgeteilt. Und darin ist das Erstaunliche die Behutsamkeit, mit der er den Angreifer behandelt, die verständnisvolle Rücksicht.

Frisch ist danach immer wieder nach Deutschland gekommen, um selbst zu sehen. Er hat darüber geschrieben und veröffentlicht. Und das Bild, das man aus diesen Veröffentlichungen gewinnt, ist ein seltenes menschliches Geöffnetsein für die Eindrücke, vor allem für Begegnungen mit Menschen, mit Freunden, und dem unbedingten Bedürfnis, durch das Äußerliche, das Sichtbare und Mitteilbare hindurchzustoßen; es nicht zu ignorieren und zu umgehen, sondern es wirklich aufzunehmen, danach immer zu einer Aussage zu kommen, die mehr enthält als das Außen. Und wo er ein Moralist wird, da ist er es am meisten gegen sich selbst.

Sein letztes veröffentlichtes Schauspiel »Als der Krieg zu Ende war« (1948) hat seinen Stoff aus dem besetzten Berlin von 1945. Aber nicht nur das Deutschland nach dem Krieg hat Frisch wiederholt bereist, sondern ebenso Italien, Schlesien, Polen, die Tschechoslowakei und Frankreich. Es treibt ihn bis zum heutigen Tag immer wieder aus der Schweiz hinaus in die vom Krieg mitgenommenen Länder, um zu sehen, zu erfahren, sich mit Menschen auszutauschen. Weniger um urteilen und berichten zu können, sondern um mit sich selbst, mit seinem Gewissen ins reine zu kommen, und in der rasch sich wandelnden Realität aus Umständen und Menschlichem für sich eine richtige Verhaltensweise zu gewinnen.

Der zweite Zug an Max Frisch, über den ich noch sprechen will, betrifft seine Bemühungen im Dichterischen, speziell Dramatischen. Von Natur entschiedener Romantiker, packt Frisch das Dichten als einen Beruf an, den man können und beherrschen muß. Da er sich bewußt ist, ein Mensch der heutigen Welt zu sein, bedeutet das für ihn, daß er nicht vage und romantisch dichten darf, sondern nur wie ein moderner Mensch, der klar über den heutigen Stand der Dichtung in Europa Bescheid weiß und der die Möglichkeiten der Sprache beherrscht bis zu den letzten, die von modernen Dichtern erreicht worden sind.

Ein Dichter gehört nach der Auffassung von Frisch aber nicht zu den Handwerkern, die Gegenstände und Geräte machen, sondern zu den Forschern, wie etwa ein Physiker. Nur ist sein Forschungsgebiet eine andere Seite der Realität als ihre physikalische Natur. Die Ausdrucksmittel, mit denen er seine Ergebnisse darzustellen versucht, sind nicht weniger exakt und kaum weniger formelhaft wie die Darstellungen der Physiker.

Das Medium, in dem er seine Erkenntnisse, über unsere Realität darzustellen versucht, ist die Welt der Dichtung. Er ist als Dichter zu einer Berufsansicht gekommen, die leider nicht allen Dichtern selbstverständlich ist: Daß die bloße Aussage über die Realität, der einfache Realismus nicht den Eindruck wiedergeben kann, den er von unserer Wirklichkeit erlebt hat, aber ebenso wenig die gewohnte dichterische Metapher mit der Vergangenheit der Poesie, sondern daß dazu Erfindung gehört. Die Realität, unsere Realität, soll also wohl wenigstens das sein, aber in einer Entsprechung im Medium der Dichtung.

Alle Schauspiele von Frisch haben deshalb verschiedene Ebenen, die sich ineinander schieben und gegenseitig erhellen. Reales aus unserer Wirklichkeit bildet eine – Visionen, wie sie in der

Dichtungswelt geschaffen worden sind, die andere. Welche Technik Max Frisch dafür ausgebildet hat und zu welchen Ergebnissen er damit kommt, das mögen Sie seiner Vorlesung aus dem »Grafen Öderland« entnehmen.

Leben zwischen Trümmern

Das Leben zwischen den Trümmern einer zerstörten Stadt bringt eine Fülle von ungewohnter Mühsal für jeden mit sich, und gar für den, der von seinen Wegen und Beschäftigungen nicht in seine Wohnung zurückkehren kann, sondern auch zum Ruhen in einem unbequemen und unwirtlichen Notbehelf einkehrt; Ruhen ist noch mit Sich-Schicken ins Ungewohnte und Unbekannte, ins Lästige und Drückende beschwert. Nicht nur ist der Körper bald übermüdet, sondern er wird zudem von Schmerzen gequält, die zu Scharen in ihm ausschwärmen; es scheint, daß eine unbeachtete Erschütterung der Nerven nach überall hin ausstrahlte. Bis in den Schlaf der Erschöpfung hinein brennt es und reißt es und sticht wie Sonden, das Erwachen am Morgen ist nicht das Auftauchen aus einem völligen Ruhen und dem gedächtnislosen Versunkensein. Zu diesen körperlichen Belastungen kommen leicht noch Melancholien, Verdüsterungen des Gemüts.

Das insgesamt sind Proben, die der geistigen Existenz hart zusetzen, sie herabzuziehen, zu erniedrigen, zu zerbrechen drohen. Sogleich tritt auch eine Reihe von Unarten auf, wie Unmut, Verdrossenheit, Ungeduld, Einbildungen, Eigensinn und sogar Bosheit; alltägliche Kleinigkeiten, die zumeist nicht beachtet werden. Aber die unauffälligsten Gewohnheiten sind im Geistigen so schwerwiegend wie die gewichtigen Äußerungen. Zwei besonders geringfügige kann fast jeder, der auf sich acht gibt, an sich beobachten: daß etwas Angefangenes wieder fallen gelassen und etwas Neues begonnen wird, das Verlorengehen der Folge in Handeln und Leben, eine auffällige Gedächtnislosigkeit; und dann ein Sich-für-andere-zur-Schau-Halten, gelinde ausgedrückt: die Haltung nach außen hin, die weniger vorbildlich ist als von Vorbildern geborgt. Mienen und Gesten nehmen etwas Mechanisches, Starres,

Maskenhaftes an, was darauf deutet, daß die Vorbilder nicht große Menschen selbst sind, Naturen großen Formats und Ursprungs, sondern vielmehr deren Abbilder, durch Schauspieler dargestellt, wie es epigonalen Zeiten naheliegt, die Größe auf der Bühne wohl zu erkennen, aber schwerlich das Große selbst. Dasselbe äußert sich im Stoizismus als Geisteshaltung, allgemeiner in einer philosophischen Haltung, aus Lektüre und Studien gewonnen; Geborgtes also, eine Mimikry auch darin. Von einer solchen Verfassung des Geistes kann man in Augenblicken, in denen die Wirklichkeit in unmittelbarer Furchtbarkeit in den Lebensraum tritt und die Personen angreift, nicht erwarten, daß sie standhalte oder gar Halt gebe.

Von uns durch das Kriegsschicksal Heimgesuchten werden weniger an jedem Tage Größe und Erkenntnis verlangt, als ein vollkommen menschliches Leben. Was um uns her und mit uns geschieht, ist nicht zunächst dazu da, sich darin als ein Held zu zeigen, sondern man muß dabei auch etwas Richtiges tun; und nicht dazu, daraus Gedanken und Erkenntnisse zu ziehen, sondern man soll auch im Innern über Leiden, Erschütterungen, Stimmungen und Gedanken hinauskommen, sich selbst verlassen und seine Ungeduld, sich Schweigen und Stille auferlegen und vor seiner Tür wachen und warten, bis das feste Muster des Guten, das man einmal als das eigene erkannt hat, wieder hervortritt. Zum vollkommen menschlichen Leben gehört das innere Handeln. So viele Betroffene sind nur mit ihrer Aufregung, mit ihrem Unglück, mit ihrer Erschöpfung, mit ihrer Gesundheit beschäftigt. Andere mit der Wiedererlangung des Verlorenen. Andere reisen umher auf der Suche nach Sicherheit und Ruhe. Das alles ist menschlich. Aber das geistige Leben jedes Menschen, des einfachen wie des gebildeten oder des außerordentlichen, beginnt, wenn er die Gestalt seines Schicksals, seinen Gang dahin auf seiner Bahn beachtet. Das Geistige hat, auch natürlich betrachtet, tiefere Wurzeln als in der Klugheit, der Intelligenz, der Bildung und der Philosophie. In dem Bild der Pflanzen mit Wurzeln liegt der Hinweis auf die Bedeutung der Verwurzelung: daß auch der Mensch mit seinen Wurzeln in etwas eingewachsen sei. Von dem Erdreich, in dem er wurzelt, hängt es ab, wie vollkommen entwickelt und kräftig ein Mensch in allen seinen Teilen ist und was er bestehen kann. Es ist für sein ganzes Leben am wichtigsten, daß er mit den Wurzeln in seinem Erdboden steht.

Von der Beschäftigung mit klassischen Werken der Kunst, der Literatur und der Musik kommt eine Ruhe, eine Stille, eine Sicherheit in uns. Wir führen das, wenn wir darüber nachdenken, auf den Stil zurück, nicht auf die Erkenntnisse, die ausgesprochen, und nicht auf die Begebenheiten, die dargestellt werden. Die Gedanken und Erkenntnisse gehören zumeist einer Zeit allgemein an. Stil – das ist eine Bezeichnung für das Wie des Vortrags und nicht für das, was gesagt wird. Mitten in der Fülle des Erlebens, des guten wie des bösen, kann das Verlangen nach klassischen Werken sehr groß sein, und wenn man versucht, sie sich zu vergegenwärtigen, wird die Sehnsucht nicht durch den Gedanken, auch nicht durch das Wort befriedigt, die leichter wieder ins Gedächtnis kommen, sondern es ist gleichsam die Stimme des Künstlers, seine persönliche Stimme, mit der er das sagte, was bewegt. So gehört zum Stil das sehr Persönliche und, bei aller Strenge, das Natürliche, welches an der persönlichen Existenz des Schaffenden hängt. Von anderen auch sehr bekannten Geistern, die manchmal objektiv viel reicher an Erkenntnissen sind, sogar von tieferen Einsichten, und von Menschen, die große Taten verrichteten, geht, wenn ihre Werke nicht die Verwurzelung in einem eigenen Erdreich verraten, sondern durch die Umstände bedingt sind, dennoch nicht diese Sicherheit und Ruhe aus, und das Vertrauen zu diesen Menschen stellt sich nicht ein, so daß sie nicht trösten und aufrichten können, wie jene anderen es tun. Die Erzählungen von Stifter, aus welchen jene Ruhe und Stille, wenn man sie liest, mit Sicherheit kommt, bringen Adalbert Stifter, wie er persönlich war, so nahe, daß man manchmal beim Lesen seiner Worte seinen Stimmklang hört. Stifter war kein Held, und im Alltag hatte er nicht die ruhige Gelassenheit des Stoikers; das sanfte Gesetz regierte nicht in seinem täglichen Leben, und seine Gewohnheiten waren nicht immer edel und schön. Es heißt von ihm, daß er bequem, schwatzhaft, schrullig, pedantisch und ängstlich war. Aufregungen, Schmerzen und Einbildungen konnten ihn rasch niederwerfen. Er klagte leicht und war von Kleinmütigkeit beherrscht, wenn die Sicherheit seiner Existenz nicht gewährleistet war. Er war in seiner ganzen Existenz durchaus menschlich. Sie war aber mit ihren Wurzeln in den Glauben an das einfache Gute, das Göttliche eingewachsen.

Das Wesen seiner Werke ist nicht zuerst ästhetisch bestimmt, sondern religiös, so wie auch die Werke von Gotthelf, von Haydn oder von Brueghel, um hier auch noch andere Beispiele für die gleiche Wirkung zu nennen, nicht als ästhetische Aufgaben angefaßt, sondern aus einer frommen Stimmung getan sind. In diesem Glauben fand Stifter die Prädestination seines Lebens, so daß er sich seiner Aufgabe bis zur Aufopferung verpflichtet fühlte, daher empfing sein Schaffen die strenge Kontinuität, in der er weder durch Anfeindungen, noch durch Mißerfolge, noch durch völlige Vereinsamung irregemacht werden konnte. Man darf von Stifter sagen, daß er bis ins Alter etwas Kindliches hatte. In seinen Werken spricht nicht die Stimme eines Erfahrenen, eines Gelehrten, eines Charakters – man lauscht nicht auf das Objektive darin, sondern auf das Persönliche. Man spricht nicht weiter mit Stifter darüber, wie etwas zu verstehen wäre oder wie wahr etwas doch ist; man spürt in allem das Vertraute eines sehr nahen Menschen, und die Vertrautheit bleibt immer dieselbe. Er hat sich ganz und gar und so wie er ist, an etwas gegeben und wird darin nie schwankend werden, und wenn die Welt um ihn her in Trümmer geht. Das ist für ihn nicht eine ständige Anstrengung – die Leiden bis zur Erschöpfung werden ihm durch widrige Elemente in der Zeit bereitet –, und seine Sicherheit darin beruht nicht auf langer Gewöhnung, es ist vielmehr etwas recht Einfaches, das ihm sie gibt – wenigstens scheint es einfach, sobald es gesagt wird: er steht in dem Erdreich, wo er eigentlich hingehört, sein Geist und sein Werk sind ganz und nur von dem erfüllt, was ewig sein eigen ist; sein Blick ist beständig ruhig an den Gang des Lebens auf der Bahn geheftet, die ewig hinaufstrebt, indes er an den farbigen und getreulich nuancierten Lebensschildereien arbeitet und unermüdlich strebt, daß jedes Ding immer genauer begrenzt in seiner Ordnung stehe und das Gefühl klar, bestimmt und gegenständlich ausgeprägt sei.

Es ist oft davon gesprochen worden, daß die Werke Hans Carossas Heilkräfte enthalten für den heutigen Menschen. Wenn auch manche Gebildete darüber streiten, ist es etwas Großes und Bedeutendes, was er mit diesem Werk in unserer Zeit tut. Das Bedeutende liegt gerade in dem, weswegen die Streitenden die Größe bezweifeln: dem schlichten Sich-Erinnern, der Versenkung in die persönliche Vergangenheit, dem ständigen Auf-der-Suche-Sein nach seinem Boden. Während alle Menschen heute sich auf die Umstände berufen und sich beeilen, mit der Zeit mitzukommen, besinnt sich Carossa nur darauf, wie er ist, und das nicht rein kontemplativ, sondern schaffend; in seiner Arbeit erstrebt er mehr Anmut als Bedeutung, und an Bedeutsamkeit steht darin sein Vater, der praktische Arzt, unmittelbar neben Goethe.

Die Betrachtungen bis hierher lassen noch ein Mißverständnis zu: daß nur die Arbeit auf einem geistigen Felde – in der Kunst, der Wissenschaft, der Philosophie zu der Ruhe und Freiheit des Geistes führe; weil von Beschäftigungen des gebildeten Menschen die Rede war, könnte angenommen werden, daß Bildung oder Umgang mit Erzeugnissen des Geistes die Voraussetzung für die geistige Existenz sei. Als wäre derjenige, der große Bibliotheken und reiche Sammlungen besitzt, viel studiert hat und reich ist an Kenntnissen, damit dem Geiste näher. Abgesehen von allen, die diesen Besitz nur erworben haben, um damit zu prunken – und sie sind in großer Zahl – kann man feststellen, daß viele Menschen in der Beschäftigung mit Werken des Geistes im wörtlichen Sinn sich verlieren, daß sie in ihrer Hingabe, ohne es zu wissen, ein versiegendes Leben darbringen. Seit die Bildung eine Standesangelegenheit geworden ist, hat man ganz vergessen, daß die geistige Tätigkeit einen vollständig entwickelten Menschen voraussetzt, einen Verstand, der die Dinge in ihrer Ordnung und nach großen Maßen verbindet; ein Gemüt, das Festigkeit genug hat, die reale Welt aufzunehmen und mit Liebe zu tragen; und eine Gesundheit, die Armut und Entsagung, Unterwerfung und Schwächen, Erschütterung und Ekstasen, wie alle wechselvollen Angriffe des Schicksals und der Zeiten mit Anmut besteht.

Die Ruhe und Stille in der Wirkung klassischer Werke, wovon hier gesprochen wurde, erlebt man nicht selten ebenso im Umgang mit Menschen des praktischen Lebens, und auch da ist es die Wirkung eines Geistes. Sie ist in ihrem tätigen Tag wie in ihrem Feierabend, in ihren Gesprächen wie in ihrem Schweigen, in ihrem öffentlichen Auftreten wie in ihrer häuslichen Zurückgezogenheit. Man meint Frömmigkeit bei ihnen zu spüren. Ihre Tätigkeit mag noch so sehr dem Tag angehören, sie hat einen zeitlosen Gang, und sie hat das Ziel in der Zukunft vieler Generationen. Wer ihnen bei etwas zusieht, erblickt keine Künstelei und kein Studieren, sondern er sieht ihr rechtliches Naturell. Sie führen ihr Leben so, wie es ihre Natur verlangt. Ihr Einverständnis mit sich ist so tief, daß sie sich selbst nicht mehr kennen, sondern still und unscheinbar an die Dinge und was sie verlangen hingegeben sind. Die Ordnung ist in ihrer Häuslichkeit so gut und von jedermann einzusehen wie in ihrer Werkstatt. Was für Zeiten auch sein mögen, sie bleiben bei der Form, die sie einmal als herrschend in sich erkannt haben, aber ohne Eigenwillen und Eigensinn, mit Anmut und »standhaft, duldsam und verschwiegen«.

Jugendbewegung

Ich verdanke der Frühzeit der Jugendbewegung, aber nur ihrer Frühzeit, die ich etwa bis zum Ersten Weltkrieg rechne, die Freilegung meiner Eigenständigkeit und das unbedingte Bedürfnis nach Unabhängigkeit, Aufgeschlossenheit für die Weite der Welt und für die Gegenwartskunst in jeder Gestalt, geistige Beweglichkeit und den Sinn für das Humane. Jedoch auch die Lockerung meiner Wurzeln im Heimatboden, eine innere Labilität und viele Leiden, vor allem des Gewissens. Das ist sehr viel. Und es ist das Resultat der Lebensformen und neuen Gewohnheiten und nicht einer Philosophie, einer Weltanschauung oder von Ideologien. Aus der Nichtachtung sozialer Grenzen und Klassen, der Mißachtung bürgerlicher Konventionen, vertrauensvoller offener Gemeinsamkeit und Freundschaften ist so viel hervorgegangen. Die Führer der frühen Jugendbewegung hatten keinen eigenen Ehrgeiz, sie hatten die Erkenntnis von der eigentümlichen Schönheit des Jugendlebens gehabt und gaben der Jugend Selbstbewußtsein und formten an ihrer Physiognomie. Die Jugendführer späterer Zeiten, bis auf heute, waren Beauftragte einer Konfession, einer politischen Partei oder anderer Interessensgruppen in den allgemeinen Kämpfen um Macht, sie fingen die Jugendverbände ein und richteten sie auf ihre Interessen aus. Danach besteht in den heutigen Verbänden Jugend nur noch als Parole, die Jugendbewegung hat längst aufgehört. Keine Jugendgruppe heute darf sich auf sie berufen. Die Freunde von einstmals sind als Blutopfer zweier Weltkriege und im Kampf gegen den Nationalsozialismus gestorben.

Was erwarte ich von der Musikkritik?

Ich wünschte, die Musikkritiker würden für mich schreiben, für das Publikum, anstatt für die Künstler (Komponisten, Musiker und Sänger); daß sie das nicht tun, mag so sein, weil sie zu den Künstlern gezählt werden möchten. Sie überschätzen gern ihren positiven Einfluß auf die Arbeit und die Entwicklung eines Künstlers. (Damit wird nicht bestritten, daß sie ihm unter Umständen Erfolg machen können.) Ein Künstler, der eine Kritik über sein Werk liest, wird, da er wahrscheinlich in der Arbeit an einem neuen Werk oder doch gewiß in einer neuen Erlebnisphase steckt, nicht selten ernsthaft fragen: »Wovon redet der Kerl eigentlich?« – eine Kritik wird für ihn schon nichts Wirkliches mehr sein, was ihn angeht. Ich stelle mir einen Picasso unter den Komponisten vor. Hindemith und Strawinsky zum Beispiel haben ihre besten Kritiker enttäuscht, weil sie nicht bei einem Programm blieben, sondern, von ihrem künstlerischen Temperament getrieben, überraschend andere Ausdrucksmöglichkeiten, alte und ganz neue, aufgriffen.

Gewiß kann es für jeden Künstler von Wert sein, auf Nachlässigkeiten aus Routine in seiner Arbeit aufmerksam gemacht zu werden, aber es wird sich dabei meist um Bagatellen handeln.

Es liegt im Wesen der künstlerischen Arbeit, daß der Künstler selbst immer kritisch und wachsam arbeitet, nur seine Anhängerschaft, sein Kreis, die Clique, kann ihn darin abstumpfen, so daß er blasiert und steril wird. – Ein Kritiker, der doch glaubt, die schöpferische Musik fördern zu können, dürfte also niemals zu den Kreisen gehören, die sich gern um Künstler sammeln.

Der Kritiker hat seinen Auftrag von der Gesellschaft: sein Platz ist im Publikum; er erlebt das Gleiche wie das Publikum, nur besser vorbereitet: er weiß genau Bescheid. – Aber wenn er nur Bescheid weiß, so daß es für ihn in einer Aufführung keine Überraschung und keine spontane Erschütterung mehr gibt, und wenn aus seiner Kritik nur sein Bescheidwissen hervorleuchtet, dann ist er als Kritiker eigentlich unnütz. Seine Kennerschaft sollte ihn vielmehr zum echten Liebenden machen und darin beispielhaft für das übrige Publikum; und er sollte die Kennerschaft in seiner Kritik benutzen, dem Publikum einer Aufführung die Einheit dessen, was für das Publikum taktweise nacheinander aufklang, im Ganzen – die Tonarchitektur, den Gestalteindruck – zu vermitteln. Eine solche Hilfe brauche ich beispielsweise unbedingt, weil ich kein zuverlässiges Tongedächtnis habe und nicht als Ganzes im Gedächtnis repetieren kann, was ich in Takten nacheinander hörte.

Das setzt allerdings weniger voraus, daß der Kritiker musikwissenschaftlich und musiktheoretisch ausgebildet ist, sondern in erster Linie, daß er musikalisch ist, und zwar rezeptiv musikalisch. Die rezeptiv musikalische Begabung wird abgenutzt, wenn sie gewohnheitsmäßig und regelmäßig in Anspruch genommen wird; sie braucht Pausen, in denen sich ihre Unschuld wieder herstellt, die ein wesentlicher Faktor dieser Begabung ist. Jeder Musikkritiker sollte also von Zeit zu Zeit Abstinenz von Musik pflegen; und er sollte sich schriftstellerisch anderen Gebieten zuwenden, sobald seine Kritik Routine wird. So wird er auch am ehesten davor bewahrt bleiben, eine kunstpolitische Machtposition einzunehmen, die ihn notwendig einseitig und eng macht, und schädlich für die schöpferische Entwicklung. Wenn es Neue Musik gibt, die Musik also noch lebendig ist, dann nur durch produktive Komponisten und nicht in von der Kritik ermutigten Richtungen.

Was ist *Molloy*?

Auch der Verlag gerät immer mehr unter die Tendenz zur technischen Perfektionierung. Diese Gefahr hat sich mir bei meinen Bemühungen als Verleger um Samuel Becketts *Molloy* gezeigt. Kann man, oder muß man *Molloy* auch in Deutschland herausbringen? – das war die Frage, während mich *Molloy* durch drei Jahre beschäftigte, mich anzog und abstieß, sich meinem Verständnis zeitweilig aufschloß und mich überwältigte bei gleichzeitiger Abwehr. Dabei drängte sich mir eines Tages die Erkenntnis auf, daß es für ein Dokument der Religion, der Mystik und der Weisheit der Völker, für ein Werk echter Inspiration (nicht der eingebildeten, auf die Dilettanten sich zu berufen pflegen), heute keinen Verlag geben würde. Überlieferung und Ausbreitung der versiegelten Samen und Körner des Glaubens und der Weisheit, ursprünglich *die* Funktion der Schrift, wären ausgeschlossen bei den Institutionen, in denen heute die Anwendung der Schrift konzentriert ist. Dafür wäre, sollte es sich um heutige Dokumentationen handeln, weder im belletristischen noch im geisteswissenschaftlichen und selbstverständlich nicht im Fachverlag Raum. Und die Gründe dafür sind nicht etwa rein geschäftlicher Natur, sondern daß die literarischen Gattungen überall technisch derart perfektioniert sind, daß das Ursprüngliche ausfällt.

Molloy fällt, als episches Werk oder Roman, zunächst unter eine im belletristischen Verlag viel geläufigere Frage, die auch durch die allgemeine Perfektionierung gegeben ist: wieweit der Lektor eines Verlages oder der Verleger selbst noch in der Lage sind, ein echt originales Werk, das die ausgeprägten, gängigen Vorstellungen von Schönheit und Form sprengt, als solches zu erkennen? Je mehr die Formen des Gedichts oder des Romans beispielsweise entwickelt werden, je reicher jede Gattung ausgestattet ist, je ausgebildeter der Geschmack des Lesepublikums ist – desto seltener gibt es in der Fülle der Werke ursprüngliche und selbst echte Kunstwerke; die Manufaktur herrscht vor. Das Originale gerät in die Nachbarschaft der Experimente und der überzogenen Extreme – oder auch des primitiv oder künstlich Simplen. Die Begabung für die Unterscheidung, das Organ dafür ist auch bei Kennern und Fachleuten, bei den Berufenen unsicher und irritiert. Ich gestehe, daß ich als Lektor den *Ulysses* von James Joyce seinerzeit niemals einem Verlag zur Herausgabe empfohlen hätte. Und heute ist dies Werk aus der Weltliteratur nicht wegzudenken; es war epochemachend. Als es 1922 erschien, erregte es vorwiegend Aufsehen durch seine Besonderheiten. Es wurden darin Ausdrükke benutzt, die nie vorher gedruckt erschienen waren, und es waren Szenen aus dem Leben und der Vorstellungswelt seiner Gestalten beschrieben, die vorher noch nie geschildert wurden. Ein solcher Wandel der Ansichten ist nicht bloß eine Frage der Gewöhnung und allmählichen Anpassung, wie man zunächst annehmen möchte, sondern das Werk selbst ist erst im Laufe der Zeit zu dem geworden, was es heute ist; wie eine Pflanze hat es sich mit Wurzeln, Stengeln, Blättern und Blüten des Lebens unserer Tage bemächtigt und sich darin entfaltet. Das ist ein Vorgang, der zu jedem Kunstwerk gehört.

Über *Molloy* erhielt ich zunächst, bald nach seinem Erscheinen in Paris 1951, ein Referat von einem berufenen Literaturberichter. Daraus gewann ich den Eindruck, es handle sich um eines der vielen Bücher aus der Nachfolge von Joyce und Kafka; die Sprache sollte Elemente von Joyce haben, die Technik der Erzählung auf Kafka zurückgehen; in dem Referat fand ich auch schon erwähnt, daß Samuel Beckett zu dem engeren Pariser Kreis um James Joyce gehörte. Als ich später in dem französischen Buch las, habe ich gefunden, daß diese Hinweise irritierend sind, obgleich sich Anhalte dafür finden lassen. Man hätte auch Sartre und selbst Faulkner anführen können. Aber das würde nur einer Einordnung in Bekanntes dienen, einer Registrierung und wäre einer der üblichen Versuche, das Unbequeme abzutun. Während der Lektüre von *Molloy* kann man sich gefoppt, dupiert, brüskiert, genasführt, angewidert, überfordert fühlen. Aber am Ende bleibt als Nachgeschmack unbedingt und anhaltend eine merkwürdige, bewegende Poesie. Es sind, wie sich herausstellt, ganz andere Organe im Leser angesprochen worden als bei Joyce, Kafka oder Sartre. Der Gehalt ist einer begrifflichen und dialektischen Deutung entzogen. Ich fand *Molloy* aber unübersetzbar, denn ich meinte, es könne nie gelingen, den Ton der beiden Teile dieses Buches – der beiden Dokumente von Molloy und Moran –, der verschieden ist in beiden und doch derselbe, in einer Übersetzung wieder zu treffen; und darauf kam alles an. Ich hatte das Buch für uns also aufgegeben. Aber wie das mit einigen Dingen geschieht: es wurde mir gegenüber von berufenen Leuten immer wieder erwähnt, und ich war zufällig häufiger als stummer Zuhörer und Beobachter bei Diskussionen anwesend. Es blieb auch nicht aus, daß ich wieder darin las. Nach wiederholtem Nachlesen blieb ich immer noch irritiert, andererseits wurde der Eindruck von Größe – nicht des Inhalts, sondern der Gestalt – immer stärker.

Und dann sah ich 1953 in Paris die Aufführung von *En attendant Godot*, und das war entscheidend. Im Vergleich zu *Molloy* erscheint das Stück milder, eingängiger, aber nur um soviel, als man auf der Szene, im Sichtbaren, nicht so weit gehen darf wie im geschriebenen Wort. Die Darstellbarkeit auf der Schauszene war aber eine Bestätigung. Und die Darstellung brachte für mich drei Dinge zum Vorschein: die schwebende Leichtigkeit, um nicht zu sagen Nichtigkeit des Materials, aus dem das Werk gebildet wurde; den chaplinesken Humor; und – daß die vier Figuren des Stükkes eine einzige Gestalt darstellen. Außerdem gab mir die Aufführung Gelegenheit, den einzigartigen Ton, vielfach variiert, länger und in Wiederholungen zu hören – danach glaubte ich doch, man könnte den Versuch einer Übersetzung wagen. Er wurde zuerst mit *En attendant Godot* gemacht. Es mag aber sein, daß mir auch meine Erfahrungen in Gefängnissen und Konzentrationslagern, die mir beim Ansehen von Becketts Stück wieder in Erinnerung kamen, zum Verständnis halfen. Da war es eine der größten menschlichen Schwierigkeiten, vor dem in der Folter zugerichteten, am lebendigen Leibe verkrüppelten, verfaulenden, im Geiste reduzierten und zerstörten Menschen keinen Ekel zu empfinden, sondern an den Resten derart zugerichteter und zerstörter Menschen die unbegreifliche menschliche Schönheit zu finden. Wie schwer war es da, überhaupt noch zu lieben! Und doch konnte einem diese Gnade geschehen.

En attendant Godot spielt in einer Landschaft, die nur noch die allerdürftigsten Reste einer solchen zeigt. Der Schauplatz des Spiels ist sozusagen an den Rand der Welt gedrängt. Und das Gleiche gilt für die Figuren des Stückes. Es wurde schon erwähnt, daß die vier eigentlich eine einzige Gestalt darstellen; ohne deren Varianten wäre kein Theaterstück zustande gekommen. Als diese Gestalt ist von Beckett der Clochard angenommen, eine Existenz auch aus der Randzone des weltlichen Lebens. In *Molloy* ist Beckett in jeder Beziehung noch radikaler. Soweit Realitäten aus unserer Welt noch erscheinen, stehen sie in einem unweltlichen, einem erstarrten Licht. Man kann auf den Gedanken kommen, es wäre eine Welt nach dem Tode. Sie hat nichts von der Welt im Traum. Es ist eine völlig entmenschte und atmosphärelose Welt. Dennoch betrifft sie uns.

Für jeden wird danach klar sein, daß *Molloy* nicht mit einem jener Romane verglichen werden kann, die vorgeben, ein Spiegel unserer realen Welt zu sein, und deren Anliegen Zustände dieser Welt sind. Die Leser von Romanen werden zumindest hilflos vor *Molloy* stehen, sich zunächst wahrscheinlich mit Abscheu abwenden, und dennoch nicht ganz davon loskommen. Die Figur des Molloy hat nichts mehr von einem Romanhelden, auch nicht von den gewohnten nihilistischen. Sie ist noch mehr eine Randerscheinung einer menschlichen Existenz als die Clochards in *En attendant Godot*. Sie kommt in zwei Varianten vor, im ersten und zweiten Teil des Buches, einmal als Molloy, einmal als Moran, jede mit äußerster Kunst gestaltet. Man ist an die Chimären an mittelalterlichen Domen erinnert, die alle miteinander Gestalten einer Welt sind; so wie die Bilder von Hieronymus Bosch jedes eine chimärische Welt für sich sind. Und Chimären sind Erscheinungen einer Glaubenswelt.

Aber die Chimären sind Darstellungen einer Welt der Lüste und Begierden in ihren teuflischen Auswüchsen. Für *Molloy* ist dagegen charakteristisch, daß jede Fülle fehlt, daß nichts phantastisch ausgestaltet ist, sondern daß es ein Nichts ist, das auch nur noch ungefähre, und dennoch in dem Rest von Umrissen feste Gestalt hat. Also doch ein nihilistischer Roman? – Nein. Es ist dargestellt, was von der Welt und vom Menschen bleibt, wenn man alles fortnimmt, was Ablagerung der Gesellschaft und der Zivilisation, was weltlicher Apparat, in den auch alles ursprüngliche, schöpferische Wesen eingegangen ist und darin erstarrte. Doch treibt Beckett keine Gesellschaftskritik und keine Kritik unserer Zustände. *Molloy* ist keine Schöpfung aus Haß und ebenso wenig aus Verzweiflung; sondern eine Schöpfung aus tiefsten Leiden, von einem zutiefst gläubigen demütigen Menschen. Allerdings ohne alle Herrlichkeit des Glaubens und ohne die Herrlichkeit Gottes. *Molloy* ist eine echte Inspiration. Für die Gestaltung sind alle Mittel verwendet, welche in der Literatur bis heute ausgebildet wurden. Der Gegenstand der Darstellung ist aber mit keinem Sujet der gegenwärtigen Literatur zu vergleichen. Es wird auch nicht etwa gepredigt; im Gegenteil wird jedes Wort der Erkenntnis möglichst sofort wieder ausgewischt; denn auch unsere Sprache ist ein Bestandteil des Apparates, in dem das Leben verkrustete. Wie in Gestaltungen mittelalterlicher Chimären geht es auch in *Molloy* um die Sünde – aber die Sünde erscheint nicht selbst, wie in den Chimären, lustvoll ausgestaltet, sondern die Welt und der Mensch im Stand der Verwüstung durch die Sünde erscheinen in einer apokalyptischen Vision vom Abend der Welt. Die Sünde – nicht irgendeine menschliche Sünde – hat die Welt verwandelt.

Fluch und Segen des Verlegers

Wahrscheinlich finden Sie das zu kraß ausgedrückt: Fluch und Segen – und es sollte richtiger: Licht und Schatten heißen. Aber ich hoffe Sie zu überzeugen, daß im Los des Verlegers wirklich vom Fluch und Segen gesprochen werden kann. Sofern es sich um Verleger handelt, die Dichtung und schöne Literatur herausgeben. Die Situation ist für Fachverleger und Schulbuchverleger, sofern sie einen Stab von erstklassigen Fachleuten ihres Gebietes sowie gute Kenntnis des Bedarfs haben, eine ganz andere.

Ich spreche dies jetzt in Hannover, im Funkhaus, in einem Raum so groß wie ein normales Zimmer, aber das Zimmer ist so gut wie ganz leer: nur ein Stuhl und ein Tisch sind da und auf dem Tisch vor mir ein Ding wie eine kleine Stehlampe auf einem längeren Stiel: das Mikrophon. Das Zimmer hat keine Fenster nach draußen, nur hinüber in einen Nebenraum, in dem einige Männer an einer Apparatur arbeiten, mit denen ich mich nur durch Zeichen verständigen könnte. Mit mir ist kein Mensch in dem Zimmer, zu dem ich spreche. Ich habe keine Vorstellung, zu wem ich spreche, sehe kein Gesicht, kann keine Reaktion aus Gesichtern und Haltungen ablesen. Ich weiß überhaupt nicht, wer Sie sind, wo Sie sind und was Sie sind, indes ich zu Ihnen spreche. Und doch spreche ich zu Ihnen. Ob mein Thema Sie aber interessiert – nicht einmal das weiß ich.

Sehen Sie: das ist genau die generelle Situation des Verlegers, wie ich einer bin: er läßt Bücher drucken und einbinden und schickt sie an die Buchläden, er kennt wohl viele der Buchhändler, aber für wen die Bücher am Ende sind, wer sie bekommt und liest, und wie er sie liest, und ob sie ihm gefallen – das liegt völlig im Dunkeln oder jedenfalls außerhalb seiner vier Wände. Ganz selten schreibt ihm jemand, daß und weshalb ihm ein Buch gefallen hat.

Häufiger, aber auch nur selten, bekundet jemand sein Mißfallen. Es könnte doch sein, alle Verleger machten verkehrte Bücher; Sie, als Publikum, haben aber das Bedürfnis zu lesen, und da lesen Sie eben tapfer das, was da ist, und wenn es das Verkehrte ist. Das könnte immerhin so sein. Uns ist es in den letzten Jahren oft gesagt worden: wir hätten, durch unsere Isolierung in der Welt, über anderthalb Jahrzehnte, keine Ahnung vom Stand der Literatur in der übrigen Welt, und wir hätten das erst nachzuholen. Also wurden bei uns seit 1945 sehr viele Bücher aus dem Auslande verlegt. Und Sie haben sie auch gelesen. Nicht etwa nur aus schlechtem Gewissen, sondern auch aus echter Neugier. Die Befriedigung Ihrer Neugier hat Ihnen vielleicht genügt; und mehr als das: Sie fanden doch alles recht interessant. Und so hat vielleicht Ihre Lektüre über Jahre eine Richtung bekommen, die Ihnen eigentlich gar nicht entspricht und im Grunde nicht richtig ist. Ja – woher soll ich denn, als Verleger, wirklich wissen, was für Bücher Sie lesen möchten oder, was noch wichtiger ist, wirklich brauchten? Und wer ist es: Wer braucht was? Oder kommt es darauf vielleicht gar nicht an? Worauf käme es aber dann an?

Hier will ich Ihnen von anderen Situationen berichten, in die ich immer wieder gerate. Auf Reisen in der Bahn, in der Stadt, in der Elektrischen oder im Omnibus, unterwegs im engen Raum mit vielen Menschen: einige lesen in Büchern, und ich bin neugierig, welche Bücher sie lesen. Und wie betrachte ich den, der eines aus meinem Verlag liest! Aber noch etwas anderes! Die meisten sitzen einfach nur da, in Gedanken, oder sich neugierig umblikkend, oder auch leer. Da sehe ich mir oft die Gesichter der Menschen an, versuche mich in ihre Gedanken und ihre ganze Art zu versetzen. Und, da ich Verleger bin, stelle ich mir da die Bücher vor, die ich veröffentlichte und dann schienen mir mit einem Schlag oft alle falsch. Was konnte mein Gegenüber mit diesen Büchern anfangen! Aber was für Bücher müßten es dann sein? – Diese Begegnungen führten nie zu einem rechten Ergebnis; am Ende ging ich hin und machte weiter solche Bücher wie bisher. Das war nicht ganz verkehrt. Denn die Wirklichkeit ist doch ganz anders: Die Gesichter der Menschen verraten wenig von ihrem echten Interesse und von ihrer Geistesart. Dieselben Menschen, für sich allein und über ein Buch gebeugt, haben oft einen ganz anderen Ausdruck. Aber die Tatsache bleibt doch bestehen, daß der Verleger Bücher herausgibt für Menschen, die er nicht kennt und deren Wünsche und Sehnsucht er nicht kennt – und er darf doch auch nicht ganz daran vorbeigehen – und er kann darüber recht verzweifelt und ratlos sein.

Vor kurzem trafen sich, auch hier in Hannover, auf Einladung der Akademie für Sprache und Dichtung, Schriftsteller und Kritiker, sie traten auch miteinander hier im Funkhaus hervor. Die Schriftsteller stellten die Kritiker, hatten Wünsche an sie, versuchten, die Kritiker zu überzeugen, auf welche Weise sie die Werke der Schriftsteller in den Zeitschriften, den Zeitungen und dem Rundfunk zu besprechen hätten. Zu besprechen für Sie, die Leser der Bücher. Offenbar war das Ziel der Schriftsteller, die Kritiker sollten auf eine wirksamere Weise ihre Bücher zur Darstellung bringen, so daß sie mehr gelesen und auch besser verstanden würden. Zu dieser Tagung waren weder Sie, die Leser, noch wir Verleger geladen. Unsere beiden Gruppen hätten gewiß auch etwas für die Kritiker und ebenso viel für die Schriftsteller auf dem Herzen gehabt. Aber offenbar wollten sie unter sich bleiben. Es hätte wahrscheinlich auch nur Verwirrung gegeben, selbst wenn von uns nur wenige, aber ganz einfache Ansprüche formuliert worden wären. – Ansprüche? – nein: ein paar Notwendigkeiten! Und gewiß hätte das zu keinem Ergebnis geführt. An dieser Tagung war bemerkenswert, daß die Schriftsteller Ansprüche hatten, Ansprüche allgemeiner Natur und kaum konkrete: sie wollten nur generell anerkannt und getragen werden. Mit welchem Recht? – Als Berufene! – Aber von wem berufen? – Von ihrem Genius! – Und welcher Art ist der Schriftstellerauftrag? – Das sollte aus ihren Werken zu ersehen sein. Das fällt aber sehr schwer oder ist unmöglich, sogar wenn dieses Werk schon eine ganze Reihe von Büchern aufweist.

Als Leser werden Sie geneigt sein, den Verleger als zu den Schriftstellern gehörig anzusehen; Schriftsteller und Verleger gehören in Ihren Augen wahrscheinlich einer Gruppe an. Das ist insofern richtig, als wir Verleger die Werke der Schriftsteller im Buch an die Öffentlichkeit bringen und soweit also den Schriftstellern dienen. Mancher von Ihnen mag aber denken, die Schriftsteller erhielten von den Verlegern Aufträge. Das ist nur in einzelnen, aber in seltenen Fällen richtig, aber längst nicht in dem Maße, wie das vom Rundfunk der Fall ist, der als Publikationsinstrument auch als eine Art Verlag angesehen werden kann. Aber die Erteilung eines Auftrages an Schriftsteller ist eigentlich nur möglich, wenn sich ein echter Bedarf herausgestellt hat; besonders, wenn sich in der Öffentlichkeit das Bedürfnis herausgebildet hat, über Dinge und Vorgänge in der Zeit aufgeklärt zu werden. Und inzwischen haben Sie wohl alle auch gründlich gelernt, daß diese Möglichkeit in der Politik von Parteien benutzt wird, um Anschauungen populär zu machen und einzubürgern. Und sogar vom Staat und von einzelnen Ministern. Sofern aber die Schriftsteller sich für Dichter im weitesten Sinn halten, nehmen sie einen Auftrag von einem Verleger nicht an, da ist ihnen der Verleger suspekter als es die Leser, Politiker, Minister und der Staat sind. Am liebsten spinnen die Schriftsteller aber ganz und gar ihr eigenes Garn. Und das hat seine Richtigkeit, wenn etwas anderes in Ordnung ist, worauf ich später noch zu sprechen komme. Vom Schriftsteller aus gesehen hat der Verleger nur eine Verpflichtung, nämlich seine Werke zu veröffentlichen und dafür zu sorgen, daß sie viel gelesen werden. Und der Verleger hat nur die Wahl unter den Werken, welche die Schriftsteller der Zeit schreiben. Seine Verantwortung vor dem Lesepublikum hat also Grenzen: er kann nichts besseres veröffentlichen als das, was von den Schriftstellern der Zeit geschrieben wird.

Anders betrachtet, vom Schriftsteller aus, gehört der Verleger zu den Lesern. Er ist der erste Leser eines Werkes; er liest es im Manuskript. Anders als der Kritiker. Der Kritiker hat es mit einem

Werk zu tun, das der allgemeinen Öffentlichkeit übergeben wurde; er hat zu urteilen und, wenn sein Urteil positiv ausfällt, unter Umständen für ein Werk zu kämpfen, es vor der Öffentlichkeit zu vertreten und es für die Öffentlichkeit aufzuschließen. Ein Kritiker muß Überzeugungen haben. Der Verleger aber, sofern er nicht nur reiner Geschäftsmann ist, ist ein Mann mit einem Hobby. Sie alle kennen Menschen, die ständig verliebt sind; auch wenn sie im Moment keine Geliebte haben, besteht doch die Bereitschaft dazu; sie warten nur auf den Gegenstand für ihre Liebe. So sind die echten Verleger ständig in die Literatur Verliebte und ständig auf der Suche nach einem Gegenstand für ihre Liebe. So ist also der Verleger ein intimer Leser, der über jedem Manuskript mit Erwartungen sitzt, ob es seine Liebe anfachen wird. Und der Verleger liest das Manuskript seines Dichters (oder sollte das!) in intimem Kontakt mit diesem Dichter. Damit berühre ich eine der schönsten Seligkeiten des Verlegers. Sie besteht in der Freundschaft mit einigen auserlesenen Männern und Frauen der Zeit. Im Verkehr mit meinen Kollegen habe ich auch gefunden, daß die großen und echten Verleger von Werken der Dichtung tatsächlich in ihre Autoren verliebt waren, Liebhaber waren, mit allen Zeichen des echten Liebhabers. Mit der Ehrfurcht, der Gewogenheit, der Zartheit, der Begeisterung und der Scheu des Liebhabers, und auch mit dem Bedürfnis nach ständigem persönlichen Kontakt. Die Äußerungen ihrer Liebe hatten jeweils die Farbe ihres Temperaments und ihrer Kultur. Mir wird das persönliche Verhältnis von S. Fischer zu Gerhart Hauptmann beispielsweise unvergeßlich bleiben.

Damit rühre ich an eine Zeit und einen Zustand, die uns Älteren unter den mit Literatur und Dichtung Beschäftigten in der Erinnerung als ideal erscheint; die Zeit vor dem Ersten Weltkrieg von den neunziger Jahren an und auch noch in den zwanziger Jahren. Das war eine Zeit, in der offenbar auch bei uns im Volk eine Literatur in der Bildung begriffen war. Breitere Schichten nahmen daran teil. Man konnte den Eindruck gewinnen: das ganze Volk. Das ist nicht etwa wörtlich zu nehmen. Heute werden gewiß mehr Bücher gelesen. Und es sind gewiß heute auch weitere Kreise, die lesen. Aber: damals war beispielsweise die Premiere eines neuen Werkes von Gerhart Hauptmann ein Ereignis, das überall im Lande, auch in der fernsten kleinen Stadt verfolgt und diskutiert wurde. Und ich selbst habe noch erlebt, daß ein Arbeiter auf der Straße stehen blieb und die Mütze zog, als Gerhart Hauptmann vorbei ging. Und zwischen 1910 und 1914 gab es in jeder Stadt Deutschlands einen Kreis, in dem um Stefan George und seine jeweils letzten Bücher, »Der siebente Ring« und »Der Stern des Bundes« gestritten wurde. Leidenschaftlich und heftig gestritten. Mit Absicht erwähne ich diese beiden heterogenen Dichter. Georges Werk stand der breiten Öffentlichkeit ganz gewiß nicht näher als das Werk manches Dichters von heute. Ich zähle Ihnen jetzt nur die Dichter von damals auf, die heute noch mehr oder weniger in Geltung sind: Gerhart Hauptmann, Frank Wedekind und Georg Kaiser, George, Hofmannsthal und Rilke, Liliencron und Dehmel, Thomas Mann und Hermann Hesse; was für Namen! Aber damit nicht genug: die großen Dichter des Auslandes zu der Zeit wurden eingedeutscht: Ibsen, Björnson, Strindberg, Jens Peter Jacobsen und Bang; Oscar Wilde, Shaw und Kipling, Edgar Allan Poe, Tolstoi, Dostojewski und Gorki; Rimbaud, Baudelaire, Verlaine, Flaubert, Zola, Anatole France und Maeterlinck; Manzoni und D'Annunzio. Und damals hatte jede deutsche Landschaft ihren Dichter. Jede Großstadt, das Gebirge, das Meer, das Moor, die Heide, die Ströme, das flache Land. Sie blieben nicht etwa nur lokal. Durch ihre Dichtungen wurden die einzelnen Landschaften ins Bewußtsein und ins innigere und treuere Verständnis der Menschen überall im Lande und [in] den Städten gehoben. Gustav Frenssen, Hermann Löns, Hermann Stehr, Emil Strauss, Herbert Eulenberg, Ludwig Thoma, Arthur Schnitzler wurden überall gelesen. Ich beschwöre hier die Erinnerung an jene Zeit nicht, um sie gegenüber unserer zu rühmen. Ich will nicht sagen, daß es eine bessere Zeit war. Vielmehr erwähne ich das hier, um an den Anfang des Gesprächs wieder anzuknüpfen; wo ich die Situation des heutigen Verlegers mit meiner Situation hier im Rundfunkraum verglich und davon sprach, daß er nicht weiß, für wen er seine Bücher hinausschickt, daß er in Zweifel verfallen kann über die Aufnahme und die Notwendigkeit seiner Bücher. Damals war fast jedes Buch richtig; fast jedes Buch, das erschien, bedeutete einer Leserschicht etwas; es schien erwartet; es traf auf lebendiges Interesse; es fiel in Leben, und es schuf im Leser einen neuen Lebensschimmer. Im Gegensatz zu heute: heute findet ein Buch Leser; unter Umständen sogar viele Leser; aber diese könnten ebenso gut ein anderes Buch lesen und sie tun es morgen auch; jeder liest die unterschiedlichsten Bücher, und er liest alle durcheinander. Der Grund dafür ist nicht etwa Uninteressiertheit, oder, wie man annehmen könnte, völlige Desorientierung des Publikums. Denn: genau hingesehen, lesen eigentlich alle überall fast dasselbe; die Orientierung muß also durchaus noch oder wieder funktionieren. Man sagt wohl zur Erklärung: es seien heute keine großen Dichter da; oder: die Dichter heute seien abseitiger, verlören sich in Formprobleme; oder: ihnen fehle die Fülle; oder: sie wären, kurzweg, negativ und unerfreulich. Oder man sagt für jene Zeit vor fünfzehn Jahren: damals wäre eine besondere Konstellation gewesen: der neue Realismus, das Interesse für Naturwissenschaften und eine soziale Revolution wären zusammengetroffen: eine allgemeine Weltanschauungsbewegung hätte die Literatur mitgetragen. Und dann – nicht zuletzt – der größere allgemeine Wohlstand. Das sind alles Momente, die sich anführen lassen, und jedes hat auch etwas für sich. Aber der eigentliche Grund wird damit doch nicht berührt.

Es kann einer sehr viel gelesen und viel studiert haben und sehr gebildet sein – und doch ist das alles nicht lebendig in ihm. Er gehört zu den Gebildeten, aber seine Konstitution, sein Wesen ist vom Geist nicht verändert, nicht bewegt, der Geist wehte nie durch ihn hindurch. Damals aber, zu Beginn unseres Jahrhunderts, gab es auch in Deutschland in allen Lebensaltern und durch alle Volksschichten etwas, was ich als europäische Gesittung bezeichnen möchte; das heißt, daß ein bestimmtes geistiges Lebensniveau allgemein war; alles Denken und Fühlen und Leben war davon geformt; und diese Gesittung griff um sich und griff beim einzelnen Menschen über sein Herkommen und seine Gewohnheiten, griff über seine Person hinaus. Die Jugendbewegung in ihren Anfängen war auch eine Form europäischer Gesittung. Als 1909 – ich war damals 18 Jahre alt – die Nachricht von Liliencrons Tod in das kleine oldenburgische Dorf kam, legte sich für mich ein einziger düsterer Schatten über den Sommertag. Und nicht anders 1912 vom Tode Strindbergs. Als Soldat des ersten Weltkrieges ging ich in Belgien auf Spuren Maeterlincks. Und glauben Sie ja nicht, ich wäre eine Ausnahme gewesen. Ich griff als Beispiel die Jugendbewegung heraus, weil ich an einem Beispiel heutiger Jugend, das für viele steht, zeigen möchte, was aus der Freiheit, die wir damals für die Jugend gewonnen haben, was aus diesem Beginn von allgemeiner Gesittung unter der heutigen Jugend geworden ist. Dabei glaube ich nicht einmal – das will ich hier vorweg schicken – daß die heutige Jugend bei uns besonders schlecht wäre; eher das Gegenteil. Ich erlebe jetzt an einem jungen Menschen in einem kleinen Städtchen etwa 20 Kilometer von einer Universitätsstadt Folgendes: Er ist aus einem guten Hause und wohlerzogen, hat in diesem Frühjahr sein Abitur gemacht, dürfte 19 alt sein, und studiert also jetzt im ersten Semester Jura. Er fährt auf seinem Motorrad zu den Vorlesungen in der Universität. Nach den Vorlesungen, auf der Rückfahrt, holt er sein Mädchen ab und bringt es mit nach Hause. Dort nehmen sie für den Rest des Tages und den Abend die Gewohnheiten eines alten Ehepaares am Feierabend auf: lesen Zeitungen, illustrierte Zeitschriften und Bücher, hören Radio, machen Schularbeiten, sprengen den Garten, fahren auf dem Motorrad aus; Tag für Tag das gleiche. Sonn- und Feiertags Ausflüge über Land von morgens bis abends. Mir kommt es hier nicht auf die Rolle des Motorrades an, sondern darauf, daß dieser junge Mann die studentischen Kameraden nur als Hörer aus den Vorlesungen kennt. Daß es für ihn den Kreis junger lebendiger Kameraden nicht gibt, daß er nur sein Berufsstudium und seinen bürgerlichen Weg vor sich sieht. Vielleicht oder wahrscheinlich wird er seine jetzige Freundin nicht heiraten, aber die nächste oder übernächste; und es wird nicht anders sein. Das Anwaltsbüro für ihn steht schon irgendwo bereit. Er wird, wenn alles gut geht, wahrscheinlich ein tüchtiger Anwalt werden und doch – ein schlechter Anwalt sein, weil es die Gesittung Europas in seinem Leben nicht geben wird. In gar nichts. Dabei wird er immer wohlerzogen sein. Aber er wird seine Nachbarn nicht kennen, nur auf dem Grußfuß. Nur seine Klienten und seine Familie. Und diese werden für ihn auch nichts anderes sein als gerade das. Er ist keine Ausnahme, er steht für viele. Und das heute in Deutschland – das ist geradezu tragisch. Denn hinter uns liegt die schwarze Zeit, die durch den Mangel an Gesittung gekennzeichnet war und uns für alle Welt gekennzeichnet hat.

Die Arbeit eines Verlegers steht im Dienst der Gesittung. Sie werden nun, nach diesen Andeutungen – mehr konnte ich nicht geben, und es sollte gewiß einmal ausführlicher darüber gesprochen werden – Sie werden vielleicht doch ahnen, daß die Arbeit einen zuzeiten wie ein Fluch anfliegen kann – in all ihrer Hoffnungslosigkeit.

Was kann Marcel Proust uns bedeuten?

»Was kann Marcel Proust uns bedeuten?« – diese Frage, – eine *echte* und keine *rhetorische* Frage, – könnte man sie nicht sogar radikaler stellen; *hat Proust uns überhaupt etwas zu bedeuten?* – unsere Frage also, meine Damen und Herren, hatte ich zu entscheiden, bevor ich als Verleger mich entschloß, Prousts umfangreiches Werk »Auf der Suche nach der verlorenen Zeit« – im Französischen 7 Teile in 13 Bänden – deutsch herauszugeben, nachdem zwischen 1926 und 1930 die ersten 3 Teile schon erschienen waren, ohne für die breitere Öffentlichkeit »anzukommen«, und dieser Torso nach 1933 wieder vollständig aus dem Bewußtsein verschwunden war. Es war 48/49, als ich meine Überlegungen anstellte. Die Tatsache, daß »Auf der Suche nach der verlorenen Zeit« für Kundige als eines der größten Werke der Weltliteratur gilt, besagte noch nichts darüber, welche Bedeutung dieses Werk für uns jetzt haben kann. Sie gibt uns allerdings die Verpflichtung auf, ständig um dieses Werk, um seine Zuneigung bemüht zu sein. Neue Werke haben ihre Zeiten: für den Einzelnen wie in einem Volke. Es kommt immer wieder vor, daß uns ein vorzügliches Werk gegeben wird und wir keinen Zugang dazu finden, das uns später aufgeht, eine Neuentdeckung wird. Prousts »Auf der Suche« war 1912 vollständig konzipiert. Seitdem wurde von uns erlebt: der erste Weltkrieg, die Hitlerzeit, der zweite Weltkrieg und 1945. Da kann man unsere Frage wohl ernsthaft stellen. Zumal die Welt dieses Werkes eine Gesellschaft ist, die wohl als versunken angesehen werden kann. 48/49 war das allgemeine Leserinteresse – nach einer ersten Orientierung über alles, was in den anderthalb Jahrzehnten unserer Abgeschlossenheit in der übrigen Welt hervorgebracht worden war –, in der Hauptsache schon wie heute noch, durch angelsächsische, speziell amerikanische Literatur in Anspruch genommen: so weitgehend, dass sogar *deutsche* Autoren – wie beispielsweise Franz Kafka, dessen Werk vor 1933 bei uns schon komplett vorgelegen hatte, – über Amerika wieder eingeführt und da erst ihrer Bedeutung entsprechend gewürdigt wurden. Die *Bevorzugung amerikanischer Bücher* hatte einen natürlichen Grund: Amerika war während der Kriegszeit das Exil vieler hervorragender europäischer Geister geworden. – Hier gleich eine Proust betreffende Beobachtung an die Deutschen im Exil: nach meiner Veröffentlichung des ersten Teiles, »In Swanns Welt«, erhielt ich die verständigsten, gründlichsten und geradezu leidenschaftliche Zuschriften von deutschen Emigranten, und zwar von jungen: sie erwiesen sich nicht nur als gründliche Kenner von Proust, sondern auch als leidenschaftliche Anwälte für die Qualität der deutschen Ausgabe. Sie machten als wirkliche Proustiens das Gelingen zu einer eigenen Angelegenheit. Nach solchen Proustiens hatte ich, als ich Übersetzer suchte, bei uns unter den Jüngeren vergebens ausgeschaut. – Um aber wieder auf das allgemeine Interesse für amerikanische Bücher zurückzukommen: in Amerika hatte sich in den letzten 50 Jahren, besonders seit dem ersten Weltkrieg, eine unerhört reiche und neuartige, eine eigenständige Literatur entwickelt, die schon zu Anfang der dreißiger Jahre mit der englischen Literatur in einen Rangstreit treten konnte; sie war eigenartiger, vor allem produktiver als die englische. Ich nenne hier nur die bei uns bekanntesten Namen: Theodor Dreiser, Sinclair Lewis, Dos Passos, O'Neill, Hemingway, Faulkner, Thomas Wolfe, Erskine Caldwell, John Steinbeck, Scott Fitzgerald. Das sind, wie Sie wissen, nicht Vertreter einer literarischen Richtung, sondern jeder ist eine eigene, eine selbständige Erscheinung.

Von der neuen französischen Literatur hatte nach 1945 zuerst nur die Widerstandsliteratur interessiert, und diese nur vorübergehend. Das Interesse an Sartre und Camus, das lebendig blieb, war mehr weltanschaulich und ideologisch als literarisch bestimmt. Das gilt selbst für Bernanos. Anouilh war auf dem Theater nicht allgemein durchzusetzen. Das Interesse an Giraudoux ist bis heute auf gelegentliche Aufführungen seiner Stücke hier und da beschränkt, nicht einmal von den bekanntesten gibt es Buchausgaben. Die Übersetzungen sind für den Gebrauch der Theater gemacht; an einer deutschen Ausgabe seiner Dichtungen in einer adäquaten Übersetzung ist noch nicht gedacht worden (ich verhandle eben deswegen), während alle Arten von provinziellen Unterhaltungsromanen aus dem Französischen übersetzt erschienen. Damals, 48/49, als ich unsere Frage bedachte, war bei uns sogar Paul Valéry noch aktueller als Proust, schon weil er noch lebte und schrieb. Nur der Name von Proust und der eigenartige Titel seines Werkes »Auf der Suche nach der verlorenen Zeit« übte noch immer eine starke Faszination aus. Theodor W. Adorno bezeichnet sie als »von der Art, wie man sich in den Namen einer Frau verliebt, die man noch nie gesehen hat«. Mir selbst ging es nicht anders. So waren also in der Zeit kaum Anzeichen für ein mögliches Interesse am Werk von Proust vorhanden.

Geradezu eine Warnung konnte einem aber der Mißerfolg der ersten deutschen Ausgabe sein. Der erste Teil »Du côté de chez Swann« erschien zweibändig unter dem Titel »Der Weg zu Swann« 1926 in einer Übersetzung von Rudolf Schottländer. Die Übersetzung ist angegriffen worden. Den Anstoß gab Ernst Robert Curtius. Er war als der beste Kenner von Prousts Werk in Deutschland legitimiert, als leidenschaftlicher Hüter einer reinen makellosen Wiedergabe aufzutreten. Curtius hatte 1925 einen Essay von 140 Seiten über die »Suche nach der verlorenen Zeit« veröffentlicht, der weit mehr ist, als eine bloße Darstellung und noch heute als die beste Einführung gelten muß. (Der Essay ist 1952 in dem Band »Französischer Geist im 20. Jahrhundert« unverändert neu erschienen.) Die Übersetzung von Schottländer war aber gewiß nicht die einzige und keineswegs die wesentlichste Hemmung für die Einführung des Werkes von Proust. Der zweite Teil »A l'ombre des jeunes filles en fleurs« und der dritte Teil »Le côté de Guermantes«, die als »Im Schatten der jungen Mädchen« und »Die Herzogin von Guermantes« 1928 und 1930 in der Übersetzung von Walter Benjamin und Franz Hessel erschienen, ließen sich damals auch nicht allgemein durchsetzen. Rückblickend darf man heute sagen, daß Schottländers Übersetzung, wenn man die Aufgabe bedenkt: für die es absolut kein Vorbild und keinen Vergleich gab – gemessen an anderen Übersetzungen jener Zeit in Deutschland, eine Pioniertat darstellt.

Die eigentliche Hemmung bei uns bestand damals in unseren Verhältnissen nach dem Ersten Weltkrieg: politisch und literarisch. Nach dem politischen Umsturz im November 1918 und dem Frieden von Versailles konnte die Welt der »Suche nach der verlorenen Zeit« sowohl nach der großbürgerlichen Swann-Seite wie nach der adeligen Seite der Guermantes nur Vorurteilen bis zur Verachtung begegnen. Bei uns kam erst recht ein aktiver Heroismus in Kurs; ein anderer als der, den Proust mit seinem Werk bewies. Gewiß hätte schon damals für uns Grund genug bestanden, mit den Daseinslügen und den Illusionen aufzuräumen; man glaubte das auch zu tun. Tatsächlich wurden nur neue Bildnisse und neue Begriffe für die alten und somit nur neue Lügen aufgerichtet und erst recht der Weg ins Verhängnis angetreten. Die literarische Methode Prousts jedoch zielt auf die Zerstörung von Illusionen jeder Art: und im einzelnen Menschen und speziell von Illusionen über das Wesen des Menschen. Literarisch war nach 1919 bei uns die Hoch-Zeit des Expressionismus, also einer Literatur der schwärmerischen ekstatischen Illusion. Und unsere markantesten Romane jener Periode – Thomas Manns »Zauberberg« (1924), Robert Musils »Mann ohne Eigenschaften« (1930), Hermann Brochs »Schlafwandler-Trilogie« (1931/32) sind im weitesten Sinn politische Bücher, über einem Grundriß von politischen Schablonen errichtet, sind Äußerungen und Konstruktionen aus intellektuellem Erfassen und Vermögen, also das Gegenteil von Vegetativem und Kontemplativem, das im Werk von Proust vorwaltet. Wir wissen, welchen Weg die Dinge danach bei uns genommen haben: folgerichtig sollte man meinen, eher weiter von Proust und einem Verständnis für sein Werk fort, als darauf hin. Aber einer äußeren Folgerichtigkeit entsprechen nicht immer auch die Wege und Prozesse im Innern einer Zeit und im Wesen ihrer Menschen. – Hier sei gleich auch mit einer Anmerkung auf die Gefahr eines grundsätzlichen Mißverstehens von Proust hingewiesen: es ist neuerdings geschrieben worden, Proust hätte mit seinem Werk den Zerfall der europäischen Gesellschaft vorweg genommen, und darüber belehrt, daß nur das Gedächtnis es vermöge, im Dunkel der Zeit ein Licht anzuzünden.

Bei uns besteht generell die Neigung, literarische Werke auf Zwecke in der realen Welt hin zu betrachten. Und unsere Schriftsteller neigen nicht selten zu einer Verbesserung der Welt oder zu Prophezeiungen über den Gang der Welt. Etwas derartiges wäre Proust nie in den Sinn gekommen. In seinem Werk ist davon auch *gar nichts*. Er dachte nicht an gesellschaftskritische Wirkungen; und gar für eine »schöpferische Restauration« findet sich bei Proust nicht der kleinste Funke. Das sind Begriffe, die in der Welt Prousts undenkbar sind. André Gide konnte 1931 zum 60. Geburtstag von Proust schreiben: »Wenn ich mir zu vergegenwärtigen suche, was ich am meisten an seinem Werk bewundere, dann ist es, glaube ich, seine Absichtslosigkeit. Ich kenne keines, das nutzloser wäre, noch eines, das weniger zu beweisen suchte.«

Damit bin ich nahe an den Schwierigkeiten, die sowohl in der Person und dem Leben Prousts wie in seinem Werk gegeben sind. Marcel Proust war das Kind eines eminent reichen Pariser Hauses, 1871 geboren; sein Vater war ein angesehener Mediziner. Sein Bruder Robert erzählt, »Marcel war 9 Jahre alt, als wir von einem langen Spaziergang, den wir mit unseren Freunden im Bois de Boulogne gemacht hatten, heimkehrten und Marcel von einem schrecklichen Erstickungsanfall gepackt wurde. Beinahe wäre er vor den Augen meines zu Tode erschrockenen Vaters gestorben. Von diesem Tage an datiert dieses entsetzliche Leben, über dem beständig die Drohung ähnlicher Krisen schwebte.« So weit der Bruder von Proust. Die beständige Gefährdung führte dazu, daß der Knabe umsorgt und verwöhnt wurde, besonders von Mutter und Großmutter. Schon als Kind war er so aus einem normalen Leben in Gemeinschaft anderer herausgenommen. Da er ein auffällig schöner und außerdem geistvoller Jüngling war, wurde seine Ausnahmestellung überall akzeptiert und begünstigt. Der Reichtum der Familie gestattete es, daß er auf einen regulären Beruf verzichten konnte. Er führte ein Leben, wie es *so* nur *einem* Stand der damaligen Pariser Gesellschaft gegeben war: dem Adel von Faubourg Saint Germain. Damals war die übrige Welt von industriellem Aufschwung und wirtschaftlichem Wettstreit geprägt. Er lebte also völlig neben der Zeit. Proust wurde von der adeligen Gesellschaft als geistreicher und eleganter Kauseur auch akzeptiert. Er selbst kopierte peinlich die Umgangsart und die Lebensform der exklusiven Gesellschaft. Als junger Mann veranstaltete er gelegentlich Empfänge, die mit denen des Adels wetteiferten. Der Sinn für Formen war offenbar in ihm angelegt, und er hat ihn im Rahmen einer Gesellschaft, der er angeboren und selbstverständlich war, zur Vollendung gebracht. Es gibt ein anderes Beispiel für diese Art zu jener Zeit, es ist das von Oscar Wilde in England; es zeigte auch, daß die Möglichkeit damals einem Bürgerlichen von der adeligen Gesellschaft durchaus geboten wurde. Der Vergleich zeigt aber, daß Proust, im Gegensatz so Oscar Wilde, diese Lebensart ernst nahm; er war nicht der Dandy und Snob wie Oscar Wilde.

1896 veröffentlichte Marcel Proust, damals 25jährig, ein Buch mit Studien, Skizzen und Erzählungen – »Les plaisiers et les Jours« – und einem Vorwort von Anatole France. Trotz der Einführung von France hat es nur wenig Beachtung gefunden. Es ist ein zartes Buch, das Buch eines Verwöhnten; und leicht parfümiert. In einer Widmung von Proust zu jenem Buch ist, aufschlußreich für den Proust des Hauptwerkes, zu lesen: »Als ich ein Kind war, erschien mir das Schicksal keiner Gestalt der biblischen Geschichte so bemerkenswert wie das Noahs, wegen der Sintflut, die ihn in der Arche 40 Tage eingeschlossen hielt. Später war ich öfter krank und mußte viele Tage in der ›Arche‹ bleiben. Damals lernte ich begreifen, daß Noah die Welt nie so gut hat sehen können wie von der

Arche aus, obwohl sie ganz verschlossen und auf der Erde Nacht war.« Bis 1913, also über 17 Jahre lang, erschien, außer Übersetzungen aus Ruskin, kein Buch von Proust, und niemand hätte noch ein literarisches Werk von ihm erwartet. Er legte viele Konvolute von Notizen an, die er im Anschluß an Gesellschaften nächtlich aufschrieb. Man darf nicht unbedingt annehmen, daß sie für ein späteres Werk gemacht wurden. Wahrscheinlich waren die notierten Details für ihn, den Außenseiter, Material zum genauen Studium der Gesellschaft, um sich so ihre Art anzueignen und einmal selbst den Formen dieser Gesellschaft im kleinsten zu entsprechen; vielleicht lieferten sie ihm auch Stoff für Unterhaltungen in dieser Gesellschaft. Wir wissen heute, daß Marcel Proust in der Zwischenzeit, bis 1904, doch an einem literarischen Werk gearbeitet hat. 1952 wurde aus seinem Nachlaß der 1000 Seiten starke Roman »Jean Santeuil« herausgegeben, eine Vorform zu »A la Recherche du Temps perdu« nach Art der Romane von Stendhal.

1903 starb der Vater von Marcel Proust, 1904 seine Mutter. Von da an begegnete man Proust in der Gesellschaft nur noch gelegentlich. Léon Daudet berichtet in seinen Memoiren, wie er ihn nachts im Restaurant Weber in der Rue Royal traf: »Man sah einen blassen jungen Mann eintreten, der in wollene Schals gehüllt war. Er ließ sich eine Traube, ein Glas Wasser geben und erklärte, er sei soeben aufgestanden, er habe eine Grippe, er werde sich gleich wieder legen, der Lärm tue ihn weh; er warf unruhige, dann spöttische Blicke um sich, brach schließlich in ein entzücktes Lachen aus und blieb. Bald kamen in zögernd-eiligem Ton Bemerkungen voll überraschender Neuheit und Aperçüs voll diabolischer Feinheit über seine Lippen.« Und der Dichter Léon-Paul Fargue gibt aus jener Zeit folgendes Porträt gelegentlich einer ersten Begegnung: »Zuerst ärgerte er mich sehr, der Stutzer, der er war, mit seinem weichlichen Gesicht, seiner Gelatinestimme, wie wenn er zu enge Handschuhe anhätte, dem ganzen Gehaben von jemand, der sich gern reden hört, eines glücklichen Menschen, der keine Geschichten hat … Sein Charme wirkte nicht sofort … Aber langsam gewann er mich, so dumpf entgegengesetzt ich ihm war, wie eine Frau, die einen irritiert und die man doch liebt, und auch, weil er ein so höfliches Auftreten hatte. Und ich wurde mir bald klar, daß er mir das Parfüm einer Menge von Dingen heranbrachte ...«

Im übrigen nimmt Proust um jene Zeit, von 1905 an, das ungewöhnliche Leben auf, das oft geschildert worden ist: in einem gegen Tageslicht verdunkelten Zimmer, dessen Wände gegen Geräusch durch Korkplatten abgedichtet sind, schreibt er im Bett an seinem Werk, um sich her auf der Bettdecke und auf dem Boden zerstreut seine Notizen aus der Gesellschaft. Das Essen für ihn wird aus einem Restaurant geholt. Im Bett empfängt er Freunde. Von ihnen läßt er sich aus der Gesellschaft berichten, Details mitteilen, die er für eine Beschreibung gerade braucht. Er schickt die Freunde aus, Einzelheiten über Personen und Gegenstände zu erkunden. Wenn er, ganz selten, tags ausfährt, müssen die Fenster des Coupés gegen jeden Luftzug abgedichtet sein. Nur durch die Glasscheiben des Coupés sieht er Farben und Licht der Tageszeiten. Diese Lebensform war teils durch das Fortgeschrittensein seiner Krankheit bedingt, teils beruhte sie gewiß auf Manie. Die übliche Vorstellung ist, daß Proust nach den Tode seiner Mutter in sich ging und deshalb sein Leben änderte. Jean Cocteau, sein Freund, bestreitet diese Auffassung. »Niemals konnte das«, sagt Cocteau, »was man das mondäne Leben Prousts nennt, ihm als ein frivoles Leben erscheinen, auf das man verzichtet. Einzig und allein sein Leiden sonderte ihn ab. Dieses mondäne Leben, auf das er mehr als auf alles andere Wert legte, und das Kritiker für eine Erholung hielten, war und blieb der Mittelpunkt seiner Rosette«. Wie immer der Wandel im Leben Prousts zu deuten sein mag: es kommt darauf hinaus, daß er einer der echtesten und rein spekulativen Geister war, die jemals gelebt haben. Und der Ruhm seines Werkes hängt in erster Linie damit zusammen, daß es von allen, die je geschrieben wurden, am entferntesten ist von jeder Beziehung zum Nützlichen.

Das Exklusive eines Spleens im Leben von Marcel Proust ist

nicht zu leugnen. Seine amüsante Manie deutet jedoch auch darauf, daß seine Sinne offenbar ganz anders beschaffen waren als die unseren, von einer enormen Empfindlichkeit waren. Und die Spannung der Empfindungen bei Proust kann nicht mit der eines Durchschnittsmenschen verglichen werden; ihn durchfluteten Ströme von ganz anderer Intensität. Aber – und darum verweile ich so ausführlich bei seiner Gestalt und seiner Lebensart – wie weitab ist das alles von uns und unserer Zeit, wie fern liegen uns diese Möglichkeiten! Und würde nicht in unserer Zeit und speziell bei uns eine derartige Erscheinung und Lebensform ganz unmöglich, von vornherein zum Untergang verurteilt sein? –

Zwischen 1905 und 1912 wurde die »Suche nach der verlorenen Zeit« geschrieben. Das Ganze umfaßte, als es damals fertig war, drei sehr umfangreiche Manuskriptbände. Die französische Buchausgabe ist 13 mittlere Bände stark. Bei der Korrektur während des Druckes ging der Text Proust unter der Hand immer mehr auf und wucherte weiter. Paul Valéry spricht nicht zu Unrecht von einer »Eigentätigkeit des Textgewebes«. Proust arbeitete an der Vollendung buchstäblich bis zum Moment seines Todes am 18. November 1922. Noch im Sterben machte er Notizen, offenbar notierte er Beobachtungen am eigenen Zustand, zur Ergänzung seiner Schilderung vom Sterben des Schriftstellers Bergotte, einer der wichtigsten Gestalten seines Werkes. Bei Prousts Tode waren die ersten vier Teile »Du côté de chez Swann«, »A l'ombre des jeunes filles en fleurs«, »Le côté de Guermantes« und »Sodom et Gomorrhe« erschienen; nach seinem Tode, von 1923 bis 1927, erschienen noch drei Teile: »La prisonnière«, »Albertine Disparue« und »Le temps retrouvé«. Den Druck des ersten Teiles, »Du côté de chez Swann«, der 1913 bei Grasset erschien, mußte Proust zum größten Teil selbst bezahlen, nachdem er sich vergeblich um einen Verlag bemüht hatte. Unter denen, die ihn ablehnten, war auch André Gide als Herausgeber der »Nouvelle Revue Française« im Verlag Gallimard. Der zweite Teil »A l'ombre des jeunes filles en fleurs« erschien 1919 bei Gallimard. Er wurde mit dem Goncourt-

Preis ausgezeichnet. Und von da ab begann der Weltruhm von Marcel Proust, der bis zu seinem Tode und darüber hinaus immer weiter anstieg und sich ausbreitete. Am 1. Januar 1923 veröffentlichte die »Nouvelle Revue Française« eine große Marcel Proust-Sondernummer mit Essays über Proust von allen namhaften lebenden Schriftstellern Frankreichs, mit einer Ausnahme; diese Ausnahme war Paul Claudel, der Proust ebenso leidenschaftlich ablehnte, wie die anderen ihn verehrten. Im Herbst 1923 erschien bei Chatto & Windus in London, herausgegeben von Scott Moncrieff, dem englischen Proust-Übersetzer, ein Sammelband, in dem zwanzig englische Schriftsteller über Proust schrieben. »Jeden Tag wird Proust von jemandem entdeckt, jeden Tag tritt jemand mit dem Gefühl beglückten Staunens in sein Buch ein«, schrieb im November 1923, ein Jahr nach Prousts Tode, Jacques Rivière, der Direktor der »Nouvelle Revue Française«.

Dieses große Buch nun – so muß man die »Suche nach der verlorenen Zeit« als ganzes bezeichnen – stellt in jeder Beziehung ein Unikum dar, etwas in der Literatur bis dahin noch nie Dagewesenes. Zunächst rein äußerlich: die sieben Teile sind in der französischen Ausgabe teils zweibändig und teils dreibändig, die Teilung der Bände ist nicht nach Unterteilen oder Kapiteln durchgeführt, sondern einfach nach dem ungefähren Umfang. Der dicht geschriebene, kompakte Text, mit massiven Abschnitten, erstreckt sich vielfach ohne Absätze über mehrere Seiten. Sogar ein einziger Satz kann mehr als eine Seite füllen. Seinen wunderbaren und kühnen Satzbau mit zahllosen Nebensätzen, Einschiebungen, Parenthesen und mannigfachen Facetterbildungen hat Proust erfunden, um den Windungen und Oscillationen des inneren Lebens so wie den unaufhörlichen Variationen des Milieus genau zu folgen: Er beabsichtigte damit, die Sicht des Lesers auf die Dinge zu verändern: uns ihre ständigen Bewegungen und Veränderungen, ihre unaufhörlichen Vervielfältigungen miterleben zu lassen. Die langen Sätze sind nicht linear aufgebaut, sondern aus mannigfachen Räumen, in deren jedem verschiedene Zeiten gespiegelt oder Empfindungen analysiert werden. Die einzelnen Teile der Sätze und die Sätze untereinander setzen nicht einen Vorgang oder einen Gedanken kontinuierlich fort, sondern die Sujets und Vorgänge kommen darin an die Oberfläche und verschwinden wieder. Ortega y Gasset hat die realen Dinge als »Bojen auf dem tiefen Strom der Erinnerungen« bezeichnet. Nach diesem Bild treiben und bewegen Erinnerungen den eigentlichen Sprachfluß. Proust benutzt seine Erinnerungen nicht als Material, um alte, versunkene Wirklichkeiten zu rekonstruieren, um etwas zu beschreiben, sondern die Erinnerungen selbst sind die beschriebene Sache. Proust vermeidet strikt jede Konstruktion und jede fortschreitende Handlung. Man befindet sich mit jedem Satz mitten im Text, ohne übersehen zu können: wo. Jede Seite des Textes hat ihre Erfüllung in sich. Man kommt überhaupt nicht, oder nur äußerst langsam voran, und gerade diese Langsamkeit des Fortschreitens ist seine Form von Vollendung. Dies Werk ist also zunächst in seiner Form und Art dem heutigen Menschen, der keine Zeit hat und voran drängt, konträr.

Und dazu kommt endlich noch, daß Proust seine reichen Kräfte an eine kleine, äußerst oberflächliche Gesellschaftsschicht gewandt hat, an die Welt der Swanns und die Welt der Guermantes, der Großbürgerlichen und der Adeligen in Paris zur Jahrhundertwende, an eine dekadente Gesellschaft zur Zeit des Niederganges, des fin de siècle – und speziell an die verfließenden Grenzen zwischen beiden Gesellschaftskreisen –; an eine Gesellschaft, die wir gefühlsmäßig wegen ihrer Oberflächlichkeit ablehnen, wenn nicht wegen ihrer völligen Nutzlosigkeit gar verächtlich betrachten. Für Proust war ein konventionelles Milieu das geeignetste für seine Analysen, eine Welt, in der, nach einem Ausdruck von Paul Valéry, »das Scheinen das Sein bestimmt und es edel unter Zwang hält, der das ganze Leben in eine Übung der Geistesgegenwart verwandelt«. Um dann zu schließen: Durch Proust ist das Bild einer oberflächlichen Gesellschaft ein tiefes Werk geworden. –

Insgesamt kam ich so 48/49 mit meinen Überlegungen zu dem Ergebnis, daß rundum kaum Möglichkeiten für Proust beständen, bei uns »anzukommen«. Damit wollte ich mich aber nicht zufrieden geben. –

II.

Soweit habe ich Ihnen, meine Damen und Herren, im großen und ganzen meine Beobachtungen und Betrachtungen wiedergegeben aus der Zeit, als mich der Plan einer deutschen Proust-Ausgabe beschäftigte und ich mit dem Pariser Verlag wegen der Rechte verhandelte und mich nach Übersetzern umsah. Über die Konsequenzen konnte eigentlich kein Zweifel sein. Das war 48/49. – Was geschah aber? Im Februar 50 unterzeichnete ich den Vertrag mit Gallimard. Damals leitete ich den S. Fischer Verlag. Und dann etwas, was die Situation vollends verwirrte: am 26. April 50 gab ich den S. Fischer Verlag zurück; ich stand im Moment ohne Verlag da. Gallimard gestand mir trotzdem die Rechte zu, weil ich den Vertrag unterschrieb.

Bei diesem Stand der Dinge muß ich einen Moment verweilen. In meinem Entschluß hatte sich eine Einsicht gegen die Logik der Dinge in mir durchgesetzt. Eine Einsicht? –: ein Stück Leben, etwas Lebendiges. War das noch eine vernünftige Entscheidung? War es nicht eine Verführung durch eine Leidenschaft? Ganz gewiß trieb mich nicht Ehrgeiz. Ich selbst brauchte Proust für mein geistiges Leben. Was ich davon erwartete, hätte ich nicht zu sagen gewußt. Es war, als hätte ich an dem Duft einer Blume gerochen, und könnte danach nicht mehr darauf verzichten. Der Duft einer Blume kann neue Welten bedeuten, die wir noch kaum ahnten. Ist das nicht generell die Bedeutung von Kunstwerken für unser Dasein? – Ich machte vorhin schon einmal die Anmerkung, daß das geistige Leben einer Zeit nicht sichtbar in ihrer Oberfläche liege, nicht in der Logik und Konsequenz des äußeren Geschehens sich vollziehe, sondern in verschiedenen Schichten in der Tiefe; allerdings auch nicht ohne jeden Bezug zu den äußeren Dingen; beispielsweise kann es eine Art Komplementär dazu sein oder eine Gegenströmung in der Tiefe, meistens wird es ein differenzierter und komplizierter Prozeß sein. Das gilt in allen Lebensvorgängen, die lebendiger Geist sind. Die Geschichte von Prousts Werk ist durchgängig eine Bestätigung dafür.

Vergegenwärtigen Sie sich wieder: 1912 hatte Proust »Auf der Suche nach der verlorenen Zeit« fertig geschrieben, im November 1913 erschien der erste Teil »Du côté de chez Swann« als Buch bei Grasset, am 10. November 1919 erhielt der zweite Teil »A l'ombre des jeunes filles en fleurs« den Goncourt-Preis – *dazwischen liegt der erste Weltkrieg.* 1914 waren schon Auszüge aus dem dritten Teil »Die Welt der Guermantes« in »Nouvelle Revue Française« vorab gedruckt. Bei der Abstimmung über den Goncourt-Preis 1919 standen am Ende zwei Werke in Konkurrenz: das bedeutende Kriegsbuch »Die hölzernen Kreuze« von Roland Dorgelès und Prousts »Im Schatten junger Mädchenblüte«. Und zu einer Stunde, in der gewaltige Taten des Krieges noch nachhallten, triumphierte das Werk der Kontemplation und »hellsichtigen Wonnen« der Schönheit: Prousts: »Im Schatten junger Mädchenblüte«. Das bedeutete nicht etwa, daß der Krieg auch geistig und literarisch überwunden und abgetan war. Gleichzeitig und danach erschienen die großen Kriegsbücher, und diese okkupierten auch auf lange Zeit die Geister in Deutschland, England, Frankreich, Italien, sogar in Amerika. Sie waren für die Öffentlichkeit aktuell. Es ist kaum zu erklären, daß Prousts Werk in der Nähe, vielleicht sogar unter dem Einfluß des Krieges triumphierte. Das war wie ein Akt des Trotzes gegen tiefe Verwirrung, wie eine Antwort auf die Vorahnung von weiteren schlimmeren Katastrophen. Darin äußerte sich nicht das, was wir Geschick nennen, sondern etwas Tieferes und Beständigeres: schöpferisches Leben der Welt. Mochte die Welt, der Proust mit solcher Intensität hingegeben war, das mondäne Gesicht tragen, ihr Leben, ihre Substanz war ihm lange Zeit viel kostbarer gewesen als selbst die Literatur. Und in seinem Werk spricht er geradezu als eine Art »Mystiker der Welt.«

Und nun zu uns und unserer Gegenwart! – Eine konventionelle und schematische Betrachtungsweise führt uns dazu, die jetzige Nachkriegszeit und die Zeit nach dem ersten Weltkrieg in Parallele zu stellen. Dabei wissen wir Älteren, die wir beide erlebt haben, daß wir menschlich und geistig, in unserer Konstitution aus dem zweiten Weltkrieg als ganz andere hervorgingen als aus dem ersten. Gewiß, wir fingen auch äußerlich nach unserer bekannten, Art, die in der Welt schon sprichwörtlich geworden ist, wieder methodisch und mit der alten Tüchtigkeit an: in unserem Inneren ist etwas, was nicht mehr dazu stimmt. Und das ahnen wir; die einen mehr, die anderen weniger, und alle nur momentweise. Uns dämmert, daß unsere Katastrophen mit unserem Methodischsein und mit unserer Tüchtigkeit zusammenhängen. Sind wir weniger oberflächlich als Prousts mondäne Gesellschaft? Uns fehlt zudem jede gewachsene Form, die jene Gesellschaft noch auszeichnete. Aber wir kommen nicht dazu, uns den sich regenden Ahnungen zuzuwenden; dazu haben wir keine Zeit. Unsere ganze Zeit, jeder Moment ist durch die Mechanik des täglichen Lebens beansprucht. Wir können schon das, was von uns verlangt wird, was der Tag, unser Beruf, unser nach außen gewendetes Gewissen an Verpflichtungen uns abfordert, nur schlecht oder gar nicht erfüllen. Wir versuchen es, indem wir uns auch darin auf Methode und Tüchtigkeit verlassen: in der Preisgabe des Individuellen und im Anschluß an eine kollektive Existenz, da eine solche doch gewiß die Zukunft bestimmen wird. Das Kollektiv gestattet, mit Methode gelebt, nur kollektives Empfinden, kollektives Denken, kollektives Handeln. Wir sind sogar so weit, daß wir Schönheit und Glück in unserem Leben in Frage stellen, so daß sie uns ein schlechtes Gewissen bereiten. Wir sind selbst bereit darauf zu verzichten. Oder aber wir machen Versuche, sie noch romantisch zu verwirklichen: da liegt der Grund für unsere restaurativen Bestrebungen. Indes arbeitet die Lebensmaschinerie, in der wir stehen, wissenschaftlich immer weiter perfektioniert, immer noch vollendeter, umfassender. Alle Versuche, technische oder philosophische, zur Beherrschung dieser Lebensmechanik, nehmen einen entsprechenden methodischen Weg. Wir eilen immer weiter voran zu einer technischen Vollendung und methodischen Beherrschung. Und aus dem allen wächst in uns Angst. Selbst in einem philosophischen Stoizismus ist keine Beruhigung, ebenso wenig in einer geistigen Perfektionierung und noch weniger in der Selbstzerfleischung aus Gewissen. Ich habe wiederholt betont, daß das Werk von Proust fern ist von jeder nützlichen Absicht, und als Romanwerk ist es auch ohne Methode. Ein Vergleich mit dem konventionellen Roman, wie er im 19. Jahrhundert ausgebildet worden ist und heute, äußerst mühselig, weiter gepflegt wird, stellt es direkt ins Zentrum unserer Betrachtung. Ich folge für das Schema des konventionellen Romans einer Darstellung von Paul Valéry, weil es umfassender, kürzer und präziser nicht gegeben werden kann. Allerdings hatte ich bei meinen Aufzeichnungen seinen Text nicht zur Hand, meine Wiedergabe ist also aus dem Gedächtnis notiert, aber im Wesentlichen genau. Der Roman als literarisches Genre, sagt Valéry, ist aus einem besonderen Gebrauch des Erzählers geboren. Es werden uns ein oder mehrere Leben von Personen mitgeteilt, in Ort und Zeit fixiert, in Einzelheiten durch einen Hauch von Kausalität mehr oder weniger genau verbunden. Der Erzähler reizt eine allgemeine Erwartung in uns an und hält sie wach, welche unserer Erwartung realen Ereignissen gegenüber entspricht: indem er ihre täglichen Abfolgen oder ihren bizarren Ablauf nachahmt. Das Universum des Romans, selbst des phantastischen, ist an die reale Welt gebunden. Die Ähnlichkeit, »Leben und Wahrheit«, hängt an der ständigen Einführung von Beobachtungen, also von wiedererkennbaren Elementen. Eine ununterbrochene Reihe von Details aus der Wirklichkeit verbindet die wirkliche Existenz des Lesers mit den eingebildeten Existenzen der Personen des Romans; diese nehmen so oft eine Lebendigkeit an, die sie in unserem Denken echten Personen vergleichbar macht. Wir leihen ihnen an Menschlichem alles, was an uns selbst ist. Im Roman ist aber die Beachtung eines einzigen Gesetzes eine unerläßliche Notwendigkeit, von ihr hängt der Roman ab: daß die Abfolge der Ereignisse uns zu einem Ende hin mitreißt, ja uns selbst hindrängt. Dies Ende kann die Illusion sein, selbst ein Abenteuer erlebt zu haben oder auch die genaue Kenntnis erfundener Individuen. Die Beschreibungen in einem Roman sind einzeln für sich null und nichtig, man kann sie ohne Schaden verändern und abwandeln oder austauschen; erst im Zusammenhang erzeugen sie leidenschaftliche Anteilnahme und Lebensnähe. Man könnte, bemerkt Valéry hier, daraus zu Schlüssen auf das Leben kommen, daß es aus einer Summe von realen Dingen bestehe, die einzeln entweder unwichtig oder sogar eingebildet sind. Der Roman benutzt alles, was unser Gedächtnis beschwört, wenn es eine Zeit, die wir erlebt haben, in geordneter Entwicklung wieder abrollen läßt: Porträts, Landschaften, Psychologie, jede Art von Gedanken, alle Arten von Kenntnissen.

Und nun das Werk von Proust: – Darin ist die Abfolge von realen Vorgängen ständig unterbrochen, statt Kontinuität werden andere Verbindungsketten in völlig andere Dimensionen verfolgt, so wie sie der Prozeß des Erinnerns, wenn man diesem folgt, mitbringt. Proust entdeckte, daß wir auf kleinstem Abschnitt in unserem Leben ein Unendliches an Tätigkeit, Ereignissen und Lebendigkeit nicht wahrhaben wollen. Wir schreiten in unserer Existenz, wie schon wiederholt gesagt, fortwährend voran, um nur ja den Ereignissen und Ansprüchen um uns Rechnung zu tragen. Wenn wir darin nur einen Moment anhalten, stellt jeder in sich, in seinem Bewußtsein, ein Leben fest, das sich ständig selbst schafft und das unerschöpflich ist; und das wir, um nur in unserer Existenz weiter zu kommen und den Ereignissen Rechnung zu tragen, vernachlässigen. In unserem unbeachteten Innern sind wir Gedanken, Empfindungen und unwillkürlichen Erinnerungen ausgesetzt, die einander fortlaufend ablösen, eines im anderen sich entwickeln, unaufhörlich Perspektiven eröffnen und die jedes in seinem Raum im Nu auftauchen und sich verknüpfen. In jedem Augenblick entstehen andere Leben, andere Helden und andere Ungeheuer, werden Theorien skizziert, beginnen Gedichte. Bis zu Proust hatte kein Schriftsteller diese Quellen benutzt, sich seines ganzen Daseins – und dazu gehört auch das von Proust entdeckte – als eines Ganzen bedient.

»Auf der Suche nach der verlorenen Zeit« – nannte Proust sein Werk. Was meint er mit »verlorene Zeit«? Gewiß nicht, was wir mit unserer Redensart meinen, wenn wir sagen: »Zeit verloren und vertan«: also das Versäumte. Da Prousts Werk wesentlich aus Erinnerung besteht, könnte man auf den Gedanken kommen, die Vergangenheit wäre gemeint. Die Menschen jeder Gegenwart, und besonders wir heute, neigen dazu, die Vergangenheit schöner zu finden, vor allem aber die, in welche unser Leben schon nicht mehr zurückreicht. In dieser Neigung klingt ganz entfernt etwas von dem an, was Proust vorschwebte. Aber »die gute alte Zeit« ist keineswegs das, wonach das Ich in Prousts Werk auf der Suche ist. Näher sind wir dem Sinn, wenn wir von unserer verstorbenen Mutter sagen, daß wir sie »verloren«. Die Toten sind ein Element der »verlorenen Zeit«. Aber ebenso die Träume und die Welt unseres Schlafes. Ebenso ein Musikstück, ein Gedicht, überhaupt Kunstwerke. Am nächsten sind wir dem Begriff, wenn vom »verlorenen Paradies« gesprochen wird; aber das schließt den Stand der Unschuld ein, und davon sind wir im Werk von Proust denkbar weit entfernt. Das ganze umfangreiche Werk ist ständiges Sicherinnern, ein ununterbrochenes Eingedenksein. Proust spricht von einer »unwillkürlichen Erinnerung« und setzt den Prozeß, der in seinem Werk wirksam ist, damit ab von der »willkürlichen Erinnerung«. Auch andere Autoren haben »Erinnerungen« geschrieben. Sie haben zurückgedacht in ihrem Leben, gesucht, was ihr Gedächtnis bewahrte; es war unvollständig, je nach der Kraft und Weite ihres Gedächtnisses, sie haben die Einzelheiten, die sie fanden, intelligent und nach einem Bilde, das sie sich machten, ergänzt und untereinander verknüpft. Sie sind auf das beschränkt, was ihr Gedächtnis ihnen in Bereitschaft hält; im übrigen bemühen sie ihre Intelligenz. Diese »willkürlichen Erinnerungen« benennt Proust »ärmlich«. Die unwillkürliche Erinnerung beruht nicht auf einem

Willensakt, sie wird geweckt durch irgendeinen realen Gegenstand. Dieser Gegenstand – daß wir auf ihn stoßen, ist eine Sache des Zufalls oder einer Begabung, die man pflegen kann – ruft im Gedächtnis einen ganzen Erlebniskomplex der Vergangenheit herauf, an dem wieder andere aus anderen Zeiten oder in anderen Milieus hängen, er setzt einen geistigen Prozeß in Bewegung, und dieser Prozeß wird in Prousts Darstellung wiederholt. Mit all seinen Aspekten und Facetten, Varianten und Oscillationen reicht er über den Bereich des individuellen Erlebens hinaus: bis hin in die Gründe, aus denen die individuelle Existenz Leben und Kraft zieht. Ansatzpunkt, Veranlassung sind immer reale Sujets, reale Erscheinungen, reale Vorgänge und Zeremoniells des realen Lebens. Sie werden von Proust oft weitschweifig und mit vielen Worten aus allen möglichen Details zunächst aufgebaut und danach in ein differenziertes und kompliziertes Gewebe geistiger Vorgänge getaucht; das Verhalten des Autors ist fast das eines wissenschaftlichen Beobachters. Auf die Weise erscheinen Vorgänge, die wir genau zu kennen glaubten, so daß wir nur noch konventionelle Anschauungen davon hatten, als etwas ganz anderes, aber merkwürdigerweise als etwas, das uns, nun es gezeigt wird, doch auch bekannt ist. Proust zerstört jede gewohnte Betrachtung und vor allem jede Illusion über uns selbst, die Bildnisse, die wir von uns selbst und unseren Eigenschaften machten. Dazu zieht er nicht nur unser Leben in der Vergangenheit, sondern selbst noch das unbewußte ins gegenwärtige Erleben hinein. Das ist wie der Schöpfungszustand. Nicht Gegenwart *und* Vergangenheit; die Vergangenheit von der Gegenwart aus gesehen, sondern ein ständiges Hängen, ein ständiges Unterwegssein zwischen Gegenwart und Vergangenheit. Zeit erscheint in diesem Erlebnis nicht geteilt in Vergangenheit, Gegenwart und Zukunft, sondern sie ist ein Ganzes. Und das nicht in Form einer Philosophie über die Zeit, sondern Zeit ist in den Texten von Proust *die* Realität.

Im November 1913, kurz nach der Veröffentlichung von »Du côté de chez Swann« schrieb Proust über sein Buch an René

Blume: »Es ist ein äußerst wirkliches Buch, aber gewissermaßen, um die *unwillkürliche Erinnerung* nachzuahmen ..., getragen von einer Garbe, einem Stengel von Erinnerungen. So ist ein Teil des Buches ein Teil meines Lebens, das ich vergessen hatte, und das ich auf einmal wiederfinde, indem ich einen Bissen eines Bröselkuchens verzehre, den ich in Tee getunkt habe, ein Geschmack, der mich verzückt, ehe ich noch erkannte und festgestellt habe, daß es derselbe ist, den ich einstmals jeden Morgen geschmeckt hatte; sofort ersteht mein ganzen Leben von damals, und da sind – wie in dem japanischen Spiel, wo kleine Papierstücke, die man in einer Schale mit Wasser hat aufgehen lassen, zu Personen, Blumen etc. werden – alle Leute und Gärten jener Zeit meines Lebens aus einer Tasse Tee hervorgegangen. Ein anderer Teil des Buches ersteht aus den Eindrücken, die man beim Aufwachen hat, wenn man nicht weiß, wo man ist, und glaubt, daß es zwei Jahre früher und daß man in einem anderen Lande sei. Aber das alles ist nur der Stengel des Buches. Und das, was der trägt, ist wirklich, voll Leidenschaft, sehr verschieden von dem, was Sie von mir kennen und ... verdient nicht mehr die Bezeichnungen ›zart‹ und ›fein‹, sondern die von etwas Lebendigem und Wahrem.«

Und in einem anderen Brief aus dem Jahr 1912 an die Fürstin Bibesco schreibt Proust zur Deutung seines Buches: »Nichts ist mir fremder, als in der unmittelbaren Empfindung selbst oder gar in der stofflichen Verwirklichung der Gegenwart das Glück zu suchen. Eine Empfindung, und mag sie noch so uneigennützig sein, ein Geruch, eine Helligkeit, *wenn sie Gegenwart sind, befinden sich noch zu sehr im Bereich meiner Bestrebungen und Willkür*, als daß sie mich glücklich machen könnten. Nur wenn sie mich einen anderen, das heißt: an einen *anderen früheren* Gegenstand derselben Empfindung erinnern, wenn ich sie *zwischen Gegenwart und Vergangenheit genieße* (und nicht in der Vergangenheit, was hier unmöglich zu erklären ist), machen sie mich glücklich.« Auf solche Weise erreichte Proust jene »selige Gegend«, wo es im gelang, die Dauer eines mystischen Verlangens aufrecht zu erhalten in seinem Leben.

Außer bei uns sind diese Entdeckungen Prousts inzwischen überall in der europäischen und amerikanischen Literatur wirksam geworden. Weil sie von unseren Schriftstellern noch nicht bemerkt wurden, wird von ihnen noch, wenn sie beispielsweise über die Zeit im Werk Eliots stolperten, von Anfang und Ende als eines erscheinen, eine Philosophie über die Zeit bemüht. Oder es werden von ihnen die noch am Begriff des Charakters für ihre Figuren hängen, Theorien darüber entwickelt, daß eine Person nicht endgültig und einmal fixiertes sein soll, sondern in vielen erscheinen kann; daß ein Mensch in der Tiefe des Zeitenstromes in vielen Gestalten erscheint. Bei uns spricht man vom »atomisierten« Menschen, als wenn dieser äußerliche Vergleich aus der Wissenschaft der Mechanik etwas erklärt.

Als ich vorhin von unserer Angst sprach, die uns im Mechanismus der Gegenwart und der Konvention befällt, erwähnte ich auch unsere Versuche, mit Methode dieser Situation Herr zu werden. Wir alle wissen doch längst, daß uns das nie glücken wird; es macht uns nur ärmer; es führt dazu, daß wir selber in unserem Wesen nur flacher und oberflächlicher werden. Uns kann nur helfen, wenn wir in uns reicher und tiefer und wirklicher werden, indem wir wieder in den schöpferischen Prozeß, der das Leben doch ist, eintauchen. Und darin liegt, ganz allgemein, die Bedeutung von Marcel Proust für uns: daß er einen Weg gezeigt hat, auf dem das möglich ist, Proust lesen: ihn studieren! Wieder und wieder! Denn wie André Gide schrieb: »Während der Lektüre von Proust hat man Prousts Blick auf die Dinge des Lebens, diesen unendlich scharfen und achtsamen Blick. Man bildet sich ein, in sich selbst zu blicken und dort Dinge, die in larvenähnlichem Zustand im Unbewußten lagen, neu hervortreten zu sehen aus dem verworrenen Chaos in eine helle Ordnung; man hat eine Art Hellsichtigkeit für das Wesen des Lebens in den realen Dingen dieses unseres Daseins.« Die Lektüre von Proust kann für uns zu einer Art Theorie für unser Leben sein. Und ich glaube, daß darin das Geheimnis der Faszination liegt, die das Werk von Proust ausübte.

Das wäre in vielen Einzelheiten auszuführen, aber dazu gehörte ein Buch. Ich führe nur noch eine Stelle von Proust an, die deutlicher zeigt, auf welche Weise Proust gewohnt gewordene Erlebnisse von der Gewohnheit frei macht, sie auflichtet und neu füllt. Sie steht im zweiten Teil von »Im Schatten junger Mädchenblüte« im Anschluß an eine Episode auf der Eisenbahnfahrt nach Balbec. Auf einer kleinen Station hält der Zug im frühen Morgen, und aus einem Wärterhäuschen kommt ein Mädchen an den Zug und bietet den Reisenden Milchkaffee an. »Purpurn vom Widerschein des Morgenlichts beschienen«, heißt es da, »war ihr Antlitz rosiger als der Himmel selbst. Ich fühlte bei ihrem Anblick den Durst nach Leben, der jedes Mal dann entsteht, wenn wir in uns das Bewußtsein von Schönheit und Glück erneuern. Wir vergessen immer, daß beide etwas individuelles sind, und ersetzen sie in unserem Geist durch einen konventionellen Typ, den wir aus einer Art von Querschnitt durch die Gesichter gewinnen, die uns gefallen, den Genüssen, die wir an uns erfahren haben, und so erhalten wir nur Abstraktionen, die kraftlos und matt bleiben müssen, da ihnen gerade jenes Charakteristikum einer neuen und von allen bislang uns bekannten unterschiedenen Sache fehlt, jenes Eigentliche der Schönheit und des Glücks. Wir fällen über das Leben ein pessimistisches Urteil, das wir für richtig halten, da wir glauben, auch Glück und Schönheit in Rechnung gestellt zu haben; doch haben wir diese durch Synthesen ersetzt, in denen von beiden keine Spur mehr vorhanden ist. So wähnt ein literarisch Gebildeter von vornherein, wenn man ihm von einem neuen ›schönen‹ Buche spricht, weil er sich darunter einen Absud aus allen schönen Büchern, die er gelesen hat, vorstellt, während ein schönes Buch einzigartig und unvorhersehbar ist, nicht die Quintessenz aller ihm voraus gegangenen Meisterwerke, sondern etwas, was man durch vollkommenes Assimilieren von diesem allen nicht finden kann, denn es liegt außerhalb davon. Sobald dann der eben noch so blasierte Bücherfreund von diesem neuen Werk Kenntnis genommen hat, ist sein Interesse für die Wirklichkeit, die es schildert, erwacht. Ohne Beziehungen zu den Vorstellungen von Schönheit, die ich in Gedanken trug, wenn ich allein mit mir war, verschaffte das schöne Mädchen mir auf der Stelle einen Vorgeschmack eines bestimmten Glücks (die einzige, immer an ein bestimmtes Geschehen gebundene Form, in der wir das Glück kennen lernen können), eines Glücks, das sich verwirklichen ließe, wenn man mit ihr lebte. Aber auch hierin spielte das vorübergehende Aussetzen der Gewohnheit eine große Rolle. Ich ließ dem Milchmädchen zugute kommen, daß ihr mein Wesen ungeteilt mit seiner Fähigkeit, Freuden intensiv zu genießen, gegenüber stand. Gewöhnlich leben wir mit einer äußerst reduzierten Form unsererselbst, die meisten unserer Fähigkeiten wachen gar nicht auf, weil sie sich in dem Bewußtsein zur Ruhe begeben, daß die Gewohnheit schon weiß, was sie zu tun hat, und ihrer nicht bedarf. Aber an diesem Reisemorgen hatten die Unterbrechung der Routine meiner Existenz, der Wechsel von Ort und Stunde ihre Gegenwart zur unerläßlichen Notwendigkeit gemacht. Meine Gewohnheit, seßhaft und auch keine Frühaufsteherin, war einfach noch nicht da, und alle meine Fähigkeiten eilten nun herbei, um sie zu ersetzen; um die Wette strebten sie einer gleichen ungewohnten Höhe zu, alle, von der niedrigsten bis zur edelsten: die Atmung, der Appetit, der Blutkreislauf, doch auch die Empfindungsfähigkeit und die Einbildungskraft.« –

Danach zum Schluß noch eine kleine Retouche an dem *Bild von* Prousts Leben, das ich Ihnen zu Anfang zeichnete. Thornton Wilder läßt in den »Iden des März« Cäsar am Sterbelager Catulls schreiben: »Das Erzbeispiel des schlechthin Unvermeidlichen im Leben ist der Tod«. Dieses Unvermeidliche, der Tod, war im Leben Prousts seit seinem neunten Lebensjahr in seinem Leiden ständig real da. Prousts Werk ist nicht etwa ein heroisches Dennoch. Das wäre eine konventionelle, uns jedoch besonders gemäße Deutung. Das Leiden als ständige reale Gegenwart des Todes in Prousts Leben nährte seine nahezu mystische Leidenschaft für das Reale überhaupt.

Prousts Werk, selbst da, wo es sich mit Traum, Schlaf, Gerüchen, Geistern, Musikwerken, Bildern befaßt, bleibt überall in der Realität. Das Leiden führte ihn dazu, die Zeit in Frage zu stellen; es trägt in seinem Werk die Aufschwünge vom Realen in die letzten Tiefen und Höhen des Lebens, Aufschwünge, welche die Realität nicht einen Moment verlassen. –

»Ich sehe, wie das Weltall in der Zeit,
Die Zeit in Nebelglanz des Weltalls ruht«.

Diesen Vers von Du Fu möchte ich als Motto *zum Bild vom Werk* Marcel Prousts fügen: es enthält seine Essenz, es rundet das Ganze – und es gibt ihm das Licht von Unendlichem, das darauf liegt.

Wozu eine Bibliothek

»Wozu eine Bibliothek?« – man kann es heute als echte Frage und auch als Abwehr äußern hören. (Gemeint ist die private, die Hausbibliothek.) Vor zehn Jahren wäre es gewiß noch nicht laut geworden.

Besonders Buchhändler und Verleger werden sich noch erinnern, daß sie vor 1945, als Sprengbomben und Phosphorbrände in Wohnstätten und Habe wüteten, manchen Verstörten, durch den Verlust der Bibliothek ihrer Haltung vollends beraubt, kaum den Zutritt ins Buchlager verwehren konnten, wenn die Unglücklichen auch im Augenblick keinen Platz wußten, die Bücher aufzustellen, die sie forttrugen. Und ich weiß noch: als es Ende November 1943 um meine Wohnung geschehen war, kreisten Wochen nachher in müßigen Momenten meine Gedanken nur darum, wie ich in der Viertelstunde, die ich an ein aussichtsloses Löschen in der Wohnung unter dem Dach gewandt hatte, statt dessen meine Bibliothek in Laken und Decken hätte zum Fenster hinaus und die fünf Stockwerke hinab befördern können. Meine einzige Entschuldigung für die Unterlassung war damals, daß ich die Bücher nur beschädigt und beschmutzt wiedergefunden hätte. Die Verbrennung schien mir eine säuberliche Bestattung und hat die Bücher vor einem schäbigen Verkommen bewahrt. Es gehört zu einer Bibliothek – das sei hier schon notiert –, daß sie gepflegt und ansehnlich gehalten wird.

Ich schreibe soweit allerdings nur von Menschen, die gewohnt waren, mit Büchern zu leben; im Ganzen eine sehr kleine Gruppe. Für die anderen, die meisten also, waren Bücher, auch wenn sie welche hatten, noch so wenig ein Gegenstand ihrer Welt, daß ihnen die Frage nach einer Bibliothek schon deshalb gar nicht kommen konnte. Seitdem ist darin aber ein Wandel eingetreten.

Lesen ist inzwischen zu einer verbreiteteren, man kann fast sagen zu einer allgemeinen Gewohnheit geworden, die nicht auf Zeitungen und illustrierte Zeitschriften beschränkt ist, sondern auch, dank der Pocketbuch- und anderer billiger Reihen, Bücher in irgendeiner Form einbegreift. Damit ist aber noch keineswegs auch eine Bibliothek ins allgemeine Gesichtsfeld getreten. Das heißt nicht, daß diese Bücher, aus noch so minderwertigem Material sie gemacht sein mögen, allgemein, nachdem man sie zu Ende las, auch weggeworfen oder weitergegeben würden; daran hindert Deutsche vielfach ein sentimental-romantisches Verhältnis zum Buch. Aber ein Bücherregal oder ein Bücherschrank mit noch so viel gelesenen Büchern und den Fachbüchern, die fast jeder Beruf heute verlangt, sind, auch wenn sie eine ganze Zimmerwand füllen, noch keine Bibliothek. Der Sache nach nicht, wie man sehen wird; ich äußere hier nicht bloß eine persönliche Auffassung.

In solchen Betrachtungen könnte jemand bestätigt finden, ich wäre ein Gegner der Pocketbuch-Reihen sowie der letzten Entwicklung im modernen Verlag. So einfach stellen sich mir die Positionen nicht dar. Es ist das Verdienst der Pocketbuch-Reihen, daß Lesen in kurzer Zeit zu einer verbreiteten, ja fast allgemeinen Gewohnheit geworden ist. Sie haben die Zurückhaltung, die verbreitete Scheu vor dem literarischen Buch verringert. Sie haben auch auf die allgemeine Schätzung des Lesens eingewirkt: während früher der Lesende als müßig oder wirklichkeitsfremd angesehen wurde, ist diese geringschätzige Betrachtung heute fast verschwunden. Bücher gelten auch nicht unbedingt mehr als Zeichen von Intellektualismus. Und wenn die Pocketbuch-Reihen auch das Buch schlechthin zu den alltäglichen Gebrauchsutensilien des modernen Menschen gesellten und entsprechend auf Massenverbrauch hinsteuern, wird es immer unter ihren Lesern auch solche geben, in denen die echte Leidenschaft zum Geist sich an ihnen entzündet und für die eine Bibliothek zu einem echten Bedürfnis wird. Aber in den Pocketbuch-Reihen darf nicht die Bibliothek der Armen und der Mittellosen gesehen werden.

Ich mußte in meinen Gedanken all diese Umwege nehmen, um deutlich machen zu können, daß eine Bibliothek gar nichts so Einfaches ist wie eine bloße Büchersammlung oder »viele Bücher« und: was das wirklich ist, eine Bibliothek. Man kann sie nicht definieren oder einfach beschreiben. Und es herrschen viele Mißverständnisse darüber.

Von naiven Besuchern pflegt, wenn man ihnen seine Bibliothek zeigt, stereotyp die Frage zu kommen: »Das haben Sie alles gelesen?« Ihre Frage verrät, wie sie zu Büchern kommen: sie kaufen etwas, worüber viel gesprochen wird oder etwas von einem bekannten Autor, das neu erschienen ist, oder etwas, das man gerade überall sieht, oder etwas über einen Gegenstand, der ihre spezielle Neugier reizt; und vor allem möchten sie immer für den Moment etwas zu lesen haben. Auf ihre Frage angesichts der Bibliothek müßte man ehrlich antworten: »Da ist alles, was ich nicht gelesen habe, oder noch nicht genug, alles, was ich eines Tages gewiß lesen möchte.« Dies Gespräch könnte dann weitergehen: »Und wie können Sie wissen, daß es etwas taugt und daß es etwas für Sie ist, wenn Sie es doch nicht gelesen haben?« Und die einfache Antwort wäre: »Ich *weiß* es«, und eine ausführliche Erklärung dazu: ob noch nicht erlebt worden sei, daß in gewissen Momenten, wenn man in Übereinstimmung mit seinem Leben war und nicht nach außen gerichtet, unversehens, wie durch Fügung, die richtigen Dinge zu einem kamen, einem geradezu zustießen. – So ist es mir jedenfalls mit Büchern nicht selten ergangen, und so kam eine Bibliothek zustande; zugegeben: ich habe mich auch schon geirrt, oder, wahrscheinlich häufiger noch, wenn ich ein Buch endlich auch las, feststellen müssen, daß es für mich inzwischen zu spät dazu geworden war. So viel ist gewiß: ein wichtiger Bestandteil einer Bibliothek ist das Unbekannte in ihr, das eines Tages zu einer Entdeckung wird.

In diese rational nicht zu erklärende Region gehört auch, daß ein Besucher, alleingelassen in einer ihm unbekannten Bibliothek, bestimmt nach einiger Zeit voll Neugier vor den Regalen steht und die Titel studiert. Regale mit Büchern haben eine derartige Anziehungskraft, daß es schwer ist, in der Bibliothek, mit einem guten Bekannten selbst, ein Gespräch über praktische oder persönliche Dinge zu führen, ein Gesprächspartner wird unversehens mitten im Gespräch wie gebannt vor einem der Bücherborde stehen. Über allgemeine geistige Gegenstände läßt sich in der Bibliothek hingegen besonders gut sprechen, die Gespräche sind konzentriert und voll überraschender Einfälle, als wirkte die Ansammlung der Bücher dabei inspirierend. Bei Hermann Hesse werden Besucher in der Bibliothek empfangen; die hohen Bücherwände rundum schaffen von vornherein das Klima für ein Gespräch, auch unvernommen bestimmt ihr Chor die Tonart. Bei überreizter Sensibilität können die Bücher einer Bibliothek durch ihr Vorhandensein bis zur Exaltation aufregen. Stifter pflegte seine Bücher in einem Schrank mit Holztüren zu verschließen. Die Kuriosa können nur andeuten, daß in einer echten Bibliothek ungewöhnliche Kräfte verschlossen sind; Zauber, meinte man im Mittelalter, als versiegelt im Buch die Schlüssel für alle Arten Zauberei gefunden wurden.

Unser Verhältnis zur Bibliothek dürfte kaum durch die Zauber in ihr bestimmt sein, vielmehr stehen wir darin in der direkten Nachfolge des Skeptikers Michel de Montaigne. Ihn nenne ich hier nicht willkürlich oder aus einer persönlichen Vorliebe; seine Bibliothek ist ein klassisches Muster, und was in seinen Essays über die Bibliothek zu lesen steht – über die Einrichtung wie über den Gebrauch – ist klassisch. Montaigne ist, wenn er auch das meiste von Patriziern des alten Rom übernommen hat, der Klassiker der Bibliothek. Damit ist ein billiger Einwand gegen die Bibliothek, den man heute gelegentlich hören kann, gründlich widerlegt: die Bibliothek gehöre zu den Einrichtungen einer bourgeoisen Zeit, des bürgerlichen Jahrhunderts, wie das Klavier und der Flügel, und sei, wie diese durch die Schallplatte oder das Tonband, durch Pocketbuch, Radio und Zeitschrift überholt. Die Einrichtung der Bibliothek Montaignes – in einem Turm, etwas abseits vom Schloß, im dritten Stock, so daß er dort für sich sein konnte – läßt sich, so ideal sie ist, heute nicht wiederholen. Darauf kommt es auch weniger an als auf die Institution und darauf, wie er Gebrauch von ihr machte. »Da blättere ich«, schreibt er, »bald in diesem Buch, ein andermal in einem anderen, ohne Ordnung, ohne Plan und ohne Zusammenhang; bald hänge ich meinen Gedanken nach, bald streiche ich an und diktiere im Auf- und Abgehen meine Träumereien.« Der Eindeutigkeit halber setze ich eine Stelle von einem anderen Klassiker, von Bacon, daneben: »Man lese nicht, um zu widersprechen und zu widerlegen, noch um zu glauben und für gewiß zu halten, noch um Stoff für Gespräche und Unterhaltung zu finden, sondern um zu erwägen und zu überlegen.» – Montaigne erklärt auch, warum er die Bibliothek auf seine Weise benutzt: er setzt, indem er von Autor zu Autor geht, seinen eigenen Geist in Bewegung und übt ihn in den verschiedenen Gangarten der großen Autoren, bis er selbständig und aus sich heraus auf eigenen Wegen geht. Ganz gewiß ist mein Geist, je nachdem, ob ich gerade Paul Valéry, Thomas Mann, T.S. Eliot, Rilke oder Claudel las, auf eine andere Tonart gestimmt, in ein anderes Licht und ein anderes Klima getaucht – und tummelt sich doch durchaus selbständig. Montaigne entnimmt aus den Büchern der Autoren seiner Bibliothek nicht Inhalte, keine Gedanken und Anschauungen, sondern sucht Gespräche mit der illustren Gesellschaft der Autoren, Begegnungen mit ihren Temperamenten, ihren Individualitäten, genießt ihre geistigen Exerzitien mehr als ihr System, studiert ihre Finessen und Aufschwünge. Auf diese Weise weckt er zu seiner zivilen Existenz erst die geistige Dimension und macht sich unabhängig, entwickelt seine Individualität im Universellen. Dazu kann ihm natürlich nicht gerade das dienen, was jedermann liest oder die Rotationspresse alle Tage hervorbringt. In den Essays von Montaigne, besonders aber in seinen frühen Versuchen, kann man genau die Autoren feststellen, in denen er las, aber ebenso – und das ist allein wichtig! – seine Behandlung der Excerpte, damit sie in ihm lebendige Ströme, das geistige Fluidum erzeugen. Kontakte anzulegen zwischen dem Immateriellen und Materiellen der Existenz, einen Stromkreis herzustellen, dazu dient diese klassische Erfindung – die Bibliothek.

Montaigne als Beispiel könnte leicht ein verbreitetes Mißverständnis über die Bibliothek wieder aufleben lassen und stützen: sie wäre eine Einrichtung für Gebildete und eine Angelegenheit der Bildung; als gehörte es zu einer Bibliothek, daß sie die Schriften der Alten und vor allem die alten Klassiker enthielte. Dann wäre allerdings heute eine Bibliothek nicht gut am Platze. Ich selbst habe mich des öfteren damit beschäftigt, für Patenkinder von mir Bibliotheken aufzustellen, das Geschenk für ein Leben, schien mir, und ich habe das ebenso oft wieder aufgegeben, denn ich ertappte mich immer wieder dabei, daß ich die Klassiker unter den Dichtern, Philosophen und Forschern des Abendlandes zusammenstellte, den literarischen Fundus, also die Büchereien von Humanisten plante; gewiß sehr wertvoll an sich, und dennoch etwas Verkehrtes. Diese Fehlversuche haben mich darauf gebracht, daß eine Bibliothek nicht mit den Alten anfängt, sondern bei der Gegenwart, und immer die leidenschaftliche Begegnung mit einer geistigen Figur der eigenen Zeit Keim oder Kern einer Bibliothek ist. Nicht selten ging es dabei zu Anfang um Tod oder Leben. Im Werk von großen Schriftstellern ist das leicht zu verfolgen; man muß dazu jedoch diese Schriftsteller wieder in ihrer Zeit, ja sogar jeweils in einem bestimmten Moment zu ihrer Zeit sehen können, um das richtig zu vollziehen. Dabei stößt man manchmal auf schier unglaubliche Rätsel, wie z. B. daß die »Erleuchtung« Claudels, die christliche wie die dichterische, durch das Werk von Arthur Rimbaud eingeleitet wurde. In der Bibliothek von Thomas Mann haben gewiß Schopenhauer, Nietzsche, Wagner und, aus späterer Zeit, Proust, Gide und Joyce ihren besonderen Platz; es gehört nicht viel dazu, das festzustellen. Am Beginn seiner geistigen Existenz steht aber Schopenhauer. Ein alter Autor also? Eine Figur aus dem Bildungsfundus des bürgerlichen Jahrhunderts? Das ist Schopenhauer erst in der heutigen Perspektive. Um die Jahrhundertwende war er ein erregend moderner Autor. In diesem Aspekt muß man den jungen Thomas Mann, den Jüngling aus der niedergehenden hanseatischen Senatorenfamilie sehen, und die Buddenbrooks erscheinen als das Produkt einer bis zur Krankheit gesteigerten persönlichen Krise, die an der Begegnung mit Schopenhauer ins Geistige transformiert wurde. Hinter einer Zeiterscheinung, dem Untergang einer Kaufmannsfamilie, steigt eine ganze Welt mit ihrer Weite, ihrem Alter und ihrer Gefährdung ins Sichtbare auf.

In den letzten Jahren habe ich mich oft bestürzt gefragt, was es gewesen ist, das mich davor bewahrt hat, zwischen 1930 und 1940 auch in den deutschen Sumpf zu geraten. Es gibt darauf eine sehr einfache und primitive Antwort, die ich auch wiederholt geäußert habe: das Vorbild meines gläubigen Vaters, das ich in kritischen Momenten befragte. Gültiger ist eine andere Antwort: meine Bibliothek – und zwar die Begegnung mit modernen freien Geistern aus allen Ländern: mit Amerikanern, Chinesen, Engländern, Franzosen, Italienern, Indern, Niederländern, Spaniern, Russen aller Anschauungen – in meiner Bibliothek; Begegnungen, wie ich sie auf Reisen kaum gehabt hätte. Und wer in den Versuchungen jener Zeit stand, erinnere sich wieder, welche Bedeutung Bücher, im geheimen weitergenannt und auch weitergereicht, für seine Standhaftigkeit hatten.

Die Aufgabe der Literatur

Ich weiß nicht, warum man mich, den Verleger, berufen hat, zu Ihnen über die Aufgabe der Literatur zu sprechen. Wahrscheinlich, weil ich Bücher mache. Bücher werden für das Lesen und Studieren gemacht, und noch so viele Bücher sind noch keine Literatur. Vielleicht hat man gedacht, da ich literarische Bücher verbreite – Gedichte, Dramen, Romane, Erzählungen, Essays – müßte ich, um die Manuskripte auswählen zu können, die veröffentlicht werden sollten, wissen, welche Aufgabe der Literatur gestellt ist. Dazu ist zu sagen, daß der Literatur ganz verschiedene Aufgaben zugeschrieben werden, je nachdem, wer über sie nachdenkt: der Politiker, der Lehrer, der Philosoph, die Dame der Gesellschaft, der Jüngling. – Das legt die Frage nahe: Wer stellt allgemein der Literatur die Aufgabe? Wenn man von den Dichtern absieht, die unter sich und jeder für sich ihre eigene Auffassung darüber haben, muß gesagt werden: einmal die jeweilige Gesellschaft – in meiner Jugend, als es noch eine nach Klassen gegliederte Gesellschaft gab, war das eindeutig die gebildete Gesellschaft – heute, wo die Gliederung der Gesellschaft mehrfach durch schwere Ereignisse überflutet und umgeschichtet worden ist, ist die Gesellschaftsschicht nicht mehr eindeutig zu erkennen. Ja – und dann ist es die Literatur, die der Literatur die Aufgaben stellt. Das ist kein Wortwitz. Die Dichtungen aus allen Zeiten eines Volkes bilden zusammen seine Literatur. Wenn ein neuer originaler Dichter dazukommt, pflegt er zuerst durchweg völligem Unverständnis zu begegnen, wenn es nicht gar Skandale gibt, wie z. B. beim Auftreten Gerhart Hauptmanns oder später Bertolt Brechts. In der weiteren Entwicklung stellt sich jedoch heraus, daß das Skandalöse durchaus in der großen Linie der Literatur lag, diese bestätigt und durch sie bestätigt wird. Das liegt nicht allein an einer Entwicklung der neuen Dichter, sondern die Literatur hat sich weiter entfaltet, ohne dabei etwas von sich preiszugeben.

Warum Literatur? – Diese radikale Frage taucht in unserer kommerzialisierten und technisierten Zivilisation nicht selten auf. Nicht bei den Industrieingenieuren, Wirtschaftlern, Gewerkschaftlern oder Politikern, wie man bei deren Ferne von aller Literatur annehmen könnte. Für sie ist es selbstverständlich, daß Dichtung, wenn sie auch in ihrem persönlichen Leben keinen Platz hat, eine bedeutende Erscheinung im allgemeinen kulturellen Leben ist – und in diesem sehen sie alle Verpflichtungen gegen das Ideale außerhalb ihres Werktags und ihrer materiellen Existenz erfüllt. Nein, die radikale Frage: Warum Literatur? – ist gerade bei Dichtern aufgetaucht. Von zweien will ich berichten, weil sie Exponenten von zwei Extremen sind. Sie haben mit ihrem Leben darum gerungen. Leo Tolstoi hatte die beiden gewaltigen Romane »Krieg und Frieden« und »Anna Karenina« geschrieben, gewiß die größten Romane und literarischen Kunstwerke der europäischen Literatur des 19. Jahrhunderts, Romane, die dauern werden, solange die europäische Literatur bestehen wird. Und danach hatte Tolstoi entdeckt, daß seine Romane nur für eine bestimmte Gesellschaft in Moskau und Petersburg galten. Diese Gesellschaft, zu der er gehörte, war, wie ihn das Leben mit Bauern und Leibeigenen auf seinem Gut inzwischen lehrte, nicht die beste und keineswegs repräsentativ für Menschlichkeit. Und das Schreiben von Romanen für sie erschien ihm leichtfertige Tändelei und eine Frivolität angesichts der Nöte und vor der ehrlichen Menschlichkeit einer großen Schicht des Volkes, die für die Literatur im Dunklen lebte. Das Christentum, konkret genommen, machte ihm die Gesellschaftsordnung fragwürdig. Die Aufklärung seiner Gutsbauern sowie der Gesellschaft wurde für ihn die Gewissensfrage. Er wandte fortan sein ganzes Können, seine ganze Genialität und die gewaltige Leidenschaft seines Naturells an die Übersetzung der Evangelien, an Volkserzählungen und an Aufklärungsschriften für die Bauern und für seine Gesellschaftsklasse. Humanität und Aufklärung: die beiden Begriffe wurden für ihn nahezu identisch. Für Tolstoi war die Literatur durch die Gesellschaftsordnung, deren Gefüge im Sozialismus ins Wanken geriet, in Frage gestellt.

Ein Exponent von einem anderen Ende, der sich die radikale Frage stellte: Warum Literatur? – ist der große französische Dichter Paul Claudel. Er starb erst vor zwei Jahren. Unsere Theater spielten einige Stücke von ihm, vor allem den »Seidenen Schuh«. Ihm stellte sich die Gewissensfrage angesichts der Freigeistigkeit der modernen Literaten, vor dem Nur-Ästhetischen. Claudels Wandlung geschah durch ein religiöses Erlebnis. Von einem bestimmten Augenblick seines Lebens an war in seinen Augen nur der gläubige Katholik ein vollkommener Mensch. Danach herrschte in seinem Werk nur eine Tendenz: die Preisung der Welt zu Ehren der Katholizität. Und sein Alterswerk besteht vorwiegend in Auslegungen von Bibeltexten. Da hinein legte er seine mächtige Bild- und Wortgewalt. Die beiden Beispiele – Tolstoi und Claudel – zeigen, daß die Literatur einerseits durch das aufgelockerte Gefüge der menschlichen Gesellschaft, andererseits durch Gefährdungen der geistigen Hierarchie zu Beginn der modernen Welt in Frage gestellt wurden. Idealität und Diabolik in der herkömmlichen Dichtung und in einer veränderten Welt: aus diesem Spannungsfeld sollte einer modernen Literatur ihre Aufgabe erwachsen.

Und nun will ich von meinen Erfahrungen mit der modernen Literatur berichten, Erfahrungen eines Lesers und Liebhabers. Es hat eine Zeit gegeben, in der auch mir die Literatur fragwürdig geworden ist: zu Anfang der Nazi-Zeit. Warum hatten die Dichter der vorangegangenen Zeit, die ich gelesen hatte, das Kommende nicht angezeigt und die Gesellschaft, in deren Mitte sie lebten, darauf vorbereitet. Ich war also von der Vorstellung beherrscht, die Aufgabe der Dichter angesichts der Gefahr, die unser Land bedrohte, wäre die der alten Propheten der Bibel gewesen. Und immerhin hatten doch Dichter wie Gerhart Hauptmann, Thomas Mann, Rainer Maria Rilke, Stefan George, Hugo von Hofmannsthal, Hermann Hesse, Franz Kafka und andere geschrieben. Gewiß, George hatte tatsächlich Warnungen und Tafeln aufgerichtet. Wir hatten auch in Kreisen darüber diskutiert, aber es waren mehr seine völkerpädagogischen Perspektiven, sein Begriff einer Elite und sein Formales gewesen, was uns beschäftigte. In der Rückerinnerung meinte ich auch in Rilkes »Malte Laurids Brigge« die Andeutungen einer Welt erlebt zu haben, die sich im Geist selbst aufgegeben hatte. Dieses späte Licht über einer totalen Einsamkeit! Ich hatte nicht von den Dichtern erwartet, sie hätten aufhalten sollen, was die Politik uns bereitete. Aber sie hätten voraus, meinte ich, das Erlebnis des Kommenden in unsere Sicht rücken sollen. Dichter sind machtlos, wenn Krieg ist, hat Hermann Hesse oft bekannt. Das war eine seltene Einsicht, indes andere Dichter noch im Kriege auf ihre Geltung bedacht waren. Viel später, erst nach 1945, erkannte ich, daß beispielsweise im Werke Kafkas, das ich in den zwanziger Jahren vollständig gelesen hatte, viele der Qualen, die in den dreißiger und vierziger Jahren erlebt werden sollten, schon Ereignis gewesen waren. Und nicht allein im Werke Kafkas. Und da mußte ich eingestehen, daß es Dichtung war, was mich auf das Bestehen der furchtbaren Zeit vorbereitet und in Augenblicken auch direkt, manchmal mit einem Wort, hatte bestehen lassen. Mir nicht bewußt, hatte die Literatur meinen Geist – nein, nicht gestählt, aber – durchtränkt. Aber bei der Lektüre hatte ich in den Dichtungen weder die Wahrheit noch die Wirklichkeit erkannt. Das lag zum Teil daran, daß in der Literatur damals – wie übrigens heute wieder! – die Wirkungsmöglichkeiten des Stilistischen besonders kultiviert wurden. So alt unsere Sprache ist, der Nachdruck in der modernen Dichtung liegt auf dem Stilistischen und dem Besonderen der Form. Außerdem waren die allgemeinen Erwartungen vor der Dichtung noch immer darauf gerichtet gewesen, sie könne allgemein die Verhältnisse der Zeit im großen Ganzen verändern. Eine derartige Erwartung war niemals gerechtfertigt, am wenigsten aber vor der modernen Dichtung.

Inzwischen ist das allgemeine Bild vom Menschen in der Wirklichkeit ein anderes geworden. Zu unserer Zeit wurden einige grundlegende Erfahrungen in bezug auf den Menschen gemacht. Daß die Menschheit eine unter den vielen Gattungen der Geschöpfe dieser Erde ist. Und daß sie ständig im Stand der Veränderung ist – was keineswegs heißt: im Fortschritt oder in einer Höherentwicklung, sondern in der brodelnden Wandlung in sich, die gemeinhin Leben bedeutet. Und an der Stelle der allgemeinen Furcht vor der Natur beim frühen Menschen, der nur in einer Formung des Geistes zu begegnen war, steht heute eine kosmische Angst – denn wir erleben, wie keine Generation vor uns, unsere Winzigkeit in einem Kosmos, in dem Katastrophen zu entfesseln in Menschenhand gegeben ist. Und zudem erfuhren wir, daß ein einziger Mensch die Möglichkeiten, gute und schlechte, zu vielen Menschen in sich hat – also die Gefahren, die in der Menschengesellschaft und im einzelnen Menschen angelegt sind. Die Neuheit der modernen Literatur besteht darin, daß ihre Dichter die Wüste der modernen Welt erlebten und darin den Verfall des Menschen, der auch eine geheimnishafte Schönheit hat. Die moderne Literatur wächst in den Randzonen der ständigen Verwandlung, dort wo Auflösung und Umformung geschehen, wo Ende und Anfang ineinander gehen.

Die moderne Gesellschaft probierte indes materielle Formen, mit der Welt und ihren Menschen fertig zu werden, teils mit Liberalismus, teils mit staatlich und wirtschaftlich gelenkter Organisation. Ihre ideellen Mittel sind Erziehung und Kulturpolitik. Ihr gelten die Menschen als Individuen immer weniger. Ein individuelles Leben wird nur noch in einem organisierten Rahmen zugelassen. Kultur wurde zu Kulturbetrieb. Das Leben droht dabei zu veröden.

Wenn man sich heute umblickt, fällt eine allgemeine Unzufriedenheit mit der Entwicklung auf, die Ahnung, es könnte alles anders sein. Bei allen Aufbauerfolgen und allem Fortschritt der Wirtschaft das Gefühl, nicht an der Wirklichkeit zu sein. Hier beginnt die spezielle Aufgabe der Literatur in unserer Zeit. Die Literatur gilt allgemein als ein Glied der Kultur. Kultur ist eine Erscheinung an der Gesellschaft, Ausdrucksform einer kollektiven Gemeinschaft. Die Dichtung aber ist – wie echte Kunst zu jeder Zeit – individueller Ausdruck. Der Dichter dieser Zeit ist ein über sich gebeugter Mensch unter dem Bann einer sensiblen Phantasie. Seine Stimme ist nicht die Stimme des Herzens, aber die Stimme des Individuellen, und sie spricht noch immer nur das Individuum an, das Individuum in seinen Wandlungen. Sie holt für das Individuum in diese Welt auch noch das Transzendente. Wenn der Dichter Brecht ständig betonte, die Welt sei veränderbar und man müsse sie ändern, fügte er stets hinzu, indem man den Menschen ändere. Das ist die große Aufgabe der Dichtung heute. Dazu kann man aber nicht nachdrücklich genug anmerken, daß die Veränderung nicht etwa einzig im Sozialen oder in Richtung eines Sozialismus gedacht sein kann. Das schlechtweg Revolutionäre oder besser: die Richtung auf Künftiges – gehörte immer zu meiner Vorstellung von einem großen Dichter.

Ansprache vor der deutschen Akademie für Sprache und Dichtung

Meine illustren Confrères!

Verzeihen Sie mir, meine Damen und Herren von der Akademie, die fremde Anrede; ich weiß in deutscher Sprache keine, die das gleiche ausdrückt. Vor allem rufen die Laute in mir Bilder wach, die meinen Dank für die Ehrung durch die Deutsche Akademie für Sprache und Dichtung zugleich anschaulich und schwebend feierlich darstellen. Jedenfalls empfinde ich in diesem Moment eine verwirrte Feierlichkeit. Die Verwirrung ist noch ein Nachklang von jenem Moment, als ich von Ihrer Absicht Kunde erhielt. Da ist mir, wie übrigens schon manchmal in meinem Leben, deutlich wieder bewußt geworden, daß es verschiedene Figuren sind, als welche ich mein Leben immer gelebt habe.

Ich will hier nur von zweien sprechen, weil sie die Verwirrung und die Feierlichkeit dieses Momentes in mir angestiftet haben. Die erste Figur ist aus meinem Intellekt, meiner Bildung, meinem Planen, meinem Streben und an den greifbaren Realitäten meines Lebens und dieser Welt herangewachsen. In ihr bin ich, wie ich hier vor Ihnen stehe, der Skeptiker und der Eigensinnige, um sie kurz zu bezeichnen. Sie fügt sich mit einem Lächeln darin, daß mit den Jahren in einer bestimmten Position die Ehrungen wohl kommen. Sie war es auch, die fragte: wer soll geehrt werden? – Der Schriftsteller? Ich bin doch wohl kein Schriftsteller. Gewiß habe ich auch mancherlei geschrieben, allerdings nur, um mit mir selber wieder in Ordnung zu kommen. Es ist alles nur bei Gelegenheit »gesagt« – und nicht im eigentlichen Sinn »geschrieben«. Oder sollte der Verleger geehrt werden? Vielleicht wurde erwogen, daß in einer Akademie für Sprache und Dichtung die Verleger nicht fehlen dürften. Als Verleger bin ich aber zu sehr Einzelgänger, um als Vertreter des Berufsstandes in Betracht zu kommen.

Als diese erste Figur zu keinem rechten Resultat führte, meldete sich mächtig und feierlich die zweite Figur. Sie ist in meiner Kindheit angelegt. Gebildet ist sie aus Traum und Phantasie. In meiner Kinderzeit blickte sie in der Schulbank andächtig zu den Lehrern auf, bewegt von Worten und Bildern der Biblischen Geschichten und Psalmen, der Märchen und Lieder und der Gedichte. Sie saß ehrfürchtig in der Aula des Lehrerseminars unter den Porträtbüsten der Dichter, Philosophen und Pädagogen ringsum an den Wänden. Sie sah einen lebenden Dichter mit Scheu und Verehrung, wartete vor seinem Haus auf sein Erscheinen, hätte aber nie gewagt, sich ihm zu nahen. Später habe ich in Beruf und in Freundschaft mit großen Dichtern zu sprechen gehabt; dabei ist die Figur aus Traum und Phantasie zurückgetreten, aber sie ist doch, wie die erste Figur, in meinem Leben ständig mitgewachsen und ins Leben hineingewachsen. Dort hat sie heute ein Weltall für sich.

Wenn ich jetzt an die Reihe Ihrer Ehrenmitglieder denke, der ich in diesem Moment angeschlossen werde: Thomas Mann, Friedrich Meinecke, Albert Schweitzer, Alfred Weber, Eduard Spranger – dann sind das heute noch für mich Gestirne an einem Himmel über der Erde, auf der unten ich stehe und zu ihnen hinaufsehe. Ich muß in meine andere Figur hinüberwechseln, um sie ansprechen zu können. Vielleicht verstehen Sie nun, weshalb ich Sie, meine Damen und Herren von der Akademie, mit den fremden Lauten als »illustre Confrères« ansprach? –

Es gehört aber auch zu meinem Dank, Ihnen zu sagen, wie sehr es mich freut, daß diese Ehrung mir im Rahmen einer Feier für Wilhelm Lehmann widerfährt. Und nun lassen Sie mich gleich noch von dem, wie mich dünkt, einzigen Recht eines Ehrenmitgliedes Gebrauch machen und ein wenig moralisieren. Es ist mir in meiner Arbeit oft aufgefallen, wie wenig bei uns *ein* Dichter das Werk des anderen wirklich studiert hat und es kennt. Ich denke, zu einer Akademie wie dieser gehörte es, daß ihre Mitglieder trachten, den Ruhm der wenigen Hervorragenden (es waren zu jeder Zeit immer nur wenige) zu begründen, zu mehren und zu verkünden. Das setzt Bemühung und die selbstverständliche Achtung voraus – und das: *vor* allem eigenen Geschmack und jeder Kritik. Besonders wenn die Qualität des Werkes so allgemein anerkannt und schwierig ist wie bei Wilhelm Lehmanns Gedichten.

Ich beschließe meinen Dank an die Akademie mit einer ehrfürchtigen Verbeugung vor Wilhelm Lehmann.

»Die Form des politischen Kampfes regt mich auf«

Bert Brecht und Horst Wessel

An den Bundesminister des Auswärtigen in der Deutschen Bundesrepublik, Herrn Dr. von Brentano, Bonn.

Als ich davon hörte, daß Sie, geehrter Herr Dr. von Brentano, als Außenminister vor dem Bundestag in Bonn die späte Lyrik Bertolt Brechts mit der Lyrik Horst Wessels verglichen haben sollten, kam mir das zuerst unglaubhaft vor. Außer dem Sturmlied der SA sind mir Gedichte von Horst Wessel allerdings nicht bekannt, in mir lebt aber noch die Erinnerung an gemeine Züge in seinem Leben und seiner Erscheinung.

Ich war dennoch beunruhigt; hatte doch kurz vorher Ihr Staatssekretär die auffällige Prägung vom »Aussagewert« von Stücken Brechts und Wedekinds in Umlauf gebracht. Ich bemühte mich um einen authentischen Bericht. Und da lese ich eben in dem Protokoll der Haushaltsdebatte des Bundestages am 9. Mai 1957, daß Sie tatsächlich dem SPD-Abgeordneten Kahn-Ackermann geantwortet haben:

»Sie waren der Meinung, daß Brecht einer der größten Dramatiker der Gegenwart sei. Man mag darüber diskutieren. Aber ich bin wohl der Meinung, daß die späte Lyrik des Herrn Bert Brecht nur mit der Horst Wessels zu vergleichen ist.«

Ich will gern glauben, daß Sie, geehrter Herr Dr. von Brentano, aus der späten Lyrik Brechts nur Lieder für den politischen Gebrauch kennenlernten. In der Auswahlausgabe »Gedichte und Lieder« stehen ein paar der »Buckower Elegien« aus dem Sommer 1953; außerdem sind in der Februar-Nummer der »Akzente«, der Münchner »Zeitschrift für Dichtung«, einige sehr schöne Gedichte aus dem Nachlaß abgedruckt.

Ihre Beurteilung der Gedichte von Brecht hätte man stillschweigend übergangen. Darauf kam es auch Ihnen im Moment gewiß gar nicht an. Sie wollten den Menschen im anderen politischen Lager treffen. Dafür war aber gerade der Vergleich mit dem legendären Helden der Nazis unmöglich. Sie wissen, daß Brecht als Feind der Nazis ins Exil gehen mußte. In den Exiljahren stand im Zentrum seines Lebens, Denkens und Dichtens der Kampf gegen die Nazis und gegen den Krieg der Nazis. Er lebte überall isoliert von den prominenten deutschen Emigranten wegen einer an ihm auffälligen nationalen Gesinnung, die ihn Gedanken an eine Kollektivschuld des deutschen Volkes verwerfen ließ. Er lebte im Exil in jedem Moment bereit, in sein Vaterland zurückzukehren, sobald die Nazis besiegt sein würden.

Zur selben Zeit gingen Sie in Deutschland Ihrem bürgerlichen Beruf nach. Und da stellten Sie nun in einem lapidaren literarischen Urteil den Namen Brechts neben den von Horst Wessel! Da tritt zutage, daß Sie nur darauf zielten, vor einer nicht unterrichteten, leicht zu beeinflussenden Öffentlichkeit Brecht in seiner menschlichen Integrität zu erniedrigen …

Es ist Ihre Form des politischen Kampfes, die mich aufregt. Die allgemeine Verwilderung überall in den Kämpfen von Parteien hat, wo sie bei uns um sich greift, auf lange hinaus noch einen besonderen Akzent. Als Verleger zur Zeit des Dritten Reiches habe ich genügend Erfahrungen gesammelt, wie damals Minister Gegner ihrer Weltanschauung unter den Schriftstellern und Künstlern in demagogischer Form menschlich zu vernichten trachteten …

In der übrigen Welt ist es übrigens so gut wie bei uns bekannt, daß Brecht Marxist war, ein Marxist von eigener, persönlicher Prägung; sie steht trotzdem nicht an, seine Stücke aufzuführen und ihn als Dichter zu feiern. Dazu findet man es überall, außer bei uns, auch nicht nötig, jene fatale Trennung zwischen dem Dichter und Politiker zu machen, um den Dichter ehren zu können …

Wie soll da noch Dichtung gedeihen, wo die Staatsmänner sie

so leichtfertig abtun. Wo aber Dichtung, Kunst und Musik verkümmern, da verkümmert das Volk. Diese Wahrheit kann nicht ernst genug genommen werden.

Mit vorzüglicher Hochachtung!
Peter Suhrkamp

Nachwort

Essays von Peter Suhrkamp unter dem Titel einer von ihm im Dezember 1939 anlässlich des Erscheinens von Ernst Jüngers »Auf den Marmorklippen« und also drei Monate nach Kriegsausbruch publizierten lebensweltlichen Reflexion zu versammeln markiert den Abstand dieses Verlegers zu seinen Kollegen im 20. Jahrhundert, verstehen die sich doch, um zufällig herausgegriffene Beispiele anzuführen, wie Samuel Fischer als erfolgreiche »Entdecker« oder Kurt Wolff als neutraler »Seismograph«, bezeichnet der unmittelbare Nachfolger Siegfried Unseld sein Movens als »ins Gelingen und die Mittel des Gelingens verliebt«. Die Entscheidung für »Über das Verhalten in der Gefahr« rechtfertigt sich aus der Beobachtung, wonach Suhrkamp Risikoüberlegungen gleich mehrmals bemüht, einmal 1956 im Zusammenhang mit eigenen Erfahrungen (»In meinem Leben waltet deutlich ein Naturgesetz: ich fand mich zu jeder Zeit jeweils in die gefahrvollsten Zonen, und dort in die Feuerlinie gestellt, dorthin, wo es rundum einschlug«), ein weiteres Mal in der Charakterisierung des Tuns eines anderen (»Die Hochspannung der äußersten Grenzsituation – der Gefahr – ist bei [Gustaf] Gründgens nicht bloß Stimulans für seine künstlerische Produktivität ... sie liegt in seinem Wesen, und darin tiefer als in einer besonderen Affinität der Nerven«). Hinzu tritt, und das löst den Essay von seiner Situationsbezogenheit: Er ließ ihn gleich zwei Mal nachdrucken (in den *Ausgewählten Schriften zur Zeit- und Geistesgeschichte* 1951 sowie in der Denkschrift für Wilhelm Ahlmann, aus demselben Jahr, den blinden Freund, der sich 1944 erschoss, um der Verhaftung wegen seiner Zugehörigkeit zum Stauffenbergkreis zu entgehen, und dem er ein Denkmal setzte in der Figur des Dr. Violett im Rahmen seiner ab 1942 innerhalb der *Neuen Rundschau* publizierten Feuilletons »Tagebuch des

Zuschauers«). Und schließlich sollte berichtet werden, dass jene, die den Aufsatz kennen, ihn als Ausdruck »echter Menschenbildung« loben, in ihm den besten unter seinen Feuilletons oder gleich aller Essays sehen.

Eine Rezension sucht der Leser in diesem Beitrag zur *Neuen Rundschau* vergeblich, weder finden sich Bezüge auf Thematik und Stil des Jünger'schen Buches, noch werden Urteile, ästhetische oder politische, gefällt.[1] Der Zeitgenosse wird vielmehr eingeübt in eine generalisierte dystopische Situation: Den Gefahren der Vernichtung der physischen und geistigen Existenz kann er nur entgehen durch »Vertrauen ins Leben«, unter Vermeidung der Überbetonung der Willensanstrengung und des Eigensinns. »Da ist eine bestimmte Aufgabe eine heilsame Hilfe. Da können einem auch Geister, die in einer ursprünglichen, klaren Ordnung leben, mit Bildern aus derselben dienen; auch die Besinnung auf Erinnerungen. Man besinnt sich gern auf einen Vers, einen gültigen Gedanken, ein verläßliches Bild, eine hohe Tat« (in diesem Band, S. 157) – kurz: indem er auf Kultur (ein Begriff, den Suhrkamp meidet) als das einzig Rettende zurückgreift. In der condition humaine zumindest des 20. Jahrhunderts gilt die Gleichung: Stoizismus plus Geschichtspessimismus plus verallgemeinerte Skepsis plus Elitarismus = Bedingung aller zum Überleben erforderlichen Kultur. Umgekehrt formuliert: Kunst verfügt letztendlich über Legitimation allein durch die Verhaltensleitung in Gefahrensituationen.

Wo bleibt da der Peter Suhrkamp geradezu als Stereotyp nachgesagte, aus seiner oldenburgischen Abstammung als Bauernsohn hergeleitete Eigensinn? Der soll zum ersten Mal nach über-

1 Über Jüngers 1925 erschienenen Roman *Feuer und Blut* äußerte sich Suhrkamp kritisch: »Erlebnisse, Gefühle und Gedanken werden pathetisch von vielen pathetischen Worten. Der Mensch verschwindet hinter lauter Ausgezeichneten, vor lauter Geltung. Er las einen Abschnitt aus ›Feuer und Blut‹, Gedanken vor der Offensive des Jahres 1918. Gedanken, die damals schon für die meisten undenkbar geworden waren; man möchte sie jetzt für Einbildungen halten.« *Berliner Tageblatt*, 2. Februar 1930.

einstimmender Ansicht der Biographen sich artikuliert haben, als der am 28. März 1891 in Kirchhatten, das erste von sechs Geschwistern, geborene Johann Heinrich Suhrkamp[2] sich weigerte, den elterlichen Hof zu übernehmen, stattdessen eine Volksschullehrerausbildung anstrebte und für diesen Zweck im Anschluss an die Volksschule die Präparanden-Anstalt in Oldenburg besuchte, worauf 1911 die erste Lehrerstelle, 1914 als Externer das Abitur am Bremer Realgymnasium folgte. In einer rückblickenden Bewertung der Jugendbewegung hebt Suhrkamp das Unabhängigkeitsstreben und dessen Voraussetzungen wie Konsequenzen von der individuellen auf die soziale Ebene: »Ich verdanke der Frühzeit der Jugendbewegung, aber nur ihrer Frühzeit, die ich etwa bis zum Ersten Weltkrieg rechne, die Freilegung meiner Eigenständigkeit und das unbedingte Bedürfnis nach Unabhängigkeit, Aufgeschlossenheit für die Weite der Welt und für die Gegenwartskunst in jeder Gestalt, geistige Beweglichkeit und den Sinn für das Humane. Jedoch auch die Lockerung meiner Wurzeln im Heimatboden, eine innere Labilität und viele Leiden, vor allem des Gewissens.« (In diesem Band, S. 319) Der Jugendbewegung verdankt sich also ein Großteil des Eigensinns, den er paradoxerweise als Gegner angemessener Reaktionen in der Gefahr ansieht.

Die Suhrkamp'sche Differenz zum Jugendbewegten: Die Erfahrungen mit Literatur, die ihn zu einem »Einsamen« machen, und die Wertschätzung bäuerlicher Lebensordnung. Was ihn nicht daran hindert, sich 1914 freiwillig zum Kriegsdienst zu melden und in

2 Die Erklärung, die Suhrkamp als Postskriptum Hermann Hesse in einem Brief vom 24. Juli 1948 dafür bietet, warum er von allen als Peter angeredet wird, kann nur als Versuch gelten, die eigene Ironiefähigkeit gegenüber dem ironieresistenten Autor in Anschlag zu bringen. »Erinnern Sie sich nicht: Jan und Hinnerk – an die beiden Oldenburger Komiker? Nachdem sie in den Oldenburger Nachrichten erschienen, fürchteten die alten Suhrkamps, ich könne komisch werden, und riefen mich von da an nur noch ›Peter‹, so kann man zu einem Schwindler für sein Leben werden.«

dieselbe ausweglose Situation wie die Mit-Kombattanten zu geraten. Auf die Fronterlebnisse – die Inkarnation des absolut Sinnlosen – besaßen weder die normalen Kämpfer noch die engagierten Jugendbewegten eine Antwort außer dem stumpfen Weitertun im Soldatenmetier, nämlich dass »ich mit einer Bande in die englischen Gräber einbreche und verstümmele und morde, daß ich allnächtlich zwischen unserem und dem feindlichen Draht liege, lüstern nach dem Gegner«. Bei Suhrkamp ist der Aufstieg in der Hierarchie zwangsläufig, vom Bataillons-Patrouillenführer zum Regiments-Patrouillenführer zum Kompanieführer einer Sturmkompanie, Eisernes Kreuz, Hohenzollern-Orden. Darauf folgte sein Zusammenbruch.

Ein Jahr später erst, im Januar 1919, war Suhrkamp in der Lage, seine pädagogische Laufbahn fortzusetzen: in der Odenwaldschule in Ober-Hambach im Hessischen (1910 gegründet von Edith und Paul Geheeb, die beiden hatten sich in der von Gustav Wyneken 1906 ins Leben gerufenen Freien Schulgemeinde Wickersdorf im Thüringischen kennengelernt). Doch nach fünf Monaten zwangen ihn Nachwehen der Kriegstraumata, sich nach anderen Betätigungsfeldern umzusehen. Die Suche wurde erleichtert durch eine Zuzugsgenehmigung nach München. Von dort stammen seine ersten Gehversuche als Journalist, als Theaterkritiker (zwei seiner Kritiken, »›Mariä Verkündigung‹ von Paul Claudel« und »Kammerspiele«, eröffnen die Auswahl, in diesem Band, S. 11-14). Da derart sporadische Publikationen nicht ausreichen, um den Lebensunterhalt zu sichern, versuchte der Pädagoge zum zweiten Mal sein Glück, diesmal in Wickersdorf (wobei auffällt, dass Suhrkamps Ende seiner ersten Anstellung dort zusammenfällt mit der Eröffnung des sogenannten Eros-Prozesses gegen Wyneken, er hatte zwei seiner Schüler »in völliger Nacktheit umarmt und geküßt«), und, nach dem Intermezzo als Dramaturg und Regisseur in Darmstadt zwischen 1921 und 1925, von 1925 bis 1929 gleich ein drittes Mal. Weitere drei Jahre später kritisierte er aufgrund der eigenen Erlebnisse die Schulgemeinden aufs heftigste, und zwar nicht die

Schüler, sondern die Lehrer der Landerziehungsheime. Mit ihnen hatte er als pädagogischer Leiter von Wickersdorf, er unterrichtete Deutsch und Philosophie, hinreichenden Umgang: »Es waren nicht Schüler, welche diese Philosophie [die Verabsolutierung der jugendlichen Welt im Gegensatz zur Alterswelt als eigenständiger Abschnitt] erfanden, sondern Lehrer. Eben fertig gewordene Doktoren, ihrer Bahn entlaufene Bürgersöhne. Sie waren aus der Reihe und Ordnung, aus ihrem Stand und ihrer Generation gesprungen. In einer ärmeren Zeit wären sie gescheitert.« (In diesem Band, S. 91) Da hatte jemand einen Kampf verloren, den er 1925, nachdem Wyneken aus der Schulleitung von Wickersdorf ausgeschieden war, hoffnungsvoll begonnen hatte, um einem Grundübel der verlorenen Generation zumindest auf einem kleinen Gebiet zu begegnen. Die Jugendlichen waren in ihrer Sozialisation nur solchen Vätern begegnet, deren Liberalismus alles zuließ, und folglich fehlten ihnen Lebensmöglichkeiten, weil die (väterliche) Ordnung und Gesetze fehlten. Solche Jugend ist ein »mit Jammer, Haß, Wut und edler Empörung geladenes Material [...], bereit für jede Revolution« (ebd.). Die Dystopie nimmt Gestalt an.

In Wickersdorf entbrannte die Auseinandersetzung, so die literarischen (Erich Ebermayers Roman »Kampf um Odilienberg«, 1929[3]) und wissenschaftlichen Ansichten, zwischen Wyneken und Suhrkamp 1928 infolge von Meinungsunterschieden zwischen Bewahrern der Vorkriegszeit und Modernisierern (Ebermayer kennzeichnet 1946 Suhrkamp: »obwohl Bauernsohn, ein Stadtmensch, ein Asphaltmensch, ein Großstadt-Intellektueller«, zurückgreifend auf die in der Weimarer Republik gängige Intellektuellenbeschimpfung). Zu seiner Entlassung trug der Suhrkamp'sche Fehler bei, in

3 Im *Berliner Tageblatt*, 5. Dezember 1929, ließ sich Peter Suhrkamp überreden, er war für Insider als einer der beiden Hauptprotagonisten identifizierbar, den Roman, dessen Verfasser als Vorsitzender des Aufsichtsrats auf Seiten Wynekens agierte, zu besprechen: »Mir scheint, dass der Rechtsanwalt Erich Ebermeyer, der im Kampf um die F. S. O. [Wickersdorf] zum Anwalt des Dr. Mahr [des Gegenspielers von P. S.] wurde, als Schriftsteller den Anwaltsmethoden unterlag.«

Wickersdorf die Schauspielerin Anne Kersten fälschlicherweise als seine Frau auszugeben).

1925 hatte Peter Suhrkamp, vor dem als verloren eingestuften Kampf mit den gesellschaftlichen Entwicklungen, kurzzeitig versucht als Journalist in Berlin Fuß zu fassen. Das Unternehmen reüssierte erst im zweiten Anlauf nach 1929, zunächst als freier Mitarbeiter für das *Berliner Tageblatt* sowie bei der *Vossischen Zeitung*, insgesamt, wie die »Bibliographie« nachweist, über 150 Artikel, die sich dem Tagesgeschäft der aktuellen Berichterstattung über das kulturelle Leben widmen, gelegentlich Buchbesprechungen (siehe »Der unbekannte Soldat«, in diesem Band, S. 25), Feuilletons über Schüler, Schule und Lehrer sowie Literarisches. Als Mitarbeiter schließlich mit festem Vertrag, vermittelt durch Elisabeth Hauptmann, arbeitete er zwischen Herbst 1929 und Ende 1932 für die im Hause Ullstein erscheinende Monatszeitschrift *Der Uhu* (benannt nach dem Verlagsemblem). Skripte aus der Zeit als Dozent an der gewerkschaftseigenen Volkshochschule Heinrich Heine Anfang der dreißiger Jahre haben sich nicht überliefert. Suhrkamp publizierte (siehe »Bibliographie«) nicht übermäßig viele Artikel im *Uhu* (z.B. eine eher seichte Erzählung und im Plauderton gehaltene Buchempfehlungen)[4]: Beim heutigen Leser taucht in der Erinnerung jene eine von ihm initiierte Bilderstrecke auf, in der Autofahrer auf typische Gefahrensituationen hin-

4 »Der heutige Leser folgt nur seinem Autor. Bei dieser passiven Art zu lesen sind unter Umständen die besten Bücher langweilig. Wer richtig liest, versteht von einer Sache mehr als der Verfasser, wenn er das Buch zuklappt. Denn richtig liest nur, wer seinen Kopf dabei gebraucht, das setzt Erfahrung und Beobachtung voraus. [...] Eine neue Sammlung kleiner Stücke von Alfred Polgar, ›Bei dieser Gelegenheit‹ (Ernst Rowohlt Verlag) ist, wie jeder Polgarband, besonders geeignet, Anstoß zu geistiger Aktivität zu geben und in die richtige Art zu lesen einzuführen. Er gibt Extrakte von Menschen und Situationen, in witzig pointierten Wendungen. In Formulierungen, die auf Weiterdenken angelegt sind. Man hat den Eindruck, daß Polgar oft selber nicht Herr darüber ist, wohin seine Gedanken weitergehen. Polgars Buch ist allerdings so ausgesprochen literarisch, daß es einen hohen Grad an Empfänglichkeit und literarische Bildung voraussetzt.« (*Uhu*, Dezember 1930)

gewiesen wurden, die Brecht nach einem Unfall einen zweiten Steyr-6-Zylinder verschaffte. Es erwies sich von Vorteil, wenn man sich beim Aufbau einer Position in der Bücherwelt auf Etablierte stützen konnte. Bereits 1919, zu seiner Münchner Zeit, wurde Suhrkamp auf Brecht aufmerksam, »dort traf ich, außer einigen Fuhrleuten, einen Studenten, der zu einer Laute ein paar Balladen sang«; Brecht seinerseits registrierte ihn zum ersten Mal im Juli 1920 bei Hanns Johst in Allmannshausen am Starnberger See: »Es sitzt ein junger, dünnlippiger, kühlironisch blickender Herr herum, Suhrkamp, der, wie J. sagt, sauber ist im Dichterischen. ›Sie mögen ihn nicht.‹« Wie die drei, die derart unterschiedliche Wege einschlugen, Kontakt miteinander hielten, ist unbekannt. Fest steht: Suhrkamp besuchte den Autor Brecht häufiger, gehörte nach dessen Berlin-Umzug zu denen, die parat standen, um in der Presse für seine Sache Partei zu ergreifen, avancierte zum namentlich genannten Miturheber zweier 1931 in den »Versuchen« gedruckter Texte Brechts, sorgte dafür, dass Brecht/Weigel nach dem Reichstagsbrand 1933 sich in Suhrkamps Wohnung versteckten, bevor sie den Zug ins Exil bestiegen – und schließlich schrieb Suhrkamp nach dem Tod Brechts 1956 an Siegfried Kracauer: »Der Tod von Brecht ist für mich der menschlich grösste Verlust seit dem 1944, als mein letzter und liebster Freund in Deutschland [Wilhelm Ahlmann] Selbstmord beging. [...] Ich bin keinem Menschen begegnet von solcher Herzenszartheit und Herzenshöflichkeit.« Vielleicht bilden sich diese Züge erst aus, wenn sie im Anderen auf eine ähnliche Stellung treffen. Bei Peter Suhrkamp waren trotz der stehenden Prognose der Verheerungen im Einzelnen diese Anlagen ausgeprägt – in der Begegnung mit Hermann Hesse und den anschließenden Entwicklungen findet diese Behauptung ihre Bestätigung.

Eine Übung in solchem Verhalten erlaubte das Zeitgeschehen im allgemeinen Verkehr unter den Menschen nur in äußerst restriktivem Maß. Ab dem 1. Januar 1933 amtete Peter Suhrkamp als Herausgeber der *Neuen Rundschau*, im Herbst erfolgte die Berufung zum Vorstandsmitglied der S. Fischer AG, 1934 starb der Verlagsgründer. Als Reaktion auf die Gleichschaltungsmaßnahmen und die Vertreibung der Juden musste Suhrkamp den Kurs der Zeitschrift (mit wechselnden Redakteuren) ändern, ohne ihre Substanz des liberalen, weltoffenen Blattes aufzugeben, auch wenn das eine Aussöhnung mit dem Vorsitzenden der Reichsschrifttumskammer, Hanns Johst (siehe oben), erforderlich zu machen schien: Da machte des Reichskanzlers Geburtstag eine lyrische Verneigung notwendig, aber Thomas Manns Geburtstag wurde auch nicht übergangen, da durfte Rudolf G. Binding »Von der Kraft deutschen Worts als Ausdruck der Nation« schwadronieren (von Thomas Mann als »Kotau vor dem Führer« eingestuft), Hermann Hesse war auf der anderen Seite zwischen 1933 und 1944 mit 40 Beiträgen vertreten. Eine größere Anzahl von Beiträgen als Hesse lieferte nur der Herausgeber: 46 an der Zahl, die sich, wie viele, der »concedo-negro«-Technik bedienen, des Konzedierens der Behauptung im Hauptsatz, bei gleichzeitiger Negation im Nebensatz.

Gleich zu Beginn seiner Tätigkeit war Suhrkamp gezwungen, die Zeitschrift gegen die nationalsozialistische Propaganda zu verteidigen, da nicht nur ihr Überleben, sondern auch das des S. Fischer Verlags in Deutschland auf dem Spiel stand: Suhrkamp hatte sich hervorgewagt und Thomas Manns Essay *Leiden und Größe Wagners* im April 1933 abgedruckt, die Grundlage des in München im Februar 1933 vom Verfasser gehaltenen Vortrags, der ihm einen von Nationalsozialisten initiierten »Protest der Richard-Wagner-Stadt München« wegen angeblicher Verunglimpfung des Komponisten eingetragen hatte. Nachdem der österreichische Komponist Siegmund von Hausegger die Anti-Mann-Kampagne durch einen Angriff auf *Die Neue Rundschau* wegen der Publikation des Textes verstärkt hatte (»Offener Brief an *Die Neue Rundschau*«, *Münchner Neueste Nachrichten*, 6. Mai 1933) und damit der Verlag ins Visier geraten war, der den ersten Band von Manns Joseph-Tetralogie, *Die Geschichte Jaakobs*, publizieren wollte, musste Suhrkamp replizieren, im Ton zurückhaltend, in der Sache eindeutig, die Instrumentalisierung betonend (*Münchner Neueste Nachrichten*, 1. Juni 1933). Der Band erschien im Oktober desselben Jahres.

Die »concedo-negro«-Methode entging Lesern wie Klaus Mann nicht, der sie, nach dem Studium von Suhrkamps Artikel »März 33« (in diesem Band, S. 123-132) als »vertrackte *Geschicklichkeit*« charakterisierte.

Das Verfahren gelangte mit dem »Tagebuch eines Zuschauers« (in diesem Band, S. 159-189) an sein Ende: Ereignisse werden direkt angesprochen und beurteilt, denn Gefahr verlangt: »*Trost* bieten, *Verhaltensweisen* mitteilen, auf die *innere Person* sammeln, die *Gegenwärtigkeit von Vergangenem* lebendig zeigen, den *wirklichen Verhältnissen* die *überzeitliche Wirklichkeit* entgegenstellen, die persönliche menschliche Wirklichkeit in den *Wirkungen unseres Wesens und unseres Tuns für das Gedeihen des Guten in der Welt* nachweisen [...].« (In diesem Band, S. 307). 1944 musste die *Neue Rundschau* das Erscheinen einstellen.

Der Mutterverlag hatte, damit ihm das gleiche Schicksal erspart blieb, ein einschneidendes Manöver zu vollziehen: Da die Pressionen zunahmen, den Verlag zu verkaufen, schied Gottfried Bermann Fischer 1936 aus der S. Fischer AG aus und gründete einen (ersten) Exilverlag in Wien; Teil des Verkaufserlöses machte die Übernahme der Rechte am Werk von 26 Autoren (z.B. Alfred Döblin, Thomas Mann, Arthur Schnitzler, George Bernard Shaw, Carl Zuckmayer) sowie der entsprechenden Lagerbestände aus, was dem verbleibenden Vorstandsmitglied erlaubte, am 18. Dezember 1936 mit 46 Autoren sämtliche Aktien der S. Fischer AG auf die neu gegründete S. Fischer KG zu übertragen, deren Kommanditisten Clemens Abs und Philipp Reemtsma je 100 000 Reichsmark Einlage bereitstellten, Christoph Rathjen 75 000 und Suhrkamp 50 000 RM (sie stammten aus dem Portefeuille seiner vierten Ehefrau Annemarie Seidel), der als persönlich haftender Gesellschafter fungierte. Weitere Umbenennungen folgten aufgrund ministerieller Verfügungen: 1942 in Suhrkamp Verlag vormals S. Fischer, 1943 in Suhrkamp Verlag.

Auf der Liste jener Autoren, deren Rechte ab 1936 vom Bermann-Fischer-Verlag Wien vertreten wurden, fehlte der Name Hermann Hesse, der seit 1903 im Fischer Verlag publizierte und sich zu einer der Umsatzsäulen entwickelte. Diese Tatsache verdankt sich der ersten Begegnung zwischen Autor und neuem Verleger im August 1936 im niedersächsischen Eilsen (in diesem Band, S. 266). Den brieflichen Zeugnissen beider Seiten nach zu urteilen, verwandelte sich Hesse: Die Vorurteile, mit Suhrkamp sei nicht gut auszukommen – sie resultierten aus Erfahrungen mit dem Herausgeber der *Neuen Rundschau*, der den Umgangston unter Journalisten auf Literaten angewandt und z. B. Titeländerungen zur Angelegenheit der Zeitschrift erklärt hatte –, verflüchtigten sich auf der Stelle durch das Gespräch über Literatur; es entstand eine weit über Freundschaft hinausreichende Beziehung. Den Mann, der immer und überall mit Gefahr und großer Not rechnete, drängte es offensichtlich zur Menschenfreundschaft, um die anstehenden Aufgaben zu meistern und sich zugleich Unterstützung zu sichern, und dies nicht in strategischer Absicht, vielmehr aus Aufgeschlossenheit für den anderen, für den Menschen, nicht den Literaten: »Das gilt ohne Übertreibung; sie [die Schriftsteller] haben mich wirklich so intensiv und so viel beschäftigt wie eine Liebe. Und das hat auch nie aufgehört. Damit ist gesagt, daß es die Menschen waren und nicht die berühmten Dichter, die mich immer wieder, bei fast jeder Wiederbegegnung, so betroffen gemacht haben, daß mir der Atem stockte vor Verwunderung, und daß ich selbst ein anderer war, wenn ich mit ihnen zusammen war und noch lange nachher.« (In diesem Band, S. 265). Liebe als Gegenmittel zu den Katastrophen?

Den Kampf gegen die nationalsozialistische Herrschaft nur verlieren zu können, das war Peter Suhrkamp, der darüber hinaus, etwa durch seine Kolumne »Tagebuch des Zuschauers«, in der Wahrnehmung des Propagandaministeriums »selbstmörderisch« agierte, von Anfang an klar. Allerdings durch Nichtbeachtung bodenlos unzutreffender Anschuldigungen eines Gestapo-Agenten zu unterliegen, das musste schmerzen. So wurde er am 13. April 1944 unter der Anklage des Hoch- und Landesverrats verhaftet, es folgte die Odyssee durch das KZ Ravensbrück, das Untersuchungsgefängnis Alt-Moabit, das Gefängnis Lehrter Straße in Berlin sowie das KZ Sachsenhausen; sie endete am 8. Februar 1945 durch die überraschende Entlassung – wer dazu beitrug, ist bis heute nicht eindeutig klar: Arno Breker, Hanns Johst? –, einer Gestalt »mit totenkopfähnlichem Gesicht«.

Die Verhaltensregeln für ein Leben in Gefahr, und dazu rechnen Gefängnissituationen unter nationalsozialistischer Herrschaft allemal, bestehen für Suhrkamp im Einhalten genauer Tagesabläufe – als Bedingung der Bewahrung von Kultur: »Vormittags studierte und schrieb ich. Der Geist mußte immer wieder in eine Situation versetzt werden, in der er sich rühren mußte, gepreßt werden, damit er sich erhitzte und aufschloß, sich verliebte, um alles aufzuopfern. Die Disposition für Liebe mußte dem Geist immer neu abgepreßt werden, denn bei unserer absurden Existenz lagen Haß und Nihilismus näher.« (In diesem Band, S. 238)

Kaum war Peter Suhrkamp halbwegs wiederhergestellt, beantragte und erhielt er als erster deutscher Verleger von der britischen Besatzungsmacht Berlin am 4. Oktober 1945 eine Lizenz als Verleger »unter der Firma Suhrkamp Verlag vormals S. Fischer Verlag, Berlin« – obwohl ein »Gefühl der tiefen Hoffnungslosigkeit als Schatten im Hintergrund will ich dabei nicht ganz verleugnen«. Im ersten Programm erschienen 1946 13 Titel, darunter *Das Glasperlenspiel* von Hermann Hesse in zwei Bänden (Erstauflage 20000 Exemplare) und *Taschenbuch für junge Menschen*, eine von Suhrkamp selbst veranstaltete Beiträgersammlung mit den eigenen Texten »Über das Lesen« sowie »Brief an einen Heimkehrer« (in diesem Band, S. 222 und 233).

Das Nachrichtenblatt der britischen Militärbehörden überliefert die ersten Sätze Peter Suhrkamps bei der Entgegennahme der Verlegerlizenz: »Es ist meine Hoffnung, die Firma im Sinne von Samuel Fischer wiederaufbauen und weiterführen zu können.« Damit kündigte er selbst die nächste Katastrophe an, die Rückkehr von Samuel Fischers Schwiegersohn Gottfried Bermann Fischer, der einen Marshallplan für Bücher forderte. Diese kulminierte darin, dass dem Verleger des Preziosen, der Literatur für die Wenigen, aber die Richtigen, das Betreten der eigenen Verlagsräume untersagt wurde, da der Schwiegersohn verlangte, Suhrkamp solle die Berliner Firma, deren alleiniger Inhaber er war, nach Frankfurt übertragen.

Suhrkamp konnte die Katastrophe spätestens erkennen an der »Zuneigung« von Bermann Fischers Hand zum ersten nach dem Zweiten Weltkrieg erscheinenden Heft der *Neuen Rundschau*, im Juni 1945 zum 70. Geburtstag von Thomas Mann: »Ich blättere die alten Rundschauhefte durch – 1889-1933 –, herausgegeben von S. Fischer. Mit welcher Liebe hing er an dieser Zeitschrift, seiner *Neuen Rundschau*. [...] Er hat es nicht mehr erlebt, wie sie in fremden Händen langsam den Geist, seinen Geist, aufgab.« Der Versuch einer Ausradierung der Lebensleistung Suhrkamps, auf Zeitschrift wie Verlag gleichermaßen gerichtet, wird hier unübersehbar, Suhrkamps Riposte aus dem Jahr 1949, samt der Erklärung seiner Leitlinien für ein Verhalten im »Dritten Reich«, fällt schon resignativ aus: »[E]s mochte auch zur Kennzeichnung der Kluft zwischen hüben und drüben geschrieben sein, die selbst die Wahrnehmung der geschwundenen Erscheinung einer Zeitschrift auf der anderen Seite ausschloß«. (In diesem Band, S. 294)

Die Angelegenheit endete mit einem Vergleich, dem zufolge jene Autoren, die Suhrkamp zwischen 1936 und 1945 vertraglich an sich gebunden hatte, optieren durften, in welchem Verlag sie ihre Bücher weiterhin veröffentlichen wollten. Für Suhrkamp votieren u. a. Bertolt Brecht, Hermann Hesse, Max Frisch, George Bernard Shaw. Und im Hintergrund wirkt eifrig Hermann Hesse, der Suhrkamp mit den Gebrüdern Reinhart bekannt macht, die für die Neugründung 50 000 DM als Einlage bereitstellen, so dass am 1. Juli 1950 die Einzelhandelsfirma Suhrkamp Verlag ins Handelsregister in Frankfurt am Main eingetragen wird. Die ersten Autoren: T. S. Eliot, Max Frisch, Theodor W. Adorno, Walter Benjamin, Bertolt Brecht etc., 1951 wird die Bibliothek Suhrkamp gegründet, und so entfaltet sich der Verlag, als Nischenverlag konzeptioniert.

Nur wenige Tage bevor er aus dem Fischer Verlag ausschied und den eigenen Verlag installierte, unterschrieb Suhrkamp den Vertrag zur Übersetzung von Marcel Prousts *Auf der Suche nach der verlorenen Zeit* (in diesem Band S. 336). Dieses Werk auf Deutsch zu publizieren wurde für ihn im Laufe der Überlegungen geradezu unumgänglich, da es eine neue Literatur, einen neuen Begriff von Literatur bedeutete: »Die literarische Methode Prousts jedoch zielt auf die Zerstörung von Illusionen jeder Art: und im einzelnen Menschen und speziell von Illusionen über das Wesen des Menschen. [...] Er beabsichtigte damit, die Sicht des Lesers auf die Dinge zu verändern: uns ihre ständigen Bewegungen und Veränderungen, ihre unaufhörlichen Vervielfältigungen miterleben zu lassen. [...] In jedem Augenblick entstehen andere Leben, andere Helden und andere Ungeheuer, werden Theorien skizziert, beginnen Gedichte.« (In diesem Band, S. 339 ff.) Damit ist der Prediger dystopischer Zustände zum Umdenken gezwungen: Es kann sein, dass sich alles in neue Formen auflöst, die Gefahr wie die Rettungsmittel Ausgangspunkt für Glücksmomente werden, dass solche Literatur Hoffnung auf ein anderes Leben aufkommen lässt. »Uns kann nur helfen, wenn wir in uns reicher und tiefer und wirklicher werden, indem wir wieder in den schöpferischen Prozeß, der das Leben doch ist, eintauchen. Und darin liegt, ganz allgemein, die Bedeutung von Marcel Proust für uns: daß er einen Weg gezeigt hat, auf dem das möglich ist« (in diesem Band, S. 355).

Für die Propagierung solcher Literatur blieben Peter Suhrkamp von der Vertragsunterschrift bis zu seinem Tod ganze neun Jahre.

Im Berliner Telefonverzeichnis stand hinter der Nummer von Peter Suhrkamp die Berufsbezeichnung »Schriftsteller«. Diese »Figur«

(in diesem Band, S. 372) findet in der vorliegenden Zusammenstellung keine Berücksichtigung, nicht als Ausdruck geringer Wertschätzung des Literaten, vielmehr aus Gründen, die dem Anlass des Bandes geschuldet sind, dem siebzigjährigen Bestehen des Verlags, der seinen Namen trägt: Der Verleger und die Stufen, die ihn zu diesem machten, stehen im Mittelpunkt. Auch was heute schwer nachvollziehbar oder kritikwürdig erscheint, wird mit den vorliegenden Texten dokumentiert. Der geheime wie offensichtliche Sinn: Peter Suhrkamps Tun, seine Haltung in ihren widersprüchlichen Facetten vorzustellen. Eine Annäherung zu ermöglichen, auch wenn die Unmöglichkeit deutlich wird, an die Geheimnisse seiner Person zu rühren.

Orientierung bei der Auswahl boten *Ausgewählte Schriften zur Zeit- und Geistesgeschichte von Peter Suhrkamp* (1951) sowie *Ausgewählte Schriften zur Zeit- und Geistesgeschichte von Peter Suhrkamp II* (1956); sie sind nur als Privatdruck erschienen, an ihrer Zusammenstellung war Suhrkamp beteiligt; *Der Leser. Reden und Aufsätze*. Herausgegeben und mit einem Nachwort versehen von Hermann Kasack (1960).

Darüber hinaus wird die von Helene Ritzerfeld erstellte »Bibliographie der Schriften von Peter Suhrkamp« (in: *Peter Suhrkamp. Zur Biographie eines Verlegers in Daten, Dokumenten und Bildern*, vorgelegt von Siegfried Unseld unter Mitwirkung von Helene Ritzerfeld (1975), S. 235-240) herangezogen. Einige der dort angeführten Manuskripte müssen als verschollen gelten. Zusätzlich wurden zeitgenössische Zeitschriften autopsiert.

In den Drucknachweisen werden die Kontexte der einzelnen Beiträge erläutert.

Dank geht an: Jan Bürger, Claudia Gratz, Reinhard Pabst, Nina Selzer, Andreas Maier.

Raimund Fellinger/Jonathan Landgrebe

Drucknachweise

»›Die Verkündigung‹ von Paul Claudel. Gedanken nach einer Aufführung in den Münchener Kammerspielen«, in: *Das Neue Rheinland. Rheinische Halbmonatsschrift für Politik, Kultur, Kunst und Dichtung*, Heft 4, Dezember 1919. S. 107-110. Die Zeitschriftenredaktion fügt an: »Wir gaben Suhrkamp zu diesen Ausführungen umso lieber das Wort, als die radikale Abkehr von der realistischen Bühne, wie wir sie letzthin vor allem in Berlin (›Tribüne‹-Tell im Staatstheater) erlebten, vielfach als manieriert, als Modelaune angesehen wird, während sie doch eine aus dem Geiste dieses Geschlechts, aus der ethischen Fundierung seiner Kunst sich ergebende Notwendigkeit ist. Die Berliner Versuche bewegen sich auf dem zweiten von Suhrkamp angedeuteten Wege – der idealere scheint uns freilich der erste, doch stellt derart große Anforderungen er an die seelische Differenziertheit des Spielleiters, der Spieler und vor allem – der Zuschauer, daß für unsere Zeit er jedenfalls nicht in Frage kommt.«

»Kammerspiele«, in: *Das Neue Rheinland. Rheinische Halbmonatsschrift für Politik, Kultur, Kunst und Dichtung*, Heft 12, April 1920, S. 365-366.

»Hanns Johst«, in: *Der Zuschauer. Blätter des Neuen Theaters Frankfurt am Main*, Heft 5, 15. Januar 1921, S. 3-7. Hanns Johst, »Der König«, Uraufführung am 9. 10. 1920 an den Münchner Kammerspielen durch Otto Falckenberg.

»Das Theater im Zeitgeist«, in: *Das neue Forum. Darmstädter Blätter für Theater und Kunst*, Heft 7/8, 1. Juni 1923, S. 107-109.

»Der unbekannte Soldat. Ein Kriegsbuch, das noch nicht geschrieben ist«, in: *BT* Nr. 184, April 1929.

»Prozeß gegen 800000 Mark« in: *BZ am Mittag*, 17. Oktober 1930. Die »Dreigroschenoper« hatte Premiere am 31. August 1928 im Schiffbauerdamm-Theater in Berlin: Produzent Ernst Aufricht, Text Bertolt Brecht, Musik Kurt Weill, Regie Erich Engel. Im Mai 1928 schloss der Verlag von Brecht mit Nero-Film einen Verfilmungsvertrag ab, der Brecht und Weill Mitsprache in künstlerischen Belangen einräumte. Nach Beginn der Dreharbeiten (Produktion Seymour Nebenzahl, Buch Leo Lania, Béla Balázs, Ladislaus Vajda, Regie G.W. Pabst, Musik Kurt Weill, frei nach Brecht) reichte Brecht Klage gegen die »Nero-Film« ein, der

Film verletze seine Mitbestimmungsrechte. Brecht unterlag vor Gericht, im Dezember 1930 kam es zu einem Vergleich.

»Kunst und Künstler«, in: Ottoheinz v.d. Gablentz/Carl Mennicke (Hg.), *Deutsche Berufskunde. Ein Querschnitt durch die Berufe und Arbeitskreise der Gegenwart*. Bibliographisches Institut Leipzig, 1930. S. 360-379.

»Musik in der Schule«, in: *Musik und Gesellschaft. Arbeitsblätter für soziale Musikpflege und Musikpolitik*, Heft 1, 1930. S. 5-8.

»Extravagante Engländerinnen. Virginia Woolf – Victoria Sackville-West«, in: *Unterhaltungsblatt der Vossischen Zeitung*, Nr. 12, 12. Januar 1932.

»Die Sezession des Familiensohnes. Eine nachträgliche Betrachtung der Jugendbewegung«, in: *NR* 1932, Heft 1, S. 94-112.

»Söhne ohne Väter und Lehrer. Die Situation der bürgerlichen Jugend«, in: *NR* 1932, Heft 5, S. 681-696.

»Toleranz« (unter dem Pseudonym Bos), in: *NR* 1933, Heft 4 [Chronik der Zeit], S. 571-572.

»März 33«, in: *NR* 1933, Heft 5, S. 706-711. Bei den Wahlen zum Reichstag am 5. März 1933 erreichte die NSDAP mit 43,9 Prozent und einem Stimmengewinn von 5 Millionen vor der SPD (18,3 Prozent) und KPD (12,3 Prozent) eine überwältigende Machtposition, überraschenderweise aber nicht die absolute Mehrheit. Am 23. März 1933 verabschiedete der Reichstag gegen die Stimmen der SPD das Ermächtigungsgesetz.

»›Es werde Deutschland‹«, in: *NR* 1933, Heft 6, S. 850-856. Friedrich Sieburg, *Es werde Deutschland*, Societäts-Verlag Frankfurt am Main, März 1933. Friedrich Sieburg (1893-1964), arbeitete seit 1925 als Auslandskorrespondent für die *Frankfurter Zeitung*, zunächst in Kopenhagen, zwischen 1926 und 1929 in Paris, 1930 bis 1932 in London; bekannt wurde er durch *Gott in Frankreich?*, 1929 publiziert. *»Es werde Deutschland«*, angekündigt in Anlehnung an Hans Grimms erfolgreiches *Volk ohne Raum* als »Volk ohne Zeit«, erlebte nach dem Zweiten Weltkrieg keinen integralen Nachdruck. Im Vorwort zur gleichfalls 1933 erschienenen Ausgabe (*Germany: My Country*) schreibt Sieburg: »I know by my appreciation of German nationalism, I have become a sort of evangelist of the Third Reich. This was neither my wish nor my intention, but, as public opinion, has assigned me this role, I accept it.«

»Ein Heiliger der Weltlichkeit. D.H. Lawrence: Apokalypse«, in: *Literarische Umschau. Beilage zur Vossischen Zeitung*, Nr. 44, 29. Oktober 1933.

»Über den Leser. Für die ›Woche des Deutschen Buches‹«, in: *NR* 1934, Heft 11 [Chronik der Zeit], S. 559 f.

»Wirklichkeit. Einige Feststellungen über Dichtungen«, in: *NR* 1934, Heft 12, S. 697-701.

»Lesen von Bildern«, in: *NR* 1935, Heft 3, S. 336-337.

»Über das Verhalten in der Gefahr«, in: *NR* 1939, Heft 12, S. 417-421.

»Tagebuch des Zuschauers«, 1942, 1943, 12 Folgen in: *NR* Juli 1942 – Winter 1943. *AS* 2, S. 163-252. Teilabdruck. »Suhrkamp machte den NR-Leser in der ›Zuschauer‹-Reihe mit folgenden Personen bekannt: Dr. Violett, von dem es heißt, er wohne in Berlin und betreibe ›irgendeinen Großhandel‹; Freund Hektor, der über gute Beziehungen zu wichtigen Leuten verfügt; Benedikt Günschow, ein junger Soldat; Christoph Ertl, ein junger Lyriker und Filmarchitekt; Reiner Wierz, ein Mann aus dem Kriegsverwaltungsrat; Therese Marie von Hertingen, eine alte Dame, die als Freundin Dr. Violetts vorgestellt wird.« (Falk Schwarz, *Literarisches Zeitgespräch im Dritten Reich, dargestellt an der Zeitschrift ›Neue Rundschau‹*, Frankfurt am Main 1972, Spalte 1351. In der Nachbemerkung zu AS 2 heißt es: »Wir hoffen, daß er Peter Suhrkamp ein wenig Freude macht, sei es auch nur, weil er unter den Namen Dr. Violett ›Freund Hektor‹ die Erinnerung an den ihm unvergeßlichen Wilhelm Ahlmann bewahrt.«

»Goethes Wahlverwandtschaften« (1944), in: *AS 1*, S. 263-296. Dieses Vorwort für eine geplante Ausgabe in der Pantheonreihe wurde 1944 während der politischen Haft geschrieben.

»Geist als tätige Existenz« (1945), MS.

»Über das Lesen«, in: Peter Suhrkamp (Hg.), *Taschenbuch für junge Menschen*, Berlin: Suhrkamp Verlag 1946, S. 7-20.

»Brief an einen Heimkehrer«, in: Peter Suhrkamp (Hg.), *Taschenbuch für junge Menschen*, Berlin: Suhrkamp Verlag 1946, S. 145-174. Unveränderter Separatdruck unter dem Titel *Brief an einen Freund* Suhrkamp Verlag, Frankfurt am Main 1951.

»Nachwort zu diesem Taschenbuch

Als der Plan zu diesem Taschenbuch aufgestellt wurde, befanden sich alle Menschen bei uns in der gleichen Lage: unter ihnen hatte sich die Erde aufgetan, sie hatten den Rand des Abgrunds mit Not erreicht und hielten sich dort an, der Grund unter ihren Füßen bebte noch, in der Luft war noch das Tosen eines Sturmes, vor ihnen lag das heimische Land unkenntlich und uneinsichtig. Generelle Unterschiede bestanden nur noch im persönlichen Geschick: ob ihr Leben schon in der Vergangenheit in sich einen festen Halt hatte – sei es durch das Alter schon gesichert gewesen, sei es durch die Festigkeit der inneren Person gehalten – oder noch nicht Festigkeit in sich hatte, als der Nationalsozialismus mit seiner Politik die Hand auf aller Leben legte, wie bei den meisten zwischen achtzehn und vierzig. Aber diese waren in einem Alter, in dem sie noch Wendungen in ihren Geschicken vom Leben erwarten durften. Sie sind die jungen Menschen dieses Buches. Ihnen zu helfen zu einer Verdichtung der inneren Person, war der Wunsch der Autoren. Die Autoren befanden sich im übrigen mit allen in der gleichen Lage, waren Mitpassagiere auf einem gestrandeten Boot, in ihrer Mitte.

Der Schwund der inneren Person ist das allgemeine Kennzeichen aller Menschen der Gegenwart. Die Verhältnisse, die Meinungen, die Weltanschauung waren wichtiger als das Grundgefüge aus Leib, Seele und Geist. So war der Mensch weder in seinen Reden, noch in seinem Tun, noch in seinem Sein, noch in irgend einer seiner Äußerungen als Ganzes darin. Unter den Dingen seines Lebens gab es nicht die verknüpfende und verdichtende Ordnung, da hakte nicht eins ins andere.

Die Situation der jungen Menschen war darüber hinaus noch durch besondere Erfahrungen bedingt. Sie waren überall bevorzugt und gefördert worden, weil man den Alten mißtraute: in Ämtern, im Heer, im Kulturleben, in der Industrie, in Geschäften. Mit fünfundzwanzig hatten sie Stellungen eingenommen, die sonst Fünfzigjährige innehatten. Ihr Ehrgeiz, ihre Ungeduld zu herrschen, ihr Verlangen nach Geld und Ruhm: alles war ihnen leicht erfüllt worden. Unter der Jugend gab es immer schon jene Gruppe, die mit achtzehn und zwanzig fertige Kaufleute, Bankiers, Lebemänner waren. Nun war sie vorherrschend geworden. Das Schlagwort von der ›heiligen Arbeit‹ war bestimmend gewesen für ihr Leben. Die Zeit hatte es schnell fertiggebracht, sie in ›Männer‹ zu verwandeln. So war ihre Entwicklung ausgefallen, Geschicklichkeit und Fertigkeit waren an die Stelle getreten. Sie hatten auch ihr Leben rein technisch absolviert. Daß die bestimmte Aufgabe, die jedem Alter aufgegeben ist, später im Leben nie nachzuholen ist, das konnten sie nicht wissen.

Die meisten der jungen Menschen waren zuerst in ihrer Haltung zur Politik der Partei zurückhaltend und skeptisch, wenn nicht ablehnend. Bei der Kriegserklärung 1939 gab es nicht wie 1914 Ausbrüche von Entschlossenheit und Begeisterung, es kam zu keinerlei Kundgebungen. Eher schienen die jungen Menschen bedrückt, wenn nicht unwillig. Die Erfolge in der Anfangszeit des Krieges brachten eine langsame Wendung ihrer Stimmung. Nach dem Waffenstillstand mit Frankreich schien der Erfolg des Krieges gewiß, und das mochte sie auch von der Politik überzeugt haben. So wurden sie langsam und von selbst zu einer Anerkennung der Methoden des Nationalsozialismus geleitet, und manche junge Menschen machten mit, die von sich aus nicht dazu veranlagt waren. Gelegentlich konnte es unter ihnen zu Übertrumpfungen kommen. Der Zusammenbruch: die schweren Schlachten, die strapaziösen Rückmärsche, das Standhalten in bedrängten Kesseln, das Überranntwerden, die Gefangennahme und das Gefangenenlager ließen keinen zur Besinnung kommen. Sie kamen erschöpft und als Rekonvaleszenten daraus hervor, eine Besinnung konnte auch da erst langsam einsetzen. Sie fanden sich in dem Trümmerfeld der Heimat nach jahrelangem Leben in Verbänden und Rudeln plötzlich vereinsamt. Die jungen Männer der Besatzung um sie her lebten in äußerster Aktivität, sie aber waren zur Passivität verurteilt. Ihr Leben war voller Bedrückung. Sie zeigten sich mißtrauisch, verschlossen und verstockt.

Bis 1939 hatten diese jungen Menschen nur ein Leben in Mauern gekannt, die übrige Welt war ihnen versperrt gewesen. Danach hatten sie durch ganz Europa stürmen dürfen, aber das Europa, das sie kennenlernten, war in anormalen Verhältnissen. Überall stießen sie in die Auflösung alter und in sich gefährdeter Verhältnisse. Sie hatten zu verwalten, zu erziehen und – unter Umständen – Henkersknechte zu spielen, bevor sie sich unterrichten konnten. Die Welt aber hatte unbegrenzt vor ihnen gelegen. Und nun waren mit einem Schlage die Mauern wieder da, noch realer und noch abschließender als vor dem Kriege. Aus ihrer Ehre war Unehre geworden, aus ihrer Freiheit Gefangenschaft. Die unendlichen Möglichkeiten waren geschmolzen zu einem Nichts an Möglichkeiten. Heimat und Familie waren für sie Fremde geworden. War überall noch Schlachtfeld, so waren sie nicht mehr Krieget darin. Sie, die vorher geführt wurden mit Befehlen für jeden ihrer Schritte und jede ihrer Handlungen, standen von jeder Führung verlassen und sollten nun zu allem Entscheidungen und eigene Initiative bereit haben.

Innere Person, wie sie den Autoren dieses Taschenbuches vorschwebte, ist nicht dasselbe wie Persönlichkeit, das Bildungsideal einer vergangenen Zeit. Es geht dabei nicht um Ausformung und pflegliche Ausbildung der Anlagen des Individuums zu einem harmonischen Menschen, um Erziehung und Entwicklung von individuellen Keimen, und ganz und gar nicht um jene moderne Beflissenheit in der Kultur des Ich oder die Pflege privater

Besonderheiten. Die innere Person ist im Menschen ein fertiges Ganzes, ein innerer Besitz. Sie ermöglicht es, jedes Leben zu führen. Sie ist innere Gesundheit, die den Menschen gegen Unfälle schützt und ihn bei einer Verletzung rasch und leicht wieder herstellt. (›Der Retter rettet sich selbst.‹) In der inneren Person ist der Mensch sich selbst gegeben; und der innere Besitz des Selbst vermittelt, eröffnet und birgt Welt: als Umwelt, als kosmischen Seinszusammenhang, als Menschenwelt. Die innere Person kann verlorengehen. Ihr Verlust bedeutet Unsicherheit im Sein, Mangel an ruhigem und freiem Selbstbewußtsein.

Für die vergangene Zeit war die Unbestimmtheit der Menschen in ihren Zielen charakteristisch. So wie die Regierung sich nicht entschließen konnte, Ziele für ihre Politik und ihre Kriege konkret und endgültig zu setzen, sondern eine Politik der unbegrenzten Möglichkeiten und der unbegrenzten Räume als Tageslosung hatte, so wie man allgemein Hitler und nach und nach jeder seiner Anhänger auch sich selbst Wunder zutraute, wurde das ganze Volk und jeder für sich mehr und mehr vom Traum der unbegrenzten Möglichkeiten ergriffen. Kaum jemand setzte sich in seinem Lebensplan ein endgültiges Ziel, geschweige denn im Beruf. Dazu kam das Bedürfnis der meisten Menschen nach Macht, mit dem allgemeinen Hang zur Weltverbesserung und zur Erziehung des Menschengeschlechts. Im besten Fall stand dahinter, was Idealismus und Romantik als Ziele eingaben: das Beste, das Größte, das Vollkommene! das Ideal der Dilettanten und der Eklektiker. Das Leben, besonders das menschliche Dasein schließt im Werk wie im Sein Vollkommenheit aus. Vernünftigerweise kann das Ziel nur ein Platz sein in der Welt wie sie ist, ein Platz, den die Welt bietet, wie sie zur Zeit ist. Dieser einmal angestrebte begrenzte Platz in der Welt sollte für immer gelten und nicht eine Station sein, um nach weiteren auszuspähen, und so fort und fort. Auf einem Platz sein Leben anbauen, daß es auf ihm gedeihe, von allen Gaben und Kräften gespeist Blüte und Frucht habe; Entfaltung und Veredelung des eigenen Lebens das ist der Weg menschlicher Kultur, Kultur begreift nicht Veränderung und Vergrößerung des Lebensfeldes und nicht Unendlichkeit ein, selbst Größe ist kein gültiger Gesichtspunkt für sie. Aber daß einer in sich dicht und solide gefügt, verläßlich wäre und daß er mit Sorgfalt, Verständnis und Liebe ans Leben der nächsten Gemeinschaft zum Ganzen geknüpft: daß einer ein *Ehrenmann* wäre! das ist das Bild, das einem jungen Menschen vorschweben könnte. In diesem Bild ist ein höchstes Ideal genügend konkret, hinlänglich ideal, im richtigen Bezug zum Ganzen der Gegenwart, deutlich genug und anspruchsvoll genug gezeichnet.

Der Aufbau dieses Taschenbuches dürfte aus seinen Teilen deutlich werden. Nur der erste Teil bringt ältere Aufsätze, die zeigen, daß die Krise in unserer Existenz nicht erst von gestern ist; ihre Autoren könnten noch zu uns gehören. In der Mitte steht das Urbild des Heimkehrers aus Homers Odyssee. Eine Einleitung »Über das Lesen« verweist auf Bildung an Stelle von Erziehung.«

»Plauderei vor den Lesern« (1946), MS.
»Die Krise der europäischen Literatur« (1946), MS.
»Verleger und Leserschaft«, Ausschnitt aus der Rede »Gegenwartsaufgaben des Verlegers« bei der Ausstellung ›Das neue Buch‹, Berlin 1947, in: *AS 1*, S. 130-134.
»Zur Bücherverbrennung am 10. Mai 1933« (1947), in: *AS 1*, S. 142-143.
»Zum 70. Geburtstag Hermann Hesses« (1947), in: Hermann Kasack (Hg.), *Peter Suhrkamp. Der Leser. Reden und Aufsätze*, BS 55, Frankfurt/M.: Suhrkamp Verlag 1960, S. 133-141.
»Der 9. November«, in: *AS 1*, S. 50-54.
»Das Bild des Europäers« (1948), in: Hermann Kasack (Hg.), *Peter Suhrkamp. Der Leser. Reden und Aufsätze*, BS 55, Frankfurt/M.: Suhrkamp Verlag 1960, S. 185-203.
»Die Neue Rundschau« (1948), in: *Die Stockholmer Neue Rundschau*, Berlin, Frankfurt/M.: Suhrkamp 1949. S. 3-16.
»Max Frisch – Begrüßung zum vierten Leseabend« (1950), MS.
»Leben zwischen Trümmern« (1951), in: *AS 1*, S. 122-129.
»Jugendbewegung« (1952), MS.
»Was erwarte ich von der Musikkritik?« (1953), MS.
»Was ist *Molloy*?« (1954), in: *Morgenblatt für Freunde der Literatur*, Nr. 5, 24. Mai 1954.
»Fluch und Segen des Verlegers« (1954), MS.
»Was kann Marcel Proust uns bedeuten?« (1954), MS.
»Wozu eine Bibliothek« (1955), in: *Morgenblatt für Freunde der Literatur*, Nr. 7, 8. Oktober 1955.
»Die Aufgabe der Literatur« (1956), in: Hermann Kasack (Hg.), *Peter Suhrkamp. Der Leser. Reden und Aufsätze*, BS 55, Frankfurt/M.: Suhrkamp Verlag 1960, S. 178-184.
»Ansprache vor der deutschen Akademie für Sprache und Dichtung« (1957), in: Hermann Kasack (Hg.), *Peter Suhrkamp. Der Leser. Reden und Aufsätze*, BS 55, Frankfurt/M.: Suhrkamp Verlag 1960, S. 175-177.

»›Die Form des politischen Kampfes regt mich auf‹. Bert Brecht und Horst Wessel. Offener Brief des Verlegers Peter Suhrkamp an den Bundesaußenminister«, in: *Abendzeitung München*, 23.5.1957.

Siglen

AS 1, Ausgewählte Schriften zur Zeit- und Geistesgeschichte, Band 1, 1951, Privatdruck
AS 2, Ausgewählte Schriften zur Zeit- und Geistesgeschichte, Band 2, 1956, Privatdruck
MS, Manuskripte, die das DLA in Marbach aufbewahrt
NR Neue Rundschau

Bibliographie

»Die Zelle« [Erzählung], in: *Das junge Deutschland*, 1918, Heft 3, S. 63-71.

»›Die Verkündigung‹ von Paul Claudel. Gedanken nach einer Aufführung in den Münchener Kammerspielen«, in: *Das Neue Rheinland. Rheinische Halbmonatsschrift für Politik, Kultur, Kunst und Dichtung*, Heft 4, Dezember 1919, S. 107-110.

»Heinrich Mann und Georg Kaiser in München«, in: *Das Neue Rheinland. Rheinische Halbmonatsschrift für Politik, Kultur, Kunst und Dichtung*, Heft 11, April 1920, S. 335-337.

»Kammerspiele«, in: *Das Neue Rheinland. Rheinische Halbmonatsschrift für Politik, Kultur, Kunst und Dichtung*, Heft 12, April 1920, S. 365-366.

»Literatur«, in: *Die neue Schaubühne*, Heft 10, 1920, S. 257-260.

»Hanns Johst«, in: *Der Zuschauer. Blätter des Neuen Theaters Frankfurt am Main*, Heft 5, 15. Januar 1921, S. 3-7.

»Gegen den Schriftsteller«, in: *Die neue Schaubühne*, Heft 5/6, 1922, S. 119-122.

»Löwenzahn«, in: *Die neue Schaubühne*, Heft 5/6, 1922, S. 125-130.

»Die Mutter. Gleichnis in sechs Bildern«, 1922.

»Komödie«, in: *Das neue Forum. Darmstädter Blätter für Theater und Kunst*, Heft 1, 10. September 1922, S. 10-13.

»Besinnung«, in: *Das neue Forum. Darmstädter Blätter für Theater und Kunst*, Heft 2, 24. September 1922, S. 18-21.

»Das Theater im Zeitgeist«, in: *Das neue Forum. Darmstädter Blätter für Theater und Kunst*, Heft 7/8, 1. Juni 1923, S. 107-109.

»Mama lächelt«. Illustriert von Kerry G. Golman, in: *Das Leben*, Nr. 12 (36), Juni 1926, S. 1241-1244.

»Schülertragödie über Schülertragödie«, in: *BT* Nr. 13, 8. Januar 1929.

»Eine Kleinigkeit«, in: *BT* Nr. 31, 18. Januar 1929.

»Lehrer«, in: *BT* Nr. 50, 30. Januar 1929.

»Schneebruch« [Erzählung], in: *BT* Nr. 114, 8. März 1929, in: *NR* 1936, Heft 2 [Landschaften], S. 157-160, in: *AS 1*, S. 191-197 sowie in: Peter Suhrkamp, *Munderloh. Fünf Erzählungen*, BS 37, Frankfurt/M.: Suhrkamp Verlag 1957, S. 131-141.

»Schüler«, in: *BT* Nr. 126, 15. März 1929.

»Eigentlich nichts« [Erzählung], in: *BT* Nr. 160, 5. April 1929.
»Frühlingswolke«, in: *BT* Nr. 198, 27. April 1929.
»Der unbekannte Soldat. Ein Kriegsbuch, das noch nicht geschrieben ist«, in: *BT* Nr. 184, 19. April 1929.
»Namenlose Botschafter. Mongolische Schüler in Deutschland«, in: *Der Weltspiegel* [Beilage des *BT*], 12. Mai 1929.
»Das Mai-Programm im Kabarett der Komiker« (unter dem Kürzel Sk), in: *BT* Nr. 224, 14. Mai 1929.
»Kabarett ›Larifari‹ im Nelson-Theater« (unter dem Kürzel Sk), in: *BT* Nr. 240, 24. Mai 1929.
»Schule«, in: *BT* Nr. 254, 1. Juni 1929.
»Theater für Kinder«, in: *BT* Nr. 261, 5. Juni 1929.
»Kabarett der Komiker im Juni (unter dem Kürzel Sk), in: *BT* Nr. 265, 7. Juni 1929.
»›Tante Natascha‹, Theater für Kinder. Natalja Satz aus Moskau«, in: *BT* Nr. 273, 12. Juni 1929.
»Leon Poirier: ›Verdun, das Heldentum zweier Völker‹, in: *BT* Nr. 278, 15. Juni 1929.
»Diaghilew-Ballett«, in: *BT* Nr. 289, 21. Juni 1929.
»Rin-Tin-Tins Millionen-Halsband und Die elffache Witwe«, in: *BT* Nr. 340, 21. Juni 1929 [*Lichtspiel-Rundschau*, Sonntagsbeilage = SB].
»Die Arche Noah«, in: *BT* Nr. 352 (SB), 28. Juli 1929.
»Das Kabarett der Jungen im ›Kü-Ka‹« (unter dem Kürzel Sk), in: *BT* Nr. 290, 22. Juni 1929.
»Abbau«, in: *BT* Nr. 307, 2. Juli 1929.
»›Kü-Ka‹-Kabarett im Juli« (unter dem Kürzel Sk), in: *BT* Nr. 325, 12. Juli 1929.
»Abiturienten«, in: *BT* Nr. 339, 20. Juli 1929.
»Die Schmugglerbraut von Mallorca« (unter dem Kürzel Sk), in: *BT* Nr. 364, 7. Beiblatt (SB), 4. August 1929.
»Flucht in die Fremdenlegion«, in: *BT* Nr. 364, 7. Beiblatt (SB), 4. August 1929.
»An einem hellen Nachmittag«, in: *BT* Nr. 387, 17. August 1929.
»Manolescu«, in: *BT* Nr. 400, 9. Beiblatt (SB), 25. August 1929.
»Die Frau im Talar« (unter dem Kürzel Sk), in: *BT* Nr. 400, 9. Beiblatt, 25. August 1929.
»Franz Hessel. Nachfeier«, in: *BT* Nr. 412, 6. Beiblatt, 1. September 1929.
»Die Lupe« (unter dem Kürzel Sk), in: *BT* Nr. 415, 3. September 1929.

»Knaben-Erfahrung«, in: *BT* Nr. 424 (Morgen-Ausgabe), 8. September 1929.
»Bobby, der Benzinjunge« (unter dem Kürzel Sk), in: *BT* Nr. 424, 7. Beiblatt, 8. September 1929.
»Jack London und M. Constantin-Weyer«, in: *BT* Nr. 436, 7. Beiblatt, 15. September 1929.
»Der Ruf des Nordens«, in: *BT* Nr. 436, 10. Beiblatt, 15. September 1929.
»Alibi« (unter dem Kürzel Sk), in: *BT* Nr. 436, 10. Beiblatt, 15. September 1929.
»Der 13. Geschworene« (unter dem Kürzel Sk), in: *BT* Nr. 448, 9. Beiblatt (SB), 22. September 1929.
»Jennys Bummel durch die Männer« (unter dem Kürzel Sk), in: *BT* Nr. 460, 11. Beiblatt (SB), 29. September 1929.
»Mit Amundsen im Luftschiff zum Nordpol«, in: *BT* Nr. 472, 10. Beiblatt (SB), 6. Oktober 1929.
»Pat und Patachon als Kannibalen« (unter dem Kürzel Sk), in: *BT* Nr. 472, 10. Beiblatt (SB), 6. Oktober 1929.
»Alfred Bock. Zum 70. Geburtstag am 14. Oktober«, in: *BT* Nr. 483, 12. Oktober 1929.
»Frühlingsrauschen« (unter dem Kürzel Sk), in: *BT* Nr. 484, 9. Beiblatt (SB), 13. Oktober 1929.
»Rummelplatz der Liebe« (unter dem Kürzel Sk), in: *BT* Nr. 496, 9. Beiblatt, 20. Oktober 1929.
»Kinder-Theater am Schiffbauerdamm« (unter dem Kürzel Sk), in: *BT* Nr. 498, 22. Oktober 1929.
»Ich hab mein Herz im Autobus verloren«, in: *BT* Nr. 508, 9. Beiblatt (SB), 27. Oktober 1929.
»Die Katakombe« (unter dem Kürzel Sk), in: *BT* Nr. 509, 28. Oktober 1929.
»Nordafrika« (unter dem Kürzel Sk), in: *BT* Nr. 520, 9. Beiblatt, 3. November 1929.
»Türkische Matinee« (unter dem Kürzel Sk), in: *BT* Nr. 525, 5. November 1929.
»Entpolitisierung der Jugend?« (unter dem Kürzel Sk), in: *BT* Nr. 526, 6. November 1929.
»Karl Valentin als ›Vorstadtphotograph‹« (unter dem Kürzel Sk), in: *BT* Nr. 526, 6. November 1929.
»Rezitationsabend Ilse Davidsohn« (unter dem Kürzel Sk), in: *BT* Nr. 528, 8. November 1929.

»›Gesammelte Werke‹ Alte und neue Klassiker« (unter dem Kürzel Sk), in: *BT* Nr. 528, 1. Beiblatt, 6. November 1929.
»›Kreuz und Quer‹, Brettlfolge im ›Küka‹«, in: *BT* Nr. 530, 9. November 1929.
»Yvette Guilbert« (unter dem Kürzel Sk), in: *BT* Nr. 533, 11. November 1929.
»Lampels Feme-Roman« (unter dem Kürzel Sk), in: *BT* Nr. 533, 11. November 1929.
»Ludwig Hardt: Vom Humor der Juden« (unter dem Kürzel Sk), in: *BT* Nr. 536, 13. November 1929.
»›Hans Urian geht nach Brot‹. Märchenkomödie bei der Gruppe Junger Schauspieler im Lessing-Theater«, in: *BT* Nr. 539, 14. November 1929.
»Inschallah« (unter dem Kürzel Sk), in: *BT* Nr. 544, 9. Beiblatt (SB), 17. November 1929.
»Kindertheater« (unter dem Kürzel Sk), in: *BT* Nr. 546, 19. November 1929.
»Der Dichter und seine Zeit« (unter dem Kürzel Sk), in: *BT* Nr. 552, 22. November 1929.
»Die Praxis in der Tonfilmherstellung« (unter dem Kürzel Sk), in: *BT* Nr. 555, 9. Beiblatt (SB), 24. November 1929.
»Tausend Wünsche« (unter dem Kürzel Sk), in: *BT* Nr. 556, 25. November 1929.
»Anti« (unter dem Kürzel Sk), in: *BT* Nr. 559, 27. November 1929.
»Vorleseabend des Verlags Kiepenheuer« (unter dem Kürzel Sk), in: *BT* Nr. 565, 30. November 1929.
»Aufzeichnungen des Malers Vlaminck. ›Gefahr voraus‹. Übersetzt von Jürgen Eggebrecht. Deutsche Verlagsanstalt, Stuttgart« (unter dem Kürzel Sk), in: *BT* Nr. 567, 7. Beiblatt, 1. Dezember 1929.
»Der Frosch mit der Maske« (unter dem Kürzel Sk), in: *BT* Nr. 567, 9. Beiblatt, 1. Dezember 1929.
»Fünf Jahre ›Kabarett der Komiker‹« (unter dem Kürzel Sk), in: *BT* Nr. 572, 4. Dezember 1929.
»›Kampf um Odilienberg‹. Erich Ebermayers Roman«, in: *BT* Nr. 573, 5. Dezember 1929.
»Winnetou der rote Gentleman« (unter dem Kürzel Sk), in: *BT* Nr. 577, 7. Dezember 1929.
»Robert Hichens. Der Garten Allahs. Paul Zsolnay Verlag, Wien« (unter dem Kürzel Sk), in: *BT* Nr. 579, 4. Beiblatt, 8. Dezember 1929.

»Fragen der Film-Zensur« (unter dem Kürzel Sk), in: *BT* Nr. 579, 11. Beiblatt (SB), 8. Dezember 1929.
»Auftakt zum Nobel-Fest. Thomas Mann in Berlin. ›Mario und der Zauberer‹« (unter dem Kürzel Sk), in: *BT* Nr. 580, 9. Dezember 1929.
»›Die Katakombe‹ im Dezember« (unter dem Kürzel Sk), in: *BT* Nr. 581, 10. Dezember 1929.
»Schutzverband und Filmzensur« (unter dem Kürzel Sk), in: *BT* Nr. 585, 12. Dezember 1929.
»Dichter-Abend« (unter dem Kürzel Sk), in: *BT* Nr. 589, 14. Dezember 1929.
»Besondere Kennzeichen« (unter dem Kürzel Sk), in: *BT* Nr. 591, 11. Beiblatt (SB), 15. Dezember 1929.
»Schwannecke oder Die Pleite des Geistes« (unter dem Kürzel Sk), in: *BT* Nr. 593, 17. Dezember 1929.
»Aufruf zur Intoleranz« (unter dem Kürzel Sk), in: *BT* Nr. 601, 21. Dezember 1929.
»Ludwig Hardt: Seltsame Begebenheiten« (unter dem Kürzel Sk), in: *BT* Nr. 610, 28. Dezember 1929.
»Das Kabarett ›Alt-Bayern‹« (unter dem Kürzel Sk), in: *BT* Nr. 611, 28. Dezember 1929.
»Kabarett der Komiker« (unter dem Kürzel Sk), in: *BT* Nr. 12, 8. Januar 1930.
»Volkshochschulen in Berlin«, in: *BT* Nr. 15, 9. Januar 1930.
»Kabarett« (unter dem Kürzel Sk), in: *BT* Nr. 16, 10. Januar 1930.
»Ich finde einen, der etwas lernen will.« (unter dem Pseudonym Bos), in: *BT* Nr. 17, 10. Januar 1930.
»Lichtburg« (unter dem Kürzel Sk), in: *BT* Nr. 32, 3. Beiblatt (SB), 19. Januar 1930.
»Romane von Grazia Deledda. ›Der Alte und die Jungen‹, ›Schiffbrüchige im Hafen‹, ›Das Geheimnis‹. J.P. Bachem, Köln. Georg Westermann, Braunschweig« (unter dem Kürzel Sk), in: *BT* Nr. 32, 6. Beiblatt, 19. Januar 1930.
»Goethe und die Antike« (unter dem Kürzel Sk), in: *BT* Nr. 43, 25. Januar 1930.
»Man schenkt sich Rosen, –« (unter dem Kürzel Sk), in: *BT* Nr. 44, 9. Beiblatt, 26. Januar 1930.
»Kulturfilme« (unter dem Kürzel Sk), in: *BT* Nr. 44, 9. Beiblatt, 26. Januar 1930.

»Bin ich ein Lehrer ...?« (unter dem Pseudonym Bos), in: *BT* Nr. 49, 29. Januar 1930.
»Kabarett ›Larifari‹« (unter dem Kürzel Sk), in: *BT* Nr. 61, 5. Februar 1930.
»Kabarett der Komiker« (unter dem Kürzel Sk), in: *BT* Nr. 65, 7. Februar 1930.
»Erzählerabend« (unter dem Kürzel Sk), in: *BT* Nr. 66, 8. Februar 1930.
»Willi-Schaeffers-Tee« (unter dem Kürzel Sk), in: *BT* Nr. 67, 8. Februar 1930.
»Kinder spielen«, in: *BT* Nr. 70, 11. Februar 1930.
»Mary Wigman und La Meri« (unter dem Kürzel Sk), in: *BT* Nr. 73, 12. Februar 1930.
»Kabarett. Charlott-Casino« (unter dem Kürzel Sk), in: *BT* Nr. 79, 15. Februar 1930.
»Studenten filmen« (unter dem Kürzel Sk), in: *BT* Nr. 80, 9. Beiblatt (SB), 16. Februar 1930.
»Stegreif-Conference«, in: *BT* Nr. 85, 19. Februar 1930.
»Carl Sonnenschein« (unter dem Kürzel Sk), in: *BT* Nr. 89, 21. Februar 1930.
»Detektiv-Geschichten« (unter dem Kürzel Sk), in: *BT* Nr. 92, 9. Beiblatt (SB), 23. Februar 1930.
»Fruchtbarkeit« (unter dem Kürzel Sk), in: *BT* Nr. 92, 9. Beiblatt (SB), 23. Februar 1930.
»Katakombe« (unter dem Kürzel Sk), in: *BT* Nr. 112, 7. März 1930.
»Die Vorteile der Kleinheit« (unter dem Pseudonym Bos), in: *BT* Nr. 114, 8. März 1930.
»Kabarett der Komiker« (unter dem Kürzel Sk), in: *BT* Nr. 117, 10. März 1930.
»Björnsterne Björnson: ›Geographie und Liebe‹« (unter dem Kürzel Sk), in: *BT* Nr. 121, 12. März 1930.
»Kabarett ›Charlott-Casino‹« (unter dem Kürzel Sk), in: *BT* Nr. 125, 14. März 1930.
»Tänzer. Ted Shawn. Raden Mas Jodjana« (unter dem Kürzel Sk), in: *BT* Nr. 130, 18. März 1930.
»›Ballett und Pantomime‹ unserer Zeit« (unter dem Kürzel Sk), in: *BT* Nr. 132, 19. März 1930.
»Hermann-Löns-Feier« (unter dem Kürzel Sk), in: *BT* Nr. 132, 19. März 1930.
»Wesen und Bedeutung des neusprachlichen Gymnasiums« (unter dem Kürzel Sk), in: *BT* Nr. 136, 21. März 1930.

»Aufruhr des Blutes« (unter dem Kürzel Sk), in: *BT* Nr. 140, 7. Beiblatt (SB), 23. März 1930.
»Pariser Unterwelt«, in: *BT* Nr. 140 (SB), 23. März 1930.
»›Jugend und Buch‹. Kundgebung im Reichstag« (unter dem Kürzel Sk), in: *BT* Nr. 141, 24. März 1930.
»Gottfried Benn« (unter dem Kürzel Sk), in: *BT* Nr. 147, 27. März 1930.
»Ernst Fuhrmann« (unter dem Kürzel Sk), in: *BT* Nr. 148, 28. März 1930.
»Das Ende des ›Kü-Ka‹« (unter dem Kürzel Sk), in: *BT* Nr. 157, 2. April 1930.
»Jüdisches Kabarett ›Kaftan‹« (unter dem Kürzel Sk), in: *BT* Nr. 161, 4. April 1930.
»Drei Stunden Kabarett aus aller Welt« (unter dem Kürzel Sk), in: *BT* Nr. 163, 5. April 1930.
»Ein Rathenau-Drama« (unter dem Kürzel Sk), in: *BT* Nr. 166, 8. April 1930.
»Zweimal Tanz« (unter dem Kürzel Sk), in: *BT* Nr. 167, 8. April 1930.
»Im Kabarett ›Alt-Bayern‹« (unter dem Kürzel Sk), in: *BT* Nr. 171, 10. April 1930.
»Die neueste Literatur in der Sowjetunion« (unter dem Kürzel Sk), in: *BT* Nr. 172, 11. April 1930.
»Charlott-Casino-Kabarett« (unter dem Kürzel Sk), in: *BT* Nr. 175, 12. April 1930.
»Von Morgenstern bis Ringelnatz« (unter dem Kürzel Sk), in: *BT* Nr. 182, 17. April 1930.
»Deutschland und Spanien« (unter dem Kürzel Sk), in: *BT* Nr. 183, 17. April 1930.
»Das ›Frühlings-Programm‹ der Katakombe« (unter dem Kürzel Sk), in: *BT* Nr. 197, 26. April 1930.
»Mai im Kabarett der Komiker« (unter dem Kürzel Sk), in: *BT* Nr. 214, 8. Mai 1930.
»Die Folkwang-Tanz-Gruppe in der Volksbühne« (unter dem Kürzel Sk), in: *BT* Nr. 216, 9. Mai 1930.
»Hermann Kasack und Wilhelm Lehmann« (unter dem Kürzel Sk), in: *BT* Nr. 218, 10. Mai 1930.
»Ein französisches Kriegsbuch. Roland Dorgelès, ›Die hölzernen Kreuze‹. Montana-Verlag in Zürich«, in: *BT* Nr. 220, 6. Beiblatt, 11. Mai 1930.
»Zweimal Kabarett« (unter dem Kürzel Sk), in: *BT* Nr. 226, 15. Mai 1930.
»Trauerfeier für Werner Mahrholz im P.E.N.-Club« (unter dem Kürzel Sk), in: *BT* Nr. 235, 20. Mai 1930.

»Friedenskonferenz« (unter dem Kürzel Sk), in: *BT* Nr. 244, 25. Mai 1930.

»Expeditionen in den geschichtlichen Raum. Johannes V. Jensen: Die Stadien des Geistes. S. Fischer, Berlin«, in: *BT* Nr. 293, 1. Beiblatt, 24. Juni 1930.

»Schüler und Lehrer. Leon Kellner: ›Meine Schüler‹. Paul Zsolnay, Wien. Karl Blitz: ›Studienrat Haucke‹. Gebrüder Enoch, Hamburg«, in: *BT* Nr. 362, 5. Beiblatt, 3. August 1930.

»Ein Buch über Paul Valery [sic]. Franz Rauhut: ›Paul Valéry‹. Paul Hüber Verlag, München«, in: *BT* Nr. 425, 1. Beiblatt, 9. September 1930.

»Prozeß gegen 800 000 Mark«, in: *BZ am Mittag*, 17. Oktober 1930 sowie unter dem Titel »Der Kampf um den Dreigroschen-Tonfilm«, in: *Musik und Gesellschaft*, Heft 6, November 1930, S. 198 f. sowie in: Siegfried Unseld (Hg.), *Bertolt Brechts Dreigroschenbuch. Texte Materialien Dokumente*, Frankfurt/M.: Suhrkamp Verlag 1960 (EA), 1973, S. 320-323 sowie in: Werner Hecht (Hg.), *Brechts ›Dreigroschenoper‹*, Frankfurt/M. 1985, S. 276-278.

»Der Lehrer«, »Kunst und Künstler«, »Der Journalist« in: Ottoheinz v.d. Gablentz/Carl Mennicke (Hg.), *Deutsche Berufskunde. Ein Querschnitt durch die Berufe und Arbeitskreise der Gegenwart*. Bibliographisches Institut Leipzig, 1930. S. 331-394.

»Musik in der Schule«, in: *Musik und Gesellschaft. Arbeitsblätter für soziale Musikpflege und Musikpolitik*, Heft 1, 1930. S. 5-8.

»Erläuterungen zu ›Der Flug der Lindberghs‹, in: Bertolt Brecht, *Versuche 1-3*, Heft 2, (gemeinsam mit Bertolt Brecht), Berlin: Kiepenheuer 1930, Neuauflage: Berlin und Frankfurt/M.: Suhrkamp Verlag 1959.

»Anmerkungen zur Oper ›Aufstieg und Fall der Stadt Mahagonny‹, in: Bertolt Brecht, *Versuche 1-4*, Heft 2, 1930 (gemeinsam mit Bertolt Brecht), Berlin: Kiepenheuer 1930, Neuauflage: Berlin und Frankfurt/M.: Suhrkamp Verlag 1959.

»Über Lesen und über neue Bücher zu Weihnachten« [Rubrik ›Uhu-Umschau‹], in: *Uhu*, Heft 3, Dezember 1930, S. 100-112 [Besprechungen: Alfred Polgar, *Bei dieser Gelegenheit*; Ernest Hemingway, *In einem anderen Land*; Aldoux Huxley, *Kontrapunkt des Lebens*; Ludwig Renn, *Nachkrieg*; Ernst Gläser, *Frieden*; Robert Graves, *Strich drunter*; Adrienne Thomas, *Die Kathrin wird Soldat*; Richard Lewinsohn, *Das Geld in der Politik*].

»›Ist das ein Buch für mich?‹ Auskunft über neue Bücher« [Rubrik ›Uhu-Rundschau‹], in: *Uhu*, Heft 4, Januar 1931, S. 97-102 [Besprechungen:

Knut Hamsun, *August, Weltumsegler*; Heinrich Mann, *Die große Sache*; Robert Musil, *Der Mann ohne Eigenschaften*].

»›Ist das ein Buch für mich?‹ Auskunft über neue Bücher« [Rubrik ›Uhu-Rundschau‹], in: *Uhu*, Heft 5, Februar 1931, S. 108-116 [Besprechungen: John Cowper Powy, *Wolf Solent*; John Dos Passos, *Der 24. Breitengrad*; Lion Feuchtwanger, *Erfolg*; Propyläen – Weltgeschichte, Band 8: Liberalismus und Nationalismus; Paul Wiegler, *Geschichte der deutschen Literatur*, Bd. 2; Cläre With, *Länder und Völker. Ein Bild-Atlas*].

»Verlorene Tage«, in: *Frankfurter Zeitung*, Juli 1931, Nr. 531, 535, 538, 541, 544, 547, 550, 554, 557 [9 Teile in Fortsetzungen].

»Literatur ohne Anmaßung. Die Rolle des Buches in England«, in: *Vossische Zeitung*, Nr. 213 [›Literarische Umschau‹ der Sonntagsbeilage, Nr. 36], 6.9.1931.

»Über die Dauer von Kunst«, in: *Vossische Zeitung*, Nr. 226, 27. September 1931.

»Habt wieder Mut zu Büchern. Neue Bücher, die wir empfehlen« [Rubrik ›Uhu-Umschau‹], in: *Uhu*, Heft 3, Dezember 1931, S. 100-102 [Besprechungen: Karl Jaspers, *Die geistige Situation der Zeit*; Wolfgang Goetz, *Eine deutsche Geschichte*; Richard Hughes, *Ein Sturmwind von Jamaika*; René Schickele, *Der Wolf in der Hürde*].

»Neue Bücher, die wir empfehlen« [Rubrik ›Uhu-Rundschau‹], in: *Uhu*, Heft 4, Januar 1932, S. 101-103 [Besprechungen: August Gailit, *Nippernaht und die Jahreszeiten*; Annette Kolb, *Das Exemplar*; Jean Giono, *Ernte*; Hans Fallada, *Bauern, Bonzen und Bomben*; Karl Jakob Hirsch, *Kaiserwetter*; Richard Katz, *Schnaps, Kokain und Lamas*; B. Traven, *Die weiße Rose – Die Baumwollpflücker*]

»U. Becker, ›Männer machen Fehler‹, in: *Literarische Umschau* Nr. 3 [Beilage zur *Vossischen Zeitung*], 17. Januar 1932.

»Die junge Generation. Erfahrung aus der Jugendbewegung für die Gegenwart« [Autor und Sprecher]. Beitrag im Berliner Rundfunk, Freitag, 16. September 1932, 17.30-17.50 Uhr.

»Bücher in zehn Zeilen«, in: *Uhu*, Heft 4, Januar 1933, S. 103-107 [Besprechungen: Gerhard Hauptmann, *Das dramatische Werk*, Theodor Mommsen, *Römische Geschichte*, Bruno Brehm, *Das war das Ende*, Ernst Jünger, *Der Arbeiter*, Walther v. Hollander, *Schattenfänger*, Antoine de Saint-Exupéry, *Nachtflug*, Alexander Lernet-Holenia, *Ljubas Zobel*, Ernst v. Salomon, *Die Stadt*, René Schickele, *Himmlische Landschaft*, Oskar Maria Graf, *Einer gegen Alle*, B. Traven, *Der Karren*, August

Gailit, *Nippernaht und die Jahreszeiten*, Walther Kiaulehn, *Lehnaus Trostfibel und Gelächterbuch*, Helene Eliat, *Susanne Christolais*, J. Jastrow, *Weltgeschichte in einem Band*].

»Extravagante Engländerinnen. Virginia Woolf – Victoria Sackville-West«, in: *Unterhaltungsblatt der Vossischen Zeitung*, Nr. 12, 12. Januar 1932.

»Wohin mit der freien Zeit?«, in: *Unterhaltungsblatt der Vossischen Zeitung* Nr. 51, 20. Februar 1932.

»Bücher für die Ferien« [Rubrik ›Uhu-Rundschau‹], in: *Uhu*, Heft 10, Juli 1932, S. 106-109 [Besprechungen: Alain-Fournier, *Der große Kamerad*, D.H. Lawrence, *Söhne und Liebhaber*, Otto Alfred Palitzsch, *Die Marie*, Carl Zuckmayer, *Die Affenhochzeit*, B. Traven, *Der Schatz der Sierra Madre*; Alfred Neumann, *Narrenspiegel*].

»Die Sezession des Familiensohnes. Eine nachträgliche Betrachtung der Jugendbewegung«, in: *NR* 1932, Heft 1, S. 94-112.

»Söhne ohne Väter und Lehrer. Die Situation der bürgerlichen Jugend«, in: *NR* 1932, Heft 5, S. 681-696.

»Toleranz« (unter dem Pseudonym Bos), in: *NR* 1933, Heft 4 [Chronik der Zeit], S. 571-572.

»Berliner Stiche« in: *NR* 1933, Heft 4 [Chronik der Zeit], S. 575 f.

»März 33«, in: *NR* 1933, Heft 5, S. 706-711.

»Ingenieur-Hybris« (unter dem Pseudonym Bos), in: *NR* 1933, Heft 5 [Chronik der Zeit], S. 717 f.

»Gespräch nach 20 Jahren«, in: *NR* 1933, Heft 5 [Chronik der Zeit], S. 719 f.

»Es werde Deutschland«, in: *NR* 1933, Heft 6, S. 850-856.

»Olympia des Geistes« (unter dem Pseudonym Bos), in: *NR* 1933, Heft 7 [Chronik der Zeit], S. 138 f.

»Rasse«, in *NR* 1933, Heft 8, S. 196-203.

»An Ringelnatz« [zum 50. Geburtstag], in: *NR* 1933, Heft 9 [Chronik der Zeit], S. 431 f. sowie in: *AS 1*, S. 150-153.

»Max Reinhardt. Zu seinem sechzigsten Geburtstag«, in: *NR* 1933, Heft 10, S. 574 f.

»Um Thomas Manns Wagner-Rede« [Offener Brief], in: *Münchner Neuesten Nachrichten* Nr. 149, 1. Juni 1933.

»Ein Heiliger der Weltlichkeit. D.H. Lawrence: Apokalypse«, in: *Literarische Umschau. Beilage zur Vossischen Zeitung*, Nr. 44, 29. Oktober 1933.

»In memoriam Stefan George« in: *NR* 1934, Heft 1, S. 1 f.

»Hände weg!« in: *NR* 1934, Heft 5 [Chronik der Zeit], S. 592.
»Knut Hamsun. Geschichte eines Mannes und eines Dichters« in: *NR* 1934, Heft 9, S. 329-336.
»Der Besuch« in: *NR* 1934, Heft 10, S. 396-411 sowie in: Peter Suhrkamp, *Munderloh. Fünf Erzählungen*, BS 37, Frankfurt/ M.: Suhrkamp Verlag 1957, S. 143-180.
»Anmerkungen über die Landschaft der Dichtung« in: *NR* 1934, Heft 10, S. 445 f.
»Richarda Huch« in: *NR* 1934, Heft 8, S. 224.
»Über den Leser. Für die ›Woche des Deutschen Buches‹«, in: *NR* 1934, Heft 11 [Chronik der Zeit], S. 559 f.
»Zueignung« in: *NR* 1934, Heft 12, S. 561 f.
»Der Erzähler Fallada« in: *NR* 1934, Heft 12, S. 751 f.
»Wirklichkeit. Einige Feststellungen über Dichtungen«, in: *NR* 1934, Heft 12, S. 697-701, in: *AS 1*, S. 315-322 sowie in: Hermann Kasack (Hg.), *Peter Suhrkamp. Der Leser. Reden und Aufsätze*, BS 55, Frankfurt/M.: Suhrkamp Verlag 1960, S. 36-41.
»Lesen von Bildern«, in: *NR*, 1935, Heft 3, S. 336, in: *AS 1*, S. 307 f. sowie in: Hermann Kasack (Hg.), *Peter Suhrkamp. Der Leser. Reden und Aufsätze*, BS 55, Frankfurt/M.: Suhrkamp Verlag 1960, S. 72-73.
»Albert Schweitzer. Zu seinem sechzigsten Geburtstag« in: *NR* 1935, Heft 12, S. 223 f.
»Emil Strauß. Zu seinem 70. Geburtstag am 31. Januar« in: *NR* 1936, Heft 2, S. 216-224.
»Das Fünfzigste Jahr«, in: *S. Fischer Almanach*, 1936 sowie in: *AS 1*, S. 142.
»Ein Wort zu Henry Williamson«, in: *S. Fischer Korrespondenz*, November 1936 sowie in: *AS 1*, S. 304-306.
»Jugenderinnerungen. Ein Bericht über Bücher« in: *NR* 1937, Heft 1, S. 96-101.
»Hermann Hesse zum 60. Geburtstag«, in: *S. Fischer Almanach*, 1937 sowie in: *AS 1*, S. 154-160.
»Geleitwort«, in: Oskar Loerke, *Magische Verse*, S. Fischer Verlag 1938.
»Zu einem Bruegel-Buch«, in: *NR* 1939, Heft 2, S. 188 f.
»Über das Verhalten in der Gefahr«, in: *NR* 1939, Heft 12, S. 417 ff., in: *AS 1*, S. 87-94 sowie in: *Tymbos für Wilhelm Ahlman. Ein Gedenkbuch*, hg. von seinen Freunden. Berlin: de Gruyter 1951, S. 305-308 sowie in: Hermann Kasack (Hg.), *Peter Suhrkamp. Der Leser. Reden und Aufsätze*, BS 55, Frankfurt/M.: Suhrkamp Verlag 1960, S. 109-115.

»Einleitung« und »Anmerkungen« zu Adalbert Stifter, *Die Mappe meines Urgroßvaters*, Pantheon-Ausgabe, 2 Bde., Berlin: S. Fischer Verlag 1939 sowie in: *AS 1*, S. 205-218.

»Asmus der Bote«, in: *NR* 1940, Heft 8, S. 405ff.

»Eine alte Frau«, in: *NR* 1940, Heft 9, S. 466.

»Der Apfelgarten«, in: *NR* 1940, Heft 9, S. 466ff., in: *AS 1*, S. 145ff. sowie in: Peter Suhrkamp, *Munderloh. Fünf Erzählungen*, BS 37, Frankfurt/M.: Suhrkamp Verlag 1957, S. 119-129.

»Herzensverbundenheit«, in: *NR* 1940, Heft 12, S. 624f.

»117 Lebensbilder«, in: *›Deutscher Geist‹. Ein Lesebuch aus zwei Jahrhunderten*, 2 Bde., Berlin: S. Fischer Verlag 1940. Neuauflage in Frankfurt/M.: Suhrkamp Verlag 1953 sowie Teilabdruck in: Hermann Kasack (Hg.), *Peter Suhrkamp. Der Leser. Reden und Aufsätze*, BS 55, Frankfurt/M.: Suhrkamp Verlag 1960, S. 148-174.

»Am Grabe Oskar Loerkes« [Ansprache, Berlin 27. Februar 1941], in: *AS 1*, S. 145ff. sowie in: Hermann Kasack (Hg.), *Peter Suhrkamp. Der Leser. Reden und Aufsätze*, BS 55, Frankfurt/M.: Suhrkamp Verlag 1960, S. 125-127.

»Einleitung« zu *Matthias Claudius. Sämtliche Werke des Wandsbecker Boten*, Pantheon-Ausgabe, 3 Bde., Berlin: S. Fischer Verlag 1941 sowie unter dem Titel »Der Wandsbecker Bote von Matthias Claudius« in: Hermann Kasack (Hg.), *Peter Suhrkamp. Der Leser. Reden und Aufsätze*, BS 55, Frankfurt/M.: Suhrkamp Verlag 1960, S. 42-58.

»Von der Unzerstörbarkeit des Menschen«, in: *NR* 1942, Heft 5, S. 253f., in: *AS 1*, S. 309-314 sowie in: Hermann Kasack (Hg.), *Peter Suhrkamp. Der Leser. Reden und Aufsätze*, BS 55, Frankfurt/M.: Suhrkamp Verlag 1960, S. 30-35.

»Der Zuschauer I-XII«, in: *NR* 1942/43 [12 Teile] sowie in: *AS* 2, S. 9-162.

»Tagebuch des Zuschauers«, 1942, 1943, 12 Folgen in: *NR* Juli 1942–Winter 1943 sowie Teilabdruck in: *AS* 2, S. 163-252.

»Einleitung« zu *Adalbert Stifter. Der Nachsommer*. Pantheon-Ausgabe, 3 Bde., 1943, in: *AS 1*, S. 219-234 sowie unter dem Titel »Der Nachsommer von Stifter« in: Hermann Kasack (Hg.), *Peter Suhrkamp. Der Leser. Reden und Aufsätze*, BS 55, Frankfurt/M.: Suhrkamp Verlag 1960, S. 59-71.

»Adalbert Stifter. Tagebuchaufzeichnung«, in: *NR* 1943 sowie in: *AS 1*, S. 235-239.

»Die nordfriesische Insel« (1943), in: *AS 1*, S. 177-190 sowie in: Hermann

Kasack (Hg.), *Peter Suhrkamp. Der Leser. Reden und Aufsätze*, BS 55, Frankfurt/M.: Suhrkamp Verlag 1960, S. 74-86.
»Eine Hauptmann-Erinnerung«, in: *Die Pause*, Wien 1943.
»Goethes Wahlverwandtschaften« (1944), in: *AS 1*, S. 263-296.
Christoph Angelis [Fragment einer Erzählung, 1945], unveröffentlicht.
»An Gerhard Hauptmann zum 83. Geburtstag« [Rundfunkansprache, 15. November 1945], in: *AS 1*, S. 172-176 sowie in: Hermann Kasack (Hg.), *Peter Suhrkamp. Der Leser. Reden und Aufsätze*, BS 55, Frankfurt/M.: Suhrkamp Verlag 1960, S. 128-132.
»Geist als tätige Existenz« (1945), MS.
Taschenbuch für junge Menschen [Nachwort und Herausgeber]. Berlin: Suhrkamp Verlag 1946.
»Über das Lesen«, in: Peter Suhrkamp (Hg.), *Taschenbuch für junge Menschen*, Berlin: Suhrkamp Verlag 1946, S. 7-20 sowie in: *AS 1*, S. 323-337 sowie in: Hermann Kasack (Hg.), *Peter Suhrkamp. Der Leser. Reden und Aufsätze,* BS 55, Frankfurt/M.: Suhrkamp Verlag 1960, S. 9-21.
»Brief an einen Heimkehrer«, in: Peter Suhrkamp (Hg.), *Taschenbuch für junge Menschen*, Berlin: Suhrkamp Verlag 1946, S. 145-174, in: *AS 1*, S. 55-86 sowie in: Hermann Kasack (Hg.), *Peter Suhrkamp. Der Leser. Reden und Aufsätze*, BS 55, Frankfurt/M.: Suhrkamp Verlag 1960, S. 87-108.
»Plauderei vor den Lesern« (1946), MS.
»S. Fischer« (1946), MS.
»Der Freimütige« (1946), MS [Rundfunkvortrag].
»Hermann Hesse. Ursprung und Entwicklung«, in: *Die Neue Zeitung*, Nr. 94, 25. November 1946.
»Die Krise der europäischen Literatur« (1946), MS.
»Die Situation der Geistigen in Deutschland«, MS.
»Gegenwartsaufgaben des Verlegers« [Rede auf der Ausstellung ›Das neue Buch‹, Berlin 1947], in: *Merkur* 1 (5) 1947, S. 791-795. Ausschnitt der Rede unter dem Titel »Verleger und Leserschaft« in: *AS 1*, S. 130-134.
»Wie wird das Buch an den richtigen Leser gebracht?« [Vortrag, Berlin]. Teilabdruck in: *Börsenblatt für den Deutschen Buchhandel* 1947.
»Zu Alfred Kerrs 80. Geburtstag« (1947), MS.
»Zur Einbringung der Exodus-Flüchtlinge« (1947), MS [Rundfunkvortrag].
»Zur Bücherverbrennung am 10. Mai 1933« [Ansprache Mai 1947], in: *AS 1*, S. 142-143.

»Begegnung mit Hermann Hesse. Zum 70. Geburtstag« [Rundfunkansprache, 2. Juli 1947], in: *AS 1*, S. 161-171 sowie unter dem Titel »Zum 70. Geburtstag Hermann Hesses« (1947), in: Hermann Kasack (Hg.), *Peter Suhrkamp. Der Leser. Reden und Aufsätze*, BS 55, Frankfurt/M.: Suhrkamp Verlag 1960, S. 133-141.

»Der Schriftsteller in der Gesellschaft« [Vortrag, 17. September 1947], MS.

»Der 9. November« [Rundfunkansprache], in: *Die Neue Zeitung*, 10. November 1947 sowie in: *AS 1*, S. 50-54.

»Bemerkung zu einem Geschichtsbuch« [Beilage zu: *Geschichte unserer Welt*, Suhrkamp Verlag vormals S. Fischer 1947] sowie in: *AS 1*, S. 135-141.

»Der Buchdrucker« [Zum 25-jährigen Berufsjubiläum von Werner Stichnote], 1948.

»In Kriegsgefangenenlagern in England« [Rundfunkvortrag, 1948].

»Das Leben als schwingendes Moors«. Zum 50. Geburtstag von Manfred Hausmann, in: *Die Neue Zeitung*, 11. September 1948.

Antwort auf eine Rundfrage der Welt am Sonntag, 20. November 1948, MS.

»Das Bild des Europäers« [Vortrag Herbst 1948], in: *AS 1*, S. 17-49 sowie in: Hermann Kasack (Hg.), *Peter Suhrkamp. Der Leser. Reden und Aufsätze*, BS 55, Frankfurt/M.: Suhrkamp Verlag 1960, S. 185-203.

»An Rudolf Alexander Schröder« Zum 70. Geburtstag (1948), in: *AS 1*, S. 148 f.

»Forderung an die Geistigen«, in: *Nordwestdeutsche Hefte*, 2/1948, S. 22 f.

»Antwort auf eine Rundfrage des ›Aufbau‹«, 1949, MS.

»Die Neue Rundschau« [Vorwort, 1948], in: *Die Stockholmer Neue Rundschau*, Berlin, Frankfurt/M.: Suhrkamp 1949. S. 3-16.

»›Herbert Engelmann‹. Der Streit um Gerhart Hauptmanns Nachlaßwerk«, in: *Die Neue Zeitung*, 5. September 1949.

»Vollendet – Unvollendet« (zu ›Herbert Engelmann‹), in: *Die Neue Zeitung*, 22. September 1949.

T. S. Eliot, *Der Familientag*. Deutsche Übersetzung von R. A. Schröder und Peter Suhrkamp. Berlin, Frankfurt/M.: Suhrkamp Verlag 1949 sowie in: *AS 1*, S. 297-303.

»Margarethe Hauptmann zum 75. Geburtstag«, in: *Die Neue Zeitung*, 7. Januar 1950.

»Zum Schund- und Schmutzgesetz«, in: *Die Neue Zeitung*, 20. Januar 1950 sowie in: *AS 1*, S. 144.

»Max Frisch – Begrüßung zum vierten Leseabend« (1950), MS.
»Kann das Buch uns helfen – müssen wir dem Buch helfen?« [Rede in der Paulskirche, Frankfurt/M., 8. Mai 1950], Teilabdruck in: *Börsenblatt für den Deutschen Buchhandel*, 1950.
»Literatur und Buchmesse«, MS. Unter dem Titel »Haben wir eine Literatur?«, in: *Frankfurter Rundschau*, 15. September 1951.
Ausgewählte Schriften zur Zeit- und Geistesgeschichte I. Privatdruck zum 60. Geburtstag 1951 (AS 1). Nummerierte Auflage.
»Zumutung« [Antwort auf Umfrage: ›Bücher – geschenkt?‹], in: *Die Neue Zeitung*, 13. Oktober 1951.
»Eliots ›Cocktail Party‹ und die Berliner. Auch eine Kritik«, in: *Die Neue Zeitung*, 20. Oktober 1951.
Brief an einen jungen Freund [= »Brief an einen jungen Heimkehrer« (1946)], Sonderdruck, 1951.
»Brief an die Frankfurter Rundschau« [Über die Einstellung der Literaturseite], 4. April 1951.
»Leben zwischen Trümmern« (1951), in: *AS 1*, S. 122-129.
»Vorwort« zu G.B. Shaw, *Vorreden zu den Stücken*, Frankfurt/M.: Suhrkamp Verlag 1952.
»Was ich von einem modernen Roman erwarte«, in: *Morgenblatt für Freunde der Literatur*, Nr. 1, 14. Juni 1952.
T.S. Eliot, ›Die geheime Katze‹ und ›Flickenmatz: Die Eisenbahnkatze‹. Übersetzung von Peter Suhrkamp, in: *Old Possums Katzenbuch*, BS 10, Frankfurt/M.: Suhrkamp Verlag 1952.
»Dichter im Biedermeierhaus«. Zum 60. Geburtstag von Ernst Penzoldt, in: *Die Welt*, Berlin, 12. Juni 1952.
»Jugendbewegung« [zu einer Umfrage], in: *Merian*, Juniheft 1952.
»Stellungnahme zur Todesstrafe« [Auf Anfrage der Frankfurter Rundschau], 20. August 1952, MS.
»Fünf Jahre Bücherschau«, in: *Gegenwart*, Nr. 168, 1. Novemberheft, 8. November 1952, S. 743 f.
»Urheberrechte« [Gemeinsame Erklärung von Hermann Hesse und Peter Suhrkamp], in: *Stuttgarter Zeitung*, 2. Mai 1952.
›Deutscher Geist‹. Ein Lesebuch aus zwei Jahrhunderten, 2 Bde., S. Fischer Verlag 1940. Neuauflage herausgegeben und mit einem Vorwort von Peter Suhrkamp zur zweiten, erweiterten Ausgabe, Frankfurt/M.: Suhrkamp Verlag 1953.
»Diese Zeit und ihre Bücher« [Vortrag], Kunstverein Oldenburg, 7. Januar

1953, Goethe-Gesellschaft Hannover, 8. Januar 1953 und Oldenburg, 9. Januar 1953. MS.
»Begegnung mit Rudolph Alexander Schröder« [Rundfunkansprache, Hessischer Rundfunk, 22. Januar 1953], in: Hermann Kasack (Hg.), *Peter Suhrkamp. Der Leser. Reden und Aufsätze*, BS 55, Frankfurt/M.: Suhrkamp Verlag 1960, S. 142-147.
»Was erwarte ich von der Musikkritik?« [Umfrage], in: *Melos*, Heft 7/8, 1953, S. 215 f.
»Vorwort zur zweiten erweiterten Ausgabe«, in: Oskar Loerke (Hg.), *Deutscher Geist. Ein Lesebuch aus zwei Jahrhunderten*. Erster Band, Berlin, Frankfurt/M.: Suhrkamp Verlag 1953, 2. erweiterte Auflage, S. 14-16.
»Mein Weg zu Proust«, in: *Morgenblatt für Freunde der Literatur*, Nr. 4, 24. 9. 1953 sowie in: Hermann Kasack (Hg.), *Peter Suhrkamp. Der Leser. Reden und Aufsätze*, BS 55, Frankfurt/M.: Suhrkamp Verlag 1960, S. 116-124.
»Über die Weltoffenheit deutscher Verleger« [Rundfunkvortrag in der Sendung ›Die Böttcherstraße‹, Radio Bremen, Dezember 1951].
Max Frisch/Peter Suhrkamp, »Ein Werkstattgespräch in Briefen. Dokumente zur Entstehung der Komödie ›Don Juan oder Die Liebe zur Geometrie‹« (1952/1953), in: Walter Schmitz (Hg.), *Frischs Don Juan*, Frankfurt/M.: Suhrkamp Verlag 1985, S. 15-25.
»Einleitung« zu: Gustaf Gründgens, *Wirklichkeit des Theaters*, Frankfurt/M.: Suhrkamp Verlag 1953, S. 7-10.
»Der Roman von Max Frisch«, 13. September 1954, MS.
»Was ist *Molloy?*«, in: *Morgenblatt für Freunde der Literatur*, Nr. 5, 24. Mai 1954.
»Fluch und Segen des Verlegers«. Rundfunkvortrag, NDR Hannover, Juni 1954, MS.
T. S. Eliot, *Der Privatsekretär*. Übersetzung aus dem Englischen von Peter Suhrkamp und Nora Wydenbruck, BS 21, Frankfurt/M.: Suhrkamp Verlag 1954.
T. S. Eliot, *Der Privatsekretär*. Vorspruch von Peter Suhrkamp zur Sendung des Stückes. Hessischer Rundfunk, 20. Dezember 1954.
»Was kann Marcel Proust uns bedeuten?« Vortrag vor der Deutsch-Französischen Gesellschaft, Berlin, 8. Dezember 1954. Als Vortrag für den NDR Hannover, 22. Januar 1955. MS.
»Ernst Penzoldt«. Rede im PEN-Club, 3. April 1955. Auszug in: *Dichten und Trachten*, Nr. 5, Frankfurt/M.: Suhrkamp Verlag 1955, S. 42 f.

»Wozu eine Bibliothek«, in: *Morgenblatt für Freunde der Literatur*, Nr. 7, 8. Oktober 1955 sowie in: Hermann Kasack (Hg.), *Peter Suhrkamp. Der Leser. Reden und Aufsätze*, BS 55, Frankfurt/M.: Suhrkamp Verlag 1960, S. 22-29.

»Die permanente Verschwörung«, in: *Weihnachtskatalog 1955*, Claus Lincke, Düsseldorf.

»Dank an einen Buchhändler«. 75 Jahre Sachse & Heinzelmann, 1. November 1955.

Ausgewählte Schriften zur Zeit- und Geistesgeschichte II. Privatdruck zum 65. Geburtstag 1956 (AS 2).

»Dichterische Existenz in der Gegenwart«. Nachwort zu Hermann Kasack, *Mosaiksteine*. Frankfurt/M.: Suhrkamp Verlag 1956. Teilabdruck in: *Morgenblatt für Freunde der Literatur*, Nr. 8. 24.7.1956.

»Vortrag auf dem Berliner Verlagsabend« (über sich, den Verlag und Berlin), 29. Oktober 1956.

Hermann-Hesse-Preis. Ansprache zur Stiftungsversammlung am 2. Juli 1956.

»Darmstädter Ansprache zum 60. Geburtstag von Hermann Kasack«, 24. Juli 1956.

»Die Aufgabe der Literatur«. Rundfunkvortrag, NDR Hannover, 30. September 1956, in: Hermann Kasack (Hg.), *Peter Suhrkamp. Der Leser. Reden und Aufsätze*, BS 55, Frankfurt/M.: Suhrkamp Verlag 1960, S. 178-184.

Auswahl und Vorbemerkung zu Bertolt Brecht, *Gedichte und Lieder*, Frankfurt/M.: Suhrkamp Verlag 1956.

»Der Verleger – und die Übersetzung«. Vortrag, Deutsche Akademie für Sprache und Dichtung, Darmstadt, 19. Oktober 1956, in: *Akzente 6*/1956, S. 561-566 sowie in: *Jahrbuch 1956* der Deutschen Akademie für Sprache und Dichtung, Heidelberg 1957.

Munderloh. Fünf Erzählungen: ›Munderloh‹, ›Abschied‹, ›Der Apfelgarten‹, ›Schneebruch‹, ›Der Besuch‹, BS 37, Frankfurt/M.: Suhrkamp Verlag 1957.

»Abschied«, in: Peter Suhrkamp, *Munderloh. Fünf Erzählungen*, BS 37, Frankfurt/M.: Suhrkamp Verlag 1957, S. 109-117.

»Ansprache aus Anlaß der Wahl zum Ehrenmitglied der Deutschen Akademie für Sprache und Dichtung. Düsseldorf. 6. Mai 1957«, in: *Jahrbuch 1957* der Deutschen Akademie für Sprache und Dichtung, Heidelberg 1958 sowie unter dem Titel »Ansprache vor der deutschen Akademie für Sprache und Dichtung« in: Hermann Kasack (Hg.), *Peter Suhrkamp. Der Leser. Reden und Aufsätze*, BS 55, Frankfurt/M.: Suhrkamp Verlag 1960, S. 175-177.

»Der verunglimpfte Brecht«, in: *Deutsche Studentenzeitung*, Hamburg 1957.

»›Die Form des politischen Kampfes regt mich auf‹. Bert Brecht und Horst Wessel. Offener Brief des Verlegers Peter Suhrkamp an den Bundesaußenminister«, in: *Abendzeitung München*, 23. Mai 1957 sowie unter dem Titel »Offener Brief an Außenminister Heinrich von Brentano«, in: *Die Welt*, Hamburg, 22. Mai 1957.

»Gruß von Hermann Hesse«. Ansprache zur Verleihung des Hermann-Hesse-Preises an Martin Walser in Baden-Baden, 2. Juli 1957.

Siglen

AS 1, Ausgewählte Schriften zur Zeit- und Geistesgeschichte, Band 1, 1951, Privatdruck

AS 2, Ausgewählte Schriften zur Zeit- und Geistesgeschichte, Band 2, 1956, Privatdruck

BS, Bibliothek Suhrkamp

BT, Berliner Tageblatt

MS, Manuskripte, die das DLA in Marbach aufbewahrt

NR, Neue Rundschau

Inhalt

»Die Verkündigung« von Paul Claudel. Gedanken nach einer Aufführung in den Münchener Kammerspielen 7
Kammerspiele 11
Hanns Johst 15
Das Theater im Zeitgeist 21
Der unbekannte Soldat. Ein Kriegsbuch, das noch nicht geschrieben ist 25
Prozeß gegen 800 000 Mark 29
Kunst und Künstler 32
Musik in der Schule 71
Extravagante Engländerinnen. Virginia Woolf – Victoria Sackville-West 76
Die Sezession des Familiensohnes. Eine nachträgliche Betrachtung der Jugendbewegung 79
Söhne ohne Väter und Lehrer. Die Situation der bürgerlichen Jugend 102
Toleranz 121
März 33 123
»Es werde Deutschland« 131
Ein Heiliger der Weltlichkeit. D.H. Lawrence: Apokalypse . 139
Über den Leser. Für die »Woche des Deutschen Buches« ... 143
Wirklichkeit. Einige Feststellungen über Dichtungen 146
Lesen von Bildern 151
Über das Verhalten in der Gefahr 153
Tagebuch des Zuschauers 159
Goethes Wahlverwandtschaften 189
Geist als tätige Existenz 215
Über das Lesen 222
Brief an einen Heimkehrer 233

Plauderei vor den Lesern ... 251
Die Krise der europäischen Literatur ... 257
Verleger und Leserschaft ... 260
Zur Bücherverbrennung am 10. Mai 1933 ... 264
Zum 70. Geburtstag Hermann Hesses ... 265
Der 9. November ... 272
Das Bild des Europäers ... 276
Die Neue Rundschau ... 292
Max Frisch – Begrüßung zum vierten Leseabend ... 309
Leben zwischen Trümmern ... 313
Jugendbewegung ... 319
Was erwarte ich von der Musikkritik? ... 320
Was ist *Molloy*? ... 322
Fluch und Segen des Verlegers ... 327
Was kann Marcel Proust uns bedeuten? ... 336
Wozu eine Bibliothek ... 359
Die Aufgabe der Literatur ... 366
Ansprache vor der deutschen Akademie für Sprache und Dichtung ... 372
»Die Form des politischen Kampfes regt mich auf«. Bert Brecht und Horst Wessel ... 375

Nachwort ... 379
Drucknachweise ... 393
Bibliographie ... 401